献给生活
感谢生活

六十回眸

陟遐集

高其才——

著

 中国政法大学出版社

2024·北京

图书在版编目（ＣＩＰ）数据

陟退集 ：六十回眸 / 高其才著. -- 北京 ：中国政
法大学出版社，2024. 7. -- ISBN 978-7-5764-1633-6

Ⅰ. I251

中国国家版本馆 CIP 数据核字第 20243YY670 号

出 版 者	中国政法大学出版社
地　　址	北京市海淀区西土城路 25 号
邮寄地址	北京 100088 信箱 8034 分箱　邮编 100088
网　　址	http://www.cuplpress.com（网络实名：中国政法大学出版社）
电　　话	010-58908586(编辑部) 58908334(邮购部)
编辑邮箱	zhengfadch@126.com
承　　印	固安华明印业有限公司
开　　本	720mm×960mm　　1/16
印　　张	30.75
字　　数	530 千字
版　　次	2024 年 7 月第 1 版
印　　次	2024 年 7 月第 1 次印刷
定　　价	129.00 元

自　序

承《野行集》《跬步集》，本书名为《陟遐集》。

“陟”，音为zhì，许慎《说文解字》卷十四下载，陟，登也，从𨸏从步；《释诂》曰：陟，陞也；《毛传》曰：陟，升也；本义为“由低处向高处走、升、登高”，如《诗经·周南·卷耳》：“陟彼崔嵬，我马虺隤。”“遐”从辵，本义指远，为“长久、久远”意，如《诗经·小雅·天保》：“降尔遐福，维日不足。”“陟遐”，意为“远行”“长途跋涉”，出自《尚书·商书·太甲下》，原文为“若升高，必自下；若陟遐，必自迩”，意为“如果要登高，必须从低处开始；如果要远行，必须从近处出发”，比喻做事要扎扎实实，循序渐进。

我以“陟遐”为六十回眸的集名，主要想表达我这六十年的人生是一个行走的历程、跋涉的过程，是一个向着远方前行的旅程。从浙江慈溪到山城重庆，从江城武汉到首都北京，从青海西宁到广东广州，从广西金秀瑶族山区、贵州锦屏苗侗区域到广东惠州汉族地区，我一路长大成熟，读书工作，走南闯北，登山蓦岭，蹑蹻担簦，栉风沐雨，日炙风吹，可谓“跋涉山川，蒙犯霜露”。[1]孔子《论语·为政》载：“子曰：‘吾十有五而志于学，三十而立，四十而不惑，五十而知天命，六十而耳顺，七十而从心所欲，不逾矩。”六十年为一循环，六十岁别称为花甲之年或耳顺之年。回眸这六十年，我体会人生是一场远行。每个人出生后，从幼年、童年、少年、青年、中年到老年，行走在人间，走过大江南北五湖四海，历经春华盛夏秋月寒冬，体味人间暖意世态炎凉，尝遍甜酸苦辣甘辛咸，感受亲情爱情友情。

我这六十年行走，是平凡的行程、踏实的行程、幸运的行程。

---

〔1〕“跋涉山川，蒙犯霜露”，语出《左传·襄公二十八年》：“必使而君弃而封守，跋涉山川，蒙犯霜露，以逞君心。”

"月明看岭树，风静听溪流"，[1]我这六十年旅途是平凡的行程。孩童时代在蒋家丁村正常长大，在联民学校这一村校读小学和初中，通过刚恢复的中考在观城中学上高中，在慈溪中学文科复习班补习后考上西南政法学院（现为西南政法大学），大学毕业后到中南政法学院（现为中南财经政法大学）法律系工作，工作12年后调到北京的大学工作至今。这一切都普普通通、简简单单、平平淡淡，无明确的志向，少宏大的目标；无特别的经历，缺突出的成就；既没有轰轰烈烈，也缺少风风火火；既没有跌宕起伏，也缺乏灿烂辉煌，仅仅是顺着时代的进程自然而然地努力向前行进，尽一位孩童与成年人、学生与教师的本分。

"求田问舍笑豪英"，[2]我的这六十年跋涉是踏实的行程。幼少时在家老老实实听曾祖母、祖父母、父母的教导，求学时珍惜学习机会认真上课、尽可能多与老师接触、多向老师请教；工作后踏踏实实备课、教书，尽力做好《法理学》《法社会学导论》等课程的教学工作，愿意教学相长，在与学生交流中相互启发、共同提升；对法社会学的实证调查和研究情有独钟，利用一切机会在湖北等地进行实地田野调查，广泛探寻和认识非国家法范畴的习惯法，对当代中国的村规民约、乡村治理、乡村法制等学术领域有着浓厚的兴趣，试图理解当代中国乡村社会的实际规范、具体运行和内在秩序，在当代中国法治进程走向和困难的认识方面提供一些事实和思考。

"一路蝉声过许州"，[3]我这六十年前行是幸运的行程。长辈的呵护令我没有冻饿之忧而有求学之幸，家人的关心使我体验人伦温情；感恩时代让我从农民子弟成为大学教师，并在国内知名大学谋得一席教职，安稳地从事自己喜欢的调查和研究。这一路有幸遇到多位贵人的相助，黎国智老师对拙文的认可令我对走学术之路信心倍增，俞荣根老师为我提供的法社会学研讨会邀请函开阔了我的视野，出版处女作《中国习惯法论》时黄楚芳兄的肯定，

---

〔1〕"月明看岭树，风静听溪流"，语出唐代张九龄的《耒阳溪夜行》："乘夕棹归舟，缘源路转幽。月明看岭树，风静听溪流。岚气船间入，霜华衣上浮。猿声虽此夜，不是别家愁。"

〔2〕"求田问舍笑豪英"，语出宋代苏轼的《南歌子·带酒冲山雨》："带酒冲山雨，和衣睡晚晴。不知钟鼓报天明。梦里栩然蝴蝶、一身轻。老去才都尽，归来计未成。求田问舍笑豪英。自爱湖边沙路、免泥行。"

〔3〕"一路蝉声过许州"，语出清代沈德潜的《过许州》："到处陂塘决决流，垂杨百里罨平畴。行人便觉须眉绿，一路蝉声过许州。"

申报教授时郑承泉院长等的支持，以同等学力人员身份申请硕士学位、博士学位时李龙先生、张晋藩先生的接纳，发表文章时郭道晖老师的指点。这些老师和友人给予的温暖令我终生难忘。

一甲子风雨兼程，六十年踏实行路。时光匆匆，昨日已逝，明日未至，唯有过好今日才不负来这人间！"问我今何适？"[1]未来的日子，无论长短，不论困苦，我将继续坚忍不拔地前行！

高其才

2024 年 2 月 16 日记，时甲辰年正月初七

---

〔1〕"问我今何适？"，语出唐代孟浩然的《舟中晚望》："挂席东南望，青山水国遥。舳舻争利涉，来往接风潮。问我今何适？天台访石桥。坐看霞色晓，疑是赤城标。"

目　录

细 目

五　心迹 255

一 杂 忆

少时琐记（二）

捡棉花叶

捡棉花叶也可称为拾棉花叶，我们当地俗称"摞棉花叶瓣"，是在晚秋初冬时节棉花季后期去棉花地里将掉落在地上的干枯的棉花叶捡拾起来，将其运回家晒干后用作柴火来烧饭煮水的行为。

捡棉花叶是 20 世纪 60、70 年代我们浙东老家村里经济较困难之家的一项解困办法，以将原本用作柴火的棉花枝杆节省下来卖给砖瓦厂换些钱，贴补日常生活之需。这是经济困难时期村民的一项类似副业的行为。

我的家乡慈溪有着 700 多年种植棉花的历史，直到 1985 年之前都是浙江省重要的种棉基地。《慈溪县志》中引用《元史·世祖本纪》中的记载："至元二十六年（1289 年）置浙东、江东、江西、湖广、福建木棉提举司，责民岁输木棉十万匹。"这可推测在元朝时期慈溪一带已有植棉业发展。慈溪属于杭州湾冲积平原，土质松软，微带盐碱，加之气候温和，雨量充沛，非常适合种植棉花。在慈溪古时的地方文献《浒山志》中记载："此前唯大塘北海地种之，今塘南民田亦多有种者盖工省而利倍也。"可见慈溪海涂地不仅适合棉花种植，而且经济效益不错，棉花种植逐渐成为慈溪的支柱产业。

1954 年，中国南方部分地区缺棉严重，很多南方城市的棉纺厂甚至面临着停产或半停产的困境。8 月，根据国务院指示精神，经省、专区主要领导反复酝酿，最后决定划建棉区县。10 月，宁波专署研究提出《关于划建棉区县和机场特区及调整余姚、慈溪、镇海县界草案》，大幅度调整慈溪、余姚、镇海 3 县行政区划。原慈溪县（今慈溪市，下同）南部 42 个乡镇划归余姚，东部庄桥区的 5 个乡划归镇海县（今宁波市镇海区，下同）；庄桥区的灵阳、姜颜乡和庄桥镇划建机场特区，成立新庄桥区，划归宁波市。原慈溪县境经调整后，仅留下观城区、鸣鹤区的 20 个乡镇以及原慈溪县直属的观城镇。余姚县大古塘以北的逍林、浒山、周朝、周巷、泗门、临山等区的 65 个乡镇划入慈溪县（今慈溪市，下同）。镇海县龙山区北部 10 个乡镇划入慈溪县。县界调整后，慈溪所属 7 个区、96 个乡镇，比老慈溪增加了 20 个乡镇，人口增加50% 以上。这样将慈溪县北部、余姚县北部、镇海县西北部俗称"三北"的产棉区划入调整后的新慈溪县。新慈溪县常年棉花种植面积 40 余万亩，面积和产量约占宁波的 2/3、浙江省的 1/3，成为全国重点产棉县，有"浙江棉仓""百里棉乡"之美誉。

新慈溪是个因棉花生产而建立的县，建立棉区县对提高棉花产量和提升商品棉比例起到了十分重要的作用。当时的慈溪，从县委书记到普通农民，从部门到工厂，主要的工作几乎都围绕着"一株棉花"进行。1957 年实现棉花生产超纲要（全县 44.6 万亩棉花，平均亩产皮棉 100.1 斤，当时国家制定的棉花生产纲要是 100 斤），被浙江省评为棉花丰产县。中央农业部电影社到五洞闸高级社拍摄棉花技术教科片，引发全国各产棉区纷纷派代表来慈参观。1984 年是慈溪棉花特大丰收之年，仅观城区 11 万亩棉花平均亩产 203 斤，"三厂"全年收购籽棉 4400 万斤，收购皮棉 500 多万斤，共折皮棉 2200 万斤，占全县 25% 以上，占浙江全省 15%。[1] 从 1950 年到 1987 年，慈溪共生产皮棉 73.87 万吨，提供商品棉 70.45 万吨。有力地支援了国家建设。

1955 年 11 月，农业部在慈溪召开现场交流会，推广慈溪棉区一年两熟间作套种的经验，从此慈溪植棉闻名江南。为使慈溪农民的棉花增产技术推广到各地，1965 年至 1966 年，政府组织 1300 名植棉能手分赴全国各地 15 个省市进行植棉辅导。20 世纪 70 年代，慈溪还三次选派植棉科技人员到圭亚那指导棉花栽培。1955 年，获得国务院授予的棉花丰产奖，社主任罗祥根或"全国农业增产模范"，毛泽东在《中国农村的社会主义高潮》一书中，对五洞闸高级社写了按语："看完这一篇，使人很高兴，这个浙江省慈溪县五洞闸合作社了不起的事例，应当传遍全国"；20 世纪 60 年代，慈溪县时任县委书记黄建英同志曾被周恩来总理誉称为"棉花姑娘"。

此后，随着改革开放的步伐加快，慈溪的种植结构也随之起了重大变化。随

---

〔1〕 虞孟庭：《追寻慈溪棉花的辉煌印记——关于观城棉花厂历史之回忆》，载《慈溪日报》2023 年 6 月 25 日。

着化学纤维的崛起、种棉花不如种其他经济作物效益好以及棉花不能大规模机械化操作等诸多因素，慈溪的棉花种植面积在不断地减少，棉花种植越来越少。

棉为锦葵科棉属植物，多为一年生草本植物。棉通常高 0.6 米至 1.5 米，小枝疏被长毛，叶阔卵形，直径 5 厘米至 12 厘米，长、宽近相等或较宽，基部心形或心状截头形，常 3 浅裂，很少为 5 裂，中裂片常深裂达叶片之半，裂片宽三角状卵形，先端突渐尖，基部宽，上面近无毛，沿脉被粗毛，下面疏被长柔毛；叶柄长 3 厘米至 14 厘米，疏被柔毛；托叶卵状镰形，长 5 毫米至 8 毫米，早落。花朵乳白色，开花后不久转成深红色然后凋谢，留下绿色小型的蒴果，称为棉铃。棉铃内有棉籽，棉籽上的茸毛从棉籽表皮长出，塞满棉铃内部，棉铃成熟时裂开，露出柔软的纤维。纤维白色或白中带黄的种籽纤维，能制成多种规格的织物。棉籽能榨油。

一株株棉花枝叶茂盛，每枝棉花都有一根主干撑着，主干上又分出无数小枝，小枝上又长着许多像鸭掌似的叶子。棉花有三种叶片，即子叶、真叶、先出叶。种子萌发出苗最先平展的两片肾形叶片，称为子叶。先出叶，因其面积很小，易于脱落，在生理上作用不大。在子叶以上各节及分枝上着生的叶片，都称为真叶，为主要的叶片。棉叶的皮层细胞内含有大量的叶绿素，所以叶片一般为绿色。棉花成熟后，叶就逐渐变黄，陆续枯萎后脱落、掉下。这时，我们的捡棉花叶就开始了。

捡棉花叶从哪年开始，似已不可考。我的印象中，20 世纪 60 年代末好像就有捡棉花叶的了，村民参与比较普遍时则应在 20 世纪 70 年代。我大概从十来岁开始跟随我母亲捡棉花叶，到 1978 年上高中住校学习时就没有参与了。

捡棉花叶的时间通常在棉花生长的后期，在叶子枯黄落地后进行。具体去捡棉花叶的时间一般在生产队上工前的清晨或者收工后的傍晚，以不影响赚生产队的工分进行安排，可谓是早出晚归，格外辛苦。

捡棉花叶的人多为村中的妇女和小孩，成年男性参与捡的不太多，但常有将所捡的棉花叶挑回家的。通常捡棉花叶极少有村邻"做队伙"（即结伴）去的，多为自己家里人一起去捡。大概缘于捡棉花叶地块的远近和可捡棉花叶的多少问题，有一定的竞争和排他关系。像我们家是我母亲自己一人去或带着我去，有时也带年龄小一些的我妹和我弟同去。

捡棉花叶的人家多为人口多、劳力少而家境不太好的家庭，尽量找些柴火而卖掉棉花秆换点钱。也有家境尚可而非常肯吃苦的家庭。随着捡棉花叶的人家越来越多，村里原来不怎么参与捡的人家也参加进来了，以至于有些年没有几户不去捡了。

捡棉花叶的棉地多为自己生产队的地，但也不一定。我母亲就带我去过我们红卫大队第五小队以外的其他棉地捡棉花叶，有红卫大队其他生产队的棉地，有附海公社其他生产大队如稻桶地大队、三百里大队的棉地，还有其他公社如东海公社的一些生产队的棉地。一般其他生产队的人不绝对禁止他人捡拾棉花叶，唯个别时候由于打击偷棉花行为时除外。

捡棉花叶不需要什么工具，一般带一根扁担和两只用来装棉花叶的白布袋，另或带一只四方的竹篾做的箩筐即可。

捡棉花叶是个体力活。捡棉花叶时，人需要蹲下来，站在棉花丛中甚至跪着、趴在地上用手捡拾自身附近的在落地上的棉花叶，将其归拢在一堆，待后来放入白布袋中或者直接放入箩筐中。捡棉花叶要弯腰操作或者趴下来进行，手要在棉枝下的棉地中不断地寻找、扒拉，手背常被棉枝、棉铃壳尖划开一道道的小口子。手要快，又不能混入小土块。这样一两个小时下来，人就会腰酸背疼。

一早捡棉花叶时，棉花叶子吃过露水往往就比较沉，捡叶子的效率大为降低。而霜降以后的早晨去捡棉花叶，则手受冻变僵，渐渐地就会变得麻木，需要不时猛搓双手以避免手的僵硬。这种霜冷难受的感觉太难用言语来表达了，现在想来仍记忆深刻。

棉花叶捡好放入白布袋后，由于棉花枝杆较高就无法直接从棉花地里挑出来，往往需要先放在肩上扛出来到路上。由于棉花叶体积大，加入浸了露水分量就比较重，背出去颇不容易。尤其是我们家乡的地为海涂地，地块为长方形，四边为河沟，地块两头留有过水口，需要跨步过去。而背着重重的一袋棉花叶跨过缺口就非易事，一没力气就会连人带袋掉进河沟中。记得有一次，我和母亲捡满一白布袋棉花叶后，母亲就背袋子到大路上去。我一边继续捡棉花叶一边等母亲回来，等了好长时间母亲才回来。她有些沮丧地告诉我，白布袋掉河沟里了，幸亏人没有掉进河里。她想了各种办法、费尽力气也没有能够拉上来。说这些话时，她的脸上非常地无奈。最后还是我们将另外一袋棉花叶小心翼翼地弄过缺口，回家后让父母亲两人回来将这一袋掉进河里的棉花叶拉上来、抬回家。这一次捡棉花叶极费周折，我至今记忆犹新。

捡来的棉花叶挑到家后需要在自家屋前"道地"（即空地）上晒干才能用来烧火做饭。通常各家随捡随晒随烧。有的捡棉花叶多的人家则将晒干的棉花叶找地方堆放起来，以便日后烧用。其实，干的棉花叶并不耐烧，一餐饭需要烧一大堆。但聊胜于无，辛苦一点，总能有所贴补。

本来捡棉花叶即使稍微影响点棉花采摘，生产队也能接受，毕竟考虑村民的收入都不多。结果，有个别村民在捡棉花叶时逐渐起了贪心，在捡棉花叶时也偷采一些棉花回家，而且越来越胆大，偷得越来越多。偷采棉花显然比捡棉花叶更来钱、更划算。渐渐地，似乎有更多的人家偷采棉花了。这样一来生产队的棉花收成就受到影响。

一年又一年，似乎在捡棉花叶时偷采棉花情况越来越严重。有的生产队发现这一情况后就报告大队，大队再报告公社。于是，公社要求偷的人主动将棉花交出来。在一再动员、没有人家交出来后，公社就组织民兵挨家挨户搜棉花叶。为了将辛辛苦苦捡来的棉花叶保住，不少人家想了很多办法，如将棉花叶藏放在被柜、衣箱等中。但经不住翻箱倒柜，棉花叶仍被找出来而被没收送到生产队的晒场上。村妇不让拿走棉花叶而骂人、拉扯的场景，生产队晒场上堆放的似小山般高的棉花叶堆的情景，至今仍在我的脑海中历历在目、难以忘记。

这大概是在 1974 年、1975 年。此后，公社下令一律禁止捡棉花叶，违者严惩。于是，少数村民捡棉花叶只能在极早和深夜偷偷地进行。

再后来，实行联产承包责任制，各家自己种地，种棉花的也越来越少了。特别是 1986 年后，浙江省政府取消农产品统购派购政策，改植棉指令性计划政策为指导性计划政策，慈溪的棉花种植面积明显减少了。特别是，苗木等经济作物的种植提高了种地的经济效益，社队企业和家庭手工业的发展使村民有了更好的收入来源。这样，村民基本就没有去捡棉花叶的了。

1999 年以后，国家放开棉花市场，农民按市场需求种植。2000 年，中共慈溪市委、市人民政府在《关于促进农业增效农民增收的若干意见》中提出：树立大农业、大市场观念，调整优化农业产业、产品结构，大力发展优质高效高产农业，加大棉花调减力度，加快优势产业的发展。当年全市棉花面积减少至 5160 公顷。2011 年，慈溪市棉花种植面积 3592 公顷，总产量 4218 吨，分别占 1987 年的 19.2%、27.5%。[1]慈溪这一"浙江棉仓""百里棉乡"逐渐成为历史，开始以"家电之都""花木之乡"闻名于世，成为长三角地

〔1〕 慈溪市地方志编纂委员会编：《慈溪市志（1988—2011）》（上册），浙江人民出版社 2015 年版，第 823 页。

区大上海经济圈南翼重要的工商名城。至此，捡棉花叶退出了村民的生活，再也没有村民起早贪黑地去捡棉花叶了。

现今，捡棉花叶的行为彻底退出了历史舞台。那棉花秆下人蹲手摞棉叶的情景成为我少年时代的难忘回忆了！

学做生意

与人初次见面时，我介绍自己是浙东人，对方往往会说"哦，你们那里是好地方，你们那里的人都会做生意"这类的话。外乡人的潜意识中，浙东人、浙江人都有生意头脑，都天生会做生意。这一判断显然不完全符合事实，但也有一定的依据。我个人就在少年时有学做生意的经历。

浙江人多地少，根据浙江省人民政府网站上"了解浙江"之"区域人口"的介绍，据 2023 年浙江全省 5‰人口变动抽样调查推算，2023 年末全省常住人口 6627 万人；"自然地理"部分介绍，浙江全省陆域面积中，山地占 74.6%，水面占 5.1%，平坦地占 20.3%，故有"七山一水两分田"之说。在这样的自然和人口状况下，显然仅靠在生产队种地难以解决温饱问题。于是，我们村的人只得自寻出路，"八仙过海各显神通"，在早晨、晚上或者下雨天等生产队不上工的空闲时间搞副业，赚点钱贴补家用。

我不太清楚我们村的人什么时候开始搞副业，就我记事的 20 世纪 60 年代末起应该就有了，20 世纪 70 年代更为普遍。

我们村的村民搞副业主要有两种方式：一是利用当时北距杭州湾滩涂仅七八里路的地理条件去"靠海"，即到滩涂上抓泥螺、撬蛤蜊、取沙蟹、挖蛏子、柯弹涂鱼等，这些十多岁的孩子和成年人都可以参与，也不太需要复杂的工具；需要用网等复杂工具的则有"牵虾仔"（用细密的网抓海水中的幼虾，主要用来腌制虾酱）、"牵白蟹"等，获取各种海产品。我们村的人比较能吃苦，在四乡八邻以"靠海"闻名。另一为在自家的自留地上"翻小花利"，即在自留地上种植蔬菜、瓜果等农产品。

村民通过副业获得的这些海产品、农产品，在满足自家需要后就将剩余产品拿到集市上出售，有的甚至自家舍不得吃而直接去市场换一些钱。这样一来，村民就需要做买卖、搞交易，就逐渐做起生意来了。

生活在这样的环境中，我也跟随母亲去海里"靠海"抓泥螺，也跟着祖父在自留地干活。由此，从小耳濡目染，我也慢慢地跟着大人干农活并上集市学做生意。

我已记不清楚究竟几岁起跟着大人上集市卖东西，也说不准十七岁离开家乡去重庆上大学前一共有多少次自己一人去集市卖东西，大概是十来岁以后有一些跟随和自己独立做生意的行为，确切地说是学做生意的经历。

印象中，我跟着祖母去公社的集市上卖过爷爷家和自己家产的大白菜、"白瓜"即香瓜等农产品，没有在集市卖过母亲在海里"牵虾仔"制成的虾酱或其他海产品。公社的集市在名为反修大队的邻村，跟着我祖母去公社集市一般是挑担子去。我人小，挑不动重的，只能挑两个篮子的东西。跟我祖母去集市，通常是她买卖，我仅仅在旁边照看；有时她有事离开时别人来问价钱，我就回答一下。我自己没有单独掌过秤，算过价钱。

我还跟随村邻挑着辣椒干、丝瓜络干去我们家西边的新浦公社供销社卖过。这种比较直接和简单，我挑四五十斤左右的两白布袋辣椒干或两捆丝瓜络干的一担，到那后收购方验货定等级，我自己不太会讲价、说等级定低了之类，同去的伯伯、叔叔帮我讲，双方达成一致后就过磅称分量、拿钱，之后将辣椒干倒在指定的地方或将丝瓜络干放在指定的地方。这种生意是一次性的出售，不似对个人的零打碎敲式出售的复杂，我大致能够应付得来。唯一难受的是，将辣椒干从白布袋中踩着跳板上去倒到仓库中的辣椒干堆时，那个辣呛鼻子的感觉十分不好受，需要赶快倒完匆忙出来到仓库门口呼吸新鲜空气。

我一个人去做生意的时候并不很多，主要是在七八月份的暑假的早上，挑一二十斤"白瓜"等去公社集市上出售。找个位置后就将两篮东西放在自己跟前开卖。我有些腼腆，学生娃比较稚嫩不老练，不好意思大声吆喝，往往为守株待兔式的等人上门来问，这样自然卖得慢。此外，我也不会讨价还价，这样卖出的价格就比他人要低一些。遇见本村的熟人和其他村的同学，我脸红红的，还有些不好意思。所以，我上集市做生意的感觉不是很好，更没有如鱼得水的愉快和得心应手的喜悦。不过，卖完后挑着空篮子回家的感觉还是很好的，有些成就感。

我学做生意去的地方通常在我家附近，记忆中唯一一次去远处的是我大概十四五岁时卖冬瓜。那次是去离我们家约有三十里的鸣鹤场，周姓邻居家两口子和我用船载他家和我祖父家的冬瓜拼着去卖，似乎鸣鹤场一带要准备收割稻谷而需要准备蔬菜了，冬瓜会好卖一点。我们一早四点多天还没有亮就出发，我拉纤，他们两口子和我准备回鸣鹤场东边洪魏村家的姑姑在船上。我在岸上能够听到隔二十来米后的船上他们的聊天声，一个人拉纤倒也不是特别孤单。唯一有些害怕的是，在过了东海村后的无人家的地里拉纤时，眼前是黑蒙蒙的路，心里还是有些许害怕的。到了鸣鹤场后，天刚朦胧亮，我们将冬瓜运上岸，放在街面各自出售。本来姑姑是要马上回家去的，但她看我一个人卖，心有点慌，做生意硬脚硬手地不太灵光，担心我卖不掉祖父家的这几百斤冬瓜，就留下来帮我一起卖。一个小时左右全部卖完以后，她才离开我们回家。如果没有姑姑的帮助，我这次卖冬瓜恐怕要费一番周折了。这次做生意是我最远也是最大的一次，至今印象仍然十分深刻。

少年时代学做生意过程中，我慢慢地感到自己脸皮薄，不是一个会做生意的人，不善货贾四方，这对我上大学后选择专业和职业有一定影响。不过这些学做生意的经历，丰富了我年少时的生活，让我早早地就懂得了赚钱的不易、生活的不易！

干农活

我出生在浙东农村，是家中的老大，因此从小就干农活是自然而然、顺理成章的事情，干农活成为我少年时代生活中除了上学校学习之外最重要的内容。

少时干农活，主要有两类：一为在自留地干农活，包括我祖父母家的自留地和我们自己家的自留地；二为十多岁起在生产队干农活。

按照1955年的《农业生产合作社示范章程草案》的规定，自留地是农村合作化后农村集体经济组织为照顾种植蔬菜等分配给成员长期使用的土地，可以充分利用剩余劳动力和劳动时间生产各种农副产品，是农村集体经济的必要补充。《农业生产合作社示范章程草案》同时规定，每人自留地最多不超过当地人均耕地的5%。1956年的《高级农业生产合作社示范章程》第16条、1957年《关于增加农业生产合作社社员自留地的决定》对此也有规定。1962年，在当时党政合一的时代背景下，中国共产党第八届中央委员会第十次全体会议通过并发布了《农村人民公社工作条例（修正草案）》（即通称的"人民公社六十条"）。该《条例》第40条规定，由生产大队或生产队划出耕地面积的百分之五到七分配给社员家庭作为自留地，长期不变，用于开展家庭副业生产。1978 年十一届三中全会以后农村实行家庭联产承包责任制，自留地被纳入了承包土地的范围。自留地的所有权属于集体，使用权由农民行使。自留地以户为单位，每家根据人口数量大概有三四分地不等，一般在房前屋后，也有在稍微远一些的村内其他地方。我祖父母家的自留地和我们家的自留地各有三四分地，除了在住房附近，还有两块分别在离家 80 米左右、150 米左右的其他地方，后来分别通过与其他村民进行调换而集中到住房周围了。自留地主要种植蔬菜，主要满足家庭成员的生活需要。

我们两家的自留地主要种小白菜、大白菜、雪里蕻、萝卜、茄子、辣椒、香瓜、菜瓜等蔬菜和瓜，有时也种麦冬、丝瓜络等经济作物，后来也种小叶黄杨等花木。我干自留地的农活，主要是在我祖父、父亲的指导、吩咐下做一些与年龄和力气大小相符的辅助性的活，如用"括子"削地松土、除草等。后来十三四岁后，也干用喷雾机打药除虫、用"铁耙"翻地、挑粪担子浇地施肥等更需要力气的农活。

通常是在放学后到自留地干农活。当时除了星期天不上学，星期六下午为学校老师的集中学习时间，我们学生也不上学。这样星期天、星期六下午和寒暑假为可在自留地干农活的时段。在自留地干农活的时间灵活，较为随意。

作为农村孩子，我在自留地干农活，主要是跟着祖父、父亲学习，在他们具体指导下做些协助性、辅助性的事，并逐渐长些本领。劳动强度不是非常大，并不十分辛苦。印象中也没有特别记忆深刻的事。

而在生产队干农活，则是赚工分的事，集体出工，与在自己家的自留地干活有非常大的差异。

我们第五生产队的队长为孙志毛，他较有威信；队会计为岑松岳。20 世纪 70 年代初大概有 50 来户。1963 年、1964 年出生的人不少，大概是 1959 年至 1961 年这三年困难时期过去后各家生活有了好转、生育率高了且能养活的缘故。

我们小孩大概 13 岁以后可以参加生产队的劳动，算半个劳力 5 工分，当时青壮年男性全劳力为一天计 10 工分。每年年终算总账。后来 1978 年 9 月上高中住校读书时，每周的星期天回家，也参加一阵子的生产队生产。再后来承包到户后，我就在自己家的承包地干农活。1981 年 9 月去读大学时，把户口迁走了，故我没有分到生产队的承包地。大学四年的暑假回家后，我也在自己家的承包地干农活，主要为棉花管理方面的除虫、摘脑等活。

我们生产队没有水田，均为旱地，基本上为一年两季，上半年种小麦、大麦、大豆或油菜，下半年种棉花，还有小规模地种些西瓜等，农活就围绕这些作物的种、管、收而进行。我们少年干的农活主要是辅助性的活。我记得干过的农活有用"括子"削地松土和除草、摘大豆、摘棉花等，比较累人的重活有割麦子、抗旱给棉花泼水、用喷雾机给棉花打药除虫、挑棉花秆担子等。

我至今仍然印象深刻的是一次在外面生产队、地名叫"五房桶"的河里割芦苇，这是我第一次干这个活。大概在十月下旬的样子，我们差不多年纪的小伙伴一人二十来米长单人分开割，在差不多齐腰深的水里用我们当地俗称的"毛刀"割大概有二米高的芦苇。我们先要抓住一把芦苇将其在根部用刀砍断，再将其斜放在河边晾晒。这个活，一是比较吃力，我们年纪小毕竟个子不高，又站在水里，需要使劲地砍，极为费力；二来有伤害的可能，弄得不好"毛刀"可能划伤自己，刚割的芦苇根的尖也可能弄伤手脚；三则有些害怕、有些无助，前后人之间看不见，仅仅在快割完自己那部分芦苇时才能看见前面的小伙伴，且村人一直说水中有俗称的"河少鬼"（实为水獭），要吃人的什么。这天下午的干活一直是精神高度紧张，在战战兢兢中收工回家。

记忆中还有一次印象深的是随生产队去杭州湾滩涂围海造田处出工。我们慈溪地处杭州湾南岸，钱塘江泥沙沉积形成滩涂，过一段时间就可以围海造田成陆。[1]我们小时候为六塘，不断向外围垦，现在都已经到十一塘部分甚至十二塘了。我们当年围垦时为七塘。当时公社给每个生产队分配了需要筑多少米长堤坝的任务，生产队就派出劳力按时去完成。堤脚已经抛石头做好，需要在离堤坝脚约 30 米处掘出滩涂泥块，再由人工背至堤脚处逐渐垒填起来形成堤坝。这个活，脏是不用说，主要是累，非常累。我们年纪不大，

---

〔1〕 我们村地处杭州湾南岸海涂淤涨成陆区。距今约 2500 年我们村所在的地区全境已形成南丘北海、中部为滨海平原的地貌格局；这一地区的滩涂属于淤涨型滩涂，自宋代以来已修建 11 道海塘，新中国成立前海岸线平均每年向外推移 25 米，之后则达到 50 米至 100 米。参见冯利华、鲍毅新：《慈溪市海岸变迁与滩涂围垦》，载《地理与地理信息科学》2006 年第 6 期。1952 年至 1987 年，慈溪筑横塘长 92.94 千米，直塘长 47.83 千米，围涂 10 833 公顷。1988 年后，累计新筑横、直标准海塘长 104.71 千米，围涂 17 294 公顷，实际可利用土地 13 222 公顷。参见慈溪市农业志编纂委员会编：《慈溪市农业志（1988—2008）》，上海辞书出版社 2014 年版，第 29 页。

身体也不壮，身上背一块大约十几斤重的滩涂泥块，走在没过小腿的滩涂上往堤坝脚处走，深一脚浅一脚，脚脚要劲，趟趟费力。一天下来，人是筋疲力尽。好在这样的活不多。

我感觉在生产队干农活，确实可以发现不同人的一些个性。有的人非常实在，老老实实干活，而有的人较会偷奸耍滑，如出工时就走在队伍的最后面，尽量磨磨蹭蹭；干活时不停地聊天。这就打击了老实人，于是大家也都懒懒散散，干活的效率就不是很高，惹得队长也时不时地要骂人。有这些在生产队干农活的经历，我对集体生产、集体经济有了真切的感受，也对家庭联产承包责任制是从心底里拥护，对改革开放政策是百分之百地举双手赞成。

于我这样的少年而言，在生产队干农活其是一个走向社会的过程。这是一种集体活动，令我了解和理解集体组织的运转，感受集体生活的酸甜苦辣，体会成为一位集体成员的权利和责任，一位少年在生产队干农活时逐渐在成熟。同时，在生产队干农活时能够听到各种各样的有关村人的八卦消息，这实际上又是个成长的过程。

客观上说，我不太擅长干农活，与不少同龄人相比力气不大、劲道不足。对于我干农活，长期做大队会计的父亲并不十分赞同，他认为我应当好好读书。他不太支持我们家三兄妹去海里"靠海"，也不鼓励我们干农活。20世纪70年代初还没有恢复高考，但我父亲坚信小孩要读书好，并全力予以支持。现在看来，我父亲的眼光是远大的，这直接影响了我和我弟弟的人生命运！

我今天想起少年时的这些干农活经历、写下这些文字时，时近清明，窗外灰蒙蒙的天，心情有些压抑，想起父亲的教诲，想念离开我们已有27年的父亲！

2024年3月26日下午记，时花粉过敏

田野记捐 *

　　在广西金秀进行田野调查期间，瑶胞淳朴善良，没有遇到几次需要我这样的调查者捐款的情况，一般是我出点钱自己参加活动吃饭的份子钱。如2004年参加郎庞做社、2009年帮家众节等即为此类，因为参加者每人要交若干元钱作为买菜的费用。也有几次是遇上古陈的修庙、建学校等公益活动，修庙、建学校费用不少，需要大家集资，我便拿出一百元以作支持的意思表示，这些都是我自愿拿出的，没有人明示或者暗示我。

　　这些年，我碰到的有人向我明示或者暗示捐款的大概只有两次。

　　一次是在下古陈，武哥与某家村民关系较为密切，经常带我去他家坐，好像也在他家吃过早饭。武哥也不时介绍一下他家的情况，男主人身体不太好，不能干重活，家里的收入来源单一，家里有两个女儿，读书不错，学习上费用压力较大。武哥曾向我提及，有无可能在北京找一找人，替他家女儿结对帮助。2011年8月我去下古陈时，他家大女儿考上了广西民族大学，专业似为柬埔寨语。我一直没有接话，也没有答应，每次听后没有什么表示。我是这样考虑的：田野调查期间会碰到各种各样的情况，生病的、家庭经济困难的也会遇到，一则我能力不大，稍微表示几百元、一千元没有问题，但也不太能解决问题；二则主要是怕影响调查，出现由此迎合我、讨好我的情况，影响田野调查的客观性、真实性。我认为，我主要是通过调查瑶族习惯法而为瑶族民众做些事，这是最根本的。

　　另一次是2012年10月25日，我随某镇司法所王所长去共和村调解纠纷。在村委会办公室旁的农户家吃过午饭后，我又回村委会办公室请村支书赵书

　　* 原载宋颖、陈进国主编：《鹤鸣九皋：民俗学人的村落故事》，商务印书馆2017年版，第180~181页。

记帮我再找些材料。赵书记找出一些，我征得赵书记的同意在村委会的复印机上复印。这时，王所长说："村委会资金很紧张的，要给他们一些钱做复印费。"我满口答应，忙拿出二百元钱给赵书记。赵书记不肯收。王所长说你要收，复印要纸张的，到街上每张要五毛、一块呢。这样，赵书记有点不好意思地就收下了。

那天稍早时，赵书记比较明确地给我说：高老师，你看能不能帮我们想想办法，让我们村委会的电脑通上网络。他说我们这里不通网络，还很不方便。这个我没有敢接活，听听而已。

在下楼准备上车离开时，中午喝得有点多的镇综合办小韦搭着我的肩，有点醉醺醺地说：高老师，你看到那学校没有？他指了指对面的村小学，那是广西武警部队援建的。小韦对我说：高老师，怎么样？山区里的孩子很困难的，你捐点钱？要不了很多，一千元、两千元就可以了。我听后也没有搭腔，他也没有再多说了。

这天，另有一件比较有意思的事情。王所长对赵书记说：今天高老师来访的情况应该记录下来，也作为你们的一个工作，赵书记听后在村值班本上记录了一下。王所长又对赵书记说：你应该复印一下，高老师的身份证、工作证。我听后虽有点不悦，但也将身份证拿出来要赵书记复印。赵书记又问我要工作证，我因没有带在身上经再三解释后才作罢。我并留下电话等联系方式给赵书记。

也是在这天，王所长对我说：高老师，你在你的书的前言中必须写上感谢我们的话，某某某、某某某，说在调查时得到某某某、某某某的大力帮助，否则的话我们不答应的，我们要到北京去找你的。我忙表示，这没有问题，一定的，我也是这样想的。王所长说：这是需要的，我们要不提供材料，你就没有办法调查，也不知道的。这是我进行田野调查以来第一次碰到有调查对象明确这样对我表示的。

王所长还说：下次你来时，应该带点北京的特产来。这也是这些年来第一次听到金秀调查对象的这样要求。其实，这样的要求、建议是比较合理的，我也曾不时有这样的想法。

不过，每次或因从深圳过来金秀，或因其他原因，一直没有这样做过，真是有些脸红。除了给武哥带过一些茶叶什么的东西之外，我多为在深圳买条烟带过来，其他多为在金秀本地买烟或肉、菜去调查对象家，或是付食宿费。确实，带些北京特产或者学校的纪念品的意义应是不一样的。

可惜的是，王所长大概于 2017 年因病去世，英年早逝。在他患病离岗治疗期间，我 2016 年曾去其办公室，委托其同事将一本我在后记中专门致谢王所长等人的书转交给他。之后再去时，他同事告诉我书给他了，人后来走了。我听后非常难过。我希望他应该看到后记中表达的我对他的感谢了。

这些年，像王所长这样在田野调查中结识并给予我很大支持的朋友已经离世了好几位，这令我百感交集、叹息不已。

2017 年 2 月 7 日记

友贤的热情

这几年我陪母亲去一些地方旅游，常常麻烦许多同学和朋友，如2011年去四川时麻烦了肖敏，2013年10月去贵州时麻烦了咏竹。这些同学、朋友的热情、热心令我非常感动。友贤也为这些热情的友人之一。

2012年10月份我陪母亲去湖南的衡山、长沙、韶山等处游玩。18日早上在长沙时，我计算了一下时间，觉得还有一些富余，于是想返回深圳时在韶关停一下，看看丹霞山。我便与友贤兄联系，看他20日在不在韶关。他接我电话后非常热情地满口答应，说在韶关，他可以陪我们的。我便简单地告诉他我们的大致想法和安排，说19日中午吃饭后上高铁，大概下午五六点钟到韶关，请他帮我们订一个标准间；20日在韶关看一天，晚上我们回深圳。友贤兄答复说："好的，没有问题。"

此后我便感受到友贤的热情了。

18日晚上，友贤打来电话，进一步了解我们的想法。19日早上8点来钟，我还睡在床上没起来时，他打来电话，问今天的行程。更让我不好意思的是，19日上午我们在岳麓山上时，不知何故我的手机打不通了，友贤给我打电话打不通，他以为有什么变化，非常着急，于是打电话给我家里人。我家里人留的是原来号码，已停用了，自然打不通。于是友贤又打电话给同在北京的同学小谯。小谯告诉我家里人新的号码后，友贤便打我家里人新号码的电话，又因她上课而没有接通；于是友贤便发短信留言，我家里人也没有及时回。我在19日中午与楚芳兄在火宫殿午饭后上高铁长沙南站，买好车票上车后打电话给友贤没有通。在我们坐上G73列车后，友贤接到我打的电话后才心里一块石头落地。我这才知道因为我的电话问题他让费了这么多事、受这些累，这让我非常不好意思。

19日下午，友贤早早地就与西政小师弟小刘在车站外面等候多时。他替我们订了环境幽静的荷花园（粤海）酒店，酒店位于享有"小森林""大氧吧"之称美誉的沙湖公园内，园内湖光山色、鸟语花香、景色非常宜人。他叫了小游等西政校友晚上与我们在北江边欢宴，观赏两岸风光，品尝韶关美食。我和母亲是第一次到韶关，友贤精心安排了我们在韶关的吃、住、行、游，希望我们对他的家乡、对他工作的地方留下美好的印象。

20 日中午我们出丹霞山景区大门时，他叫我替我妈在景区的大门口照相，自己去买点东西。过一会我去找他时，发现友贤正在挑选一些旅游纪念品如丹霞山的光盘等，一问才知他是想买给我们的，我忙说谢谢，不需要的。这很出乎我的意料，令我感到友贤是一个十分细心的人。

20 日下午我们往南华寺去的路上，友贤说我们不走高速了吧，去买些柚子。之后我们到了长坝的金果农场。这个公司占地 12 000 亩，面积非常大。我看公司的墙上写着特级柚子每斤 20 元、一级的 18 元、二级的 16 元等，价格非常惊人；院内五六十个工人正在进行分拣处理。友贤找来人一定要买六个一级柚子叫我们带上，共花了 250 元，这是我们吃过的最贵的柚子了。友贤的情意容不得我拒绝，我怎么竭力推辞都无果。友贤叫农场的人找了一个小点的果子送给我们尝尝，柚子的味道确实不错。普通的柚子十几元一个，金果的沙田柚每斤 20 元，可见其贵，更可见友贤的深情厚谊。

平日友贤中午都要小睡一会，20 日就打破了这一作息规律，看得出他下午有些疲乏了，但他仍全神贯注地开车；在南华寺，又请来讲解员带我们参观南华寺；请我们去他办公室看了一下；并开车上芙蓉山看韶关全貌；陪我们在"在水一方"农家特色菜馆共进美味晚餐后，送我们到高铁车站。

陪人是最累的差事，友贤又开车又爬山又讲解，令母亲和我如沐春风，游览美妙，饮食甘美，在韶关度过了愉快的一天一夜。回去的火车上，我问自己：友贤这样的真诚、热情我能不能做到？我觉得我肯定做不到，这令我顿生羞愧之心，需要好好地以友贤为镜来待人。

我与友贤原来没太多来往，深谈似乎极少，这次他也给我讲了他大学毕业后的许多事情，让我对他有了更多的了解和理解。

他是一个有故事的人。

友贤毕业要求回到韶关来，很大一部分原因是为了他父亲。他父亲是一位小学教师，曾因解放前参加过"三青团"，做了团副而被打成"反革命"受到不公正的对待。在韶关工作后，在友贤的努力下他父亲终获平反并享退休待遇。这也是他父亲反对友贤学文科而后坚持的一个成果、一个回报。

在检察院工作，友贤有几次提副检察长的机会，都因种种原因而未果。第一次是在2002年年初的遴选前夕，友贤的竞争对手向市纪检部门举报他在一个单位报了5万多元发票。事实是，这些费用为"三八妇女节"时，检察院的女同志去澳门参观游玩的费用；也不是友贤强行要报的，是对方主动提出的，且是一位副科长和另一个人去办的。这完全没有友贤的责任。这些费用纪检经过调查挂了起来未作任何结论，友贤就错过了机会。第二次是2004年初，友贤已被提名为副检察长的唯一人选，但当时新来的一位政法委书记想将自己任县委书记所在县的"公检法"一把手提到市里任职，就以友贤没有基层工作经验为由，拟安排友贤去基层检察院提任检察长。友贤知道情况后，就委托与自己关系不错的一个商人去政法委书记家里询问情况。友贤知道这位商人与这位政法委书记的关系非同一般。这位商人向友贤反馈消息说：政法委书记亲口对他说友贤还有80%的希望，说他了解政法委书记，只要给他三五十万元，事情一定成，并愿意为友贤垫付贿赂款。友贤经过考虑之后，拒绝了商人的好意。此事又黄了。组织部门后公示考察了友贤去一个离市区100公里的基层检察院任职。由于家庭原因，友贤书面请辞赴任并辞去了公诉科科长职务。第三次是2007年初，当所有人都认为友贤这次一定可以提职了时，新任不久的检察长却以友贤在2004年不服从组织安排为由，将进了民主推荐名单的友贤排除在考察对象之外。不久之后，友贤在一次公务出差中遭遇重大交通事故，在外出治疗、恢复期间的2007年底，友贤被任命为检察委员会专职委员。2008年8月开始，广东省纪委在韶关查处了腐败大案，数十个处级以上领导干部受牵连，上述的政法委书记、检察长、商人是案件的主要涉案人，均被判刑了。引发这一案件的导火索是友贤辞职之后，政法委书记、检察院包庇省纪委查处的那位商人的行贿大案。

友贤做了检察委员会专职委员之后，没有具体的主管事情，日子相对清闲。就是需要参加检委会会议讨论案件，还有一点培训方面的事情。一个月来一两次办公室；单位配一辆车，比较方便。友贤也比较满意现在这样的状态。他喜欢到处走走，也尽量利用参加会议、学习的机会各地看看。现在他说除了新疆、宁夏没有去过之外，其他省市区都差不多到过了。

友贤的家庭生活方面，我这次也有了较多的了解。他与前妻于1998年离婚。他们育有一个儿子，今年 24 岁；遗憾的是儿子可能由于出生时窒息导致有点智障，不过生活能够自理。友贤离婚时，儿子是由他抚养的。还有一位年迈体弱的母亲跟友贤一起生活。那时，友贤要天天接送在特殊学校学习的儿子，所以就不能去偏远的基层检察院工作。2011 年友贤母亲去世后，儿子就去了他妈妈（她没有再婚）那边生活了。友贤儿子有一份收入和政府补助，但友贤每年会再给前妻二三万元。友贤告诉我，他儿子在不满一周岁因病住院治疗时，外科医生超倍量注射冬眠灵导致他儿子身体僵硬、失语，气愤的友贤与外科医生打架，还当场用佩带的手枪枪头击打医生。此事闹得很大，在调查处理阶段医院销毁了他儿子的病历。最后，单位觉得友贤情有可原，就没作任何处分。

友贤离婚后，也谈过几位女朋友，特别喜欢其中一位年龄与他相差十八九岁的四川女孩，他把这位女孩安排在韶关的一个事业单位工作。但女方父母不同意他们结婚，甚至数次不让远道而来的友贤进他们的家门，两人只好分手。她辞去在韶关的工作后回到四川，与一个男人未婚先孕生下一个女孩，这个男人后因为犯罪被判刑了。友贤得知情况后，每年都会去几次四川看望这个女孩，并给予一些资助。友贤为什么老往四川跑，而且四川话说得那么好，原因在此。现在友贤与一女同事恋爱多年了，准备结婚。这个女的比他小十来岁，20 日在加班，我就没有见着。

"平生一片心。"友贤的这些经历显现了他的善良之心。

这两天的相处，我增进了对友贤的知、认。友贤在我的心目中越来越成为一个丰满的人，一个有血有肉有个性、有情有义有担当的人。[1]

2015 年 1 月 6 日记
2023 年 11 月 2 日略改

---

[1] 2023 年 11 月 2 日时，我联系友贤，他说他今年上半年已经退休了。"浮云一别后，流水十年间。"我多年没有与友贤相见、联系，"欢笑情如旧，萧疏鬓已斑"。

我和我的老师

2022 年 9 月 12 日收到法学院研团研会的邀请，参加"明理求道"系列师生交流活动，主题为"老师和他的老师"。我看到后非常乐意地答应了。这是很有意思的交流。

关于老师，唐代韩愈《师说》中讲"师者，所以传道受业解惑也"；《三字经》中说"教不严，师之惰"；《周书·列传·卷四十五》说"经师易求，人师难得"；《吕氏春秋·劝学》有"事师之犹事父也"；《荀子·修身》有"君子隆师而亲友"；晋代葛洪的《勤求》有"明师之恩，诚为过于天地，重于父母多矣"；南北朝诗人庾信的《徵调曲（其六）》有"落其实者思其树，饮其流者怀其源"句；唐代李商隐的《无题·相见时难别亦难》有"春蚕到死丝方尽，蜡炬成灰泪始干"句。更有"一日为师，终身为父""严师出高徒""为人师表""良师益友""好为人师"等表述。

一、遇师和拜师

我求学的各个阶段都遇到了好老师。如小学初中阶段的王贵康老师和叶宏星、龚似云夫妻，高中阶段的施英波老师，复习班阶段的杨仁宗老师，大学阶段的陈群老师、明国辉老师、俞荣根老师等，硕士学位论文指导老师李龙老师，博士学位论文指导老师张晋藩老师。

自己也积极主动向老师在课内和课外求教。如大学期间，我担任年级总班委的学习委员，为课程学习、讨论等积极联系老师，向朱守真等老师请教。担任学校学生法学会会长后，为学术讲座、论文评审、案例评阅等广泛拜访杨景凡等老师。为寒假社会调查，求助辛明等老师。为社会调查报告修改，听取黎国智等老师意见。

二、教导和厚爱

老师在知识传授、能力培养、方法养成、思维形成和人格塑造方面对我都有广泛影响。不仅在课堂上，也不仅仅在教学过程中，而是在广泛的相处、交流的全环节中受益。

老师的关心令人温暖。如初中时王贵康老师在一次课间操后叫几个个子高的同学过来说一个事，我也跟了过去，他说次日去海涂参加公社举办的运动会。第二天我也准备了午饭到了学校，他告诉每个同学参加的项目，告诉我做后备队员。这时候我才明白其实我不是运动员，昨天本来没有我的事，因为我也过去听了，他不便立即排除我，他为不伤害我的自尊心而做了这样的安排。还是这个王贵康老师，在初中毕业典礼上发奖时他还悄悄地问我中考的情况，鼓励说"没有问题的，能够考上"，此情此景至今我仍历历在目。

老师为我提供了不少机会。如俞荣根老师 1987 年在北京时知悉召开法社会学研讨会，特意为我要了一份会议通知专门寄给在武汉的我，由此我开始参加学界的活动。他提供的这一机会于我这样一个 23 岁的年轻教师特别珍贵。

老师在生活方面也极为关爱我。如中考数学考试时王贵康老师来考场巡看时悄悄在我试卷的一道几何题上画一连线以提示我，第一次吃糖拌西红柿是高中时在李进老师家，大学暑假时在杨仁宗老师处看《彭德怀自述》不肯放下，杨老师便将该书送我，大学时文正邦老师将宿舍借我学习，邓云老师夫妻寒假回家时将宿舍拜托于我，名为叫我看管实为让我有安静的学习环境。老师的这些关心令我温暖。

三、学习和感恩

1. 我做老师深受我的老师们的启迪，通过老师深切了解了老师这一职业。

2. 《诗经·小雅·车辖》有"高山景行"句。《史记·孔子世家》载："太史公曰：《诗》有之：'高山仰止，景行行止。'虽不能至，然心向往之。"做老师以后，我尽力以我的老师们为榜样，努力向我认为的老师们的优点、长处、绝招和魅力看齐，当然也注意回避我认为的个别老师的极少局限。如张晋藩老师非常用功，中午一直不休息，他宏大的学术抱负和使命非常令我感动，激励我不能懈怠。如李龙老师在遭受坎坷、饱受磨难、身陷冤狱时仍然没有放弃思考、放弃追求，发奋图强，二十余年后终大有作为，实非常人所能做到。

3. 与每个阶段对我有深刻影响的老师保持联系，有机会就上门当面拜访或电话问候。求学的每一阶段都有良师教导，老师是自己人生历程的见证者。

4. 通过适当的方式表达对老师的感恩之心，如在自己著作的后记中感谢老师。如我在《法理学》（清华大学出版社2007年版）后记中有这样的表述："我走上法理学教学岗位、以教书为业，除了要感谢我的太太（曾祖母）、阿婆（祖母）、公公（祖父）高永钊和我父母亲高嘉根、阮秀娣的教养之恩外，我始终对我求学时期的各位老师心怀感激，特别是下列诸位老师对我影响和帮助更大：小学和初中时的王贵康老师、叶宏星老师，高中时的施英波老师、李进老师，文科复习班时的杨仁宗老师，大学时的杨景凡老师、俞荣根老师、黎国智老师、明国辉老师、陈群老师。我也忘不了我的硕士学位论文指导教师李龙老师和博士学位论文指导教师张晋藩老师对我的指点和教诲。"在《生活中的法——当代中国习惯法素描》（清华大学出版社2021年版）的后记中也表达了对老师的感谢："感谢王贵康、叶宏星、龚似云、施英波、杨仁宗、俞荣根、黎国智、明国辉、李龙、张晋藩、郭道晖、李步云等老师对我的教诲和帮助。"施英波收到我寄的书后，于2021年10月6日早上5：38发给我："这几天晨读教授著作，先读后记、导言，感慨系之以小诗致谢：清华大学有精英，赠我巨著彰我名。两鬓霜雪已黄昏，知己慰余誉此生。"老师有这样的表达，我很受感动。

5. 力所能及、心甘情愿地为老师做点事。如我参加张晋藩老师组织的中国少数民族法制通史课题，承担瑶族法制史部分，以实际行动支持老师的学术理想。

四、感受和建议

1. 老师对我的影响太大了，我永远铭记老师对我的教诲，永远感谢他们对我的奉献！正如宋代诗人晏殊的《玉楼春·春恨》所言："天涯海角有尽处，只有师恩无穷期。"

2. 现在时代不同了，观念也有变化，师生关系也面临新的挑战，但我认为利用、工具价值和契约观念始终是附带的，老师永远是崇高的、具有人格魅力的、情深义重的知识提供者和人生指引者。

3. 学生当心怀敬意与老师尽量多交流、多来往，要有私交。有的老师为课任老师，有的老师为学业导师，有的老师为人生良师。

如在大学阶段，与每门课程老师至少单独接触、请教两次；至少每两周与硕士生导师和博士生导师面聊一次。总要有一位以上的老师是你以后回校时的友人。

教师节、春节上门拜访老师或视频、电话问候老师。

在校园内如走廊上、电梯旁问候老师和疑似老师者，请其先行。

4. 当然，最重要的是，努力学习、独立思考、提升自己，过好自己的生活，奉献自己的光热，在复杂的社会中前行而不负老师的期望！

2022 年 9 月 12 日晚初记，9 月 13 日上午补充

二　怀　念

怀念陈金全老师 [*]

今天早上 7：36 郭亮微信告诉我"陈老师于 3：13 过世了"，"新冠阳后住院，没能挺过来"。我到研究室打开手机看到后深感悲痛，即与郭亮联系，他告诉我陈老师这次虽然住院治疗，但非常遗憾没有能够挺过来。他告诉我他正在布置灵堂，明天下午告别仪式，后天早上火化。知道这一安排后，我马上订好明天早上去重庆的机票。

静下来后，我感觉非常惭愧。由于我的懒散，平时较少问候陈老师，仅在过年时打电话、发微信问问老师在海南还是重庆、身体如何。这次新冠疫情，我心里想过陈老师不知阳过没有、阳康了否。但并没有及时打电话联系陈老师，也没有通过郭亮了解一下。这成为我深深的遗憾，永远无法弥补了。

我是 1981 年 9 月进入西政学习的，陈老师 5 月从广西调来学校工作。不

---

* 微信公众号"法学学术前沿"2023 年 1 月 12 日刊登；《法治日报》2023 年 1 月 18 日摘登。

过，在校期间陈老师没有给我上过课，我也没有直接成为陈老师的入门弟子。虽然我们直接往来并不频繁，但在学术活动中、在私下聊天时，陈老师都非常关心我，我深刻感受到陈老师的人格魅力和大度格局。一直以来陈老师始终爱护我，待我如生，我也执弟子之礼，从内

2021-06-03 18:51

心视陈老师为恩师。此刻，坐在研究室里，我向陈老师求教、陈老师关心我的一幕幕浮现在我脑海，陈老师谦谦君子的形象深深地留在我的心中。

我最后一次向陈老师请教是在2021年6月3日晚上。那次是我来重庆开会，郭亮知道后安排了我来邮电大学跟同学们做个交流。令我没有想到也非常感动的是，陈老师专门从家里来到南岸。在讲座前，我向陈老师汇报了自己正在做的一些事情，老师的教诲让我受益颇多，长辈的关心令我感到非常温暖。我一再劝陈老师回家去、不要参加后面的活动了，但近80岁高龄的陈老师坚持参加，全部听完。我是在陈老师的挚爱目光注视下做完了《现代法治建设中的习惯法》的交流，向陈老师和各位重邮的老师、同学汇报自己的所行所思。这是一次极为难得的经历。就我记忆所及，没有一位老师像陈老师这样认真、全部听完我这个学生的交流。陈老师以身传教再次给我上了一课，令我终生难忘。晚上我微信问候陈老师到家没有，他于晚上22：44发来微信："十点到家。你的讲演很精彩！很受启发，你走的路子是对的，经得起历史的检验。"我看后久久不能平静，陈老师的再次肯定是我莫大的荣幸，陈老师的鼓励是我继续努力的动力。

我进行习惯法调查、研究一直受到陈老师的鼓励，受到他多方面的教导和启发。陈老师的学术眼光十分独到，对我国固有法文化的重视令我钦佩。他重视西南少数民族习惯法的调查和研究、对凉山彝族习惯法进行田野调查、对贵州文斗苗族契约文书进行整理，这些都需要想尽各种办法，克服种种困难，远非常人所能做到。虽然我没有跟随陈老师参与这些调查和研究，但从陈老师的介绍和其他人处的了解所知，陈老师付出了颇多的心力，体现了他

的大历史观，表现了他做真学问的追求。就我所知，仅就文斗苗族契约文书的整理方面，陈老师十三年间就多次带领学生深入苗寨，走家串户，与苗族同胞交友交心，想方设法整理出版，耗费了极大的心血。为让学生更全面地了解这些文书，陈老师几次邀请文斗的易遵发、姜启成等到西南政法大学交流；为让学界更多的人认识这些文书的价值，陈老师邀请文斗的易遵发作为正式代表参加中国法律史学会 2008 年年会进行学术交流，开创了法学学术会议的先例。2015 年、2016 年时，我到文斗访问易遵发时，易遵发还对陈老师的创举念念不忘，认为他是真正懂得这些文书价值的学者、真正善待这些文书的文人。易遵发的几次介绍丰富了我对陈老师的认识，加深了我对陈老师的理解。

陈老师也十分支持我组织的一些学术活动，我提出的要求陈老师都不讲条件地答应和满足。如 2010 年 7 月 3 日陈老师专程到北京参加我主持的清华大学法学院习惯法研究中心召开的"当代中国少数民族习惯法"研讨会，做了"当代中国少数民族习惯法研究的方法论反思"的精彩发言。他告诉我们年轻人，对于当代中国少数民族习惯法的研究，就其研究方法来说，一方面需要有形而上的思考，需要有对资料的深度的思考和研究，但更需要走出去，到田野中去发掘真东西和真正的知识。陈老师强调走出去，到田野中进行调查之所以重要，首先在于其能够使我们更好地了解事实的真相；走出去，到田野中能够让我们对当代少数民族习惯法的变迁有更直观的认识；走出去，对当代中国少数民族习惯法的研究可以使我们更好地了解中国法律的起源和对中国法律目前所存在问题的可能的解决之路。陈老师的观点引起了诸位与会代表的强烈共鸣和广泛认同。陈老师是这次与会者中最年长的一位，他不讲条件地与会传达了老一代学者对我辈年轻人的殷切希望。又如我和李交发教授共同担任"南方主要少数民族乡规民约与社会治理研究丛书"总主编时，请陈老师参加编委会会议，陈老师不计名利、非常乐意并于 2016 年 7 月 1 日至 3 日到湖南湘潭参会。在会上充分肯定丛书的意义，并对丛书的内容、调查和撰写等提出了中肯的意见。此后他也一直关注丛书的进展。在他的指导下，郭亮以广西宜州合寨这一当代中国村民自治第一村为对象承担了《南方主要少数民族乡规民约与基层民主治理》一书的写作，为丛书添彩。我也再次感受到陈老师要求学生关注生活、关注实践做学问的理念，深切体会到陈老师对广西这片曾工作 11 年、洒下了青春汗水土地的深情。

　　虽然生老病死为自然规律，但心里总是不舍陈老师因感染新冠而意外离去。在我心目里，陈老师是一位慈祥的长辈，是一位敦厚的君子，是一位学界的清流，是一位生活的智者。愿陈老师安息。我永远怀念陈老师！

2023 年 1 月 10 日 12：59 于京西

我心目中的孙春涛老师

昨天晚上9：30，我从乃卿同学的微信朋友圈得悉孙春涛老师去世的消息后，即与胡淦老师联系。晚上9：50，胡老师在电话中确认了这一事实，说他也刚知悉，孙老师是今天从杭州回家的。

放下电话，我不敢相信孙老师会走得这么快。5月23日下午16：57分孙老师还给我转发了一条微信"从2022年清北新生录取数据说起"。我看到后马上问候他，虽然他没有回，但这令我很开心，相信孙老师的身体正恢复得越来越好。况且4月6日下午16：49分孙老师有微信给我："因病情反复，我自去年10月3日住进浙一医院以来，一直住在医院里，其间经历过几次抢救，这几天好一些了，请放心。"我总觉得吉人自有天相，孙老师是能够恢复健康的！现在阴阳相隔，实在令我伤感。

我与孙老师认识的时间并不算很长。我1980年9月进慈溪中学文科复习班学习时，孙老师还没在慈溪中学。我是到北京工作后1998年加入清华大学浙江招生组进行招生宣传咨询后与孙老师相识并开始受教的。之后，无论他到实验中学担任顾问还是在家休息，我都与孙老师保持着联系。我回慈溪时，有时间就请他一起聚聚，听他的教诲；逢年过节时打电话或者发微信问候一下他和师母。

在这20多年的接触、受教中，我感到孙老师是一个很实在的人，工作上非常求实，为人方面非常实诚。在我心目中，孙老师是一位真实、真诚、真挚的长者！

就我所知，孙老师担任慈溪中学校长时，无论学校的办学方针还是学生的教育，无论是教师的培养还是干部的使用，无论是中考招生还是高考报名指导，都崇实戒虚。他讨厌玩虚头巴脑的东西，不愿意搞花架子，主张实实在在做事情，扎扎实实办学校。不止一次，我听他对有的学校某些现象的否定意见，认为那样没有意思，急功近利不是办教育的路子，应该老老实实打基础。

在为人处世方面，孙老师通过言传身教教导我做人要实诚，这是他给我最大的教益。在我心目中，孙老师是个很有格局的人。他对名利看得很开、看得很淡，对自身利益有恰当的认识。他关心、爱护青年教师，努力为他们的成长创造条件。我多次听他聊到他的教师培养计划，听他说某一位老师有什么特点应该如何给他实际支持发挥他的特长。他非常关心学生的发展。于我而言，每次见面时孙老师问起我的近况、鼓励我继续努力并注意身体，都令我心生暖意，感受到老师的真切关爱。

李清照有"小风疏雨萧萧地，又催下、千行泪"句。此刻的北京虽有小风而无疏雨，但这同样催下我千行泪。明天上午不能到浒山送别孙老师，仅以些许文字、一瓣心香表达我对孙老师的怀念之情、寄托我的哀思！

愿孙老师安息！

2023 年 5 月 29 日 10 时于北京西郊

鼓励创新的李龙老师

2020年12月2日下午6时许，我从微信朋友圈中看到有人在悼念李龙老师。我一惊，忙联系亚文教授。亚文教授告诉我确实是这样的，李老师因病已于下午3：45去世。这于我十分意外、十分震惊。2020年疫情严重期间跟李老师通电话时，我感觉李老师中气很足，他告诉我身体不错。没想到几个月没有联系，突然传来李老师仙逝的噩耗，令我伤感不已。向他请教、受他教诲的一幕幕浮现在我脑海，尤其印象深刻的是李龙老师在指导我写作硕士学位论文过程中鼓励我创新、支持我创新的情形。他自己在学术上不断创新、勇于创新，也注重激励学生创新，是一位十分支持年轻人创新的师长！

李老师是我的硕士学位论文指导老师。我是以具有研究生毕业同等学力人员的身份，通过武汉大学的硕士学位课程考试和论文答辩，成绩合格，达到《学位条例》规定的学术水平，1993年8月30日被武汉大学授予硕士学位的。

在整个论文选题的确定、资料的搜集、文章的写作和答辩的过程中，李老师显现出了他宽宏的胸怀、开阔的视野、开放的境界。当时，我已经在进行习惯法方面的研究，就跟李老师汇报想以此作为论文题目。在听完我的大致想法后，李老师对我以"中国习惯法"为主题做硕士学位论文十分肯定，对我提出的从法社会学角度认识法、从功能的视角理解法、将习惯法理解为国家法意义上的习惯法与非国家法意义上的习惯法给予了肯定；对论文重点探讨非国家法意义上的习惯法的种类、内容和功能表示认可。李老师能够理解我这样一位年轻人的探索性的看法，并支持我在硕士学位论文中表达出来，这在当时难能可贵，对我是个极大的鼓励。

我的硕士学位论文答辩过程中，有一位答辩委员会成员对我的个别观点持不同意见，我在答辩中进行了回答，但他仍然不满意，坚决提出论文需要修改。鉴于这位老师的态度十分明确，答辩委员会主席在征求其他几位答辩委员会委员的意见并征求学校学位办意见后，代表答辩委员会告诉我当天论文答辩不进行表决，在我进行论文修改后一个月内继续进行论文答辩。对这一结果，我没有想到，但也只能接受。当天答辩结束后，我去李老师家里时，李老师给我打气，说"不要怕，问题不大，他不是为难你；他是不太懂，不太理解你的观点"。他仍然非常肯定我的基本观点，认为那位老师的思想有些保守、有点僵化。李老师鼓励我好好修改论文，增强说服力，以理服人。为了通过答辩，李老师指导我怎样进行论文修改、如何加强论证使观点更能立得住。在这次论文答辩过程中，我深切地感受到李老师对年轻人试图创新、愿意在新的学术领域进行探索的包容和支持；感到李老师学术态度宽容、学术思想开放、学术判断极具前瞻性，颇能接受新东西。

在我有限的视野中，李老师是前辈法学家中为数不多的富有创新精神和开拓气质的学者之一。李老师的法学研究和教育一直富有独创性，他始终思考新问题、关注新发展、拓展新领域，提出新观点。早在20世纪90年代初期，李老师就开创性地进行人权研究，并于1995年出版了由韩德培先生任总主编他任执行总主编的《人权的理论与实践》，这是一项具有开拓性的学术研究。李老师率先在法学领域提出人本法律观的概念，于2004年出版了《人本法律观研究》，对其进行系统阐述，提出尊重"人"在法律发展中主体地位的重要性，在法学界产生了广泛的影响。在法理学学科体系方面，1996年李老师就提出将法理学的学科体系分为"本体论""价值论""范畴论""运行论""关联论"等"五论"，并以此为基础编写了新的《法理学》教科书；2003年，李老师主编的新版法理教材，增加了"发展论"一编，将"五论"发展为"六论"。法理学体系的"六论"使我国法理学学科体系得以成型并逐趋完善，其主持的"法理学"被评为国家精品课程、国家精品网络资源共享课程。作为"中国法学教育的改革与未来"重大课题的总召集人，李老师提出设置一个法学本科专业并且确定14门法学本科核心课程的方案，该方案被教育部采纳推行全国。晚年，李老师集多年心血著成《中国法理学发展史》一书，阐发了他自己独特的关于中国法理学发展的新见解。

李老师鼓励我创新，他自己更是不断开拓、勇于创新，我以为这既是李老师身上湖湘人"霸得蛮"精气神的呈现，也鲜明体现了他这位历经坎坷、爱民爱国、重法求道的知识分子的责任担当!

此刻的窗外,天色灰蒙。时近甲辰年清明节,我写下这些文字,表达对李老师的感激和思念之情!

2024 年 3 月 21 日下午记,时清明节前夕

刘主任的通透

　　刘贤清主任是我们大学时期的班主任，她是法律专业 1981 级年级办公室副主任，同时担任我们 12 班和 11 班的班主任。大概 1985 年上半年，由于年级办升为处级单位，估计原年级办主任陈群老师和刘主任因年龄问题就不再担任年级办正副主任，另由陈、庞两位老师担任年级办主任，我们 12 班的班主任也改由刁老师担任。刘主任到其他年级办工作。算起来，刘主任做我们班主任有三年半左右的时间。

　　2023 年 9 月 9 日 17：30，吴传毅兄微信联系我，说"班主任刘老师现在咋样"。我回复"有一阵子没有联系她了。上次联系时，她躺床上，身体不是太好"。之后 18：10 我电话没有联系上刘主任女儿（应是大女儿），就给她发了个微信。晚上 19：40，她回复：

　　你好同学！很对不起！我妈妈已于今年 3 月 1 日去世了，医院诊断为中风，妈妈生前交代过，她的事情不要麻烦别人，所以我们没通知任何亲朋好友！在殡仪馆租了个灵堂，我和二妹两个孙儿孙女守了三天，送走了她，到了五月份就将她下葬了，谢谢你对妈妈的牵挂！你对老师的这份情谊，我们永远感谢，祝你生活快乐！家庭幸福。

　　看到后，我既悲伤又惭愧，也感到刘主任的通透。

　　有几个月没有联系，我竟然不知道刘主任已经去世，极为自责和懊悔。已经知道刘主任身体不太好了，却由于自己的懒惰，没有勤联系勤问候，没有能够最后送老师一程，实在遗憾。虽然刘主任年龄已近 90 岁，生老病死有自然规律，我心里还是很不好受。

　　我看了一下我与刘主任女儿联系的记录。新冠疫情期间，2022 年 12 月

23 日中午 12：17，她告诉我刘主任"还可以，只是摔了一跤（跤）不能下床了，谢谢你关心"，并说"就是上个月封控期，谢谢你的关心，会转告你的问候"。2023 年 1 月 22 日（正月初一）上午 8：40，我通过她女儿，向刘主任拜年，与刘主任通话二分多钟。当时，刘主任的意识还算比较清醒，能知道我是谁，唯说话有些翻来覆去，有点语无伦次。可惜我当时没有引起重视，以为她身体还不错，应该有些日子。不曾想到从此天各一方，再无机会了。

我查了一下，2021 年 2 月 11 日下午 3 点，我与她通话三分钟。这是我直接与她通话的最后一次。

刘主任与我们班级同学在微信群的最后一次交流在 2022 年 8 月。当时我们班同学关心重庆她中暑热的情况，刘主任于 2022 年 8 月 18 日 19：08，在我们西南政法学院 8112 微信群发语音回复"谢谢大家"，声音清晰、洪亮；19：14 分又再次发文字"谢谢大家"。此后，我们班的微信群就再也没有刘主任的声音了。

回想起来，大学在校期间，作为年级办副主任和我们 12 班班主任，刘主任工作兢兢业业、认真负责，十分关心关爱同学，但我班一些同学对刘主任的总体印象却并不太好，觉得她正统、刻板、教条。比如她比较强调政治学习，话语较有官方色彩，似乎较为紧跟时局。如她觉得大学期间应当把精力用于学习上、不要谈恋爱，为此苦口婆心劝已在谈恋爱的同学，做法以落实校方要求为目标，可能较为生硬甚至强硬，同理心和人情味欠缺一些。因此，不少同学对刘主任有些看法，与她也不怎么亲近。

毕业后，我们同学各奔东西忙于生计，相互之间联系并不太多，与刘主任的来往也较少。同学们也不怎么清楚刘主任的近况。我们班级 1995 年在武汉举行的毕业 10 周年聚会、2005 年在成都举行的毕业 20 周年聚会好像也没有邀请刘主任参加。

以后，随着大家逐渐稳定，老师、同学相互之间的联系就密切一些了。手机普及以后，联系更多。逢年过节，大家打打电话问候、聊聊。不少同学去重庆出差时，也会抽时间去学校看望刘主任。特别是她退休以后，时间更充裕了。我自己利用到重庆参加学术会议的时机，去学校沙坪坝老校区几次看望过刘主任和其他老师，有两三次请她们一起聚餐。当时刘主任还提出由她来付款。虽然我不可能让她请我，但我感觉刘主任有了明显的变化，已经不是当年我们读书时的那个刘主任了。

我们班的同学也有与我同样的感觉。2011 年 10 月 28 日—30 日，我们年级在重庆举行入学 30 年纪念活动，我们班有 23 位同学参加。28 日晚上大家一起聊天、唱歌，我们请刘主任到场，她与我们聊天，共忆当年时光。刘主任出席了 29 日上午在渝北校区举行的"81 级学生 30 周年纪念大会暨联欢会"，同学代表向她和其他老师献花，会前会后她与我们班同学都有交流。2015 年 10 月 24 日、25 日，我们班在深圳举行毕业 30 年聚会，刘主任接受我们的邀请参加活动，与我们 30 位同学和家属朝夕相处三天两晚。大家聊得广泛，相互之间的了解就多一点、理解也深一些。

我们班级建立微信群后，刘主任常常转发一些视频和文章给我们，但自己直接发声不多。如刘主任转发一个视频后，我们班同学有评论，对此刘主任于 2020 年 6 月 8 日 13：03 回复："传毅你好。我敬佩先进的科学发明家，应受国家的重奖和人民的敬爱。至于报酬会逐渐地改善的。"2021 年 1 月 8 日上午 11：00，她在微信群发："今天是三九最冷的日子，盼十二班同学多多保暖，不要受凉。健康快乐。加上一个表情和 4 枝花的符号。"

在这些来往中，刘主任较多地关心我们同学的日常的工作、生活情况，逐渐像一位慈母；看法也更加通情达理，与我们同学颇能沟通和有共识。她在我们同学心目中的形象有了根本性的改变。

一个最明显的例证为她非常关心我们班级离异的同学，不时建议两个人好好聊聊，重新在一起。她觉得大家是同学，是有感情基础的；相互做做检讨，没有什么大不了的。她觉得家庭还是非常重要的，一起嘘寒问暖过日子很有必要。

我能够感觉到，刘主任晚年不断地在自我反思。她自己也不止一次地对我们说："你们读书时，我是不是管得太严了？"她也向我们解释当时的做法以及相关的想法。她自己认为当时的做法有时代因素。这是一个时代的产物，任何人不可能置身于外。但不论如何，她觉得自己当时的做法并非完全妥当，是值得反思的。她在努力理解他人，也在努力认识自己。

一个人，能够随年龄的增加而不断思考以往的所作所为，抚躬自问，这既需要极大的勇气，也体现了对自己的严格要求。刘主任晚年这一明显的改变，令我十分敬佩。正如清代申居郧所言"只一自反，天下没有不可了之事"，人的觉悟、觉醒实在是意义颇大。

刘主任对自己后事的安排更令我意想不到，显示了她的通透。她生前告诉女儿"她的事情不要麻烦别人",这一非常之举不是一般人能够做到的。在我看来,走过了坷坷坎坎的刘主任已经超越了世风惯俗,看淡了人情冷暖,内心达致安宁和平静,最终挣脱了一切枷锁,活出了真实的自己!

坦率地说,我不敢说真的理解了刘主任。我对她这一生的了解并不多,也缺乏与她的促膝长谈。我仅仅是从学生时代起与她一些交往中有些感悟,写下这些我个人的认识,表达对刘主任的怀念!

2024 年 3 月 21 日记

老实人李希慧

昨天晚上 8：00 左右时，汉昌兄打电话告诉我希慧走了。我比较吃惊，与他爱人李祖芳和他儿子耀宇大概有一年没有联系了，想近来希慧依旧如常。汉昌兄告诉我，希慧去年 10 月份身体就不太好了。之后我即联系希慧爱人李祖芳，电话通后是耀宇接的。他告诉我他们正准备将希慧从河北运回北京来。

今天上午我有课，中午午饭时联系了耀宇。他告诉我他们已经于今早 4：00 多到了北京，期间过检查站排队 2 小时、他妈妈核酸检测结果没出而费不少周折。耀宇说希慧已经安放在丰台医院，可以去看望。于是，下午 1：30 左右到丰台医院。有希慧的四五位学生在那里接待。我去安放希慧的太平间看希慧的遗容，他的神态很安详，脸有点黑但不瘦。看着希慧，65 岁就离世确实早了一点，但考虑他这些年的生病情况，我觉得他是解脱了。他的一位学生给我看了希慧去年 10 月从养老院回来后到医院检查、就医的照片，那时他的情况就不太乐观了，只是我不知道这一变化。最后，我向希慧遗体三鞠躬，向希慧做了最后的告别！

从医院出来在联系了李祖芳后，我 2：30 左右到了八宝山殡仪馆见了正在办理 3 日上午告别仪式手续的她。李祖芳的精神还可以，向我介绍了希慧这一二年的情况。接洽好后，李祖芳她们送我回清华门口后才回家。路上北师大法学院传来讣告和生平初稿请她过目，她也叫我看，这令我对希慧的一生有了更全面的了解。

回来后，坐在研究室里，我的脑海里全是希慧的影子，一幕幕以往与希慧相处的片段浮现出来，心中十分感慨。

希慧是我兄长，他 1957 年 4 月生人，大我 7 岁。他 1986 年在中南政法学院硕士毕业后参加工作起，我们就开始了往来。从单教楼的打扑克到有小孩后的傍晚遛娃，从武汉到北京，我们的来往持续了数十年。我忘不了到北京考博那几年他对我的关照，想起来就感到温暖。我亦忘不了让我心痛和惋惜的 2014 年 7 月他走失寻回来后去 301 医院看到的他的神态。

就我与希慧的相处，我觉得他是一位老实人，实在、本分、厚道。他不做花里胡哨的事，也不斤斤计较地相争。他是一位非常容易相处的人，一位干干净净的老师。

很可惜希慧患上了阿尔茨海默病，令他的教学科研事业和人生受到病痛的严重影响。在现在的生活条件和医疗状况下，希慧 65 岁就离世确实早了一点。

在武汉工作时，就送走了马协华、徐建民等同辈同事，那时更多的是为他们英年早逝而痛惜，并没有感觉死亡离我自己有那么近，认为他们的远行是小概率事件。

可这两年的送走同事却有了完全不同的感受。去年走了刘焯，现在又送走了希慧。虽然他们也是因病而逝，但我真真切切感觉到我们已经老了，我们的年轻时代已经一去不复返了。我们曾经的激情、我们幼稚的追求、我们单纯的向往将永远埋葬在我们过往的尘土中，随风飘去。

怀念希慧，既是回忆他从乡村到都市不断奋斗的一生，也是怀念我们一起走过的路、一起相处的日子，亦是怀念我自己逝去的岁月和过往的年轻时代！

2022 年 4 月 1 日晚 6 点记

4 月 17 日下午补充

杭州已无冯泽周

——我最后三次看望泽周记

冯泽周是我的大学同班同学，他是义乌人又为浙江同乡。泽周毕业后一直在杭州工作，我与他往来较多。[1]

在知悉他患重病后，我专程去杭州看望他三次，无奈地看见他的生命之火慢慢熄灭，痛苦地看着他一步一步离开我们、离开这个世界！

2016年10月24日，我在苏州见同班同学自力时，她告诉我泽周生病了，为胃癌。26日我联系了国庆，问了一些情况。随后给泽周打电话，他声音是比以前小了些。

我们5月时联系过一次，当时我为一个朋友申诉事情麻烦他，请他介绍了他们所的一个年轻律师办理。当时，他已经辞去了合伙人，我也感到他遇到了什么事情，他不太愿意说，我也就没有追问。我确实没有想到他会得这样的病。当时他已经检查出来了生病了。现在想来挺后悔的，生病还麻烦他。我当时疏忽了，内心里也是想不到他会得这样严重的病。

10月31日为星期一，我早上乘坐HU7677航班去杭州，8：20起飞，10：40到，出机场时已经11：00多了。进城时我打电话给泽周一直为忙音，我就发短信和微信，说我今天在杭州，看他什么时候方便、中午休息到几点，想过来看看他。他回了短信，我们约定下午2：30在他家见。他还说晚上请我吃饭。

下午1：33，泽周给我打电话，我没有接着。下午2：30到他家时，泽周

---

〔1〕 冯泽周，男，生于1962年6月，浙江义乌市佛堂镇人，1981年考入西南政法学院法律专业，1985年毕业分配到浙江省劳改工作学校（现浙江警官职业学院）从事教学工作，1989年成为执业律师。1999年从浙江司法警察学校辞职专职从事律师工作，先在汉唐律师事务所，2000年底作为创始合伙人参与设立国浩律师（杭州）事务所。

爱人开的门，泽周还在休息。我们先聊了一会。她告诉我，今年3月份发现的，为胃癌晚期，特别是部位不好，无法手术；并且肝上有发现，3月时为2厘米多，9月检查有4厘米。她说不知道能否挺过年。我一听，非常吃惊，感觉这非常麻烦了。

下午2：50左右，泽周从卧室出来。我看他的面色还可以，人是瘦了一些。他后来说瘦了40多斤。看他情况，我觉得过年应该没有问题。泽周说当时他还与医生讨论"有没有治愈的可能"。他叫他爱人拿出托朋友从朝鲜弄来的熊胆给我看。我们聊到近18：00，我离开往机场。我当天HU7178回北京，晚10：10起飞，凌晨1：00点左右到家。

离开他家后，一路上我的心情非常难受，不敢想将来的发展情况。泽周在班上微信群的名字为"冯兄化吉"，我真心希望他能够挺过这一关，真的能够逢凶化吉。

11月25日，我利用到慈溪中学参加60周年校庆的时机，早上从宁波坐高铁到杭州，9：10到浙江医院3号楼3楼66床看泽周，他这几天在这里打白蛋白。没有住在这里，每天上午来，打完就回家去。他说昨天放了1000毫升的肝腹水，今天又放了1000毫升，人感觉舒服多了，脚不怎么肿了。我坐在床边上陪他聊天。他讲到病好以后，律师是不做了，到处去走走。他还说同学聚会，10年是长了一些，以后5年一聚为好。11：00多，他爱人小蔡过来。早上是儿子聪聪开车送他来的。他还叫小蔡买两斤五花肉给同病房做护工的小周，不忘关心对他有帮助的人。下午有朋友送鱼来，他希望我留下来一起吃饭。我陪他到11点半离开。我感觉这次情况比上次要厉害了，这次出现肝腹水不是好现象。情况再变严重。

12月26日我又去看望泽周。下午1：10到解放军117医院一楼V09病房。他儿子的女朋友珍珍和一位朋友在陪伴他。我见泽周很瘦，人变样非常明显，肝腹水明显，前天才抽的今天肚子又很鼓了。他说没有想到这么难受。躺在床上休息时不一会就头上出汗，冒虚汗。我摸着他的手是冷的。坐在他旁边时，我看他没有白头发，他说宁愿满头白发也不愿意这样难受。下午2：00多，小蔡和两个朋友朱总、王总先后来。王总我十多年前见过。泽周觉得难受，想去王总开的国医馆请中医师粘医生做做理疗。下午3：00我们去王总地方，过江在滨江。从一楼到二楼时，我和朱总搀扶着他，他说越来越没有劲了。粘医生已经准备好，给他腹部放艾灸、右腿上针灸上放艾灸；之后帮他按摩。泽周还与粘医生讨论吃中药事，讲上周从上海中医药大学老校长阎锡教授处开来的方子事。再后来泽周坐到大厅的椅子上休息，这个时候他的精神状态好一些了。晚饭就在王总这里吃，泽周仅仅喝了点萝卜排骨汤。他看着我们吃饭。晚上 7：00 朱总和泽周一家四人（聪聪下班后过来的）离开回去医院，在小雨中我与他告别。我一直对他说，没有问题，你能够挺过这一关的。回到楼上，王总告诉我，泽周是否能够过年还真不好说，泽周内心还是有些不愿意面对，对后事事情大家也不好问他，他也没有立遗嘱。前天他身体感觉不舒服时，给妻子小蔡说以后大年三十还是要去看泽周妈，要给他妈钱，孩子嘛现在经济状况应该没有问题。这表明他还是有所认识的。王总说泽周比较有个性，治疗方案大家只能提些建议。我们朋友只能是尽点心意，尽量多关心一下。我晚 7：30 离开王总处去机场，坐晚上 10：00 飞机回北京。这次看他很虚弱，不能多说话，我只能看着他，他也看着我，这样的场景让人非常难受。

2017 年元月 4 日，我晚上 7：20 时与小蔡通电话，询问泽周的情况。她说情况还那样。随后我与他同一律师所的主任也是我们大学同年级同学田丰通电话，他说泽周的血压是一天天下降，心跳是一天天增加，他觉得应该不会太长时间了。我告诉他准备 9 日再来看望泽周。

等晚上 9：45 我打完羽毛球回来，看见我们班的微信群说泽周已经走了。我忙给小蔡打电话，她刚开始还比较镇定，后来就哭了，在电话中我感觉她有些恍惚。我又急忙联系田丰，他说晚上 8：00 多时他还去看了一下，也还好。没想到，晚上就走了。

后来想想，我是否有些预感，晚上 7：00 多分别与小蔡、田丰通电话。

知道有这么一天，但是确实没有想到那么快！我原来觉得十几号应该没有问题的。真正可惜，太年轻了，正当年！又想想，泽周再也不用难受了，没有痛苦了，也算是解脱了。[1]

泽周是一个热心肠的人，我印象深刻的是他曾经开车送我从杭州到慈溪我外婆家再送到宁波，令我十分感动！他在乡间小路上缓慢开车的情景至今

---

[1] 秀芹和我代表我们大学同班同学参加了 2017 年 1 月 8 日上午 9 点在杭州市殡仪馆举行的泽周告别会，送他最后一程。后来在杭的大学同年级同学国勇的陪同下，我去泽周墓地看过他一次。墓园环境不错，愿泽周安息。

历历在目，让我难忘。记得有一年，泽周送我一包用纸包着的龙井茶，特意嘱咐我自己喝，不要给别人，由此我才知道茶叶的贵重，更感受到他的浓浓情意。泽周是个重情有义的人，我去杭州大多联系他，他都叫同学、朋友来相聚，热情招待。每次大学班上同学聚会，泽周都主动赞助，积极参加，成为聚会的活跃分子，给大家带来快乐。

泽周已逝，一路走好，唯有思念长留我心间。

2017 年元月 4 日 23：45 于京西

三　行　走

2014 年 3 月河北赵县柏林寺参访记

2014 年 3 月 18 日，我看到通知说北大禅学社本周末参访河北赵县的柏林寺，清华这边也有一些名额。具体时间为 3 月 21 日—23 日，21 日中午出发，23 日回京，费用 200 元（包括食宿、车费），多退少补。欲报名的同学可发送【姓名+手机+邮箱】向小王（1861018××××）报名。

我看后有兴趣，想了解一下寺院的管理制度，收集一些这方面的习惯法资料，于是 20 日中午我报了名。下午告诉我可以，但是人数不多，需要乘坐长途汽车去，问还去不去；我还没有回复时，又来短信要我的身份证号码以购票。我告诉了他。

21 日 12：15 我在约定时间前到了 4 号线地铁北大东门站 D 口，领队小王等四五人已在了。我向小王报到，并交 200 元钱费用。他告诉我这次共有 10 人去参访，除我和中国政法大学的一位大三学国政的同学外，其余均为北大同学，为 8 男 2 女。小王告诉我他们北大禅学社共有三四百位成员，比清华的禅学社人数要多；他们有读经、抄经等活动。我看北大同学基本上为本科生，有 2010 级、2012 级的，专业有物理、国际政治、德语、医学等，有一对似为情侣。小王和另一位同学去过柏林寺。在地铁上，小王告诉我一切随众，可能不一定有与柏林寺的住持、师傅单独交流的机会，对他们的内部管理制度也不一定有机会了解；不一定有自由活动时间，仅吃饭时间 1 个小时可能有些自由时间。

约 12：20，十个人全部到齐后我们就坐地铁，先坐四号线到国家图书馆，再坐九号线到六里桥东站下，从 E 口上来后约 13：05 到高客莲花池站。汽车站在通用技术大厦的边上，西三环边，六里桥内。从显示屏看此站的车有发往河北、河南、山东等地的。这个车站也有开往内蒙古、江苏等地的长途汽车。随后我们进站等候。

北大的一位同学穿有"北大床协"字样的外套，我问他是什么协会，他告诉我为起床协会，同去者中有 2 人为床协成员。他们每天早上 7 点起床，7：15 固定时间吃早餐。他们有五六十位成员。这协会我第一次听说。

下午 1：20 广播说我们的班车开始检票，小王就给我们每人发车票，他们先过来买好的。5504 次 13：45 开往河北赵县，票价 80 元。大概 4 小时到，票上车号为冀 A-1-××××。为实名制售票车，上有姓名、身份证号。上车后已有不少乘客，不对号入座，车况一般，基本满座，40 来位乘客。

开车前，小王给我们发了一份"柏林寺参学生册"，内有寺院简介、联系方式、参学须知、温馨提示、入寺行仪、基本常识、过堂规矩、寺院地图等，共 A4 纸 4 页，较为详细、具体。

长途汽车正点发车，今天天气很好，风和日丽，中午温度有 20 度。今天是春分，汽车内较热。车上乘客似赵县人居多。车很快就上了京港澳高速。下午 2：00 过杜家坎收费站。2：30 过涿州北收费站，后走廊涿高速。下午 4：20 在唐县服务区休息，服务区有一白求恩雕像，他是在唐县的一个村去世的。

下午 6：40，车到赵县汽车站，小王与一面包车司机议定一人 3 元送我们 10 人去柏林寺，我们 10 人挤在一辆小车中，近晚 7：00 到柏林寺。旅途中聊天，面包车司机告诉我，赵县县城的房产价格 3000 元左右，地段好的在四五千元左右。

在柏林寺客堂，每人要身份证，界志法师进行了登记、安排，随后到天香楼二楼放下行李，我们就去方丈室。天津大学有 3 名同学，2 男 1 女，已经先在客堂等我们了，有一位为研究生。

晚 7：20，我们 13 人到方丈室坐下，有一女居士照相、放录音笔。不一会，释明海住持过来。他请我们每人吃一块糖。他问我们吃晚饭没，安排师傅去准备。

明海师傅是湖北潜江人，1991 年毕业于北大哲学系。我坐在他边上就先聊了一会。他是"60 后"，比我小一点。我介绍自己是慈溪人，他说知道五磊寺、阿育王寺，去过宁波。知道我是法学院老师后，他问依照先例判案的情况，他也知道人民调解。

之后，他与同学们交流。一个同学寒假与父亲聊天，父亲很困惑人生的意义。他说"这是一个信仰的问题"，"这个问题很重要"；"我们也信生活要有动力源泉，浅一点的有要回报父母，最深层次的是宗教信仰"。一位女同学对佛教文化感兴趣，选了楼宇烈老师开的《中国佛教哲学》课。他说："那么大岁数了，八十几岁了，阿弥陀佛，善哉善哉，要向楼老师学习，我忙于事务。"

他说佛教是一个社会存在，是个社会实体，有表达符号，有经书、佛像这些形象层面的，但它还有制度、仪规、教律、宗派，再往深里讲，最终就是正见、大智慧、见地，有不同的说法。他推荐书给同学，写了 10 本书名，有好儿本是外国人写的（有 2 本的作者是法国人，1 本是美国人写的），又补充了一本"正见"。他表示要多读点书。

他说佛论讲出来了、表达出来，5 个人又讲给很多人，就有信众了，那么多人就要有戒律、有制度了，到各个地方就要适应各个地方的情况，技术层面，宗派就出现了。

他认为"迷茫是一种你看的结果，你不要认为你有真正的迷茫，学佛的话是怎么换一种看的方法；我们生活的世界是我们眼中的世界"；"目前先逐步的正确，正见是一个过程，是一个调整的过程，转化的过程"。

他觉得"行动和观照，这两个要不偏废，当然这两者在不同人身上有不同情况，杜甫说'读万卷书，行万里路'，这是讲实践和理论，在行动中深化你的认知"；"不要怕，不要怕走偏，不要怕错误"；"你的生命中有一种从未离开过你的真实"。

他说："人的宝贵就在于能超越自己，最大的敌人是自己，最大的力量也在于自己，人不完全是根据习性的，也是知识问题，健康行为，所知障，还在情感心性上的，烦恼障，我们就是要突破这两种，对自己要凶狠一点，你不时要对自己怒目圆睁，一定要积蓄这样一种力量，这样习性对你的控制力就越来越好了。"

他提出"培养一些的习惯""要培养生命的核心竞争力"。

最后他说"今天就先这样，结个缘"。明天早上五点他要去北京，九点有个讲话。他叫我们先去吃饭。

我忙问他有关仪规之事，他给我写了几本书名，为《禅苑清规（宗赜）》《百丈清规》《云居山规约》《虚云和尚年谱》。

在与明海师傅交流时，我在想可否将其列为"乡土法杰"之一，他也是社会秩序的维护者之一类。不过，可能他不一定愿意，看情况吧。

与明海大和尚告别时，天大的一位男同学拜倒在地向大和尚叩三个头。

之后，8：30，我们去斋堂吃饭，主食为馒头、面条汤，菜有豆腐丸子、蘑菇、咸菜、黄豆等四样，专门为我们准备的。大家都轻声细咽，最后还用开水将饭碗、菜碗过得干干净净。

吃完上房间时，已有9：00了，鼓响了起来，我就到钟鼓楼去。二楼为钏，三楼在敲鼓，我问二楼的一位师傅能否上去，他说不行，于是我在二楼这里听敲鼓。约敲十来分钟，就开始敲钟，一位三十来岁的师傅边诵唱边敲，有一年轻的师傅在拜。大约15分钟后，小师傅敲钟、诵唱，那位大一点的师傅拜。一直到9：30结束。

后我上来回到房间，我们十个男的住6号、7号房间，6号外面三位、里面三位，里面房间晚9：40就熄灯睡觉了，我们外面三人都在写东西，近十点熄灯睡觉。房间有空调无电视；室内有卫生间，内有一电热水器，可洗澡；卫生间洁具有些坏了。

22日早上4：30，我们就听见钟声响，于是起床。4：50我和一同学到了菩提楼门前，见有3男居士在门前，师傅们还没来。天上有月亮。陆续有不少俗家信众前来，我们从殿内一柜子里拿一《佛教念诵集》看。进殿后女左男右，连我们有四十来信众。殿内约有七八百个蒲垫，一师傅值殿。5：10师傅列队进屋，分往两边，后不时有进来的师傅。有两男四女做法事者，在中间位置。一位师傅用扩音器领诵。朝时课诵《大佛顶首楞严神咒》，此咒凡427句2620字。6：20时有一些师傅陆续离开。今天参加早课的师傅约有百位。

6：40早课结束，到斋堂吃早饭，7点吃完。早饭为赤豆稀饭，主食为馒头，另有小菜，不断有添加，也有添加饼干。11位义工负责添加。

早饭后我在寺内随意走走、看看，有师傅在扫地，打扫卫生。听一位法师说，柏林寺东边准备扩建，北面建一些塔，放灵骨，南面再建一些可用于禅修的客房、礼堂等建筑。

7：40来两车接师傅们去秦皇岛。早上4：50，我们见一车在方丈室外，为奥迪越野车，挂京牌，应是接方丈去北京。7：50我问知客，有无书面的一些规约，他说就"共住规约"可提供，委婉地拒绝了。

我们于8：00到禅堂，打坐。在河北佛学研究所的二楼，地上有四排各五个的位子。大家坐在席垫上，脱鞋。

师傅很年轻，二十多岁，用扩音器的话筒。他说："昨天爬了下山，事情很多，今天有点累。我没上过大学，对禅学社也不太了解，所以我就不讲基本的了。昨天晚上我在想今天怎么来禅修呢？刚好前几天有寄来泰国人阿姜查对当代人讲法的书，特别是无常、无我很有帮助，对现代人的心理问题有非常大的作用。我们 20 世纪 90 年代中的人的心理问题，现在人与欧美 20 世纪 70、80 年代的问题差不多，有抑郁症啊、心理疾病。我们随意地翻，看到哪里就学哪里。禅修，就是在静坐中不断思考法。思维静，等会儿你们闭着眼睛听我念，体会法。"阿姜查的语录涉及生与死、身体、法、心、平静、无我、禅坐修习、无常老师、苦、戒德、领悟与智慧等。

8：45，他叫我们睁开眼睛，活动一下。学习五段再行禅。9：10 行禅，念"左""右"，喊左时迈左脚，顺时针行 10 分钟。

随后他请我们每人找一个自己喜欢的语句与大家分享。我分享的是"领悟与智慧"中的 136 "除了你自己的领悟，没有任何人或任何东西，可以使你解脱"。大家的分享各不相同。之后静坐五分钟。

师傅再给我们讲打坐的基本方法，9：35 时开始。坐垫：盘腿，散盘，单盘，双盘，左脚在里为金刚坐，右脚在里为降魔坐，一般左脚在里面。打坐的坐法影响打坐的效果。女性适合练双盘，男性单盘就可以了。双盘很快就能进入静的状态。手的姿势，被子一定将腿包住，不要让它受风。打坐时不能吹电风扇、空调，不要受风。打坐的人不能吃辣椒，它让人很躁，影响思维；不能吃太油腻东西，不能吃太饱也不能太饿；不能睡太多，容易静不下来，使人散乱。

9：45 时他又讲一些吃饭的仪规。用碗筷进行了示范，端堂又叫五观堂，吃饭时心存五观。吃饭时也是一堂佛事，要安静，不能讲话。不能浪费饭菜，培养惜福心态。传统的是三个碗，后一为饭碗，前一为汤碗一为菜碗，我们这里是两个碗，省事一点。斋堂内只有二句半，方丈可讲一句；僧值师可讲一句，他维持秩序，讲一些秩序；另外行堂师傅可讲半句。一般人不能讲话，现在我们可小声地给行堂的人说少一点或多一些。

这样他讲坐禅、行禅，共坐一小时行半小时。10：10 我们结束打坐，我请师傅在阿姜查语录上签了名，他名叫传学。

之后传学师傅带我们去参观舍利塔，又带我们上万佛楼参观。净慧老和尚提出来万人同建万佛楼。万佛楼，东西南北中五佛，一共有 10 048 尊小佛像，四大菩萨 3600 尊，大众认同，大众参与，大同分享。万佛楼是 1999 年开始建，2003 年建成的。传学师傅在万佛楼时还教我们如何拜佛。

我问传学法师早上一师傅发牌事。他说那叫牌，每张代表 5 元钱，月底寺院结账，是做法事的人给师傅的，以前是给红包，感觉那样不太好，故改为现在这样了。

10：30，我们下楼，见来的香客很多。

11：05 我们到斋堂吃午饭，11：30 吃完，中午主食为米饭，菜有豆腐丸子、土豆丝、大白菜等。中午吃饭时，我们这边僧人师傅有六排，这样加上对面，中午吃饭的师傅约有 100 位。居士等有 9 排。

11：50 我走出柏林寺去赵州桥看了一下，我们是中午 12：00 至 14：00 休息。12：40 我走到赵州桥景区。

在去的路上，沿石塔路再左转沿石桥大街直走五华里。赵州有三宝：雪花梨、烧饼、驴肉，一路上见不少烧饼店，3 元 5 个。在石塔路一杂货商店，购一瓷酒壶，价 8 元，做纪念。

赵州桥景区将赵州桥围了起来，再弄些八仙雕像什么的，门票 40 元，不便宜。桥面上有两个凹点，为历史留存物。

回来时花 10 元打一黑车到柏林寺，下午 1：20 到。黑车司机说，县城内从柏林寺到赵州桥景区的公共汽车今天罢工，故无车可坐。县城有 100 辆正规出租车。

柏林寺无门票，今天来者众多，门口有不少卖香者，也有许多黑导游。

回到房间见柏林寺送我们每人不少书，有明海师傅的《禅心三无》，由三联书店 2010 年出版；净慧老和尚的《禅在当下》，方志出版社 2010 年出版。柏林寺印行的有圣严法师的《正信的佛教》、圣严法师的《学佛群疑》。我回来时，同房间有 4 位同学在睡觉，一位在看手机后也睡了。早起后精力不济啊，这些同学。

下午 1：55 我到客堂时，有一个大众的参访团刚到，是从今天 12 时到明天 12 时，大约有 30 来人。

下午 2：00 我回到房间，准备下午的参访活动。下午 2：05 我们集合后到客堂，客堂有知客、僧值两牌板。下午 2：15 我们到河北佛学院教学楼的一个课堂。佛学院边上的迎春花开得金黄，玉兰花也盛开了。昨晚见方丈院内也有花开。春在柏林寺，春已到柏林寺了。

课堂像会议室样，中间为一大块树板做成的台子，约 6 米长，最宽 2 米多；寂静法师前面有一套茶具，另摆放有瓜子、花生、果盘。法师 40 岁左右。他说"大家有什么问题，我们像聊天一样，随便说；佛学院学生上文学方面课，主要为佛教方面的课，国家宗教政策，也要上时事政治，作为修身人而言知道社会状况，你们所处的环境，如何与环境好好融合"。河北佛学院有 70 来位学生。

他说："我们的信仰是觉悟人生，看破烦恼，放下烦恼，自觉觉人，这样提高了我们生命的价值；戒条就像法律一样的，戒条是软的，法律是硬的，法律不断地在修正，戒律是没有人来制裁你，靠人自己的自制力，自己的信仰，看你的思想境界。"

他说："僧人叫过堂不叫吃饭，是你要想一想你配不配吃这饭，审问你一样，降服你的欲望，节制你的欲望"；"市场经济跟我们修行是两个概念，我不能要我不想要的东西，要提高生活水平，随遇而安吧，不要浪费，也不要过多奢望。"他举了瘦肉精、美苏核竞赛、汽车等例子，谈痛苦与快乐、谈少欲知足。

他认为："现在这个政府对国家贡献很大的，没有分裂也没被外面欺侮。现在的政策是可以的，和谐嘛。我们不能对政府有过多要求，政府给老百姓一定的公平性，一定的自由空间就可以了，没有动荡的环境下。宗教与社会是毛与皮的关系，动荡、战争的情况下你怎么样修行?！"

法大同学问"破除我执"的方法。北大一位同学问禅宗为何不辩论。有同学问《金刚经》的第一句话如何理解。天大有一同学问如何进一步学习佛经。这位师傅都给予了解答。

寂静师傅很能讲，也会联系汽车等现代现象、事物来打比方、作比喻，说明一些问题。他从下午 2：20 到下午 5：30 没有休息，一直在讲，我们中的不少人都中途去了卫生间。他的知识面比较广，较关注中国社会和国际社会的一些事件，能联系起来谈欲望、谈自控、谈修行，也没怎么喝水，中气比较足，精神比较饱满。

他最后讲了职业选择与事业的关系、区别。随后我们离开佛学院，学院下午 4：00 点开始的晚课还在进行。我们到斋堂外面等。

下午 6：10 分我们进入斋堂吃饭，来吃晚饭的师傅不多，昨晚明海大和尚也提到了这一点，"过午不食"。晚饭前没有诵经，吃晚饭的禅修人员较多，有 90 多位。晚饭为小米粥、包子、土豆丝等，我吃 2 个包子，还添一些米饭，吃一碗小米粥。小王他们 2 位同学做义工行堂，饭后又有几个同学做义工帮洗碗。我 6：30 吃完晚饭。

吃完饭后，我到舍利塔去看了一下，此为全国文物保护单位。又出寺院门去街上看了一下，无甚特别之处，商店多已关门。回来后在寺院内又四处转了一下。

晚 7：15 到佛学院大门处集合。随后到教学楼三楼的礼堂就座。礼堂较大，约可坐 200 人，中间放有 6 排各 10 张单人桌子，估计为佛学院学生坐的。女的坐左面，男的坐右面。

晚上由常照法师讲课。晚 7：35，讲课开始。他是河北佛学院副院长兼资深讲师，20 世纪 90 年代追随净慧老和尚出家。今天才接到此一讲课任务。他大概 40 来岁，他从释迦牟尼来讲佛法。他念了一遍星云大师写的《释迦牟尼佛传》书中第一章序说，共一页半篇幅。我们坐的桌子抽屉内有学生放的书，其中就有此本，我们拿出来，边听边看序说。听课时，我又有点困了，中午没有睡一会还是不行，早上 4：30 起来毕竟太早了。

他讲到晚 8：35，从释迦牟尼悟道过程讲到禅定等，随后他问大家有什么问题。有一位女听者问怎么理解六祖坛经里的"不见世间过"的含义，有一位问随着修行的不断深入生活中也越出现很多障碍问题，天大一位男同学问头脑如何变得开阔等，有一位女听者问对"好有好报"的困惑。

晚 9：17，开示结束，大家掌声欢送常照法师离开。

回来时钟鼓楼正在敲钟，我们直接回房间准备休息。他们几个人练了一会站桩，晚 10：05 分熄灯睡觉。

23 日早上 4：30，钟就响了，我开灯，随后大家起床、简单洗漱，准备去做早课。4：50 我就下去，往万佛楼走。半月还挂在天空，天蒙蒙天亮。4：55 我们到万佛楼，陆续有一些禅修和做法事者来到万佛楼。5：05 师傅们手捧饭盒分两队进万佛楼。5：10 开始早课。今天僧值师这边空着位置。不时有个别迟来的师傅进来。诵经时师傅他们都没看书而靠记忆念诵。6：00 点起两边分别轮拜。6：15 有六七位师傅离去，可能去行堂。6：23 时有一位师傅发牌（红包），今天是一张，红色的。6：35 早课结束，师傅们离开。

随后到斋堂吃饭，早饭为小米粥、包子，小菜有土豆丝、豆干炒芹菜、榨菜等。

之后我去佛学院抄了他们贴在二楼墙上的一些规约。在寺院转时，见传学师傅陪一位翻译在往石塔处走，只见一位欧美人在做义工扫地。

7：35 我去拜见净慧长老的舍利子。去年净慧老和尚圆寂后火化后烧出来有 54 颗舍利子，头盖骨烧后呈莲花瓣。

8：00 我们到文珠阁，在万佛楼东边，即西来堂。我们进内找位子坐下，均为女西男东。北边悬"茶禅一味，法谊千秋"横幅，东西两边挂有"觉悟人生，奉献人生"，"大众认同，大众参与，大众成就，大众与分享"等标语。椅子较宽大，上有垫子，被子可供打坐用。北大有几个同学盘腿打坐。要求进入殿内关闭手机。殿内角落还放有一台钢琴。

8：05 开始，由心慈法师主持。今天参加的有三个团队，茶禅一味体验或禅修。今天活动的主题为通过禅修体验到安宁，他要求手机关闭或静音，振动不允许，禅堂非常需要安静，要掉一个针也听得清清楚楚。

他说禅堂最大的规矩是听招呼、守范围，没有你的个性，要磨平你的心性，磨圆。

8：45 行禅结束，大家坐回原位。随后喝禅茶，两位师傅提茶杯篮给大家每人发一茶杯。此时有手机响了，心慈法师正在给大家讲如何拿杯子。他又示范如何倒茶，请几位禅修的人出来倒茶，丁字步，通常禅堂喝茶三遍。9：10 又有手机响，心慈法师又提醒大家尊重禅堂纪律。有师傅来拖地，将倒茶时漏下的水拖干净。不久，收杯子，要大家将杯子放地上，师傅来收，后拖地。

9：15 开始坐禅，他讲脱鞋时鞋须不离地。介绍盘腿的方式。坐禅时禅堂内十分安静，只听见外面风铃的声音。9：50 坐禅结束，开始行禅。刚开始时，大部分人都出去上卫生间了。我们十来个人行禅。我行禅十来分钟至10：00出来休息并记笔记，万佛楼前来参访的香客不少。

有一位约 60 岁的妇女对我说，净慧师傅走了以后，真是不行，秩序乱了，纪律太差了，规矩不行了。人家那时候坐禅时不能有声音，跑一阵坐一阵。现在乱弄，秩序不行。她来自石家庄。她觉得秩序这么乱，出不了大彻大悟的人。

10：15 我想进文珠阁时，门已关上了，又在坐禅了。在门外等了一会，柏林寺一保安与上海大众参访团的 4 人在聊天。

我去法物流通处，花 6 元买一福建莆田广化寺印的"百丈丛林清规证义录"，并盖一章。之后就回到文珠阁前等候。10：45 坐禅结束，上午的禅修结束。

之后，我在寺院内随便走走。今天阳光明媚，天气很好，来的香客很多。我问一位胸前挂导游证的导游，她说讲解一次 30 元，大概半个小时。

11：10 我进斋堂，见传学师傅在行堂，便请他在"百丈清规"书上签名和日期，他答应了。这两天吃饭时，见有一六七十岁的老道士也在吃饭，一身道士服装，道骨仙风。陆续有人进来，坐在位子上等候。我们这一边已来 4 位师傅，对面也有三四位师傅坐下。

11：15 钟响，大家起立，等师傅进来。吃饭时，有一女众进我们男众这边，传学师傅请她出去一会儿再说；又有晚来的五个禅修的人包括我们团的人，被传学师傅请了出去，他并把门闩上。他又对吃过饭先走的两个保安说："以后等师傅走后再走，这样不好。"

11：30，我们吃完出来，拦在外面迟到的十几个人进来赶快盛饭吃，有我们团的三四位。

之后，我回到房间，写笔记，并收拾东西，准备离开结束这次禅访。小王去办结账手续，每人吃、住为 20 元一天，我们 2 天共 40 元，为每人 40 元。柏林寺为每位禅修者送那么多书，经济上肯定是亏损的。

11：50，北大同学陆续回来。天大三个同学自行离开，一个男同学要去石家庄的河北师大，另两位可能一起走。我们等吃饭的人回来就离开。

12：00 我们离开房间，下楼，离开寺院，回北京结束这次禅修参访。

在寺门口等了一会，12：15 上了一辆开往石家庄南部客运站的汽车，票价 11 元。不到一小时，我们到汽车站，一下车看有一个铁路售票处，小王就上去问了一下，说 14：16 的高铁还有票，动车没有了，再晚就要六点多了。于是我们买好车票，G6562，14：16 开。上 72 路车站一元乘公交车，4 站路到石家庄火车站，这是个新站。安检后进来，稍等一会就检票上车，14：16 车准时开出，

大家原交 200 元，因这回坐高铁，需补一些钱。我给小王说不要大家补了，这部分我来出。他们还坚持，我说不要客气了。这样，他们才答应。

看火车窗外青苗已返青，很绿了。路上有北大同学聊到，北大哲学系学得好的疯了，学得一般的出家了，学得差的做中学老师了。他们说在龙泉寺北大清华的不少。北大有老师去参访后说不愧是北大清华的，意为高雅、有格调。

坐我旁边的小王路上在看明海的书，他说明贤的书也挺好，还说昨天寂

静法师的书讲得很好，常照法师的书因不知对象，且人比较多，讲得就比较浅显了。

此列高铁为西安到北京西，速度为 300 公里/小时左右，比来时的汽车自然舒服多了。14：50，车停保定车站。

火车于 15：30 到北京西站。下车前，小王他们非要把我出的部分火车票钱给我，说他们已收齐了。我向他们又进行了一番解释，他们不听，我只好把钱收下了。我不能够强迫他们接受我的好意，他们都是很有自尊的同学。

之后，坐地铁到北大东门站时为 16：20，我与他们告别，到家时已经16：30。

我赶快洗了个澡，换衣服，这两天没有洗澡，洗漱比较随便。

这两天没有看电视，没有上网、收邮件，不知道失联的马航 MH370 飞机的搜救情况，有点恍若隔世。

2014 年 3 月 23 日整理

附：

柏林禅寺宗风十要

本寺自赵州真际禅师驻锡开法以来，即为宗门重镇，名震遐迩。辽金之际，虽一度革禅为律，不数传，至元初有临济宗归云志宣大禅师重振宗风，革律为禅，自是七百余年，住持传法者均为临济宗匠。余自戊辰年（一九八八）执帚山门，惨淡经营，踵事增华，重振玄风。历经一十五载，仰赖众力匡扶，百废俱兴，修复事毕；安僧弘法，亦略见端倪。自惟逾古稀，心劳力瘁，残年晚景，来日无多，让贤继位，刻不容缓。当此辞席之际，与合山首领执事暨两序大众共议，立宗风十要，备继位诸贤随缘不变，有所取法。

一、本寺内修外化以弘护三宝、勤修三学、熄灭三毒、净化三业为总纲；以宗绍云门，法传临济，源承古佛，旨接曹溪为宗风血脉。体用兼备，源远流长，继位诸贤，克绍光扬。

二、本寺中兴伊始，根据时节因缘，实践人间佛教，适时提出以觉悟人生、奉献人生为宗旨之生活禅，四仪为道扬，三业作佛事，在生活中修行，在修行中生活，从生活禅到禅生活，净化三业，超凡入圣。生活禅以正信为根本，所言正信者，以三宝为正信之核心，以因果为正信之准绳，以般若为正信之眼目，以解脱为正信之归缩。生活禅以正行为依托，所言正行者，将信仰落实于生活，将修行落实于当下，将佛法融化于世间，将个人融化于大众。生活禅之修行次第，即发菩提心，树般若见，修息道观，入生活禅，借教以悟宗，宗通说亦通；宗通自修行，说通示未悟。

三、本寺于一九九三年开始与河北省佛教协会共同举办生活禅夏令营，已连续举行十二届，对于推动佛教文化之传播、生活禅理念之落实、佛教与当前时节因缘之适应等诸多方面，均具重要意义，如无特殊因缘，不得辍办，面向社会，继往开来。

四、本寺为十方传法丛林，凡继位者，须经前任住持提名，大众公许，承续临济宗龙池幻有正传禅师至虚云性稳禅师一系法统，保持宗风传承，克绍如来家业。每届住持任期五年，连选可连任一届。任期内如有犯戒违规或身体多病等情，可提前退职。法脉传承系具载碑文，阅即可知。

五、本寺僧团管理以感恩、分享、结缘为理念；砥砺三学、恪守六和为原则，以无事莫寻、有事莫避、息事宁人为方法；以自觉、自由、自在为目标；形成安定祥和氛围，树立禅宗祖庭形象。常住一切财物属十方所有，住持及首领执事各尽维护增长之责，不得变卖转移。认真落实大众认同、大众参与、大众成就、大众分享精神。

六、本寺现有分院四处，即邢台玉泉禅寺、石家庄市虚云禅林、任丘市古佛禅林、石家庄市真际禅林。各分院法务、人事、经济、修建自行负责管理。

七、河北省佛教协会依托本寺创办之河北禅学研究所、河北省佛学院及相关佛教文化事业，继位诸贤均应克绍先业，发扬光大。佛学院培养僧才以信、戒、学、修为教学宗旨，以养成僧格、融入僧团为培养目标，认真落实教学纲宗精神。

八、本寺日常修学功课及每年内修外化摄众修学之法会活动，已形成定制，早晚功课，禅修斋供，诵戒布萨，安居讲育、冬季禅七等修学活动对弘法利生之影响甚广，均须坚持不辍，以利丛林之道风建设。法会以僧俗共修为原则，防止俗化流弊产生。

九、本寺各殿堂建筑布局、圣像供奉、利用安排，在保持传统规制基础上略有取舍，规划合理，使用方便，注意保护维修，保存当代寺院建筑布局及风格，以资后人借鉴。

十、本寺自中兴以来，通过僧团集体实践逐步形成宗风特色：觉悟人生，奉献人生；继承传统，适应时代，祥和社会，净化人生；善用其心，善待一切，优化自身素质，和谐自他关系，解行并重，戒禅并重，教禅并重，僧信并重；把握当前，面向未来，契理契机，如律如法；大力倡导端正信仰，深信因果，挽救良心，提升道德；以出世精神，作入世事业；修在当下，悟在当下，证在当下，庄严国土在当下，利乐有情在当下。

以上十条，有理有事，在集体实践中形成，今后随着时节因缘变化，与时俱进，不断充实发展，务使常住管理日臻规范，学风、道风、禅风日益兴隆，大众修学日益精进，成道度生，代有其人，灯传无尽，法化无穷。

净慧本宗谨立

甲申年（二零零四）七月佛欢喜日

2014 年 7 月越南行日记

2014 年 7 月 21 日　东兴—下龙　雨转晴

一早 7：00 就起床，窗外正下阵雨。吃早餐后我和一位同行者于 8：00 去口岸，此时正下大雨，吴总开车去送我们以免淋雨。

到东兴口岸时雨很大，陈总已等候一会，我们便去过关。过关的人不多，有三个窗口，均为武警上尉在执勤。边检问我去干什么，我说去玩几天；又问签证了没，我答签了。过关还算顺利，但看得比较仔细，花了五六分钟时间。

之后，将行李放安检机上安检，没有任何询问，我就过关出国了。

走过界河桥，就进入越南入境处。因我们是初次入境，在入境检查时，陈总替我们各交 30 元人民币共 60 元人民币给入境官；他是多次入境，故不需交。

后为行李检查。越方海关问我带的是什么，我说包内是水，他摸了一下，是有一瓶水，于是放行。陈总又送上各 70 元共 140 元人民币给他们。这样，我们每人在入境时各给 100 元人民币给越方官员。

陈总说一般不清楚的人会给 230 元人民币。他说很少有国家像越南这样公然索取钱财。

后送我们的阮姓出租车司机说他们这些出入境工作人员来此是要花钱的，索取这些钱财是满足自己的需要，他们工资不高。

入境后，我们打伞往车站走，一男性司机跟上我们，说包车送我们去下龙湾，陈总开价 0.9 兆越南币即越盾，他还价 1.7 兆，陈总答应了。越南盾的币值很大，不知何时何故形成。所有面值的货币正面均为胡志明像，背面则为各种风景。没有见硬币。中国人在越南可有大款的感觉，人民币比较值钱。

我们先在街边换越币，1 元人民币换 3450 越盾，我换了 2000 元人民币。陈总说早些时候可换 3500 越盾。他平时都有固定的兑换点，今天他因出门早没来得及换。

越南时间比北京时间晚一小时，我们三人于越南时间 7：30 北京时间 8：30 上车。车为七座车，去年买的花大概 26 万元人民币，越南的税比较重。越南自己没有汽车厂，现在韩、日在越有汽车组装厂，中国尚没在越开设有汽车厂，摩托车厂我听说有设立的。

7：51，我们到一个检查站，司机下车将我们三人的护照拿去检查，不一会就回后又继续前行。

司机会汉语，家在下龙湾，近十来年在芒街工作，原做出口贸易生意赚了一些钱，现转行开出租。他 30 多岁，父亲已过世，现老母亲与弟弟在下龙湾，他一家在芒街。他妻子在一位福建老板处工作，已有五年了，月收入有 3000 元人民币，工资算是比较高的；她帮福建老板创业的，逐步打开市场，故福建老板对她很好，过年过节、生孩子还送红包。他们有一子一女，大的 9 岁，小的才 1 岁多，越南也实行计划生育，但像他这样可生两个孩子，不用罚款的。

司机去过南宁，在南宁接受饭店管理培训，晚上又接受汉语培训，待了三个月，故汉语说得比较流利，与我们交流没有什么障碍。

我询问他路上停车休息处有一标语，是 1954 年至 2014 年什么 60 周年事，他说他不关心历史，只关心自己母亲、自己孩子，只希望自己的日子过得好一点，关系不近的事情他不关心的。

他介绍越南的一些官员贪污腐败很厉害的，交通警察罚款十分厉害，你私下跟他讨价还价，他可以少罚一点就不公事公办，钱就落他个人腰包。他说从芒街到河内的路上有许多弯道，常常限速 40 公里至 50 公里，交警就在拐弯处守着，一不小心超速就会被罚款。

越南高速公路不多，他介绍仅河内往胡志明市（西贡）方向有两三百公里，其他地方还没有。

9：33，我们休息完离开 109 号休息站。司机介绍越南的客车、大货车各有休息、吃饭处。我在休息处上卫生间，发现休息站自己在发电。我见有人在吃快餐饭，几荤几素什么的，没有问价钱。陈总给我们买 C2 饮料给我们喝，说这个不错。此为柠檬绿茶，口感不错。

刚驶出不久，见左边路边有一大片红树林，我们停车下来照相。正值退潮时间，红树林的树干露出很多。

在这之前，间有阵阵小雨或中雨，雨停后右边远处山上云雾缭绕。

一路上，离开芒街市不久，见两旁房屋多为一层一间一家的，少见两层楼的，面积似也不大。在进入锦浦市境内后，两层楼的房屋逐渐多了起来，两旁居民似较富裕。

陪我们游玩的陈总为1973年生人，温州市区人，主要从西贡进皮料到广州，这几年也做葡萄酒生意。他每年几次到西贡，请了一个人帮他打理，月工资6000元人民币，只需5天左右就可以了。陈总说这样我省事有得赚，他也不只赚这个数，大家都乐意。他对海防、河内、西贡比较熟，故胡总委托他陪我们。他自己曾在南越、美那等地自助游，他十分推荐这些地方，说越南有"越南越好""越南越美"等语。他妻儿均在温州，一年回去几趟，准备今年7月底回去。女儿将入高三，8月3日就要开学，要求送一只5000元左右的卡西欧自拍相机；儿子小一些。

一路上所见，郁郁葱葱，绿化很好，间有桉树林，但明显没有广西多。越南的空气质量较好，尤其芒街这边没有什么工业。快到锦浦市时，有露天煤矿传送煤至电厂。陈总介绍锦浦市有一哈电总承包的电厂，上海也有在越南承包建设的电厂。日本、韩国也有建设的越南电厂。下龙市的跨海大桥为日本所建。

阮司机讲到，越南芒街那边可土葬，但城市里也有火葬的。我们路过的一处建筑，即为广宁省唯一的火葬场，位于广宁省的中部。火葬既可省点买墓地的钱，也可省点办丧事的花费。我见路边放有三口棺材，问阮司机为何？他说应是放着卖的。他说棺材的材质不一定很好，因为土葬四五年后还要捡骨放入坛中进行埋葬，实行的是二次葬，故不需要太好的棺材。我上午见公路边有装饰较为考究的坟墓。

约10：20，我们过广宁省下龙城区时，见有一办婚事的人家，搭着彩门，宾客约有四五十人在户外，阮司机说这边很重视结婚仪式。陈总参加过几次芒街的结婚，有的办七八十桌的，把马路都占了放酒桌，很热闹的。

阮司机讲到，越南中部较为穷一些，有女孩做国际新娘嫁到韩国，北部这边有嫁去中国的。据阮司机介绍，越南的公家房屋外观为黄色，只不过政府机关与学校等的黄色程度不同，党政机关的黄色更为深一些。路上所见，中小学的校舍大多为二三层，广宁省委的房屋也不高，但院子较大。

11：00 左右，我们过下龙大桥，转下来到下龙湾边，先找住宿处。在船码头边，我们见一家 BMC—THANG LONG HOTEL，进去问了一下，有房，五层海景，房价约人民币 230 多元，陈总决定住此。此为三星级宾馆，楼不高，五层。

我们办理入住手续时，前台小姐将我们的护照收押，并要求付房费，陈总说不是走时才付吗？服务员要求先付。后来陈总告诉我们以前是可以后付的。我们要了宾馆的卡片，以备需要时联系。

放好行李在房间后，我们就去市内吃饭。阮司机开车带我们去了一处他熟人开的饭店。我们点了皮皮虾、蚝、螺、竹叶菜、海鲜饭等，陈总要了一瓶药酒，结账时为人民币 300 元多点，应该不算贵。饭店送了我们两碟黄瓜、一碟野菜和一盘米蕉，米蕉品质不错。此店为私人所开，父亲在店，女儿帮着张罗。女儿为高中历史教师，30 多岁，会一点汉语，她已放暑假。她告诉我们这幢四层楼房约花人民币 700 万元。阮司机说地皮贵，每平方米需 2 万元。陈总估计了一下，此店约 200 平方米建筑面积。这样光地钱就需 400 万元人民币了。越南土地是可私有的。

12：30 左右，我们吃完午饭，阮司机送我们到船码头，我给了他 1.7 兆越南盾的车费。

我们去码头准备坐船游览下龙湾。因不甚清楚情况，我们先买了 17 万越盾的游览票后以为船票也在站内买，又买了 12 万越盾一张以为是船票实为景点游览票，两种包括的景点有差别。其实越南公家只出售景点门票，有 12 万越盾、17 万越盾等几种，包含的景点不同。船则为私人的，由私人老板收取并在登记旅客姓名后报有关部门办理手续。知道了这些后，我们将后买的三张 12 万越盾的景点票叫一船家去退了，随后每位 20 万越盾的船费上 48-QN-612 号船。

在船上等了一会，又上了几位越南游客，大概共十四五位老老小小游客，于越南时间 13：00 多点开船。我们的船为较晚发的船，所发的船大多为我们这种一层半的船，一层为船舱，二层驾驶台前有一遮棚，每边各有一长凳，余为露天观景平台。我们的船一楼船头有龙头，较为独特。

下龙湾为世界自然遗产。船行 15 分钟左右，到一岛上观赏名为天宫洞的溶洞，上岸参观时间为 40 分钟。我们边观赏边照相。此溶洞在海岛内生成，较为罕见，规模也不小，惜洞中存水处不多，景观较为单一。配以各式灯光照耀，溶洞也有一番可观之处。岛上另有一头木洞，需另购 5 万越盾门票才能进内观赏，我们没有去。

从岛上观下龙湾，水尚可，我们原担心受台风"威尔逊"影响水可能较浑，其实还好。今天下午除偶有小雨（刚开航时）外，余为阴天，返航时更出大太阳，天气总体不错。

我们三人是最后一拨上船的，船开行 20 来分钟后就停下了。经船上导游提醒后我拍了岸上的狗头石。我们到水上平台处，附近有两可行船的山洞，游客可自行选择，或花 10 万越盾划划双人皮划艇，或花 10 万越盾坐由船工划的小型双排座竹制船。几番商量后我们坐上了由船工划的船。

我们穿上救生衣，船上除船工外有 6 位游客，除我们 3 人外另有一父亲带两双胞胎女儿，与我们同一船。俩女孩约十三四岁，较为文静。

船划至第一洞内，洞顶有各类钟乳石倒挂，令人称奇；洞右壁有人形石，经船工提醒后我才注意。进入洞内的内海，四面环山，仅由此洞出入。

值得一记的是，快出此洞时，邻船的船工正用游客的 A 派（APER）帮游客照相，突然 A 派从皮套滑出掉入水中，船工急忙跳入水中一把抓住还没下沉的 A 派，将其放在船前的板上，随后游客拿过来赶忙擦干。戴眼镜的 50 来岁船工爬上船后惊魂未定，喘着气休息，我向他竖起大拇指。他的反应真是迅速。A 派应没受到什么影响仍可正常使用。

之后，我们又划向另一洞，穿过此洞划回大船停靠处，整个过程 40 来分钟。

不少欧洲游客两人结伴划皮划艇游此两洞，或在大船附近的海面划。我内心实颇向往划皮划艇。

我们上了大船后又继续开船，约 15 分钟到下龙湾标志性景点斗鸡石附近，我们照了不少相留念。之后，我们的船直接返回。我见其他船有开往过处再绕一大圈返回的。后来我向船上导游问是否我们船"偷工减料"了，她笑笑默认了。

此位导游懂中文，在船上又推销各种纪念品。据船上导游介绍，包一船需 240 万越盾，人数有六七人同行时就比较划得来。

约越南时间 5 点，经近 4 个小时船上游览，我们回到码头。"海上桂林"确实名不虚传，很有特点。

较有意思的是，船工有时用脚在掌舵，令我们惊奇。我们三人还分别站着、坐着照了操舵的照片。我见船上有杠铃，便举着杠铃照相；我和陈总还爬上桅杆照相留念。

上岸后我们回房间洗澡休息，下午 6：15 下楼步行去吃晚饭，陈总推荐去他以前吃过的一家餐馆，我们点了螺（两种）、蚝、皮皮虾等，油炸的皮皮虾不错。之前陈总在一个红酒商店看了一下，见有一种智利产的白葡萄酒，说是智利总统招待美国总统的，国内售价 400 多元人民币，这边老板卖约 100 元人民币，他觉得很值便买了一瓶。晚餐一边品白葡萄酒，一边吃海鲜，惬意地享用晚餐。最后每人上了一盘很大的海鲜炒饭，根本吃不下。晚餐共花费 1.35 兆越盾，约人民币 400 多元。比中午的稍贵，但味道要稍佳。

在晚饭前，我一人到小巷内的住家照了几张外景照，也照了几张街景。见有几家按摩店，中午吃饭的饭店对面我进去问了一下价钱，一年轻女性懂中文，回答按摩一小时为 100 元人民币。

今天在下龙湾基本上没有见中国游客，欧美游客约有四五百人，有的晚上还住船上。现在旅行社不发越南团，中国游客不来对越南旅游业是有明显影响的。中、晚餐的饭店生意较为冷清，中饭时仅我们一桌，晚餐时那家店也才 2 桌，生意不好做。

吃完饭我们也走着回来。之后陈总在大堂与前台服务员联系明天出租车事宜，1.8 兆越盾送我们去河内并在下午送我们游览几处地方，下午 6：00 可返回；后司机又提出 4 处共需停车费 1.5 万越盾，陈总表示我们出没问题。

越南插座无三孔的，我上前台借插座无果，只得上前台后边一插座上插电脑插头，将相机内照片导入电脑硬盘。

随后回房间看电视，共有 50 多个台，有几个英文台，无中文台。陈总说好像有一个中文台的。这个宾馆有一小型游泳池，但前台说不可用。我们上去一看，有一画骷髅的警示牌，具体内容不可知，反正大意是不能使用。宾馆提供拖鞋、牙具、洗衣液，还有冰箱、电吹风机，各类用具齐全。

我们宾馆的房间正对海面，从窗户看出来，海景不错。右前方岛上有一片度假房舍，疑有海滩。

我写日记至越南时间晚 10：30 基本结束，之后收拾行李休息。

2014 年 7 月 22 日　晴　下龙湾—河内

早上 5：45 分醒来时，窗外太阳已升起，大晴天，风光颇佳。我们下去在海边走了半个小时。我见有人在海中行走捕鱼，岸边水似不深。

太阳已升起，晴空万里，我们在海边、码头栈桥上、摆渡小船上照相、观景。今天天气非常好，可见远处岛上的度假宾馆。

6∶30，景点售票处已有人上班卖票，有中巴车拉游客陆续前来。我估计了一下，游览船约有三四百条，应是上午发一趟，下午1∶00点再发一趟。

我们昨天所过大桥为 Bai Chay Bridge。

路边有妇女推自行车卖玉米、饭团、馒头等食品，没有询问价钱。下龙湾这边比较干净。陈总说越南北部这边老百姓总体比较老实，对中国人的态度不一，似有点喜欢又有点讨厌。

7∶00，我们去宾馆二楼餐厅用自助餐，标准还可以，果汁有四种：西瓜、菠萝、橙、芒果，水果有西瓜、黄瓜、番茄、菠萝，有米粉、煎鸡蛋，也有稀饭、小馒头，另有面包、蛋糕，并有包菜等，还算丰富。除我们外，另有三位形似西亚人的小伙子在用餐。昨晚有两大客车的越南本地游客宿此，大概已用完早餐坐船去游下龙湾了。

吃完早餐，已近8∶00，我们拿好行李下楼。司机已在大堂等候，给他讲了我想去邮局盖邮戳。他明白地方之所在，于是我们出发去邮局。不到3分钟就到邮局，刚有工作人员上班，8∶00开门。我给一个中年女营业员讲了我的意思后她明白，立即调邮戳上的日期，并很快给我盖了一个邮戳。之后我们就上路往河内出发。我见下龙湾这边是有海滩的，应该可以游泳。

出发不到十分钟，见有路边卖菠萝的摊子，一排一排地排着摆放，上面挂有已削好的菠萝，另有一番景象。一路天高云淡，风光清朗，蓝天白云，能见度佳。

约8∶46，陈总介绍到了往海防市去的路口。8∶54陈总问司机后我得知到了海防市的水原县，公路仅为2车道，路旁有水稻田。9∶05，车过冒溪城区，陈总介绍此处有一广东火电集团承建的火电厂；也见一水泥厂开了半边山。冒溪也属广宁省。

9∶45，司机问我们上不上卫生间，我们说去，于是车拐了进去。院子里有各种雕塑，进内一看发现原来是个专门面对游客的旅游购物点，有青年男女工人在现场刺绣、裁剪。商品种类较多，但价钱不便宜。一件女上衣要32美元，一个女式皮包需1.5万元人民币。见有不少欧美游客，有的购些食品等物。当我们想离开时，走到车旁没看见司机；后见他从专供司机休息、饮食处出来，估计是此店免费供司机吃饭、喝水。是否如国内有提成或给汽油票则不知道，我看了一下有不少司机在吃饭，多为一碗面条。

10：00 我们车经过一较大的市镇，正值学生放学，许多中学生骑电动车回家，均穿白色校服，成一风景。此为海阳市，不属哪一省管为中央直管市，它也不像海防市为直辖市。一路上过集镇、市区时偶有红绿灯，越南的红灯中间有十字。10：06，车过 559 号客巴休息服务区。今天我们没走 5 号公路，而走的是 18 号公路。10：18 过·收费站，司机交了 1 万元越盾。

10：14，我们的车并入一号公路，里程碑侧面标 QL1。10：48，公路上有指示牌，离河内还有 31 公里。一号公路中间有隔离带，并有路灯，各为 2 车道。11：00 我们的车下一号公路，进入河内郊区。

11：20，车过大铁桥，下为红河。此桥的设计师与巴黎的埃菲尔铁塔的设计者为同一人，这是晚饭时广西贵港的高姓小妹告诉我的，她来河内已有几年了。

一过大桥，路就比较堵，车速比较慢。11：30，我们的车到陈总的朋友开的餐馆"旺旺人家"处，主人为余姓师傅，现址为五层楼，他租的。余师傅带我去十字路口对面的宾馆住下。我们住 503 房，房费为 50 万越盾。

我将行李放在房间后就回"旺旺人家"吃午饭。陈总点了红鱼等菜。余师傅做好菜后与我们聊天。他是安徽芜湖人，后去上海学厨师，17 年前来到越南，做到了河内饭店的大厨。之后，想想一周要开三次会，工资虽然很高，觉得没有什么意思且已到顶，于是出来自己干，自由一些。他在中越建交招待会（十周年）上靠一雕花冷盆一举在河内成名立住了脚，他自认厨艺在河内的中餐界是数一数二的。餐馆现在经常接待大使馆的客人。他认为这边节奏比较慢，生活比国内舒适。妻子是越南人，现有两个小孩子，入越南籍，在国际学校上学，他自己不想加入越南籍，总想叶落归根。他妻子的姐姐也在附近开一餐馆。据去过的人介绍，那幢房子的柱子是红木的，至少值 3000 万元人民币。吃饭时，司机不怎么夹菜吃。这个司机因不懂汉语，一路上与我们没有什么交流，偶尔陈总与他用越南语有所交流。

下午 1：05，我们从旺旺人家出来，由司机开车送我们去游玩。昨天晚上陈总约定司机须在下午送我们去 4 个景点，并写在一纸上成书面合同，余师傅的弟弟陪我们去第一站河内饭店。他七年前来河内。河内饭店为 4 星级饭店，内有一赌场。越南官方规定只许外国人进内，赌场为刺激客人的到来，对新来的客人发 50 美元的兑金券，而介绍客人来的人则可得三张 50 美元的兑金券，这个弟弟是为此陪我们而去，余师傅希望我们将我们的三张兑金券给他。赌场不大，约有 200 平方米，赌博设备种类俱全，免费提供饮料、香烟等。我见有六七人在赌，估计可容纳 200 来人同时参赌。前台接待小姐将我们护照上的信息进行了登记，并发给我们券，五六分钟后我们出来离开饭店，并将券给了余师傅的弟弟，他们想是有用的。河内赌场有六七家，针对外国人，办一牌照费用约需 500 万元人民币。

之后，司机送我们去文庙。文庙占地范围较大，由牌坊、文庙门、奎文阁、大成门等组成；供孔子塑像，头戴皇冠，左右各为孟子、曾子和子思、颜子等。文庙内有一榕树颇大，似有年头。值得注意的是，文庙内立有以往年月的举人金榜题名碑，有许多字迹已模糊，最早的似有 1645 年的。中间走道两边，用花组成 6 个字，左边为"仁""德""智"，右边为"义""才""信"。文庙的门票为 2 万越盾，没有中文介绍材料。下午 1：45，我们一行出门离开文庙。

经多次询问后，司机终于将我们送到河内的一个较著名的天主教堂。下午 2：10 到那里，我们进内参观了十来分钟，也有六七位欧美游客陆续进来参观。教堂座席较多，占地面积较大，装修、装饰较朴素。这是我前期十分想去的地方，终于如愿。

之后，我们告诉司机送我们去附近的邮局盖一邮戳作纪念。结果从下午 2：20 至 3：00，40 来分钟时间他开车带我们满河内乱转，到了体育场，过了胡志明陵所在的巴亭广场，也经过西湖。他又担心违反禁行（河内有许多单行线）而罚款 1 兆越盾，又不知确切地址，最后竟把我们又送回到河内饭店，他以为我们住在那里，找不到邮局就送回住处想以此交差好返回下龙湾。等我们明白后就说不行，最后要他送我们回中午吃饭的旺旺人家了事。

送回旺旺人家，我给剩余没付的 80 万越盾车费之后，司机又要了几万越盾停车费后结束合约返程。今天从下龙到河内 180 来公里花三个半小时，又在市内四处转，车费约为人民币 300 多元，相比国内还算便宜，这比坐长途大巴肯定节约了时间。

后我则坐摩托车去邮局盖邮戳。邮局在还剑湖边，我顺利地盖上一戳，并由骑摩托车的小伙子在还剑湖边替我照了些相。此邮局的邮戳为红色的，较为罕见，似为投递戳。越南的这两邮局均不要求贴邮票才盖戳。还剑湖上有一小岛，上有一座三四层的宝塔，似为古迹。

回到宾馆后，我们去我刚才所见的一批发市场。离我们住处不远，走几分钟就到了。市场经询问后得知为同春市场，有四层，食品、小百货俱全。我们在三楼发现有面料摊区，在一摊主处花 15 万越盾购一面料；又在广西女孩处购二块真丝面料，各为 60 万越盾，共 120 万越盾，这女孩在越南有亲戚。此市场下午 6 点关门，我们下午 5：10 离开时已有不少摊区在摆回货物准备关门了。

之后，我们打出租车去胡志明陵所在的巴亭广场，坐 1.4 万越盾起步价的车花了 4 万越盾的出租车费。回来时坐的租车略小些，起步价为 9 千越盾。据陈总讲，2006 年时越币比人民币还比较坚挺，大概为 1600：1，2008 年时为 1800：1，现在已经翻了一倍了，不知什么原因越币有如此高面值，需要好好去查查资料。

我们在巴亭广场照相留念，算是到了河内。胡志明陵前有两个卫兵立正守卫，广场附近有几个警察，不少市民在跑步锻炼身体。胡志明广场大部分区域种了草，既绿化了广场又降低了温度。

之后，我们又步行去老城山处照相、留念。本已关门，我们在征得守卫同意后进内照相。老城门前的草地一侧存放有一些已退役的飞机，使人想起越南曾经是个饱经战乱的国家。

下午 6：10 我们返回旺旺人家，陈总与余师傅在聊天，并有称阿宝的人也在场。晚饭我们共 6 人，阿宝和其女友、陈总、我们二人和一位稍晚赶来的广西贵港小妹。阿宝是温州人，离陈总家很近，他在老街做宾馆的床上用品生意，以前去辽宁等地闯荡，五年前与妻子离婚，净身出户，一女儿由妻子抚养，现已 22 岁，本月已去美国留学；当时他离开家时身上仅有女儿给的200 元钱。他说他以前做的是偏门生意，50 岁以后有所积累后稳定下来。今天与他一同来的是她的现女友，两三年前认识的，云南河口人，两人较为投缘，阿宝说没有红过脸。阿宝前一阵子世界杯期间赌球输了三四十万元人民币，光巴西与德国 1：7 那场他就输了 24 万元，气得他女友两天没去买菜。他说，钱无所谓啦，四年一次。他是基督徒，从他奶奶到他女儿，全家都信基督。

贵港小妹也姓高，10 年前来越南，做网络电话生意，性子较直。阿宝说在网上吵过几次，见过几次面，阿宝都不理人家。她的越南语是靠《越南语三百句》自学的，现在水平不错。阿宝女友的越南语水平也不错，我们到西湖边的酒吧时，阿宝打电话要她给酒吧招待用越南语说要 4 份椰子汁、1 盘瓜子。

晚 8 点来钟吃完饭后，我们 2 人、陈总、阿宝我们 4 人打车到西湖边的镇国寺，已关门不能入内，于是沿西湖走了一会，之后找一家咖啡馆的露天座位聊天。西湖边上有不少情侣开摩托车来，坐在摩托车上谈情说爱。见有一二层船张灯结彩在西湖中巡游。

晚 9∶20 时，天下起了雨，我们便结束聊天，离开咖啡馆回宾馆。咖啡为阿宝请客。晚 9∶30，我们回到 503 室休息。我除洗澡外一直写日记至晚 11∶15 休息。

河内的 Wi-Fi 很普遍，餐馆、宾馆、咖啡馆都有。据阿宝介绍，通固定电话时要求你接通 Wi-Fi。河内的网速很快，据说为亚洲第二，电话线的网速比专用网线的上网速度还快，上网包月约 15 元人民币，较为便宜。

在下龙湾宾馆和旺旺人家的卫生间，有一根细水管，接在坐便器后，可用来冲马桶，我是第一次见到的。这较为方便，特此记下。

2014 年 7 月 23 日　晴　河内—北京

早上 5∶45 分醒来，简单洗漱后我就下楼出去转转，见有四位骑自行车的人在路边喝茶休息；有两位妇女各推自行车卖花，有荷花苞、玫瑰花等，荷花似为越南的国花。我走到堤边看了一下，堤边的马路中间为公交车道。马路上汽车一般按照红绿灯行、停，而摩托车则闯红灯的不少。

我们住处附近有洪福寺，门已开，我进去看了一下，占地范围较大。有安顺灵境，不知其具体用途。6∶30，回旅馆，到六楼吃饭，实为屋顶，搭盖而成餐厅。早餐为自选一份汤粉或炒粉，另有橙汁等两种果汁和蛋糕片、西瓜，较为简单，但能吃饱。我要一份鸡肉炒粉。因时间尚早，餐后无其他客人用餐，我们三人在露天用餐。天还是有些闷。

6∶50，我们回房拿行李。用早餐时，餐厅服务员已提醒我们到谅山的车已经来了。

7∶00 退房离店。旺旺人家的余师傅替我们叫了两家汽车公司，结果来了两家的汽车。先来的一家车已离开了，另一家的在。我们上了一辆车，陈总、高妹又联系另一家的车，告诉他们一下，怕他们吵架。

高妹的签证即将到期，今天也回南宁，于是与我们同行。三月期签证费为 700 多元人民币，一月期为 400 多元。我们的费用是伟平帮我们付的。

车为福特面包车，十六座，副驾座已有一人是往谅山的，连我们才 5 人，司机另加 2 人为工作人员。车费为 13 万越盾，约 40 元人民币，不贵。据高妹介绍，经营这条河内至谅山线的公司有 20 多家，人多时一排 3 人座上坐 5 人。后陆续上来几人。

接上我们后，车就往谅山方向走，边开边拉客招人。车经过铁桥。往江南市中心方向的摩托车尤多。不过这几天我们没见一起交通事故。

这一行走方向是沿 1 号公路行进，1 号公路从谅山一直到西贡。河内出城部分段路较好，双向四车道，中间有较宽的隔离带。8：00 时，路变窄，仅为 2 车道了。一路经过北江省、谅山省，中间似还经北宁省，路程约 180 公里。

7：40 时，指路牌显示到谅山还有 134 公里。8：30，到北江市中心附近。8：42，路右边有一部队营地。

公路边有铁路线，上有三根铁轨。越南火车为窄轨铁路，我国火车为宽轨铁路，这线有我国的火车跑。铁路线为单线，上面无电气化线工程。陈总说铁轨也不亮，这表明火车较少跑。我们上午仅见一列货车经过。河内到南宁通客车，需十几小时。

1975 年我国自卫反击战时，打到了离河内十几公里处。高妹现与一越南姐同住，那越南女孩说，外国人都是输给越南人的，从来没有打赢过。她从宋、元举到美国人、法国人。高妹说我也不跟她争，你不想想中国的帮助，你怎么打美国人、法国人？！

出河内往北，先是平原，水田居多，正在插秧，再往北一点，还有在收割的。我看耙田有用手扶拖拉机的，打稻则为用手在稻桶上打，连脚踏打稻机都没见到，陈总他们说这实在太落后了，相当于我国 20 世纪 80 年代初的发展水平。

路边可见不少墓地，这一地区一直有战争，战死的人不少。昨天在海阳市境见有一出丧的队伍，前面 4 人为乐手，送丧队伍均穿白衣。

今天一路见有两处结婚的场面，其中一家搭了一个大棚办酒，新郎新娘站在门口迎客。

8：50，车在一休息点休息，陈总买一类似松花团子点心，价为 1 万越盾，一包长条形粽子，价 4 万越盾。9：15 离开，继续上路。9：48 时，见离谅山

31 公里的指示牌。

过谅山市时，市区内有一路极宽，几乎似广场了。谅山市人口不太多。10：20，车进谅山城区。

10：50，车到谅山边关，此为这一线路的终点。我们需另坐电瓶车去口岸，价为每人 1.2 万越盾，其实路不太远。太阳极猛，一派三伏天景象。

出关的人不多，仅开一个口，越方一位少校看得很仔细。之后，我们步行离开越南进入到我国境内。在睦南关即友谊关门楼照相留念。我上去城楼看了一下，另有古炮台、古城墙。城楼内有九大名关展览、中越友好会晤展览、友谊关史料展览等。离关楼不远有一法式二层小楼，为清朝时所建。

出口处有不少拉客的司机。我们讲定包车 400 元到南宁机场，南宁市区的司机。12：50，我们 4 人上车，沿 G322 往凭祥市区吃饭。

路过新建不久的凭祥市人民政府大楼，也见到凭祥市人民检察院的办公楼。

13：05 我们到凭祥市场区内的金记猪肚鸡吃饭，陈总点一猪肚鸡汤、一禾花鱼、一野菜等菜，丰盛而有特点，北京吃不着。邮局在对面，我前去盖一邮戳。

14：00 我们吃完饭往南宁机场走，此路为南友高速，G72，经宁明、崇左等地。15：10，我们在崇左服务区休息。我一路上不时打瞌睡，路两旁有喀斯特地貌状山。

16：00 到南宁机场，我们与陈总、高妹告别，感谢陈总的陪同，费心费力还费钱，非常地过意不去。陈总是个性情中人，个性热情，去年创建了河内浙江人抱团作战群（在网上），是南宁温州商会的副会长。

之后办理值机手续、安检，进 VIP 休息室休息、候机，我抓紧记日记。

我给陈总、伟平发短信表示感谢，谢谢他们的辛苦和周到安排，给小宁老大哥发短信，向他道别。

这次从 20 日到 23 日的四天三晚越南之行，时间虽短，但行程紧凑，效率较高。我没做什么功课，事先了解不多，否则效果可能会更好。在下龙湾，上船时有些混乱，在河内没有去看历史博物馆、独柱寺、胡志明故居、大使馆的军事博物馆。但总的来说，见识了越南的自然风光、人文风貌，对越南多了些切身感受。特别是陈总对越南南部地区的介绍，以后可多安排些时间去西贡及附近地区游览，也可去柬埔寨。这次算是一个序曲吧。

费用方面，这次基本上为陈总招待。我换了 2 千元人民币的越盾，主要是付了些车费，后剩下的 150 万越盾给了陈总。陈总估计要花 4 千多元人民币。素昧平生，让他出力又破费于心不忍，铭记在心。

这次在越南接触的几个人，感觉都很好，对越南也较有好感。我由于对越南的了解仅为皮毛，仅是听他们的看法，所以具体还要看以后的发展情况。

2015 年 1 月 6 日整理

2023 年 11 月 30 日略有修改

2015 年美国行点滴

2015 年 4 月 26 日至 5 月 13 日，我陪母亲去美国纽约看望她小弟即我小舅，并到华盛顿、费城、波士顿等地游玩，行程共历时 18 天。

签证是通过一个旅行社代办的，十年多次往返的签证费为每人 1300 元。2015 年 3 月 16 日上午 9：45 面签，女性签证官在问我的工作、去美国干什么、女儿做什么工作等三四个问题后就说通过了，没有要求看所带材料。

面签通过的下午我在携程网上订了国航的北京首都国际机场与纽约肯尼迪机场往返机票，航程费用明细为：基本费用 2700 元、附加费用 2252 元、税费 488 元，总费用 5440 元；两人共为人民币 10 880 元。

这次我们主要住在纽约小舅家。我、我妈和小舅 4 月 29 日至 5 月 1 日报名参加了旅行社的三天二夜尼加拉瓜瀑布、华盛顿、费城三地之行，我和我妈两人 5 月 4 日至 5 日乘坐大巴去波士顿看了一下。这次包括了跟团游、自助行、居家玩几种方式，感受比较真切。

这是我第一次来美国，时间较为宽裕，安排也轻松，对这个世界强国的各方面都比较新奇，对美国有了点直观的、点滴的印象，将一些所见所闻记录于下。

一、平价房

我小舅为 1950 年 10 月 22 日生人，1997 年来美国，申请了八九年后，2010 年纽约市政府通知其许可他的政府住房申请。他原申请皇后区、中国城等华人较多的地区，没被批，说在曼哈顿区这边有一房。此区黑人、西班牙人较多，他看过以后觉得还可以，于是搬了过来，住进了政府提供的住房，称为平价房，相当于中国的廉租房。

此房约为 70 平方米室内面积，为二室一厅一厨一卫房，建于 50 多年前。

刚开始月租为 900 多美元,现为 600 多美元,根据收入情况减了一些租金。每年查后而定,不过收入是个人申报的,可能 10 万美元收入有人才报 3 万美元、5 万美元,除非为拿国家工资的人,这个动不了,其他的就灵活一些。据小舅介绍,报税上去后政府部门会算出来你应缴多少房租。如按照市场价格,此房租金大概为月租 2000 美元。

平价房没有物业费,水电气暖气全免,一点都不用交。没有分户电表,所以想交、想要也要不了。4 月 26 日我们到时,还在供暖,房间内温度很高。

申请平价房与家庭收入相关,申请人的数量与面积也相关,他们当时是以 3 人申请的。这都有具体的规定。

小舅所住的小区有 7 栋公寓,他所住的为 14 层高的楼房,房子的隔音效果比较差。电梯较陈旧,一部电梯按下层数键后显示灯不亮。电梯有较重的狗尿留下的臊味。房子在铁道线边上,火车开过时声音较大。我几次见有清洁工人在楼周围捡垃圾,很可能是楼上扔下来的。

厅、厨、卫、两个卧室均有窗户,东南方向,采光极佳。厨房提供四眼火灶、烤柜、冰箱等。室内的灯为壁灯、大顶灯。地面铺地板革,房间墙壁和顶部均涂黄颜料。

卫生间有一较浅的抽屉,花洒下有个固定扶手,而墙侧面更有两个扶手以防摔倒,花洒对面墙上还有一小扶手。

房内无洗衣机,洗衣需到洗衣店去,根据不同容量而定价格,3 美元不等,烘干衣为 8 分钟 0.25 美元。

二、交通

在纽约期间,我们多次乘坐小舅的小汽车出行。他现在开的是丰田佳美车,1990 年生产的,2010 年买时新车价为 21 000 多美元。

他在小区附近租了一个停车位,因是超 62 岁的老年人,租金较优惠,每年为 272 美元。去年也是老年,但因搞错了故为每年 340 美元。他以前的工作地点有停车位,就开车上下班,现因无固定停车位,需到处转圈找路边停车位,故不开车而坐地铁上下班。

在纽约,我见路边泊有各种车辆,但路边有标示告知何时不可停,为打扫卫生之便。路边停车不收费,室内停车需收费,费用不等,但不低,另见有各类停车场,收费 5 美元、10 美元一小时不等。纽约有 0.25 美元 5 分钟的，一般停车场有至少 3 美元的，再按时间多少累加，室内的更贵。5 月 3 日，因举行墨西哥节活动，警察将 116 街的 2 大道至 3 大道段封闭，且车辆需绕行，并事先在树上等处贴出告示，告知 5 月 3 日不能停车此路段。

纽约的交通罚款比较厉害。小舅说他 2014 年下半年去洗衣服时将车临时停在消防水龙头边，出来时恰见一黑人警察贴了罚单。小舅去交通法庭，法官为华人，他问"你车上有无人"，小舅回答才停 4 分 30 秒。很快就结束开庭出来，在大厅上等，结果仍为 115 美元罚款。2005 年时他也被罚过。那次他来准备搬的小区看一下，车停在公共汽车站，警察过来也给一张罚单，车上有人但没坐在司机位，也是罚 115 美元。上交通法庭后，减了 20 元，最后罚了 95 美元。小舅认为，现在纽约政府没钱了，所以罚款厉害了。他早先来时，警察开车来时解释一下就不开罚单了，现在就不行了。

开车所需的汽油，各地的价格不等。纽约一升普通的汽油 2.60 美元多点不等，4 月 29 日和 5 月 1 日过车行时，我见有 2.37 美元的，有 2.699 美元、2.679 美元等。汽油分为普通、中、好三类。新泽西州的油价较纽约低一些，故 29 日我见从纽约一出来进入新泽西州境内路两旁有不少加油站，以满足纽约人的需要。

美国有过路、过桥费。4 月 28 日我们沿 87 号公路去纽约郊外的 Outlet 购物时，去时交 1.25 美元、2.45 美元过路费，返回时多交 5 美元过桥费。三天跟团行时，我见最多有一次交 8 美元过路费。

就我感觉，开车堵塞的情况不太多。4 月 26 日小舅从机场接我们返回路上有一处车速稍慢，因正在施工建桥。车速较慢的情况多为施工引起，真正因为交通事故引起的不太多见。28 日我见了一起碰撞事故，其他时间都没有看见交通事故。5 月 1 日快到费城时，有 10 来分钟因流量大速度较慢，为所见最堵的一次，但也有 30 公里每小时。

在公路上行车，感觉路面的质量很好，无论是双向 4 车道的还是双向 8 车道乃至普通的公路，路面极平，无坑坑洼洼。倒是纽约市内，有时会遇见路面有洞之处。我们行车出去的几天，没遇见路面施工的情况。

纽约地铁较浅，在 6 号线的 116 街站走 28 个台阶即到站台。5 月 1 日晚上，我见有人带自行车入内，有一华人老者推一车入内表演魔术，车约有 70 厘米乘 40 厘米，不知如何过闸机的。我坐了几次地铁，比较方便，车站设施略显陈旧。地铁的服务不错。如 5 月 1 日—4 日，我们住处附近的 116 街站 6

号线封闭，Down tome 方向的封闭。通告上告诉如何解决出行问题，如乘 Up tome 方向的至下一站，再继续往 Down tome 方向，或是乘坐 Bus 至前站再下地铁。

有人通过直升机等出行。在 28 日去郊外的 Outlets 时，我见到了路旁的一个小型机场，有 20 来座机库，在 30 日，也见到了路边的一个小机场，停着几架小飞机，这些飞机应为私人飞机。5 月 4 日上午，我们在 34 街的哈得逊河边见到一座直升机场，有六七个直升机位，不时有直升机起降。机场外停有一些汽车，此为一些人乘直升机落地，再坐汽车去上班。由此，我感觉美国的飞机也为部分高端人士的日常交通工具。

三、公路风光

在美国这几天，我们先后乘车经 87 号、90 号、84 号等公路旅行，经过了纽约州、宾夕法尼亚州、马萨诸塞州、马里兰州、新泽西州等地。

坐在车上沿途所见，植被茂密，森林覆盖率大，人口不多。

沿途的村镇不多，人烟较少，房屋多为二层的独立住宅，极少见一层住宅的，小镇上则有较大停车场的超级市场。

见过几次路旁的果园，不知为何种果树。没见着水田。

由于纬度关系，华盛顿的樱花已开过了，绿叶满树，而纽约、波士顿的樱花则处于盛花期。沿途近尼亚加拉瀑布城公路两边，树叶泛绿的尚不多，干枯树干较为多见。其他地方沿路绿枝黄干红叶生发，景色极佳，想秋天时节沿途的风景应更为绚烂、宜人。

在纽约州的近尼亚加拉瀑布城不远处，我见路旁有牧场，农民养有牛、羊，种有玉米、牧草，住宅周围有各种农机具，还见有一收奶场。

四、城市印象

这次我们到了纽约市、华盛顿市、波士顿市、费城市、尼亚加拉市，我感觉各市各具特色。

纽约市我们居停时间最长，走的地方最多，了解得比较广泛。纽约是国际大都市，讲各种语言的人云集，也不时可见华人。曼哈顿的中央公园，面积之大在世界大都市中所少见。纽约给我的印象深是商业气氛，是一个商业城市氛围。

华盛顿市为美国的首都，人口不多，体现了浓郁的政治气氛。我们去的那天，日本时任首相安倍晋三正在访问，街上挂着美、日国旗。

波士顿市因有哈佛大学、麻省理工学院、波士顿大学等高校而显现一种文气，城市较为宁静、安详，波士顿公园和查尔斯河畔休闲者众多。

在费城市，我们仅匆匆参观了一下独立宫等历史建筑。这个城市具有浓郁的历史感。

尼亚加拉市为印第安保留区，市管理者为印第安人，他们不愿更大地发展旅游，想更多地保留自然、原始风貌，故城市发展远不及对岸的加拿大的尼加拉瓜市。城市无甚高楼，较高的市政府大楼似也仅十来层高。

五、信任

在美国居留的这几天，感觉比较信任人，如门票有老者票，比成人优惠些，通常不要求你出示身份证件，以证明你已经有 62 岁以上了。5 月 7 日我在炮台公园购往自由岛看自由女神像票时，我还没说我们有一位老人，售票的黑人小伙就给我们售了两张老人票，他大概看我长得老相，虽仅差 4 美元，但美国人比较信任人的状况可见一斑。

又如 5 月 5 日我们坐大巴从波士顿南站往纽约时，检票环节基本没有，3：50 分时一位工作人员把门一开，招手让大家上车，仅此而已，上车后也没人来验票。从纽约到波士顿时，上车时还验一下票，返回时纯粹自由上车。

再如 5 月 8 日我到大都会艺术博物馆参观购票时，全票为 25 美元，长者（65 岁及以上）为 17 美元，售票员主动问我是否为长者，也根本不需要出示有关证件。进入展区时，埃及展区入口处的守卫要求出示票。而我在正门入口进入时，守卫仅提示将双肩包背在前面，根本不要求看票。没有购票的人，只要胆子大一点进内参观根本不存在问题。因为馆内各处无人查验票。

这一方面可以表明美国社会有诚信之风，人与人之间较为信任。而从另一方面也可理解为美国人比较大方，不小气。

六、中央公园

纽约的中央公园位于曼哈顿，为大城市极为罕见的公园。中央公园从 58 街至 110 街，内有 7 块水面。

4 月 27 日，小舅开车带我们基本上绕中央公园转了一圈。之后因小舅家距中央公园极近，后面我们就又去了几次。

从小舅家的 116 街到中央公园北端的 110 街，步行十来分钟即可。5 月 30 日上午，我和母亲第一次去中央公园，公园为开放式的，有人跑步，有人钓鱼，较为热闹。许因是星期日，来公园的人不少。

在公园内，我们见至少有几千人在骑自行车比赛，车前都有号码布，男女老少都有，有一种自行车为父子车，一辆通常的自行车后连接一辆仅一个小车轮的儿童自行车，由父亲骑行带动后车，此为我第一次见。另见一陪伴跑步的人，单脚踏在一辆前轮大后轮小的车上，靠另一脚踩地滑行，此亦为我第一次所见。

中央公园北部有一花园，园内郁金香花正盛开，花的颜色至少有六种，极为灿烂，樱花正盛开，紫玉兰已开至晚期。此花园为封闭式管理，早八点至晚五点开放。花园内，我见一摄影者用三脚架固定的移高的升降设备，调好后照相机从低至高缓缓上升，每升一格，便照一相，令我耳目一新，驻足观看一会。

七、大都会艺术博物馆

5 月 8 日我一人单飞，没有陪同母亲出游，独自一人在大都会艺术博物馆参观了一天，从上午 10：00 一直到下午 4：30 离开。

我早上 8：30 就出发，不到 9 点就到了大都会艺术博物馆，先在附近的中央公园转了一下，再在门口两旁的饮食、售纪念品摊位看了一会。售纪念品的摊主不少为华人。

9：45 在门口排队，10：00 入馆时为前几位之一。在简单安检后就购票，并索取了一份中文地图。

先在一楼的古埃及艺术展厅看了一会，于 10：40 到集合点参加一小时的中文导览博物馆精华游。周一中午 12：00、周四和周五上午 10：45 博物馆提供中文导览，在古埃及艺术厅入口处集合。

今天担任讲解的为罗小姐，40 岁左右，香港人，为义工，在拍卖行工作。她带我们十来位中国人到美国馆、19 世纪至 20 世纪早期欧洲绘画和雕塑展厅、古埃及厅等处参观，介绍了美国画家 Copley 的肖像画、莫奈的画、伦勃朗的自画像、Kandisky 的"爱的花园"、伊朗的陶瓷壁画、古埃及的典德午神殿等，让我们大致了解了博物馆的精华藏品。

之后，从下午 2：00 开始，我就拿着地图，先从一楼的古埃及展厅开始参观。博物馆的展厅包括美国馆、希腊和罗马艺术、伊斯兰艺术、罗伯特·雷曼收藏、中世纪艺术、乐器、19 至 20 世纪早期欧洲绘画和雕塑、摄影、古代近东艺术、武器和盔甲、非洲·大洋洲及美洲艺术、素描和版画、古埃及艺术、欧洲绘画、1250 年至 1800 年欧洲雕塑和装饰艺术等，我除乐器展厅没找到而没去外，其他展厅都一一参观。博物馆设有塞尚、莫奈、毕加索、雷诺阿的专门展室。大都会博物馆有日本本土以外最为精美的日本盔甲收藏。古埃及藏品中包括古王国时期的朋内布墓室、中王国时期的梅克特墓室、女法老哈特谢普苏特的雕像，有现在了最古老的延展式钢琴，有亚述浮雕、尼姆鲁德象牙雕、苏美尔雕像等。

同时，博物馆正在举办"中国·镜花水月"（CHINA THROVGH THE LOOKING GLASS）的特展和印第安人艺术特展，我也参观了一下。

博物馆的展品非常丰富，令我印象深刻的是展厅的布置独具匠心，设计精美。许多展室是整个房间原样安放，藏品收藏能力和布展水准非同一般，不愧为国际顶尖的博物馆。

没有能上顶层的屋顶花园，说不开放，因而无法从博物馆顶层俯瞰中央公园和曼哈顿美景。据介绍，屋顶花园还有雕塑作品展示。

博物馆还附属有位于北曼哈顿崔恩堡公园内的修道院博物馆和花园，专门展出中世纪欧洲的世俗及宗教艺术品和建筑。我因时间关系没有前往参观。

博物馆有几处售货处，有一处专卖中国元素商品。而一层的博物馆商店占地面积大、品种多，我进内看了一下，购者不少。

莫标的《睡莲》《华盛顿横渡特华河》、埃及古墓、广元寺壁画等让我大开眼界。由于事先我做功课不够，因而对大都会博物馆展品了解不多，参观时较为随意，但一天下来感觉展品来自世界各地，珍品极多，令我眼花缭乱、目不暇接。

八、遇见火警

在跟团美东行时我们曾遇见了一次火警。

4 月 30 日晚上，我们入住位于华盛顿边上马里兰的一个旅馆，名为 Sleep Inn，三层楼高，位于 Iresearch Ct Rockville。

晚 9 点多我们拿到三楼房间的钥匙入住，洗漱后就很快入睡了。

凌晨 3：10 左右，突然走廊中的警报器声音大响，连续不停。我听见警报声就惊醒了，起来开门看了一下。正纳闷时，隔壁房间有一小伙子也开门看了一下，此时走廊一端有两三个老外正走着。我估计是火警，赶忙叫已醒来的老妈和小舅赶快穿上衣服，下楼避火警。

我赶快穿衣服，她们两人也赶快穿衣服。随后小舅拿上随带的电脑、拿上双肩包赶快走楼端的楼梯下一楼，出楼外到露天等。我们下楼时，同时有几个房间的人也下楼，我没有带大箱子下来，里面有些衣服，关键是有一台电脑。

在楼外，我闻到有一股焦煳味。我们估计是这个原因引起的火警。我们到楼外时，已有两三个老外在路边等。我们出来后，不时又有住客陆续出来。

小舅是最后一个离开房间的，在楼外等候时他告诉我房门没关。他又说有一个没见过的印度人模样的小伙子拿一电脑包下楼。闻听此言，我有些担心，叫他们待在楼外，我忙跑上去想去房间看一下。我从另一侧的楼梯上去，不时碰到有人下来。到了房间门口后见房门关着，我用房门钥匙打不开，试了几次后仍未果，就又赶忙跑下楼。

凌晨 3：20 左右，来了一辆消防车，之后又很快来了一辆消防车，共下来 5 位消防员，全副武装，携带各种设备进入楼内检查。他们四处看看，没发现什么情况；又见旅馆服务生拿钥匙到室外某处去看，也似乎没有发现什么问题。

过了一阵，一直响着的警报声熄了，大家都一阵高兴。我问导游和服务生究竟什么情况，都说不知道。

大概 3：46，警报解除，恢复正常，我们又上楼回房间睡觉，但经此一风波，这一夜的睡眠质量自然大打折扣。

次日，在车上导游说是消防部门设置错了，导致警情发生。而小舅认为旅店给我们的微信密码为："alarm"，其意有"担忧、惊慌、警报、警报装置"等意，他觉得这太奇怪了，觉得这次有点像火警演习，是事先安排的。当然，具体情况如何，我们最后都不清楚。

以前出门在外没有碰到过类似情况，这是第一次，也算是美国之行的一次难得经历。

无独有偶，5 月 4 日下午 5：00 左右，我们正在波士顿公共图书馆二楼参观时，疑是有人不小心触碰了报警装置，较缓的警报响起，一直坐在轮椅上的老者工作人员急往出事方向去，边摇轮椅边大声喊叫。我们下楼时，楼内的人员正密集出大门离开图书馆。不到 5 分钟，即有消防的救火车鸣笛到来，速度极快。

九、网上订家庭旅馆

到波士顿去，我准备坐大巴去，于是便在网上找旅馆，结果看了一下，最便宜的也需 200 美元左右。托在哈佛访问的同事韩君查了一下，也是这个价位。我觉得有点贵，于是在网上又找，发现有个 Airbnb 网站提供家庭旅馆。在这个网站上看到有一个在坎布里奇的房间不错，价格为 78 美元，加上清洁费 7 美元、Airbnb 服务费 10 美元，共为 95 美元。于是我进入该网站进行预订。

下订单较为方便，95 美元也很快从我的信用卡上划走了，但预订单要正式确认须经过个人身份认证，于是我按照要求将护照页拍照上传，之后网站要求再次确认，于是我拍头像图上传注册。我因无 Facebook，Gmail 而无法通过这两个途径再次确认，微信我也先没考虑，于是用最后一种拍视频上传。

我按照要求拍了 30 来秒介绍自己姓名、来自什么国家的视频，但试了几次都无法上传，这下心里有点慌了。我问了小舅，他以前没弄过，说网站不可信的，问我表妹她也不知道。

于是我用微信与学生意晓航联系，告知有关情况，请他帮忙看看是什么问题。他进入该网站都了解了一下，觉得视频应是提交了。他同时问了几个朋友，说他们都通过认证了，并安慰我如预订不成功钱一定会退的。

我一面跟他联系，一边又再试着提交视频，同时也发信给网站，网站先是来一英文信，提醒安全事项，之后又由一位 Jenny Kim 用中文发电邮给我，指示将视频发至一邮箱。我照此办理，之后他回信说已看到视频了，耐心等待相关部门人员认证。

在此期间，我还申请了一个新浪微博，结果因刚申请尚不活跃而无法通过认证。于是，只有通过视频认证。

从 4 月 28 早日晚上 10：00 到次日凌晨 1：00，基本算是搞完了，于是我也睡觉了。

4 月 29 日凌晨 4：00 多，我又打开邮箱看再认证通过没有、预订单确认没有。我见邮箱里 4：28 有一网站发来的邮件，说离再认证结束时间还有 4 小时，它原规定 12 小时内通过再认证订单才会有效。见此，我又给 Jenny Kim 发一邮件，催问通过再认证事宜。

不久，来一订单收据邮件告知预订已确认邮件，来一预订行程单邮件，并告知房东的邮箱、电话号码。至此我心里的一块石头落地，算是完全放心了。

在网站上，我给房东发一信息，告诉了有关情况。4 月 29 日 21：56，房东给我发邮件，告知如何到住处等事项，告诉了房屋使用指南、房屋守则等。

5 月 2 日，网站来一提醒邮件。5 月 4 日吃过午饭后，同事韩君夫妇带我们按指示较顺利找到了预订的住处。此为一两层带阁楼的独立住房，我们不知开门密码，敲了下门，过一会儿开了，出来一位 60 多岁的老者，一聊才知道她不是房东（房东为一年轻女性），她和丈夫来自荷兰，儿子在波士顿不知道是学习还是工作，我们吃完饭回来时儿子吃过饭已经离开。他们已住几星期，周末去美国西部。

她热情地告诉了我房门的密码。之后我们上楼，见二楼 7 号房间的门开着，床上放了两条浴巾，上面还放一小袋糖和一颗巧克力，同事夫妇看了一下后说房间不错。他们租一与房东合住的带卫生间的房间，月租 1500 美元，每天即为 50 美元。房间内有一双人大床，并有一冰箱、桌子、衣柜等，无空调，灯上有一吊扇。

他们回去后，我们放下一些东西后，就去附近吃饭。吃完饭回来后洗澡。卫生间是共用的，无牙刷、拖鞋，其他洗浴用品、卫生纸、牙膏均有。我请荷兰老人告诉我 Wi-Fi 密码。

5 月 5 日早晨，我起床后上下看了一下，64 号与 62 号为联通的住房，楼下有一个客厅（内有钢琴、电视等）、一个餐厅、一个很大的厨房、一个卫生间。厨房内放有米等物，自己可做菜。楼上共有八个房间和一个大卫生间。62 号那边的楼下锁住了，无法进入。房东没有住在此处。

我出门转转，房屋对面为一街心小公园，有两位老人在遛狗、聊天。街上两旁多为两层独立小楼，多有住户，有一家还在装修。街上行人不多，较为安静。附近有 whole food 超市，较方便。

我是在早晨多种鸟鸣声中醒来的。这次住在家庭旅馆中也是我们美国行的一次难得经历。

在入住时，浴巾上放了一把 7 号房间的钥匙，我们离开时将钥匙放在房内桌上。我们始终没有见到房东。

入住回来后5月6日网站又来了要求评价住房的邮件，我写了"不错，满意"并上传。5月7日，网站转来房东的评价，大意为欢迎下次再住。至此，我的首次网上预订并入住家庭旅馆的经历顺利完成。以后去世界各地玩，通过该网站预订房间是个不错的选择。

十、安检

这次美国行遇到几次安检。5月7日早上坐渡轮去自由岛时先要进行安检，在5月8日进入大都会艺术博物馆时也要进行安检，在5月10日进入帝国大厦时也要进行安检。这些地方的安检都要求我打开双肩包，博物馆的安检还要求将包内的物品拿出来让其过目。轮船码头与帝国大厦的安检还要求解下皮带，放入筐内过安检机，这些措施表明美国对恐怖活动的预防。在我们居停纽约期间，美国官方已将安全级别提升至橙级，还有一级就是最高级红色了。

我在世贸中心遗址前，想象2001年9月11日的情景，令人心悸。5月10日，我们参观帝国大厦86层平台后，从86层走楼梯到80层，稍微感受了一下9·11时人们从楼梯往下奔跑的情景。这也不难理解美国对反恐的重视、对恐怖分子的仇视。

4月26日，在北京首都机场登机时，先常规性地进行了安检。在临登机时在廊桥处又接受了一次开箱安检，这是我第一次碰到。可见中国也是十分重视对恐怖行为的预防。

5月12日回京时，纽约肯尼迪机场仅进行一次安检，但需脱下鞋子，电脑、雨伞、充电宝等不需另外拿出来，我放在双肩包内过一次后又重新过了一遍安检机，看起来不算特别严格。

十一、特别照相

5月7日我们参观无畏号航空母舰时，在航天飞机处有一照相点，先给你照相，再在你参观完航天飞机后有一处凭条购买刚才照的相片。我问了一下，一大二小需34美元，人像与航天飞机合成的相片可作纪念，我嫌价钱太贵就没有购买。

在同一码头的另一侧参观潜艇时，也给游客照相，之后可自愿购买照片，这次我们直接就没有照相。

5 月 10 日参观帝国大厦时，提供照相服务，我在楼下也没有购买相片。不过回来后我发现领相片的小条尚在，上面有网址，说从上面可得到自己的相片。于是，我输入网址，发现有五六处可寻找照片之处，我选择"帝国大厦"之后要求输入邮箱，我照办。

这一下我明白原来是自己了解不够，否则的话航空母舰和潜艇的纪念相片也应能得到。所以，这一服务并不仅仅是营利性的，还是有其一定的服务性的，客人可各取所需，得纸质实体照片的另加钱，否则可从网上得到相片，这一思路是值得肯定的。不过，不少游客如我一样，一开始并不知道这一服务的全部内容，以至错过某些东西。

5 月 10 日，我的邮箱中来了一封邮件，告诉了密码，要我在网站中去寻找照片。我进网站一看，先需填写原小条上的编号，我因已丢弃故无法进行下一步了，遂作罢。

通过此事，还是让我明白了对一些新的事物需要更细心些，多了解些。

这次美国行，我感觉自己功课做得还不够，如地图、交通图没有打印，门票有的可预订，价钱能有优惠。准备工作细些，对所到城市、所参观景点的了解也多一些，能更明白一些东西。

这次美国行，我们给小舅一家添了许多麻烦，他不仅买菜花费不少，而且 12 天没有去上班，失去了每天 180 美元（周五 200 美元）的收入，损失比较大。他说是想少交点税，这样社会福利方面可少交钱多享受。他自己说也想休息休息，不过毕竟是我们来他才请假陪我们而休息的。

2015 年 6 月 2 日记

乘坐卧铺大巴

这几年，我利用在深圳上课之际，由于深圳与广西金秀距离较近，常常从深圳去金秀进行习惯法方面的田野调查，乘坐的交通工具便为长途卧铺大巴。

早些年，我由深圳坐至桂林的卧铺大巴，在桂阳或阳朔下车，再转荔浦而桐木至金秀县城。返回时也由桂林或阳朔上车。近几年，我发现有更快捷的路线，即坐深圳至柳州的大巴，在金秀县的头排下车，再经桐木至金秀县城，可节省至少二个小时，返回时也预先打电话告诉大巴车司机在头排等候上车。这样可省去坐车奔波至阳朔或桂林的劳累。不过，那些年在阳朔等车时，傍晚常去西街逛逛，也曾在漓江边发呆，算是难得的轻松时光。

以前我在深圳南山的南侨站上过车，在南山汽车站也上过车，现在这几个点均无柳州的车停靠，我需在福田站上车。当年在南山的南侨客运服务点上车时，时间在晚上9：00左右，常常为最后的几个班次之一，此时候车室内几无乘客，工作人员开始打扫卫生、准备下班。

卧铺大巴车为夕发朝至车，通常为深圳晚上8：00—9：00上车，到桂林为早上8：00点左右，阳朔为7：00点左右，坐柳州车后，到头排时间为早上6：00左右。最近的一次时间有些晚点，2015年9月22日晚上，我到福田车站时为晚上7：50，想根据去年的时刻坐晚上9：00的车，到后在自助机上买了晚上8：00的车，急忙进站，询问后才知道为晚上7：30班次；车已晚点，晚上8：10分上车。阴差阳错，差点没赶上车。汽车出福田车站后又上了几个客人，之后在宝安、西乡、福永、沙井一路上人或带货，在东莞还停几处上人。这样一路走，早上7：20到头排。26日返回时，车应晚上8：40在头排上车，因堵车而晚上9：25才上车，到三水就开始下高速出收费站下人再上高速，在佛山大沥、广州、东莞、虎门等地上下高速下人和下货，在虎门还因带货的价格与货主有所争执而耽误 20 分钟；之后从松岗下高速走 107 国道，一路停车下人。至深圳南头时已是 9：20。我本想在福田站下，看时间实在太长了，便在南山直升机场附近下车。这次状况为以前所未遇到，一路上人和下人，许是最近客流较少而到处上客之故。10 月 31 日晚上我从头排上车回深圳时，11 月 1 日早上从东莞麻涌开始，在东莞市区、虎门、长安、沙井、西乡等处均有停车下客。

在行车时间方面，因约 2009 年前后夜行的卧铺大巴失事致多人伤亡，为免司机疲劳驾驶，国家规定凌晨 2：00 至 5：00 时所有客运大巴均须在服务区停车休息，故实际车行时间减少了三小时。但现在修好了高速公路，故提高了行车速度，实际行车时间相差不多。原来车过广州后往贺州走国道，过四会，路狭车多，行车速度不快，也时常堵车。现在走高速 G55、G78，在广西平乐再走国道 321 过荔浦而至头排。

车票价格方面，福田至柳州为 250 元，节假日有上浮，站外上车，没有票为 180 元。我从头排上车至深圳为 150 元，直接给司机，无车票，有时经我要求，他们会从其他乘客那里要来车票给我。司机说单程的油钱、高速费、司机人工费用在 6000 元左右，成本较高。一汽车能装四十来人，春运时可装八九十人。

卧铺大巴均为私人承包，双车对开，一车挂柳州车牌，另一车挂深圳车牌。司机为 2 人，轮换开，一人开车时另一人负责上客下货，有时另有一位售票员，专司上下客之职。车上印有名片，留有联系手机，印上客点时间，方便有需要的人士联系。司机的态度都挺客气，许是和气生财吧。他们也挺辛苦的，如 9 月 22 日晚从深圳发车，23 日早上至柳州，白天休息后 23 日晚又从柳州发深圳，24 日早上至深圳后晚又从深圳回柳州，如此往返。

早些年的卧铺大巴上无厕所，一般隔四个小时左右进加油站或服务区休息，供大家方便，一路大概停两次，往往在睡意蒙胧中停车了，大家下来上厕所。广西平乐二塘为常停的一个休息点，司机常常在此吃些宵夜，乘客也购些水果之类物品。现在大巴上有厕所，中途不用停车上厕所，更方便了。卧铺大巴的设施不断有提升，车况也日见趋好，乘坐的舒适度也不断上升。

卧铺大巴设三行上下铺，铺位较窄，约 40 厘米，仅能容一人躺卧，前部下铺较舒适，后部上铺更难受。全车一路空调，车内空气尚可。

乘客多为在深圳做工的广西人，看得出有的人经常坐此线，较为熟悉车次、时间。旅游者较少，原来深圳至桂林车倒有不少去桂林、阳朔旅游的人。卧铺大巴上年龄大的乘客不多。

乘坐卧铺大巴，家人、友人常关心安全问题。我坐这么多次都挺顺利，没有发生过交通事故，小的碰擦也没有过。司机开车时的状态都挺好的，不见深夜行车的疲劳态，许是多年习惯和职业使命使然。有时遇上下雨，路是较难行走的，需十分小心，全神贯注。我是颇为钦佩长途车司机的，他们的生活方式令我好奇。我一直希望有机会跟长途货车司机跑六七天车，体验、观察一下他们的工作状态和生存状况。

在卧铺大巴上，可躺可卧但不太能坐，晚上睡觉不太踏实，盖行车过程中时有颠簸，我睡眠的质量不算太好，迷迷糊糊的。近些年，在休息区的三小时倒睡得比较沉，睡眠质量不错。

这些年坐十多次卧铺大巴下来，似也记不起有特别的经历，没有遇上特别有意思的人和事。乘客上车后大都开始休息，彼此也不聊天。但也有例外，如 2015 年 9 月 22 日那晚，我下铺的人为去柳州出差的商务人士，而其边上中铺的小伙子为柳州本地人，向其介绍柳州本地的小吃、热闹玩处，他们两人聊了不少时间。

我喜欢看车窗外的景色，晚上借助车头的灯光看路两边的风景，过小镇时，我留恋路灯下街道的寂静和时而敞开大门的家户透出的光亮。早上，我观察晨曦中慢慢醒来的村庄、远处飘着云彩的山峦。四会路旁成堆的砂糖橘令我感受丰收的喜悦，荔浦路边架上的排排芋头，反映着农民耕种的收获。我总是好奇路上的风景、行走的人们。

随着 2016 年我院的法律硕士不再来深研院，我也不会再来深圳待八周，这样从深圳乘坐长途卧铺大巴去金秀调查也将成为历史了，这十多次乘坐卧铺大巴的经历也成了我的回忆。

2015 年 9 月 29 日上午，记于深研院荷园 3-303 室

2015 年 11 月 2 日补记

锦屏看热闹

2015年我第一次到贵州省黔东南苗族侗族自治州锦屏县是应县档案局王局长的邀请参加锦屏文书研讨会。在锦屏我从9月29日到10月4日看了6天的热闹。

9月29日我从深圳到贵阳，下午3点下机后档案局陈师傅接上我回锦屏，全程高速，经贵定、凯里、剑河而转入天柱至锦屏线。天柱至锦屏线修通仅半年，路上车辆不多，不到晚8：00到锦屏县城三江镇。

我们参加锦屏文书特藏馆开馆庆典的来宾，由县档案局接待，住在一家连锁快捷酒店，条件比如家、汉庭的要差一点。价格据说这几天涨了每间达288元。晚饭王局长陪州档案局吴局长和台江等县档案局局长在振国酒家吃的，县委原副书记现州开发区主任和一位副县长参加。

晚饭后我散步行至飞山庙处，又沿清水江边滨江路到风雨桥，并进入文书楼。一路上人来人往，非常热闹。清水江畔的夜景不错，彩灯一亮小城颇为夺目。

县城张灯结彩，处处亮着红灯笼，据说灯笼由县里发给居民，电费由自己承担。滨江路上每一亭子均有各乡镇的男女歌手在唱歌，风雨桥的夜景非常亮眼，在远处看文书楼颇为醒目。风雨桥上有中老年人在唱歌。

在滨江路，放了不少摄影图片，展示锦屏的自然风光与人文风情，不少人用手机拍下来欣赏。

我进文书楼内观看了一下，王局长也在，布展公司正紧张布展，工作量还不小，看来得加班至凌晨。

30日早上县档案局小吴带我和另一来宾在附近一小店吃早餐，我吃一碗牛肉粉。此店卖羊肉价格40元一斤，牛肉价格为32元一斤。

之后，我到飞山庙附近的滨江路。8：00左右，各乡镇的民族服装、龙狮游演开始，路线为滨江路过小江桥再过文书楼前至锦屏中学前的湿地公园，各展演队身着苗族或侗族服装，演示结婚、林业生产等情景，边走边唱，气氛热烈，观者云集。有不少乡镇的表演队或吹芦笙或吹长号，热情奔放，有的队抬木头游行，颇有特色，产酒之乡展示酒文化，养鱼之乡推鱼上街。我又是照相又是摄像，边欣赏边记录。聊后得知这些村民早上4：00点就起来准备，一路也可见演员打哈欠，今天上午天又比较热，他们的辛苦付出值得钦佩。他们展示了民族风情，传达了民族自信，表现了地方文化，增加了热闹气氛。据说，各乡镇代表队要自己解决住处，因县城住宿床位有限，让他们投亲靠友。

10：00多，我跟随游行队伍凭嘉宾证进入位于清水江畔的湿地公园的黔东南州第二届旅游产业发展大会暨2015首届中国锦屏文书文化节开幕式现场。所谓湿地公园实为一江边平地，铺细石子再铺上绿垫，不少地方还没建完，搭了一个舞台。9：30后，参加完旅发大会的各县领导、客商等陆续到来，省里来了一位人大常委会副主任、一位省旅游局副局长。州里来了州委书记、州长等四大班子领导。

开幕式10：30开始，锦屏县委书记致欢迎辞。州委书记宣布锦屏文书文化节开幕。之后为文艺演出，名为大型民族歌舞诗剧《锦屏文书》根据单洪根著作《木材时代·五百年幽灵》改编，上篇"十八女儿杉"，中篇"一江木植向东流"，下篇"争江·通江"，尾声"青山常在"，演出时长近1小时20分钟，演员多为学生、老师等。演出的立意不错，效果也较佳。可惜天气较热，包括州委书记在内的不少来宾没看完就离场了。演出由黔东南电视台现场直播、贵州广播电视台经济广播直播、多彩贵州网络直播。

中午12：30仍至振国酒家吃饭。下午1：00许我去清水江边，一时半龙舟比赛开始。每三队为一组，有男选手也有女选手，20多队，每船20桨手加一位鼓手一位舵手。两岸观者云集，用当地话说是"看热闹"。我看了四组比赛，又在滨汇路看一会儿舞龙表演，之后匆匆往文书楼参加锦屏文书特藏馆开馆庆典。

下午2：30，锦屏文书特藏馆开馆庆典开始，县长主持，县委书记致辞，州里几个常委参加，仪式极短，之后进内参观。我看后发现与昨晚不可同日而语，非常成形了，看得出领导们较为满意。王局说他前晚至凌晨5：00才睡，昨晚也是干到凌晨4：00，可见赶工之辛苦。锦屏文书特藏馆高九层，外形显民族特色，成为锦屏的地标性建筑了。造价招标时为 1100 万元，全部盖好约需 2400 万元，资金来源为国家档案局 600 万元、省里 300 万元，州里无支持，余 1000 多万元均须由锦屏县解决。由于赶工期，需加班，无形中也增加了不少成本。王局说今天要请临时工搞卫生，结果别人回答要看热闹而不愿挣钱，只得由档案局干部职工打扫卫生。

下午，我接受了黔东南电视台一频道的采访，以一位外地游客身份谈谈对民族文化的感受。

下午我还坐了一下锦屏县城的 3 路公交车。县城共有三路公交车，每次 2 元。我坐到亮江边的平金村终点，下车见平金村有一家今天正举行婚礼。车上有一小偷偷手机被发现而未果。这两天锦屏人多热闹，看来小偷也来凑热闹了。

回来时去看了一下它山庙。此为全国重点文物保护单位，为贵州省最早的木结构建筑。有一戏台，设有"它山讲堂"。

晚上，湿地公园有黔东南歌舞团的演出。晚上 8:00 开始，我于晚上 9:20 到那里，一路上人来人往，现场也人山人海，可惜音响不佳，几位演员均因放不出伴奏带而匆匆下场，我看了一会即回来。今天是我在县城看热闹的一天。

据介绍，这次的旅发大会与文书文化节为锦屏县城从铜鼓迁到今天的三江这 100 年以来最大的活动。锦屏为一小县，全县仅 23 万人，县城三四万人，能办成这样的活动，实不容易。虽各处尚可见没完工的痕迹，但昨晚、今天总体圆满，进展顺利。值勤的一位中年警察对我说，这一年也是锦屏建设发展最快的一年，县城面貌日新月异。通过节庆活动促进基本建设设施提升和城市发展，有一定的效果。

10 月 1 日早上 8:00，我起床后去附近一小店购一杯豆浆 1.5 元，肉子 3 个每个 1 元，共 4.5 元，刚吃完王局就打电话给我。他今天仍要开馆无法陪我去文斗苗寨，县人大吴主任（同时任苗学会会长）今天去文斗，王局建议找其同行。我觉得颇好，于是他打一出租车陪我到锦都大酒店，将我介绍给吴主任。我将包寄存在锦都。有一老副州长 75 岁了，他见王局后说文书陈列馆他看了有一点虚张声势和错误，如隆里写成了云南等。

8:30 左右车过平略镇而至三板溪电站大坝。此电站 2002 年开始建，2006 年建成，坝高 185.5 米，据介绍在国内仅次于三峡大坝，全世界居第四。

我们坐一快艇，约半小时到文斗下码头。文斗有上下两寨而有上、下两个码头。水库里网箱养鱼颇多，去年水葫芦疯长。

慢慢走上山来，先由一县人事局局长退休的姜老局长和一男一女三位在路口迎接，再由乡书记、乡长等迎接。上来寨后腰鼓队夹道欢迎，并有五道敬茶、敬酒拦路敬客，气氛热烈。小学生腰鼓队为第一道敬茶。我第一次感受，觉非常新奇。

之后在村内参观。有一棵古老银杏，下空可放一桌子，有红豆杉树群，共有九棵大树，有一棵极大。

再看祭树仪式，祭的是一棵路边较大的红豆杉。祭树仪式由一位身穿道服的道师主祭，对树而祭，各姓宗族自己备祭品放在八仙桌上。参加的有20多桌，男女老少族人围坐桌边，点香、点烛后道士围所有桌子念经一圈，之后各桌的人到树边烧香。道士念祭文，颇为正式，大意为保平安。祭树仪式举行了半个多小时，有的桌子供一猪头，有供月饼、供水果的，每桌不一。据介绍文斗每年3月、10月各祭树一次，重视生态环境保护。

之后，我们到了上寨寨门处，看了七块古碑。其中有婚姻改革碑，原在清水江边，水库要蓄水时文斗将其搬迁上来，费力不少；还有块"六禁"碑，为环境保护方面的，这是较早的规约。

上寨寨门不远处为斗牛场，明天文斗要举行斗牛比赛。村里鼓励大家捐款，明天最高奖金为1.6万元。大约有16对牛参加，附近村寨的都来，天柱县也有来的。姜书记介绍说明天村里会很热闹。文斗2日为斗牛预赛，3日为斗牛决赛，2日还有斗鸟活动。

我们也去看了附近的古防御墙、古战壕，明清时所修，为防土匪，也为防官府。姜老局长介绍说留有枪眼的。

下午1：30左右，到一村民家吃饭，他家今天至少准备了十桌饭。乡里来不少干部，这几天要住在村里一直到10月4日。河口乡离此不近，坐船要近一小时。

吃饭时五位苗家中年妇女敬酒、唱酒歌，敬酒要喝两杯，说你是双脚走来的，让客人很难反驳。饭后天下了一阵毛毛雨，有一会还较大，半小时左右即停，对面山上有雾升起。

苗学会下午有一项活动为座谈会，定在村小学内的博物馆举行，午餐后大家移步前往。文斗的博物馆为生态博物馆，此次文书文化节期间开馆。小学前正在建一专家工作站，共投资 450 万元，由省州投资，主体已成，春节前建成，力度不小。

开会中间我出来到村支书家，他正将因下雨而收起来的千把斤谷子搬入屋内。他提供了一份今年十月刚修订通过的"村规民约"，我抓紧时间访问了他一下，请他谈些对村规民约的看法，此为一意外收获。村支书的妻子为医生，开医疗室，有一鼻塞者给些药收 5 元钱，有一位三四岁小男孩，自己玩刀把后脑勺弄破了，其母抱来处理，医生消毒后贴两张创可贴，收 7.2 元。医疗室需脱鞋进入，这在农村极少见。

下午 4：00 我又去看了一下位于下寨活动场的乡里组织的民族文化表演，有一个村表演苗族婚姻仪式，有一个村唱苗歌，看一会我即返回会场。河口乡"一会一节"期间的活动在文斗寨。昨天有 70 多人的龙舟队参加比赛，参加民族服装巡游的有 50 多人。

下午 4：15 参加"锦屏苗族文化传承与保护座谈会"。苗学会这次邀请了30 多位专家来参会，今天有 10 多位参加文斗苗寨的参观考察，参加的有湖南靖州副县长等人。会上，有一专家建议文书文化节应改为清水江文化节。姜老局长送我他自己撰写的《文斗苗寨》（2011 年著，自己印行）。

文斗村公路至县城为 55 公里，水路到大坝为 13 公里，以前主要走清水江水路，没修电站前水位较低。

今天一位刚参加工作的乡里事业单位的小伙子说，他的全部工资为 3900元，还没扣公积金，应是工资改革后的。他是锦屏本地人，说事业单位不难考。这些天他由乡里安排住在文斗。

下午 5：30，我们离开文斗寨，从上码头坐船回锦屏县城。走下来时见有一户人家正在打稻，用机动脱粒机。今天是我在苗族村寨看热闹的一天。

船行约 15 分钟到三板溪水库大坝，再 30 来分钟到锦都大酒店。跟随苗学会的朋友一起在酒店吃自助餐。一路上和吃晚饭时，他们唱了不少苗歌。少数民族的能歌善舞又一次令我羡慕。

饭后入住锦都大酒店，此酒店应是锦屏县最好的酒店，标称四星级，刚营业不久，位于清水江东，在清江大桥边。晚上在房内看对面县城夜景，感觉不错，从房间望出去河边几栋楼房进行了亮化，山上的民居又挂了盏盏红灯。

10 月 2 日，在酒店吃早餐后回房，王局来电话说他过来了，于是下楼陪他吃早餐并聊天。他介绍了贵州省原拟出台《锦屏文书保护条例》，后有人提出无须省立法保护，现改由黔东南州立法，锦屏县起草了相关草案，在讨论时有人提出应为《清水江文书保护条例》，人大代表中意见不统一，州委常委会也大部分赞同"锦屏文书"提法，少部分支持天柱、剑河意见提"清水江文书"，现搁置起来了。王局介绍了锦屏文书较早由中山大学人类学系的老师进行研究，引起了重视，后来贵州大学也想与锦屏进行合作，并通过当时的省委副书记作批示，意为今后由贵州大学与地方进行合作研究，不与省外合作，传达给了锦屏县委、县政府，但贵州大学两位教授又互相攻击，互不合作。贵大还派了一位老师到锦屏挂职副县长，后去州文广局，又去天柱县任职副县长，贵大的又搞天柱文书，天柱发现了一些，但数量不多。王局给我介绍这些情况，令我感觉学术研究中的一些现象，行政力量与学术研究、省内与省外、个人利益与学术本身等都颇耐人回味。

我向王局介绍，锦屏文书中有各种村规、规约，而现在又有村规民约，这方面值得研究，个人对此也有兴趣，我们可以进一步商量进行合作。

9：00多，我到新汽车站，结果被告知往隆里的车在锦都大酒店斜对面的老汽车站坐，于是返回，购10：30的中巴班车，15元票价，46公里。上车后车不对号，满员，过大同乡，钟灵乡12：10分到隆里，路况一般，有几段较颠簸，沿溪而上，建有三个电站，溪为亮江。我坐下午3：30的中巴车返回时走高速，价18元，用时40分钟，明显快多了。

到隆里后，我从东门清阳门进入，沿来龙街到龙标书院、千户所、城隍庙、观音堂，过戏台，到节愍街，出迎恩门到平水石桥，过河到状元祠、状元桥，之后上真武山，上有真武寺，可观隆里全景。下山后沿河边从北门安定门便门进入，走到南门正阳门，再走到清阳门，上到三楼看隆里街景，之后上城墙一观。一路所见，民居正门上方有"开科第""耕种第""书香第"等匾，极有特色，有刻雕的、纸写的，形式不一。

隆里为苗侗地区的一个汉族孤岛，故从防御的角度出发，隆里镇内道路均设为丁字形，此为其他地方所少见。

隆里不收门票。许多地方如千户所尚没有修完，不少地方可见赶工的痕迹，但总体还可以，民居、古庙、石桥、城墙、碑刻等都体现了历史的印迹。

约下午2：30，我又回到观音堂，准备观看下午3：00开始的花脸龙表演。隆里的龙为花脸龙，别具一格。2002年隆里乡被贵州省文化厅命名为"舞龙艺术之乡"。等了一会后，因五条龙同时表演，场地改至清阳门外的东门广场。我在清阳门外看了一会隆里村民在脸上画花脸。他们说用清水两分钟就可以洗掉了，用的是水彩。

下午3：15，五条龙开始表演，舞龙者均为隆里村民。每条龙龙身10人加上前面1人引领。有1条龙全由女性舞。有2条龙的龙尾的表演者一男一女装扮特别，动作夸张。另左右各有1条龙由少年男女舞龙，以助气氛。

我正看得起劲时，到县城的中巴车司机叫一小青年来找我上车，下午3：30的车要开了。我恐之后没有车了，便没有全部看完即上车返回锦屏县城。虽然有些遗憾，但是大致领略了花脸龙的魅力。回来走高速，比较快。今天是在汉族村屯看热闹的一天。

10月3日参加"清水江文书（锦屏文书）与地方社会学术研讨会暨贵州省第二届汲古黔潭论坛"。上午8：00先是在文书楼举行开幕式，并举行中山大学人类学与社会学院教学实习基地、中山大学历史人类学研究基地锦屏工作站挂牌仪式，之后与会代表参观锦屏文书特藏馆。

9：40回到锦都大酒店会议室召开大会，由中山大学张应强、贵阳师大徐晓光等六位发言，介绍了自己承担的课题情况和自己研究体会。下午1：30分成五个小组举行小组会议，每个小组又分上下两节，每节有七八位发言。我们组在县委大院内的会议室开，十五六个人，我担任后一节的主持人。下午5：10又回到锦都，举行圆桌会议，十来位发言，最后为简单的闭幕式。我在开会期间，主要翻看有关文集，思考有关锦屏乡规民约问题。

10月4日，会议安排村寨考察，有两条线路一为隆里、新化、雷屯，另一为平秋、瑶白，我参加了后一条侗寨线路，4日是去侗寨看热闹。

上午8：40出发，20公里先到平秋镇，参观了一个刚开放的侗族文化陈列馆，在原区公所址，有一些生产、生活实物和图片展览。

之后，到彦洞乡。大车开不上去，于是大家徒步往瑶白村走。走了一二公里后，乡政府派小车来接，大家陆续到了瑶白。村民已盛装在寨门口。等我们人到齐后，举行拦路迎客仪式，唱歌敬酒。村民身穿民族服装，敲锣打鼓、吹号、吹芦笙、跳舞，分列路两边夹道欢迎，男女老少估计超过200人，还有举全村十四姓姓氏旗的。

瑶白离县城41公里，离乡政府3公里，全村有385户、1518人，估计今天每家至少出1人。瑶白2014年被评为第三批中国传统村落，2011年被贵州省侗族学会授予"魅力侗寨"。瑶白摆古节 2007 年 5 月入选贵州省非物质文化遗产名录。瑶白建寨于明永乐三年（1405 年），至今已有 600 多年历史，为古九寨之一。但瑶白与周围的侗、苗寨有较大差异，有自己特色。

随后举行祭拜古树仪式，村民说今天为天保日，百无禁忌，诸事皆宜，是个吉日。全村欢迎队伍敲敲打打在一位道师和一位戏班太和班的梨园神的引领下往古树行进，一路遇岔路口道师他们需举行简短仪式。

祭树仪式在一棵红豆树前进行，摆有供桌，上放猪头等供品、香烛，有诵经、上香、念祭文等环节，村"两委"成员在道师他们背后恭祭。仪式杀一鸡，鸡血滴在红线上。大约进行了半个小时。

随后队伍沿小道游村至瑶白摆古场，上午内容结束，村民各自回家吃饭、休息。我们在一村民办的农家乐吃午饭，此家生意颇好，门口桌上标有"每位 20 元"字牌。

下午 2：00 在摆古场举行活动，内容包括：①入场式，即队伍在瑶白旗引导下吹吹打打，边跳边走入摆古场；②祥牛踩堂，男女老少十来位村民牵牛、担农具等入场，表演农事活动；③长桌摆古，摆古场放十四张八仙桌，两边放长凳，桌上放水果、点心和酒，一边坐村民，一边坐游客，两位老年男女唱歌摆古，按能听懂侗话者的说法，两位老人讲瑶白历史，讲得人酸酸的，讲远地结亲的辛苦，唱破姓开亲的过程等，历时二十几分钟，最后大家敬酒、吃果；④民族歌舞表演，有身着民族服装的孩童和少女跳"手拉手"，也有一般民间舞蹈"杨州民月夜"等；⑤演大戏，演天官赐福等。我们因时间关系，大戏仅看了一点天官赐福，即返回锦屏县城，余下的来不及观看，略有遗憾。瑶白摆古极有特色，令我印象深刻。

在祭树仪式和演"天官赐福"戏时，都有在一红包内放入若干钱币即捐款环节。祭树仪式是将平安符放入功德箱内，平安红包上写上姓名以祈求保佑。"天官赐福"时将钱装入红包内，在天官亮福禄寿时掷向此纸币箱，以求好运。上午祭树仪式共收 1000 多元平安功德，最多 100 元，少的有 5 元之类，村里拆开登记后即写在红纸上张榜公布。我往功德箱放入 100 元即走，他们要我留名字我谢绝，县史志办小张告诉他们我是北京清华大学的高教授，结果他们将我以"北京高教授 100 元"写在第一位，此为一插曲。

下午开始表演前我到瑶白村民委办公室，两间房，其中一间村文书等正在拆、登记平安功德。我问他们有无村规民约，他们给我看了村规民约、防火规约、义务教育规约等。

今天一路不时看见收割稻谷的情景，为农忙季节。瑶白村能有这么多人参加活动，也不容易。好在国庆节假期学生放假，情况稍好一些。

今天看见许多女性身穿民族服装，佩戴全套银饰。听当地人介绍，侗族女性身上的全套银饰，大约需3万元以上，都为祖上传下来的，有的成色很旧了，有些则为新的。有一姑娘指着手上的银镯，说有人想买走，她说出多少钱我都不卖的，这是祖上传下来的，给我全新的我也不会卖的。她们对祖上传留的物品非常看重，后代需精心保管。因为这不仅是他们这一代人的，后代人也有份。他们对文书也是这样的态度，许多不愿给政府收走就是认为文书是先人传留下来的，也应该传给后人，后代人也有份。

17：40我们离开瑶白回县城。今天是我在侗族村寨看热闹的一天。

10月5日一早，我离开锦屏，王局开车送我去梵净山，我结束了在锦屏看热闹的行程。

2015年10月5日记

2023年12月12日略有修改

2016 年 1 月泰国行散记

一

2016 年 1 月 19 日至 24 日，我参加了携程网组织的泰国曼谷沙美岛芭堤雅的六日五晚游，这是我第一次去泰国。

19 日早上 6：50 乘泰国航空公司的 TG675 由北京前往曼谷，11：00 到曼谷素万那普国际机场，24 日 10：10 乘 TG614 由曼谷返回北京，15：40 抵达北京。全团有 18 成年人和 1 小孩共 19 人，领队为赵小姐。费用为 4399 元，加上 240 元落地签证费（落地签证可待 15 天），并有 1000 元自费项目（含鱼翅燕窝皇帝餐、杜拉拉四方水上市场、骑大象、精油 SPA 、三合一龙凤表演。游客至少须参加鱼翅燕窝皇帝餐、杜拉拉四方水上市场、骑大象三项 600 元。）。中国银行 1 元人民币可换 5.3 泰铢，向领队换为 1：5。温度 20 多度，有两天的晚上下了雨，白天均为晴天。这次总的性价比还可以。我对泰国中部的地理、人文有了实地的一些感受。

二

在泰国的几天全程乘坐大巴车，由司机夫妇两人服务。最后一天每位游客给 100 泰铢作为小费。司机夫妇晚上住在大巴车上，吃饭基本上他们都自己解决，我仅见在第三天中午绿光森林餐厅进内与导游他们一起吃饭。泰国的交通还可以，第一天晚上在曼谷经过中国大使馆所在的街道去看表演时比较堵，第二天去沙美岛时由于头天晚上下大雨有些地方有积水而行驶缓慢。仅在第五天看见一起交通事故。我们走了几次收费的高速公路，有四车道。司机开车时没

— 100 —

有系安全带。遇见一次警察查车，六七个警察设路障，但没有对我们车检查，挥手让我们车过去。路况总体比较不错。路上跑的日本车比较多。

三

我们在曼谷住两晚，住 S RATCHADA HOTEL，贵都酒店，四层楼高，房间比较大，一楼有一游泳池，23 日晚上我去游了一下，水质不错，没有拖鞋。在沙美岛住 Sai Kaew Beach Resort，萨凯海滩度假村，为别墅式房间，三房并立为一栋一层楼的房屋，环境不错，离大海仅仅几分钟路程，另外提供两条大浴巾供下海用，有专门的沙滩椅供客人免费使用，导游说现在需要 5000 泰铢一晚，不知道是否如此。芭堤雅住两晚 Aiyara Grand Hotel Pattaya，芭堤雅爱雅拉大酒店，共有三栋，我们住第三栋。7 楼顶有游泳池，但我没有时间游泳，仅在 23 日早上快离开时上去看了一下，能够看见大海和对面的海岛，房间内有一沙发，没有牙具，离海边很近可惜没有时间去。所有房间都免费提供两瓶水。我们每天在床头放 20 泰铢为小费。

四

吃的方面，19 日晚上在曼谷乘坐昭帕雅公主号船游览湄南河，并在船上用自助餐，边看曼谷夜景边用餐，心旷神怡，20 日晚上、21 日早上在萨凯海滩度假村餐厅用自助餐，面对大海，环境宜人，印象深刻。23 日晚上在曼谷王权免税店旁边吃自助餐，有三文鱼、虾等，此家餐厅规模很大，大概可同时容纳 2000 人用餐。21 日中午在绿光森林餐厅用餐，此餐厅坐落于一片森林之中，小桥流水，绿意盎然，较有特色。19 日中午在龙城中式餐厅用餐，餐厅较大，服务员脚穿轮滑鞋上菜，也是一景。

五

泰国是个信仰佛教的国家，据导游介绍全国有 4000 多座佛教寺院。我们参观了曼谷大皇宫内的玉佛寺、芭堤雅附近的九世皇庙、皇家寺。玉佛寺以尖顶装饰、建筑装饰、回廊壁画三大特色名扬天下，体现了泰国佛教建筑、雕刻、绘画的艺术特色，镀金佛塔、漆成绿色的屋顶瓦片和嵌有马赛克柱子是其代表作品。九世皇庙是当今国王第二次出家的地方，庙中供奉着高僧的舍利子。皇家寺供奉四面佛。泰国一个月有四天佛教节，23 日为佛教节，我在皇家寺见许多信众带许多饭菜、水果来，送给和尚吃。来送饭菜的信众基本上为女性，有不少用银器盛装。和尚两三人坐在一起，有信众将大家带来的饭菜摆放在他们面前，满满的有十多二十碗。导游告诉我们，寺院内不准开伙，和尚每天早上出外托钵化缘。和尚一日两餐，过午不食。泰国的佛教为小乘佛教，和尚可以吃肉。泰国男性一生至少当一次和尚，至少 90 天，意为还母亲生养之恩。

六

这些天在泰国的各个景点都有拍照片服务，给你拍照片随后在大巴车边、景点出口处等陈列供游客挑选，不要的照片就销毁。刚开始时在大皇宫一进门就照所谓的团体合影，导游说是统计人数，我就有点怀疑，后来果然是卖照片。水上市场有行走时照的，古城微缩景观公园有上观光车照的，骑大象时有远处照的。这类照片价格有 100 泰铢、200 泰铢带相框的不等。23 日骑大象处为 200 泰铢无相框，我要了一张，还要求留下团号，估计导游有点提成。

七

泰国为热带国家，因而适宜蛇类生长，我们在曼谷素万那普的国家毒蛇研究中心就观看了人与金刚眼镜蛇的表演。在泰国，过去常常发生蛇爬上电线杆而导致电线短路的情况，故现在我所见的路边电线杆有了三重防蛇措施：一为方形电线杆，非为通常的圆柱形，二为在电线杆的中上部包一光滑的铝片，三为在电线杆的中上部装一倒置的网罩。这是我第一次见到这样的电线杆，开眼界长见识了。古人云读万卷书行万里路，果不其然。

八

我们的导游姓沈，祖籍广东，为离开中国的第三代，没有回去过中国老家。他 40 多岁，老家在泰国南部，离曼谷有 1 千多公里，家有 58 莱橡胶园（1 英亩等于 2.5 莱）。他开过摩托车店。他自己介绍喜欢古董表，现在收藏有 200 多块表，很多品牌都有，他手上带一块欧米茄表，还喜欢跑车，说有六七辆。他带团来过北京、台北等地，去过 20 多个国家，现在不太想跑了。他走路比较快，办事比较麻利，曾经不经意间嘲笑我们的领队笨。带我们 9 人去看三合一龙凤表演时，他一看排队的人太多了，就想办法去跟出口处守门人商量，从而让我们三三两两分批从出口进去，大大节省了时间，减少了排队的麻烦。沈导做事情比较认真、负责。他推销物品总体还可以，不买也不给脸色，青草药膏比超市、免税店的便宜，唯有榴莲干、芒果干他要 300 泰铢一包，超市、免税店仅需 180 泰铢。你不买珠宝、皮具、蛇药，他也没有什么意见。进泰国的这些商店，也没有发牌子，似乎与导游的提成关系不大。

九

21 日行程中安排了参观位于罗永府的素帕达水果庄园。素帕达水果庄园号称东南亚规模最大，1700 多亩良田种植了数十种热带水果。我们乘坐观光车缓缓穿行于枝叶繁茂的园林中，空气中弥漫着水果飘香的芬芳，观看各种水果树，观看了割胶。途中休息时，还免费食用各种新鲜水果。我第一次品尝了榴莲，味道不错，吃了不少，还吃了芒果，其他的杨桃、火龙果、番石榴、香柚等稍微尝了一点。许多热带水果以前不知道如何长的，这次稍微普及了一下植物知识。

十

沙美岛有 15 个海湾及白色的沙滩和怪异的岩石，酒店附近的沙滩不错，游客不多，海水很清，在海水中游泳非常舒服、开心。浪比较大，层层涌来很有意思。这次在沙美岛的感觉颇佳。

2016 年 1 月 25 日记

参观大亚湾反应堆中微子实验室

　　2016年9月2日星期五下午，在上午给大亚湾核电运营管理有限责任公司讲课后，经友人谭君安排，我参观了位于大亚湾核电站内的大亚湾反应堆中微子实验室。

　　下午2：00，我和谭君、大亚湾公司党办小郝按约来到了洞口，江主任和另一位老师已经等在那里了。谭君、小郝虽然在这里工作多年，但也是第一次参观。

　　江主任告诉我们广东省大亚湾地区的大亚湾核电站与岭澳核电站是进行反应堆中微子这一实验的最佳场所。首先是功率大，能够提供强的中微子流；其次是紧临高山，适合建立地下实验室以屏蔽宇宙射线对实验的干扰。在全世界的反应堆中，同时具备这两个条件的极为少见。

　　由于大亚湾有两个反应堆群，需要两个近探测器分别对它们进行测量。大亚湾近点探测器距离反应堆约360米，岭澳近点探测器距反应堆约500米，远探测器离大亚湾反应堆1900米，离岭澳反应堆1600米。还有一个中点实验站也可放置探测器进行测量，以改变实验的系统误差，检验结果的可靠性。实验站之间用水平隧道相连，可以方便地在不同实验站之间移动探测器。从隧道入口处到大亚湾近点实验站则采用有坡度的隧道，以将探测器置于更深的地下，以减小宇宙射线的影响。

　　大亚湾反应堆中微子实验室于2007年10月13日破土动工，1号实验厅于2011年8月15日开始运行取数，2号实验厅于2011年11月5日开始运行取数，3号实验厅于2011年12月24日开始运行。这3个实验厅分别为大亚湾近点、岭澳近点与远点大厅，实验厅由水平隧道相连，每个实验厅内各有一套宇宙线探测系统。

　　我们戴上安全帽，坐电瓶车进入山洞到位于山腹内的3号厅参观。一路看隧道两边的石质很坚硬。隧道共有 3 公里，其中从洞口到 3 号厅有 2 公里，挖隧道费用为 1 亿元。据介绍，实验室建设资金大概 3 亿元，我国出 2/3，美国等其他方出了 1/3。

3 号厅中，110 吨重的中微子探测器钢罐被吊装放入 10 米深的纯净水池中，共有 4 个。192 个 8 英寸光电倍增管安装在紧贴钢罐内壁的支架上，用于探测中微子俘获时发出的光信号。载运探测器钢罐的车为美国特制的，全球仅一台。实验室设备大部分为我国设计、制造。

大亚湾反应堆中微子实验是一个在中国本土进行的、有重要国际影响的大型国际合作项目，是中美两国目前在基础科学研究领域最大的合作项目之一，由科技部、中国科学院、国家基金委、广东省、深圳市、中国广东核电集团和美国能源部、捷克及俄罗斯共同支持。这是我国基础科学领域目前最大的国际合作项目，也是目前最大的地方与企业合作的基础科学研究项目。中国科学院为该项目依托单位，中国科学院高能物理研究所为项目的建设单位，并成立了专门的工程指挥部——中国科学院高能物理研究所大亚湾反应堆中微子实验工程指挥部。

大亚湾反应堆中微子实验合作组由全球 6 个国家和地区的近 40 家科研单位、约 250 名研究人员组成，分别来自美国布鲁克海汶国家实验室、北京师范大学、美国加州理工大学、成都理工大学、中国广东核电集团、捷克查尔斯大学、俄罗斯杜布纳联合核子研究所等。清华大学工程物理系有陈教授一个 5 人团队在实验室团队中。他们轮流从北京过来值班，平时这里有几个人管理。

2012 年 3 月宣布发现新的中微子振荡模式，在精确测量 θ13 值方面取得国际领先。这是中国诞生的一项重大物理成果，被称为中微子物理的一个里程碑。2012 年底，大亚湾中微子实验成果入选美国《科学》杂志 2012 年度十大科学突破。2013 年 1 月 19 日，该项科技成果被选为 2012 年中国十大科技进展。2015 年 11 月 9 日，2016 年科学突破奖获奖名单在美国加州硅谷美国宇航局艾姆斯研究中心揭晓，中国科学院高能物理研究所研究员王贻芳、美国伯克利国家实验室教授陆锦标及大亚湾中微子实验团队获 2016 年基础物理学突破奖。（"因中微子振荡的基础性发现和研究，揭示了超越标准模型的新前沿"，2016 年基础物理学突破奖授予研究中微子振荡的 7 个领导人和他们领导的 5 个研究团队。包括王贻芳、陆锦标领导的中国大亚湾中微子实验团队，

Atsuto Suzuki 领导的日本 KamLAND 实验团队、Koichiro Nishikawa 领导的日本 K2K/T2K 实验团队、Arthur B. McDonald 领导的加拿大萨德伯里中微子天文台以及 Takaaki Kajita、Yoichiro Suzuki 领导的日本超级神冈实验团队，5 个研究团队平分该奖项奖金。）这是中国科学家和以中国科学家为主的实验团队首次获得该奖项。

大亚湾这个实验室将在 2020 年完成实验，以后怎么用还不知道。陪同的老师介绍以后可以用于通信等领域。

他们在广东阳江还在建设一个规模更大的实验室。在大亚湾中微子实验室一期全力展开科学探索之时，二期项目也已展开。中微子实验二期工程建成后，期待在测量三种中微子的质量顺序上能有一个重大突破。据介绍，在中微子实验二期中，中微子探测器将更大。二期实验将使用新的中微子探测器，探测重量将为一期探测器的 2000 倍。

我们总共参观用时 45 分钟。时间虽然不长，于我这个文科生而言，却是一个独特的经历。我是开了眼界、长了见识，对这种大科学装置有了实地的了解和具体的感受。

2016 年 9 月 26 日记

2019 年 7 月宁夏吴忠调查日记

7 月 21 日　星期日　阴有小雨

2019 年 7 月 21 日为星期日，我到宁夏回族自治区吴忠市红宝宾馆参加中国农业经济法研究会第五届第四次会员代表会议。

下午有空余时间，我即起意去附近村看看。问了一位女出租车司机后，下午 1：00 我在宾馆附近乘 9 路车到终点站——利通区的高闸镇，半个小时左右，3 元票价。

下车后，我就在镇上随便转转，问了一下说镇上没有邮局，这样就没有办法盖邮戳。到镇政府院内看了一下，因为是星期天，没有人上班。在镇上没有太特别的所见。

问了一下后，便去镇附近的高闸村村委会。在高闸村，看了一个粮食加工厂，两个老年人在干活；同时养着二十多头奶牛。看了一个清真寺，有一老人看门，比较冷清。

穿过一个没有什么人住的小区，有两层的连排别墅，也有独栋别墅。后面几栋 5 层楼的公寓楼，有一些人住。可能为村里的村民。小区附近为高闸村村委会，没有人在，门锁着。门上有一张值班表，从星期一到星期天，每天一人。我试着给星期天值班的村委会一位委员打手机号，没有接通。从墙壁上看有用水协会，我觉得这个村内的社会组织有特点，应该是与这里为黄河灌溉区、比较缺水有关系。

后走到高闸村村委会。门开着，有人在会议室召开座谈会，有一人告诉我说他是吴忠市人，他女儿是大学生，今天与同学一起来村里进行社会实践。出来一个女的自我介绍为村妇女主任。我问她村里有没有用水协会，她说有，有关介绍在一个办公室的房间墙壁上挂着，但是她没有钥匙打不开门。用水协会的一些规范就没有办法看到。

村办公楼大厅里有报刊栏，下面有几本"利通区村级民主管理文件资料汇编"，我拿了一本做参考。

我看见高闸村的宣传栏上有村规民约，没有制定或者修订的时间。我拍照搜集。

我拍了一些村民房屋的照片，拍了一些村景。

下午2：40左右，离开高闸村后，我沿着往吴忠市区的9路公交线的公路返回走。走了10来分钟，看见路边有人在收菜。我就离开公路，到菜地里去。这些菜地有自动喷灌系统，设施比较先进。有十几个人在小雨中收菜。与两位聊了一下，一位是贵州省贵阳市来的，来了两三年；另一位来自云南省文山州，今年刚刚来。老板有三位，好像是广东的。菜为菜心。他们收一斤菜得五毛五的工钱，一天可收三四百斤。这些菜供应香港，三天到广州，冷藏汽车运输。晚上吃饭时，我旁边的吴忠市农业局局长告诉我当地2元一斤收，到香港卖20元一斤。这些工人包吃包住，有100多人，老板不愿意招本地人。他们9月、10月份天冷时就去广东干活。菜大概两个月一茬。吴忠市的马市长说吴忠这边的地为盐碱地，菜心、油菜等蔬菜的品质比较好。

看见一个3岁左右的孩子待在三轮车上，车上面撑着大伞。这是跟着父母一起的孩子。由于雨一直在下，越来越大，他们就决定停止收菜了。他们回去房间休息。除了一人穿雨衣外，其他人都没有防雨设备。

我再回到公路上，一边走一边路上看看。随后看见9路车过来了，就上车。到杨渠村路口下车时大概为下午4：00。

我先去波浪渠村的清真寺看了一下。名称为×场清真寺，有一字已经不全。没有人在。我大致看了一下。有一小黑板上写着一天六次的礼拜时间。到波浪渠村转了一下，进一家院子看了一下，比较大，三代住房都在。看见一农户买了一头奶牛回来，3岁左右，1.1万元，说准备杀了卖肉。他家养着十来头奶牛。

之后去杨渠村。见玉米地里灌满水。今天看路边都有大大小小的水渠、大大小小的闸门，水流比较急，水比较黄。看样子灌溉在吴忠非常重要。

返回时，在路口，有开着电动三轮车卖桃子的，10元四斤，我买了5元两斤尝尝。

之后仍然乘9路车回吴忠市区。看见中华小区附近有一比较大的清真寺。

看见吴忠市有一卷烟厂，属于湖南中烟集团。

下午 4：40 到吴忠市邮局，还没有关门。请营业员帮我盖了一个邮戳作纪念。随后在附近的商店用 40 元买一斤枸杞，开价 45 元一斤，今年的新枸杞。我询问时，邮局的小姑娘告诉我，宁夏的枸杞为椭圆形，两头尖尖的，与青海的不太一样。

晚上 5：30 吴忠市的马市长请与会的一些领导和教授吃饭，一桌共 14 人。旁边餐厅有人请满月酒，我看了一下，有送 1000 元的，少的也有 500 元。问餐厅经理，他们酒席标准为 1288 元，不包括酒水，有羊肉、牛肉、鱼等，八冷菜八热菜，还有两面点。我吃饭后出来时问宁夏农业农村厅政法处的张处长，他说这个礼送得是有点重的，当然看双方关系。我看了一眼请客名单，有同学等。

马市长介绍，吴忠市经济有宁夏滩羊、黑杞、黄花菜等，葡萄酒比较好，牛奶产业比较大，伊利、蒙牛都有工厂，伊利最大的单体厂在吴忠市。宁夏滩羊品质好，一年能产 200 万头，在吴忠市大概 40 元一斤生肉，熟肉 80 元左右；一只羊 30 斤左右，4 个月产出；一年两胎，产量有限。

吃晚饭时，我的旁边的一位为吴忠市农业农村局马局长，我询问他有关农业部推荐的作为乡村治理 20 个先进典型之一的红寺堡区村民会议制度情况。他说红寺堡区为移民区，村民和村干部有特点，不太好管理。于是想办法，加强村民会议，取得了比较好的效果。我留下邮箱给他，他答应发有关材料给我。

晚上到广场附近的吴忠南大寺时正在举行昏礼，从晚上 8：25 开始到晚上 8：43 结束。共 31 个人进行礼拜，其中 11 位为学生。话筒连着外面的高音喇叭，附近的人应该能够听到。去年我在青海省西宁市调研时，了解到那里就不许外面听到。结束后出来门口时有一阿訇问我，从哪里来。南大寺的房屋出租所得的租金应该不少，从贴在墙壁上的收支公布可以知道。

之后有三四位穆斯林在大殿外聊天、休息，有几位在殿内。阿訇给 7 个满拉在教室上课。我在门外听。他们很好奇，有一位在经过阿訇同意后出来与我聊天。我问他，他们正在学的是什么，他说是请阿訇时说的。他说有的学了以后想做阿訇，有的是想以后到国外做翻译。他是本地人，学了两年了。他说他们早上 4：20 起来，10：00 多后可以休息一会。他说南大寺只有一位阿訇，来了有半年。晚 9：00 多一点就下课了，准备礼拜。阿訇问我从哪里来、老家是哪里的、做什么工作。这位阿訇 40 多岁的样子。

晚上 9：10 进行宵礼。人仍然不多，比刚才昏礼还要少。我摄像了两段。满拉告诉我要进行 30 分钟。我看了 10 多分钟就离开了。那个满拉告诉我附近还有中寺。

我就出来去中寺看了一下。中寺是晚上 9：30 才开始响喇叭，叫穆斯林来做礼拜。喇叭声音不小，附近居民应该都能够听到。一层为贵宾接待室，两层为礼拜大殿，有左右两部电梯。我上去看时，有几位问我，态度都很友善。摄像了一段。这个中寺来礼拜的穆斯林大概有七八十人，比南大寺明显多。这个中寺门外有羞体男女不能进入寺院的牌子（说明何为羞体），有大殿管理制度等，特别是不能打手机。看起来管理比南大寺要严格和规范。

我看了一会做礼拜后出来离开，晚上 9：40 返回宾馆。

仍然坐出租车回住处，3 公里内为起步价，5 元。去时的司机为女性，包头巾，说女性可以去清真寺的；现在妇女都出来工作了，地位提高了；我们都是中国人，要按照中国的法律来；法律规定一夫一妻，他不可能有两个老婆，如果有两个老婆，他可就够受了。回来时的年轻小伙子司机说吴忠市出租车有 1000 辆，还有很多黑车，黑车抓住了罚款 2 千元，应该罚他 2 万元，现在制度不严格。

今天，一路所见，基本看不到伊斯兰的色彩，商店招牌上没有阿拉伯文，也看不到星月标志。最多个别的有"清真食品"字样在招牌上。妇女有戴头巾的，比较多；年轻妇女也有戴的。

7 月 22 日　晴

早上 6：20 醒来以后，我在想是否利用今天上午换届选举投票以后的时间去一下红寺堡区，实地了解一下。于是联系马局长，讲了我的意思，请他推荐一二个村，交通我可以自己打出租车去。他就马上安排，派一人一车陪同我去；与红寺堡区农业局也联系好了。

早上 8：30 开始开会，9：10 投票、完成主要任务后，我便溜会去红寺堡。市农业农村局派张主任陪我。吴忠市区到红寺堡有 70 公里，我们没有走高速公路，走立弘慈善大道去。路过昨天我来过的高闸。一路有灌溉的地方就比较好。在红寺堡，有些地方没有灌溉，就呈现荒漠化景象。

路上，张主任介绍今年吴忠市农业农村局新接了一个大活，比较棘手。

国家提出厕所革命，今年吴忠市要完成 4 万个厕所的改造，红寺堡区有农村人口 5 万多户，要完成 4000 个厕所，任务不算太重。每个厕所国家补贴 4000 元，但不包括与外部的管道等费用。青铜峡等川区好办一些，有水，但是同心县这样的山区就麻烦一些，没有水；特别是冬天，容易冻住。现在可能考虑三格化的解决方案。张主任介绍，由于回族的风俗习惯，村民提出不能用坐便器，马桶不能用座式的，只能用蹲式，理由是"公公坐过了，我们不能坐的"。回族的媳妇从尊重出发，认为不能做许多对公公不敬的行为。我想到那年我们在临夏东乡进行乡土法杰调查时，想拍摄老马家的全家福，有两个儿媳妇怎么做工作也不愿意与公公一起照相。她们也是基于这个理由。

10：20 到红寺堡区农业农村局，他们有 80 多人，人手比较紧，人少事多。与办公室魏主任接上头。他给了一份介绍材料、一份区纪委监委和区民政局的文件后，我们就上车跟他去村里。

大概 20 来分钟后，我们到刘庄集乡杨柳村。从村部可以看出这是个先进村。村部大院比较大，有一舞台。舞台上有一乒乓球台，有两个男孩在打球。

村民委员会宋主任年纪有 56 岁，介绍他们村有一个 48 人的秦腔剧团。他们组织了回乡的大学生给放暑假的孩子上课，我们到时刚刚下课回家。村支书是位年轻的成功人士，没有见到。

我们先到村办事中心，有 2 女 2 男工作人员。我看了 2019 年、2018 年、2017 年的村民自治的记录本，选择拍照了一部分。他们记录比较详细。宋主任说"这不麻烦，对我们村干部好，保护我们呢"。

看了他们村的用水协会的一些材料，包括一些规章制度、年检报告等，其中有"水务协会职责及制度"。协会在民政部门登记的，被要求每年需要年检。回来路上想到当时匆忙了些，没有询问用水协会是村民自己组织的还是政府要求的，看样子是为了分配灌溉水，政府主导的因素明显些。管水的人提 1 分钱做报酬，一个人管的话一年 4 月至 8 月大概有四五千元。村监督委员会也监督水务协会。

他们给了一份村情介绍材料，这使我对杨柳村有了基本的了解。之后，参观了村部大院内的文化长廊。其比较全面地介绍了杨柳村的情况，其中有村规民约，但没有处罚条款。

离开村部大院后，我提出去村里转转。看见地里种有黄花菜、枸杞、玉米等。进八组的一户人家参观了一下，男女主人都在，双胞胎男孩中的一个人在，上五年级了。三间正房，中间为客厅，一边为父母亲的房间，有洗澡间，但是没有厕所，现在准备装一个坐便器，外面修一个化粪池，相对比较方便。现在他们在院子外面使用一个旱厕。院子的另一边为厨房等，院一角有一水窖，我起初以为是水井，这是对西北农村的情况不了解所至。水窖存水是为了解决停水时的用水问题，起补充作用。他们家院子边为羊圈和牛棚，养了7头母牛，投资3万多元；养了5头母羊，主要靠繁殖小牛、小羊创收。张主任介绍，他们这里一般是一配一，生了一头小牛后再去买一头小牛来一起养，因母牛的奶水够两头牛吃，养大后就卖掉。他告诉我，养牛经验很重要。

路上宋主任介绍他们这边现在结婚彩礼六七万元，送礼100元左右，负担不重。中午12点时告别宋主任他们，离开杨柳村回红寺堡。路上看见有清真寺正在施工，将原来洋葱头式圆球的顶改成中式的。

中午魏主任他们请我们在街上一家清真餐馆吃饭。门面只有一间，里面很大，非本地人不太可能找得到。吃饭时，魏主任说吴忠这里养老是父母亲在一起养的，由条件好一些的儿子主要承担，其他的辅助；没有分开养的分养或者轮养，接受不了这样的情况。结婚后就分家，家里穷的就没有什么好分的。

下午1：10离开红寺堡返回吴忠市区。下午2：15回到红宝宾馆，不耽误下午的发言。上午虽然匆匆忙忙，但是实地看一下，了解就比较真切一些，达到了我的预想。对西北农村、北方农村的了解多了一些。

下午会议分两个组进行交流。我被安排在一个小组的第一个发言。会议2：30开始，我发言10分钟后就离开会场去昨天去过的高闸。我还是对用水协会感兴趣，想了解一下。于是利用下午时间决定二去高闸，看今天星期一村干部在否。为赶时间，今天没有坐公交车而是60元来回包出租车前往。

到高闸村10来公里，下午3：10到高闸村村委会。村委会46岁的王主任在，还有两位工作人员在。我说明来意后，他打电话给文书问用水协会的材料在哪里。之后，他在柜子里找到了有关材料，比较全，有五六方面的规章制度，我拍照搜集。有管水人的工资表等。他介绍除了平价水外还有高价水，由管理处直接配的，大概4∶1，五成中有一成的高价水。王主任介绍，过去有不交水费的，现在开始土地流转以后大户、老板交，就比较好办了。他们村过去有4万多元的欠费。高闸村已经流转的土地有3000亩，还有3500亩没有流转。他认为水费的负担不高，过去你报 5 亩地，但是实际有六七亩，交水费却是交 5 亩的，缴的比实际用得少。他说你们来了解实际情况，我们就原原本本地告诉你们。这令我非常感动。

下午 3：40 到朱闸村村委会。38 岁的王书记接待了我，他从 2004 年就开始做村干部了。我告诉先去了高闸村后，说他们村的王主任是主任、书记一人兼；他们村委会主任选不出来，只好由书记兼。全高闸镇 7 个村只有他们高闸村是一人挑，其他村都是两个人。他认为两人分别担任好，有事容易沟通。现在农村村干部事情多、工资低。他 2018 年开始做，基本工资为每月 2020 元，绩效工资一年共 5000 元。

他给我看了用水协会的社会团体登记证，说他们朱闸村没有什么高价水。也看了年检材料，基本上与高闸村的差不多。他说用水、管水还是有纠纷的，水放多了淹了什么的。

王书记介绍他们村还有养牛协会、种植协会等，但村里没有什么它们的材料。他介绍院子里张贴的村规民约是 2019 年 4 月、5 月份制定的，没有违反的，也没有处罚的。

下午 4 点离开朱闸村返回。回来时顺便到吴忠市的中寺看了一下，拍照几张。昨天晚上太黑，没有拍什么。清真寺静悄悄的，没有什么人。出租车司机是回族的，他告诉我吴忠的小北寺、西寺都比较大。

结账时出租车司机说可否给 65 元，他看计价器上显示 82 元，因为计价器算上了等候时间。我表示可以。

回到红宝宾馆时已经下午 5：15 了，匆匆收拾一下就退房，准备下午 5：30 离开去银川机场。

这次来吴忠开会原来没有到乡村调查的计划，来了以后临时起意进行了这两天的独自调查和地方人员陪同调查。虽然准备不足、时间很紧，不过收获不错，对村民自治、村社会组织有新的了解和认识，对北方农村有了一些感性感受。

2019 年 8 月 2 日整理

2019 年 8 月江西寻乌调查日记

8 月 4 日　晴　北京—赣州—寻乌

今天下午乘坐国航 CA1249 航班从北京到赣州黄金机场，16：00 起飞 18：50 正点到。本来担心北京有雷阵雨，结果没有下，这样就比较顺利。

寻乌法院徐院长在出口处等我。她原来在会昌法院，上次我去她们那里认识的。她是 5 月调来寻乌的，她和寻乌法院原院长、吕院长都没有到任期，都是二年半，为临时调整。她说她也是星期天晚上回去寻乌，就麻烦她接我了。她一个月能几次回来赣州市的家不一定。路上听她说车改后她们院长也不保留公车了，车补根本不够。

我们晚上 7：00 出发，两个半小时后晚上 9：30 到寻乌。原来她在会昌时，路途时间为一个半小时。寻乌基本上为离赣州城区最远的县。

一路上我们聊天。她聊到，赣州市为江西省扫黑除恶最多的市，而江西又是全国最多的省，赣州市现在就有 20 多件。她说前几天河南三门峡市中院的来寻乌交流，说他们全中院才六七件。赣州市的政法委书记正在接受纪委监委调查，他还担任过寻乌县的书记，涉及寻乌时的矿山，涉及政法委书记时的有赣州旧城改造等，估计会牵涉不少人。寻乌县已经有公安局两个副局长、一个刑警大队长被查。她们法院有一个 22 人的涉恶案件将要审。

徐院长告诉我，有一个人以前属于一个团伙的，但是没有被抓住而被审判。这次扫黑除恶时，公安可能考虑自己被问责或其他想法，将这人抓住归案了。结果，在这样的背景下他被判了 11 年。

她还说寻乌有判读书的孩子为黑社会的。家长就来说太重了，应该给孩子以出路。这是她来之前的事，她个人对此有不同看法。

徐院长说江西省要求法院进行内设机构改革，与政府机构改革相一致，总的是减少内设机构，以后法院只设刑庭、民庭、行政庭、政治处、法警队等七八个机构，要减少五六个。关键是法院本部的庭长如刑庭庭长只能是股级，只有人民法庭的庭长才为副科级。以后法院的庭长与政府的副局长如何打交道，人家是副科级，即使你庭长的法官职级比较高，也不好与人往来，无形中会影响工作的。这是比较麻烦的，现在完成不了。检察院的改革方案她说还没有见到。

她说现在满意度测评的压力很大。以前赣州市排在后面，领导就骂，说一个系统的别人为什么能够排在前面。这次，寻乌县法院排在全省第一名，会昌排在第 18 位，她说比较幸运。这是省里统计局打电话进行的，比如随机抽 400 个，问对公安满意吗、对检察院满意吗、对法院满意吗、对司法局满意吗、对平安满意吗等，共六七个问题。被问的人有时候很烦的，就乱回答、瞎回答。有的人就故意他们要我回答满意、我偏偏回答不满意。这种主观评价太不准确了，完全看他怎么说。他们法院没有办法，就一个一个村进行测评，有说不了解的，就去普及有关情况；有说不满意的，就去问，往往为对政府有关部门不满意，老百姓不区分法院与政府，这样需要进行解释。她们准备在晚上一个居民小区一个居民小区地去做宣传。做总比不做要好。她们现在重视对当事人的回访，看满意不满意、有什么意见。

对司法改革，徐院长也是有自己看法。

住上次住过的花旗国际酒店，她已经安排人定好了。晚上 11：22 记完日记后睡觉。

8 月 5 日　晴

早上 8：00 徐院长来宾馆陪我吃早餐。8：30 我随她坐车到法院。

在她办公室，潘科长、古主任、小刘等过来，我大致说了一下我的想法，这次主要想了解涉及宗族、婚约等方面习惯法的案件的情况。

古主任给安排了三楼一间空着的原一位副院长的办公室给我用。7 日为农历七月初七，澄江镇凌富村有关于祭祀赖公的活动，他建议我去一下。我说好啊，请他具体问问他们那天的流程。

潘科长找了澄江法庭的罗庭长、审管办的游主任两位到我处来座谈。他们提供了几个今年的婚约财产纠纷的案件，涉及地方习惯法。后又请他们拿了这几个案件的卷宗来看。

591 号案件中有原始的红单，红纸上用毛笔书写，另有四行钢笔字的小字，记载具体给付情况。罗庭长认为这是重要的证据，再加上转账记录作为辅证，就能够认定事实。

311 号案件中有红色纸质的打印的"婚姻协议"，这是我第一次见到，内容有格式性的十条和手写的一条，除了男女双方签名按手印外，介绍人两位也签名。格式的内容有彩礼的数量，手写填空；其他有男女双方要遵纪守法，尊老爱幼，互相体贴，相亲相爱等。手写的内容我"对女方丁芬芳精神分裂症已了解清楚"。[1] 询问书记员小谢，她说女方为丰城市人，应该是按照那边的做法写这个的，寻乌这边没怎么见到；是红单的规范化；我们比较好判案，因为写得比较清楚。这种"婚姻协议"应该是老百姓的创造。有可能应该去丰城市具体去了解的。

955 号为今年调解结案的，调解书上第二项为"原告龙国强帮助被告岑丽曼古 15 000 元（已当庭给付）"。承办人罗庭长告诉我男女双方均为二婚，男方起诉要求离婚并返还 2 万元彩礼。经过两位陪审员的劝解，结果反而按照民间规矩打发女方。一位陪审员为原村干部，另一位为民营医院的院长。他们按照社会上的"你不要女方了就应该赔偿女方的青春损失费"的规矩做工作，男方也接受了。女方有点为难男方的意思。男方是打工的，但工资比较高。罗庭长说不好写给青春损失费，就含糊一点写为"帮助"；其实她又不是残疾人、没有房屋住、生活困难，不属于需要帮助的情形，这没有法律依据，但是男方自愿，又不违反法律规定，我们就这样处理了。他说他到法庭两年多，这样处理的是第一件。

小刘帮我找了几个案件的判决书。有一个需要强制执行，女方当事人没有自动返还彩礼，男方 7 月 31 日提出强制执行申请。

有些案卷中有法官见当事人的工作照。我问潘科长，他说是寻乌法院要求的，有的当事人仅仅通过电话联系，不好找到，所以需要有照片表明工作情况。

他们几位法官介绍，寻乌民间的结婚程序包括小看、大看、接亲、回门等。小看为第一次上门，访家，稍微包点红包；大看要摆酒席，相当于订婚，给彩礼等；接亲最重要，举行婚礼。寻乌的彩礼不太多，一般为七八万元，

---

〔1〕 本文的部分人名进行了化名处理，特此说明。

而附近的于都通常要二三十万元。

中午 12：00 点，徐院长、小刘陪我在法院食堂吃饭，专门炒了五个菜。饭后，徐院长回宿舍休息，我上法院楼上房间写日记。

中午法院办公楼静悄悄的，没有什么人，大都回家吃饭休息了。

下午 2：30 法院工作人员开始上班，楼里又有人走动了。我先去六楼想找澄江法庭的罗庭长。发现他没有在，就又下来三楼房间。

又看了几个案卷中的庭审实录，感觉需要请教法官有关案件的特点、老百姓的诉求、法官的能力等问题。

下午 3：00 时又去六楼，澄江的罗庭长在。于是，与他进行了交流，聊了半个多小时。他房间有一位正在进行调解的律师和一位当事人。他在法庭工作已有十年了。罗庭长说彩礼返还的比例主要考虑同居的时间、分手的过错等，综合进行考虑。

在他看来，现在调解相比较过去更好调了，一是社会环境好多了，更突出法律作用了；二是农民的法律意识也更高了，法院可以协调其他部门共同做工作。

他觉得法庭的特点一定是以事实为基础，老百姓的证据意识不强，法官必须主动去调查，这与中级人民法院、发达地区的法院不同。这个方面的工作量有时甚至占了整个案件办理精力的三分之二。需要让老百姓觉得法官是认真的、尊重他们的，而不是高高在上、在敷衍他们。这样效果才好一点。

他认为需要对法庭在人财物方面进行充分保障，人现在有点单薄、断层，财的方面有时候请"五老"（老党员、老干部、老教师、族老等）人员一起做工作，到中午吃个饭可能没有发票，报销方面就比较麻烦；物的方面，法庭三楼没有空调，开庭下来一身汗。

他认为寻乌人总体上还是怕打官司，大家认为在没办法情况下才打官司，即使无赖也是要面子的。到法院基本上就不讲真话了，他不承认，你讲我收了多少钱我不承认。最没有诚信的人才到法院来，最不好讲话的人才到法院来。

他也碰到了一个一点面子也不要的人。今年有一个案件，一个 1976 年出生的人，欠一个帮其养猪的 50 多岁有点残疾的人 3000 元工钱，2015 年就欠了，他自己也承认的，就是找各种理由拖。还说自己给原告买了工作的衣服和工具什么的。他还有好多案子，也被司法拘留过，他就是不给。明明拆迁后补偿了一百多万元钱,他就是拖。对这样的人,法院没有什么办法,有点无奈。只好等执行了。

随后,因为档案室的阿姨休假去了,没有办法看案卷,小刘给我介绍可以看内网,直接阅案卷。先在她办公室,太慢;后来到审监庭游庭长办公室,在他的电脑上看就快多了。于是,一直看到下午5:30。

看了去年的行政诉讼的4个系列案件,有黄姓族人告寻乌县国土资源局的。当时,承办人张庭长通过微信联系过我,比较棘手。张庭长父亲不让他判黄姓族人败诉,说宁可不当这个庭长;而县里必须要法院支持大局。他压力很大。我这次来也是想重点了解这个案件。

下午5:00多游庭长回来办公室了。他说一会要去街上进行文明巡查。后来吃饭时徐院长说这是到她们法院负责的街道地段,看有无乱摆摊什么的,是为了创建文明城市,法院每天安排人进行这项工作。

下午5:40在法院吃饭,仍然是炒了几个菜,我们四人(中午也加司机小郭)一起吃饭。

吃完后,徐院长、小刘陪我到黄冈山公园散步。公园分一期、二期建设的,是民众休息、锻炼的好地方。环境不错,绿化很好。小刘说寻乌县要建设一个客家博物馆。

晚上7:15她们送我到宾馆。晚上8:00左右时,徐院长专门叫小郭送了本地产的桃子和百香果过来,非常细心。

我洗澡后就整理资料、写日记。晚上10:50休息。

8月6日 晴

今天早上7:00多醒来,随后7:50下楼,8:00与徐院长一起吃早餐。徐院长说昨天七月初五会昌又下雨了,每年都这样的,老百姓称为洗街,七月初六为菩萨出街日,赖公出门巡街。大家祈祷风调雨顺、平安和谐。有时候出着太阳还下雨。由此我们聊到鬼神事情。她讲有些事情真不好解释。她在会昌时碰到一个浙江的公司,给她们法院装修诉讼服务中心,其中有个年轻人在一起吃饭时说徐是两姐妹,还说了一些几位前院长的事。包括法院里面的人都很惊讶,他怎么知道的呀。他还告诉徐院长说你这个办公室现在气很好的。徐院还讲到年轻时坐火车,对面的一个东北人告诉她你是掌管刑狱的,令她非常惊讶。

之后 8：30 到法院。先联系任院将送他的一本书给他。他说连续三天要开庭，为行政案件，与拆迁户有关。拆迁问题已经解决，都经过了最高人民法院第三巡回法庭。现在这些当事人有大概 18 户找一些"我鸡不见了你公安没有帮我立案"等理由来告政府有关部门。

又请小刘将昨天看后发现打不开的寻乌经验课题报告重新复制了一下。随后仍然看案卷。

一上午没怎么动弹，看了 2017 年、2018 年、2019 年的一些判决书和庭审实录。主要是民事和刑事方面的案子，大概总共有 40 来个。各种类型的都找了几个，稍微有些代表性的。但是，从判决书、庭审笔录看不出法官的具体思考过程，太表面化了。

现在看不出来这些案件能够说明什么，具体的分析尚没有头绪。只是利用有利条件，将有些资料先了解一下。

中午 12：00，徐院长、任院长、小刘、小郭我们五人在食堂吃饭。饭后我仍回三楼房间写日记。

下午 2：40，潘科长、小刘陪我去寻乌县地方志办，在档案局楼的三楼。潘科长约了县文化广电局原局长温局长和刘老师。温局长已经退二线了，县里叫他到方志办来。寻乌县党史办与方志办还是分开的。

刘老师 1966 年生人，寻乌县历史文化研究会会长，自幼喜古籍文献，深于训诂考据之学，曾任寻乌县地方志办公室特约编辑、中共寻乌县党史办公室特约编辑、广东人民出版社编辑，受聘为《世界客家文库》客家方志项目领衔专家、客家契约文书项目专家、客家古籍文献项目专家。他参与了《客家学研究丛刊》（广东人民出版社重点项目）、《客家山歌大典》（广东省文化建设重点项目）、《客家珍稀谱牒选刊》（国家出版基金资助项目）等丛书的编辑工作，担任江西高校出版社《江西地方珍稀文献丛刊》副主编。他曾承担康熙十二年、乾隆十四年、光绪三十三年三部《长宁县志》的校注工作，参与光绪二十七年《长宁县志》、嘉靖十五年《赣州府志》、嘉靖三十四年《虔台续志》、天启三年《重修虔台志》等古籍的整理。论文散见于《江西文史》《江西地方志》等处。又有待刊稿《邝摩汉石黪词辑注》《公藏赣南谱牒目录提要》等。刘老师应该是寻乌历史、文化、民风民俗的专家，学养深厚。刘老师是从稀土公司退休的。

我向温局长和刘老师两位请教寻乌地方文化、客家文化的特点。

刘老师介绍在寻乌，腊月二十五以后就不能讨债要钱了，一般寻乌腊月二十五到正月十五为过年期间。现在，相当部分人会注意这一点，比较宽厚的会遵守；不过，比较刻薄一点的不遵守。另外，红白喜事的典礼期间也不能去讨债要钱。这些是与法律、诉讼有关的地方风俗习惯。

刘老师认为寻乌不重教，尚武。有文章分析1925年前的寻乌县30年，共发生了18起宗族械斗，死了345人。他认为寻乌县当代法治是共产党人的成功，与历史没有关系，历史上没有基因。

他认为士大夫可以约束乡民，但是取消科举后秀才就没有号召力了。1949年后就断了士大夫回归农村的道路。城市把农村知识精英吸引到城里，农村的自我管理能力下降了，我们共产党就有了自己在农村的一套。共产党对宗族的摧毁是比较大的、彻底的，从经济上、组织上破了宗族组织。现在宗族组织死灰复燃，但没有经济了。过去听宗族的话，因为他能够帮助你。现在不行了。现在社会治安这么好，那与控制宗族有关。他认为传统农业社会正在瓦解，宗族组织是"回光返照"。城市化、商品化的大潮下，大量能干的人就外出，农村的人很少了，宗族的根据地就没有了。

刘老师发起成立寻乌历史文化研究会，核心成员有三四个。现在已经搜集了老族谱五六十部，300多份契约，50多方碑刻（多在寺庙）。他们将出版4本寻乌历史文献。还搜集了中华民国时期的著作、古代志书等。这些应该说对寻乌地方文化研究贡献极大。

他是民间研究，他说有时候跟县里领导讲，他们口头说重要，但是没有多少实际的支持。

他们介绍客家文化博物馆投资1500万元，北京的一家公司中标。温局长参加了几次征求意见，他和刘老师都很失望。内容方面问题很多，有许多硬伤。他们都不想再参与了，以免影响自己的声誉。公司思维与文人思维不一样。政府招投标又有资格要求，但是外面的力量往往欠缺对本地文化的真正理解和把握。

我们一直聊到下午5：20，就没有时间去原计划去的县政协文史办了。

晚上潘科长联系徐院后请温局长和刘老师到法院一起吃饭。食堂多准备了些菜。吃饭时，徐院长、温局长和刘老师都认为现在赣州发展比邻近的广东梅州市的发展要好。江西老表是实干发展。

晚上7：20我们吃完。徐院长送我回到宾馆，我就整理罗庭长托小刘带来的资料，并写日记。

8 月 7 日　　晴

　　今天早上 6：30 起来，7：00 下楼。徐院长带我们先去法院附近吃牛肉粉，牛肉比较多，价钱很实惠，仅 12 元，这还是 8 月 1 日以后调了价格的。

　　随后 7：25 出发去澄江镇凌富村。大概 20 多分钟后就到凌富村牌坊了。网络上这样介绍凌富村：位于中国蜜橘之乡、脐橙之乡、东江源头江西省寻乌县县城北部澄江镇，在寻乌是个大村并且是纯姓凌的村庄，全村人口约 3500人（全县凌氏人口约 16 000 千人），民风淳朴，勤奋致富，人才辈出；以蜜橘、脐橙为主产业，20 世纪 80 年代就开始发展果业并以此为龙头产业，发展至今人均都有一亩果，人均年收入达 2000 元；凌富村有 19 个村民小组，836户，耕地面积 2100 亩，山林面积 1.92 万亩，全村果业面积 7000 亩，人均2.5 亩，果品年产量 1800 万斤，果业总收入达 2200 万元，人均纯收入2063 元。

　　村支书和法院驻村的第一书记小丁在那等我们，随后带我们去祁山古庙。一路上，可见不少人家屋门外的祭祀过的痕迹，如烧过的蜡烛、鞭炮屑等。

　　祁山古庙供奉赖公和张公，七月初七祀赖公，八月初一祀张公，感谢凌姓四世祖的两位救命恩人。网络上说凌吉为客家凌氏始祖，字永升，凌统后人，绍兴进士，曾任刑部侍郎；其子二，宣化和宣德。南宋末年，金兵攻宋，君臣失散，各自逃生，凌吉途经扬子江鄱阳湖边，后面追兵逼近，前面江河拦阻，危急之际，忽见两人划一小船高呼："难者快上我船！"凌吉才得脱险。当凌吉转身问两划船者尊姓大名时，在风浪声中只听得："我姓张他姓赖"一句。凌吉为纪念张、赖二救命恩人，特立庙奉祀，并嘱告子孙："在祭祖前必先祭张、赖二公庙。"凌吉脱险后，由浙江余杭迁徙江西赣南寻乌县澄江凌富村、大敦村开基创业，成为客家凌氏大始祖，又称为客家凌氏入闽始祖。34世后代居住在江西寻乌凌富村、广东平远兴宁梅县、福建汀州，及广西、四川等地。

　　后从网络上见有这样的关于祁山古庙建设的记载：

　　张赖二公是我始祖吉公南迁时福神也，四世祖七公迁居凌富立基后，裔孙为尊祖酬神在凌富村南水口兴建祁山庙，庙堂内上厅建有神龛张赖二公神位，村民虔诚奉敬传至现在，由于建庙以来年湮月久庙宇破陋，由家振、市霖牵头活动全村人民捐资重建，于一九八一年完成上栋，一九八八年完成下栋，恢复原貌，继续发展以酬二公之恩也。

育妹、梅坤共撰
九四年孟冬月

传说祁山古庙1227年就建庙，现在的庙为1981年、1988年修成。我们到时已经有不少人在庙里庙外了。我到旁边的报到处看了一下，见有村民来捐款，2元、4元、10元不等，我捐了100元表示一个意思。后来发现捐款100元以上的在庙里墙壁上贴着的红纸上公布，上面最多的有深圳的一位凌姓捐款200元。

陆续有村民拿公鸡在庙里杀，将鸡血滴在纸钱上，并在祭祀后烧。陆续有村民提着供品来庙里祭祀，供品一般包括熟的公鸡、酒等。有不少人拿香、烛来拜祭。祭祀完后就到庙门前的广场上放鞭炮。不时有鞭炮响起。

有老者将赖公、张公放好在轿内。张公的左手放一小弓和两个一串铜钱，有老者告诉我这一为保平安一为保发财。

大概8∶40，赖公出巡开始。巡游队伍最先为"共享太平"横幅，之后为请来的一放礼炮的面包车（我第一次见用液化气放礼炮的情形，声音非常大），再是三角旗队、两个锣、两块"尊祖"（小字 横写）、"酬神"（大字竖写）牌，再为一条龙，之后为请来的鼓号队，再为放在两辆皮卡车上的赖公轿、张公轿，最后为一华盖。横幅、三角旗由小孩举，其余为成年人。大概共有30来人、三辆车参与出巡。后面没有跟随的小孩和村民。

出巡路线为绕凌富村主要道路一圈，从祁山古庙出发，到凌富村口牌坊过桥沿河边到北亭村再过桥到凌富村主干道，再回到祁山古庙。

沿路两边的村民，将祭桌摆在门口，出巡队伍到来时就点燃香、烛，并放鞭炮，并向赖公、张公像双手作揖。

我跟随出巡队伍拍摄录像和拍照片，一路上前后跑。太阳比较大，上衣基本湿透了。

出巡队伍行到村委会时，潘科长告诉我澄江镇范书记在村委会，我就没有再跟随出巡队伍往前走。在村委会用水抹了一下脸，降降温，休息一下。

之后与范书记、村支书他们聊天。凌姓四世祖有两个儿子，现在村书记为老二一支的，二十六代；村主任为老大一支的，二十八代。村支书告诉我凌富村的书记、主任一直为一边出一个，保持平衡。我问范书记以后是否要书记主任"一肩挑"，他说是的。这在凌富村以后可能是个问题，会导致平衡的破坏情况。

聊了一会后，我们坐车去凌姓二支的祠堂"实公祠"看，大概20世纪40年代建设的，为三开大门，两个藻井有特点；两边墙壁上有功德榜。范书记告诉我们看这个祠堂的情况，对面山仅为一层，因此出不了大官。问村支书，基本如实，有几个处级。再坐车去凌姓一支的"华公祠"看，规模稍微比"实公祠"差一些。

之后到"华公祠"附近的村主任家休息。他是去年做村干部的，以前做五金等生意，在山上种水果。以前没有黄龙病时，一亩脐橙能收入三四万元，比较可观。他父亲85岁了，后来他过来了，我们一起照了相，村主任比较高兴，说清华大学教授来家里。

坐了一会后我才明白我们在村主任家吃午饭。于是，我出去到车上拿了钱包一路找商店买了一箱王老吉和一箱娃哈哈奶，共76元。算是我们对主人家的一点意思，表示对主人的尊重。

去买东西的一路所见，凌富村停满了车。家家户户都比较热闹，有一二桌人吃饭。七月七，真正在过七夕，实际为祭祀赖公。

中午凌主任家准备了满满一桌子客家菜，有牛尾骨、牛肉丸汤等。村主任家有泡的灵芝酒，古主任、村支书等喝了一点。吃饭时，古主任说这祭祀赖公与中央的不忘恩、不忘初心是一致的。

中午1：30左右我们返回县城。下午2点到酒店。我上去洗澡，换了一件上衣后下来等徐院长去法院。

下午2：30到法院，我先去六楼到罗庭长的办公室找小刘还案卷。碰到小刘，她到办公室送了她帮我找来的两本书：公开出版的《客家桃源》和内部印行的《寻乌民间历史故事选编》，她非常有心，不知道从哪里找来的。

随后到五楼行政庭张庭长办公室，恰在走廊上碰到他，就随他去办公室。不久，在隔壁的法官助理小张也过来一起聊。我向他询问以前联系过的庙岭祠堂案的进展。他说由于他们诉讼代表人的委托材料提供不出原件，而且有些人的签名不是自己的，因此驳回起诉了。现在他们还没有收到，因为上星期刚刚邮寄给他们。估计他们会上诉。但是政府的态度比较强硬，拆迁是必然的。张庭长比较同情，但是政府在这片棚改区已经拆了10多个祠堂，都是货币补偿的；已经给黄姓保留了一个总的祠堂，因此不太可能给庙岭祠堂异地迁建，也不太可能给一个房子。

他觉得现在黄姓有点骑虎难下，互相之间又被"绑架"了，没有谁敢代表去签约。今后的结果可能是通过法院下裁定书进行强制拆迁，补偿款进行公证提存放在那里。

之后，我借了这一案的四本案卷到三楼阅看，想这两天最好去见一下两位黄姓的主要代表人物。

向小张还卷宗后，下午4：20我又去游庭长办公室看电子案卷。大概看了2018年的十来件民事案卷。

下午5：30，我到一楼等小刘，一起坐任院长的车到酒店。晚上一起吃饭的有中级人民法院的熊副处级审判员，隔壁房间为在赣州的江西理工大学的一行。江西理工大学宣传部徐部长为武大的法学博士，我们先聊了一下。他们法学院有40多位老师，每年招本科生100来人，有一级法学硕士学位点。我们互相留了微信。

熊院长原来做过安远等几个基层法院的院长，现在退居二线。他非常能讲。他说对最高人民法院提出的承办人进行摇号提出反对；对最高人民法院发传真开视频会议要求穿西装打领带实在不理解，说我们赣州那时还非常热呀。他说得比较实在。

晚上8：00晚餐结束。我回到房间整理今天的照片，并写日记。晚12：00休息。

8月8日　晴

今天早上8：00吃早饭，随后徐院长、潘科长、古主任、小刘陪同我去县城附近的文峰乡长举村的福慧寺。

这个寺现在仅一位法师，他是长举村本地人，受母亲影响而喜欢佛教，后来去九华山佛学院、闽南佛学院学习，再参加南京大学哲学系宗教学专业的自学考试，在北京八大处一寺庙待过。2013年大殿建成。现还在扩建，计划再建设一个讲堂。今天有十来位女居士在念经。我捐款200元。我与法师简单聊了一下，他说基本上为本地的信众。之后，我们就离开了。

大概经过一个多小时，10：30 左右我们到寻乌县最南的乡丹溪乡，到岑峰村的岑峰酒业公司参观。丹溪乡刘书记已经在公司等候。酒业公司赖老板两口子在珠海市，今天没有在厂里，厂长是其侄女婿，陪同我们参观。岑峰酒是 2008 年开始由返乡创业的赖老板两口子开始创办的，现在一年产量有 300 多吨，8 年酒的市场价大概为 600 多元、4 年的 138 元、3 年的 68 元。赖老板两口子是在珠海市打工开始的，以后开酒楼、做超市供应商等逐渐起家。酒是传承其父亲的传统工艺。

我们参观了酒厂，山谷中环境幽雅。岑峰酒为青山窖，我们看见他们将酒坛小部分埋在山坡的土里进行露天窖藏。这是我第一次见到，非常新奇。

中午在酒厂吃饭，菜为鸡汤、白切鸡等，本地食材，非常可口。饭后在亭中喝茶，凉风徐徐，十分惬意。

下午 2：00 我们离开酒厂往菖蒲乡。大概 40 分钟后到乡政府，先到曾书记办公室聊天喝茶。之后，书记带我们参观了清朝时建的围屋残迹光裕园，1985 年大洪水破坏较大，现在仍然可见当初之宏大。现在没有人居住，中间修了一个祠堂还没有完全完工。

在河边，曾书记指着刻在石头上的他提炼的菖蒲精神：耐苦寒等。他说菖蒲为四雅之首，其他为兰、菊、水仙；是植物中唯一有生日的，在四月初四。这增加了我对菖蒲的了解。

接着参观百香果种植园。这个种植园由一对"80 后"夫妻创业，现在主要通过网络销售，成为网红"百香果姐"。百香果现在 5 元左右一斤，一亩一般有四五千元收成。当年结果，从 7 月可收到 12 月，花果同源。我觉得百香果的生命力很强。这家名为"一口甜百香果合作社"带动了不少贫困户增加收入。

之后去古主任老家五丰村参观了"三世科第"围屋。共有半圆形的六围，基本完整。这最早的房屋为清朝年间所建，后面的为 1958 年、1962 年所建。现在还有一户老人家常住，房屋内安装了抽水马桶。古主任在门口见到了小学的班主任，一起合影留念。

我们还去原村支书家看他前几年从河中挖来的石头。清朝时当地下过陨石，当地人便挖石头。当时政府还没有禁止。根据曾书记的介绍，这位古书记赚了一百多万元。有不少人赚了几十万元。

随后去菖蒲村的百合农庄吃晚饭，菜有野生甲鱼、鹅等。乡里的曾书记、甘乡长、武装部长、政法委员等陪同。曾书记通过微信传给我一份坪岗村的村规民约给我，约定"彩礼不超6万元"；也搞了积分制。

晚上8：00返城，约9：00回到县城。我简要写日记至晚11：10，即洗澡后休息。

8月9日　晴

上午8：00吃早餐，随后随徐院长到法院。请小刘复制2017年、2016年的法院工作报告电子版。与潘科、古主任聊一下后，我就独自离开法院，在附近找一摩托车10元去长举村。后因为找来找去，我又多给了5元。他又等我想再拉我回去，后见到黄姓人后我说不要等了又给他5元请他回去，他先表示不要。

问了一下后，才找到祠堂。先是黄天标的督府第，比较完整，也很新，为县文物保护单位。这不是张庭长审的那个案件涉及的祠堂。我又四处看，发现那祠堂在附近，于是找路过去，从废瓦和杂草丛中到了祠堂大门。确实非常破旧，快要倒一样的。拍了一些照片。

我在给一位黄姓人打电话时，他们过来了。于是，在还没有拆的房屋里与他们聊了一会。后又来了几位，最后共来了六位。他们总的希望能够异地迁建，强调这不可再生，是自己的根。他们说县里违法用地，批只批了二百多亩，建却建设了一两千多亩。我告别时他们要请我吃饭，我谢绝了。

11：00我步行回到宾馆。

下午2：00法院派车送我们到赣州市中级人民法院，下午4：50到。我与寻乌法院原院长现为中院审判委员会专职委员的吕专委聊天了半个多小时。他谈了在寻乌时的心得，谈了"寻乌经验"，从忌讼到引讼再到止讼到无讼，这是有意义的发展过程。

在中院食堂一起晚饭的有朱院长、吕专委、徐院长。因飞机晚点，晚9：00徐院送我们往机场。10日凌晨3：00到家，结束了这次寻乌调查。

2019年8月10日整理

2023年12月7日略有修改

2019 年 8 月广西金秀调查日记

早上 6：00 闹钟响，我赶快起床，6：10 乘出租车往机场。

7：55 乘海航 HU7215 航班往桂林，近 11 点到。飞机上隔走道为无人陪伴的三个小孩，大姐 12 岁，自己一人坐在前排靠窗口位置，二姐 10 岁照顾 5 岁的弟弟。二姐告诉我，她妈妈在北京，她们暑假来了近一个月，桂林那边爷爷来接；她说大姐不爱与弟弟玩，就自己玩手机。这个二姐真不错，会照顾人。

桂林在下雨，之后一路一直在下，有时极大。

乘机场大巴价 20 元进城，又去汽车站乘汽车。原以为往金秀的汽车还是在汽车总站乘，上出租车后才知道已经搬迁到汽车南站去了。桂林汽车总站已经没有了。到汽车南站才发现机场有到汽车南站的大巴，一小时一趟。今天在机场匆忙且按照老经验，走了冤枉路。

乘 13：00 的汽车价 38 元到荔浦，再乘下午 3：00 县巴车价 20 元到桐木，再乘县巴车价 12 元到金秀，到时已经为下午 5：40 了。

住下后去快餐店吃饭，二荤三素为价 12 元，干饭、稀饭随意加。

随后在街上走走。见昔地屯的一墙壁上贴着一通知："今晚八点钟在文化室开会，有事情商量。请各位村民务必前来。昔地村民小组。"但是没有时间。估计应该是前几天的事情。不知道商量什么事情。

发现 31 日为八月初二，郎庞应该是做社。与赵队长联系后他说。出来前没有考虑到。就改了机票，9 月 1 日回去。

与上白屯温师傅联系好，明天一早去桐木找他。与老三联系好明天接的事情，他今天在桐木。

晚上 10：00 休息。

8 月 27 日　多云转晴

早上 6：00 就醒来，之后就收拾好东西并退房，到汽车站去乘车。

乘 6：30 去来宾的车到桐木。在桐木花 4 元吃一个红豆包、一个肉包子和一杯豆浆。随后与温师傅联系，他来农业银行处接我到他家。豪福、永福他们两位已经在了。

看了来宾中院和武宣县法院的两份判决书，并拍照主要部分。他们村现在还有两个被判无期徒刑的人、两个 12 年的人等 7 个人在服刑，被判 10 年以下的人关在鹿寨，重的关在桂林。他们村每年给服刑的人每人 1 万元生活费。永福说监狱管教给服刑的几个村民说，当时财产损失有 2.9 万元，建议村里将这个钱交到来宾中院去，这样有利于他们减刑。他们拿不定主意到底交还是不交。他们觉得交可能有好处，不交肯定没有好处；交可能会视为有积极的悔改表现，在减刑报告中可能会好说一些。

他们说上诉后，自治区高院说维持原判、驳回上诉，但是仅仅是听律师这样说，家属没有见到书面的，不知道什么情况。高院没有开庭。一审时有一个辩护律师说他辩护的村民不会判故意杀人罪、不会判无期徒刑的，如果这样就退一半律师费用。结果被判无期徒刑了，他果然退回来 2 万元钱。

他们今年又在 4 月和 5 月分别写了"村民的申请状"和"事件的前因后果"，但是没有什么作用。这两份材料都给了我。他们说现在扫黑除恶，我们又拿不到他们的证据，没有办法。他们看新闻说来宾中院有院长、副院长等11 个法官被抓了，有 3 个律师牵涉。但是没有具体审他们村案件的法官。

与他们聊到 9：00 后离开。他们希望我能够尽力反映情况。

之后在桐木的十字路口与老三联系。他已经起来了，准备吃点东西。我就在一个超市买了一条 150 元的真龙香烟准备给武哥和老三，并坐在超市门口等老三。

一直等到 10：20，老三手牵着女儿的手过来。我们一起到他的停车处。他这次是来拿新买小轿车的车牌。新车要 7 万元，刚刚跑了 780 公里。一起来的还有阿超和小赵。

老三开车接上在菜市场买菜的阿超和在医院买药的小赵后就一起往长垌的瓦窑屯。早年我是从中南民族学院硕士研究生寥明的硕士论文中所附的瓦窑屯村规民约中了解金秀瑶族石牌习惯法的现状的，一直想来瓦窑屯都没有来成。今天与长垌的村支书联系后他告诉了我瓦窑屯村民小组组长的电话，但是一直打都没有打通。我就决定先过来再说。

11：50 到瓦窑屯，金秀到平南的二级公路从面北屯进来约 3 公里。老三他们认为瓦窑屯村的房子盖得不错。到村问村民后告知队长的家后，我们直接去。门开着，没有人在家；打电话结果发现他的手机在家里充电。我大声喊，也没有人答应。旁边邻居说队长不太舒服，可能在家休息。于是，我上楼从二楼、三楼每个房间找，也没有找到。不一会，阿超在楼下叫我说队长回来了，于是我急忙下楼。

黄队长 52 岁，去年做的，以前做过八九年的副队长。他说瓦窑屯有 20 户、60 多人，全村有 1000 多亩山、30 多亩田。我提出想看看他们屯的村规民约，他上楼找了一会终于找到了抄在一个笔记本上的村规民约，他说那时候每家抄一份留着。没有具体日期，他说应该是分田到户的时候大家订的，大概是 20 世纪 80 年代。有每家按手印的，但是不知道在谁那里。我将这 15 条的村规民约拍照，印象中与寥明搜集的为同一份，具体需要回去对照以后才能知道。但是总算是了了我的一个心愿，实地到了瓦窑屯看看，找到了村规民约。

与黄队长告别、离开瓦窑屯后，我们到腊河口找了一家店每人吃了一份炒粉，四份鸡蛋炒粉共 32 元。

之后我们就上去罗运屯。罗运屯离腊河口大概有 5 公里，下午 1：25 到罗运屯。先在村里的亭子里看见写在一块木板上的 2016 年的村规民约，有些字已经模糊了，但大部分能够看清楚。我拍了照。

我没有任何熟人关系介绍，问了村民后就直接到了队长家门口，在二楼的盘队长即一位女村民所说的肥队长听见动静后下楼来。我简单介绍了来意，他给一个人打了个电话后说直接上家里找一找。我叫老三他们去走一走玩一下，我则在队长家附近等他。罗运屯村中间为一溪流，环境很好。我看见一张贴着的有关盘皇庙捐款的公示。

有一妇女又给我指了另一位队长，于是在一家小商店门口我就与这位盘队长聊了起来。不一会那位盘队长拿着一份 2010 年的"罗运屯治安民约"的复印件过来了。我看了一下，与我那一年来罗运屯时看见贴在宣传栏上的为同一份。他们告诉我，一共有三起因为违反这一村规民约而受到处罚的，被罚惩罚酒。2012年有一个，大概偷了40斤八角，被后来的一位盘队长所称的保安团即村规民约中的治安队抓住了。按照规约一斤罚十斤，那时候八角很值钱。另外还罚150斤猪肉等请村民吃一餐。他是养猪的，大家就杀他家的猪。办了有八九桌，每家来一个人吃。他们告诉我这叫吃强盗酒，吃不完的只能给狗吃，不能带回去，这是不好的。这餐称为罚强盗酒、吃强盗肉，这我是第一次听见，是今天的一个收获。

他们告诉我罗运屯有148户，人口590多人，从罗运屯出去吃公家饭的还有200多人；平均每人有24亩山。

今年他们准备重修盘皇庙，预算为50万元，政府给25万元，其余的需要村民捐款。现在已经有村内外的捐款了。石头什么的已经准备好了，马上要动工了。今年农历十月十六为盘皇节，他们要搞大一点。欢迎我们到时来参加。

我们在聊天时，小商店店主（也做过队长）的女儿回来，她手拿自拍杆一直在直播，说是刚开始不久，要为推介罗运做点尝试。她在北京的朝阳区也工作过。

他们几位都认识老三、阿超他们，罗运屯与古陈都是坳瑶，互相走动、来往很多的。第一位盘队长还向我们问起武哥的身体情况。

离开罗运屯后我们又回到腊河口。在腊河口，阿超买了些菜，老三也买了一些东西，如电鱼的捞网等。

之后开车经鸡冲回古陈。路不错，车很少，除了有两三处大的塌方之外，非常好走。犹记得那一年七月半，这条路正在修时，老三开摩托车送我到还没有挖路基处，我独自一人下来走河边的小路到鸡冲。

到上古陈屯前，老三指着公路两边的一片田地说这里都已经被征用了，一亩5万元。估计是搞旅游开发之类的。他说外面人现在来下古陈的不是很多，来的主要是游山玩水的，很少是奔着民族文化来的。他觉得她们村节目太少，就黄泥鼓舞等几个，另外没有能够住宿的农家乐。

在回来的车上聊天时，我问老三上古陈那位阿公，他说他还在。阿公他以前告诉老三，说我的小孩有几桌哦。他有100岁了。老三说下古陈最大的也有90多岁了。他和阿超都觉得那一辈的身体都很硬朗，就是60来岁的这一辈身体好像不如他们。他们开玩笑说可能"饲料"吃多了吧，意思是吃的东西有问题，不如上一辈吃得绿色、原生态，买来的东西中添加剂比较多。

经过上古陈后，我让老三在甘皇庙边停一下，我上去照了几张相。

大概下午 4：00，我们到了下古陈老三的家。武哥正在睡觉。因天太热，我进房换了条短裤。下来时武哥已经起来，我看他的脸色不怎么好，走路需要拄着一根竹棒。他说主要是糖尿病。晚上吃饭时他吃了两碗稀饭，胃口还可以，还吃一些鸡肉。他说主要是眼睛看不见了。说话的声音不大，明显没有以前的中气足了。

休息一会后，老二带我去看村子周围的茅标，他女儿跟着，一条狗也跑来跟在后面。第一处共有四个茅标，一个茅标已经掉在地上了，另外的一个茅标挂在小树上、两个茅标插在地上。老三说这应该是不让马什么的过，警示性质的。

第二处稍微远一些，是有关地龙蜂的，这是我第一次见到。共有三个茅标，一个茅标在小路边，两个茅标在地龙蜂的蜂出口处。老三说这茅标大概打了有十多天的样子，比较新。这个茅标的意思是我发现的，别人不能动的。估计在几个月以后来收。我因为第一次见到打在地龙蜂旁边的茅标，就从各个角度拍摄了不少照片。有意思的是，跟去的狗闻到蜂蜜的甜味去拱了地龙蜂的出口，将地龙蜂窝捅了，马上飞出来 20 多只蜂子，其中有几只蜂蜇了它，它马上连蹦带跳、腿脚并用地弄掉蜂子，蜇得不轻。我见这情景不错，就一直拍，并想拍地龙蜂窝出口的情况，稍微走近了一些，马上也被地龙蜂蜇了，小腿上因为没有裤子共蜇了三下，当时火辣辣地疼，马上肿起来了，有一处还出血。老三说应该不要紧的，如果身体素质差，出现发热那就危险。我是第一次被这样大的蜂蜇，感觉比较痛。一直到晚上 11：21 写日记时，两条腿还很不舒服。这算是这次田野调查的一个"副产品"吧。

第三处在村子里。在路边，离村民的房屋不远。有一个比较旧的茅标，旁边有树皮，树皮下有地龙蜂。不过，这个地龙蜂不多，许久才有一个蜂子进出。老三说这不是附近人家打的茅标，不是树皮所有人打的，应该是其他人发现地龙蜂后打的。

随后在回来路上，老三指着一个挂在树杈上的白色小塑料瓶对我说"这是表示附近的草打药水了，马不要吃这里的草"，有警示的意思。这应该也算是打茅标，有点创新的味道。以前没有的，现在根据新的情况而创新性地出现。是很有意思的现象。

在武哥家附近，新开了一条产业路，从路碑上可知共为 5 公里，投资为

94万多元，修了将近一年时间。费用是国家的投入。

我看见武哥家下面山坡有污水集中处理设施，问老三这在正常运转吗。他告诉我没有在用。因为修公路时将埋在穿过公路的管子压坏了，所以各家各户的污水无法流到这里来，大家还是依靠自己的化粪池。看样子农村投入了不少资金，但效益却是打折扣的。

之后，我去下古陈村里转了一下。公路边靠近淑德亭的地方新起了一个亭子，还没有完全弄好，估计是纪念王同惠的。村里比较干净。见学校操场边的布告栏上贴着2018年村民小组的收支情况，其中支出有五月吃社的、有盘姓聚餐的、有山林纠纷用的、有春节活动用的，等等。晚饭时，我问武哥山林纠纷时，他说是与大岭尾，还没有解决好。

村背有人在砍伐八角树准备做柴火。今年金秀许多地方的八角都得病了，不长叶子，没有什么收成。

学校操场边的风雨亭里有两位婆婆、一位中年妇女、三位男青年在休息、聊天。

一位年轻女性在自己家的二楼阳台上看手机，传统的房屋、现代的手机，我觉得有意思，照了几张相。

回来武哥家里后，我整理相片、写日记。嫂子也已经回来了，她今天上山去看马了。老三妻子也从工作的六巷卫生院回来了。她在那做资料员，一月1000多元。以前她去广东打工，现在离家近；平时不回来，住在六巷，主要是因为早上起不来。她们准备晚饭。

晚上8：20开始吃饭。她们杀了一只鸡，另外还有一碗冬瓜。我吃一碗干饭、一碗稀饭。嫂子还包了用白糖做馅的汤圆，她和小朋友吃。

吃完饭，晚上9：03我简单洗一下脚就上楼写日记。武哥已经休息了，老三妻子带小朋友去外婆家串门。

今天由于是老三开车，比较方便，走了三个地方，完成了预想的任务；最大的收获应该是到了瓦窑屯村和观察了几处茅标。

晚上11：56写完日记，我就休息了。

8月28日 晴

早上6：26醒来。昨天晚上休息一般，双腿肿胀的感觉很明显，影响睡觉。想到可以写一篇田野札记"长裤还是短裤"。今天还是应该穿长裤。早上的肿胀感觉比昨天稍微好一些了。

7:17 起来下楼。昨晚的露水很大。武哥家两层楼的外墙这次来看见与村里的其他房子一样刷为泥黄色,其他没有变化,室内还是没有铺砖,没有粉刷、装修。在老三看来,换车比家里房子更紧要。今天路上他说买车的钱有的来自打工赚的钱,如帮人砍木头,每天能够有 200 多元的收入,按照砍下来的木头数量计算;有的来自卖木头等。他说他旧的微型面包车还可以卖一两万元。他说柳州五菱汽车发动机是上海的,比较耐用,不愁卖。

8:30 我们吃早饭,菜除了昨天晚上的鸡、冬瓜以外,还有煎鸡蛋。我吃了一碗干饭和两碗稀饭。今天要爬山,需要多吃点。

早上武哥说被蜂子蜇了以后,可以用鲜辣椒涂擦在被蜇处就可以了。老三说他们村现在头排卫生院做院长的医生说蜂子蜇可以治疗风湿病,可以排湿气。可见凡事都不是绝对的,需要一分为二地看问题。

饭后我叫老三给坐在门外路上的我和武哥照了几张合影。看武哥的身体,他的病比较严重,不知道下次来时他情况如何。

我们坐在门外聊天。武哥说那个谷仓国家给 5900 元,他自己弄和叫外甥女婿帮一下盖瓦,总共花了 2000 多元,自己得了一半多。建谷仓是为了好看一点,村里风貌的要求。武哥还指着正在盖房子的一家说那是钻政府的空子。贫困户每人可以有 2 万元的建房补贴,他们有 4 个人得 8 万元,因而建房子。他说上古陈有 8 户贫困户。

在我催促下,老三 9:00 左右得空了。我告别武哥他们离开下古陈。我给嫂子留下 500 元,说给武哥买点营养品。嫂子说不要,我就放在饭桌上。

老三开车,过了上古陈,我们看见有 4 位穿瑶服的女性在路上走。老三停车问她们去干什么,说是照相。我们估计她们是到附近的旱稻田那里去照相,可能是外面老板需要或者其他原因。

约 9:30,我们将车停在公路边开始爬山去 1935 年 12 月 16 日费孝通被捕虎陷阱所压处。老三昨天问了一下他们村的老行山的,说王同惠遇难处现在去不了,草太高了,没有人走了,没有路了。我说去不了那也没有办法,能够去费老当年出事处看看也行。

我们是从一条溪边的小路开始往山上爬。老三说大概半小时能够到那里。我觉得这是他的速度,我肯定没有那么快。

溪水很大,露水还没有干,所以路比较滑。老三在前,我在后。有的路段草比较高，他就用柴刀砍一下。山上面有竹子，老三说春天有很多人来找笋，那时路就比较好走。

11：00左右我们到了目的地斗篷岭叫石八的地方。我们从公路边上过来共用了一个半小时。我看见原来陷阱的石头还在，陷阱的门一边还比较完整，另一边已经垮塌了。想想八十多年前，前辈学人为田野调查而付出鲜血和生命的代价，我感慨万千。

老三又引我到前面，指了一下王同惠遇难的方向。我虽然有些遗憾，但也没有办法，只能是尽心了。老三说他跟他大哥第一次去王同惠遇难处时，那石头上还能看到她的鞋印。他说王同惠应该是走反方向了，本来应该是向古陈方向走的。可能当时比较着急，树又密，比较黑，才导致她走错路而遇难。

老三已经带过三四拨人来过，有博物馆馆长、新闻记者、大学生等。那时候是从下古陈步行过来，来回需要一整天时间，更为辛苦。

返回时，老三怕走原路太难了，便打电话问村里的人是否可以从岭上往下走。那人回答他上星期走过，其中有几处比较难走。我们于是决定不走原路回去而从岭上下去。这非常符合我的想法，我非常担心原路下山我会摔得一塌糊涂，身体可能会受伤。走下来的结果发现我们的决定非常英明。老三砍了一根竹子，我支着它下来就轻松多了。除了有两三处需要老三用刀砍草开路以外，大部分还很好走，关键是路不湿、不滑。下来我们用了一个小时。

下山的一路上，老三指给我看老鼠走的路，指给我看野猪的脚印。他指一些枯萎的松树说这是松鼠剥皮去做窝的结果。他开玩笑说，松鼠肯定说你们人类把我做窝的老树都砍了，我就报复你们，破坏你们种的小树。我觉得这是一个生态循环的问题。

12：30我们回到公路上。这样一共来回共花了3个小时。今天这算是向费孝通先生和王同惠女士及其田野调查事业的致敬！

下来后，我发现我们上去的小路口停着3辆摩托车，这说明至少有3人由此上山了。我问他们去干什么，老三说可能去砍草什么的。

老三说他初中是在罗香读的，放三四天假时他一般乘车从罗香到腊河口，随后步行一个人从鸡冲翻山走小路回家。他说从下午4：00多放学，晚上8：00多就可以到家了。那时候他觉得走得真快，下山都跑着下来的。他说现在不行了。我听后觉得山里的孩子真不容易，也真能吃苦。现在交通条件也确实好多了。

随后我们又返回武哥家，老三需要拿武哥的慢性病卡，没有这个卡药费要贵一倍。到家后，嫂子也从山里回来。拿好后，老三因要接他妻子和女儿，她们上午乘车到桐木玩，那个车因为剐蹭也需要修理，我们就先去六巷。他明天还要先到白牛屯接上小侄子送去来宾他哥哥嫂子处，去来宾上学。在家里上学，老人家往腊河口接送不方便，特别是下雨时。

老三在六巷卫生院给武哥开了药，并在六巷街上碰到同村人叫他带给武哥。我们在六巷小开发区那里吃了一碗汤粉，价格 7 元。老板娘还记得我，说是否去年还是前年来过六巷。我前年去门头时在她店吃过粉。她说现在六巷没有肉卖了，有钱也买不到。

我们下午 2：00 左右往桐木走，下午 3：30 到。老三送我到乘金秀车的桥头处。我感谢他这两天的辛苦，给了 500 元作为油钱后与他告别。

今天上午爬山时，我们过了一次溪，还淌水，我一点没有注意有蚂蟥。直到下午到了桐木，坐在去往金秀的中巴车时才发现流了很多血。我发现被蚂蟥在左小腿叮咬了两处，一处还在流。我只好在车上用餐巾纸按住。到县城后，我赶快下车到药店花 2.5 元买了一盒创可贴。药店服务员说不一定有效的。我先贴上，随后住下赶快洗澡、换衣服。背包因挨着腿也有血，也赶快洗了一下。洗完澡发现血还没有止住，于是我去街上的瑶医医院看医生。一位 40 多岁的医生说这用香烟灰就可以了。我不抽烟，就问另外一位 50 多岁的医生抽烟不。这位年长的医生于是就点燃了一支烟，过了一会就将烟灰放在被叮咬处，后发现没有止住，就用香烟灰直接点出血处，并叫我按住。因下午 5：30 要到下班时间了，这位大夫要下班回家了，他叮嘱我如果还没有止住，就自己直接用香烟灰点它，并用创可贴固定住，这样应该能够解决。年轻的医生先建议我买一包烟给年长医生，我就对年长医生说您晚点走，我去买包烟。他说不用了，就骑摩托车走了。我坐了一会，发现没有出血了，就离开医院去吃饭了。

傍晚 6：00 多我回到房间，发现左脚的脚指头有起泡，两个小腿也都硬了。今天爬山的强度应该很大，主要是路难走。今天真是辛苦老三了。

晚上 10：00 多一点我就休息了。

8 月 29 日　晴有雷阵雨

今天早上起来比较晚，上午想稍微休息一下，恢复一点体力。故 7：30 起来，后出去街上吃早餐，一根油条 2 元、一个麻球 1 元、一杯豆浆 1 元，共 4 元。

买了一包 20 元的真龙香烟给瑶医院的吴大夫。他们 8:00 上班，已经在医院了。他说"不要，昨天他（指对面医生）开玩笑的"。我说谢谢，放在他桌子上就走了，表示下我的心意。在金秀，我感觉当地人总体比外面要淳朴一些。

8:00 多去瑶族博物馆，除了星期一外其他时间都开门。我主要是想拍摄肖馆长拍摄的王同惠遇难处的照片。见有一张照片在陈列，但是拍下来的效果不是很好，有闪光灯的白点。也只能这样了，聊胜于无。从这件事可知，什么事情想到了就要做，不能拖拉，否则可能就永远没有机会了。

博物馆有视频放映，我看了一会，有武哥他们做黄泥鼓的片子，还有一个是嫁郎的片子，不知道具体是哪个村屯的。片子质量比较原生态。

在博物馆花 20 元购一本莫义明著的《费孝通瑶山行纪实》，想看看有无新的东西。

我问了一下工作人员，他告知我肖馆长已经退休了，现在的馆长姓盘，应该年龄不大。

从博物馆出来以后，我就去金秀镇政府。司法所已经搬下来了，但是关着门，没有人在。问了政务中心的人，说王世超已经在前年就去世了。一位女工作人员说"他喝酒太多了"。这非常可惜，他的年龄应该不大。他对我的田野调查有不少帮助。希望他在那边一切安好吧！

金秀镇政府旁边为金秀县政府的信访大厅，我进去看了一下没有一个来访者。

之后在小广场旁边一个门面的门板上贴着捐款名单，我就进去看了一下，是金秀县茶山瑶民族文化发展协会为 2019 年 10 月 5 日"做功德"民俗风情活动而发起的捐款。我拿了一份捐款倡议书离开。之后，我觉得这是一个很值得了解的内容，民间组织传承民族文化。于是下午我专门去了一下，仍然是上午的苏姓常务副会长一人在，她是在南宁退休回来的。她介绍协会是去年拿到的证书，今年 7 月举行了一个成立仪式，县领导也参加了；各村都成立了分会。协会章程和顾问等名单都在陶姓法人代表那里。本来今天晚上要开常委会，商量具体议程，但是因有人生病就改时间了。我本来想旁听一下，她说可能不合适，因为要讨论费用等事情。她介绍，10 月 5 日的"做功德、唱功德、跳功德"活动有四十二三个茶山瑶村参加，大致为上午 8：00 在小广场开始，由道公、师公念经、祭祀，随后游行到县幼儿园附近的永宁桥，在那里举行架桥仪式，再隔河对唱，之后一路到人工湖处跳"三元舞"，模仿各种生活中的动作，另一路到团结公园祭大瑶山团结公约碑；再回到小广场，进行茶山瑶民族服饰展示，大概有 7 种，并唱歌。她说她们准备申请交通封路一小时。她说功德宴准备在小广场办 300 桌，估计每一位要 100 元，包括晚上的篝火晚会等。她说你应该早点报名。看样子需要再找时间进行进一步的了解。10 月 5 日我估计过不来参加，进行实地观察了。

在小广场边，我看见为了庆祝新中国成立 70 周年而安排的各乡镇文艺演出，从 7 月起每周六晚上 8：00 由一个乡镇进行演出。8 月 31 日就有一场。

下午去了县民族宗教局，兰姓局长不在。问办公室的人最近几年局里有无新编一些有关金秀瑶族的书，回答说没有。我感觉，现在年轻一些的党政机关工作人员在调查、研究方面好像热情不够，仅仅满足于应付现有工作。在走廊的墙壁上，贴着党费缴纳的情况，从中可以知悉每位工作人员的工资收入情况。局长大概在 6000 多一点，老一点的股长有 5800 元。

下午去六拉村村委会想了解是否支持茶山瑶文化协会的事，结果从下午 2：20 一直到 3：30 都没有人过来，只好作罢。

再往上走去看了一位共和村人的根艺馆，他妈在看店，他在库房处正在为小树根做底座。他说根不需要刷油的，客户喜欢原色的，否则反而卖不出去了。附近有两位妇女在分拣土人参，为老板做事。

下午看见不少老年人在县城河旁的路边打扑克。退休老人的生活大概就是这样。听说扫黑除恶以后，金秀的麻将馆都被查封了，有的老板被公安部门以聚众赌博行政拘留 15 天。县城的变化不大。

今天听当地人说邮政院子内有一个 30 多岁的女性前一阵子去世了，说什么病查不出来。她没有结过婚，一些人怀疑得了艾滋病。当然，实际情况如何只有她家人才知道。

看见一在汽车后备厢放肉卖的人，我问价钱，他答猪蹄每斤为 40 元，腿肉每斤为 35 元。

因为手机没有电了，我到老去吃快餐的一家快餐店借充电。坐下没有多久，天突然下大雨，路上的人纷纷进来避雨。后来还打雷。这场雨从下午 4：35 一直下到 5：20，下得突然、下得大。

晚饭我因下雨就近在一家做盖浇饭的店吃，20 元一份的土豆牛肉，土豆牛肉单独炒的，味道还可以；米饭可添。鸡蛋的盖浇饭为 15 元。我吃饭时前后连我共有 8 人吃饭，生意一般。夫妻两个人经营。

吃完饭出来，听见路上有一位穿雨衣骑电动自行车的妈妈来接一个初中生模样的女儿，这位妈妈生气地说："来接你不知道感谢，还发脾气，读书读书，读什么书了。"

今天买一小西瓜，2 元一斤，我那个瓜 7 元钱。是汽车拉来卖的，桐木的小伙子从桂林那边弄过来的。生意也不是太好，一车瓜一天没有卖出去多少个。

晚上 10：00 又下雨了。我写了日记后就休息。

8 月 30 日　多云　阵雨

今天早上 6：50 出门，天阴着，下了点小雨。

在昨天那家店买了一根油条、两个麻球和一杯豆浆，价为 5 元。随后我去汽车站，看见不少学生带着箱子在等车，准备去学校读书。过了一会往忠良的司机过来，他说车在农行桥头，于是我过去乘车。

车上人不多，开车时共有 10 人。7：30 的车等到 7：40 开，他中午 12：30 再从忠良回来。车一开出去不久就开始下雨，中间有一阵雨还很大。

大概 50 分钟后，8：30 车到忠良乡永和村民委员会所在地十八家屯，我就和另外一人下来。

我先在十八家屯走了一下，大概有 30 多户，开有三家商店。永和村办公楼门口的公告栏贴着低保名单，还有一个用国家给的 50 万元资金以 1% 参股的巴勒风景区前几年每年分红 4 万元之后分 5 万元的公告。

我看了一下永和村村委会还没有人，便在附近转转。过一会来了一辆微型面包车，我看下来的人像墙壁上贴着照片的村委会主任，便上去打招呼，果然为陶主任，于是随他上楼。我表明了身份告诉了他来意，他很热情。陶主任 1972 年生人，板显屯人，茶山瑶，是个村医，县人大代表，2017 年做的村主任，以前做过队长（村民小组组长）。他说当时他是买菜搞伙食，为候选人的最后一位，根本没想当。结果村民都选他就当上了。书记去荔浦学开车去了。他们工资每月为 1900 元，年终绩效奖 1000 多元。我问他听说书记主任一肩挑的事情没有，他说听说过。他觉得书记、主任、合作社主任一个人做肯定忙不赢，不好。

不一会来了个乡政府招聘的信息员小陆，他星期一到星期五一般住在村委会。他是罗香人，壮族，毕业三四年了，现在每月 2000 多元。他在南宁上的大学，学室内设计的。

小陆帮我复制了 2017 年 8 月 20 日永和村规民约和永和情况介绍的电子版。永和为忠良乡的 11 个村委会之一，现有 8 个屯、252 户。

陶主任给我拿来一本 2015 年以来的纠纷调解记录本，大概有 10 多起，有山林纠纷的，有家庭矛盾的，我拍摄了一下。

这时来了个 30 多岁的女人，他们说是村委会副主任。就是十八家的人，姓黄，盘瑶。副主任一个月有 1700 元补贴。

陶主任还从档案室拿来了"一约四会"材料和红白事材料，后者主要为办酒席的告知书。"一约四会"材料包括金秀县县委宣传部、民政局等下发的通知，涉及村规民约、道德理事会等建立要求等，为官方所要求的，政府意思明显，形式性比较强。我拍摄下来。

在"一约四会"材料中，我看到有一张照片的复印件，照片为永泉村规民约碑。我问陶主任，永泉屯离村委会远不远。他说有 10 来公里。我提出来能否帮我找个人开车送我去一下，我给点车钱。陶主任就叫黄副主任联系一下。

当时雨下得很大，他们就说等一下吧。陶主任说昨天下午雨下很大，他一会要去滴水屯看看。

雨小些后，陶主任决定他开车和黄主任一起陪同我去永泉屯。9：45，我们经过上卜泉屯到永泉屯。下车时，雨非常大，但云飘在山间，非常美丽。我赶快打着雨伞照相。

永泉屯是 2011 年从下卜泉屯整村搬迁过来的，原来地方有地质灾害隐患。永泉屯有 24 户、80 多人，为茶山瑶，大多数人姓莫。

陶主任已经通知了一位村民在篮球场带着雨伞在等我们。村规民约碑在篮球场路边，1.2 米左右高。莫姓村民告诉我，这是搬下来以后立的，基本是按照原来的，仅仅是在惩罚的数额方面提高了一点。他说立好以后没有什么人犯约。

他请我们到家里坐坐。我们便随他往上走了 100 来米经过村牌坊到他家。雨极大，我的鞋子都进水了。他家里妻子和小孩都在。他半年多前做护林员，每月 1100 元,年底有 4000 多元的绩效奖。基本上天天要上山去走走,他说现在抓得严。队长不在家,去广东找老婆去了。队长的老婆是广东人。所以现在他辅助队长做些事情。队长每年补助 300 元。

在他家聊了一会以后,我见雨小了,就提议离开。下来时,我请黄主任给我在村规民约碑那里照了几张相。我看云雾真美,就又拍了一些照片。风景非常养眼。今天的安排非常正确,不虚此行。

回来路上,见有几个妇女在路边砍伐毛竹。我问陶主任竹子的价格,他说大概十几块一根,这些应该是三年生的。他说在路边比较轻松些,如果是河对面的竹子,那费工多了。打工的妇女一般按照砍伐竹子的数量而定收入,计件的。

在快到上卜泉屯的路边,陶主任停车让我们看一瀑布,我看一条白练从天挂下来。陶主任说 100 米高应该是有的。我们是远远地观望,已感觉瀑布的气势非凡,如果近前观看更应震撼人心。这是从天堂山下来的。永和的旅游资源应该不错,现在是路不太好。黄主任还介绍说从龙安老屯进去有一个十多年前山崩塌形成的湖,人游泳要半个小时,很大的,可以看见湖中的大树。陶主任说他都没有去过。一般人很难到达。

之后,我随陶主任到滴水屯去看水情。到那后,他先到大河边看水的情况、看桥的情况;又去滴水屯边正在修的桥梁旁看。每次看时,他都要黄主任给他用手机照下来,以留下来看过的痕迹。

我看了一下,昨天过水的痕迹确实比较高,水量应该是不小。滴水屯是个小村,不到 20 户。今天去的上下卜泉屯、滴水屯,以前看材料时知道,过去有石牌。今天实地走了一下,虽然时间匆匆,但也有具体感受了。特别是永泉屯即下卜泉屯通过村规民约形式承继固有的石牌习惯法,并予刻碑树立,这是今天瑶山调查的主要收获。

路上,黄主任聊到她父亲是个道公,经常去各地做法事。现在她弟弟不愿意学这个,说是迷信,她爸爸比较烦恼,怕要失传了。她父亲也常常上山采药,有一次无意中踩到了地龙蜂窝,被蜂子蜇了 17 下。他知道尿可以解毒,于是努力让自己尿出来,喝了几滴。他昏迷了一会慢慢好了。她父亲说那次感觉要死了。

11:20,我们回到永和村村委会。停电了。黄主任说她回去家里煮饭请我吃,我推辞无效只好接受。

我又到十八家村里转了一下。看见有一地方贴着南京工业大学学生来义务支教的费用清单，每家捐款 100 元，有 4000 多元，列明用处，下面还贴着支出的白条收据。后来问他们几位村干部，说是来宾市团委联系的，来了 10 多个大学生，其中有一个是桂林的、一个是崇左的。他们一共待了三星期。费用是村民们请他们吃饭的，平时他们住在学校里，吃饭也在学校里。

回来时，我看见有两个村民在看公告栏上贴着的生态补偿金，每亩为 150 元，有的一户可得 1800 元左右。钱现在还没有到账。我与他们一聊，其中一人就指着低保名单，说这完全是村委会的人定的。

我上村委会二楼不久，刚才在看公示内容的一位村民也来村委会办公室了。他问陶主任他怎么没有低保。陶主任跟他解释这是乡里刚刚定的，昨天刚刚拿回来的。那位村民说是队长、是你们村委会定的。陶主任说我们村委会作不得数，那位村民说"你们肯定得数，我这是知道的，否则怎么是村委的"。他又说"太阳能路灯怎么也没有我们的，我们三兄弟都没有"。陶主任说那是企业捐赠的，是村民小组确定的，与村委会无关。那位村民说，"你们就是怕骂的，哪个骂你们就给哪个。你们做事要公平点。不然我们要组织起来到村委会闹的"。

我看情况有些僵，就叫陶主任到隔壁的档案室去看看有什么材料，把他们两人支开。那位村民到一楼后还在骂骂咧咧的。陶主任说这纯属无理取闹。

过一会，陶主任叫我去黄主任家。下去后，我先去村委会旁边的学校门口看了一下，门口贴着的暑假值班表上有四人，后来他们告诉我是三位老师和一位做饭的。学校为一至三年级，寄宿制。学生比过去要少了。

黄主任家在村委会的斜对面，我见她家一楼货架上放有茶叶，她说她们是做些这个买卖，主要依靠熟人销售。今年生意不太好做。她想过开淘宝店，但是一来不太懂，二来没有时间，所以就没有进行网上销售。在切一些灵芝放在鸡汤中时，她告诉小陆野生灵芝她卖 450 元，小陆说有人卖 600 元。

陶主任去其他村民家抓了一个土鸡来。小陆炒茄子，陶主任杀鸡。之后，半只鸡先在柴火灶上烧熟，再放入锅中放到微波炉上。饭已经煮好，在找黄主任的老公小赵未见后，12：40 我们就开始吃饭。黄主任有两个小孩，8 岁的女儿一起吃饭。陶主任和小陆喝 1.5 元一斤的米酒。我喝鸡汤、吃鸡肉、吃饭。黄主任也吃饭。

他们准备饭菜时，我下来了一下。发现刚才那位村民正找了几个人在弄学校路口的那个太阳能路灯。我看他们时，他还过来给我说他什么都没有得到，他指着村委会门口说"你看那个就是别人打下来的"。我仔细一看，村务监督委员会那块牌子确实是没有挂在上面，掉下来了。

我们吃饭过了十多分钟时，小赵回来了，身后还带着那位刚刚吵闹的村民和另外一个村民。于是又加碗筷。喝酒时，陶主任对那位村民看自己手机里的内容，告诉他低保不关村委会的事情。那位村民对陶主任说这实际上是怪自己做队长（村民小组组长）的妹夫。他们两人互相敬酒，化解刚才的不愉快。

过了一会，又上来一位村民，于是喝酒的队伍又壮大了。他们一边聊天一边敬酒。黄主任则把另一半鸡也放入锅中。这三位为三兄弟。

他们聊天时有村民说到盘瑶对上门的男人不好，说你是来做工的，对孙子辈好。有一位村民对小陆说"你要多喝酒否则找不到妹子，我就是找妹子时学会喝酒的"。

喝酒时，有人说原来赵姓县长（现已被判刑）钱是拿的，但是事情那是办的；现在这个领导不办事。他们是针对金秀至蒙山的二级公路久久没有开工而发出这一议论的。

又过一会，又上来一位村民。他这几个月在蒙山县一个木材加工厂干活。他不想喝酒，说昨天喝醉了。他们要他自己拿碗筷坐下来吃饭。

这时候酒喝完了，小赵要黄主任提原用于烧水现在装酒的壶去对面小商店买酒。很快她买回来满满的一壶，小赵赶快给大家倒满。大家又你来我往地喝酒。

下午1：20时，陶主任给那位跑金秀忠良线的司机打电话，说估计还要半小时才到。快1：40时，我给陶主任50元做油补、给小赵200元算餐费（黄主任下楼给6岁儿子喂饭去了），他们都表示不要，我说是个心意。他们两个人都说以后再来玩。他们6人继续喝酒，小陆因也要乘车去金秀，同我一起下来。

下来后我看见太阳能路灯真的被他们弄倒了，放到路的另一边来了。这真是有意思的一幕。这些村民为了自己利益随心所欲，说做就做。乡村治理确实是个非常复杂的事情，村干部确实不好干，受气多多。

金秀县最近发通告要大家举报村霸，其实有时候我真替村干部们感到委屈。聊天时，黄主任告诉我共和村的书记好像受到处分没有做村干部了。我以前在这位村干部那里住过。

下午 1：50 班车过来了。我、小陆和早上一起下车的学校老师三人上车离开永和。我发现车上基本满了，多为带着铺盖的学生。下午 3：00 左右车到金秀县城，我替他们两位付了车费。

我回到住处后联系郎庞的赵队长，他说明天要做社的，买菜的今天已经买了，明天 10：00 左右开始。我问明天早上有没有郎庞的人上去村里。他说他帮着问问。不一会，他发短信告诉我一位村民的手机号，说他明天早上回去。我于是联系上他，约好明早 7：00 多见。

之后我去山上的金秀县殡仪馆看了一下。有一户人家的一位婆婆昨天去世了，准备明天早上上山。看有人来上香，有收礼金的。我问一个人是否明火火葬，他说他也不知道。我因为明天有事情，就没有再具体了解了。

回来房间后，上次认识的陶局长来电话。他说是永和陶主任告诉他的号码。他想请我晚上吃饭。我谢绝了，不想太麻烦他。他非常热情，我只得说明天回来以后再说。

晚上 6：00 去县政府旁边的县政府机关大食堂吃饭。一个青椒田鸡、一个豆角肉丝、一个苦瓜炒鸡蛋，共 15 元。比街上的快餐店要好一些。价钱从 2 元到 7 元。我吃饭时前前后后有七八十人来用餐，许多人是一家人一起来的。大食堂有三四百平方米。算是满足了我的好奇心。

晚上回来洗澡后就写日记，之后晚 9：35 就休息了。

8月31日　农历八月初二　多云转晴天

今天早上 6：30 起来，外面为阴天。昨天那家还没有做好豆浆，就只有买油条和麻球，到汽车站附近的流动摊贩处用 1.5 元买一豆浆。想买一件一次性雨衣，结果没有商店开门而作罢。

7：00 就到农行桥头等。当时那里有六七个人在等，估计是与今天上山的那位老人有关。后来外面上去时见许多摩托车停在一处路边，可能他们是帮挖墓坑的。今天下午回来时我上去那处茶山瑶火葬处看了一下，没有什么痕迹，应该今天没有人进行明火火化。

7：15 左右，黄师傅骑摩托车过来，我就坐上他的车去郎庞。从县城到郎庞 7 公里左右，摩托车开了一刻钟样子。一路上见有绑着皮箱开摩托车送女儿去学校报到的人。

我给黄师傅一包香烟以表谢意，下来后我先拍了郎庞屯的全景照片，随后走上去到赵队长家，他 1966 年生人。他说 8 点多应该要下去了，我给了他一包烟表示谢意。又去赵社老家，给了一包烟。社老今年 74 岁，2004 年我来参加三月三做社时他就是社老了。我问社老今天每户出多少，他说是 15 元。我说我也出一份，给了他 20 元。他后来准备下去时找回我 5 元。

我离开社老家出来村里，见四五个妇女正在聊天，有的准备下去了。过了一会，社老到标有"一九八七年"字样的小水泥平台上来喊村"大家准备下去了"。后来来了一位 40 来岁男村民背了一套电鱼的设备。

大概 8：30，队长挑着酒、鸡、米等从家里出来了，于是 2019 年农历八月初二郎庞做社的队伍就出发了。一行人有队长、社老、师傅等，共七男三女。

昨天下雨比较大，下去郎庞冲边的社的下山小路比较滑，有一位拿脸盆的男村民还摔了一下。有 2 位村民在路上砍枯死的竹子做烧火柴。

到了郎庞冲，需要涉水过去，今天水流比较急，水量也比较大，深处在膝盖处。村民们小心翼翼地穿过了 4 次河。他们大都穿了塑料拖鞋或者凉鞋，直接可以下水。我和一位 78 岁的婆婆穿了球鞋需要脱下来光脚过河。2004 年时因是农历三月初三，水比较小，从石头上踩一下就行了。

9：00 左右，大家到了郎庞社处。加上后面来的，先头来做准备的共有 13 位村民，其中女性为 4 人。到后，村民们开始做"祭社"的准备工作。有的烧水，有的磨刀。之后，有的杀三只鸡，并烫鸡褪毛清洗；有的洗菜；还有的做竹筷子。

社老则清理社石前面，并洗杯子。村民陆续将自己带来的香、纸钱放在社前。

在准备好供品并摆在社前后，10 点左右本村的冯姓师傅开始念经、祭祀。他今年 54 岁，为道公，自己告诉我刚刚学习了半年多，还不太熟悉。2004 年时的那位师傅在前年已经去世了，村民说是去那里报到了。他照着一本手抄本念。中间又边念经边合纸钱。最后是烧纸钱，结束祭祀。此时大概 11：20。念经、祭祀完成后，社老给师傅一个红包，师傅推辞一番以后收下了。据师傅说为 150 元。

在师傅念经时，社老在一旁配合，将村民拿来的香、纸钱分开放，中间续了两次香。其他村民则有找野菜的、聊天的。有村民寻找到几棵金钱草，据说可卖三四百元一斤。电鱼的村民基本上没有什么收获。

在祭祀过程中，我翻看了社老带来的两个笔记本，里面记着 2011 年以来这些年的做社事情，主要为每年三次做社准备的分工情况、每次做社参加者姓名和金额等。郎庞共有 39 户 143 人，这些年参加做社的每次在 30、31 户左右。以前每次交 10 元，现在交 15 元。每三年的六月六为大做，村民交的就多一些，如去年六月六每家就交 150 元。

在笔记本中比较有意思的是有一则 2014 年农历三月初三前记载的收据，交款人为黄姓，收款人为社老；是因为乱砍了郎庞的树而被处罚 1700 元。我问社老，他说具体记不太清楚了。他说大家觉得不太好分，就由他收下用于做社，大家也不用交了。后来我问队长，他说那是金秀那边的五六个人，到他们村下面的溪边偷挖了三棵树，在运上来时被郎庞村民发现而被抓获。郎庞方罚他们钱，如不交钱就向林业公安报告，这样处罚应该更严重。在政府有关干部也打电话做工作后，他们来郎庞交了钱。郎庞村民就从 2014 年农历三月初三开始用这笔钱用作做社的支出，直到花完以后大家才再交钱。

在师傅念经、祭祀时，队长准备了小纸条，在 30 张上分三部分、分别在 10 张写上 "1" "2" "3"，随后一个村民和他一起将小纸条团起来。在村民来得差不多时，村民们开始抓阄。随后队长将大家抽到的记下来，抽到 "1" 的家庭在明年农历三月初三承担做社的准备工作，包括买菜、准备柴火、带炊具、煮菜做饭等。抽到 "2" 的家庭承担农历六月初六的做社事务，抽到 "3" 的家庭承担八月初二的做社事务。每年根据习惯法，在最后一次做社即农历八月初二那次，抽签确定明年的三次做社事务家庭，分别为 10 户、10 户、9 户。今天有些没有来的家庭由在场的人代为抽取，应该是受了委托。10：55 完成了这一事关明年做社的事项。

祭祀完成后，村民就开始将作为祭品的鸡、肉等拿过来进行烹炒，最后鸡、肉加入西红柿、辣椒为一盆，韭菜、白菜汤为一盆。共 23 位村民（其中 5 位女性）分为三桌喝酒、吃饭，共过社日。今天有 32 户参加交钱，有些交钱参加的家庭没有来吃饭。我问大家时，有的村民说没有参加的有的是人不在家，有的在家的不参加可能是没有时间。一般情况下村民都会参加，否则是自绝于全体村民，不利于在村里的生活。

这次买了 20 斤米酒，价钱在 1.6 元至 2 元一斤。鸡为 16 元一斤。肉是在超市买的，24.8 元一斤，外面市场上需要 33 元至 35 元一斤。

我问社老、师傅、队长和几位其他村民，他们都说，做社是老祖宗传下来的，以后也要传下去。这个说法比较一致。

12：40，有三位妇女吃完饭就开始离开回村里。其他村民开始猜码即划拳。大家兴高采烈，说说笑笑。

我和队长、队长的姐夫黄师傅在下午1：00时离开那些还在喝酒、聊天的社老和其他村民返回郎庞村上。回来路上，太阳比较大，感觉很热。过河时，队长将他的拖鞋让给我穿，我脚上舒服多了，过河也比来时轻松一些。

上来路边，有一个大洞，队长告诉我这是地龙蜂的窝，已经被人挖走了。他们说这里也打茅标的。但是这几年外面人来来往往，也乱了，有些人不遵守了，你打了茅标他也动你的。

一路上，我见有一竹笋，我对黄师傅说你可以挖了今晚吃。他说这不能挖的，这是别人的，不能动。他的"他人的与自己的"观念是非常明确的。

之后，我仍然坐黄师傅的摩托车回来。下午1：45回到县城，结束了这次郎庞农历八月初二做社的观察调查。

我感觉今天的做社基本与2004年时变化不大，就是没有社老简单的讲话（料话）、没有报告账目。他们说三月初三有分饼，今天没有。今天的蒙在三块社石上的红布也是旧的，没有换新的。这次祭祀结束时没有放鞭炮。

今天没有看到小孩来参加做社，20多岁的年轻人也没有来的。

2004年农历三月初三郎庞做社，是我第一次进入金秀瑶区进行习惯法调查，而今15年以后再次到郎庞进行做社习惯法调查，物是人非，确实感慨良多。原来的师傅不在了，那个令我惊讶的能够自己走下来的盲人村民也不在了，社老老了，队长换了，我自己也变化多多。不过，看到15年来郎庞村民持续不断一直坚持在做社，这增加了我对习惯法效力和韧性的理解，对民间规范对民众生活的重要意义有了更深入的体会。

下午回来房间以后感觉非常疲乏，就睡了一觉。

晚上出去吃了一份炒粉，鸡蛋炒的，多加了一个鸡蛋，价为10元。吃饭时，见有几拨高中生模样的在一起AA制吃饭，其中有6个男孩的、有3个男孩2个女孩的、有1男孩子1女孩子的。暑假结束了，学生来了，县城就更有活力了。

晚上写了日记后就休息了。

9 月 1 日　阴转晴　金秀—桂林—北京

早上 6：30 起来，办退房手续、开发票。随后买些吃的，到汽车站坐 7：35 往桂林汽车南站的班车离开，到桂林后坐大巴车到机场飞北京，结束这次金秀田野调查。

2019 年 9 月 2 日整理

2019 年 9 月太白山行记

利用在西安参加民族法学研究会年会之机，我有了这次太白山之行。

太白山于我的吸引力的很大部分来自鳌太穿越的难度和危险性。以前看了许多有关鳌太穿越的攻略和穿越日志，也关注这方面的新闻，于此心有戚戚，一直想实地大致感受一下。

本来我是准备自己一个人乘大巴车从西安去太白山的。西北政法大学杨校长知道后专门做了安排，派了一辆车并由一人陪同，于是此行在小陈和小郭的陪同下三人同行。

会议结束后的 9 月 22 日下午 1 点我们从西安出发，下午 2：30 到宝鸡市眉县的汤峪口。由于不太了解，我们先开到山门处，工作人员告诉我们必须到游客中心乘景区车才能上山。于是我们又返回来几公里。在游客中心停好车后，我们买票坐车。包括门票、往返索道票、景区摆渡车票在内每人为 293 元，其中门票价格为 90 元、景区交通往返为 60 元。

下午 3：00 乘车，没有其他游客，我们 3 人一辆中巴车。车在莲花峰瀑布处停下来，我们照了一下相，但没有走三国栈道。下午 4：00 到大索道即天下索道的下站。此处海拔为 2280 米。我们已经感觉冷飕飕了。

我们在红桦坪坐索道约 20 分钟到上站，为 8 人挂箱。出来的上站为天圆地方，海拔为 3511 米。这时已经感觉很冷了。我即去卫生间穿上秋裤，并穿上薄羽绒服，这样才比较合适。他们两位因仅仅带一件上衣就有些受冻了。

天圆地方处有中国南北分界线石碑。秦岭为我国南北的分水岭，长江、黄河水系的分流线，"双脚踏南北，江河自分流"，在地理学上有重要意义。我们小时候的课本上有许多地方说到这一点。我们以到此一游形式照相以作纪念。

之后，我们沿木栈道边走边看，山脊一边有云上来，另一边为晴朗的天，对比明显，南北分界线的感觉鲜明。云海的韵味令人难忘。

大概半小时后到小文公庙。这里为太白山自然保护区的界线，设有保护站进行检查，不让外国人进入，下午 4：00 后也不许游客前行。我后来半开玩笑地对他们两位说，这可能也是保护站的李师傅为自己承包的食宿拉客人吧。我们到时已过下午 5：00 了。于是，我们在此住下。这里由保护站做了 20 多年的李师傅承包，大房间为高低铁床，每床为 80 元一晚。有两间房间需要包房，有两个大床，可以睡 4 人，有电热毯。小陈为我考虑包了一间，为 600元一晚，没有发票。吃有餐厅，可以提供一般的面条、炒菜等，价格不便宜。我们晚上吃从下面带上来的方便面，要了一热水壶开水，价格为 20 元。他们两人后来要了一份卤菜，喝在山下买的小瓶白酒，这样暖和一些。

晚上在小文公庙住的还有四川的两口子、西安的三位小伙子、两位独自来的小伙子等，人不多。天黑后的 7：00 多还上来一位四川的女孩子，大家佩服她的胆子。据老板娘说夏天时最多可以住 200 人。我叫他们两位用 50 元各租了一件大衣，这样就能不冷了。

五年前这里通电，现在 300 米范围内有手机信号，电信、联通的效果好，移动的差一些。值班室有电视。晚饭后我们在值班室与李师傅、他侄子等聊天，主要聊鳌太穿越方面的事情。李师傅说上一星期还出一事，两人穿越，一位北京的 39 岁军官在离大老爷海两小时处因为下雨失温而没有救过来。后来他们把他从周至县那边抬下去。他侄子说这些年至少超过 200 人穿越时遇难，公开报的才 50 来人。现在政府不允许穿越，贴了告示，但是仍然有人穿越。

晚上 8：00 多就来两位穿越的，是昨天 12：00 从厚珍子上来，晚上在老君庙住，今天走 11 小时的路到小文公庙。他们在小文公庙里搭帐篷，李师傅收他们 30 元。两位一男一女，女的是北京人，男的是河南新乡人，十几年的老驴友。在他们煮面条时我们一起聊天，他们说看见一个很大的三蹄脚印，不知道是什么动物；不敢走夜路，害怕遇到动物。李师傅他们认为只要请个向导，听向导的话还是安全的，特别是七八月。请背工需要 500 元以上一天。从小文公庙这边往下走，为下山，难度比较小。但是驴友不认可的，必须从鳌山穿越到太白山方向来，必须爬上来。

晚上可以看见眉县城的灯火。李师傅说天好时能够看见宝鸡、西安的灯火。能看见不少星星，与城市的夜晚截然不同。

在观看山下的灯光时,李师傅用手电筒指给我们看小文公庙边的铁瓦,他说不少有字的铁瓦被游客拿走了。四川那对夫妻中丈夫原籍在眉县,他说小时候听老人说上山上的小文公庙等处背铁瓦来大炼钢铁。

晚上9:00左右睡觉休息。因为海拔在3500米以上,睡得不是很沉。

23日早上5:30我就醒来了。简单用带上山的瓶装水抹了一下脸,没有刷牙,山上的水被冻住了。出来看东边已经红彤彤的一片,太阳快要出来了。于是我叫他们两位赶快起来看日出。看见木栈道上和山上的植被上厚厚的一层霜,白白的一片。

此时大家基本都出来了。大概6:25日出,还是很壮观的。我们边看边拍,欣赏太白山的日出。

早上我吃了一碗很稀的稀饭和一个菜夹馍,价格为13元,并吃自己带来的两个面包,后6:50我们出发去太白山主峰。

从小文公庙到大文公庙,标示为四公里,需要120分钟至150分钟,不过我们走得比较快,一小时就到了。一路基本上为平路,没有什么上下起伏。一路上可见冰川遗迹,基本为石头阵,不时可见滚石遗存。

在凉亭附近看见一只松鼠。有水的路面结了薄薄的冰。其他没有太多可记的。

到大文公庙时我们追上了比我们早出发的西安的三个小伙子,此后我们六个人基本同行,唯前前后后不一。我们中的小陈与他们中的一小伙子走得最慢,他们两人结伴同行。

大文公庙也可住宿,电为太阳能发电,没有手机信号。大文公庙比较新,没有看见庙旁堆有铁瓦。此处有小路至头营、放羊寺。这里也可看日出、云海。

我们没有怎么停留就爬坡去大爷海。大文公庙到大爷海的距离标示为二公里,需要90分钟。一离开大文公庙就要爬坡,这个山坡是今天最有挑战性的一程。因为海拔高,大家爬几步就气喘吁吁了,需要停下来休息。爬上山坡后就相对好走了,有些路段稍微有起伏。一路上风景一般。能够看见拔仙台了。快到大爷海时,已经在拔仙台的人大声呼喊,我们也大声回应。

9:30我们到大爷海。大爷海往前为无人区了。我们先以远山为背景照相,再以大爷海为背景照相。山坡上有一堆铁瓦,我还见一只黄鼠狼钻进钻出。大爷海的水面不小,有相当多的水在下泄,水声比较大。

我们在大爷海的餐厅休息了一下。餐厅里挂满了江苏常州、山东青岛等各地驴友的旗帜。到了大爷海，基本上表明鳌太穿越的完成和成功。所以许多驴友就将旗帜留在这里。还有许多人在墙壁上涂写以示到了这里。听老板娘说她们 4 月上来，10 月下撤。大爷海也可以住宿。听路上碰见的昨晚住在此次的一对夫妻说为 150 元一晚，晚上很冷，他们盖了三床被子。

我吃了两个面包和蛋糕后先独自一个人去拔仙台，他们几位吃方便面，需要时间久一些。

从大爷海到拔仙台路不长，标示为 500 米，其实为一个上坡，上面 100 多米路程比较平坦。先需要慢慢爬山坡上去，基本为石头上的路，需要对着别人已经插好的路标行进。没有看到"六月积雪"景观，但石头缝隙中有雪。从大爷海爬到拔仙台，我大概用了半小时。

10：00 左右我先到了拔仙台前面的小庙，仅有一间房，五六平方米样子，上为铁瓦。庙内有"雷霆卿师"牌匾，供有两尊小神像。拔仙台有围着的石墙。从石墙门进来，拔仙台上有一稍大一点的庙，三开间，也用铁瓦盖。

拔仙台为太白山的最高峰，标的海拔为 3767.2 米，为陕西省最高峰，我国青藏高原以东最高峰。我四周看了一下，不是非常壮观。能够看见二爷海和三爷海。拔仙台传说是姜子牙封神点仙之处。

拔仙台北边墙上因为云常常上来，水汽充足，便结了一层冰，远看白白的一片，为拔仙台一景。因为只有我一个人，我就自己自拍了几张照片作为纪念。我往下走了一点时他们五位上来了，于是我又上去，请他们给我照了几张照片，并一起照合影。之后我就下来。

拔仙台往前就为鳌太穿越的路线了，游客一般就不往前走了。在拔仙台上碰见三位穿越的驴友，他们从都督门上来，已是第三天了。我往鳌太穿越路线前方那面遥望了一下，就回到大爷海。对我来说，鳌太全程穿越是不太可能了，如有机会在强驴的陪同下，两三天路程爬上来倒是可以试一试。毕竟体力不行，也没有负重爬山的经历。

下山只能原路返回，这比较郁闷。一路上就是走路，气喘吁吁时就停下来休息一下。一路上遇见一些今天上来的人，大概有 20 多位。因为不是星期天，人不算多。有一个公司开会的，大概 20 来人前前后后走。西安的两个小伙子和小郭分别超过了我。他们在小文公庙休息等我们。我到小文公庙时为下午 2：15。

返回时，看见有一人背着两块太阳能板往大爷海背，他告诉我费用为 800元，从天圆地方那边背过来。后来见其他五六人背或者手提指示牌等散件，他们说是 6 元一斤，按照重量计算价钱。有两人身上背有架子的，他们说人也可以背的。

我计算了一下时间，想多看一点，便决定坐小索道下山，与小郭约好，他等到小陈后他们一起坐大索道下山，我们约定在停车场会合。

西安的一个小伙子体力非常好，他先我面前下山，并且是从上板寺走路下山。我一人与那个公司中的一人同行走下去。他们公司做管道焊接方面业务，在秘鲁有项目。一路上植被极好，可惜云雾蒙蒙，能见度不高。如果是春天，应该有杜鹃花可观。

经过上板寺（有玻璃地面观景台）、板寺新村（可住宿）、拜云台，到拂云阁索道上站，此处海拔为 3200 米。此为比较早修的索道，线路短一些，两人一箱。约 10 分钟到下站，海拔为 2800 米。我在聚仙坪上看了一下。有公路通红河谷景区，但由于是两家公司经营，估计没有协商好，没有游人从那边上来。在下板寺坐车时与西安那小伙子同车下山。司机说有 33 公里路程。比较有意思的是，每个转弯处都立有一标有"蔷薇"等植物名的弯名，并标有海拔。中巴车经过"世外桃源"等景点，没有停。

下午 5：03 我们到游客中心下车，海拔为 600 米。过 5 分钟，小陈和小郭也到停车场了。于是我们就返回西安，结束了这次太白山之行。

2019 年 9 月 24 日记于候机时和飞机上

2021年4月广东惠州调查日记

2021年4月14日至19日，我和小池、小张一行三人应中共惠州市委政法委李副书记的邀请到惠州市的惠东县、惠城区、博罗县等地进行惠州村居法治建设调查。

2021年4月14日为星期三，中午12：10飞机到惠州机场。司机师傅接上我们后前往惠东县。

中午在惠东县稔山镇吃饭，随后2：30到范和村。下午与李副书记、朱科长在村陈书记等村干部的陪同下，在村里转了一下后到村委会办公楼。我们请村委会严委员开了档案室，了解了一下档案的情况；了解了调解等情况。约定星期六上午来范和的事宜。在村里吃饭后回惠州市区，晚上8：45住悟行雅舍酒店。

我们感觉范和村治理为融合之治、和融之治，各种信仰类型并存，多元权威共治。全村有50多个姓，有农民、渔民、盐民、居民等不同身份，还有祠堂、城隍庙、妈祖庙、天主教堂等同存。

15日上午9：00我们在市司法局参加座谈会，市农业农村局谈了在工作机制、乡村治理示范村镇、推广积分制清单制、数字乡村等，市民政局谈了用法律来保障自治、村规民约、老旧小区改造等，市司法局谈了乡村法治宣传教育、示范建设、村社居法律顾问工作等，市中级人民法院谈了人民法庭优化、诉源治理、多元化纠纷解决、巡回审判等。通过他们的介绍，我们对惠州涉及村居的法治建设情况有了初步的了解。之后大家进行了交流、讨论。11：45结束。

中午吃饭后朱科长陪我们去惠州西湖转了一下。我们从苏堤走过去，到泗洲塔，再到六如亭、王朝云墓，再从九曲长廊出来，过玄妙观。随后去陈炯明史料馆和陈炯明墓看了一下。

下午，在惠城区江南街道党委书记等人陪同下，实地察看了祝屋巷的情况。随后在文创中心召开了座谈会，江南街道戴书记介绍祝屋巷自 2019 年 7 月文旅开发的情况。我感到这是一个跨越下角村民委员会、祝屋巷居民委员会等村居、以政府为主导、以产业开发为核心、未来以祝屋巷文旅协会为主体的行业自治，值得总结。李书记也认为这可以写一本书。

晚上在祝屋巷德记餐馆的三楼吃饭，老板为下角村三组的组长。

晚上 9：00 回来房间后，简单与小池、小张两位对今天的调查情况，简单进行了讨论。

16 日我们去博罗县调查、了解。早上 9：00 出发去博罗县。上午到罗阳街道观背村（城中村）走访考察。这个村从一个软弱涣散村通过第一书记的进入、文化元素的引入而成为全国文明村镇、全国民主法治示范村。手有余香志愿者协会比较活跃；有 80 多家文化企业进入。座谈时，罗阳街道张副书记谈到一户一宅存在的问题、10% 留用地难以落实等问题。

中午在观背村吃饭，博罗县政法委孙书记过来陪同，他于中山大学毕业，刚来 4 个多月。聊天时谈到他在大亚湾工作时收入最高，后来在市公安局工作时收入就下降了，在博罗县工作又比市局少 10 多万元。一市之内就有很大差别。

下午去湖镇镇坪山村参观。从越野车道路到欢乐稻场，村有外来资本的进入。村党支部陈书记原来养猪，规模有 800 多头，2018 年后不准养了。机缘巧合，与在深圳的东北人安总认识，一拍即合进行合作。现在又准备以村民委员会名义发展民宿。

坐陈书记开的越野车到常规路线感受了一下，难度大的没有去。他说一台车不能去，三台以上可互相照应才可以。这些路是他自己开出来的。越野车开车不收钱，但是带路等要收费。

后去黄塘村，曾在石家庄陆军学院工作的贾老师帮助进行村规民约、何姓祠堂等的出谋划策和帮助，没有什么报酬。他现在开文化筹划公司，博罗县政法委林副书记说他有讲课的收入，李副书记说他还做黄塘的工程，这样在情怀之外养活自己应该没有问题。

黄塘村有外来资本办的矿泉水厂，村民每天可免费领两桶水。黄塘村民小组的村民自治章程有具体内容。一村一法律顾问的张律师专门过来参加座谈。

在黄塘村进行座谈时，黄塘村何书记谈到产业为主要考虑的事情。他们村土地五年一小调整，没有 30 年不变的问题，矛盾、问题不突出。坪山村陈书记强调坪山村田园变公园、民房变客房。安总强调一、二、三产业融合，尽可能控制风险；他认为农村需要有远见有公心的书记，还要有人才、资本。贾老师讲到农民的教育问题、农村需要强人政治能人政治、农村需要软智力、软约束。

晚上在附近的柴火人家吃饭。晚 8：30 回到酒店。不久，李副书记过来就这三个村的特点聊至晚 10：00。

17 日为星期六，早上 8：30 我们退房从城区出发往惠东县范和村，50 分钟后到村委会。按照约定，村党支部林副书记和村委会罗委员在休息日来村委会。我请小池访问林副书记，他收集了一些调解等方面的材料；我在罗委员的电脑上复制有关村规民约、村史等材料，尽可能地全部复制下来；叫小张访问罗委员，但效果不太理想。

中午由稔山镇政府派车接回到稔山镇吃饭，饭后他们又送我们到范和村。我们在村内随便走走，一直走到了范港渔村。一路上看见一些值得进一步了解的现象，如黄民关于九坟地的一张大字报。

下午 3：00 按照原来约定，村陈书记请了范和公益理事会的五位副会长、秘书、财务来村委会座谈。我们初步认识了他们，留下了联系方式，询问了公益理事会的一些情况。下午 4：00，我们坐李财务的汽车到文化广场的公益理事会办公室，高秘书骑自行车来。在那里，收集到公益理事会的一些文字材料，但是缺募捐倡议书之类的材料。

之后，我们又在村内随便走走、看看，六点钟回到稔山镇吃饭。饭后我们三人讨论明天下午的安排，上午已经约了三位。我将今天复制的有关材料复制给他们。之后，我看了北京图书出版社 2015 年出版的《稔山镇志》，收集了有关范和的材料。今天吃住在鹏丰酒店。

4 月 18 日上午 9：00，我们就打了一辆快车按约到范和村委会附近的公益理事会林副会长家，他也是林姓理事会的会长，我们就范和公益理事会、林姓理事会等访问他，还拍摄他家的三份孩子结婚的礼单。随后，他带我们去林姓理事会处，实地看了一下。之后，他带我们到公益理事会高秘书和黄财务家，他们的房子为前后排。随后，我和小张访问高秘书，小池访问黄财务。高秘书谈了一个代书遗嘱事、谈了黄民事件。

中午回来吃饭后，我们走路去范和。经过大墩村时进理事会看了一下，墙壁上有规章制度。在外面墙壁上，有修公路的征地拆迁补偿款的分配方案的征求意见第一次（有结果）和第二次（尚没结果），这比较有价值。

下午2：45，我们到公益理事会陈副会长家访问他，他还是南门陈姓理事会的会长。他谈了陈姓理事会的活动、介绍了一次调解四兄弟赡养老母亲事、黄姓与罗姓纠纷事做工作等。之后，他带我们去罗冈围附近的南门陈姓理事会。从那里我们找到了一些协议，如那次赡养纠纷的协议、土地出让以建坟的协议等，最早有1989年的协议，收获很大。还有莆田陈氏的族规、族训，这个也很有意义。

下午5：30左右，村委会陈书记电话联系我，我们到城隍庙附近的古井公园建设处与他会合，不久稔山何镇长也过来。镇、村、施工方（罗总的小儿子）一起讨论如何建设，各方意见不一，镇的意见更主导些。这是乡村治理的内容，我叫小张拍些照片，可惜晚上看后感觉没有太表达出治理内涵的照片。

晚6：00多，我们到罗总家吃晚饭，市委政法委李副书记夫妻来看我们，县委政法委书记也过来陪同。晚8：00散席，他们分别返回惠州市、惠东县，我们回酒店。

与小池他们两位讨论、总结今天的调查情况至晚10：20。后写"田野调查中的照片拍摄""田野调查中的喝酒"，并写田野调查记。晚上23：40休息。

今天我们去访问4个村里理事会老人的时候，每户送上了一盒茶叶。这个茶叶是博罗县政法委送给我们的，我们也就借花献佛，用来表达一点心意。

19日我们仍然在范和村走访、了解。上午8：00从住处出发，我们先去看了一下范和村村委会附近的长生围，基本没有人家住了，有倒塌的房屋；为吴等三姓共住；门口有妇女在做手工。8：30到了村委会，还没有村干部来，已经有村民在等着，主要是办房地一体化登记的。9：00左右的时候，村干部陆续有来。

罗委员来了以后我跟他讲看档案的事，他说他要忙事情没法陪。可能以后要周六周日的时候才能看档案。另外他觉得档案好像也没有必要全部看，主要看目录。这个可能以后得慢慢地再来想办法沟通。陈书记来了以后，跟管组织、党务的范委员说了一下，然后我就去范委员的办公室找他，把它里面有关的一些内容复制了下来。

　　小池仍然去负责调解的林副书记那里把有关内容继续弄清楚。小张去了禁毒办，了解有关内容，复制了一些东西。禁毒办有一位"富二代"小罗，个子不高，他们同事介绍他有从政的理想。他大哥已经在新西兰，二哥也即将过去，他留下在老家。

　　后来我去陈书记办公室，快 11：00 跟他聊了一下，基本上为闲聊，泛泛的内容。

　　12：00 我们就离开村委会与他们告别，返回住地吃中午饭。

　　稍微休息一会后，下午 2：00 我们步行去稔山镇。小池直接去稔山镇司法所，我和小张去稔山镇政府综治中心。下午 2：30 才上班，我和小张先到处看了一下，一楼有综治办、信访办等。

　　下午 2：46 时，我们在镇政府的综治中心办公室，跟综治中心的赖主任、司法所的马所长、信访办的陈主任等进行了座谈。他们总体认为范和的村风情况还是挺好的。马所长介绍，他在边防派出所的时候，大概 1992 年、1993 年的时候，范和有一个绑架案，绑到后面山上，被判了 7 年，他姓梁，现在改好了；还处理了一个贩毒案。陈主任介绍了去年的那个九坟地的纠纷案，然后我叫小张把有关文字材料拍了一下。这样我们对这个近几年范和较大的事件有比较清楚的了解。

　　下午 4：00 我们就离开镇政府，去酒店拿上寄存的行李后，坐镇政府派的车，从稔山往深圳机场走。

　　下午 6：00 到深圳机场后，我和小张往北京的航班被告知要延误，本来是晚上 8：20 的要延误到晚上 10：30。我们就赶快去免费签转了一个前面的航班，这样我们就晚 7：30 起飞，相对比较顺利地到北京了。小池的航班本来为晚 7：20 起飞，后来延误到晚 8：20，最后是晚 9：20 起飞。相对也算顺利回到南京。

　　这样我们也就结束了这一次的惠州村居法治建设调查，对惠州的基层法治建设有了初步的了解，为今后的调查和研究打下了较好的基础。

2021 年 4 月 19 日夜整理

2022 年 7 月广东大亚湾调查日记

2022 年 7 月 3 日　星期日　小雨　北京—惠州—大亚湾

经长时间等待后，大亚湾方面于 7 月 1 日告诉我现在北京海淀来惠州可以不用隔离了，防疫政策有调整。与学生小张商量后，我决定今天去大亚湾调研。

早上下雨，路上车不多。因顾虑疫情不可控因素多，9：00 航班，我 5：30 就从家出发，接上小张后半小时到首都机场 T2 航站楼，比较顺利。

进机场查 48 小时内核酸阴性证明，办登机手续、安检都没什么人。整个航站楼空荡荡的。过安检后我们找个地方吃早点，豆浆 9 元、油条 3 元、煮鸡蛋 3 元，比外面贵不少。

8：20 开始登机。查 48 小时内核酸阴性证明。全机大概一半上座率，客流量一般。全天北京至惠州仅此一航班。

候机时与小张交流了一下这次田野调查的主要目标和大致安排。先去各个区属部门如民政局、农业农村局等了解，再去各街村居，尽量搜集有关本土规范的文件、事例等，有可能的话观察一些调解等事件。

由于疫情影响，不让举行聚集性活动，故庙会等活动无法举行，我们也不能实地观察。这一定程度会影响我们的调查结果，需要尽力弥补。

12：40 到惠州平潭机场。出来做核酸，做抗原需等 15 分钟出结果。之后，张科长接上我们后到淡水吃午饭。

饭后到华美达酒店入住时李书记也正好过来。后在酒店房间聊了一会。他带了一箱今天刚摘的荔枝和一箱桃子来给我们吃。他意抓几个重点村了解，政府有关部门可慢慢来。

下午 5：30 他带我们去塘尾朱总家做客。朱总原做过村委会主任，1962

年生人，有二子一女六孙辈，现做珠宝（淡水有 7 家店大亚湾 1 家店）、沥青搅拌、屠宰场（大亚湾共 3 家，受疫情影响现每天百来头，正常可三百多头）等。他家院子占地面积 6000 平方米，池中锦鲤近千条，大的有三十多斤重。当时每平方米土地 30 元。房子为 2007 年盖，地上三层，装修富丽堂皇。后院有一棵古树木。一棵荔枝树正有果在上面，点点红颜美。他秘书摘了一些我们品尝了一下，品种好。

李书记请惠东的张总也过来吃饭，与他聊去访问他事，他很欢迎。后来塘尾的另一位朱总来。李书记希望两位朱总能好好出力建设塘尾，对在座的塘尾村朱书记说要发挥乡贤的作用。

吃饭后在朱家聊天时接到大亚湾西区派出所的电话，问从哪来、干什么、疫苗核酸情况、身份证号码后四位等。李书记说应该是酒店提供的。疫情防控，反应还比较快，防止外来人员失控。

晚 9：00 离开朱总家回住处。与张科约好明天上午调查、访问事。

又与李书记在房间聊。他认为从疫情防控总结，基层自治单元要小，他们做和美网格，要成为共同体。我觉得治理区域（以村民小组或社区楼栋为单元）、治理机构（村居委与社会组织）、治理人员（素质能力社会地位等）、治理规范（法律村规民约等）等均可探讨。他还强调征地拆迁及利益分配问题的重要性。

聊至晚 10：30 散。我写日记至晚 11：15 休息。

7 月 4 日　　阴有小雨

早上 7：20 下去吃早饭。8：20 小张来接上我们去区动迁办。李书记说今天他要去走访企业，要他们不要自己建人才房什么的，团购商品房，为房地产业解困，促进疫情下的经济发展。他就没有陪我们走访。

上午 8：30 到动迁办。陈主任是大亚湾本地人，介绍了整村拆迁的一户一宅与上楼安置两个阶段的情况，提供了南边灶村这一个后一阶段的典型个案。早期的一户一宅面临规划不足、集约利用不够等问题。他们提供了电子版的方案。陈主任还是陈氏宗谱编修的主要成员，下次需专门访问他。

10：40 到国土局，与各科的六七位科领导座谈交流。涉及东升岛村土地利用问题、农村土地和房屋确权问题等。他们用地指标主要靠已征的存留盘整。农村集体土地似问题不多。有些电子版材料需进一步索要。提供了新寨村村支书发展有思路的线索。

中午 12：00 在国土局食堂吃饭。他们职工分别早、中、晚交 2 元、3 元、3 元。张科长说管委会食堂分别为个人交 3 元、4 元、4 元，各多一元。

下午 1：10 小张送我们回宾馆休息，我记日记。下午 2：10 他又来接我们。

下午 2：30 到区民政局。康局长主持座谈会，王局长一直在民政局工作，他主要介绍有关情况，小何、小任、小张等参加。我听后感觉居民委员会的不断新设有特点，针对人口的增加和经济社会的发展，与治理密切相关，这值得总结。社会组织方面也有特色。社工一年投入近 2000 万元、聘有 200 多人，这也值得总结。按照《村民委员会组织法》，涉及村民的重大事项必须召开村民大会，这个在实践中做不到，他们建议设户代表、建专门 App、委托书委托等方式解决。大亚湾的居民委员会基本上为政府的延伸，没有什么自治味道，但是能解决问题。在大亚湾，村民委员会仅仅涉及人的管理问题，财产方面在村民小组。涉及权益的村规民约才有意义。通过介绍，我觉得在民政局这边，需要再逐一来进行深入交流，可搜集的资料多。

下午 4：30 到区住房和规划建设局。姜总工程师主持座谈会，村镇科彭科长等参加。彭科长介绍了村庄规划情况，大亚湾 2013 年出台 2019 年修订的《农民建房管理规定》有特点；乡村风貌管控比较注意地方特点；对城中村没有进行强行拆除，多元并存包容，适应各类人群需要，尊重村民意愿。下午 5：30 时，李书记和区委政法委常务副书记杨书记走访石化园区 7 家企业，后来座谈会现场。

快下午 6：00 时李书记有事离开去开会，没有能和我们一起在住房和规划建设局食堂吃饭。晚饭时住房和规划建设局戴书记说大亚湾很多人是在深圳工作的人，深圳房价高买不起而在大亚湾购买，但是这些外来人口与本地居民有一些紧张关系，他们为房屋买卖上访的较多。杨常务讲比如核酸检测，深圳可能有 15 分钟核酸检测圈，但大亚湾医疗资源没有这么多，这些在深圳工作的人就有意见。这些外来人口对大亚湾的环境、服务可能不满意。这值得关注，如何能够成为共同体。

饭后杨常务和张科长回管委会大楼继续工作，小张送我们到酒店。

晚上 8：00 我与小张交流了一下今天调查的情况，我要他发微信给今天的几位负责同志要材料。与他讨论对"本土社会规范"的理解。我认为不能简单地理解为非国家法意义上的习惯法，就大亚湾的情况看治理中所用的本土社会规范既包括固有的宗族规范、原始信仰规范、民间互助规范等，还应该进行广义的理解，包括针对大亚湾的问题由大亚湾政府等机构、组织创制的、不同于中央和省市的规范和外地规范的那些规范，这样才符合大亚湾的实际情况。需要对"本土"与"基层""民间""社会""政府""外来"等关系进行厘清，将概念立起来。对大亚湾的意义，需要从城市化、工业化角度入手看农村的转变；大亚湾是先行者，其他地方今后将会出现村改居等现象，因此大亚湾的做法、探索对后来者有借鉴意义。

晚上 10：00 休息。

7 月 5 日　阴天有小雨

早上 6：00 多醒来后，考虑了一些有关调查的想法，发给小张参考。

8：30，到管委会大院后楼五楼的区社会事务管理局走访。王副局长在街道工作很多年，对大亚湾的乡村包括渔村比较熟悉，他主要做介绍。离开时借他们局的 2003 年版《惠阳县志》和《中国共产党大亚湾大事记（1988—2002）》阅看。

10：30 到主楼五楼的组织部，林科长等介绍党建引领、村居干部选聘交叉任职情况。

11：35 到政法委罗副书记办公室访谈，他认为大亚湾的特点在五湖四海（人、干部）、石化产业、靠深圳等方面。12：15 罗书记陪同我们到二楼食堂吃饭。

下午 1：50 退房。下午 2：00 小张陪我们去南边灶村。下午 2：30 到南边灶村，这个村与深圳市的坪山仅有几百米。村党委陈书记等村干部接待我们，介绍有关情况。这个村是整体搬迁村，区委书记重视，上楼安置比较成功。共 21 栋楼房，人口比较多，大概为大亚湾第三多人口的村。网格和楼栋长比较有特色。小张复制了一些电子文件，他们给一些纸质版介绍，我们又拍了照片。总体还比较配合。资料搜集比较理想。

下午 6：00 我们住村附近一旅馆，150 元一晚上，还比较干净。

住下后，我们在小雨中去客家民俗公园实为各姓祠堂集中建设处走走。害怕被说封建迷信而有客家"民俗公园"此称呼。共安排有 53 家祠堂，有的正在建，有的还没有建设，有 30 来家已经建好。有陈氏、黄氏、胡氏等姓的祠堂，陈氏有几家祠堂，基本上都锁着门，只有曾氏祠堂没有锁，我们进去参观了一下，中间有天井，墙壁上有一碑"曾氏'三省堂'开基立祠记"，上有"捐款芳名录"，第一位曾小洋捐建祠所需总款。客家民俗公园最后边还建有"广恩庙"，将原村境内的土地庙、妈祖等十几个神全集中在一起局限供奉。可惜关着门，初一、十五才开，我们仅外观未能够入内看。

看后到村里转了一下，有的楼有"新桥村""土湾村"等名，亮灯的不多，入住率不高。

晚饭我们两人吃两菜，共花费71元。

回来房间后我小结今天的调查，感觉南边灶村整体搬迁、上楼安置，农民变为市民，这改变了村民的生活方式和生产方式。南边灶村通过与政府的协商，形成拆迁补偿安置方案，成为搬迁的行为规范，影响拆迁及之后的生活和治理。看来拆迁为大亚湾治理的一个重要方面。南边灶村拆迁方案为大项目工业用地需要下政府与村集体、村民小组、宗族、村民等共同意志的合议与共识，体现了不同类型（本地户、原籍外地户、外来户）的特点和利益要求。我思考了一些问题，并写日记、看县志，至晚11：00睡觉。

7月6日　阴有小雨

早上7：00退房存好行李后，我们出来，上街吃早饭。

后去客家风情公园照了一些照片。后进南边灶村小区，随机找了一位租户聊天。他认为物业不错，有事情反映后很快就能够解决问题。又随机访问了一位保洁员的工资、工作，她为外地人，对村里情况不太清楚。访问了一位50多岁的本村女村民，她对上楼是适应的；访问了一位60多岁的本村男村民，他家有一儿子二女儿，房屋就得的多，其比较满意。这两位的讲述有些信息量，反映了老百姓的想法。

8：30到村办公室。等了一会后有人来上班。他们提供早饭，都先去吃饭了。

之后，我请文书从电脑上复制了拆迁方面的电子资料，又去另外一个办公室复制和美网格和义工方面的电子资料，后又复制岩背村民小组分红等电子资料。拍合作社会议记录，收集到合作社章程，他们是股东定死的。搜集的资料比较丰富。

又访问陈书记，他就拆迁、网格、楼栋长等谈了自己的想法。访问调解委员，女性，50 来岁未婚，拍了几个调解案例材料。小张也访问了几位网格员。

一上午非常紧张，收获较理想。

中午 12：00 在村食堂吃饭，他们按照 15 元一人标准。菜有白切鸡、煎鱼、南瓜等四菜一汤。区里来村下派锻炼的一位湖南妹子，毕业于上海财经大学，带了自己家乡的腊味，算加了一个菜。

午饭后到石下灶村民小组办公室与陈组长聊，看了他们泗和堂的族谱，没有族规。他给我们看了他们的合作社章程，他们的股东为开放的。后做过岩背村民小组组长现为副组长的陈组长拿族谱来找我们。他们是五桂堂，也没有族规。他们正在修祠堂，大概需要 180 万元，政府的补偿 90 万元加上利息有 120 万元，其他 200 来男丁准备每人捐 3000 元。我们一起聊了一下，讨论了出嫁女财产权益的问题。

下午 2：00 与陈书记告别，到五桂堂工地拍照后去旅店拿行李，由小张陪同去新寮村。2：50 到。西区街道两位干部和新寮村党支部黄书记在等我们。

我们先请黄书记介绍了发展村集体经济的过程和体会，随后去文书处复制有关电子材料，小张去档案室拍有关材料。他们比较支持，基本上我们指什么就提供什么。

新寮村除了集体经济，其实外来人口管理（本地人与外地人为 1：20，本地人 800 人，外地人有 1.5 万人）、违章建筑等方面也值得关注。

下午 5：30 我们离开村委会院子，先在附近做核酸，再到西区与张科长吃饭，参加的有联通公司的老总等 4 人、一位工商银行副行长、一位西区街道干部，均为张科长的熟人。

晚 8：00 结束，我们回新寮的维也纳酒店住下。

之后与小张聊了一会今天的调查。后我写日记至晚 10：30 休息。

7 月 7 日　阴有阵雨

早上 6：50 下去酒店用餐处吃早餐。这个酒店所在的楼为新寮村的一个村民小组所有。

退房后 7：30 我们去新寮村内随意转了一下。看见有四兄弟建在一起的四栋别墅，比较显眼。看见据说建于清朝的黄氏宗祠，外观有三进，关着门无法进内看。黄氏宗祠旁边正在新建一个较小的宗祠。看见六七栋已经盖好框架结构的 10 来层、6 层的房，处于停工状态。农民自建房问题值得关注。有租房需求，村民想利益最大化，往往冒风险违法违规超高超面积建设，政府则强调安全而控制。

8：30 到村委会院，后面的老人活动中心在进行老年人体检，来了四位医生和 10 多位老年人。

到办公楼二楼，有一办公室门开着人没在。村干部来后，我们就请他们找一些材料来拍，如这两年的村"两委"会议记录，内有不少涉及村集体经济问题的讨论和决议。

9：16 访问村民委员会黄副主任，聊自建房问题，问他家的自建房情况、出租情况。

9：50 访问村民委员会林委员，聊 2022 年 5 月劝解外地人年轻妇女矛盾事，问他家自建房情况。

10：30 黄书记来后访问他，聊他家自建房情况、农贸市场情况。之后请他打电话给市场负责人，我们到农贸市场走访、了解有关情况。

经过上午与三位的交谈，可以认为新寨村民公认包括宅基地在内的自留地为家庭所有，虽然法律上为村民小组集体所有。因此，宅基地在新寨可以买卖，在南边灶村等其他地方实也如此。

11：10 我们到新寨农贸市场。这个市场的收入占整个新寨村集体经济收入的六成，有 600 万元左右。我们考虑可以写作城中村的农贸市场制度或者城中村农贸市场通过制度的治理这方面的文章。因此在搜集农贸市场制度的基础上，我们实地察看了农贸市场，到二楼办公室拍了合同、抽签确认、承诺书、保证书等文书材料，听了在市场工作十年的钟经理的介绍。2012 年市场收回来由新寨村自己管理，既解决就业，更增加收入。市场大概吸引周围近 10 公里的人来买菜。7 月 3 日星期天通过扫码进入市场的为 5718 人，6 日为 2944 人。市场受到电商等的冲击，生意有所下降。

小张 12：00 过来后我们一起吃饭。午饭后一点我们从餐馆后门不扫码进入农贸市场走访。访问了一位四十多岁重庆来的蔬菜档主、一位河南驻马店来的十七八岁高中毕业后替回乡的母亲看蔬菜档的人。后我建议小张还要从市场的摊主、顾客等方面来全面了解农贸市场制度的运行。于是，之后基本上是他自己访问了三四位摊主和一位顾客。果然摊主反映的信息与新寨村市场管理方的说法有些差异，承租方也有不少抱怨。现在受到疫情影响，需要扫码才能进入市场，使不少老年人无法进来买菜。市场摊位可以自己转让，但是要给管理方几千元的费用。

我感觉新寮村通过办市场、合作开发集体土地发展集体经济，集体的财力比较雄厚，在大亚湾首屈一指。外来人员的大量进入使村内的房屋求租成为巨大需求，村民大量盖房获取租金收入。

现还有 7 宗建房因超过 7 层而定为违章建筑而处于停工状态。黄书记保村民时与政府城建部门拍桌子指其不作为而使村民利益受损。如何处理还未知。一平方米建设成本为 1700 元左右。

在新寮村，外地人的大量进入与本村村民会产生一些矛盾，如乱扔垃圾、车辆乱停乱放等。黄书记说现在是进行宣传、教育，一方面让村民明白外地人是来"送钱"的，另一方面让外地人有家的感觉，情况有所好转。想让外地人进入村委会，但有政策难度。如何融入是个大问题。

下午 2：00 左右我们离开新寮村到塘尾村。中间有一阵雨下得非常大。找到位于东联村的城市便捷酒店住下后，我们于下午 2：40 到离住处约 600 米的塘尾村办公楼。3 日晚见过的朱书记已在等我们。

我请他先简要介绍一下塘尾村的情况和特点。他讲到朱氏祠堂、永祜慈善协会、人居环境、村庄规划、精品村打造等方面的事情。我觉得塘尾村的宗族、人居环境、慈善协会这三方面值得关注。于是围绕这些方面我们搜集资料。先从村的电脑上复制了一些电子版的资料。再访问朱书记，请他就这些方面做了较全面的介绍。

下午 4：00 时，西区街道来人就贵州省晴隆县派一位村干部来塘尾村跟着学习事与村"两委"干部开会。会后听朱书记讲他来一年，在附近租房住，由区委组织部安排的，对口支援的内容之一，大亚湾共接受七位。朱书记觉得贵州与广东许多方面不一样，不好学，如外来人口管理；他也认为一年太长了。

在他们开会时，我叫小张拍了人居环境方面的一些材料。我们需要考虑如何表达这方面的内容，特别是从治理角度。他与家在海隆村民小组的村治安联防队副队长聊了一会。这个村民小组人不多，为老书记所在的组。他们现在红白喜事还互相帮助，一起帮忙。2021 年 1 月一位 93 岁的老人去世即为如此，要停灵几天，村民送 201 元。这个村民小组传承的传统还比较多。

下午 5：30，我们打车到慈善协会朱秘书长的公司处。他曾经从 2007 年到 2022 年初一直担任岩屋村民小组的副组长或者组长，较有公益心；以前也给几个地方捐了 4 万元左右的爱心款。这个协会他积极联络，出了很多力量。我们请他谈了协会筹备的一些具体过程。由于疫情影响，还没有正式弄好、成立。以后捐款情况如何，他觉得还不好说。聊到晚 6：30 我们离开。慈善协会值得写，只是还没有具体运行，只能密切关注，看下半年进展如何。

朱秘书长从一个修理厂的学徒到修理厂老板，非常不容易。他说疫情影响，他的 10 多人的修理厂上个月是亏损的，因此他也退任了几个慈善组织的副会长而仅仅做会员。

之后我们走到东联村找地方吃晚饭。

本想晚上去拜访老书记现村顾问的朱书记，他回复说可访问朱书记的父亲。回到房间后，我联系 3 日认识的朱总，他回复，其现在深圳，很晚回来。又联系另一位朱总，他说他在淡水，不在塘尾。这样晚上我们就没有出去访问。我与小张交流了今天的情况，讨论了他晚上要做的事。

后朱总来电话约后天周六请我们吃饭，我答应了。

塘尾村的人居环境在大亚湾位居前列，当时村里就决定不发展工业，村里没有工厂。进行了"三清三拆"方案的环境整治，这是落实上级政府要求。我们可就塘尾村的情况写一文表达调整人与自然、人与环境的关系，体现大亚湾村民的自然观、环境观、生态观。

之后我写日记至晚 10：00。连续几天调查，收获不错，但劳动强度大，今天还是感觉有些疲惫了。

7 月 8 日　阴转晴

早上 7：15 退房后我们去附近村里转了一下。

看见东联村有一玄武道观，大约有三四十平方米。

到了塘尾的石一村民小组，有一风水池塘，边上有一井，旁供有井伯公神位和观音神位；附近 50 米左右一棵大树下有土地庙。

吃早饭后在塘尾公园看了一下，再看了朱氏祠堂，后走到海隆村民小组。结婚、丧葬、互助等传统规范看能否在海隆村民小组进行调查、了解。我想明天从东升村回来后仍住这里，继续调查塘尾和东联的有关情况。

9：00 到塘尾村村委会办公楼，先到一楼惠心两位社工处复制了一些材料，简单访谈了一下。

之后到三楼档案室看档案，拍了一些照片。

11：00 我们到村朱副书记办公室与他聊了一会。他介绍了 2018 年珠古石村民小组朱组长等十一人因围观房地产公司等而被以寻衅滋事罪判 1 年 6 个月，此案中刑期最长的一位被判 1 年 8 个月。朱副书记说他们出来后觉得当时有点冲动。大概是朱组长父亲签名卖了村民小组的土地，后朱组长觉得买便宜了以自己没有同意为由闹。又向他问了红白满月等送礼情况、造房请五华等地的风水先生来看地形定日子情况等。

12：00 随两位书记、副书记到村食堂吃饭。他们食堂也是四个菜，有两桌人吃饭，每人一个月从工资中扣 100 元做伙食费，20 天的中餐即为 5 元一餐。他们村没有早饭。副书记说这个午餐经常是午餐会，书记上午开会回来就在饭桌上传达、布置，人较齐，效率高。他说这个饭很有效果的。

贵州晴隆来的村主任在饭桌上介绍了他们那里的一些特点，如喝酒多、村民比较满足等，观念与广东人不太一样。

饭后我们去朱氏祠堂附近做核酸。之后，回酒店取行李等小张来接去东升岛。他们安排了下午 2：30 的船上岛。

下午 2：20，我们到澳头街道小桂村的杨屋村码头，即珍珠场码头，等张科长过来。碰见珠海来的三位 50 多岁去海钓的人，珠海、深圳均被封不能出海，他们到惠州这里出海去钓鱼；每人 700 元，明天早上回来。

下午 2：40 时张科长和澳头综治办主任等到来，我们仅扫码而没有像其他人那样还留身份证号、船号才能进码头上船。

上岛后扫码，东升村民委员会苏副主任来码头接我们。他先帮我们找住处，先找了一家旅馆被告知无房，因周五上岛游客多。再到花美时酒店住下。这是深圳老板建的，通常只接待自己朋友，不对外。放下行李后我们即去村委会。

村委会徐书记为东升村第一个大学生，原在陈江修电脑，在原书记做动员工作后于 2008 年回岛上做村干部。我们在会议室先简单聊了一下，我讲了我们的来意和大致想法，表示主要想了解渔村治理、渔家婚俗、大王爷庙会节等方面的情况。

之后，到苏副主任和一位村委的电脑上复制了有关电子材料。他们村的海上救助志愿者协会有特色。

下午 4：20 到广东省非物质文化项目渔家婚嫁传承人徐大妈家访问，她和其夫苏大爷均为 1952 年生人。她不怎么会表达，基本上由她老公来回答。苏主任帮我们解释、翻译。徐大妈也是个仙婆。

我们就定日子、订婚、彩礼、结婚、离婚等方面事项访问徐大妈，特别是具体个案，如她们两人结婚、她家两个儿子结婚、她做媒婆等情况。苏大爷认为东胜岛上原来较封闭，传统就一直传下来了。等张科长来找后，我们于下午 5：40 告辞离开。

后徐书记、苏主任陪我们和张科长、小张一起吃饭。徐书记讲他没订婚就结婚，应该是岛上唯一的一位。这几年拆了渔排，岛上渔民的收入受很大影响。今年因疫情防控已三个月没能出海打鱼，渔民没有收入来源。且为防疫，晚 6：00 至早 8：00 不能下海，渔民更是不能理解。徐书记他们也只好苦笑着解释。

他们介绍东升岛人还是比较淳朴的，观念相对保守，进取心不太强，花钱较为大方，不太会理财，相互之间团结、互助。现在还土葬在后山上。

晚饭后 19：23，苏主任陪我们到大王爷庙理事会徐副会长家访问，还请了徐副会长过来一起聊。我们询问了大王爷庙理事会的组织、经费、具体活动等方面情况。20：35 离开。

后苏主任回家。我们去当年 5 月结婚的一位新娘家，她不在家，其母告诉我们在前面小店处。我们去找时没看见，一位熟悉她的妇女打电话给她，不久她骑电瓶车来，但不愿介绍她结婚的有关情况。随后我叫小张问在场的五六位女性，得到了渔家婚姻方面的一些信息。

21：30 回酒店后又与一位村民小徐聊了一些她结婚时的情况，她发了一些视频给小张。

之后，回房间洗澡后我写日记至 24：00 休息。

7 月 9 日　阴转晴

早上 7：00 起来在东升村内转了一下，绕岛一圈。

见有一处卖菜的小市场，有两家卖肉的，共四五个摊位。东升村有两处早点摊，7：40 我们找了一家吃肠粉、皮蛋瘦肉粥等。

与早点摊附近一家的几位青年人和一位大妈聊了会。他们感觉休渔期什么也不能做，没有收入，难熬；他们说十来口人住一起，房子小；晚 6：00 至早 8：00 管控使得夜捕不可能。他们对政府的政策有些意见。后我买一包 17

元钱的烟给这家的儿子。昨天去访问两家时没有带香烟，有些失礼。

8：30 到徐书记家，就东升治理的困难（村民素质低、自由散漫、政策限制多等）、大王爷庙会、婚姻习惯、救助队等进行了访谈、了解。他认为东升的出路在休闲旅游，与公司进行村企合作共同开发。我们留了一包烟给他。

之后 9：30 到村委会二楼办公室找苏副主任，向他就大王爷庙会、婚姻习惯、救助队等进行了了解。我们也给他留了一包烟。

我在村"两委"的会议记录簿中发现村干部主持 2019 年大王爷庙理事会的记录、两个月内村内死亡 7 人后村民认为与海堤工程有关进行的讨论记录等。村民的信仰还是明显的，有些迷信观念。

大概 11：00，经苏主任联系，我们坐具体管理大王爷庙的理事会成员的船去 200 米左右对面的大王爷庙会看了一下，拍了一些照片。大王爷庙供有大王爷、观音菩萨、妈祖，另单独还有一座保佑出海平安的水仙庙。我们捐 10 元香油钱，给来回送我们上岛的老人家一包烟。

回来过徐书记家时又进去与他叔叔、父亲聊一会天。他们说他们的祖宗牌位是轮流放在家里供奉的。如他爷爷的牌位今年在徐书记家供，徐书记家仅他一个儿子就供一年，他叔叔有两个儿子就供二年，依次轮流。他父亲今早 7 点到澳头去了，坐船单程为 15 元。

中午 12：00 左右从徐书记家出来，找了个地方吃饭。

12：35 到住处结账。民宿原价 688 元，给我们优惠价 500 元，两间房为 1000 元。趁开发票时间，我到附近原东升公园处转转，有一位肇庆来的人在那做泥水工。借了他的游泳圈，我一个人下去泡了十来分钟海水，算到东升岛游泳了。

下午 2：40 离开东升岛，小张在珍珠码头上接我们回到西区。下午 3：10 在原来住的城市便捷酒店住下。我洗澡后将这些天的衣服洗了，之前一直每个地方只住一天，怕洗了后不干。在床上休息了一会，有点累。

下午 3：45 朱总叫他大儿子来接我们到淡水他的公司，一起聊了一下。在场的还有惠阳执法局陈局长和淡水国土所林所长。朱总主要讲塘尾村的发展规划要好，应该有环全村的绿道、大力发展民宿，这样才能打造精品村。他自己出了 10 万元请人做规划。他大概希望我将他的一些想法转达给李书记。他有三个儿子，大儿子留学美国四年、二儿子留学英国三年，都没有外国身份。小儿子大学毕业后当兵。现都在家族企业工作，分别做教育、房地产、园林和装饰方面的事情。

下午5：00多去餐馆吃晚饭。晚上7：30朱总请同村的一位村民小组组长送我们到住处。

在房间，我和小张简单聊了一下明天的安排后写日记。晚11：00休息。

7月10日　晴　星期日

早上7：30下楼往塘尾村走，在村委会附近一小吃店吃早点。

之后，去海隆村民小组转了一圈，基本上都关着门，没有能够找到人聊。联系老书记，他推荐了两位。联系村委会委员小朱，要了村民小组朱组长的电话，答应下午3：30在村委会聊。联系联防队朱副队长，他比较给力，联系一位老人来村委会找我们。

9：30左右，村委会委员小朱联系的80岁的朱大爷到了村委会二楼办公室。我们向他比较详细地询问了村民在结婚、老人辞世等方面的规范，现在有一些变化。唯一比较麻烦的是，他有时候讲客家话，我们听不太懂，需要他慢一点讲并用普通话再讲一下。他明天参加一老年人喝早茶聚会，轮流做东。我认为这是民间自组织，值得观察一下。

11：40送朱大爷离开后，与村妇联李主席等两人告别，在路口叫一车去做核酸。免费在2.5公里外做完核酸后在大太阳下走回来。今天天气预报有35度。

在塘尾村民小组路口竹丛下，我们见供有水仙爷神位（新）和依稀可见"南无"字样似为土地公的神位。问了一位妇女后说原在另一边的，迁在一起的。

看见路边老房子中间的一个祠堂，前有风水池，问后知为朱姓的。进去看了一下，很干净，应该是经常在用的。一路还见墩顶村民小组路口有土地庙。

12：30，在村委会附近一店吃快餐。饭前简单记了一下上午的情况。

下午1：30又去海隆村民小组。在小朱弟弟开的海隆小店找到了朱大爷，之后到他家访谈。他又提供了一些资料，如朱氏祠堂落成时的纪念册、一些结婚的照片、视频等。

我对他们明天又要活动的娘婶姊妹汇聚很感兴趣，看了排期表，问了活动情况。我们准备明天去观察一下。这与费孝通在《乡土中国》中所提到的华南的姊妹组织有无关系，值得关注。他们有男的参加。活动有十年了。定期聚会，轮流做东。这是完全自发的自组织，大家有这个经济承受能力，聚一次饮茶共需要 400 元左右、吃中饭大概共需要 1200 元；大家开开心心地一起聊聊天。这是今天的一大收获。

由于土地征收，朱大爷的经济状况不错。他以前做厨师，收入也可以。今天我看见朱大爷抽的是硬中华（上午我给他一包 25 元的芙蓉王，有点不好意思），大概现在手上有 20 万元以上的存款。2019 年他们三兄弟包括他的三个儿子四个侄子共同建设了六层房屋，现在基本完成，内部装修各家自己来。他们家已经出 200 来万元，他出了 150 万元以上。1992 年前后他几个儿子盖房时，他也支持了不少。每个孙子、外孙子结婚，他给 1 万元；买 1 万多元的金手镯给孙女、外孙女。他的金钱观念与一般老人不一样，所有全家族很团结。每次他五个兄弟姊妹一起喝茶、吃饭的 2 千多元钱都是他自己出。

下午 2：40，朱大爷大儿子也过来一起聊天。以前朱大爷是村民小组组长，大概十年前没有做了，叫他大儿子做了。他们海隆组现在有 40 户、150 人，现在全部加起来还有 4 万平方米土地没有征收。准备将现有的积累盖一个文化活动中心，占地面积 120 平方米、六层高共 840 平方米建筑面积，过几天就动工。全村民小组总体上团结的，大家比较热心做好事。但也有一些小矛盾，朱大爷上午就讲有邻居过界侵占地引起争执事。下午 3：40 离开朱大爷家回到住处。天太热，回来后赶快洗澡，后又洗衣服。再写日记。

晚上小张应南边灶村的小宋之邀去聚聚，我自己思考、休息。

晚上 9：00 多小张结束聚会后又去海隆组朱大爷家拍婚礼单照片，这样就有了一件文书。

7 月 11 日　星期一　晴

今天早上 6：45 下去，打车去淡水的金鼎酒店。到时一楼喝茶处还没有开门，已经有一些老人家在等待了。7：10 分开门，8：00 时朱大爷和两个婆婆一起打车来到。此时我们才发现原来早已经有三位婆婆到了，我们本来可以有更多时间与她们交谈的，可惜原来不认识。之后参加这个聚会的人陆续到来，到我们 8：30 离开时有 4 位阿公、7 位婆婆，共 13 位，其中有一对夫妻。我们访谈了一下，拍了一些照片，小张录了几段像。这次观察基本成功。在等待时，我与小张讨论了此文的写作，注意历史联系、具有广东特点、自组织规范等。

回来住处时小张已在等着。我们回房间拿行李退房后去区管委会院子，先到史志办，与毕业于南开大学的主任黄博士接上头，他这里有一些资料，特别是各村居的资料。再到政法委会议室，张科长请司法局廖书记和一位股长、一位法制副主任律师来。我简要讲了我们需要的材料，他们表示回去准备。再去同一楼的人大政协办。了解到具有行政管理功能的经济开发区，广东省人大常委会内部有一个意见。黄主任说因是内部资料，没有公开，害怕上网，不让拍照，我就叫小张手抄了一份，陪同的人员也帮忙抄。这是比较少遇到的情况。

之后，我们离开区管委会办公楼去民政局，主要在基层股复制了有关村民自治等方面的电子材料。

离开民政局后，我们去惠州机场接武汉来的大学生小李，大概用时40分钟，12：18分到机场。小李11：30就到了，已经在机场等了一会。从武汉过来不需要抗原检测。

随后我们就去惠东县。中间在路上吃午饭，我和小张今天没有吃早饭。到小禾洞村的吾乡别院时为下午2：20。

过了一会，张总回来了。住下后，我们休息了一会。下午3：30，我们到一楼先与胡总聊天。约下午4：00时，张总过来，我讲了我们的大致想法，准备将其列为"乡土法杰"丛书之一。他同意，仅要求不能有全家福，不能出现家里人的照片。我自然答应。

我请他先大概介绍他的人生经历，让我们大致明白他的基本情况。后在联系后，他陪我们到他做过六年党支部书记的小禾洞村村委会搜集有关资料，找到一些背景资料。回来路上拍捐款的一件碑刻和一张红榜。

下午6：00惠东县法院万院长来，我们一起吃晚餐。他晚上还有访问班子成员家属的任务，就于晚7：00多离开。

我们与张总聊天至晚上9：00。后我回房写日记至11：00休息。

7月12日　晴

我早上6：40起来，到附近田塍上走了一下，想去拍远处正在干活的两夫妻。但是露水太大，就没有走过去，远远地拍了一下，效果不是很好。到附近一卖肉的店里看了一下，到张总他们房族的祠堂看了一下。之后就回来吾乡别院。

7：10 阿姨准备好早餐，我微信他们两人过来吃饭。昨天晚上两人喝酒有点醉，估计起不来。7：18 他们过来吃早饭。7：25，张总也过来吃饭。

饭后张总开车带我们在村里看了一下。我们先到他们的祠堂——慎德堂；再去他们张氏总的祠堂，成立有老人会和青年会；张总在祠堂都恭恭敬敬地行礼。后有财神庙，我们看了一下。出来时见有张天师坛，水边有一个土地庙。

再去小学看了一下，张总捐款不少帮助贫困学生和奖励老师，每年两次来学校。看见办公室的门开着，我们进去看了一下，发现有一打印机上贴着的纸条上写有"张××老板赠送"字样，时间为 2014 年。张总看见后很兴奋，说现在还能用，拿出手机拍了下来。学校院子里有孔子立像，这在农村小学很少见。

接着张总带我们去看了观音庙。有人在清理，为明天（十五）来烧香的人准备较清洁的环境。我们拍了一些捐款的名录。

之后我们去看了一个张总参与的桥梁制造场地提供方面的公司看了一下。之后我们就到位于县城环城路边的张总公司办公室，找与张总有关的文字材料和照片，找到不少，拍照。他不用电脑，基本上没有电子版的东西。

12：00，在后院的食堂吃饭，用柴火灶炒的菜。我们发现后院很大，设施很齐全，有食堂、影音室、茶室、小游泳池、艾灸房等，还有一块空地他准备找人合作盖民宿。

午饭后与张总大女儿聊了一下，并请她写一篇"女儿看爸"并访问她妈让她谈对张总的看法。她答应了。

随后由安师傅开车，我们去张总在港口大澳村的爱琴海酒店，下午 3：30 到。张总介绍这是 2015 年开始营业的，占地面积 1000 平方米左右，楼高 15 层，建筑面积一万平方米，总共投入了 6000 万元。这个酒店带动了大澳村的民舍发展，现已经有 50 来家了，村民的经济收入有了提高，村民的精神面貌也明显不一样了。张总用"引爆"来表达他的带领作用，我觉得很形象。受到疫情的影响，这个酒店一直亏损。现在有 10 来个员工，5 月工资共为 56 000 元。双月湾确实不错，但是管理不到位。

再后来我们到黄埔白沙村正在装修的民宿鹭屿美墅项目。我们楼上楼下看了一下，觉得这个项目实在太美了。前面红树林为白鹭的栖息地，数量很多，非常壮观。项目由深圳的姚总在张总已经建好的基础上重新设计，每个房间都有特点。姚总在深圳大鹏建有民宿，他在华南师范大学读了本科和硕士，后又去英国留学获得硕士学位。这个项目大概需要投入 1000 万元，现由姚总与张总合作，他们在张总找装修设计师时感觉投缘而合作。准备 10 月开业，如满房则每月收入为 60 万元左右。晚饭姚总请张总和我们在附近的一个海鲜饭店吃。饭间聊天时，姚总认为张总能包容，在协调各种社会关系方面非常厉害。

晚上 8：20 回来吾乡别院。简单与张总聊了一下明天的安排后请他休息。

今天实地看了张总的部分产业，对张总的了解更多了。我们三人一起交流了一下今天的情况，总体觉得今天的情况表明张总值得写，今天搜集的材料和拍摄的照片也比较丰富，能够支撑写。

之后他们回房，我洗澡后写日记到次日 0：15 休息。

7 月 13 日　晴

早上 6：30 起来，在吾乡别院院内坐了一会，感受早晨的新鲜空气。

6：35 我到昊天茅山宫，等了 20 来分钟，没有人来烧香。小张他们两人去另一庙。

之后，我返回来。见一家正在盖房，有中年一男一女似为夫妻的两人在贴二楼外墙的瓷砖。一路拍了一些荔枝、龙眼、芒果、柚子的照片。到四角楼的古井边，与两位在洗衣服的中年妇女聊了一下。四角楼也有一老房中的协天宫，看起来香火不太旺。拍一大门有新居对联的平屋照，以后可用于建房部分。

在大水龙的肉摊待了一会，他每天早上 2 点去惠东县城拿一腿猪肉拿来卖。拍他的记账单和赊账单，这可反映交易惯例，也从一个侧面体现互助。

早饭有本地玉米和煮初生蛋，即开窝蛋（刚会生蛋的鸡生的）。饭后 8：00 我坐在吾乡别院院子中，难得的闲息。

8：30，安仔陪我们去白盆珠镇横江村的茶园和民宿"爱如"，这也是张总与人合作的项目。"爱如"前的水是从白盆珠水库下来的，非常清澈。"爱如"是在租已经废弃学校的基础上建设的，三层楼 20 来个房间。

11：40 回到县城边的公司办公楼。安仔拿来一本嘉宾签名录，内为 2004 年、2007 年张总进惠州、惠东新房时的来宾签到。其中 2007 年的那次载有 9 方共 12 人的送礼金额，比较有价值，可以用在书上。2004 年的那次有 5 页共

183 人和一家公司签到。

中午安仔陪我们在公司附近吃饭。后蓝总办完事后也过来吃。饭后我们到公司二楼，下午 1：45 请 2012 年就跟张总共事的蓝总谈对张总的认识，一直聊到下午 2：27。

之后回小禾洞村。今天上午市纪委书记到梁化镇调研，中午在吾乡别院吃午饭。镇里派厨师并带食材过来。我们下午 3 点回到吾乡别院时，市纪委书记已走，县委郭书记在休息，我们走进茶室不久郭书记即下来回县城，一群人前呼后拥往外走。听胡总说镇里付了 300 元钱，交了一点成本费。他们本提供了吾乡别院的毛巾、浴巾，但县里的人嫌不卫生，张总即叫大女儿到商店买一次性毛巾、洗漱用品等，20 分钟即送过来。

下午 3：20，在茶室向张总了解小禾洞村的结婚、丧葬、进新居等的习惯规范。下午 4：40，在茶室访问胡总，谈对张总的认识。

胡总的邻居下午摘荔枝，将一大树枝都砍下来时弄断了她的网线。下午 5：20 过去 2 号院时她很生气。她觉得确实需要有一个过程来适应小禾洞的规范，理解小禾洞人的观念。这跟城里人不太一样。

晚 9：50 在惠东法院交流后，张总盛邀去其在附近的住了十年的家里坐一下。他找了一个当兵时的日记本，有些内容记载了他当时的想法。他也找到了一些尚未还钱的借条，20 世纪 90 年代的。这些都有价值。

晚上 11：00 回来吾乡别院，与他们两位交流了一下后我联系明天早上的交通车后于 12：00 休息。

7 月 14 日 晴有阵雨

今天 6：30 起来，稍微在村子里转了一圈，回来叫他们起来。7：15 吃早饭。7：25 淡水陈局长来到。他匆忙吃了一碗粥和一个鸡蛋后，7：35 我们与胡总告别，离开吾乡别院去惠阳。刚出来不久，遇到张总开车过来，我们与他简单说了一下。

小李购买了位于惠阳区的惠州南站的火车票去中山，本来时间还可以，中间陈局长错过了下高速，只得绕了 10 多公里又返回来。于是，时间就有些紧张了。好在我们 8：50 到了火车站，他没有误车，顺利上车，在深圳中转，中午到了中山。

我们之后到淡水街道前楼四楼的智慧治理中心参观。2021 年启用的，投资 1600 万元，1978 年出生的街道办杨书记决定的，广州一家公司做的。陈局长请工作人员演示了一下，并看了一下介绍视频。

之后去惠阳地方志办楼下，陈局长的朋友下来送了我们《惠阳县志》和其他材料。他比较讲原则，说要报告领导，意为需要上面领导介绍下来。陈局长说没有必要，以朋友身份即可。最后我们没有上办公室访问，仅在楼下拿了他送的书。

中午 11：00 在淡水午饭后陈局长送我们到东联村。我们仍然住城市便捷酒店。

下午 2：10 下来去东联村，刚刚走了一会就来了一大阵雨，我们进一超市躲了一会。

下午 2：30 到东联村三楼，党委黄书记介绍了有关情况。之后我去档案室拍了一些 2002 年以来的材料。东联村为第一个整体搬迁村，进行"一户一宅"安置。村里配合我们调查的程度一般。

下午 5：30 基本看完。后我们在村里看了一下。

晚饭为上次吃过的快餐。晚上 7：00 去塘尾村海隆组的另一位朱大爷家，朱氏祠堂的文字部分为他的功劳。我们就宗族的有关情况访问他，没有太多信息。后问他爱人有关茶聚的情况。再问他们夫妻有关海隆进新居、结婚、老人过世的规矩。

21：30 回来住处。我写日记到 23：45 休息。

7 月 15 日 晴　下午有阵雨

今天早上 7：10 起来，下楼在外面吃早餐。

8：00 小张来接上我们去妈庙村。8：20 到后，陪同我们的小张去吃早点，我们去村里随便转转。问人后，我们朝古村所在的妈庙二、三、四村民小组方向走。到了党建主题公园，看见一个小的供奉妈祖、水仙爷等三位神的庙，内贴有捐款名单。见到几幢老房子，后知有泗合堂。

9：15 回到村委会。先与李书记等村干部、两位街道驻村干部简单讲了一下来意，主要想了解一些村规民约的情况。李书记简要介绍后，小张去复制有关电子材料，我去三楼档案室看看。妈庙村档案室的档案整理是这几天我到过的村档案室中最好的，保存的时间长，整理得清楚。我拍了一些外嫁女的申请书、调解协议等材料的照片。也拍了一些纠纷解决的材料的照片。档案室没有空调、风扇，很热，我的汗都滴下来了。

12：10，李书记请我们吃潮汕牛肉火锅，花 470 元，很不好意思。饭后，李书记请一个村委员带我们看了竹林堂等古建筑，现在都没有人住，需要好好修缮一下。还带我们看了两个李氏祠堂。

之后，我们去小径湾社区。2：40 到后下了一场阵雨。我与主任简单交流后，小张即去复制有关志愿者和小区成立、职责等方面的电子材料。中间有企业来社区通过在布袋上绘画的形式进行环保宣传。我与主任聊，这个旅游度假社区常住人口少，具有自身特点。

下午 5：00 离开小径湾社区去清泉寺，5：25 到，大和尚很热情，先与他聊了一会，后 6：20 李书记来，吃晚饭，教务长陪我们，大和尚过午不食。饭后聊天喝茶，8：20 李书记、小张他们回去。教务长带我们去住处，为一套间。

晚上 8：40 我和小张出房间在寺院转了一下。晚 9：00，我们看了一下，晚 9：25 结束。按寺院作息时间晚 9：30 休息。

查网络知，清泉古寺位于惠州市惠阳区霞涌镇的灵鹫山上。清泉古寺始创于清朝顺治年间（公元 1644 年），距今已有 370 年历史，是远近闻名的观音菩萨道场。初名观音庙，尊为观音菩萨道场。初为八角拜亭，民国二年（1913 年）改建为殿宇式建筑。民国二十四年（1935 年）因寺庙两侧有两股不同源流的清泉夹墙而下，甘甜清澈的泉水之意，清泉清甜可口，雨季不涨，旱季不涸，终年不断，故名清泉古寺，寺庙里面供奉着南海观音菩萨，是大亚湾主要的宗教圣地之一。传说清泉玉带为观音三姐妹中的三妹妙兰下凡所带，此泉长流不息，当地人又将它称为"长生水"，慕名而来饮泉礼佛者，络绎不绝，香火日隆。古寺创建之初种植的三株龙眼树一直繁盛至今，令人称奇的是：左株终年不开花不结果，中株每年开三次花开三次果，右株每年开一次花，结一次果，这就是清泉古寺的奇景之一"三花三果"！可谓：天地万物，造化神奇，清泉禅林，引人入胜。历来本地旺族、文人奇士、普通居民都来此稽首三宝、恭敬礼佛。寺院是观世音菩萨道场，三面环山，正面临海，寺内花开四季，果结三番，树木奇异，绿色簇拥，清泉潺潺，菩萨灵验。清泉古寺是惠州的佛教、旅游胜地之一。早在 1985 年即被列入惠阳县（今惠州市惠阳区，下同）文物保护单位，1986 年出版的惠阳县文物志和 1993 年广东省旅游志对清泉寺均有记载。

我洗澡后写日记，晚 10：30 休息。

凌晨 3：40 小张敲门叫醒了我，我急忙起来。4 点钟响。

4：30 我们参加早课，有大和尚和 21 位法师、3 位义工（两男一女）和 80 来位居士参加。念楞严咒、大悲咒、十小咒、心经等，5：30 结束，主要在观音殿内，也在殿前广场转并绕殿一圈。结束后列队去斋堂，早饭有稀饭、糖包子、炒米线、煮玉米并炒小白菜等小菜。早饭后，我们往禅堂走时，见大和尚开车下去，后来才知道他是去 80 多公里外的东莞樟木头镇拿荔枝。

6：15 我们随教务长到文殊殿参加禅修，有 4 位法师和 12 位居士参加。先禅行 20 分钟，再禅坐 45 分钟。中间喝姜茶休息。

7：30 结束后我们随教务长去文昌宫一楼喝茶。7：50 随他去大雄宝殿参加第一枝香法会。16 日至 18 日三天为观音诞法会，16 日 5 场，后两天为 6 场。9 点结束后，去大和尚处。吃了一些荔枝后，他叫了当家师带我们去各处找资料。先去办公室，钟主任不在，电话联系他后他说要统战科给他沟通。无奈只好联系张科长叫他去协调。再去了客堂、公益协会、义工办等处，了解了一些情况。

今天因办公室主任不给材料问题而致我们联系政法委张科长，张科长联系统战的曾科长，两位分别给大和尚打电话，大和尚对办公室主任发火了。他对我们说"我叫当家的陪着去，这是寺院的意思，他怎么回事"。后来，傍晚张科长来后，他对张科长说这让高教授见笑了，我们没有见不得的东西。我说没有关系，我们没有说清楚。确实，很多时候上面意思很清晰、很明确，但下面的却不理解。这也是今天的一个插曲。

疏通后当家师又陪我们去办公室，复制了一些制度。寺管会会议记录钟主任仍不提供。

11：00 下楼在文昌宫一楼吃饭。由于我们没有说清楚来多少人，昨晚晚饭寺院准备了两桌，实在不好意思。今中午有汤、土豆丝、黄瓜、茄子、炒鸡蛋等。寺院有十来亩地种菜。饭后与大和尚喝一会茶后回房写日记休息。

中午休息了一会，下午 2：00 出去。先在客堂与知客聊了一会，他说有清泉古寺共住规约，但这是内部的，不能提供给我们。

下午 2：40 到大和尚处聊天时，我提出来要这个共住规约，他立即与知客联系，要他将刚修改的 3 月才生效的电子版发过来。一开始仅发来一个修订过的材料，没有原来版本。后经大和尚再次联系，才发原版本。这样原初版和新修改补充版结合，材料就比较完整了。

今天下午来三位大和尚的客人，潮汕的。其中一位 80 后年轻人生意做得不错，大和尚说他有 20 多家企业，有环保等方面的业务。他曾皈依过。今天说要寺院账号准备捐 48 万元。

下午 4：00 的晚课我们没有去参加，教务长去了，大和尚陪我们聊天没有去。听大和尚说，这十年大概化缘达近 2 亿元。准备在山顶建一观音阁，路花了几千万元已修好了，20 多米的观音像也已好了，就差领导支持。现在露天佛难批，所以他们才建五层阁。大和尚说今后想做寺院养老，寺院有房间、素食适合老年人、有义工、有精神信仰，很有条件。现在寺院旁边一个项目他努力想买过来，需要一两亿元。

晚上近 9：00 与大和尚和教务长告辞后回房间，见一法师与十三四个（其中三男）深圳来拜佛的人在我们房间，因我们没锁且为套间，她们主要在煮泡面吃。聊了一下，这个法师与教务长同乡，出家二十多年了，2013 年、2014 年时在清泉古寺待过，现在东莞打理一个念佛堂。深圳这些人是组织游学的。

等这些人晚 9：40 离开后，我与小张讨论了清泉古寺服务社会、参与社会治理与内部治理两文的基本材料和观点。

之后，写日记至晚 10：40 休息。

7 月 17 日　晴　星期天　农历六月十九　观音菩萨成道日

今天是农历六月十九，为观音菩萨成道日。早 3：50 醒来，楼上有动静而醒。4：30 参加早课，今天比昨天时间多，6 点才结束。

吃早饭时大和尚围绕今天是观音菩萨成道日讲了三四分钟。今天早饭有花卷、炒米粉、玉米、小米粥等。

考虑香客还比较少，7：00 在观音殿举行了法会。我们在观音殿外面看了一下。寺庙希望开放，一方面为香客服务，另一方面有香火钱，就今天而言，又是星期天，来的香客不少，我觉得有万人左右，小张认为有 5 千人左右。

之后 7：10 随当家师到大门口看了一下，在天王殿门口有义工反映有人在烧纸钱等，不应该烧的，否则政府又要来人说了甚至罚款。他打电话联系了一下，安排义工去守着。

8：00 到 5 号楼当家师处坐了一会儿。7：00 开始的普佛刚结束。

在当家师处，昨晚的人中有四位女性给他红包。其中一个人说三年前见他在卧佛殿值殿，袈裟比较破就想供养他。她要求加微信，当家师不太情愿，我说加吧。加上后她用微信转，不知道金额多少。

在当家师茶桌的边上，放着两本书和一本工作笔记。征得他的同意，我们翻看了他的工作笔记，他说有的经济方面的内容不要看，我们说好的。这可了解监院的日常工作。

8：30 到大和尚处。已有三位朋友在，不久又有三位女性朋友来，带茶叶等给大和尚，又分别给大和尚和教务长红包。

8：30 观音殿有大悲咒法会，我们没有去。法会进行了 30 来分钟就结束了，没有全部进行完。8：43 又来三位女性，教务长接待。几位朋友扫教务长提供的二维码，转钱放生。后见教务长带他们到观音殿，十来位法师带大概十几个香客做法会。

9：00 多到大和尚处坐了一会，他正在接待一位女老总。他告诉这位老总，在山顶将要修的观音阁大概要 3000 万元，地下为 500 罗汉，说你们以后可以作些贡献。这位女老总说自己是看着大和尚一步一步地将寺庙建设起来的。这位应该是大和尚的老朋友了。

11：00 我们谢绝大和尚文昌宫吃饭的邀请而到斋堂吃，大和尚说在那里吃可是不自由。我们到斋堂时里面已经坐满了。经与义工沟通后我们进入，坐在外面位置上。今天中午估计有 200 人以上吃斋。里面师傅和其他香客吃时用放在面前的两个碗分别盛饭菜，而外面是一个碗盛饭菜直接给我们。后来吃的人还有些混乱。在客堂我见有客人买餐券。法师吃饭时，有香客走到桌前送红包，大概有六七位，其中两位男性直接给每一位僧人 100 元的现金，没有用红包装。这是我第一次见。

午饭后大概 11：30 在观音殿前举行放生仪式，教务长领 10 位僧人进行，大概 100 多位香客参加。我问一位用汽车拉来的养鱼场人，他说是有人出一万元买了他这些车上的鱼。鱼装在塑料袋里，充有氧气。12 点放生仪式结束后，我们去房间收拾东西准备离开。

到文昌宫想与大和尚告辞，正在喝茶的几位告诉我们说他上楼休息了。也没见教务长。于是我分别给他们发了短信告辞。

出来后想去 5 号楼与当家师告别，恰看见教务长正与几位朋友在说话。

我们向他告辞，他说他要去韶关出差，并问有无车。我说准备叫个滴滴。他忙问刚与他说话的几位，说你们有无车送一下。我说不用、太麻烦。他说这里不好叫车。于是我们接受了他的好意。这几位是深圳来的，说要受戒。她们叫一位同行的男士送我们。大概有 20 公里，40 来分钟后到塘尾附近的城市快捷酒店。辛苦这位深圳男士，教务长很贴心。昨天晚上他领我们在院内转时还打电话给一人问，是否有办法将一位香港信众不经过抽签而直接过来深圳，帮助信众解决困难。

大概下午 1：40 入住后，即洗澡后休息至下午 3：00，睡得香。后整理照片。

下午 4：00 我们打车至附近最近的核酸点做核酸，排队的人不少。大概花 20 分钟做完。晚上 6：00 仍然到那家快餐店吃晚饭，回来时买了点西瓜和荔枝。写日记，晚上 9：30 休息。休息比较早，恢复一下身体。

7 月 18 日　晴 星期一

今天 8：00 起来下楼吃早饭，8：30 小张接我们去区公安局。我们早到了一会，先与澳头派出所张副所长聊了一会。9：00 区委政法委罗副书记和张科长来到。公安局方面林副局长先有会，后来过来参加。先请张副所长介绍，他讲了精神病人的处置问题、全国公安先进个人深入基层调处纠纷事迹等。治安大队副队长、村警办刘主任介绍一村一警情况，介绍大亚湾公安局自己研发的针对外来人口管理的湾区网通系统，认为非常好用，运用人脸识别、二维码等，其困难是存在警察权的滥用、个人信息保护的法律问题。法制大队罗副队长讲破小案问题。林局长讲了大亚湾的特点。我要小张与三位联系，看能否获得些材料，看能够写些什么。

10：30 我们和罗副书记等一起到区法院，王院长为西政 1987 级的学生。她介绍了三个极端信访户问题、外嫁女问题，还介绍她们法院正在总结的通过对 1000 多件物业纠纷案件的分析，提出一些建议。这个有意思，我要小张进一步联系，看能够提供些什么材料。这个物业方面的项目为市委政法委项目，经费 8 万元；区委政法委给 30 万元后又加 20 万元，她讲没有人具体做。她还讲了法官压力等情况。

中午 12：10 在法院吃饭，他们专门做了一桌菜。下午 1：10 离开法院回来住处休息了一会，下午 2：05 出发去惠州公民伙伴在大亚湾的办公室，了解民间非政府组织的情况。钟主任专门从市内过来介绍情况。这一组织成立已有 10 年，在市和区县均有项目，涉及乡村治理、妇女儿童、残疾人等许多领域。去年政府项目超过千万元。机构现有中高层人员 20 多个、社工 170 来人。小张复制了她们的一些电子材料。聊到下午 5：00 告别。

晚上 6：00 仍然去老地方吃快餐。回来后与小张讨论了一下今天的情况。

后我写日记，晚 10：00 点休息。

7 月 19 日　晴

早上 8：00 吃完饭后，我们就进入坫下社区先转转。见党群服务中心外墙上的村务公开栏内容多、时间长，远比所见的其他村居强。村民房子中间的小巷极干净。我们也看了左右两座去年新扩建的庙，一座庙供关帝、妈祖、水仙爷，另一座供伯公伯婆（土地公）等诸多神祇。

9：00 时我们上去村委会，聊一会后周书记过来。他 2006 年开始做书记，2007 年整村搬迁至现址。他曾经经营一个汽车修理厂。他认为做村干部一要有包容心，二要有商业头脑。他为村做了不少贡献，个人有能力也有魄力，同时也能尊重老村干部等老人，听取各方意见。现在头疼的是村进行股份制改造。他们村有三个村民小组，两个为原住民小组，一个为外来的外插户小组。经过做工作，土著村民同意给 80% 的股份，但是这个外插户小组的人还不满足，得寸进尺要求 100%。这下其他两个村民小组的人却不同意了，说80% 也不给。外插户他们要起诉，然后他说你去起诉好了。今天上午座谈时外插户小组的村民小组组长也在场。我问他，他也没有什么回答。这是现在比较麻烦的事情。中午在他们村里吃饭，他叫人去买了一些野生的鱼。总共有虾、蟹、鱼、鲍鱼等八九种海鲜，都是野生的，一锅煮，非常难得，我们三人和他们五位村干部吃饭。

下午 1：00 离开坫下村，我们回到房间休息了一会儿。下午 2：00 我们出发去德惠社区，在南边灶村附近。党支部周书记接待我们，向我们介绍了他们的志愿者服务、调解以及党建联盟协议等有特点的做法。听完他的介绍以后，我让小张去复制有关电子资料，我随他们的叶副主任去附近的德州城等他们的社区范围看了一下。下午 5：00 我们离开。

昨天开会碰到的公安局村警办刘主任非常热情，说想请我们吃饭，我们也想再听一听他的一些关于治安方面治理的看法，所以就答应在今天晚上一起跟他聚聚。他订的酒店是海鲜酒店，地点在澳头的海滨附近。于是我们从德惠社区直接往酒店走去。大概下午 5：40 就到了，看时间还早，我们就到海边去走走。往海边走时发现金门塘社区临时住处门口有一个做核酸的地方，我们就去做了一个核酸。看见金门塘社区的临时住处是两层楼的板房，还有一些人在里面住。有人指着对面的两栋红色的高楼，说那是他们新建的社区。我们想进里面看看，有义工说不让进去，我们也就作罢。然后我们往渔政大队的码头方向去看。到有一个修船的地方，我们就下去拍了几张照片。在渔政大队码头看见有些废弃的船，其中有一个 6 个发动机的快艇，我觉得可能是走私被没收的船。

之后我们就回来到海鲜酒店吃饭。刘主任非常客气，点了龙虾、石斑鱼、虾、蟹、鱼汤等，非常丰盛。他讲了自己原来从事刑侦时的一些经历和一些难忘的案件。他也觉得现在警察的压力太大，编制太少，人数很紧张，所以需要进行科技赋能。他觉得现在村民的这种自治能力不强，基本上都是听上面的。听他说他今晚上 8：00 多要到三个街道分别去看一看夜宵摊点，要吸取唐山那个事件的教训，看看怎么样进行最小应急单元这个安排的事。随后我说我们想跟着你去看看，他答应了之后小张就自己回去，我们上了刘主任的车先到区公安局。和陈主任他们几个同事汇合后，我们坐一辆别克商务车先去了澳头的凯旋城南门等两个夜宵比较集中的街道去看了一下。刘主任与赶来的当地派出所的警察进行商量，怎么样安应急的报警灯，怎么样设置应急单元。他也跟一些摊档主了解了一下，有时也问问正在吃饭的一些食客。之后去霞涌又看了一下。去的路上我们看到石化园区的夜景点点灯光非常漂亮。在霞涌派出所指导员的陪同下，他们又看了一个点，商量了一下怎么样进应急警灯的安置等等事项。之后他们要返回到西区、到新联大道这边的摊档进行察看，西区派出所的一个所长过来跟他们一块来进行查看。查看完以后，我们就跟他们告别，刘主任非要送我们到酒店门口他们才回去。

回到房间已是晚上 10：10 了。我跟小张简单地讨论了一下今天上午、下午了解的基本情况，看有哪些可以总结。之后我就洗澡洗衣服，再写日记到晚上 12：20 休息。

7 月 20 日　晴

早上 8：00 仍去那家早点摊吃早餐，之后 8：30 小张带我们去澳头街道。在街道政法、综治办，我们与分管反走私反偷渡、普法、网格、禁毒等工作的工作人员进行了简单的交流，弄清前三方面有工作计划、实施方案等街道自己制订的材料。后叫小张分别去复制了电子版。综治办在街道主楼旁的一栋三层小楼内，一层为信访、调解。楼一层进门处为密码锁，一般人无法随便进入。我们入、出均由办公室人员专门开锁。看起来极严。

之后去澳头街道综合执法队，想要有关 2021 年改革执法权下放后的有关方案。经小张与张科长联系，张科长再与街道方面的联系，我们在执法队门口等了几分钟后，到综合执法队了解了一些情况。

10：50，我在等待时见有一 50 多岁的妇女到街道七楼市容组，一位 20 多岁女工作人员接待。来人说周一那天城管执法的将她摆摊用的长 3 米宽 1.5 米的铁架子和一把伞拿走了。女工作人员说"那天是装了两车，那你有图片什么的证明是你的吗？我们怎么找？你是要架子还是伞？"来人说两个都要，但没有图片。11：01 见女工作人员出来打电话联系昨天的执法者，问"进展如何了？是移交案件还是罚款？"此时来者坐沙发上等。问了情况后她进屋，后又出来打电话联系。之后又进屋，告诉来者，说"东西一直没有处理，说先下发通知了，7 月 14 日前逾期不清理就执法处理，东西不返还，全部都这样；以后你不要这样放了"。之后我就离开了，不知道后面情况。

11：25 到霞新村。太阳很大，我们在村内转了一下。到海边拍了一些宝塔山岛的海景。到杨包庙看了一下，见有理事会，还见一些捐款名录。见新村委会楼已建好，即将搬入。再在村里看了一下，有三块大的村规民约墙碑。在村口见伯公庙等两庙。还见 1991 年重修的天后宫，前墙两块砖雕、屋顶人像雕应该有年头了，庙内两个鱼雕也有不少年头了，应该是大亚湾较有历史的建筑了。还见一较小的杨包庙和一较小的大王爷庙。村里有几栋老房子。

12：30 在村委会旁的新港海鲜酒楼点了几个菜吃午饭。下午 1：50 小张访问酒楼经营者有关杨包庙会的情况。

下午 2：30 到霞新村委楼，与李书记等进行了交流。他们村委干部来自各姓各房，村民代表 27 位来自各姓各房，极有特点。李书记还通知了杨包庙会苏副理事长来。我们向 69 岁的老人家了解了理事会、花炮会的组成和运作情况，对霞新这一独特社会组织有较全面的了解。

下午 4：00 小张到一楼复制有关材料，我与书记又闲聊了一会。不让渔排养殖，村民没有集体经济收入，这是个大问题。靠海吃不了海，村民很有意见。

下午 5：00 我们离开。到新村的天后宫即妈祖庙看了一下，拍了些照片。

看见旁边在排队做核酸，我们也排了一会等护士她们吃完饭做了一个核酸。

回来住处时已是晚 6：00 了。休息了一下，复制了照片，晚 7：00 去吃了快餐。回来后与小张讨论了一下今天上下午的资料搜集情况，谈有哪些文章可写。之后我写日记，晚 10：00 休息。

7 月 21 日 星期四　晴 惠州—武汉—北京

早上 8：00 下去吃早饭前开住宿发票，叫小张买了一些早点回房间吃。8：40 小张开车陪我们去老畲村的三大屋村民小组调查。

在村委会停了一下后，村吴书记等陪我们去三大屋新村。这个村民小组紧邻深圳坪山，32 户 128 人，因房地产开发而至现址，2012 年开始自建、2017 年基本建好。针对脏乱差和治安等问题，2020 年 4 月村民每户代表会议决定进行半封闭的物业管理，由 6 位本村村民成立的物业公司具体管理，自此呈现较好的社会效益和经济效益。

村民小组实行自治（收集村民意见，协调物业公司落实，监督物业公司）、不以营利为目的的物业公司提供服务（6 位村民在村民小组组长等 3 人之外通过物业公司平台参与村务，进行自治）、固有的熟人关系团结了原住户能对抗租客，自治的权威、市场的权威与固有伦理权威的结合，使三大屋的治理成效明显。我们印象深刻，值得总结。

我们访谈的人有村支书、村民小组组长、老组长、物业公司董事长等。没有什么电子材料可复制。文字方面拍了一些。

后在村里转了一下，最高为 12 层；有两栋框架已好，2018 年至 2019 年后严控，无法继续盖了，等候政府政策。街道综合执法办挂有一牌不让继续建。

11：00 点左右我们离开，11：30 到澳头李总家吃午饭、喝茶至下午 2：00 回。

回酒店后下午 2：50 我们由小张开车去惠州平潭机场，不到下午 4：00 就到了。因惠州至北京的直飞取消，我们是先惠州至武汉，再从武汉至北京。CA8258 航班晚 7 点到武汉，中转时要看北京健康宝和 24 小时内核酸。CA8213 航班晚 8：30 起飞，晚 10：25 到北京，到家已是晚上 11：40 了。

我们这次的调查就此结束。

2022 年 7 月 22 日整理

2023 年 4 月广西金秀调查日记

2023 年 4 月 8 日　星期六　晴　北京至柳州、金秀、共和田坪

一早 6：40 离家去机场，乘 9：00 的国航 CA1917 到柳州。12：00 到后，朋友小周接上我一起午饭，聊了些近况。我给他带了几本书。之后，下午 2：00 他请蒋总（桂平人，他另叫一位朋友陪他，回来时有伴）送我去金秀共和村的田坪屯。

我们一路走柳悟高速到桐木出口下，这比以前快多了。之后走新拓宽的路，15：30 到县城。我在县城买了几斤猪肉，价 10 元一斤。

之后，我们直接去共和村田坪屯。路已经修好了，二级公路从金秀到蒙山县，非常好走。出老山隧道后就马上右拐往共和方向，16：45 到田坪屯老庞家。他没有在家，在另外一个地方做酒。蒋总他们两位因考虑天黑以后山路不太好走就先返回了。他们离开后，我就先推老庞家的门进去，放下行李。之后我去村里走了一下，没有遇见人，都上山采茶叶或者忙其他去了。晚上听老庞说一般一天可采十几斤茶叶，1 斤大概十一二元。田坪屯有 32 户，120 人左右，基本上都盖了二三层的楼房，与我 2010 年 1 月那次来时有很大的变化了。村内看见有一坟墓，坟上的草清理过了，坟前有烧过的蜡烛存留，应该是近些日子清明刚刚祭祀过。在村里转时，我见有一人骑摩托车来卖猪肉，13 元一斤。他们两人杀一猪分别串村卖。今天他到田坪来，停留了 20 分钟左右，没有人买。

17：25 我返回来时老庞已经回家了。

昨天与老庞联系时，我表示这次主要是想再看一下 2010 年时看过的几份嫁郎即上门女婿的合同。他说看的话要按风俗给红包，我说没有问题。

昨天他说带点北京的好东西，比如酒啊。我说酒飞机上不让带，又很难托运。想了一下，昨天傍晚我去买了一条中南海的烟，价 125 元；北京特色小点心，价 88 元。今天带过来算是一点心意。

下午快到田坪时，路边有六七个人在喝酒。后晚上问老庞，他说他们是帮昨天掉下去的高顶篷面包车用绞车弄上来后吃中饭。因他们的车放得有点偏中间，我们就停车让他们开车往边上一点让路，因此下来看他们喝酒，聊了一下。他们有三个菜，放在三个脸盆里，一个是肉，一个是笋，再一个是野味。他们叫送我的蒋总他们两位尝尝那个野味。

老庞回来后就开始做饭，我在旁边询问一些事情。他妻子采茶叶去了还没有回来。晚饭在老庞家吃。老庞用我带来的肉，部分肉末炒韭菜后包在嫩笋里煎了一下，笋包肉末；再一个肉炒辣椒。另外还有蒸腊土猪肉，加上原有一个猪脚汤、一碗鸡肉，共 5 个菜。他见我不喝酒，自己便仅喝一小杯后就吃饭。我吃一大碗米饭。他妻子回家后也仅吃饭。他家两个儿子在广东打工，没有在家。

晚饭后我随老庞去他老家找相关合同。他上二楼去看了一下，下来说没有找到。他大哥放的，比较乱，他也不好乱翻。他印象中有一份是他姑女儿结婚时嫁过来的合同，可惜看不了。

他联系在共和村委附近住的他舅公，后回复说找到两份，叫明天早上去看。希望能有收获。

上次的这三份嫁郎合同，他也没有印象是谁家保管的，说不好再找了。他认为不容易存下来，又是别人家的；老人家走了以后，后代不知道谁接手保管，可能就毁掉了。他说这种合同一般人不会拿出来给别人看。

2010 年 1 月 5 日我在田坪拍照的这三份嫁郎合同中，有两份还大致能认出来，最新的 1999 年的红纸写的那份当时拍得不清楚，实在不好认出内容来，这就很遗憾。当时调查的重点在挂红事件上，对这些出嫁郎婚书没有引起重视，仅为一般性的搜集。不少时候由于调查的时间有限，对有的材料当时就没有认真核对，没有弄清楚相关内容。通常应当在当天晚上进行阅读、总结，这样及时发现以后可以在次日进行补充调查，弄明白不清楚的内容。可惜当时没有这样做，现在时过境迁就很遗憾了。

老庞去年为两个儿子做了度戒，花了大概 3 万元。他说"现在经济还可以，就帮他们办了"。度师公是驱魔赶邪，度道公是超度亡灵。

晚上用液化气热水器洗澡，水很热。天晴时，老庞家可用太阳能洗澡。

晚上 9：40 在老庞家二楼一房间休息。

4月9日　星期天　阴　田坪屯—林场屯—县城

昨夜因鼻塞一直没有睡着，下半夜好一些，睡了一会。

今天早上 5：00 醒来，5：30 起床。6：05 老庞起来时天已经亮了。6：20 出发，离开田坪去共和村民委员会所在地的林场屯，到老庞舅舅家去看嫁郎合同。

15 分钟后到。他舅舅很客气，在准备早餐。我说明来意后，他从身上口袋里拿出用一个布包着的几份合同。其中两份分别为一份嫁郎、一份嫁女的婚书，嫁女那份是老庞母亲的，1963 年的；另外一份为中华民国二十三年（1934 年）的。保存得都挺好。我仔细辨认了一下，有不明白含义的就问他们。

他舅舅另外还有三份卖山契、耕种协议，为他们家解放前中华民国时期的文书，分别为中华民国甲子年（1924 年）的卖山契、中华民国丁丑年即 1937 年的耕种协议、中华民国三十四年（1945 年）的耕种协议，文字也都比较清晰。我也拍照存留，并详细地看了全文，弄清楚文字含义。

老庞在我来前就说要给个红包，按照民族习惯，意思一下。我临走前给老庞舅舅 200 块钱封个小红包；给了两包北京带来的中南海牌香烟。算是略表感谢意思。

在老庞舅舅家吃的早饭。他盛情准备了白酒，但我不会喝酒，老庞要开车，这样老庞舅舅就没有勉强。早饭有肉、鸡、青菜等菜，还有一碗野猪肉。这野猪是去年 12 月老庞舅舅在山上自己的苞谷地里装夹子抓到的。

吃早餐后老庞就开面包车送我到县城。8：25 到县城。与老庞分别时，我给他 200 元算油钱。

进行二级公路改造的金秀至蒙山的公路据说修了三年，修好了。昨天、今天走在上面，感觉很好。比原来到共和、田坪更快又舒服。还新修了一段据说有四五公里长的绕县城公路，从桐木、平南过来在现金秀饭店旁可上山走，不用经过县城到蒙山。

我到县城转了一下，感觉没有什么人气。上午 9：00，金秀县城没有多少人，有点冷冷清清。不少门面关着，室内农贸市场不少摊档空着。也许是不少人回老家上坟去了，今天还在清明节时期。看见县新华书店新装修了，我进内看了一下，极具现代感。

看见河边建的同心亭为瑶山智慧书屋，约 20 平方米，刷身份证可进入，我进去看了一下。里面可自助借书，系县图书馆设置和管理。有一对母女在看书。临河窗边风景颇佳，三角梅的红色映衬桂花树的绿色，令人愉悦。

县城的地面十分整洁，路灯杆极富民族特色，河两边新建步行塑胶健身道。去年为金秀建自治地区 70 周年，应该进行了基本设施的新、改建。

我几年没有来，县城变化不小。主要是楼盘多了不少。上次是 2020 年 10 月来的。近几年因为疫情影响，没有来金秀。

价格方面，猪肉卖 9 元、10 元一斤。有一卖野猪肉的摊，50 元一斤。

我见一文具店门口有卖沃柑的，3 元一斤，10 元 4 斤。问后告知是自家种的，遂卖 10 元。后在农贸市场门口水果摊问是 3.5 元一斤。

白沙村前的平地终于被征用了，见十几层的楼房已封顶。后见其售楼处，要 4000 多元一平方米。听说不太好卖出去。

昨天快进县城时见浅水湾的房地产楼群已交房。剿匪纪念碑的小山已削平，路扩了。纪念碑不知迁哪去了。

莲花山景区处于关闭状态，由一公司投资打造升级。要建索道。大概两年后的五一节前完成并开放。

中午休息了一会。晚上联系了一些人，确定后面几天的走访、调查。晚上 10：00 休息。

4 月 10 日　阴

早上 7：00 起来，7：30 出去吃点东西，一个肉包子、一个豆沙包和一杯豆浆，价 6 元。

后我往县城的上面走。在六拉的一条小巷见有金秀镇司法所牌子，就进去与吴所长等随便聊了一会。他们是前两年从镇政府院子新搬过来的。他说前几年共和村有将别人的坟挖损了一些引起纠纷的，他们帮调解达成了协议。我问能否找得到协议，他说不好找。

8：40 我走去六拉村民委员会，有几位村干部在，两位还在吃粉。她们告诉我 9：00 她们去奋战屯外面种树。我便与她们聊一会天后搭小苏的摩托车（价 2 万多元，他说这样的车金秀有 20 多台）去看看。

到后，我先看见一个插在河边小地块里的茅标。我问小苏，他告诉我这是告诉人家"我下种子了"，要别人注意，不要破坏，这是瑶族习惯法规范的体现。其他还有一些茅标，小苏说是为种树挖洞标明位置用的，与习惯法没有什么关系。

之后，他们准备在河边种树，我走去奋战屯。奋战为盘瑶村，我看见村口有一个叫尤绵山庄的嫁郎表演的场所，门票每人68元，儿童为38元，另有看表演和吃饭一起的套票，为128元。这应该是这两年村民新建的，为游客服务的。

我看到村内路边的那两块村规民约碑仍然在，字的红色有些褪色了。我拍照后去村里稍微看了一下，没有什么发现。他们村有娃娃鱼养殖，成立了产业协会。返回时，有一辆三轮摩托车去县城，我便招手示意搭车。他停下来让我上车，非常客气，请我坐前面而不要蹲在后面车厢。路上问后知他是赵姓队长，在县城开了一个根雕工艺品店。

我在县政府门口下车后去县政协文史委找陈主任，政协莫主席今天去深圳培训不能见面就叫我找他。9：55到他在三楼的办公室。与他聊了一会，他送了我金秀政协文史资料1—6合辑、7辑、8辑，还送政协去年为70周年县庆出版的《金秀记忆》（广西人民出版社2022年11月版）和编印的《金秀瑶族自治县传统节庆文化》（2022年11月，为文史资料第10辑）。

他讲他们一会10：30开会，准备从当年拍摄的《大瑶山团结公约》讨论、订立的照片中找这些人或者后人，访问他们，从铸牢中华民族共同体意识角度做文章。我听后有启发，我原来写过《大瑶山团结公约》中的习惯法方面的文章，现在可以从习惯法角度，通过分析《大瑶山团结公约》中的习惯法来分析对铸牢中华民族共同体意识的启示。瑶胞传统上有团结意识，内部小范围的团结；《大瑶山团结公约》呈现了更大范围的团结；民族区域自治，成立大瑶山自治区和自治县，民族团结有了法律依据和法律保障，这些对铸牢中华民族共同体意识应该有启发，可以进行总结。如运用瑶族固有的习惯法规范和形式（如立石碑、喝血酒等），通过协商、沟通、妥协、让步等过程，从观念、意识到行为、实践。好好琢磨琢磨可以写一篇文章。

快开会时，我随他去会议室见了博物馆的盘馆长、档案馆的盘馆长（原来在六巷时认识）等，加了微信。之后，我就离开县政协回来住处。

看了一会《金秀记忆》，见有一篇讲指挥家郑小瑛当年在中南大学文工团工作，1951年初参加中央访问团演出队到瑶山，有一张1951年8月29日在大瑶山团结公约碑前的合影。

12：30 出去吃快餐。回来休息至下午 2：30。

下午去瑶族博物馆，不过因周一闭馆就没有进去。下来时，见一年轻女性在店门口进行抛光、处理木头以作工艺品卖。这几年这种商店在金秀县城有不少，靠山吃山吧。

后我往下走，到县城北边看了一下，后上了民族团结公园，又拍了一些大瑶山团结公约碑的照片。当然，这个碑是复制的，原碑在博物馆。上下公园均我一个人，无其他人在公园。花开得很好，不过杜鹃花已经开谢了，一种黄色的花还盛开，我不知其名。

再走过福利桥，见浅水湾已成一小区，下面一楼有县政府政务中心、县公安局办证中心等。下午 4：30 后见工作人员排队打卡下班，离开办事大厅回家。

回来时到司法局院子看了一下，没有什么发现。在法院门口的布告栏，看见贴着 20 多张公示，是关于司法救助的，均为被执行人没有财产可执行，而这些申请人又都家庭经济困难。每人给 550.50 元。大部分为瑶族，其中有六巷帮家的五六位，不知道是否与他们村的李科长在法院工作提供信息、帮着他们申请有关。

再走不久，碰到了下古陈的老盘两口子，还是老盘他先认出我来叫"高老师"，我才认出来是他们。他发福了一点。他大女儿在司法局旁边的金福园这边住，他们来县城长住已经有五六年了。他们还有一个女儿在象州，有一年我还搭他女婿的车到六巷。他背不到一岁的外甥女，他们从上面市场买菜回来。他们告诉我过年过节、清明等时回下古陈。后来听老三说他们有两个女儿，有一阵子他们分别在两个女儿处分别帮带小孩。他们家原在下古陈开了一家小卖部，两口子比较能干。

晚上 5：40 在附近吃炒粉，价 12 元。

晚上思考从《大瑶山团结公约》讨论铸牢中华民族共同体意识和文章。晚上 9：30 休息。今天感觉比较乏，就早点休息了。

4 月 11 日　阴　县城至六巷—门头—下古陈

上午 8：40 依约到法院门口，过一会李科长来。他右手肩骨前一阵子回老家时摔伤了，动了手术，现在还吊着固定，今天辛苦他了。他给门卫讲了一下，门卫登记我的身份证后我进入法院。有好多年没有来法院了。

到两楼的刑庭办公室，2017 年退出员额法官编制的蓝法官在，我便请他介绍研究生小陈 2019 年 7 月调研报告提到的那个烧香、纸钱的案件。他记得比较清楚，在自己电脑上看了一下他写的结案报告，为 2012 年忠良乡的案子，侄女到叔叔新房烧香、纸钱，叔叔在汽车站打侄女，引起故意伤害。虽为汉族，但与民间风俗习惯有关。他比较谨慎，说判决书需去档案室查。于是李、蓝两位找到周副院长同意后，我们去三楼档案室找小涂。她要我写个申请并给我做了登记。之后，她找来正卷供我查阅，并打印判决书给我。

后李科长打电话联系一个月前调去另一县检察院的范法官，我问她一个名誉权纠纷案，她说大概是 2017 年、2018 年，忠良的，名字记不得了。于是小涂只有从目录中一一查看，终于发现是 2018 年的案件。她去拿来案卷给我看，为两家吵骂引起，要求赔礼道歉。小陈 2019 年 7 月记录的是挂红布、放鞭炮，即用瑶族习惯法进行处理，但案卷中一点也没有体现。

在查看案件登记本时，我看有一个 2022 年的名誉权案，便请小涂找来案卷看看。这是发生在长垌的一起案件，两家是邻居，一家 21 岁男孩奸污另一家 7 岁女孩，被判 13 年。男孩母亲在微信、抖音上反说自己家是受害人，女孩父母便起诉名誉受损。这与瑶族习惯没有多大关系，但前案与后案均值得深思。

在档案室查阅案卷时，我请李科长先回去休息。11：30 我基本达成到法院调查的目的就离开法院。院长他们去西安培训了。

中午我仍花 10 元吃快餐。午饭后休息一下。联系老三后，13：44 搭班车去六巷，车钱 35 元。金秀县城到六巷，标为 130 公里。我觉得没有那么多。

班车从县城出来时共 4 位乘客，一位到下面美村附近下车，3 元；两位到桐木，分别为 8 元；仅我一人到六巷。在桐木，有三处带货，分别一袋收 10 元、三袋收 15 元，另货物比较多，没有见现付，不知费用，大概要 40 元、50 元。司机还在一米厂买糠一袋。14：48 离开桐木。

桐木过来至中平，有几公里路两旁花盛开，极为美丽，以红色、粉红为多，也有白色。司机说是紫荆花。有一处我请司机停车，下去专门拍了几张照片。

司机说早上 7：00 从六巷下山时两三个人，今天是亏本。司机不情愿我在车站买票，说跟他们结算费劲得很，钱转给他很长时间。在他这里买票，钱他就直接可以用了。

15：25 到中平。没有客人上六巷去，仅带了三件货，15：50 从中平上山去六巷。18 公里里程碑后的山上有云雾，不小，有几公里能见度不到 10 米，好在对面过来的车极少。现在上山的路面比较宽，六七米的三级路，比较好走。

下午 5：00 到六巷，毛毛雨中我即去派出所找朱所长，了解研究生小陈 2019 年 7 月调研报告提到的吃狗肉纠纷。他们三个警察在户籍室聊天，他有印象记得是古陈的事，2018 年 7 月发生的，修路的外地人租房子在古陈一户盘姓瑶族人家，买狗肉来吃。盘姓瑶人认为不吉利，就扎外地老板汽车的轮胎，老板来派出所报案。他说处罚主家的话就不利于民族团结，损失也不大，就以调解为主处理。查了一下电脑后，他叫两位年轻警察去二楼找调解协议。我等了一刻钟左右，一时没有找到。于是，我们加了微信，请他以后找到后发给我。

此时，武哥的三儿子老三开车已等在路边。离开派出所我上他车后，我们即往门头村走。路上我问老三古陈吃狗肉纠纷事，他有点印象，说盘是上古陈人，大概 60 来岁。他说他们老一辈大多不吃狗肉，我们年轻的很多都吃。现在瑶族年轻人的观念变化很大。

快下午 6：00 时我们到门头村村委会。因先已用朱所长的手机与村胡书记联系过，他在村里等我们。2006 年 12 月时，我来门头时住他们家，那时他是村主任。他父亲人很热心，当时在村口立了一块新石牌。胡书记告诉我他父亲去年过世了。17 年过去了，世事沧桑，变化极大。不过，胡书记仍然显得很年轻，像个小伙子。老三说他"我们小时候他就像这样，感觉没有什么变化"。

门头为花篮瑶村屯，村口有寨门，村尾有碉楼，2017 年被国家民委命名为第二批"中国少数民族特色村寨"。看新闻，县法院与门头村签协议，共建"无讼瑶寨民族团结示范村"，用新石牌解决纠纷，建无诉村。我提出来后，他找到共建协议，我看了一下。之后，胡书记带我看了一下立在村委会楼边和村口的两块新石牌。两处新石牌无落款时间，问胡书记说，其是去年 8 月订的。还请人开门参观了 2008 年做好的花篮瑶博物馆，洛克菲勒兄弟基金会资助 3 万美元建设。还看了大概 6 年前做好的费孝通纪念馆。

我问研究生小陈 2019 年 7 月调研报告提到的调解入赘协议纠纷事，他说 2015 年他没有做干部，不清楚。这又存疑了。另外新闻上提到的 2022 年 2 月纠纷事，他微信联系其中一位当事人，发协议给他，他又转给我。

见礼歌楼旁边的路边墙上贴有两份村规民约，没有什么实质性规范。我问胡书记，他说是前几年弄的。还有婚丧喜庆事宜村规民约和红白喜事标准，打印的，贴在墙壁上。我又去看了一下村口附近的甘王庙。之后我们就离开门头了。

在回下古陈经过六巷村时，我叫老三到老乡政府处，我们走过去看了一下王同惠纪念亭。天已较黑了，但晚 7：22 手机拍的照片还算清楚。纪念亭旁边的小路为往下古陈的路，我曾经跟着村民走过一次。

今天到六巷后无论在派出所还是门头，各部门都很支持，效率也很高。

晚 7：45 到下古陈老三家。下古陈已无武哥，想起来有点神伤。老三妈去白牛帮老大摘茶叶有二三星期了，女儿在六巷学校住校，老三老婆去广东打工了。家里就老三一个人在。

老三赶快做菜，晚饭的菜一为鸡，一位野菜汤。吃饭后快 9：00 时，我上楼写日记。

晚上很安静。天上看不见星星，明天仍为阴天或下雨。晚上 9：30 休息。

4月12日　阴转晴　下古陈至县城

昨晚 12：00、凌晨 3：00 醒来两次，早上 5：00 就基本醒了。6：20 看天亮了，就起来到下古陈村里转转。

有一、二户有人起来了。村里没有太大变化。学校四五年前停办了，现有一间教室门口挂下古陈党支部牌子。当年开山建设时的情景还历历在目。

见公示栏上贴有下古陈屯 2022 年的收支情况，5 月做众开支 1917 元，另有做众开支 173 元。"做众"为去病保村寨平安仪式。年底全屯共结余 19 882 元。

另见 2022 年上古陈屯和下古陈屯盘王节开支公布，11 月 10 日公布的，收到 19 477 元，花去 18 985 元，节余 492 元。礼簿本由专人保管。

后老三也上来了，我们到他小叔（现作村主任）家待一会，聊了一会。这几天下雨他在家做黄泥鼓，大概 7 天才能做好一个。

他们讲现在烧山也不给随便烧，要到县里去批准，等批下来天又下雨了无法烧了。几分地的小面积烧，乡里可批。现在越管越严。

两年前有桐木米厂老板租他们村田种稻，种两年亏损不种了。请来管理的人不太懂当地情况，产量极低。一个月工资 3 千元，他们村的人不愿做工，嫌工资低。

早饭后老三带我去村庄附近的一处公路边看茅标，有两个茅标，是为了提醒种有小杉树，防止别人在公路边堆放木头时压着。

9：20，叫阿勇开门参观了一下坳瑶博物馆。2011 年建好的，但我好像从来没有进来看过。在聊天时，阿勇说"你认识县委书记吧，能否给我们下古陈争取点项目"。他说费孝通当年来金秀，给我们贡献很大，你也帮我们一下。这让我想起那天在共和村林场屯老庞舅舅家时，老庞说"高老师，你们清华大学有什么事情你想着点我舅舅"。他们的想法无可厚非，可以理解，但是我却让他们失望了，没有这个能力为他们的生产、生活提供些帮助。仅仅能够做一点向学界和社会介绍瑶族习惯法方面的工作。一介书生，实在无能为力。

9：50 老三修好水管后开车送我去腊河，他二叔和一位村民一起同行，按他们话为"没事做去玩玩"。

出下古陈不久，老三停车带我去看他父亲盘振武，我到武哥的棺材处看了一下，我给武哥鞠了三个躬。坳瑶的习惯为先埋在地下，三年后捡骨葬。这三年清明不祭，三年后安葬后清明要祭。

武哥这一生经历丰富，也有遗憾，走得也早了一点。我从 2006 年 12 月 7 日与武哥初次认识，2019 年 8 月 28 日最后一次见面，前后有 13 年。这期间，我听他介绍情况，跟着他参加活动，住在他家，武哥为我的瑶族习惯法调查提供了诸多的帮助。我组织编写"乡土法杰丛书"也是从写《桂瑶头人盘振武》开始的，他给了我启发。近些年，习惯法调查结识的金秀朋友陆续有离世的，想起来不免黯然神伤。

过上古陈屯后，老三停车，我们 4 人一起走 100 来米下河边看了一下上下古陈两个屯共同的盘王庙。我是第一次来。两个屯中间的那个盘王庙为甘王庙。

11：15 到腊河。老三在一个五金店买一个水龙头，他二叔买一砍刀。我本来想请他们 3 人吃碗粉，因车来了要坐车走就给老三 50 元，叫他来付粉钱。离开前给老三 400 元做油钱。

中午 12：30 搭高顶篷车 15 元从腊河到县城。住下后洗澡，休息了一下。

下午 2：00，出去到坳瑶博物馆参观了一下。70 周年县庆的展览已经看不到了。25 元购买了原县委书记、瑶族作家莫义明的作品选《山的呼唤》。

与盘馆长联系后，下午 3：30 到在县政府大院内的档案馆查档案，两年前从广西民大毕业的小王接待我。找到了《大瑶山团结公约》讨论、通过、喝血酒、立石碑的几张原始照片，用手机拍了一下。找到了总结自治政权建立后五年工作总结等材料，其中涉及《大瑶山团结公约》实施情况的一些材料。

晚上继续翻阅《金秀记忆》。晚上 10：00 休息。

4 月 13 日 晴

早上吃 1 杯豆浆、2 个豆沙包、1 个肉包子，价 6.5 元。

8：30 到档案馆继续找有关《大瑶山团结公约》方面的材料。中午 11：45 离开。

吃快餐后回房间休息了一下。下午 2：00 走到盘王谷酒店对面的六拉村社庙，门锁着，进不去。之后恰好有免费旅游小巴，我就坐到县政府下车。

下午 3：30 再到档案馆，梁副馆长和小王都在了。我请小王帮我拿来民政局档案（卷宗号 26），想看看有关村规民约方面材料，但没有什么发现。瑶族档案（卷宗号 91）的目录又看了一遍，没有什么漏下了。看法院档案（卷宗号 54），小王拿了一些来，仅仅看了 3 卷、5 卷、11 卷、12 卷。其他得下次来时再看了。下午 5：40 离开档案馆。

这两天在档案馆看档案，找到了一些与《大瑶山团结公约》相关的资料，对思考铸牢中华民族共同体意识方面的文章应有些帮助。

档案馆的人比较客气，端茶倒水。

昨天下午有一位律师来查档案，是代理一个村民小组因山林纠纷起诉另一个村民小组，要让对方的林权证无效。律师来查有关林权证的情况，没有什么收获。

今天一天农业发展银行（原信用社）的一位女干部来查档案，好像是为写银行发展史，从各方面找资料。

查档案需要登记，梁副馆长还问我有没有介绍信，是应该带上介绍信的。她给我看，华中师范大学的是学校出的介绍信。

听他们说有云南省社会科学院的人来查有关瑶族石牌制材料，有华中师范大学老师带学生 3 月 23 日来查瑶族女性参政等方面材料，学生在桐木还要住 3 个月。

晚上吃炒粉，价 12 元。

晚上 6：00 来钟走到汽车站桥头时，见有十来辆大客车拉着来宾市的小朋友来金秀研学，我也跟着到瑶族艺术中心广场。他们在那下车，广场上摆好了长桌，准备让小朋友们吃晚饭。我问了一下，大概有 1000 来位小朋友和老师。他们下午参观了瑶族博物馆，晚上住金秀饭店，明天上午去银杉公园。

晚 6：40 看了一下穿瑶族服装的人两人一组端着一簸箕的菜（有鸡、扣肉、排骨等）给小朋友们上菜，有点意思。菜有的上得比较晚，小朋友都饿坏了。晚 7：00 我去广场蹭了他们的篝火晚会。由金秀艺术中心的人员表演具有瑶族色彩的歌舞，还表演了翻云台。古占屯的李师傅表演了踩犁头，他叔叔表演了踩火筒和过火海。印象中我是第一次看，有些新奇。他们先点香、念经，再放纸钱，有一整套仪式。晚上 9：00 我打电话给李师傅，他说刚才在广场表演的就是他们。他们回去古占后又表演了一次，刚刚结束。今天他们村那边有客人。

大概进行了一个来小时晚会就结束，有的小朋友都已经打瞌睡了。

回来住处后写日记，晚 10：00 收拾一下东西后休息。

4 月 14 日　星期五　晴　金秀—平南—广州—中山

早上 7：00 起来，出去吃早点，开发票并退房。

坐 8：00 车去平南，价 50 元，11：30 到平南县城，金秀至平南 133 公里。下车坐 301 公交车 3 元到高铁站。11：45 公交车发。12：22 到平南南站。排队到售票处，说没有前面一点时间的可改签。那也只有坐原来买的那一趟 13：49 的车次。坐 13：49 的 D3805 价 101 元，两小时到广州南站；再坐 D1841 次 16：50 去中山站。下午 5：20 会务组安排的司机接上我到三乡温泉酒店会务组报到。

我这次的金秀调查就告一段落。

2023 年 4 月 24 日整理

2023 年 12 月 7 日略有修改

2023 年 7 月广东大亚湾调查日记

7 月 9 日　晴　星期天

今天我从北京经武汉到惠州机场，等从南京来的小池到后，由小巫接我们到大亚湾。吃晚饭后晚 8：30 左右住下。

等 8 日到的小张他们 5 人（小唐、女小张、小岳、小马）从霞涌回来后，我们开了一个小会，就这次调查的目的、任务、大致安排和注意事项进行了交流。晚 12：00 左右他们回房间，我又考虑了一下，12：30 休息。

7 月 10 日　晴

早上 8：00 去路边摊吃早饭。9：00 政法委派车来接我们去管委会，10：00 参加几方面碰头会。

到管委会后，我先去杨常务处送《野行集》给她。聊了一会后，去李书记处聊了一会。

10：00 到会议室参加《大亚湾开发区自治规范合规修缮工作座谈会》，区政法信访办（政法委、司法局、信访局改为政法信访办）李书记等参加，惠州市法学会陈副会长兼秘书长、卓帆所杨主任、宝晟所曾主任等参加。

李书记先讲了一下他的基本思考：基层自治规范不被认同是个大问题，自治落不了地，基层治理有短板；法制副主任遇到了瓶颈，规范往往停留在纸面上，市场化与公益性的处理；用共治、合力来解决。

政法信访办起草了《大亚湾开发区自治规范合规修缮工作方案》《大亚湾开发区自治规范合规修缮工作试点实施方案》《大亚湾开发区自治规范合规修缮工作备忘录》等。

之后，杨会长等分别谈了自己的想法，表示非常有意义，积极参与和支持。我也简单谈了目标，并建议在 18 日我们离开大亚湾前再进行一次会议进行具体讨论。

中午以郭书记名义宴请我们调研组一行。他在旁边有客人，后来过来了一下。

中午 1：30 我们回来住处，与他们讨论了一下上午座谈会的情况。

下午 2：30 去管委会，我先带小池他们 4 人去法制办，就外嫁女问题的行政确认进行资料收集和访谈。近三年分别有 21 件、48 件、40 件共 109 件，加上今年上半年的，全部进行了解。

之后，我带他们两人在法学会访谈，收集资料。访问专职工作人员严专委、政法信访办杨副主任和组织部在机构改革后新任命的区法学会张常务副会长。

晚 6：00 张副会长陪我们在小食堂吃饭。回来后我们总结、讨论到晚8：30。

我写日记、总结，再洗衣服。晚 10：00 休息。今天比较顺利，达到了预期的设想。

7 月 11 日　晴　入伏

上午小张他们三人仍去法制办。

上午 8：45 我们 4 人到区法院，周庭长已经在了。他陪我们去王院长处打了个招呼，她下星期就调回市中院了，来区法院工作了 3 年 2 个月。之后我们先围绕外嫁女问题访问周庭长；再拜托他安排我们看"侵犯集体经济组织成员财产权益"方面即外嫁女方面的电子案卷和 7 楼档案室看纸质版案卷。我们分三路进行，有电子版的下载，没有的就选择拍照一些纸质案卷。

中午张副会长、严专委过来，在法院吃饭后我们回来休息。

下午 2：30 仍去法院看案卷。下午 4：30 我离开法院乘师律师的车去市区，晚饭后 7：00 在广东卓凡律师事务所做一交流。晚上 10：30 回来房间后，叫他们几位过来交流了一下今天的调查情况，安排明天调查行程。

晚上 12：00 休息。

7 月 12 日　晴

今天仍然分两组进行调查。小池他们上午去区物业管理协会，下午去区妇女联合会，基本达到了目标，可能妇女联合会还需要再去补充调查一次。

我带另外几位今天一天都在法院档案室看案卷。有对关于外嫁女财产的人民调解协议进行司法确认的，2011 年比较集中，数字不一，有 500 多宗、800 多宗等，应该是 578 宗比较准；2012 年有少量。有外嫁女财产民事诉讼案，也有行政诉讼案，各有 10 多件。外嫁女案件最早的有 1999 年的，为行政诉讼案，是西区上田居委会生茂村民小组告大亚湾区管委会、西区街道办事处，后撤诉。从文书档案中发现 2010 年 8 月大亚湾法院有一份比较全面的《对农村"外嫁女"权益保护问题的调查报告》，极有参考价值。要感谢周庭长、档案室小朱的大力支持。能否帮上法院的忙、提出一些建议不好说，增加他们的负担是显然的。

中午在法院食堂吃，晚上区管委会食堂打包到住处吃。

饭后晚 7：00 总结、交流，我再次表示田野调查要有热爱、有热情，要能吃苦，要总结。到晚 8：20 结束。

晚上 9：20 李书记来我房间与大家聊天，谈他关于基层治理的思考。他爱思考，有想法，是个干事的人。大家听后很有启发。

聊到晚 11：10 才结束。我简单写日记后就休息了。

7 月 13 日　晴

今天仍然兵分两路调查，小池他们两人去西区街道办。

上午 8：20 到岩前村，因他们村干部 9：00 要进行慰问，于是我们就先在村里走一走、看一看。这是一个整村搬迁村，实行一户一宅搬迁补偿。

在 9：15 时，我们到村委会办公楼，张副会长也在。带几位调查组成员参观了二楼，看了各个办公室，其中有一个办公室摆放了不少篮球比赛获得冠亚军的奖杯，岩前村的篮球水平不错。

之后，我们与林书记等村干部在会议室座谈，他和岩前新村村民小组林组长、长岭头村民小组张组长等分别谈林案这一外嫁女财产权益纠纷的处理过程、对村民自治和政府管理的看法，一直到 12：10。

中午在一楼岩前村村委会食堂吃饭。本来他们是四菜一汤，今天特为我们加了一个虾。

饭后 12：40，张副会长说他要去音乐协会，问我们去不去，我说去看看。于是到了管委会附近的体育场，到成立不久的大亚湾音乐协会冯会长处。他装修好录音棚不久，还有演唱间。我们先喝了会茶。他是安庆人，我们谈了一会黄梅戏、严凤英等，哼了《你是山野吹来的风》。不久冯会长弹吉他，张副会长、阿琦分别唱歌，后来几位调查组成员也一展歌喉，气氛不错。这是难得的体验。

下午 2：00 我们离开去晓联村。与温书记、径东村民小组张组长、径西村民小组副组长等聊张案，此为涉及上门女婿财产权益的案件。小岳主要找负责的村干部了解晓联村的积分制。

下午 4：10，我和小马随径东村民小组张组长到径东村民小组办公楼找张案相关的起诉书、判决书等材料，拍照并且搜集了包括村规民约、股份合作社章程等在内的纸质材料。下午 5：15 回到村委会办公楼，与温书记告别后离开岩前村。

到艾美酒店停好车后，穿过大堂到海滩上，几位调查组成员照了一些相，算是到大亚湾的海边了。

随后，我们去清泉古寺。大和尚已在等我们了。他先请我们喝茶，聊了一会天。他专门安排给我们煮面吃。我们吃后与他和教务长话别。之后我带大家在寺里看了一下，在卧佛殿有一场法会，在大殿有八关斋戒。晚 7：15 离开。

晚 8：15 开会总结至 10：20，主要聊今天调查的情况、对大家的启发、对昨晚李书记访谈的看法等。我讲要不负厚意、精神饱满、全力投入、认真总结、出好成果。

晚 11：30 休息。

7 月 14 日 晴

今天仍然兵分两路调查，小池他们两人去西区街道办。

上午 8：20 出发去区管委会，政法信访办勇哥开车来接，今天一天都是他开车接送我们。他是淡水人，"70 后"，原作警察，比较健谈，给我留下了深刻印象。

到后，我们先到司法组庄组长办公室访问他。主要围绕村规民约、外嫁女、村民自治等方面内容，请他谈谈自己的体会、心得和思考。

9：45，我们去宝晟（大亚湾）律师事务所。与曾会长、温主任等座谈，温主任为晓联村径西村民小组的人，他说这个村太复杂了，一个温姓有三派。他们所的杨律师为径东村民小组张案的代理人，我们要了一些代理词和代写的起诉书等电子版。他们聊到外嫁女问题的解决办法，如参考继承法的第一顺序继承人、第二顺序继承人思路，将村民小组财产视为全体有权村民继承，外嫁女为第一顺位，外嫁女子女为第二顺位，有第一顺位则第二顺位就无权。

12：10 结束，他们请我们用午餐。

之后，我们回住处休息至下午 2：00 先送小池、小岳去妇联，我们再去老畲村。老畲村党总支周副书记和去年退出村委会的老村干部周主任接待我们，就三大屋的引入物业公司进行村民自治、和新村 6 个村民小组准备借鉴也引入物业公司进行封闭式管理进行访问，也问了一些村规民约、红白理事会制度等的实施问题，也聊了外嫁女问题。

下午 5：00 周书记陪同我们去三大屋村民小组简单看了一下。

之后我们去公民伙伴中心，钟总很热情，非要见一面。她讲了疫情以后社会公益机构面临的一些困难、她的公益性和市场性两手抓的应对；也谈政府部门对社会组织主要关注财务制度，不能分红、不能挪用等。

晚上 7：30 她请我们团队吃饭。

回来住处后，晚 8：15 我们开总结会到晚 10：30。

之后，我写日记，晚 12：00 休息。

7 月 15 日　晴有雷阵雨　星期六

早上 7：00 吃饭，小池他们 5 人 8：00 将行李放我房间后就去深圳转转，他们 16 日再去香港看看。女小张 8：00 来复制外嫁女材料，准备回去好好看看。她因星期一有事，就帮她改机票到 16 日 9：00 多的航班。她今天自己去深圳同学处。9：30，在坪山工作的朋友小姜过来，女小张也来见了他，一起聊了一会。

随后，小王开车，小姜送我去清泉古寺。10：50 到，到大和尚处喝一会茶后吃饭，准备了两桌，师傅一桌有从韶关南华寺、杭州临安等来的法师，大和尚与我们三人、一位 73 岁老家湖南衡阳的孙总、一位深圳福田区文旅局的小刘等一起吃饭。饭后小姜他们回去，我休息。

下午 2：15 后我到寺内各处走走。在财神殿，与值殿的一位义工小谭聊了一会，她刚来时我们见过，她说差两天她就来一年了。她是湖北巴东县人，在深圳工作，开过美容院，亏空了，卖掉了自己的房子。她因脚痛来寺烧香后好了，发心做三年义工。

下午 3：00 多到大和尚处喝茶、聊天。他说经济不好，有一位老板承诺修老殿捐款 500 万元，到现在才捐 250 万元，且时间很长才到。他讲去年有一位迁单的，后来还去劳动仲裁委员会告寺庙要求补发工资，后化解了。他说我们不是劳动关系，否则加班费就多了；寺庙与师傅是成员关系，提供一个场所供他修行，他是主人。国家支持寺庙自治的。今年有因为行为不庄严而罚在殿面壁思过的事例。

下午 4：00 多下雨。下午 5：00 我们和临安来的师傅一起吃面。

区宗教科下午专门给大和尚来电话，说昨天惠阳的一处天主教会有小孩进入活动场所，被拍照后举报，并上报到省里，结果处罚很重，取消了牧师的教职资格，场地封存。大和尚就把办公室一位人员叫来，要他去做一牌子，并告诉义工，法事活动期间未成年人严禁入内。这体现了政府对寺庙的管理。

之后，下午 5：30 大和尚他们锻炼身体，我去山上看了一下，以前没有上来过。时有小雷阵雨，并去放生园看了一下，有羊驼、马等。后来在客堂，义工团长游总告诉我羊驼来了几个月了，死了一只了，这只也一直生病，可能不太适应气候和环境。

晚 7：30，又到大和尚处喝茶、聊天，教务长、临安来的两位师傅等四五人一起聊。我到晚 9：00 敲钟时离开，回房间写日记。

晚 10：20 时，下雷阵雨，不小。晚 10：30 休息。

7 月 16 日　有阵雨　星期天

昨晚睡得不是太好，每隔个把钟头就醒来一次。

早 4：00 值日师傅的响板响后就醒来，不再睡了。4：35 来到大殿时已在做早课，我在殿外听了一会。4：50 到文昌宫，5：00 大和尚就开车出来，我上车后就出寺。等到了石化大道，杭州临安南山讲寺来的法师联系大和尚，说已到文昌宫。于是，大和尚又回寺接上法师。

大约十来分钟，我们到了位于惠东稔山盐灶背村的碧桂园的伴海云山项目。进大门后有一个禾沙坑水库，大和尚停好车。大概 6：00 来钟，天已亮了，云较厚。

大和尚先带我们绕水库跑了一圈，大概 2 公里，用了 20 分钟。我穿凉鞋，又不时照相，明显拖累大和尚的速度。

之后，到一水库的小码头，广西南宁人 47 岁的小谢已在了。碧桂园这个项目是碧桂园与当地人钟生合作的，钟生早就拿了 8 千多亩地，他以地合作，占三成。自己另花一个多亿元建一院，请小谢看管。

小谢曾是游泳专业运动员。我换上他带来的泳裤，腰上系俗称"跟屁虫"的长条游泳救生带。我为今年第一次下水，且又为野泳，比较谨慎，就主要在小码头附近游。大和尚先陪我们了一会，后游向300米左右的对岸，再游回来。小谢更是游一大圈，大概一千多米。水库的水很清，水极温，非常舒适。真是难得的愉悦。约半小时后我们游好上来。过一会临安来的法师跑完5圈过来，他下去略微游了一下。

后小谢带着我们到了钟生的宅院。大和尚带我看了一下院子，说这样的位置应该是修祠堂、庙宇等的场地，家庭住宅不太合适。他说四五年前钟修好后入住不久就生病了，现在主要住在淡水。钟生有70来岁了，离婚后又结婚。

我将这两层四合院式房屋上下看了一下，有些不太统一。在楼下喝了一会茶，等法师来后，我们就离开回来寺里了。

7：15我们在文昌宫吃饭，有面条、馒头等。镇江来的一位法师早上5：20起来时我们已经去水库了，没有去游泳，但一起吃早饭。他也是来帮忙参加居士菩萨戒的。

饭后我回房间换T恤衫，之后到寺里各处看了一下。财神殿仍然是小谭在值守。今天是星期天，昨天又下了雨，比较凉快，来寺里的人比较多，一家一家的同来。

后去大和尚处喝茶、聊天。10：30他要参加首届居士菩萨戒的"献供"，我就跟来大殿看。教务长也过来了，我们在殿外聊天。他说本来这样举行法事，未成年人应该在殿门的7米之外，因为门口有妖魔鬼怪，对小孩子不好。现在的人不仅不知道，你告诉他、他还不听。下午喝茶时我们又聊到这一话题。

法事结束后我跟随大和尚到斋堂过堂。教务长帮我找了一个靠里的位置，能够拍照。法师和参加居士菩萨戒的居士都坐下后，大概11：10就依规过堂。

吃饭后大和尚就宣读名字发戒牒，叫到名字的到大和尚处领，教务长等协助。全部发完后，大和尚讲话进行勉励。清泉古寺的首届居士菩萨戒就圆满结束了。

我拍了领牒的一些照片。我边上的一位从赣州市来的老年妇女原已经受过戒，这次是增戒，结果名字写错了，她有点不高兴，说工作不认真。吃饭后她去客堂联系重新写,客堂的人请一位师傅帮忙写。

12:00 我回房间休息,睡到下午 3:00 起来,应是昨天晚上没有休息好的缘故。出来时发现刚刚下过雨。大和尚他们在开会,后来知道是总结这次菩萨戒活动组织的不足和可改进之处,参加的有教务长和监院、知客、僧值、办公室职等人。我到客堂坐了一会。

下午 3:39 教务长发微信说会开完了,要我过去喝茶。我去后与大和尚、教务长聊天。大和尚说区宗教科长来微信说要防台风,注意强降雨。这也是政府的管理。

后来大和尚有事出去,教务长安排我们的晚饭,从大堂端饭菜过来。小姜他们来后,下午 5:10 我们三人吃饭。

饭后我与教务长告别,收拾东西后乘小王开的车与小姜一起回大亚湾。下高速时有些堵。下午 6:45 回到原来住的地方。拿材料给小姜让他帮我寄后,我请他们回去,辛苦他们这两天的接送。

之后我出去买些西瓜、荔枝等水果,等小池他们从香港回来。

之后我洗衣服、写日记。

晚上 12:00 他们回来后来我这里吃水果、拿东西,大概凌晨 1:00 多我休息。

7 月 17 日　阴有阵雨 台风

上午 8:30,我们 4 人先将小池、小岳送到沙田社区调查后去石化园区,先在海边看了一下,10:00 到滨海十一路的三菱惠州公司,访问沈副总,就园区企业自发成立业主委员会进行活动并就制度化进行了解。这是自主成立、自发运作的松散性组织,围绕企业为解决筹建、生产、经营中的问题而展开活动。值得总结。11:20 我们离开。

回来住处后小池他们也已经到了,我们就在附近的客家餐馆吃中饭。饭后休息一会,下午 1:45 出发。我们 4 人去管委会,小池他们两人去霞涌街道办。

我们先在张科长办公室聊一会天,之后去李书记办公室坐了一会,后他们三人去访问杨常务,我继续在李书记处谈事情。

下午 4:20,小张他们三人在访问罗副书记时我过去,主要访谈外嫁女问题等。下午 5:30 结束访问。

晚饭罗副书记、张科长请我们在东江餐馆吃。晚 7：00 我们吃完回到住处。

等他们去买点东西后，晚 7：40 我们一起开会，总结了今天的调查情况，进一步明确了各位需要写作的内容。我再次说明了文章需要突出自治规范，注意影响自治规范作用发挥的因素。大概晚 10：40 结束。

之后我写日记，整理行李。晚 11：50 我去前台开发票后休息。

7 月 18 日　星期二　小雨

昨天晚上台风"泰利"在粤西登陆，大亚湾这边受到的影响不大。有点风，下阵雨。

早上 5：45，小池、小唐、小岳、小马 4 人乘阿琦的车去惠州机场，分别回南京、遵义、北京等地。我 7：00 去惠阳站，到广州办事后晚在广州乘飞机回北京；小张 8：00 去深圳机场回天津。我和小张的飞机有点延误。

这次调查至此结束。

2023 年 7 月 31 日整理

2023 年 9 月四川布拖调查日记

9 月 6 日　星期三　晴

这次去布拖是对 2023 年 8 月 2 日至 12 日调查的补充调查。上次来调查时复制的电子资料因 U 盘损坏无法读出来，从邮局寄的县志、复印的资料也没有收到，真是以前从来没有遇到过。想来与布拖缘分太浅，需要进一步加深。故这次找了个时间赶快过来补充调查，重新找资料。[1]

下午 2：25 我从首都机场 T2 航站楼乘国航 CA1497 航班，下午 5：30 到西昌青山机场。布拖来的师傅接上我后即往布拖走。晚 7：40 到布拖，住离县深移办（深化移风易俗工作领导小组办公室）近一点的维也纳智好酒店，此店新开不久，单人间 233 元。

去医院对面的水果摊买阳光玫瑰葡萄，价 7 元一斤。在一小店吃一回锅肉盖浇饭，价 18 元。

晚上联系明天要去拜访的阿吉等。晚 10：00 点休息。

9 月 7 日　晨有雾　晴　有阵雨

早上 7：25 去吃饭，之后去县深移办，7：55 到时阿吉还没有来。我看门没有锁，就推门进去等。过一会，阿吉过来了。我请他提供相关资料。他告诉我包书记前天交流到喜德县做副书记去了，只能通过电话访问他了。本想这次来当面访问他。

简单访问了一下阿吉有关移风易俗的情况。阿吉说以前省里有领导过来，看着穷，视觉上贫困，但实际上有钱，发现杀牛杀得太多，很容易整体性返贫。省纪委就调研，发现这边陋习比较多，省纪委、州纪委有一个"四严禁

---

[1]　经过多次查询，邮件终于 2023 年 9 月 20 日收到了，真是不容易。

四不准"文件，主要是针对党员干部，认为是党员干部带出来的，实际上是做生意的带出来的。省纪委有这个意思，州里就重视，州里出台地方性法规，州里又出台导则，就明确了"双十"：彩礼不能超过10万元，杀牛不能超过10头。布拖县做得更细，规定具体标准，让老百姓知道让做什么，"三个意见"内容比较全，细得多。前面经过两个多月调研，问老百姓比较多，问得多他说得也多，平时做事顾面子，说时讲实话。政府等于给他们一个面子、一个台阶下。另外操作性比较强。

阿吉介绍全县2023年8月31日开了一个推进会，主要是无效婚姻解除方面还有40多对，一个一策，乡党委书记主抓来搞定；报备方面要加强，丧事报备比较齐，婚事报备比较少，他们看明天政策有无变化，会不会降下来，去年完全是等着看情况，所以婚事报备要更扎实；事中服务一定要去督查，乡上村上要做，县上要督办。再下一步是人居环境，婚丧方面不能丢，重点是人居环境问题。全州在搞一个"三项行动"，美丽乡村主要搞人居环境，农办在弄，文件在农办，抓得很严，每次都拿几个县来曝光。

阿吉觉得彩礼暗中偷偷地给，有可能有，我们查了两起都没查下来，查不到；都是现金给的，家支家门亲戚朋友凑。有一起是钱拴在裤腰带上，刚好10万元，扣了200元出来还剩99 800元。这一起是给州上举报，州上查，我们也查，没查出来。有一起是对方不服，订娃娃亲有一家解除了，解除方不服，你结婚了我就告一下你，九都镇的。高价彩礼是今年2月、3月份的事，特木里镇的，叫派出所去查也没查出来。但是比以前肯定低多了，听说是二十多万元，还是有忌惮，不像以前五六十万元什么的。

阿吉告诉我无效婚姻解除后，婚姻观念肯定变了，至少是年轻人的观念变了。无效婚姻解除是抑制高价彩礼的关键工作。娃娃亲牵涉的面太广，每年都要牵牛过来，两边的人情往来多了。一旦不成，彩礼退赔就多了，退赔几十万元，加上面子观念，事情就比较多。所以解除娃娃亲是功德无量的事，是治理高价彩礼的关键性前提。高价彩礼减轻了，年轻人负担就小，就有很大的进步。

阿吉认为丧事完全是减少支出，以前平均是16头，前几天大会开了以后是6头，平均每场丧事节省10多万元开支。饮食方面不再单调了，以前是一盆坨坨肉、一盆汤，吃不完肉就打包走了。现在坨坨肉加炒菜，上桌吃饭，看着干净，肉也不打包走，是个思想上的转变。人居环境方面，脱贫攻坚过后，房子好了，交通也好了，干净多了。人居环境需要软件、硬件一起推，硬件不推老百姓认为不实在，硬件设施要好。这三块治理得好，整个人的思想精神都好多了。

9：00，州深移办督查组举行反馈会，我旁听了一下。他们两位是 5 日来的，现在是第三轮督查。肯定了几方面做法，讲了几方面问题，提出了几方面建议。经验方面，开展无效婚姻的包案；严格标准，加大事中的服务；有交办单。主要问题：一是共性问题，规范性报备机制比较差；二是有漏报情况，县乡镇审核报备不严；三是对政策理解不深，业务不熟，村规民约没有更新；四是红黑榜利用不充分，没发挥作用；五是宣传不浓厚，标语数量不足。建议压实各级责任、加强报备前置程序、在工作落实中加强培训、加大督查力度、营造浓厚的宣传氛围。阿吉做了一些解释，但是基本上都是接受这些反馈意见，表示照单全收。在非正式的聊天时，督查组的说个别乡镇如九都镇，1 万多人的乡镇，全年一起红事报备都没有，不符合常理。在阿吉表示有一起红事报备后，他说只有一起结婚，不真实，有漏洞。

之后我专门访问了州深移办督查组的一位干部。他说移风易俗改变了老百姓的生活质量、生活方式，老百姓的生活环境、经济压力、生活条件这三方面变化了；养成一个习惯，只用 90 天，保持下来就需要长期；生活质量逐渐地在提高；习惯方面好的要保留下来，民族的精神、灵魂所在，不好的要逐渐摒弃；布拖很重视这个工作，包书记、以前的罗书记很重视，专班很支持，乡镇很配合，花费人力物力开展这项工作。因他们马上要回西昌，就没有更深入的访谈了。

复制完电子材料后，我离开深移办去县政府大楼，到三楼史志办阿康主任处。他准备了 1993 年出版的老县志，新的是没有了，还送了我《中国共产党四川省布拖县历史（1950—1978）》和 2018 年、2019 年、2021 年这三年的年鉴。他还送我阿都局长的《彝族阿都婚俗集》。对邮件没有收到，他比较不理解，也觉得不应该寄丢呀。

之后我去在依撒社区的德古协会，请秘书长小马提供相关资料。这样总算将基本的资料补回来了。

再与小马聊。他说德古协会成立是基于几方面原因，最开始是从人民调解角度做的。在基层治理当中，本来在社会上德古就存在，但有一定问题，如违规调解，不能调的也调了，还有乱收费的，就需要对他们进行治理。没有成立协会之前是先纳入调解当中，是德古加法律。后州上比较重视，德古协会是州上主导，每个县都成立。协会有两种形式，一个是州协会的分会，如布拖分会；二是自己的会，去民政局批，自己成立。成立德古协会是为了规范，起到更好的作用。

小马介绍，提出诉源治理后，德古这方面更加被重视起来。要成立德古协会，先要大致了解德古，哪些人是德古中比较厉害的。找到了现在的会长，再开始进行遴选、报名，通过会长把副会长等找到了。报名的有177名，组织了几次培训，把他们的作用发挥得更好。德古协会成立后，在矛盾纠纷方面起到了预防作用，在调解当中把许多具体案件进行了预防，矛盾小的时候就进行了解决。法院移送过来后也减少了诉讼，成为诉源治理的重要部分。调解中也起到宣传法律的作用。

小马觉得德古协会要进一步发展，经费要解决，肯定是个大头。司法局一年给3万元至5万元，只够买中午的盒饭。补贴原先定了一个200元至300元一件，这太少了。上班的这支队伍有13个人，坐班制的，工资制度要进一步完善，积极性要保障，不然时间长了就会影响发展。二是对这支队伍要进行进一步的法律培训。这177位不能保证在村组调解的全部都符合法律，没有进行文书规范，很多不受控。三是制度上保障约束性的机制，要进一步完善。他讲有些人不愿意制作调解卷宗，有些案子就不好收集。当事人有些比如婚姻家庭条件和好了，就不愿意有协议什么的；还有知识水平低的，嫌麻烦，要调解好了，也不愿意拿身份证去复印什么的。

小马说移风易俗这项工作很好，从很多方面扭转了当地的很多习俗、习惯，改变了习惯。婚姻家庭方面，娃娃亲这一块基本上没有了，彩礼降下来后，其他结婚时赶礼也降下来了，结婚送100元可以了，以前要1000多元。他觉得经历了几个阶段。他说他们小时候不存在赶礼，人去世后给一点买酒钱，给几角钱、一两块钱，打一斤酒几斤酒。后来经济发展了，出现了一拨人突然有钱，风气被他们带坏了，礼钱赶得很高，给几块钱拉升到几百元。娃娃亲原来有一阵子没有了，我们小时候政府组织过，没有了。也是这一拨人也开始了订娃娃亲，说加深感情，慢慢又有了。结婚彩礼，他姐3万元就结了，他读初中的时候，大概2002年、2003年时，那时候3万元算高的，他姐是有工作的。后来没到两三年就一下子变成10多万元、20万元，这帮人一下子就拉升了。他觉得移风易俗，效果还是比较明显。全县的娃娃亲以行政干预手段几乎全部解除完了，高价彩礼也得到了遏制。办丧葬容易返贫，死一个父母两三代人去还债，很严重的支出。到底杀好多头牛自己说了不算，家族的人压着你杀。现在政府牵头、监督，效果也很明显。现在开始强调卫生，城乡环境整治，这个也是肉眼可见的很明显的变化，不能坐地下，每天要洗手洗脚洗脸，每天督促他们。虽然还存在政府干预的情况，但慢慢养成习惯后效果就会很好。

小马还向我介绍了一起 8 月 20 日至 29 日调解的事。男方有第三者，女方和几个姐妹就把这个第三者打了，共同被要求赔了 8 万元。这个女的嫁给外省的汉族，与这个男的有关系了，抓到过几次。这次几个姐妹拉女的到小山坡上去打，然后把女孩的衣服都扒光了，拍了视频发朋友圈，社会影响比较大。视频流出来以后涉嫌非法拘禁，公安派出所都去找她们了。公安委托德古去办理调解，意思是如果不赔偿就要被判刑，也是担心这次不处理好后面还会发生其他的事情。现在男女双方都没离婚，婚姻还在继续。这个事情比较特别。

后来我与一位比较年轻的德古聊了一会，他普通话不是太好。39 岁的阿布德古是特木里村的一个村小组长，他们村民小组有 70 多户，400 多人。他说他喜欢做德古，老年人聊天讲这个事他就听着，了解了，慢慢就感兴趣了，他 25 岁开始就开始做德古调解了。他说德古协会肯定好，来找的人逐渐多了，我白天在这里学习经验、打听法律，学东西。德古对大家都要公平公正。他说德古不能乱收费，不乱吃人家东西，不抽人家烟，不喝人家酒。调解好了，人家心甘情愿给两三百块钱，那个是应该的。他说移风易俗条例最喜欢、最得好处的是我们老百姓。老百姓子女多，彩礼高了大家都没有好处。彩礼降是降下来了，没有这个移风易俗条例，农村的要三四十万元，有工作的要七八十万元，现在大家要十万元以下，大家都要高兴。丧事杀牛这个是有好处，原来没有移风易俗，现在有这个政策了，大家都要好了，按照程序办，听党话跟党走。他强调移风易俗条例这个出来了，大家都好了，不铺张浪费了，大家都轻松了，不用硬着头皮。吃炒菜也习惯了。

中午在德古协会吃盒饭后坐电动三轮车去布拖大桥照了几张毕摩、苏尼的照片后回房间将电子材料备份，再也不能出现上次那样的情况了。

下午 1：45 出门去民政局找阿都局长。下午 2：00 我上去二楼他办公室，他已经在等我了。他说中央 1 号文件就提倡移风易俗，民政部等八部门都有一个文件；从现实来看也必须搞移风易俗，经济增长与高价彩礼、丧事大操大办不相适应。以前只要工作的，要40万元以上的彩礼，农村要20万元以上，按家庭收入来讲，无法娶老婆；原来这么高，有些是要面子，攀比，虚荣心。现在效果看来很好的，大家都认为这是很好的，群众是很支持的、很拥护的。把以前的娃娃亲、无效婚姻全部解除了，这是婚姻上最大的改变。4000多对都解除了，改变了这些订娃娃亲的人身自由，解放了人性。原来是一种精神枷锁，现在解脱了，给自己创造了一个正常成长的环境，人性真正的解放。最大的效果，读书的时候订娃娃亲，读完书后就要结婚、生孩子，对自己事业有限制。订娃娃亲的家庭，在布拖将一去不复返了，以后不会再发生了。这是人性的解放。

他认为移风易俗时传统优秀文化是保留下来了的。设计制度时充分征求家支头人、老退休干部、德古等一起来制定；经过村民的一事一议，经过村规民约、居民公约，反复讨论、研究，征求最广泛意见，形成统一意见。优秀的习俗传承了下来。如丧事时家族的媳妇要敬酒、晚上唱山歌等都保留下来了，只是对各种费用减少了，以前给1000元，现在给200元。以前致悼词的有给四五千元的都有，现在不超过300元，减轻了负担。

他觉得这次移风易俗，一是有国家法律支撑，二是有村规民约来自群众的意见，三是大家都承诺，四是制度设计比较合理，五是县委县政府重视有经费保障，六是建立协调服务队、餐饮服务队等各种队伍，县乡村组四级专班构成科学、全面、得力、合理，男女都有，民间人才、退休干部等，七是健全机制，形成闭环管理。这些工作是革命性的，但对传统文化不是革命性的，在尊重传统文化前提下，对群众负担减轻了，适应时代潮流，把高价彩礼刹住了，所以得到了大家拥护和认可。

他认为阿都彝族大方、耿直、爽快、注重名气、好客、热情、乐于助人、坦荡、不拘小节、淳朴、在背后不说人、好面子，这些是与其他地方的人是不一样的。

在传统文化的变化方面，他觉得人与人之间的关系相对淡化了。人与人之间关系原来很淳朴的，现在有些讲条件了；人的信任度减弱了。在机关工作的人现在不讲究祭祀、不讲究规矩了，很多仪式不做了。过去农村剪羊毛时还要唱歌，粮食新出来的时候要祭祀，现在慢慢也没有了。人死亡以后超度，现在农村有的慢慢地少了，这个仪式很复杂，以后慢慢地就会没有人举行这样的活动了。过去拣猪、杀猪等很讲究的。机关里长大的、城市里长大的人，汉化的趋势较强。彝语都说不好了，彝族文化就少了解了。

他觉得以前很多地方依靠德古，现在德古的地位和作用下降了。现在大家相信共产党，随着文化水平提高。以前我们的习惯法有家支德古、妇女德古，以家支德古为主。现在有还是有，家支里面有什么重大事问题，大家一起商讨、研判，寻求解决问题的办法。家支有人死亡了，大家开会一起办理。有什么冲突大家都商讨，但都要服从现在的法律，在法律框架内。救济贫困也是家支的职能。

在彝族习惯法与国家法律冲突方面，他觉得现在没有什么冲突，按国家法律走，调解一切服从国家法律，违背法律的事谁也不敢了。以前杀人事，判刑或者枪决后私下还有由德古解决的，现在不敢了。这个应该是人民的法治意识在增强了，他觉得这是违法的了。

他认为在布拖，彝族文化最为丰富：一是节庆文化，如火把节，布拖是发源地，彝族年内涵也很丰富；二是服饰文化，有上百种，布拖独有的比较多，像银饰；三是民间文艺，有朵洛荷，腔调有十几种，只有布拖和普格的一部分才有，还有口弦；四是饮食文化，坨坨肉，酸菜汤燕麦等；五是毕摩、苏尼文化，全县有 300 位左右毕摩，苏尼有 100 位左右；六是婚俗文化。

他向我介绍《玛牧特依》这本书全是谚语。如早上做交易，下午不能再反悔；吐出去的口水不能再捡回来。这些都表示要认账、守诺言。赔偿方面也有。

他送我他主编的《彝族阿都风情》（四川民族出版社 2023 年版），内容比较全面。他下一步准备写彝族丧葬文化等。下午 3：00 我与他告别，离开民政局。

下午 3：20 到县档案馆，小汪办公室的门关着，我上去四楼看见他在复印。之后一起下来，有不少人找他办事，我先在旁边等着。等他处理完某单位填表、某人查工作安排通知等事后，经我说明邮局没有送到包裹、再三表示歉意后，他拿来目录，我即找出来需要看的卷宗号。在他处理完某单位的档案报送事后，我与他一起去三楼库房找，一起拿下来。我重点将上次看过的材料搜集完整并明确出处。看了 13 个卷宗，基本补上了上次的材料。

晚 6：00 将找来的卷宗的相关内容看完、收集。之后与小汪去档案馆对面的一个餐馆一起吃晚饭，菜为一个回锅肉、一个白菜、一个酸菜红豆汤，价 80 元。晚 6：50 吃完回住处时天下下雨了。

回来后将今天拍摄的照片存起来。之后，写日记。晚上 10：30 休息。

9月8日　晴

今天上午 8：20 到依撒社区的德古协会时，门还关着。我联系老吉会长，他说今天上午不会过来，明天可能下乡调解，今天晚上再联系。

经小谢联系，我联系县乡村振兴局的田局长，之后到县政府五楼他的办公室，他临时有事去宣传部开会。我就在他办公室等，思考相关的提纲。

快 10：00，他回来办公室。我就访问了他，他也负责农办那边工作。他认为物质决定意识、决定行为习惯，思维意识的转变需要条件，布拖县人为什么以前不讲卫生，以前基础设施建设太差，都是土坯房，全是泥土路、人畜混居，基础设施限制了他的行为。现在为什么抓人居环境，一是通过脱贫攻坚基础设施补上来了，有城乡环境建设的条件了。二是脱贫攻坚是统一模式，通电通水等。进入乡村振兴环节以后，维度发生了变化，现在面对所有农村居民。以前只是对贫困户，主要关注刚性的"三不愁两保障"。关注不一样了。移风易俗、城乡环境治理，事关现代宜居生活。三还有一个很迫切、很特殊的原因。凉山有特殊社会问题，席地而坐、高价彩礼这些。有的人对凉山不了解，通过自媒体这些污名化凉山，所以必须开展美丽乡村建设，适应时代需求。他认为必须用行政手段引导村民用村规民约的自治方式对行为举止进行规范。

这次人居环境的整治，他认为有三方面特点：第一更注重百姓参与度，强调内生动力。以前更多是解决设施问题，现在更多是引导他们，给他们定职定责，选举出了一些保长，给标准给任务，多维度的，如积分制管理、奖惩并行，突出他的主人翁地位，他自己去做。二是双线并行。基础设施补短板，形成清单，开展美丽乡村的物质基础尽可能保障好。同时加强宣传，提出要求。三是以前是区域性、阶段性，现在是全覆盖，持续的、长期持续下去的，持久性的。

难度方面，他觉得也有三个方面：一是生活习惯的改变，长久形成的习惯，不可能一天两天就变。有惯性思维，需要有一个长期的过程。二是有一些脱贫攻坚期间的设施，部分满足不了美丽乡村建设。如新建的住房，他土豆有几千斤什么的，没有地方放，另外有的没有养猪、牛、羊的地方，这些要继续完善。三是这是一个系统工程，村民、村干部对干净、卫生的标准的理解可能不一样，认知度不一样。高海拔地区有一定的偏差。

在效果方面，他认为：第一公共区域改变最彻底，通过行政手段发生翻天覆地的变化。以前冬天白色垃圾满天飞，河道等卫生一塌糊涂。现在有相应经费，定人定岗彻底改变了，通过行政手段做到了。第二老百姓方面，所有面上，95%以上正在改变，洗手洗脸、室内物品摆放、房前屋后清理，这些都有变化。不过推进也不平衡，与老百姓的生活习惯，与老百姓通过村规民约的村民自治水平都有关。

下一步他觉得面上必须保持，坚持形成习惯。同时依靠村民自治，进行相关制度完善、相应的保障，给村上的这些经费要保障，保长制、10 户不等的要起作用；压实村两委、驻村工作队、乡镇干部包村的责任，必须压实、明确、持续给压力，久久为功。他通过微信给我发了脱贫攻坚的报告、美丽乡村文件、三项行动清单等材料。

11：00 我离开他的办公室，到布拖县图书馆看了一下，想看有无新的那本县志。没有看见管理员在。没有看到县志，有一些彝学会的《布拖彝学》内部印刷刊物，如 2015 年、2016 年的等。

中午回住处休息了一会。

下午 2：20 我到了县农办，借调来的牛角湾镇的沙副镇长在，跟她聊了一会。她觉得这次人居环境整治，政府层面的力度更大一点，以前是阶段性的，这次覆盖面广，整个凉山州都在搞。常态化推下去，以后老百姓应该也会注重这些了。她认为效果挺好的，不管是公共卫生方面还是老百姓方面。有的人认为这事有点搞笑，农忙时间就会不太注意这个卫生了。但本身下地回来，如看到家里很整齐、很舒服，也是会很开心的。她觉得难度肯定是有的，像基础设施方面，我们下去督查时，没有排污设备，老百姓养的猪啊，这些污水就只能在路上排。这个现在有个大排查，先解决急需的。现在老百姓也会找这个借口，你要他搞好卫生他就找借口。后来她要去开会，我们就结束了访谈。她通过微信给我发了一些乡和村的好的做法，还有一期情况简报。

下午 3：00 到深移办。后天 10 日有三对结婚，一个在西昌办，两个在布拖办，彩礼分别为 10 万元和 9.999 万元，可惜我要回去，无法去现场观察。我问阿吉昨天州里反馈有无书面材料，他说没有，可能开曝光会时说。他说有的乡村确实没有做文书材料的习惯。他说还有乡村没有挂移风易俗办的牌子，要求他们挂上。他说昨天晚上开会开到 10：00，李书记主持，是巩固脱贫成果后评估，中央要来暗访，大概 9 月中旬，布拖自己想成为省优，所以现在机关全部下乡。

阿吉说他们在给解除娃娃亲的当事人做工作时，遇到一个矛盾，不少人对女儿也要养父母想不通。彝族传统习惯法是出嫁的女儿不养父母的。他们做工作说现在男女都一样，女儿可能会更贴心，更关心、照顾父母亲。现实生活中也有这方面的大量例子。但是不少人还是接受不了。

本来约下午 4∶00 访问李书记，后因临时有省视频会，他就想在 3∶45 左右聊一会。我过去了，在小谢办公室待了一会。我看见他那里有 1986—2006 年县志，就拍摄了社会生活部分中的习俗内容。后来他定晚上一起吃饭时聊聊。晚上 6∶10，我乘李书记车到黑绵羊大酒店吃饭。吃饭前，我请李书记谈了一些看法。

关于德古协会，他说过去德古没有组织一说，都是分散在民间，当时交通不发达，大家来往不容易，所以家支德古在各个地方。现在组织起来，主要是党委政府有调解需要。现在交通方便了，流动性大了，流动起来也方便，完全可以集中在一块，而且德古也灵活了，不仅仅是处理自己家支的事情。德古集中在一起，他的调解范围也大了，集中在一起它可以调外地的、外县的纠纷，范围很广。人也好找，事也好做，这个组织起来是为了方便。一般的纠纷，年轻的调解人员能够搞得定，但是特别复杂的他们就搞不定，需要年纪大的来做。集中在一起就方便，德古协会这是现代高效与传统方式的一种结合。

移风易俗方面，他认为布拖是凉山全州的亮点。过去彝族人的价值观念，不是个理性人的观念。老百姓不论贫富，与钱没关系，都很好面子。有的老人在临死前会说我死了以后你要杀 100 头牛。老百姓就会背负很大的经济负担，几十年都还不清，向亲戚、家支借，一辈子、几辈子都还不清。有的还不清了，还有上吊的事情。过去是你盯着我，我盯着你，就是要面子。这次移风易俗刚开始，为什么必须强制性干？其实老百姓内心是愿意的，但是他们需要一个借口、一个台阶。比如一个工作的，他父亲就会说我女儿工作了，你本来应该给我 40 万元，现在只要 10 万元，那我家支是不是就没有脸面？所以刚开始强制性干，有一个台阶给他们下。先从党员、干部、公职人员开始。刚开始强制性到慢慢地接受，有这样一个过程。这是一个逐渐改变的过程，刚开始强制性地给一个台阶下。

他告诉我彝族以订婚为大，结婚只是过门，十二三岁就要订娃娃亲。其实他订娃娃亲了，也不是马上就在一起。订婚后不是马上过门，成年才过门，订婚后小伙子有时候来帮帮忙。娃娃亲这个反映了传统与现代、个体与价值的冲突。父母给订婚后，很多出去打工的孩子就不愿意了，出去了以后观念就不一样了，就有观念冲突。更多的是损害了女孩的权利。解除娃娃亲最大的矛盾就是彩礼定金的返还问题，当时定了 10 万元，不管你当时给了多少，彩礼退只能退 10 万元。他个人认为这个规定有点问题。彝族习惯法规定，如果男方要求不结婚，那彩礼是一分不退的，还要赔个礼；如果女方悔婚，那要求双倍返还彩礼。比如原来拿了 50 万元彩礼，现在规定只能退 10 万元，这就有矛盾了。那就可能出现阴阳协议，明的只退 10 万元，暗的可能还要退得更多，这个阻力有点大。订婚时收多少退多少，至少这样规定，这样还是公平一点。解除娃娃亲基本接近尾声，但越到后面就越麻烦很多，比较棘手一些。

关于生活习惯、人居环境，他说他来布拖以后很看重。不洗脸、不洗脚，甚至有的几年都不洗澡，不少搬进了新居还是传统的习惯。过去高寒山区取水、用水都很困难，养成习惯了。现在推改善人居环境，先从吃"公粮"的开始。比如说有工资的村干部，开始从装瓷砖开始。还有小手牵大手，孩子从学校里回去教大人。五六十岁的人很难改，年轻人从行为习惯、观念都有很大改变。这需要逐步地变，彻底地改变需要一两代人，现在我们比较着急，要力度大。送东西、送镜子，看看自己的脸，各有各的妙招。搞成一个小组，选健美家庭、发红花、奖励等，想了不少办法。各乡村都采用村规民约等。要转变人的行为习惯和思想观念，否则房子修那么好就有点不相称，人也要干干净净。

他觉得布拖这个地方是很典型的，文化传统很深厚，老百姓有很多美德，但是交通条件太差，长期处于封闭状况。这次移风易俗可谓是第二次解放、第二次民改（民主改革）。硬件通了，通路、通水、通电、通电视，另外高寒山区的搬迁了。那灵魂也要革命，从过去广种薄收甚至摆烂，种点洋芋饿不死，坐在太阳下捉虱子，到现在这样移风易俗的一个状况，各方面都要革命性的。改天换地的变革。他出去打工了，经济头脑就起来了。

以前老百姓认为是政府在折腾他，包括脱贫攻坚他也认为是折腾。现在通过产业植入，比如帮他养牛从种质改变、技术提升，到拓宽销售渠道。他获利了，老百姓看到生产的组织形式变化，比如建立合作社。生产的组织形式，再到社工的组织形式，比如加强培训、引进第三方和农业企业。把人的生活方式改变，再到价值观念的变化，这样形成一种终极性的变化。没有产业作为基础和纽带，始终是白折腾，老百姓要获利。自治组织一定要有凝聚力，有利益在里面。

不过，他觉得现在老百姓有依赖心理，等靠要，甚至有的家里灯泡坏了也要你政府人去帮他换。他觉得这是个问题。

聊了一会后我们就吃饭。吃饭时聊到现在基层没有决定权，没有自主权，都必须按照上面的要求，往往一刀切，这让人感到没有被信任。他为此也很担心，这样越来越紧，以后怎么办。

晚上 7：30 吃完饭回到住处。随后整理材料，晚 11：00 休息。

9 月 9 日　星期六　晴有阵雨

上午 8：50，吉县长接上我，先与基只乡书记等汇合，吃早餐后去基只乡。在火烈新村走一条翻山的砂石路近道，风力发电公司开的路，越野车走没有问题。10：15 到基只乡，乡政府院子里有一栋三层办公楼，脱贫攻坚时修的；一栋 5 层宿舍楼，大概 2015 年时修的；还有一排平房，做食堂。整个构成了 U 字形。

已有县政协副主席、县应急管理局局长在等了，还有包扶的县卫健局、县邮政局、电信公司等单位的人。他们先聊基只有 500 来位 60 岁以下的人没有上户口事，需要进行亲子鉴定，工作量不小。全县共有 1000 多这一类人。

后上三楼会议室参加"布拖县'三农'全员下沉集中攻坚第一次视频会"，主会场在县城，各乡镇为分会场。原定 10：30 开始，到 10：50 开始调度，由李书记在主会场询问，各乡镇领导和包扶县领导回答。

对九都镇，李书记主要问能下沉多少人？回答为可以下沉 216 人，每人至少包 10 户；美丽乡村十项行动，近期主要做了哪些？回答是上次在全省检讨，搬到依撒社区的督促不够；小孩上学报名，没有报名的还有 22 人，前天召开村支书会要求督促去报名。还问了住房安全、生产用房住人问题。

对拖觉镇，李书记主要问包扶责任体系建立起来没有、用水有无问题、美丽乡村整改如何等，比较快就结束了。这个镇县长包扶，在分会场。

对拉果乡，李书记问联系部门有哪些，都到没有；收入达标有无问题；

新纳入的建设户有多少公共区域大扫除开展没有。回答是目前最大的困难是有一个大村，一人需要包二十几户。李书记说要调整一下，不能负担太重。

对龙潭镇，镇上说有一个情况，有的家庭人口十二三人，现有住房住不下，就造成问题，到生产用房去住；申请不了宅基地，不能建房。李书记说这是系统性问题，下来要解决；这几天要下来，不能住，挤一点也可以，否则为啥建新不拆旧；最简单办法要么拆掉要么关起来。

之后，我下楼出去村里走了一下。看见基只小学；乡上村民开了一家超市、4 家小商店、1 家餐馆，没有什么街的感觉。

走到基只村委会，没有开门，墙壁上贴有一件有 23 条的村规民约，没有制订的时间，看内容大概在 2021 年制订；有一件 2022 年 6 月 21 日制订的村规民约，共九部分，应是移风易俗后的文本。

看见有垃圾箱、有沼气池，不过村路上有的地方比较脏，有牛粪等。

11：50 我又回到三楼会场，调度会仍在继续。李书记说所有帮扶责任人不能上午车下去，村游一样逛一下，要利用晚上时间去入户，可以利用下午时间下去，要讲实效，切不要自欺欺人，要找到人、入到户。把人居环境问题一一解决了、稳定后，可以几个月不去。帮扶人员重点是责任落实没有，不能悬起。

他问峨里坪镇，村民大会参加了几次，说每次村民大会都是教育老百姓的大好机会，买点盆什么的，先进户奖励一点东西，后进户第一次差了，第二次好了，设置进步奖。

他问委只洛乡帮扶责任体系、安全住房、生产用房住人等问题。对生产用房住人问题，李书记说随着老百姓人口数量情况变化，不能光堵，要解决建设用地问题，进行系统性考虑，这是政策问题。现在先解决眼前问题，这几天无条件地搬出来。

所有乡镇都调度完以后，李书记最后说了几句：从刚才调度情况看，总体情况还是不错的，下沉的领导比较好，个别的县领导没有下沉到位，对无故不到位的，农办要问他们在干什么，县上的直接处理。省里暗访组已到了，已在开展工作了，布拖是必然要来的。不是为了暗访而工作，这些事情本来就是我们重点在做的工作，"两不愁三保障"、收入达标、村容村貌美丽、乡村安全饮水，这些问题都是重要的问题。把力量用在急难危重问题，守住原则性问题、重点性问题，思考漏洞在哪里、风险在哪里，才能保证万无一失。

也是借此机会三大行动责任再细化，工作推进再上一个新台阶。脱贫攻坚都干下来了，还怕这个吗？现在是该"打仗"的时候。调度会于12：03结束。

12：10我在乡政府食堂吃饭，有两桌人，菜有蒸土豆、荞面粑、苦瓜炒蛋、炒青菜、鸡、腊肉，还有一个鸡汤。

吃完饭后12：50，我离开基只乡，下午1：50回到县委办公室楼。在路上，司机说禁毒除艾、扫黑除恶、脱贫攻坚，这是布拖翻天覆地变化的重要方面。他说布拖前一阵子发生了一起故意杀人案。一个男的与女的分开了，彩礼返还问题也谈好了，已经付了一部分，还有一点没付。但女的说话很气人，说你还要这些钱做什么去，男的就非常受不了，就将女的、女的妹妹、女的父母等四五个人都杀死了，自己自杀没死。我在布拖法院的公告栏上看到9月20日四川省高级人民法院在布拖开庭故意杀人案，不知道是不是这个案子。

我在县委院子门卫处充电，等到下午2：20，小谢和司机出来我上车，去接李书记。他下午去暗访，同去的有乡村振兴局的田局长、农办沙副镇长等，还有一位融媒体中心摄影的人，共两个车。

下午3：00到了特里木镇的乌科村村委会，这是县委办帮扶的村，没有干部在，联系以后说都下到组里去了。我看村委会图书架后的墙壁上贴着2015年的一份村规民约，但被挡上了看不全，但有丧事简办等内容。

之后李书记他们就入户察看。我看到5组26号家在院子里的墙上挂着斗牛、斗羊获胜的锦旗，有7面。30号家男主人在，院子里晒着燕麦，田局长问了收入，告诉我，他有一个儿子小学毕业后去深圳电子厂打工。55号家的大门上挂着几个羊头、牛头，我问沙列镇长，她问一位干部，他说是做迷信用的；沙副镇长说也有装饰作用。

下午3：27回到村委会，在会议室开会。田局长先说了生病返贫的问题，又说了两户危房的问题，再说一、二组水源不足、水量不大问题、低保孤儿问题。李书记问做点长的副镇长，他说这个村有385户常住，200多户有的都搬到普格这些地方去了。他说五组这个组是比较差的一个组，问题是羊没地方养，养家里和附近影响卫生。李书记说要关注是否为危房，羊圈要想办法，牛、猪、羊关在院子里甚至屋里头，人居环境怎么会好呢？县委办来的第一书记说最需要的是羊圈，羊圈解决了以后人居环境就会好，只要羊不经过屋头就环境好了。李书记说房子里面功能不分区域，被子几年不洗，几户进去没有一户干净的；帮扶责任要落实到位，帮扶责任人一户一户去落实，羊圈立即启动、落实，要设计好，离屋头要近。他说"三项行动"村民大会开了多少次，十户联保起作用没有，最美 5 户最差 10 户评出来了没有，要发个简报、存个资料。

14：08 坐车到五六公里以外的三组，靠近普格了，海拔有 3148 米。下车的时候下大雨，就决定大家先躲一下雨，有的在车里等，有的在小商店里等。14：25 决定换一个村，因为雨一直在下。

在下山的车里，李书记对我说高海拔的村人居环境都不太好，他准备明天去乐都镇，觉得也不会太好。他还说村民自治组织问题，如何能发挥村民的积极性，人居环境是村民自己的事情，不能都依赖政府。今天在乌科村 5 组，我感觉村民对进自己家来的干部除了一户男主人外没有热情相迎的，好像事不关己。田局长说的村民的内生动力，看来不太平衡。晚上回来后，我觉得是否可以发挥家支的作用，就如禁毒事。

下午 5：00 到了特木里镇的落日村。村委会院子里有新风园，我看见办公室墙上贴着有禁毒公约、禁毒协会章程，把它拍了照。没有看见村规民约。

出了院子以后没有看见李书记他们人，我就到村上看了一下，拍了 4 条移风易俗方面标语的照片。后来看见李书记他们从新村那边过来。他们又看了一下这边老村的一些住房，2 组 86 号是两位老人，低保的。还看了一下河道。下小雨，下午 5：33 离开，5：40 我回到住处。

回来休息一会后，下午 6：10 去附近的民主村民委员会看了一下，没有什么发现，禁毒方面的宣传比较多。

从今天在基只村、乌科村、洛日村看，公共场所卫生状况有改变，家庭环境还变化不大，个人卫生更需重视。三个村有所不同，但要改变原有习惯，养成新的讲卫生习惯，那都还有艰难的过程。现在席地而坐较为少见了，上桌吃饭慢慢成为习惯，这是较为明显的变化。

之后，到 6 日晚上吃饭那个地方仍吃回锅肉饭，价 18 元。吃完回来住处后写日记。晚 11：00 休息。

9 月 10 日　星期天　晴有阵雨　布拖—西昌—广州

上午 9：00 从布拖住处出发，中间停了几处拍公路边的移风易俗标语的照片。

11：20 到西昌机场。中间遇二次运风力发电叶片上去的车，单向通行，影响交通，好在时间不长，没有影响我的行程。

在路上的昭觉路段，遇到一群牛，大大小小，大概有二三十头，在公路上走。司机陈师傅用彝语问一位赶牛的 60 多岁的大爷，他说是每家两三头，集中在一起去吃草。陈师傅说他们互相是亲戚，轮流着去放。这有点放牧牛会的样子。这应是遵循互助放牧的习惯法。以后有可能在布拖可以调查一下，不知道是否为固有习惯法的传承。这群牛的后面，有一位四十来岁的男性用锹铲路上的牛粪。很注意环境卫生。

也是在昭觉县路段，有一个村的男女老少，大概有五六十个人，在公路两边捡垃圾、搞卫生，似为每家出一人参加，捡到了好几编织袋的垃圾。陈师傅说这方面昭觉比布拖要做得好。确实，今天一路看到昭觉除上述两处外，还有三个人分别在公路边或扫地或铲牛粪，在搞卫生，而布拖这边没有看到。这当然并不能说明什么问题，或许布拖的可能晚一点出来搞卫生，只是我们经过时没有见着而已。

陈师傅还讲他在龙潭镇沿江村有亲戚，那里还保留有一条溜索，也在金沙江上修有桥。下次有时间可去看一下。

四川航空 3U3057 航班，正点 12：55 从西昌青山机场起飞，下午 3：00 到广州机场。不过今天飞机晚到，12：30 才到。14：42 机场又广播，由于航路天气不符飞行标准，暂不能起飞。到 13：15 开始登机。13：32 飞机推出，15：53 到广州机场。大概晚了 1 小时。晚入住广商附近的开心大酒店。

至此，这次布拖调查结束。

2023 年 9 月 21 日整理

四　思　索

本真淳以应变幻　由笃实而达空灵

——清华大学法学院 2020 级开学典礼上的发言

诸位 2020 级同学、诸位同事：

大家下午好。

非常高兴参加我们法学院 2020 级开学典礼，也非常荣幸代表各位同事致辞。

今年是非同寻常的一年，我们都有难忘的生活体验。各位本科同学经历了线上学习、在家复习、推迟高考的岁月；不少硕士生同学经历了线上复试这一前所未见的新形式；硕士生同学、博士生同学面临与导师不能面对面交流、讨论在校学习、研究计划的困难。不过，各位同学都克服了种种困难，在异常的环境中得到锻炼、得以成长，实现了自己的理想。我向各位同学表示祝贺，恭贺大家通过自己的努力进入清华大学法学院，开始人生新的历程。

诸位同学，你们的到来，使清华园重现了往昔的勃勃生机；让明理楼、法律图书馆恢复了以往的青春朝气；大学才有了真正的意义和价值。我们一直都共同期待着这一天！

对诸位本科生同学而言，大学是自己一生关键的奠基时期；对硕士生、博士生同学而言，研究生阶段是自己进一步提高、提升并实现飞跃的重要时机。我想大家都会珍惜这来之不易的求学时光，也都已经有自己的初步打算和计划；你们的父母和师长、亲友也对你们寄予厚望，行前有谆谆教诲。今天，在你们即将开始全新的生活之际，我也想借此机会与大家做个交流，谈一点我的想法，供各位参考。

我今天致辞的主题为"本真淳以应变幻，由笃实而达空灵"，主要围绕求"真"与求"实"说点感受。

"真"，《现代汉语词典》释为"真实""的确、实在""清楚确实""本性、本原"等，这表明求真意味着追求客观真理、追求内心确信。在面对未来的不确定世界时、在应对复杂的风险社会时，我们唯有孜孜不倦地探寻人类、自然、宇宙的本质和客观规律，思考从过去到今天以至明天的发展过程，把握人类社会的内在走向，实现我们的人生追求。而这需要我们在努力学习、理解百说、博采众长的基础上看真事、求真知、探真理，逐步形成我们自己的独立判断、独特思想、独行路程。求学实际上是一个在认识自然、社会、他人的基础上存真去伪、逐渐认识自己的过程，是时刻与自己对话、不断求己明心的心路历程。求学中的求真虽然有求客观真理、人类大同的内容，更有求我们每一个人自己独特个性、独有理想、独立生活养成的意涵。

而"实"，《现代汉语词典》释为"真实、实在""实际、事实"等，这表明求实意味着面对实际、脚踏实地、实事求是。在面临竞争日益激烈的社会时、在创新成为主旋律的时代，唯有静心凝力练内功，全神贯注实在学，淡泊以明志，宁静以致远，我们的求学生涯才不会留下太大的遗憾。李大钊曾经说过："凡事都要脚踏实地去作，不驰于空想，不骛于虚声，而惟以求真的态度作踏实的工夫。以此态度求学，则真理可明，以此态度作事，则功业可就。"[1]我对此深以为然。世界的多极化、中国的多样性、未来的多变性，这都需要我们通过求学全面把握客观事实、尽力思考法的本质，养成同情理解的态度，怀着逐步推进的理念，踏踏实实学到实际本领、获得真实能耐，为今后走上社会解决现实问题做出自己的贡献打下扎扎实实的基础。

求真戒伪，求实戒虚。求学阶段的求真、求实，需要我们以独立人格的养成和完善、基础知识的掌握和更新、扎实能力的具备和发展、开阔视野的确立和持续为目标，心怀远大理想，严格自我要求；坚守道德良知，提升价值底线；恪尽学生本分，保持学生本色；形成反思习惯，不断自我整理；重视时间管理，尽力高效学习；广泛参与交流，把握求教机会；强化文字训练，提高写作能力；注意言行细节，努力提升修养；[2]培养兴趣爱好，阳光愉快生活；积极锻炼身体，做到心身健康。

"长风破浪会有时，直挂云帆济沧海。"新的开端，新的气象。期待诸位

---

〔1〕李大钊：《未知》。
〔2〕（宋）欧阳修《五代史伶官传序》："夫祸患常积于忽微，而智勇多困于所溺，岂独伶人也哉？"

2020 级同学通过自己的努力，在清华法学院求真、求实的求学之路上充实愉快、学有所成、以真应变，由实达空、各自心安！

　　谢谢大家！

2020 年 9 月 9 日

关于《中国习惯法论》及习惯法
调查和研究的问题意识[*]

非常高兴参加这次法人类学云端读书会。

首先，领读人、华中科技大学法学院博士生徐小芳花了很多的时间和精力来阅读我这本不太成熟的、粗糙的读本，她从六个方面来对我这本书进行了整体的介绍并且谈了一些自己的感受，讲到了关于这本书她认为的三个方面的历史见证、方法论和类型化方面的内容以及这本书是了解习惯法的一个途径等。同时，她也谈了自己感兴趣的一些方面。其次，第一位与谈人、中国人民大学法学院博士生李浩源作为一个彝族子弟，从"世界的规则与规则的世界"这个角度，从习惯法中国的判断、习惯法的本体论、个案描述三个方面，特别强调了对于立体的社会的见解。第二位与谈人、兰州大学硕士生赖源水既有对我这本书的理论与立场的解读，同时对于他认为是"主阵地"的少数民族习惯法和他认为是"活化石"的谚语与习惯法文化进行了比较深的思考；最后，他又回到了当今地方立法与习惯法文化的讨论。特别让我感动的是第三位与谈人、河南师大的张欣然同学，作为一个本科生，她谈了对于习惯法概念问题和《民法典》第 10 条"习惯"与"习惯法"的理解这两个问题，做了非常好的文献梳理并且谈了她自己的理解和认识。法文版译者庄驰原老师刚才也谈到她在翻译过程中的一些需要我们讨论的问题。作为作者，我的第一个感受是：非常的感动！

一个多月以前，伟臣老师邀请我来参加本期读书会的时候，我想起自己关于这本书的一些经历。从这本书的第一版来看，后记里面记载这本书成书

---

　　* 此为在 2023 年 11 月 19 日晚"阅读中国法律人类学第六期——《中国习惯法论》读书会"上的发言，整理人为张欣然。

是在 1992 年的 7 月份。由于这本书的出版大费周折，当然因为书的出版费了周折，所以在某种意义上也是因祸得福。最终，这本书还成了我评教授的一个作品。这书包含着自己 30 多年前的一种心路历程。所以，你们现在的年轻人还愿意来看这本书，从自己内心来说，第一是很感动，第二是感到很欣慰，特别是你们的有些理解，我可以说用"深得吾心"四个字来形容。这是我想说的第一点。

我想说的第二点是，关于小芳说到这本书经典在哪里？就欣然、源水都说这是一部习惯法方面的"百科全书"，谈一点我的看法。经典肯定是称不上的，"百科全书"其实也不太名副其实。我想客观上来说，这本书只是对中国习惯法的一个初步探讨，还是非常粗糙的。今天，我本来希望大家能有比较严格的学术批评，但是不知道是不是因为大家知道我在这里，所以表达的时候都有很大的保留。我是觉得这本书应该是一部初步探讨的作品、一部初创性的作品。毕竟，它是三十多年前的一个读本，整体来说，从我们现在来看，习惯法的许多内容像企业的规范、学校的规范、协会的规范、社会团体的规范等都没有放进去。网络时代、数字时代一些虚拟社会的规范、网络世界的规范等也都还是没有包括在内的。所以，我想把它定位为那个年代的一个初创性的、有一定开创性的作品。这是我想说的第二点。

第三点，大家提了很多问题，我想因为时间关系，我不一一回应了。刚才庄老师讲的那些问题，我们到时候私下再来探讨。对于有同学提出的关于调查的一些具体情况的问题，大概明年上半年，一部关于我这几十年法社会学、法人类学田野调查的、具有总结性的小册子能够出版。在那本书里，有些东西可能能够回答大家的一些疑问。

今天，我想利用这个时间，简要地讲一讲我自己做中国习惯法调查和研究的问题意识，主要想跟大家交流的就是五个回答。

一、回答：中国历史上有无习惯法

《中国习惯法论》当初主要就是想回答：中国历史上有无习惯法？关于这本书的研究背景，刚才小芳也有谈到，在 20 世纪 80 年代或者说改革开放以后，我们的法学教育、法学研究其实是在拨乱反正的大背景下开展的。在这样一个背景下，我们很多的思考和认识有新的探索，大家如果稍稍看一下法理学的发展历程，就会发现当时主要讨论法律有没有继承性、法律有没有社会性、民主与法治的关系等。所以，这本书除了"少数民族习惯法"部分外，最后有一章是讲当代的，总的来说它是对于历史上的中国固有社会习惯法的一种总结、梳理和表达。所以，这本书主要是回答"中国历史上有无习惯法"。

二、回答：少数民族有无习惯法？少数民族有什么样的习惯法

在这之后，我想进一步来回答：少数民族有无习惯法？少数民族有什么样的习惯法？刚才浩源、源水都提到了少数民族习惯法。对于少数民族习惯法的认识，从学界来看，是比较能够达成一致的，特别是在法学界。法理学的学者也好，法史学的学者更不用说。当然民族学、人类学、社会学的学者更有共识。所以，我是想把大家更有共识的认识，在原来的基础上，作一个更详细的回答。少数民族有无习惯法？这个问题比较简单。特别需要注意的是，少数民族有什么样的习惯法？《中国少数民族习惯法研究》是我专门进行的、相对更丰富的对少数民族习惯法的探讨。关于《瑶族习惯法》，是我在少数民族里面专门找了一个民族来进行研究，可能不一定很典型——瑶族。关于具体怎么研究瑶族习惯法，其实背后也有很多内容可以谈，但是因为时间关系，我们略过。我主要是想通过瑶族习惯法来比较全面并且相对比较深入地来回答少数民族习惯法的一些具体的权利义务规范。

三、回答：当代中国有无习惯法

第三个要回答的就是回到当下：当代中国有无习惯法。经过了社会的发展，也经过了法学的发展，伴随着中国法治建设的推进，对于习惯法的认识，逐渐了学界的重视，虽说共识倒不一定达成，但是至少引起了重视。那么第三就是要在这样一种背景下来回答：当代中国有无习惯法？习惯法仅仅是一个历史遗产呢？是一个固有文化的现象呢？还是一种具体生活的实际规范？所以，对于这个问题的研究也是紧接着瑶族习惯法的调查和研究的。《习惯法的当代传承与弘扬——来自广西金秀的田野考察报告》就是对于广西金秀这样一个瑶族地区的瑶族习惯法的当代传承与弘扬，做了一个相对系统、我认为也确实是相对比较全面的探讨。前两年，我又出了一本《生活中的法——当代中国习惯法素描》。这本书不仅仅局限于研究一个民族地区的习惯法，而是调查、研究相对更大的地域范围的习惯法，想来说明"当代中国仍有习惯法"。

四、回答：当代中国的汉族地区、东部经济发达地区有无习惯法

第四个回答是关于我做习惯法调查和研究的时候，跟很多人讲到关于少数民族地区、西部地区或者经济不发达的地区、农耕文明为主体的社会，现在还存在习惯法，这个往往比较能够接受。但比如汉族地区、东部经济发达地区，现在是否还有习惯法，这仍有疑问。所以，我以自己的家乡为对象，进行了一个比较长期的、连续的调查。我在去年出版了《当代中国习惯法的承继和变迁——以浙东蒋村为对象》，也是想表明当代中国的汉族地区、东部经济发达地区其实是存在习惯法的。而且，这些地区的习惯法对于现实的秩序、民众的行为、整个社会的维系还有非常广泛的影响。

在这个过程中，从2011年开始，我就开始主编《习惯法论丛》。这个论丛的所有内容都是讨论1949年以来的当代中国的习惯法，从民事、少数民族、婚姻家庭等方面来探讨，其中第五本主要探讨当代中国法律对习惯的认可。到现在为止，这一系列丛书已经出到了《当代中国村规民约》，共有13辑。其中有两本我特别愿意请大家注意，一本是《当代中国的刑事习惯法》。因为很多时候大家都认为习惯法好像仅仅是存在于民事生活或者商事生活中，那我是想证明或者想力图用事实来给大家展示出其实刑事方面中也存在习惯法。还有一本是《当代中国城市习惯法》。以往很多人都认为习惯法只存在于农村，现在我们城市化、工业化了，那我们也在这一方面做了一些调查研究。同时，我还做了当今的村规民约传承习惯法的研究。在很多的乡村地区，通过村规民约的乡村社会治理使传统的、固有的习惯法转变为村规民约的形式。

五、回答：国家与习惯法有什么样的关系

刚才源水谈到了习惯法与地方立法问题。我的第五个问题就是：不是从社会的角度，而是从国家的角度，国家与习惯法有什么样的关系？我先是对于司法审判中的习惯运用问题进行研究；在《民法典》编撰的时候，我也做了一些探讨，最后合成了一本《民法典编纂与民事习惯研究》。

此外，在回答第四个问题和第五个问题的过程中，我还探讨了"与习惯法相关的人"。因为我们会发现，习惯法可能更多地是以规范呈现的。但是这个规范可能与议定、施用或者发展、扬弃的人有关。所以，我主编了"乡土法杰丛书"，试图以某一个人的行为、经历来呈现生活中的、实际的、活的习

惯法。到现在为止，这一系列丛书除了第六本《乡土法杰研究》是一个总体性探讨以外，其余的书的主要内容是访问了六个人，分别围绕他们的习惯法行为做了一些讨论。

随后，我在习惯法规范方面的研究，就转到了村规民约方面。我作为第一总主编组织了《南方主要少数民族乡规民约与社会治理研究丛书》和作为总主编组织了《南方主要少数民族乡规民约与社会治理研究丛书（续编）》，主要是以南方主要少数民族的乡规民约、村规民约为对象来进行研究，都是由湘潭大学出版社出版，包括乡规民约与基层民主治理、村规民约与纠纷解决等，目前总共是 11 种，再加上《南方汇编少数民族村规民约汇编（上、中、下）》三卷，试图呈现当今中国以村规民约为表现形式的习惯法。

回答完这五个问题，小结一下的话，其实从我的习惯法调查和研究的整个基本思路来看，大概有一个"过程"。时间上是从习惯法的历史到了习惯法的现实，对象上是由原来比较多的关注少数民族扩展到汉族，空间上是从边远地区到东部地区或者是从农村到城市。习惯法的对象从规范扩展到人和案件。在案件方面，我现在收集了几个案子，但是还没有具体的出版或者发表。范围方面由原来主要是从社会层面的、非国家法范畴的习惯法到探讨国家法范畴的习惯法。

我要跟大家一块交流的，在习惯法调查和研究时，第一就是我比较注重事实描述。因为始终来说，我们过去对于习惯法的具体状况，无论是历史上的还是现实的，其实都不是太清楚的。所以，我侧重在事实描述。第二就是对于习惯法的调查和研究领域，我可能想努力地做一个拓展，不断地想引起学生或者其他的学者对习惯法的范围、习惯法的研究对象、习惯法调查和研究领域的全面性、广泛性的认识。第三个是，刚才前面几位与谈人，包括小芳也都有讲到，我主要还是个案展示。当然，大家也讲到了个案展示的代表性、典型性和一般性的问题，但我自己主要还是以个案展示为主。

从我进行习惯法调查和研究的基本立场上来说，我还是强调社会视角，主要从非国家法意义上探讨习惯法，关注的是习惯法的具体的、日常生活中的意义。从某种意义上来说，我相信我们读习惯法方面书的同学也好，或是做这方面研究的老师也好，都有一种文化情怀。我们可能会问习惯法算不算是法，比如像浩源比较关注秘密社会的习惯法、帮会的习惯法，问它算不算是一个法，是不是文明的、正向的。但我想从很多情况来说，毕竟它是一种客观存在的事实。很多人说文明和野蛮是有一个标准的，但是，从很多具体层面来说，其实也需要更细致、更全面、更条分缕析地来进行讨论。毕竟我觉得就像小芳关注到我三个版本里面所传达出来的认知有一些变化：修订版强调到了秩序的维系，第三版提出了习惯法中国的判断。总的来说，我想还是呈现出对我们所生活的、所得以汲取营养的这片土地的一种情怀。我认为中国人的这样一种生活方式、秩序维持方式、权威的来源、规范的生成对于其他区域的民众的生活非常有可交流之处、可启发之处。《中国习惯法论》最早的外译版本是法文版，现在庄老师正在进行的是英文版的翻译工作。我想《中国习惯法论》之所以会获得中华学术外译基金的资助，可能也是因为这本书展示出了我们中国人——这片土地当中的人的行为调整、关系协调的方式或者是对我们这片土地当中的人的生活满足、幸福追求的意义的肯定。

从我个人的角度来说，其实《中国习惯法论》这本书有值得批评的地方，我们不说一些印刷错误，就观点上其实就有很多需要更进一步推敲、进一步斟酌。而我自己把它作为我的代表作，或者从某种意义上来说，可能成为我的成名作、成为现在的一个学术标签，主要也是表达了我作为老师或者作为法社会学、法人类学的调查者、研究者的一种努力和使命！

因为时间的关系，我想具体的问题我就不做回应了，我的交流或者说发言就到这里。

谢谢大家！

田野求实：我的法人类学调查和研究[*]

侯猛教授邀请我在"法人类学在中国"专号上书面谈谈自己的研究经历。虽然我认为自己主要进行的是法社会学的调查和思考，不过根据我对法人类学的研究对象和范围的认知，我的一些调查和思考可以纳入法人类学的范围，故我很乐意接受邀约。

需要说明的是，我使用"法人类学"而非"法律人类学"概念。我认为"法"的涵括面更广泛，由之"法人类学"可能更符合这一学科的研究对象和范围。

侯猛教授和伟臣博士拟定了五方面的题目，下面我就按此从下列五方面做一交流。

一、自己从事法人类学|习惯法研究的简要经历

在法人类学调查和研究方面，我主要在广西金秀瑶族地区进行瑶族习惯法的调查和研究。[1]在学习费孝通、王同惠、徐益棠等前辈学人的成果后受到这些前辈学人调查、研究启发的基础上，从接续学术传统、弘扬良善规范出发，从 2004 年 5 月开始，我在金秀瑶山进行围绕习惯法的法人类学调查、研究，以典型地区为样本，以当代时段为视域，以个案活动为对象，以连续观察为基础，以理论分析为目标，以形成范例为追求，在研究思路、整体框架、材料获取、基本判断等方面有独特追求。我发现瑶族固有习惯法的许多规范传承、保留到了当代金秀瑶山社会，并主要通过村规民约形式予以呈现。

---

* 本文主要部分收入"问答：法律人类学在中国"部分，载侯猛、王伟臣主编：《法律和社会科学》第 20 卷第 1 辑，法律出版社 2023 年版，第 77~86 页。

〔1〕 详可参见高其才的《传承与弘扬：法人类学的金秀瑶山实践》[《湖北民族大学学报（哲学社会科学版）》2021 年第 2 期] 的第三、第四部分。

这方面的成果，主要有《习惯法的当代传承与弘扬——来自广西金秀的田野考察报告》（中国人民大学出版社 2015 年版）、《桂瑶头人盘振武》（中国政法大学出版社 2013 年版）、《村规民约传承固有习惯法研究——以广西金秀瑶族为对象》（湘潭大学出版社 2018 年版）等。

在习惯法调查和研究方面，我从 1988 年开始主要在广西金秀、浙江慈溪等地进行少数民族习惯法、乡村习惯法等非国家法范畴习惯法的调查和思考，也进行了国家法范畴习惯法的一些调查和探讨。[1] 我的习惯法调查和研究大致经过从宏观到微观、从历史到现实、从总体到专题、从少数民族到汉族、从乡村到城市等过程。我主要通过田野调查，透过行为、事件、人物等角度，描述习惯法的现实形态，分析习惯法的当代传承和变迁，思考现代化进程和国家法治建设中习惯法的价值和习惯法的现代自生机制。这方面的成果，主要有《中国习惯法论》（初版，湖南出版社 1995 年版；修订版，中国法制出版社 2008 年版；第三版，社会科学文献出版社 2018 年版）、《中国少数民族习惯法研究》（清华大学出版社 2003 年版）、《瑶族习惯法》（清华大学出版社 2008 年版）、《生活中的法——当代中国习惯法素描》（清华大学出版社 2021 年版）、《当代中国法律对习惯的认可研究》（高其才等，法律出版社 2013 年版）、《民法典编纂与民事习惯研究》（中国政法大学出版社 2017 年版）、《习惯在民事审判中的运用——江苏省姜堰市人民法院的实践》（主编之一，人民法院出版社 2008 年版）等。2022 年将出版《当代中国习惯法的承继和变迁——以浙东蒋村为对象》（现已出版，作者注）。令我欣慰的是，《中国习惯法论》（第 3 版）法文版、英文版分别入选 2020 年和 2021 年国家社会科学基金中华学术外译项目。

同时，我还主编了《习惯法论丛》和《乡土法杰丛书》。《习惯法论丛》专门探讨 1949 年以来的当代中国习惯法，已出的 13 辑包括《当代中国民事习惯法》（法律出版社 2011 年版）、《当代中国少数民族习惯法》（法律出版社 2011 年版）、《当代中国婚姻家庭习惯法》（法律出版社 2012 年版）、《当代中国的社会规范和社会秩序——身边的法》（法律出版社 2012 年版）、《当代中国分家析产习惯法》（中国政法大学出版社 2014 年版）、《当代中国的非

---

［1］ 详可参见高其才的"修订版代序：探寻秩序维持中的中国因素——我的习惯法研究过程和体会"［载《中国习惯法论》（修订版），中国法制出版社 2008 年版］的第一部分。

国家法》（中国政法大学出版社 2015 年版）、《当代中国的刑事习惯法》（中国政法大学出版社 2016 年版）、《变迁中的当代中国习惯法》（中国政法大学出版社 2017 年版）、《当代中国的习惯法世界》（中国政法大学出版社 2018 年版）、《当代中国纠纷解决习惯法》（中国政法大学出版社 2019 年版）、《当代中国城市习惯法》（中国政法大学出版社 2020 年版）、《当代中国村规民约》（中国政法大学出版社 2021 年版）等。

《乡土法杰丛书》力图通过一个人的经历来展现一个区域的法规范和法秩序，已出的 7 辑包括《洞庭乡人何培金》（高其才、何心，中国政法大学出版社 2013 年版）、《浙中村夫王玉龙》（高其才、王凯，中国政法大学出版社 2013 年版）、《滇东好人张荣德》（卢燕，中国政法大学出版社 2014 年版）、《陇原乡老马伊德勒斯》（高其才、马敬，中国政法大学出版社 2014 年版）、《鄂东族老刘克龙》（高其才、刘舟祺，中国政法大学出版社 2017 年版）等。

二、作为研究者，如何与法学同行对话？

作为研究者，自应以作品与同行对话。学者要自我努力，创作厚重的、有生命力的作品，核心为练好内功。

我不太喜欢泛泛地就诸如法人类学、法社会学的学科特质、研究对象等进行讨论甚至争论。我认为在当代中国，宏观的理论探讨确实必要，理论分析固然颇有价值，但可能更重要的在事实描述方面，我们现在对事实的了解和理解处于模棱两可状态。只有在通过实证方式全面、客观认识中国法规范、法秩序事实的基础上，才可能进行恰当的理论解读和分析，并进行制度安排和制度完善。我们需要进行学科基础性的建设。

为此，我的法人类学、法社会学的思考奠基于田野调查。我选择广西金秀、浙江慈溪等地为我的田野调查点，进行较为连续的实证调查。我通过个案进行较微观的事实揭示，发现满足日常生活需要的法，在国家法治建设背景下认识和理解民众的法生活。我主要从非国家法角度探讨习惯法，近些年也从国家立法、司法层面思考习惯法。

在 30 多年的调查和研究过程中，我不断拓展研究领域、引领研究方向，努力提升研究水准，推动研究的学术影响力和可对话性。在此基础上，我通过参加研讨会、进行学术讲座和私下交流等方式，与法学界的同行进行交流，直接对话不多。

我个人体会，在 20 世纪 80、90 年代，除了少量学者能够理解外，法学界普遍对非国家法、习惯法持否定性态度。现今的情况当然有了明显的不同，学者和学生群体总体上承认法人类学、法社会学的价值，对非国家法、习惯法等也予以一定的关注和肯定。

具体而言，我与法制史学者较易沟通，毕竟最早的法为习惯法，中外历史上均存在过或存在着习惯法时期或习惯法。罗豪才等行政法学者提出"软法"说，我也参加过他们组织的研讨会，受到一定的鼓舞；我们之间的研究对象有共同之处，概念、名称有异。我就宪法惯例问题向几位宪法学者请教过，就国际惯例向几位国际法、国际私法、国际经济法的学者请教过，就民间调解与几位诉讼法学者讨论过，就打小偷等与几位刑法学者讨论过，就民商事习惯与几位民商法学者讨论过，在与法理学学者就习惯法的交流时有较易理解的也有较难沟通的。在这些请教、讨论、交流过程中，我总的感觉是我国法学学者主要关注国家法、制定法、文本法、移植法，对社会法、习惯法、行动中的法、"活法"等真正感兴趣并进行思考的学者还是较少，视野方面稍显狭窄；或许是对所处区域社会和法治建设状况有深切的了解，民族院校的法学学者相比其他院校的学者普遍更肯定习惯法的研究价值。

在民法典编纂过程中，法学界对民事习惯、习惯法的关注较多，从法律渊源、法律适用等方面有一些讨论。我在到一些基层人民法院进行民事习惯法适用、民事习惯参照等调查的基础上，发表了自己的一些看法，间接地与民法学和法理学的同行进行对话。

到社会了解、发现事实，进行总结和分析，与法律界适当交流，同法学界做一定的探讨，这是我个人进行田野调查和研究的基本态度。学术研究终归为个人性的活动，有赖个体的静心修为，需要共同体但要超越共同体；学术对话是手段，非为目的。

三、作为研究者，如何与人类学同行对话？

至于与法学界之外的人类学界、民族学界、社会学界等的交流、对话，我参与得不多，更多的是向这些领域的学者学习。

我参加过中国人类学民族学研究会、广西瑶学会、中国人民大学人类学研究所等学术团体组织的学术研讨会，在广西金秀等田野调查点也遇到过北京大学社会学系、中央民族大学民族学与社会学学院、广西民族大学民族学与社会学学院等师生，与他们进行过一些交流。

我进行习惯法研究，是从整理我国 20 世纪 50、60 年代少数民族社会历史调查材料开始的。当时的调查大多有习惯法部分，如 1956 年 10 月至 1957 年 9 月调查、广西壮族自治区编辑组编的《广西瑶族社会历史调查（第一册）》（广西民族出版社 1984 年版）中"广西金秀大瑶山瑶族社会历史调查"的"贰、政治"有"一、石牌制度"部分（第 31～79 页）；1956 年到 1963 年调查、贵州省编辑组编的《苗族社会历史调查（二）》（贵州民族出版社 1987 年版）中"从江县加勉乡苗族社会历史调查资料"有"六、习惯法和风俗禁忌"部分（第 134～141 页）；1956 年秋至 1957 年夏调查、《民族问题五种丛书》云南省编辑委员会编的《佤族社会历史调查（二）》（云南人民出版社 1983 年版）中"西盟县岳宋佤族社会经济调查"的"三、社会（一）政治和社会组织"有"5. 习惯法"部分（第 25～26 页）；1958 年调查、云南省编辑组编的《景颇族社会历史调查（三）》（云南人民出版社 1986 年版）中"盈江县大幕乡硔汤寨（宝石岭岗）景颇族（茶山支）社会历史调查"的"二、政治制度"有"（三）习惯法"部分（第 126～127 页）。这些调查材料弥足珍贵，其价值并没有完全得到充分认识，值得认真发掘。

我的田野调查方法是向社会学学习并在实践中不断总结而来。人类学、民族学、社会学对田野调查的重视对我有很大的影响。我特别对人类学、民族学、社会学在田野调查点上的时间、语言的掌握、报道人选择、主题确定等方面的要求印象深刻。人类学强调的"讲故事"所呈现的深描极有说服力。人类学、民族学、社会学方面的许多作品在关注人方面给我以诸多启发，那种洋溢着的人间烟火气令人感慨。

我总体感觉法学界的田野调查水平远落后于人类学界、民族学界、社会学界，需要认真向人类学、民族学、社会学同行学习，虚心求教，在可能的情况下与他们进行合作调查，努力掌握实证研究方法，理解社会学的理论及其发展，大力提升田野调查的科学性、规范性，提高法学领域质性研究和量化研究的学术水准，为产出高质量的法人类学、法社会学领域的学术成果奠定基础。

四、对现有习惯法研究如何评价？

在 2008 年出版的《中国习惯法论》（修订版）的《附录一：习惯法研究综述》中，我就习惯法研究的兴起背景、习惯法研究的路径、习惯法研究的主题、习惯法的分析框架、习惯法研究的特点、习惯法研究的不足、习惯法研究的深入等进行初步的总结、讨论。虽然十多年过去了，我认为此文的基本看法仍然可以成立，我对我国学界有关习惯法研究的认识没有大的变化。

经过数十年几代学人的努力，我国的习惯法呈现较良性的态势。我国的习惯法研究的路径大致包括资料整理、翻译介绍、文献分析、田野调查、理论解释、比较研究等方面。我国习惯法研究的主题比较广泛，主要涉及习惯法理论、习惯法规范、习惯法传承、习惯法与国家法关系等方面。

通过观察，对习惯法的事实描述展现了现实生活中习惯法本身的多姿多彩，也能够展示客观事实本身的逻辑性。在理论分析方面，学者们大多受到西方理论的影响，从现代化、文化、国家与社会、大传统与小传统、法律多元、内生秩序、自发秩序、地方性知识等方面对习惯法进行解释和探讨，重在因果分析和价值探寻。

总结我国的习惯法研究，可以发现具有中国问题的自觉、研究领域不断拓展、跨学科研究等特点。分析习惯法研究的现状，我国的习惯法研究存在一定的不足，主要表现在参与式研究不够、研究主题不够集中、研究方法有所欠缺、比较研究仍显得薄弱、学术争鸣不多、存在过强的功利色彩等。

经过学者们的努力，我国的习惯法研究有了一定的基础，相信通过认真反思，以人为中心，从生活出发，关注当代中国社会的发展，静心戒浮躁，持续进行调查和探索，注重学术传承，更加明晰问题意识，自觉进行"范式"建构、突出中国化努力，习惯法研究将会更加深入和得到进一步发展。

五、这么多年来，国内的法人类学研究有怎样的进展，能否推荐几本专著或读本？

我认为国内的法人类学调查和研究有一定的进展，译介了域外的一些代表性作品，出版了不少富有信息量的调查作品和有启发性的研究著作。[1]

---

〔1〕 我个人觉得，我国老一辈学者的不少作品值得重视。如在金陵大学任教的徐益棠 1935 年借到南宁参加六团体年会之机，到广西象平瑶族聚居区进行实地调查，之后陆续发表了《广西象平间瑶民之法律》（《边政公论》创刊号，1941 年 1 月）等调查成果。《广西象平间瑶民之法律》为重要的关于金秀瑶山的法人类学作品。此文记录了瑶民口头流传的不成文法与口述和记录的大瑶山"石牌规矩"，对比了各种"石牌"的同异，并将之与布朗族、非洲南地人、非洲通加人、爱斯基摩人的习惯法进行对比研究。

从较为宽泛的角度，我觉得以下作品值得推荐：（1）陈金全、巴且日伙主编的《凉山彝族习惯法田野调查报告》（人民出版社 2008 年版）；（2）张济民主编的《寻根理枝——藏族部落习惯法通论》（青海人民出版社 2002 年版）；（3）徐晓光的《苗族习惯法的遗留传承及其现代转型研究》（贵州人民出版社 2005 年版）；（4）徐昕的《论私力救济》（中国政法大学出版社 2005 年版）；（5）赵旭东的《权力与公正——乡土社会的纠纷解决与权威多元》（天津古籍出版社 2003 年版）；（6）朱晓阳的《罪过与惩罚：小村故事：1931～1997》（天津古籍出版社 2003 年版；《小村故事：罪过与惩罚——1931-1997》法律出版社 2011 年版）；（7）阎云翔的《礼物的流动——一个中国村庄中的互惠原则与社会网络》（李放春、刘瑜译，上海人民出版社 2000 年版、2017 年版）；（8）项飙的《跨越边界的社区——北京"浙江村"的生活史》（生活·读书·新知三联书店 2000 年版、2018 年版）。

如有兴趣，我的《中国习惯法论》（第 3 版）、《习惯法的当代传承与弘扬——来自广西金秀的田野考察报告》、《桂瑶头人盘振武》等也可参阅。

2022 年 2 月 20 日，第 24 届冬季奥运会（北京）闭幕日

一个法律人的成长与自省

——读《月蚀中秋》

  拿到大风（刘亚平）先生的长篇小说《月蚀中秋》（江苏凤凰文艺出版社2020年版）后，我用两天时间一口气将之读完。简明的人物安排、曲折的人生经历、丰满的性格塑造、流畅的文字叙述令我获得了极为愉悦的阅读体验。我以为，这是一部法律人萧犝（萧子墨）的成长史，也是其不断反省、反思的自我对话史，反映了在我国法治建设发展中一代法律人的追求与迷茫、思考与超越。

  《月蚀中秋》共分五章，叙述了萧犝（萧子墨）从少年到晚年的人生经历。萧犝（萧子墨）自幼就离开蒙冤的父母，跟随没有血缘关系的姑姑在苏北、淮北生活，体会到世间的人情冷暖。恢复高考后的1979年，萧子墨考入政法学院开始了他的法律人生涯。毕业后他西去青海海西州中级人民法院工作，之后在京城读研后回到出生地石头城的高级人民法院工作，并在对口支援西藏日喀则工作期间顿悟，留给读者不尽的遐想。

  作者笔下的萧子墨勤于学习，少年时向小伙伴、王老师、黄爷爷、知青等学习，大学期间向老师、同学请教、讨论，工作时向宋大哥、段老哥等社会各界人士学习。萧子墨静心地向书本学习，广泛地在生活实践中学习。超过同辈人的阅读使萧子墨的思考、反思殊不寻常。

  少年时，萧子墨就时常独自为自己的未来而烦恼。成年后，作为"文革"后的知识分子，萧子墨由自己的身世出发不断思考人生、社会、时代；作为法律人，萧子墨结合审判工作不断思考我国法治建设的发展。在他看来，法律的全部内容和功能不仅仅或不完全局限为统治阶级专政的工具，法律还是一种生活规则，还有规制社会、引导社会、保证社会运行的功能。在他看来，法律人并不仅仅是单纯用法律制裁人的人，也是运用法律维护人们权利的人。

他时时进行自我对话，反思自己的责任和使命，尽力实现自己的追求。萧子墨力图做大浪之中灯塔航标的守望者，尽可能为那些迷失方向的弄潮人提供一点行进的引导和安全的保障。然而，萧子墨不时有无力感，有许多没有完全看明白的书、没有搞清楚的道理，"闲居古城边，浊醉江湖远。烟波缥缈间，法直中绳剑"的理想仍显得"月有阴晴圆缺，此事古难全"。

萧子墨的人生中有太多的不幸与幸运、有太多的苦难与关爱、有太多的欣慰与遗憾、有太多的孤独与迷茫、有太多的忧伤与无奈。我在阅读中一叹再叹！

2020 年 11 月 26 日记

云南法院博物馆建设的思考

云南省高级人民法院提出：云南法院博物馆是云南高院建设的以民族司法为主的法制专业博物馆。该博物馆以展示云南省高院"重要法制资源、民族法制历史、法院建设成就、展示法院文化"为主线进行建设。将云南法院博物馆建设成为全国"法院文化亮点""民族法制文化品牌"和全国法院一流博物馆的典范。[1]

我认为云南省高级人民法院和云南全省法院有资源、有条件、有能力、有共识建设好云南法院博物馆，在目标定位和布展陈列上独树一帜。

一、云南法院博物馆的目标定位

我认为云南法院博物馆的目标应为以下几方面：中国一流专业博物馆、全国法院文化特色基地、社会法治教育机构、云南民族团结展示窗口、东南亚司法合作交流中心。

云南法院博物馆应具有下列功能：陈列云南司法物件、记录云南司法历史、展示云南司法成就、彰显云南司法特色、树立云南法院形象，展现云南法官风貌。

云南法院博物馆需要明确定位，我个人认为云南法院博物馆应集记录云南司法史、呈现人民审判志、集法院专业博物馆于一体。

---

[1] 2018 年 10 月 12 日上午，云南省高级人民法院召开云南法院博物馆建设工作研讨会。省高院党组成员、副院长滕鹏楚主持会议并作安排部署。参见唐时华：《省高院召开云南法院博物馆建设工作研讨会》，载 http://ynfy.chinacourt.gov.cn/article/detail/2018/10/id/3572207.shtml，最后访问日期：2019 年 5 月 20 日。此文为 2019 年 5 月 24 日下午在云南省高级人民法院召开的座谈会上的发言稿，另就策展方案提出了一些具体建议。

1. 记录云南司法史

作为云南司法史，云南法院博物馆重在记录云南司法历史，展示云南司法成就，彰显云南司法特色。

从时间上，应该是长时段的，回顾云南地区纠纷解决的发展历程，突出历史脉络；从范围上，应该是广泛的，包括国家统一政权的地方机构、地方政权、民族、民间力量等的纠纷解决；从目标上，应该是描述纠纷解决历程、总结司法经验、传承司法智慧、启迪未来司法，以承上启下、继往开来、服务当代、有益后世。

特别是云南司法的独特部分，如公元前 5 世纪中叶至公元 1 世纪古滇国的纠纷解决制度、公元 725 年至 902 年南诏国的司法制度、937 年至 1253 年的大理国的司法制度、杜文秀起义军（1856 年至 1872 年）的司法、云南早期革命根据地时期（1927 年 7 月至 1937 年 7 月）和解放战争时期革命根据地（1945 年 9 月至 1950 年 2 月）的司法制度；还有少数民族习惯法中的纠纷解决习惯法，如西盟佤族、傣族、景颇族、哈尼族、白族、纳西族、云南彝族、云南藏族等有关纠纷解决的调解规范、械斗规范、神判规范等。

2. 呈现人民审判志

作为人民审判志，云南法院博物馆重在展示云南人民审判成就，树立云南人民法院形象，展现云南人民法官风貌。

从时间上，应该是 1949 年 12 月 9 日云南解放以来至今的中华人民共和国时期；从内容上，人民法院以及同类机构履行职责、解决纷争；从目标上，全面展示人民审判的历程，突出司法为民、公正司法的主题，集中反映 70 年了云南法院系统的重要事件、典型案例、先进经验、优秀法院法庭、模范法官。

特别是民族地区审判中的法律适用、毒品犯罪审理、跨境婚姻纠纷、边境贸易纠纷、涉侨纠纷等的审判经验、审理效果；关于马背上法庭；关于杜培武案件、马加爵案件等的审理；与缅甸、越南、老挝等周边国家的司法合作和交流等。

3. 法院专业博物馆

作为法院专业博物馆，云南法院博物馆重在全面陈列云南审判文物文件，系统收藏司法精品力作，广泛展示法院文化建设。

特别是注意广泛搜集、征收体现云南司法、审判、纠纷解决的视频、音频等音像资料、文书文件文本、实物。

注重一般陈列与专题陈列相结合，如国家司法审判与民间的少数民族纠纷解决等结合；陈列与收藏、保护相结合；审判成就展示与社会教育相结合。

二、云南法院博物馆的布展陈列

在具体的搜集、设计、陈列等方面，云南法院博物馆宜以"存史、资治、教化"为宗旨，即客观真实地为当代人提供前人纠纷解决的发展历程、理念制度、经验教训，以资做好当前人民法院的审判、执行工作；为后人留存当代法院人的主要经历、成就，以使司法智慧和法治文明薪火相传并供其借鉴；为当代云南法院人提高对司法审判工作的认知水平，提高审判业务能力和文化素养；为社会各界和民众了解法院、理解司法审判提供形象的窗口，成为干部、学生等的法治教育基地，提高全社会的法律观念和法治意识。

布展陈列时要坚持立足当代、厚今薄古；详独略同、突出亮点；实事求是、忠实展现的三方面原则。突出法院特点、云南特色、时代特征。

在布展陈列时，需要注重"七性"：①注重政治性，坚持正确的思想导向，展现时代特征；②重视规律性，总结审判事业发展规律，启迪后人；③强调客观性，尊重历史事实，总结审判实践；④突出全面性，全面梳理司法成就；⑤注重典型性，树立先进现象；⑥力求准确性，资料、图片等选取必须经过认真核实，史实准确无误，表述正确恰当；尊重规范性，遵守博物馆方面的相关规定，严格按相关要求进行；⑦加强生动性，要注意运用丰富的表现形式，尊重受众要求，贴近观众需要。

2019 年 5 月 26 日整理

习惯法在中华法文化中的地位和价值

——张晋藩先生的习惯法思想概要 *

就我所见，张晋藩先生专门关于习惯法、习惯法在中华法文化中的地位和价值的著述不多，他的这方面思想主要体现在《中国少数民族法史通览》（陕西人民出版社 2014 年版）的"总序"中，也散见在一些其他作品中。张先生在指导我的博士学位论文《中国少数民族习惯法研究》的过程中，也阐述了他对习惯法的看法。我体会，张先生主要是在研究中国固有社会的民法、在思考中国少数民族法史等论题时集中阐述他对习惯法方面的思想的。

我理解，张先生有关习惯法的思想，涉及习惯法的客观存在、习惯法在中华法文化中的重要地位和价值、法史研究需要重视对习惯法的研究等。

一、中国固有社会客观存在习惯法，习惯法是民事法律体系的组成部分之一

在《中国少数民族法史通览》（陕西人民出版社 2014 年版）的"总序"中，张先生指出，在悠久的历史长河中，绝大部分的少数民族一人固守在世代生活的一隅之地，遵循着传统的习俗和共同推崇的权威，需要依靠约定俗成的规则。这些规则有些是成文的习惯法，有些是不成文的习俗。[1]他还进

---

* 本文为在国家检察官学院、中国政法大学法律史学研究院、中国犯罪学学会主办，《中国检察官》杂志社承办于 2019 年 12 月 16 日召开的"传承法律传统，重构中华法系——张晋藩教授学术思想研讨会"上的发言稿，后摘要发表于《中国检察官》2020 年第 1 期，第 11~12 页。

[1] 张晋藩总主编：《中国少数民族法史通览》（第 1 卷），陕西人民出版社 2014 年版，"总序"第 5 页。

一步强调，少数民族习惯法的数量是众多的，形式是多种多样的。[1]

张先生在讨论《清代民法的地位与特点》（《南京大学法律评论》1998 年第 2 期）时指出，清代尽管没有制订出一部单一的民法典，但却形成了一个多层次、形式庞杂、内容细琐的民事立法体系，其中既有制定法，也有习惯法。流行于各地的习惯法，如乡规民约、家法族规、地区习惯等，便对特定范围的民事活动与纠纷，发挥着调整的作用。它们是民事立法的重要基础，也是民事诉讼的依据之一。在"清代民法的基本特点"部分，张先生指出清代民法以制定法为主，各种民法渊源互相配合，构成清代的民事法律体系。他认为清代的民事制定法分散但清朝民事性质的立法毕竟数量少，它所调整的范围也不够宽广，而且散见于各律，无法适应疆域辽阔、政治经济文化发展不平衡的统一多民族国家的民事行为需要。在这种条件下，流行于各地的习惯法，如乡规民约、家法族规、地区习惯等，便对特定范围的民事活动与纠纷，发挥着调整的作用。它们是民事立法的重要基础，也是民事诉讼的依据之一，在实践中有些行为，有些地区是依习惯而不依法律的。例如，同姓不婚，按法违者杖八十，但偏远之地则不予追究。晚清起草民律时，法律馆曾派专人赴各地调查民事习惯，作为修订民律的参考，由此可见民事习惯的重要性。[2]

二、习惯法为中华法文化的重要组成部分

中华法文化历史悠久、丰富也从未中断，它是中华民族理性思维的成果和民族精神的伟大创造。张先生指出中华法律文化是中国各民族共同创造的，中华各少数民族在生存、发展、融合的过程中，都对中华法制文明作出了不同程度的贡献。而习惯法是少数民族法律体系中的重要组成部分。[3]

三、习惯法具有相当有效的调整作用，应当重视习惯法的积极价值

张先生认为，习惯法虽然简陋，但却具有很高的权威性和约束力，发挥

---

〔1〕 张晋藩总主编：《中国少数民族法史通览》（第 1 卷），陕西人民出版社 2014 年版，"总序"第 6 页。

〔2〕 张晋藩：《清代民法的地位与特点》，载《南京大学法律评论》1998 年第 2 期，第 202 页。

〔3〕 张晋藩总主编：《中国少数民族法史通览》（第 1 卷），陕西人民出版社 2014 年版，"总序"第 5 页。

着对少数民族内部生活的调整作用。[1]他进一步指出,事实上在国家大法难以完全覆盖到的角落,习惯法等都对建立和维持一定的秩序起了重要的乃至主要的作用。[2]

根据史料,张先生认为清朝由于各种民事法律渊源并存,还没有集中统一的民法典。因此,在民事审判中适用哪一种民事法律渊源,取决于州县官。如果说在刑事审判中,要求司法官严格依法审断,而在民事审判中则无此硬性规定,州县官可以根据案情依制定法判案,也可以依习惯法或依礼断案。[3]他指出,正是通过州县官个人的作用,使法与礼、法与地方习惯、法与宗法家规、法与乡规民约由某种矛盾状态,达到了相对的协调,发挥了效力互补的作用。[4]

在张先生看来,习惯法历史悠久,特色鲜明,它密切联系社会生活,服务于社会生活,具有深厚的群众基础和较高的权威,起着相当有效的调整作用。它们的存在有其必要性与合理性,是需要以理性的态度对待的。

因此张先生认为在法律制定中,需要尊重习惯法、吸纳习惯法的良善内容。如在《晚清制定民法典的始末及史鉴意义》[《法律科学(西北政法大学学报)》2018 年第 4 期]一文中,张先生指出在晚清修律期间,制定了《大清民律草案》,这是中国历史上第一部独立的民法草案。在制定的过程中,既进行了舆论宣传,也开展了民事习惯法的调查,但由于时间匆促,一些重要的民事习惯法并未融入草案当中。这部民律草案以西方民法为依据,与中国的固有民法进行了必要的整合,虽不尽如人意,但它是中国民事立法史的开篇之作,它所提供的经验与史鉴意义值得重视。

四、法史研究需要重视对习惯法的研究

如张先生于 2009 年 9 月 5 日的《中国社会科学报》上发表的《中国法制史学研究六十年》一文中总结 60 年五方面主要成就时,就注意到了习惯法的研究。在《中国少数民族法史通览》的"总序"中,张先生强调我们研究和

---

[1] 张晋藩总主编:《中国少数民族法史通览》(第 1 卷),陕西人民出版社 2014 年版,"总序"第 5 页。

[2] 张晋藩总主编:《中国少数民族法史通览》(第 1 卷),陕西人民出版社 2014 年版,"总序"第 5 页。

[3] 张晋藩:《清代民法的地位与特点》,载《南京大学法律评论》1998 年第 2 期,第 205 页。

[4] 张晋藩:《清代民法的地位与特点》,载《南京大学法律评论》1998 年第 2 期,第 205 页。

撰写少数民族法制史不可忽视习惯法，需要探究在该民族地区起着实际作用的法源。随着社会的发展进步，习惯法也处于由粗俗趋向细密、由野蛮趋向"文明"的进步过程中。正因为如此，整理少数民族固有的习惯法对于保存传统的法文化资料来讲是十分紧迫的。

张先生有关习惯法的思想，体现了他广阔的学术视野，反映出他不断探索、不断开辟新的学术研究领域的创新精神。

张先生有关习惯法的思想，观点精辟，富有启发性，指引着年轻学人的进一步思考和研究。特别是按照他的这一认识，在他的亲力主持和持续努力下，组织各方面学者完成并顺利出版了以各民族习惯法为主要内容的十卷本384万字的《中国少数民族法史通览》，填补了我国法史研究的空白。

张先生有关习惯法的思想，为全面认识中华法文化、重新理解中华法系、推进我国的法治建设具有十分重要的意义，也产生了广泛的影响。

"海尔迈耶问题"

被称为"液晶显示器之父"的乔治·海尔迈耶（George Heilmeier）1936年5月22日生于费城，2014年4月22日因中风去世。他是20世纪美国重要的发明家，同时也是一位科研项目管理专家。

1975年，海尔迈耶成为美国国防部高级研究计划局的主任（Defense Advanced Research Projects Agency，缩写DARPA），管理所有的国防部前沿科研项目，主要包括隐形飞机、激光、智能炸弹、人工智能等设备。在国防部任职期间，海尔迈耶需要评估大量的科研项目，决定巨额研究资金如何分配。当时，很多项目仅仅因为申报人与国防部有良好的信任关系，就可轻松拿到几百万美元，而不用对资金的用途做出详细解释。海尔迈耶觉得这种做法不对，逐渐发展出了自己的一套方法，要求项目申报人回答九个问题，由此评估该项目是否值得资助。这九个问题被称为"海尔迈耶问题"（Heilmeier Catechism），影响很大，被后来的许多机构采用，其中包括风险投资家和城市规划局。

这九个问题是：①你想做什么？用通俗的语言清楚地阐明出你的目标。②现在已有的相关研究是怎样的？现在研究的局限是什么？③你的方法有什么新意吗？为什么你认为你的方法会成功？④谁会关心你的研究？⑤如果你成功了，你的工作会带来什么改变吗？⑥你的这项工作风险和报酬是什么？⑦它会花费多少成本？⑧它会花费多少时间？⑨有没有中期检查和结题检查能检验它是否成功？

我以为，"海尔迈耶问题"对于我们进行社会科学研究也有一定的借鉴意义。在选择研究主题时，我们问问自己这九个问题，对于研究价值、最终成果、社会意义是非常有益的。社会科学研究虽然不能非常功利，但是同样需要注意投入与产出关系、需要注意效益，在这个意义上，"海尔迈耶问题"是值得关注的、富有启发性。

我们申请各类课题时，"海尔迈耶问题"是基础性的准备内容，需要重点考虑，这对课题的申请成功至关重要。

在此基础上，在进行法学等社会科学研究时，在更广阔的视野，我们还需要问：①你的研究对法律制度等社会制度的影响？②你的研究对提升民众的自由度、增进民众的福祉有多大的意义？③你的研究有多少能够为现政府所采纳？有多少需要经过时间的考验、留待后人的接受？

法学等社会科学研究需要清晰的问题意识和适当的研究思路，"海尔迈耶问题"无论于具体课题的研究还是宏观学科的思考，都是有价值的。

2015 年 9 月 2 日记

灵　光

"灵"，《现代汉语词典》释为"灵活""灵巧"；"灵光"则有"好""效果好"之意。

在广东惠州大亚湾进行田野调查期间的 2023 年 2 月 20 日晚上，李书记等朋友请我和同行的一位博士生吃饭。席间，我们聊了许多话题，其中之一即为"灵光"。我谈了自己的一些想法，之后李书记也谈了自己的理解。

晚上回到住处后，这位博士生在记当日日记之外，专门写了一小文，并于 2023 年 2 月 21 日上午 9：13 以微信发给我。现将此文全文录载于下：

如何做一个灵光的人
——2023 年 2 月 20 日主要感悟

灵光这一主题是我跟随老师读博以来经常听到的词汇，是老师反复提及的高频词汇。虽然在校内、校外的多个场合，老师曾多次提到灵光，并且专门开了师门会议分享对灵光的理解，但是我没有专门地去思考究竟什么样的人才算是灵光的人，没有在行动上积极改变自身。这是不灵光的表现。

之所以没有专门去思考何谓灵光以及在此基础上付诸实践，原因很多，例如学习时间紧张、学生工作较为占用精力等。当然，时间紧张只是我给自己找的一些借口，为自己没有深入思考究竟何谓灵光找个理由，从而缓解内心的不安。没有深入并付诸实践的根本原因还在于自己过于懒惰，不愿意去正视自身的不足、剖析自身的问题，习惯于安于现状，上进心不强。

今天在吃晚饭期间，李书记从学长、师兄和前辈的角度与经验出发，分享了对灵光的理解和看法。李书记将其分为"灵魂之光""灵动之光""灵异之光"三个层次。首先为灵魂之光，灵魂要开窍；灵魂开窍后，要动起来，有灵动之光；而且，还要有灵异之光，要形成自己的个性化品质，打破法理、脱颖而出。李书记从三个层次让我更好地理解灵光，提供了参考和思路。

结合李书记讲的内容，我今天在调研、吃饭等多个方面的表现有很多不灵光的方面。例如，在刚开始吃饭的时候，我并没有认清自己的定位，虽然自己是年轻的晚辈，但是并不知道积极主动地去为大家服务，灵魂上不开窍，缺少灵魂之光。虽然经过老师提醒，认识到应该积极主动地去服务大家，但是在吃饭的过程中，很少动起来，既没有主动为左右邻座夹菜，也很少主动地为大家倒水、递纸巾，缺少灵动之光。之所以没有动起来，一方面是因为没有养成这方面的习惯，另一方面害怕做得不对，被老师批评。除了吃饭，在调研期间，我总是习惯于从预设思维出发，只是围绕预设的主题去问问题、找材料，当出现新的现象、新的研究主题时，未能及时转变传统思维，以至于在很多时候收集到的材料很有限。例如今天在民政局，我主要是想收集一些关于村规民约的材料，补充之前的村规民约文档。虽然在收集村规民约材料时碰到了社工工作负责人，但是我仍然将收集范围局限于村规民约这一主题，并没有及时根据新的形势向社工工作负责人询问有关社工的问题，没有及时寻找社工方面的材料，这导致有关社工方面未能收集到更多的材料，平平淡淡地结束了民政局之行，缺少灵异之光。

限于时间（目前是 0：49），今天的这些思考仍然是较为浅显的。当然，这也是一个借口。未来，为了真正成为一个灵光的人，必须要在"灵魂之光""灵动之光""灵异之光"的基础上进行更多思考，积极向前辈们请教学习，用于正视自身不足、敢于自我解析，在思想上变开窍、在行动上动起来，在此基础上根据自身所处环境，因时因地采取行动。如此方能真正成为一个灵光的人。

博士生此文虽在夜深人静时匆匆而为，有点就事论事，但确为真诚之作，有总结，有反思，还是颇值肯定的。我在之后 26 日召开的每月例会上专门提了出来，希望给其他同学有所启发。

正如这位博士生文中所讲，我是经常与我指导的博士生、硕士生交流关于灵光的看法，也曾专门在月例会上聊过我的想法，期待年轻人通过在校期间的阅读、交流、思考和寒暑假等时段在社会的调查、观察、实践，能够越来越灵光。

我自己不是一个灵光的人，缺灵性，乏慧根，笨又拙，因而特别羡慕和敬重灵光的人，从内心觉得应当努力提升自己，向灵光的人学习、看齐。在做老师后，也希望我的学生能够感悟灵光、接近灵光。

我非常赞同李书记将"灵光"具体解释为"灵魂之光""灵动之光""灵异之光"三个层次，他有思考，有自己的独到见解。

我将灵光理解为"性"与"心"两面，灵光之"性"为本性、天赋层面；灵光之"心"为后天、习得层面。

就"性"的层面，灵光为灵性，属于天性、本性。灵性为人的个性、性格、脾性之一类，仅为极少数人所与生俱来的，非为常人所具备。南朝梁的沈约在《内典序》说："若乃灵性特达，得自怀抱；神功妙力，无待学成。"灵性这种对事物的感受、体悟和理解的卓越能力，显然非我辈所具有。我觉得自己有时可能成为唐代韩愈《芍药歌》"娇痴婢子无灵性，竞挽春衫来此并"中所言的乏灵性的婢子样。

就"心"的层面，灵光为灵活、灵醒，这为后天可学、可习、可努力之方面，也是我们普通人可追求之处。心由思维器官引申为心思、思想、意念、感情、性情等，《孟子·告子上》云："心之官则思，思则得之，不思则不得也。"灵光首先为灵魂、魂魄意。《楚辞·屈原·九章·抽思》曰："何灵魂之信直兮，人之心不与吾心同。"灵光者在精神层面呈现人格高洁、光耀四方、精神饱满、意气风发状态。次者，灵光为有心、用心意，《诗经·小雅·巧言》载："他人有心，予忖度之。"灵光者在意识层面表现为凡事上心、专注，聚精会神，心无旁骛。最后，灵光为机灵、灵活意，清代王夫之《姜斋诗话》卷二载："对偶语出于诗赋，然西汉盛唐，皆以意为主，灵活不滞。"灵光者在行为层面体现为敏捷不呆板，不拘泥于固有模式，善于应变、变通和创新，往往能够举一反三、触类旁通。

灵光是一种心境，也是一种气质，还是一种行为状态，更是一种生活态度。灵光者有大智慧，具远视野，富行动力。"独叹灵光在，能追汗漫游。"（宋代范成大《石湖中秋二十韵》）

2024年3月10日记

五 心 迹

《乡土法学文丛》总序*

一

中国的法学研究需要关怀中国民众的日常生活，离不开中国的社会实践，受中国的政治、经济、文化、历史条件所制约。费孝通先生在《乡土中国》中提出了"乡土中国"的概念，对中国基层社会的性质进行了探讨。[1]我在三十多年的田野调查和研究中感到，当今的中国社会本质上仍然属于乡土社会，[2]中国法学的产生和发展与这一社会环境息息相关。

如果中国法学可以根据城市、农村等区域研究对象不同而进行区分的话，显然我的主要兴趣点不在城市法学、都市法学领域，而集中关注乡土法学、乡村法学、农村法学领域的调查和研究。在三十年经历的基础上，我在《哈尔滨工业大学学报（社会科学版）》2015年第6期上，以《乡土法学初论》为题谈了自己的一些认识，并在学院组织教师出版自选集时，我将自选集命

---

* 《乡土法学文丛》已出3本：①高其才等：《走向乡村善治：乡村治理体系研究》，中国政法大学出版社2021年版；②高其才等：《走向村居良法善治：广东省惠州市村居法治建设实践》，中国政法大学出版社2022年版；③张华、李明道、高其才：《基层和美治理实现方式探究——基于大亚湾区本土社会规范的视角》，中国政法大学出版社2023年版。

〔1〕《乡土中国》是费孝通先生在20世纪40年代后期，根据他在西南联合大学和云南大学所讲"乡村社会学"一课的内容而写成的，1947年结集出版。《乡土中国》围绕着中国基层社会的乡土性质，以"乡土本色""文字下乡""再论文字下乡""差序格局""系维着私人的道德""家族""男女有别""礼治秩序""无讼""无为政治""长老统治""血缘和地缘""名实的分离""从欲望到需要"等14篇短小的论文从不同角度与层次勾画乡土社会的面貌，全面地展示了中国传统社会的社会状况，提炼出了一些至今被广泛引用的"乡土社会""差序格局""礼治秩序""长老统治"等基本概念。详见费孝通：《乡土中国》，生活·读书·新知三联书店1985年版。

〔2〕 在我看来，当今的中国社会虽然工业文明有了一定的发展，商业文明也有某种程度的体现，但是从社会结构、治理体系、思维方式等方面整体衡量，当代中国社会从本质上仍为乡土社会。

名为《乡土法学探索》（法律出版社 2015 年版）。在此基础上，近些年我逐渐萌生了编辑一套《乡土法学文丛》的想法，比较集中地表达我们学术共同体有关乡土法学的思考，希冀展示我们同道人在乡土法学领域的学术成果，体现我们关注中国乡土规范和乡土秩序的一份社会责任。

二

乡村是具有自然、社会、经济特征的地域综合体，兼具生产、生活、生态、文化等多重功能，与城镇互促互进、共生共存，共同构成人类活动的主要空间。乡村兴则国家兴，乡村衰则国家衰。我国人民日益增长的美好生活需要和不平衡不充分的发展之间的矛盾在乡村最为突出，我国仍处于并将长期处于社会主义初级阶段的特征很大程度上表现在乡村。[1]

以乡村、乡民、农业为研究对象的乡土法学具有中国法学特质，为中国法学的重要构成部分。中华文明是循着自己的独立途径成长起来，中国法学需要摆脱西方历史模式的影响，思考中国社会现实发展中的法律问题，揭示中国社会规范和秩序变动的独特过程和方式。乡土法学为中国法学主体性的重要表现，关注乡土法学是"法学中国化"的自觉与体现。

乡土法学是中国固有法学的接续和发展，对于弘扬中华法系优秀内容、传承中华优秀法文化是有积极意义的。中华文明根植于农耕文化，乡村是中华文明的基本载体。乡土法学对乡村规范、乡民社会秩序的研究，深入挖掘农耕文化蕴含的优秀法思想、法观念、法规范、法制度，结合时代要求在传承、弘扬的基础上创造性转化、创新性发展，有助于完整理解中国社会的法规范，把握中华法文化的特质，广泛传承和弘扬我国固有法观念，全力推进中华文明的复兴。

深入进行乡土法学研究有助于推进当代中国的国家法治建设。当代中国的法治建设具有移植为主、自上而下、政府主导、立法推进等特点，从一定意义上缺少社会内在生发动力，因此法治建设需要不断培育社会条件和社会土壤。通过乡土法学的调查、研究，对乡土法、乡村规范与秩序的运作机制进行全面的把握，探寻其与现代法治的共同点、相洽处，不断推进乡村地区

---

[1]　《乡村振兴战略规划（2018-2022 年）》。

的建设，推进乡村地区的治理能力和治理体系的现代化，从而推进中国法治社会、法治国家的建设，这无疑是极有意义的工作。

三

乡土法学以乡土法、乡村法为研究对象，涵括乡土法、乡村法的观念、规范、运行、秩序等层面。乡土法、乡村法是乡土社会成员在日常的生产、生活过程中，逐渐内生形成的权利、义务规范，依赖乡土社会成员的信守和一定的社会强制力保障实施。乡土法、乡村法具有这样一些特征：

（1）乡土法、乡村法是在乡村地区内生形成的行为规范，在乡土社会共同体内部萌发、生成并发展、完善。乡土法、乡村法的产生与成长是一个长期而缓慢的过程，因而民众具有更为持久的内心确信和实际遵从性。

（2）乡土法、乡村法是农业文明、农耕文明、乡村社区的产物，与自给自足的小农经济密切相关。乡土法、乡村法对乡民的日常生产、生活进行全面的规范，满足乡民生存、安全、发展的需要。

（3）乡土法、乡村法既有国家法律，也表现为非国家法意义上的习惯法，通常表现为不成文法的形式，但成文性的乡土法也占有重要地位。

（4）乡土法、乡村法具有地域特色，表现了某一乡土区域的历史特点、地理特征、生产状况和文化样貌。

（5）乡土法、乡村法为身边的法。乡土法为乡土社会成员生活中的法，为乡土社会成员最为优先选择的行为规范，具有极强的拘束力。

（6）乡土法、乡村法具有文化性，体现了某一乡土区域的民情、社会特质，为这一群体、组织的成员的智慧累积。乡土法、乡村法的表现形式十分多样，包括村规民约、自治规章、社区惯例等，既有成文形式的规范，也有不成文形式的规范。格言、谚语、警句等也可能表达了乡土法、乡村法的某种观念、规范。

乡土法学的内容较为广泛，包括乡土公共生活法学、乡土民事法学、乡土调处法学、乡土处罚法学等。具体而言，乡土法学的研究对象包括乡土法观念、乡土法规范、乡土法行为、乡土法人物、乡土法物件等方面，涉及应然、实然各个层面。

四

进行乡土法学研究需要对我国法学进行批判性反思。乡土法学不是一个简单的概念提出，是在反思我国法学基础上对未来法学发展方向的思考。我国的法学需要多元发展，既要求"洋"，更要立"土"，需要回应我国社会的需要、分析我国法律实践提出的问题。法学的发展需要树立"本根"观念，我国法学的发展必须建立在固有文化、传统文明的基础上。我们需要认真思考法学发展与文化、历史的关系，使我国法学具有坚实的价值支撑、具有明晰的主体性。

进行乡土法学研究要求研究者眼睛向下。乡土法学要求研究者进一步认识乡土法、乡村法的客观存在，正视乡土法、乡村法的实际社会意义和现实价值。法学研究应当眼睛向下，从生活中寻求研究的动力。当代中国进行现代化建设，需要理解历史的中国，准确把握国情和国民性，从中国社会的发展中把握中国社会的特质和发展趋向。特别是中国基层社会，对当代中国社会的发展具有真实、潜在、深刻、广泛的影响。乡土法学能够更恰当地理解我国法律与社会的关系，关注社会生活中的规范与秩序建构。

进行乡土法学研究需要丰富法学研究方法。法学界应该重视田野调查，了解乡土法、乡村法的实际状况，努力总结乡土法、乡村法的特质，探讨和概括乡土法、乡村法的内在规律，不断提升乡土法学的理论概括性和指导力，逐渐形成乡土法学的概念和理论体系。

五

《乡土法学文丛》为开放性的系列作品汇集，举凡与中国乡村、乡民、农业相关的法学作品均宜收入其中。

根据稿件情况，《乡土法学文丛》每年推出若干作品，以积少成多逐渐形成规模，促进乡土法学的发展。

《乡土法学文丛》欢迎法学、乡村学、管理学、社会学、民俗学、政治学、历史学等各领域作者的作品，尤其欢迎年轻作者的力作。

　　《乡土法学文丛》作品形式不限于研究专著，调查实证报告、田野观察记述、事件案件分析等都可纳入其中。

高其才谨识

2020 年 12 月 28 日于樛然斋

《南方主要少数民族乡规民约
与社会治理研究丛书》总序 *

—

《中华人民共和国村民委员会组织法》（1998 年 11 月 4 日第九届全国人民代表大会常务委员会第五次会议通过，2010 年 10 月 28 日第十一届全国人民代表大会常务委员会第十七次会议修订）对村规民约的制定、效力等进行了较为全面的规定，如第 27 条规定："村民会议可以制定和修改村民自治章程、村规民约，并报乡、民族乡、镇的人民政府备案。村民自治章程、村规民约以及村民会议或者村民代表会议的决定不得与宪法、法律、法规和国家的政策相抵触，不得有侵犯村民的人身权利、民主权利和合法财产权利的内容。村民自治章程、村规民约以及村民会议或者村民代表会议的决定违反前款规定的，由乡、民族乡、镇的人民政府责令改正。"第 10 条规定："村民委

* 本总序由高其才撰写，《南方主要少数民族乡规民约与社会治理研究丛书》为国家出版基金项目、"十三五"国家重点图书出版规划项目，由高其才、李交发总主编、湘潭大学出版社 2018 年版，共出 6 种：①高其才：《村规民约传承固有习惯法研究——以广西金秀瑶族为对象》；②高其才：《通过村规民约的乡村社会治理——当代锦屏苗侗地区村规民约功能研究》；③陈寒非：《南方主要少数民族村规民约与纠纷解决》；④吕川：《南方主要少数民族治安村规民约研究》；⑤郭亮：《南方主要少数民族乡规约与基层民主治理——以大寨村为个案》；⑥陈秋云等：《海南黎族社会村规民约研究》。本总序亦为高其才总主编的《南方主要少数民族乡规民约与社会治理研究丛书（续编）》（也为国家出版基金项目、"十三五"国家重点图书出版规划项目）的总序，仅个别文字有修改。《南方主要少数民族乡规民约与社会治理研究丛书（续编）》由湘潭大学出版社于 2021 年出版，共出 5 种：①胡兴东：《云南民族地区基层社会治理中的村规民约：以乡村清洁为中心》；②王丽惠：《转型时期南方少数民族的村规民约与婚姻家庭秩序》；③游志能：《村规民约转型问题研究——以贵州省丹寨县"十户一体"公约为考察中心》；④池建华：《南方主要少数民族村规民约与生态环境保护》；⑤李天助：《当代南方少数民族乡规民约探析》。另《南方主要少数民族乡规民约与社会治理研究丛书》还包括高其才、池建华编的《南方少数民族村规民约汇编》（上卷、中卷、下卷）（湘潭大学出版社 2020 年版）。

员会及其成员应当遵守宪法、法律、法规和国家的政策，遵守并组织实施村民自治章程、村规民约，执行村民会议、村民代表会议的决定、决议，办事公道，廉洁奉公，热心为村民服务，接受村民监督。"第 38 条第 1 款还规定："驻在农村的机关、团体、部队、国有及国有控股企业、事业单位及其人员不参加村民委员会组织，但应当通过多种形式参与农村社区建设，并遵守有关村规民约。"

2014 年 10 月 23 日，中国共产党第十八届中央委员会第四次全体会议通过的《关于全面推进依法治国若干重大问题的决定》明确提出"增强全民法治观念，推进法治社会建设"的目标，强调"推进多层次多领域依法治理"，要求"发挥市民公约、乡规民约、行业规章、团体章程等社会规范在社会治理中的积极作用"。这表明，在法治国家、法治社会建设中，需要进一步提高乡规民约、村规民约的地位，高度重视乡规民约、村规民约的价值，全面发挥乡规民约、村规民约的作用，在社会治理中充分运用乡规民约、村规民约。

2017 年 10 月 18 日，习近平代表第十八届中央委员会向大会所作的报告中提出了实施乡村振兴战略，强调加强农村基层基础工作，健全自治、法治、德治相结合的乡村治理体系。2018 年中央一号文件《关于实施乡村振兴战略的意见》（2018 年 1 月 2 日公布并实施）也明确提出"发挥自治章程、村规民约的积极作用"。

乡规民约是乡村民众为了办理公共事务和公益事业、维护社会治安、调解民间纠纷、保障村民利益、实现村民自治，民主议定和修改并共同遵守的社会规范。乡规民约包括乡规民约、村规民约等，在当代中国农村以村规民约为主体；既有根据《村民委员会组织法》由村民会议制定和修改的村规民约，也有村老年协会等制定和修改的规约，还包括若干村民议定的某种规约；既包括行政村的村规民约、村民小组即自然村的规约，也包括跨村的乡规民约；既包括成文的村规民约，也包括不成文的规约；既包括全面性的村规民约、乡规民约，也包括如计划生育规约、环境卫生公约等专门性的村规民约。

乡规民约、村规民约在农村社会中发挥着实现村民自治、发展乡村民主、保障村民权益、团结村民群体、维护乡村秩序、保护生态环境、弘扬良善道德、传承优秀文化、改善村风民俗的重要作用。

二

南方主要少数民族为居住在广西、云南、贵州、四川、湖南、海南、广东、湖北、浙江、江西、福建等地的少数民族，包括壮族（16 926 381 人）、苗族（9 426 007 人）、彝族（8 714 393 人）、土家族（8 353 912 人）、侗族（2 879 974 人）、布依族（2 870 034 人）、瑶族（2 796 003 人）、白族（1 933 510 人）、哈尼族（1 660 932 人）、黎族（1 463 064 人）、傣族（1 261 311 人）、畲族（708 651 人）、傈僳族（702 839 人）、仡佬族（550 746 人）、拉祜族（485 966 人）、佤族（429 709 人）、水族（411 847 人）、纳西族（326 295 人）、羌族（309 576 人）、仫佬族（216 257 人）、景颇族（147 828 人）、布朗族（119 639 人）、毛南族（101 192 人）等。[1]

我国南方主要少数民族的社会发展是不平衡的，主要有四个类型：第一种为封建地主所有制，主要是那些与汉族交往密切的民族，如壮族和彝族、黎族等的大部分。第二种为封建领主制，包括部分傣族、彝族、纳西族等。第三种为奴隶制，基本上保留在四川和云南大小凉山地区的部分彝族中。第四种为保留有浓厚的原始公社制残余，主要不同程度地存在于云南边疆山区的独龙族、怒族、傈僳族、佤族、布朗族、基诺族、德昂族、哈尼族，中东南地区的瑶族，海南岛的黎族，台湾省的高山族等之中。[2]在 1949 年中华人民共和国成立前，这些少数民族主要通过习惯法进行社会的自我治理。[3]而少数民族习惯法中的主要规范为乡规民约、村规民约。乡规民约、村规民约成为南方主要少数民族分配社会资源、调整社会关系、解决社会冲突、维护社会秩序的重要规范，在社会生活中发挥着广泛的影响。在中华人民共和国

---

〔1〕 据 2010 年 11 月 1 日第六次全国人口普查统计。少数民族 10 643 万人占全国人口的 8.41%，比 2000 年的 1523 万人增长了 16.70%。人口在 10 万人以下的南方少数民族有普米族（42 861 人）、阿昌族（39 555 人）、怒族（37 523 人）、京族（28 199 人）、基诺族（23 143 人）、德昂族（20 556 人）、门巴族（10 561 人）、独龙族（6930 人）、高山族（4009 人）、珞巴族（3682 人）等。参见 http：//www.stats.gov.cn/tjsj/pcsj/rkpc/6rp/indexch.htm，最后访问日期：2018 年 7 月 29 日。

〔2〕 参见林耀华主编：《民族学通论》，中央民族大学出版社 2003 年版，第 260~261 页。

〔3〕 本文所指的习惯法为非国家法意义上的习惯法，是指独立于国家制定法之外，依据某种社会权威和社会组织，具有一定的强制性的行为规范的总和。参见高其才：《中国习惯法论》（修订版），中国法制出版社 2008 年版，第 3 页。

成立以后，受历史传统、民族文化等的影响，乡规民约、村规民约的意识、观念、思维和规范仍然在我国南方主要少数民族客观存在，以各种方式、多类途径在社会治理中发挥着作用。

对南方主要少数民族乡规民约与社会治理进行研究，有助于全面掌握和认识南方主要少数民族乡规民约、村规民约与社会治理的现实状况和具体表现；对南方主要少数民族乡规民约、村规民约在社会治理中积极作用和实现障碍的分析，有助于充分发挥乡规民约、村规民约的价值，进一步推进和完善村民自治制度、发扬农村基层民主。对南方主要少数民族乡规民约、村规民约具体内容、规范特点的分析，对南方主要少数民族乡规民约、村规民约在全面推进依法治国、建设法治国家法治社会中地位和价值的探讨，有助于发挥民族法文化的现代价值、协调少数民族习惯法与国家法律的关系，以加快我国的法治建设进程、全面建设法治社会。

作为全国少数民族的主要部分，南方主要少数民族数量多、地区分布广、民族特色鲜明、社会治理任务多样。探讨南方主要少数民族乡规民约与社会治理，对于总结南方主要少数民族乡规民约的社会治理手段和经验、思考南方主要少数民族乡规民约与社会治理的特点和规律、推进民族地区现代化建设和社会和谐发展、建立健全党委领导、政府负责、社会协同、公众参与、法治保障的现代乡村社会治理体制、健全自治、法治、德治相结合的乡村治理体系、实施乡村振兴战略并最终实现产业兴旺、生态宜居、乡风文明、治理有效、生活富裕具有重要意义。同时，通过对南方主要少数民族乡规民约与社会治理的分析，对于保护固有民族文化、传承优秀民族文化、促进民族文化发展具有积极作用。

中华法系是在我国统一多民族的土地上生长和发展起来的，在形成和发展过程中吸收了不同民族法文化的内容。它不仅包括以汉族为主体的中原王朝法律，也应包括中国少数民族习惯法，少数民族对中华法系形成作出了重要贡献，历史上形成了数量庞大的少数民族法典及习惯法。[1]少数民族法制是中华法系发展历史中有机的组成部分，"中华法系是中国各民族法律原则和

---

〔1〕 参见杨一凡、田涛主编:《中国珍稀法律典籍续编·少数民族法典法规与习惯法》（上、下），张冠梓点校，黑龙江人民出版社 2002 年版。该书将民族法律文献资料分为法典法规篇、地方法规篇、乡规民约篇、习惯法篇、司法文书篇。

法律意识长期融合的产物",[1]"中华法系正是融合了各民族的法律意识与创造力才形成的",[2]研究中华法系、探讨中华法制文明的现代意义,不能缺少对少数民族乡规民约、村规民约等习惯法的关注,否则就无法揭示中国法制发展的全貌与发展规律,认识不同社会形态条件下各种类型法的本质和特点,理解不同历史时期、不同社会发展阶段各民族法文化及在中国共同文化范围内各民族法文化并存的条件。[3]因此研究南方主要少数民族的乡规民约、村规民约等习惯法对中华法系内容的丰富、中华法系成果的传播、中华法系精神的弘扬具有重要意义。[4]

探讨南方主要少数民族的乡规民约、村规民约,研究南方主要少数民族乡规民约、村规民约与社会治理的关系,这对于拓宽法学研究领域、丰富法学理论、深化法学研究,正确处理现代化发展中的少数民族法文化是有一定意义的。同时,有助于推进民族学、政治学、人类学、社会学、历史学等学科的一定发展,为这些学科提供系统、全面的研究材料。

三

《南方主要少数民族乡规民约与社会治理研究丛书》(以下简称《文丛》)包括资料篇和研究篇,资料篇主要对南方主要少数民族从古代到当代的乡规民约进行汇编。研究篇为专题研究,涉及南方主要少数民族乡规民约与乡村社会治理、南方主要少数民族乡规民约与基层民主治理、南方主要少数民族乡规民约与农民权利保护、南方主要少数民族乡规民约与婚姻家庭关系调整、南方主要少数民族乡规民约与生态环境保护、南方主要少数民族乡规民约与固有习惯法传承、南方主要少数民族乡规民约与社会治安维护、南方主要少数民族乡规民约与纠纷解决等。同时,专题研究又结合了族别研究、

---

〔1〕 张晋藩:《再论中华法系的若干问题点》,载《中国政法大学学报》1984年第2期。

〔2〕 张晋藩:《中华法制文明的演进》,中国政法大学出版社1999年版,第12页。

〔3〕 蔡尚思先生也曾指出:"现今研究中国各专门史,也不好以汉族为范围了,以汉族为范围的中国各专门史,不可能是整个的或比较完全的中国各专门史,如要认真地说,至多也只是汉民族的专门史。"参见《中国各民族的血统与文化》,载《文汇报》1984年4月9日。

〔4〕 对这一问题,可以参见李兴华的《回族与中华文明》(《回族研究》1999年第1期)的有关论述。

个案研究、地区研究，包括广西金秀瑶族的村规民约研究、贵州锦屏苗族侗族的村规民约研究、云南大理等地的白族傣族等族的村规民约研究等。

《文丛》在撰写时强调以下方面：①全面性。《文丛》全面、系统、综合地探讨南方主要少数民族乡规民约、村规民约在社会治理中的具体表现、积极作用，力图完整地展示南方主要少数民族乡规民约、村规民约与社会治理的发展、变化关系。②现代性。《文丛》在分析历史上的南方主要少数民族乡规民约与社会治理关系的基础上，重点讨论当今的南方主要少数民族乡规民约、村规民约在社会治理中的积极作用，关注南方主要少数民族乡规民约、村规民约的现实样态，描述南方主要少数民族乡规民约、村规民约的实际状况。③民族性。《文丛》突出南方主要少数民族乡规民约的民族特色，注重乡规民约、村规民约中的民族传统，探讨乡规民约、村规民约与民族社会治理、民族地区发展的关系。④地方性。南方主要少数民族乡规民约、村规民约为一种地方性知识、区域性规范，具有较为明显的地域特点。《文丛》尽力揭示南方主要少数民族乡规民约、村规民约在社会治理中的地方性因素。⑤文化性。作为社会治理的重要规范，南方主要少数民族乡规民约、村规民约体现了独特的价值内涵、文化传统。《文丛》强调从文化角度理解南方主要少数民族乡规民约、村规民约与社会治理的关系。

《文丛》在进行南方主要少数民族乡规民约、村规民约与社会治理探讨时，秉承法多元主义的理念，坚持历史进化和整体联系的观点，在方法上注意将史料分析与田野调查相结合，尤以田野调查为重；以法学、历史学方法为主，同时借鉴社会学、文化人类学、民俗学、经济学等学科的理论、技术和方法，进行综合研究；从而试图描述南方主要少数民族乡规民约、村规民约与社会治理的实际状况，把握南方主要少数民族乡规民约、村规民约与社会治理的发展趋势，探寻南方主要少数民族乡规民约、村规民约与社会治理的特点和规律，以揭示南方主要少数民族乡规民约、村规民约与社会治理的真实状况，感受南方主要少数民族乡规民约、村规民约在社会治理中的某种特殊魅力。

四

《文丛》在 2016 年列入国家"十三五"出版规划，并得到 2018 年度国家出版基金的资助。在具体实施过程中，《文丛》组建了编委会，由编委会精心遴选作者，广泛吸纳在乡规民约、村规民约方面和民族习惯法方面有专门研究的学者加入调查、研究队伍。

《文丛》编委会在认真讨论的基础上，制定了详细的工作计划，就田野调查和资料搜集进行了具体的安排，确定了编写体例和基本要求，拟定了交稿时间和出版时间。各位作者克服种种困难，尽力进行田野调查，认真撰写书稿并按约交付，保证了《文丛》的如期出版。

湘潭大学出版社积极支持《文丛》编委会的工作，为《文丛》的出版提供了有力的支持，保证了《文丛》的顺利面世。根据计划，《文丛》分两辑分批出版。

由于作者等各种因素所限，《文丛》编委会的一些设想没有能够完全落实。由于时间、能力等因素所限，加之论题较大，《文丛》可能存在一些不足，敬请读者批评指正。

高其才

2018 年 7 月 27 日于京西

《中国档案文献遗产——锦屏文书》系列丛书总序 *

　　锦屏文书是指以贵州省锦屏县为中心的清水江领域，自明、清以来至中华民国时期，苗、侗族人民在生产生活过程中形成的、反映林业生产力与生产关系以及民间习俗、生态环保、区域经济、民俗文化、社会变迁的历史记录。它以民间视角，详细记录了以锦屏为中心的清水江苗、侗社区混农林经济及其社会关系；真实记载了各族群众生产生活的社会风貌；客观反映了各族群众的创造活力和生存智慧；集中体现了各族群众特有的生存价值和精神品格；形成了极富特色的清水江文明；是我国乃至世界保存较为完整、系统、集中的重要历史文献和珍贵民间档案之一；是一部反映苗、侗地区混农林经济及其社会发展的民间史记。

　　锦屏文书以其穿越五百多年的历史时空，积淀深厚的木商文化底蕴，是破解以锦屏为中心的清水江流域长期以来"山常青、水常绿"社会基因密码的"金钥匙"，对当今经济社会发展具有现实的借鉴作用。2008 年 7 月，第十六届吉隆坡世界档案大会前沿论坛对锦屏文书予以高度评价："锦屏文书是全球重要混农林文化遗产中苗、侗少数民族混农林生态体系中唯一得到较好记载的、还在民间留藏着的濒危文书，是全世界农民混农林活动的活态记忆库，在生态保护上树立了一个世界性典范。"

---

　　* 本总序由高其才撰写，王魁提出了一些修改意见。《中国档案文献遗产——锦屏文书》系列丛书由高其才、王魁任总主编，研究辑共出 3 本：①高其才、王魁主编：《锦屏文书与法文化研究》，中国政法大学出版社 2017 年版；②单洪根：《锦屏文书与清水江木商文化》，中国政法大学出版社 2017 年版；③单洪根：《锦屏文书与清水江林业史话》，中国政法大学出版社 2017 年版。后由于种种原因，系列丛书的编辑、出版工作中止。

一

锦屏县位于云贵高原东南边缘，居清水江中下游，境内山多田少，江河溪流众多，水系发达，全部汇入清水江后归沅江、入洞庭湖、进长江，水运极为便利。土地肥沃，气候温和，雨量充沛，非常适合林木生长，是我国三大优质杉木区重点县，中国南方典型集体林区县，全省十个重点林业县之一，素有"杉木之乡"美称。

据史料记载，明洪武三十年（1397年），朱元璋为镇压婆洞（今锦屏启蒙）林宽侗族农民起义，派遣一支明朝军队从洞庭湖溯沅江进入清水江，被"丛林密茂，古木阴稠，虎豹踞为巢，日月穿不透"的深山箐野景象所震撼，清水江"古木阴稠"的消息被迅速传到了京城。明、清时期，朝廷大兴土木修建宫殿，到锦屏地区广征"皇木"，木排沿着清水江顺流而下，经沅江入洞庭湖，进长江转大运河，一直到北京都城。黔地产好木的消息，就像所放木排一样沿着清水江顺流而下，传遍了大江南北。朝廷广征"皇木"的同时，带动了无数"民木商"大量涌入，"皇木""民木"贸易的兴起和繁荣，拉动、刺激人工造林的兴起。到了清代雍正、乾隆时期，木材贸易、人工造林已成了锦屏地区人民赖以生存、社会赖以发展的强大支柱产业。从而产生了大量的山林植造、佃山造林、山林管护、木材买卖、木材水运及人工拖运、纠纷调解、田土及房屋等买卖，租佃、典当契约，字据、簿册、官府文告、碑刻、婚姻嫁娶、抚养继承、分家析产和订立族规，以及反映政治、经济、文化、民俗、宗教等历史发展情况的有价值史料和民间文学（艺）作品、民间故事、古歌、传说和反映少数民族地区文化经济特色的生产生活用具、民族服饰、房屋装饰构件、民间工艺品等实物和契约文书，也就是让当今中外专家学者惊叹不已并不懈探究的锦屏文书。

锦屏文书涵盖地域广、跨越时间长。锦屏文书地域上包括清水江流域各县，起源于明代，历经清代至民国时期，中华人民共和国成立后仍有延续，绵延数百年不断并完整保留下来。由于年代久远，明代形成的文书保存至今相对较少。锦屏县档案局馆征集进馆保存的为清代和民国时期的居多，其中保存最早的是明嘉靖二十五年（1546年）的文书，时间跨度近500年。

锦屏文书归户性强、数量庞大。锦屏文书均以户为单位保存，据不完全统计，贵州省黔东南州各县民间保存的锦屏文书达 40 余万件。仅锦屏县民间农户保存就有 10 万余件，存量相当大。有的农户存有上千件，如在锦屏县平略镇平敖村姜承奎家、河口乡加池村姜绍卿家收集到的契约文书分别就达千余件。其数量之大，为我国乃至世界现今保存较为完整、系统、集中的文书，被专家称为可与徽州文书、故宫明清文书比肩的三大文书之一。

锦屏文书内容丰富、研究价值高。它是反映以锦屏为中心的清水江流域混农林活动为主要内容，包括政治、经济、文化、民俗、婚俗、宗教等历史发展情况的方方面面。这些"法规性""记事性"契约文书，是当时维护社会稳定、经济发展、人与自然协调共生的习惯法文献。它集中反映了 500 多年来中国封建社会制度下，苗、侗族聚居的清水江流域林业生产力的发展、生产关系及经济制度的变迁，对研究这些地区从古到今成为中国优质木材产区、林业为永不衰败的产业具有极为重要的意义。它填补了我国经济、社会发展方面的两项空白：一是少数民族地区缺少封建契约文书的空白；二是缺少反映林业生产关系的历史文献的空白。它是人类学、社会学、经济学、历史学、法学、生态学、档案学等研究的重要文献史料。

二

锦屏是贵州省开展抢救保护和研究利用民间契约文书时间最早、取得成效最大的县。1959 年 2 月，锦屏县档案馆成立后，就组织档案征集工作小组到亮江、清水江流域的敦寨、九寨、启蒙等公社进行民间契约摸底调查和征集，在平敖、文斗和瑶白等村寨发现有大量的契约文书。1964 年 8 月，中国科学院贵州分院民族研究所（即今贵州省民族研究院）少数民族近代经济调查组杨有赓等人，深入锦屏县开展民族经济历史调查，在文斗村姜元均家收集了数百件林契文书。从此，锦屏文书开始进入专家学者的视野。

1981 年 1 月，锦屏县档案局成立后，组织开展征集契约和家谱、族谱等民间档案资料活动，在瑶白、文斗两村征集到清乾隆二十八年至宣统三年的清代契约文书 280 件进馆珍藏。

2001 年 4 月，锦屏县人民政府以"锦府通［2001］19 号"批复《县档案局关于与中山大学历史人类学研究中心合作收集研究锦屏民间林业契约的请示》，8 月，中山大学历史人类学研究中心与锦屏县人民政府达成协议，形成了"锦府专议［2001］14 号"《锦屏县人民政府关于与中山大学历史人类学研究中心合作收集研究锦屏民间山林契约及文献的会议纪要》，开启了地方政府与高校合作开展抢救保护、研究利用锦屏文书的先河。

为加快锦屏文书的抢救保护工作进度，加强对散存在民间的锦屏文书的监管，2005 年 8 月 10 日，锦屏县档案局馆印发《锦屏县档案局（馆）关于征集民间档案资料的公告》，2007 年 5 月 22 日，锦屏县人民政府印发《锦屏县人民政府关于抢救保护锦屏文书的通告》。锦屏县档案局馆和各乡镇人民政府，迅速将《公告》《通告》张贴到各村、组，并组织人员进村入户广泛宣传动员、积极开展征集，在全县范围内掀起抢救保护锦屏文书的热潮，取得显著成效。

至 2016 年底止，锦屏县档案局（馆）共征集到原件 6.1 万余件，已整理、裱糊、修复锦屏文书 5.6 万余件；整理完成《锦屏文书分户复印件汇编》共 874 册，近 5 万件文书；全文数字扫描录入完成 4.5 万余件，《锦屏文书总目提要》著录条目共 1.8 万余条，基本实现对散存在民间的锦屏文书的有效监管。目前年代最早的为 2012 年 11 月在敦寨镇九南村征集的明嘉靖二十五年（1546 年）形成的"民间纠纷调解的契约"；保存最完好、幅面最长、字数最多的是 2005 年元月在固本乡培亮村征集到的清光绪十四年（1888 年）形成的"黎平府开泰县正堂加五级纪录十次贾右照给培亮寨民人范国瑞、生员范国璠的山林田土管业执照"，长 208 厘米、宽 52.8 厘米，共 101 列 2888 字，盖"贵州黎平府开泰县印"官印，此文书堪称"镇馆之宝"。

三

锦屏文书的种类很多，可以按不同的形式进行分类。从载体形式上分，有石（碑）、竹木、布、纸等文书；目前，锦屏、黎平、天柱、三穗、剑河、台江、岑巩等馆藏锦屏文书为 23 万余件，基本上为纸质载体。从功用来分，有生产、生活与经营记录等；从记录的形式上分，有文字、音像与实物等；从具体内容上分则更是丰富多彩，有山林、田地、房屋、宅基地、水塘、菜园权属买卖契；山林、田地、房屋、宅基地、水塘、菜园等家产析分及传承记录契；合伙造林、佃山造林、山林管护、山林经营契；山林土地权属纠纷诉讼、调解裁决文书；山林土地买卖以及家庭收支登记簿册；生态环境保护契；乡村民俗文化记录；官府文件；村规民约；家乘族谱；古籍等。

锦屏等县虽处西部少数民族地区，但锦屏文书均用汉字书写而成，少数为自创的民族文字和民族语音用字；文字均为竖列，从右向左书写的通用文书格式。契约类文书还有当事人、中人（大多数人是"凭中"人，但有的则是中介人或担保人），但当事人都不盖手印、签字，只有中人签名。有部分文书还加盖了当时"府"或"县"的官印（称"红契"）。

锦屏文书的规格视内容和字数等诸多因素和需要而定，规格大小不一，纸质和布制等便于收藏的文书，大的有 1 米见方，小的仅有手掌大小。石、木等厚重的锦屏文书，通常是记载一定范围内人群应当知晓的规约类文书，以碑文形式存列于"村头寨尾"等特定的场所，让村民知晓和遵循，共同遵守，世代相传。

民间农户保存的锦屏文书多珍藏于专用木箱或布袋内，里面多存有"土叶烟"以便防虫防腐，由族长或家庭中重要人物保管。有些在每年农历六月初六还要拿出来晾晒，俗称"晒契"。"晒契"或移交、传承时还要举行庄重的传承仪式，有的农户还借"晒契"之时，家长会给孩子讲解契约规范之内容。

四

锦屏文书其称谓不一，最初称为"锦屏林业契约""苗族林契"，后来有的专家亦将其称为"清水江文书"等。2004 年，贵州省有关专家、学者，先后深入锦屏县实地调研考察，对民间契约有了更多的了解和认识。为更好地挖掘、保护民间契约文书，2005 年 1 月，致公党贵州省委向贵州省政协九届三次会议提交《关于抢救"锦屏文书"的建议》的提案，建议以"锦屏文书"规范原先"锦屏林业契约文书""清水江文书"等称谓不一的名称，其涵盖地域范围以锦屏县为中心，包括清水江流域黔东南州各县。同年 8 月 5 日，贵州省委宣传部、省文化厅、省新闻出版局、省财政厅、省教育厅、省档案局等六部门联合以"黔文提复〔2005〕37 号"《对贵州省政协九届三次会议党派、团体提案〈关于抢救"锦屏文书"的建议〉的答复》，正式使用"锦屏文书"称谓。

2006 年 8 月 16 日，新华通讯社在《国内动态清样》第 407 期上刊登了

《贵州"锦屏文书"流失严重亟待抢救》一文，引起时任国务委员陈至立的高度重视，她对锦屏文书抢救保护作了重要批示。随即，省委书记及省委、省政府相关领导也分别作了批示，对锦屏文书的抢救保护作了明确的指示。10月24日，贵州省委召开"锦屏文书"抢救保护工作会议，就如何做好抢救保护工作进行了安排部署，明确抢救保护工作的相关事宜，形成《中共贵州省委常委专题会议纪要》（九届［2006］第14号）。为贯彻落实中共贵州省委"九届［2006］第14号"纪要精神，同年11月，贵州省人民政府办公厅下发《关于成立"锦屏文书"抢救保护工作领导小组的通知》（黔府办发［2006］112号），时任副省长蒙启良任组长，领导小组下设办公室在省档案局。随即，黔东南州及锦屏等相关县也相继成立"锦屏文书抢救保护工作领导小组"，从此，锦屏文书的抢救保护工作正式列入各级党委、政府的议事日程。

中共锦屏县委、县人民政府以此为契机，高度重视其抢救保护和研究利用工作，加大资金投入。锦屏县档案局（馆）在省、州档案部门的指导下，积极采取有效措施开展工作，取得了重大成效。2009年将锦屏文书向《中国档案记忆遗产工程》申报，"中国档案文献遗产工程"国家咨询委员会于2010年2月22日召开会议，锦屏文书通过评定，正式入选《中国档案文献遗产名录》，成为我国乃至世界的文化品牌。

五

锦屏文书开始形成于明代，由于年代久远，而且全部在民间农户家保存，安全隐患大，主要表现在：一是易被寨火烧毁。长期以来，清水江流域老百姓居住的均为木房，寨火时有发生，有很多契约文书就毁于村寨火灾中，文书存量逐步减少。二是虫蛀、鼠咬、霉变、氧化情况十分严重，难以辨认、修复，有的已成纸屑、纸末、纸砖，保存完整无缺的契约文书逐步减少。三是人为毁坏、流失和仿制文书的现象不可忽视。据了解，部分农户由于保管不善，有的契约文书毁灭现象也相应严重。另外，一些村民根据目前文书被炒热的情况，有的将文书卖给私自进村寨收购的人，导致文书外流。

锦屏县档案局（馆）十分重视锦屏文书的收集、整理、保管工作，征集工作大致分为四个阶段：第一阶段始于锦屏县档案馆成立后的1959年2月；

第二阶段是锦屏县档案局成立后的 1981 年 1 月；第三阶段是 1996 年至 2005 年；第四阶段是 2006 年以后。在历经四个阶段的征集活动中，前两个阶段都是锦屏县档案局（馆）靠自身力量开展，第三阶段还借用高校外援，由中山大学历史人类学研究中心出部分资金开展。第四阶段在国家及贵州省、黔东南州档案部门的支持下，利用国家和省、县安排的抢救保护经费进行。锦屏县在征集契约文书工作中，多以"代保管"的方式开展，通过广泛宣传、动员，鼓励农户自觉捐交，加快了锦屏文书征集进馆安全保管的进度，确保大量契约文书的保管安全。

为更好地保管、利用锦屏文书，2008 年，锦屏文书特藏馆项目纳入国家项目建设计划，2010 年 11 月正式开工建设，2015 年 9 月建成并投入使用，总投资为 2500 万元（中央预算内投资 600 万元，省级拨 300 万元，县政府投资 1600 万元）。锦屏文书特藏馆占地 5000 余平方米，大楼地面以上高 50.8 米、共 9 层，总建筑面积为 5800 平方米，建筑外观为仿侗族鼓楼风格，选址在清水江与小江汇流处的锦屏县城赤溪坪犁头嘴，处于两座风雨桥"一桥跨双江"景观的交汇点。锦屏文书特藏馆设计合理、功能齐全，以清水江木商古典建筑及苗侗建筑为设计理念，采用汉族文化与苗侗文化相结合，充分体现了清水江悠久的历史文化；主楼建筑呈塔形，外观为鼓楼；立面显得流畅而有变化，构架和建筑实墙互为照映，虚实搭配合理，给人以美观、挺拔的印象。锦屏文书特藏馆既符合《档案馆建筑标准》的设计要求，同时又能具备文化展示功能，既是现代办公场所，同时又兼顾观光游览功能，是一栋集文化内涵和时代精神为一体的新建筑。它不仅成为锦屏县最有代表的标志性建筑，而且也成为体现贵州林业文化、清水江"木商文化"和锦屏"杉木之乡"特色的标志性建筑，成为开展锦屏文书收集、整理、保存、展示的中心和全国乃至全球开展锦屏文书研究、利用、交流的中心。

六

长期以来，锦屏文书的价值未被世人认识。学术界的关注和重视，则当溯至民国年间。例如早在 20 世纪 40 年代，胡敬修、萧蔚民等人，便分别撰有《黔东木业概况》《黔东之行》等文，均提到当地多订立文字契约，且必须由中人作证的现象。中华人民共和国成立以后，虽然零星散见，但配合工商改造及民族调查，仍有不少相关文章论及当地契约文书。

目前，国内外学术界研究机构及专家利用锦屏文书出版、传播方面已有很多的成果，1988 年出版的国家民委《民族问题五种丛书》之一的《侗族社会历史调查》（贵州省编辑组编：《侗族社会历史调查》，贵州民族出版社 1988 年版）中就有所涉及。该书首次系统地介绍了锦屏文书的概貌，并为日后的收集与整理工作奠定了基础。2002 年出版的《锦屏县林业志》（贵州人民出版社），收录了林业契约 25 件。日本东京外国语大学国立亚非语言文化研究所编，唐立、杨有赓、武内房司三人主编的《贵州苗族林业契约文书汇编（1736—1950）》共 3 卷，由东京外国语大学于 2001 年、2002 年、2003 年分别出版，收录契约文书 853 件。张应强、王宗勋主编的《清水江文书》共 3 辑 33 卷，由广西师范大学出版社分别于 2007 年、2009 年和 2011 年出版，公布锦屏文书影印件约 14 000 件。陈金全、杜万华主编的《贵州文斗寨苗族契约法律文书汇编——姜元泽家藏契约文书》（人民出版社 2008 年版），整理影印姜元泽家所藏契约文书 800 余件；陈金全、梁聪主编的《贵州文斗寨苗族契约法律文书汇编——姜启贵等家藏契约文书》（人民出版社 2015 年版），整理影印姜启贵等家所藏契约文书 900 余件。吴大华主编，潘志成、梁聪编著的《清水江文书研究丛书》共 3 卷，第一卷《土地关系及其他事务文书》，第二卷《林业经营文书》分别于 2011 年、2012 年由贵州民族出版社出版。高聪、谭洪沛主编的《贵州敦寨明清土司契约文书·九南篇》（民族出版社 2013 年版），收录文书 448 件。张新民主编的《天柱文书（第一辑）》共 22 册，由江苏人民出版社于 2014 年出版，书中整理文书 7000 余件。王宗勋考释的《加池四合院文书考释》共 4 卷，由贵州民族出版社于 2015 年出版，对姜绍烈家族所藏文书共计 1200 余件进行了整理、影印、点校和注释。

锦屏文书的这些收集、整理、出版工作，使学界和社会更广泛地了解了锦屏文书的内容和价值，扩大了锦屏文书的知名度，为锦屏文书的研究、利用奠定了良好的基础。

锦屏县人民政府为加快锦屏文书的研究利用步伐，2010 年 10 月与凯里学院合作举办"锦屏文书与清水江木商文化研讨会"，第一次以政府和高校联合主办方式将锦屏文书研究利用推向高潮。2015 年 10 月与中山大学、香港中文大学、凯里学院等联合举办"锦屏文书（清水江文书）国际学术研讨会"，又一次把研究利用工作引向深入。2016 年 10 月，与清华大学法学院联合举办了"第三届锦屏文书国际学术研讨会暨锦屏文书与法文化研究高端论坛",把锦屏文书抢救保护及研究利用工作推向更高台阶。

　　为了更好地推进锦屏文书的抢救保护和研究利用工作,不断提高文化遗产保护水平,并为申报《世界记忆遗产名录》做准备。2016 年 6 月,清华大学法学院与锦屏县人民政府签订《锦屏文书抢救保护和研究利用合作协议》,共同对锦屏文书进行整理、研究,并以锦屏县档案馆馆藏文书及相关资料为基础,编辑出版《中国档案文献遗产——锦屏文书》系列丛书,包括:《影印辑》《目录辑》《研究辑》《故事辑》《影像辑》等。旨在使锦屏文书潜在的价值逐步得到挖掘和展现,为从事锦屏文书研究利用的相关人员提供更全面、更丰富的参考材料,更好地促进锦屏文书学术研究水准的提升,把锦屏文书"诚信精神、生态典范"的核心价值与当今保护青山绿水的现实要求有机结合起来,为推动贵州文化遗产事业又好又快、更好更快发展,为加速贵州文化大发展作贡献。

2017 年 3 月

《中国习惯法论（第三版）》代序 *

近些年，我在调查、研究中国习惯法的过程中，渐渐形成了"习惯法中国"的判断。在第三版代序中，我就习惯法中国的含义、习惯法中国的意义、如何面对习惯法中国等议题谈谈粗浅的看法，以求教于读者诸君，促进我的进一步思考。

一

习惯法可从国家意义上的习惯法与非国家法意义上的习惯法两方面进行理解。国家意义上的习惯法强调习惯法出自国家，国家特定机关将社会上已经存在的规范上升为法律规范，赋予其法律效力，从而使其得到国家强制力的保障；习惯法来自习惯，但与其有本质的不同，习惯法属于国家法的范畴，习惯则为一般的社会规范。

而"习惯法中国"中所指的习惯法则为非国家法意义上的习惯法。从非国家法意义上理解，习惯法为独立于国家制定法之外，依据某种社会权威和社会组织，具有一定的强制性的行为规范的总和。

"习惯法中国"中的习惯法是从法多元主义视角进行理解和认识的。按照法多元主义的观点，法不仅仅出自国家，国家之外的社会组织如村落、企业、学校、教会等也有与国家法同样功能的规范，这些也可称为法即非国家法意义上的习惯法。习惯法有自然俗成的，也有人为约定的。习惯法有以文字形式表现的，也有以实物、语言等非文字形式表现的。习惯法主要依靠口头、

---

  * 《中国习惯法论》（第3版）于2018年11月由社会科学文献出版社出版。《中国习惯法论》（第3版）的法文版、英文版分别获2020年、2021年国家社会科学基金中华学术外译项目立项。

行为进行传播、继承。

"习惯法中国"中的习惯法为在社会生活中逐渐自然形成的，而不能通过暴力及某种形式的特许，它只能是公众意志的体现。习惯法体现了内生性、公共性的特质，为民众的日常行为规范。

基于上述分析，"习惯法中国"意指在当代中国社会，内生的非国家法意义上的习惯法广泛调整民众之间的社会关系，在社会资源分配、民众权益保障、社会秩序维护方面发挥着积极的作用；民众的习惯法意识较为浓厚，在日常行为中往往首先按照习惯法规范行事，依照习惯法处理问题和解决纠纷，习惯法成为民众实际的主要法规范；村落、宗族等社会组织较为重视习惯法的传承、弘扬，通过各种方式扩大习惯法的影响力；国家在立法和司法、执法中较为尊重非国家法意义上的习惯法，重视对非国家法意义上的习惯法的吸纳和参照；国家立法过程和法律实施中，习惯法起着一定的作用。

二

"习惯法中国"这一判断是我基于对中国社会的特质而提出的。固有中国社会的社会结构和发展阶段决定了中国固有社会制定法、习惯法、判例法共存的状况，习惯法在社会资源分配、个人权益保障、群体秩序维持方面发挥了重要的作用。

1949 年中华人民共和国成立以后，我国的政治、经济、文化等方面发生了明显的变化，出现了政治运动、社会变革、生产方式变化。特别是 1978 年实行改革开放政策以来，我国在经济发展方面取得了举世瞩目的成就，如 2010 年以来我国的经济总量已排名世界第二。

在法制建设方面，1999 年 3 月 15 日，第九届全国人民代表大会第二次会议通过的《中华人民共和国宪法修正案》第 13 条修正案规定："宪法第五条增加一款，作为第一款，规定：'中华人民共和国实行依法治国，建设社会主义法治国家。'"这就把"依法治国"正式写入了宪法，在治理国家模式层面表明我国告别了数千年的人治模式。2011 年 3 月 10 日，全国人民代表大会常务委员会时任委员长吴邦国向第十一届全国人民代表大会第四次会议作全国人大常委会工作报告时宣布，一个立足中国国情和实际、适应改革开放和社会主义现代化建设需要、集中体现党和人民意志的，以宪法为统帅，以宪法相关法、民法商法等多个法律部门的法律为主干，由法律、行政法规、地方性法规与自治条例、单行条例等三个层次的法律规范构成的中国特色社会主义法律体系已经形成。这表明我国主要通过制定法的国家治理模式初步建立。

2014 年 10 月 23 日中国共产党第十八届中央委员会第四次全体会议通过的《关于全面推进依法治国若干重大问题的决定》指出："长期以来，特别是党的十一届三中全会以来，我们党深刻总结我国社会主义法治建设的成功经验和深刻教训，提出为了保障人民民主，必须加强法治，必须使民主制度化、法律化，把依法治国确定为党领导人民治理国家的基本方略，把依法执政确定为党治国理政的基本方式，积极建设社会主义法治，取得了历史性成就。目前，中国特色社会主义法律体系已经形成，法治政府建设稳步推进，司法体制不断完善，全社会法治观念明显增强。"

不过，从社会、文化的角度，我以为当代中国还没有完全进入法治时代。中国固有社会实行专制集权制度，国家治理主要奉行德治和礼治方式，重视贤人政治，县以下基层区域实行社会自治。因此，国家法律特别是制定法在社会治理中有一定作用但有某种局限。中华人民共和国成立以后，我国的法治建设经历了曲折的发展过程，提出依法治国的时间并不长，真正建设法治国家的时间仅为最近的二三十年。国家法律的地位正处于逐步上升的过程中，法律作用的发挥还需要诸多条件的具备，我国民众的法律意识也有待提高。当代中国正处于法治国家、法治政府、法治社会的建设过程中。即使是中国通过持续努力进入到法治时代、制定法高度发达完备的时代，民众日常生活中仍然会依靠习惯法行为处世，习惯法仍然是一种极为重要的行为规范，与法治的高度发展并不相冲突和矛盾。

同时，从法的实际作用层面观察，我认为当代中国还没有真正进入制定法时代，习惯法从某个角度看在更广范围、更为全面、更加深入地调整社会关系，对民众的日常行为进行规范。在国家的微观层面和社会层面，习惯法可能发挥着更为明显的实际作用，在社会生活中更显现其约束力和效力。民众在日常的权益维护、人情往来、纠纷解决等方面极为依赖习惯法，固有习惯法与新兴的习惯法对满足民众的安全期待、生活需要、生产开展具有十分重要的意义。民众的生老病死、日常应对、喜怒哀乐与习惯法这一身边的法息息相关、密不可分。而且随着经济的发展和工业化进展、城市化推进，习

惯法在中国并不会就此消亡，而是会以新的形式继续发展演化，未来中国的法治建设不会也不可能离开习惯法，

"习惯法中国"既是从文化意义上对当代中国的一种认识，也是从规范意义上对当代中国社会的一个理解。

三

"习惯法中国"体现了对中国固有规范的传承。自近代中国变法修律以来，中国的社会规范、社会秩序发生了一定的变化，固有法系从形式上得到消解。但是，从国家层面观察，法律法规的典章制度层面的变革远明显于法观念、法意识层面的改变，深层次的法价值、法精神的变化并不多，固有法统仍然具有生命力。而在社会层面，以习惯法为主体的固有法规范在当今中国仍然具有深刻的影响力，对普通民众的日常行为产生拘束力。"习惯法中国"正视了中国固有规范的当代传承，承认习惯法的现实影响，强调中华法统的连续与承继。"习惯法中国"也表明了中华文化生生不息的延续性，显示现实与传统之间的内在关联、一脉相承。

"习惯法中国"显示了当代中国社会结构的特点。从微观视角认识，作为一种共同体，当代中国社会实为建立在习惯法共识基础上的社会，习惯法使普通民众形成一定的社会共识，具有某种利益共识、规范共识、道义共识。习惯法使松散的、分裂的个体、家户成为有凝聚力的群体、有共同价值观的社团，弥合社会成员的差异，使之行为有分寸、做事有规矩、心中有敬畏、生活有依靠、安全有保障、未来有希望，成为平衡、稳定、团结的社会的基石。由此，当代中国社会的民众结合显现出自身的特质。

"习惯法中国"是对当代中国社会法规范、社会秩序的一种认识。"习惯法中国"反映了当代中国国家制定法与非国家法意义上习惯法的二元法规范的同时存在，表明了多元法规范在构建社会秩序时的共生同长形态。作为符合实际的法、有效管用的法、民众拥护的法，习惯法在当代中国的社会秩序维系方面有着国家制定法所无法担负的功能，习惯法以具体性、内生性、针对性、有效性的特质而推进社会发展。

"习惯法中国"彰显着当代中国法治建设的过程性、复杂性。面对"习惯法中国"，我们需要反思简单化、情绪化、急迫式的法治建设思路和策略，需

要更清醒地认识到当代中国法治建设的艰巨性、困难性，在总结近百年的法治建设历程的基础上，处理好继承与移植、内生与外引、国家与社会等关系，从中国社会实际情况出发思考当代中国法治建设的具体路径。

四

当代中国的法治建设基本承继了近代法治建设的路径，即以立法为核心、以移植外国法律为基础、自上而下的国家主导型路径，法治的内在需求不足，对法治由被动接受到主动选择过程明显。这一路径在较快形成法律体系方面优势突出，但也存在尊重内生规范不足、社会基础较为薄弱等缺陷，面临深层的文化、价值的冲突等问题。我们需要检视当代中国法治建设的既有实践，分析经验教训，纠正过于理想、不切实际的路径设计，脚踏实地，从中国国情出发，从"习惯法中国"出发，实事求是进行法治建设。

面对"习惯法中国"，我们需要确立实践的立场、生活的立场，认真分析当代中国法治建设所实际面临和需要解决的问题。当代中国面临的问题与固有中国的问题、其他国家的问题既有共同之处也有不同之处，我们需要在"古今""中西"维度中把握当代中国问题，思索中国人的终极关怀，批判性地思考中国民众的法需求，全面探讨当今社会关系调整与法满足能力之间的关系，着力认识社会变迁过程中保障民众权益的方式和途径，深入分析新的历史阶段对法治建设提出的挑战，并努力明晰当代中国社会发展及其法制度发展的走向。

在"习惯法中国"下，我们需要从事实出发，接受多重权威、多元法规范观念，认识我国不同公共权威的正当性来源，理解中国社会多中心秩序的意义，从多样性、多层面角度着眼建设法治国家、法治社会。一个平衡、协调、具有生机、充满活力的社会无疑是多元的社会、包容的社会，我们需要探索法规范与社会秩序之间的关系，使习惯法、国家制定法等既有明晰的分工界限，又有互通的合作机制，建立消解相互矛盾、冲突的途径。

面对"习惯法中国"，我们在依法治国、建设社会主义法治国家的过程中，需要理性思考法治建设中的习惯法，调查习惯法规范，认识习惯法意识，分析习惯法事件，总结习惯法人物；正视习惯法的客观存在，尊重其存在价值，了解其真实状况，理解其运行规律，分析其内生环境，弘扬其良善原则，限制其不当规范，在法治国家、法治社会建设中给予非国家法意义上的习惯法以应有的地位，发挥习惯法的积极作用。

"习惯法中国"要求当代中国以习惯法为基础进行法治建设。在依法治国、建设社会主义法治国家过程中，我们需要从民众的立场出发，了解民众的法需求，重视固有的法资源，正视民众的法观念，尊重原生的法规范，总结本土的法运作，在总结、继承习惯法的基础上进行现代法律体系建设。立法时既要眼睛向外更应该眼睛向内、眼睛向下，认真进行全面的习惯法调查，吸纳、承继良善习惯法规范，使新制定的国家法律具有坚实的社会基础。在法律实施过程中，我们需要注意习惯法对国家法律作用发挥的积极意义，处理好法律与社会发展的关系，注重法律与社会条件的适配、一致、融容。

《中国习惯法论（第三版）》后记

  本书自 1995 年 4 月由湖南出版社出版初版已有 22 年了，自 2008 年 11 月由中国法制出版社出版修订版也已经有 9 年了。不少读者反映市面上买不到本书，有几家出版社也联系我希望再版本书。我非常高兴由社会科学文献出版社将本书列入"经典法学"丛书出版第三版，使更多的年轻朋友能够阅读到本书。

  我愿意再版本书的一个更重要的考虑是本书并不过时，在当今仍然具有价值。而今观之，本书的材料或许有些缺漏，近二十年我国有关习惯法的调查和研究有明显的进展，有不少详实的材料可供补充；除了宗族习惯法、秘密社会习惯法和少数民族习惯法部分简单讨论中华人民共和国成立以后内容外，本书其他部分都是探讨中华人民共和国成立之前的习惯法，内容并不十分完整，对当代中国的习惯法理应作更多的关注；本书的理论分析比较薄弱，可以作进一步的提升。但是，就整体而论，我认为本书的基本思路、总体框架、主要观点、具体材料等是立得住的，也经过了事实的充分检验。我相信，不仅是过去，包括现在和将来，本书能够为对中国习惯法感兴趣的朋友提供某些知识、某种启发，能够激发读者产生对中国习惯法进行进一步的探究之心。

  我珍视本书，不仅仅因为这是我的第一本书，包含了我的学术志向和青春记忆，更重要的是它已经成为我国学界探索中国习惯法、关注中国社会秩序建构的一个重要成果，是我国乡土法学发展和本土法学发展的一个有机组成部分。

  为了使读者了解本书初版以后中国习惯法方面的研究进展，我在本书修订版中增加了附录一"习惯法研究综述"。"习惯法研究综述"比较全面地讨论了截至 2007 年有关中国习惯法论题的研究情况，我就习惯法研究的兴起背景、习惯法研究的路径、习惯法研究的主题、习惯法的分析框架、习惯法研究的特点、习惯法研究的不足、习惯法研究的深入诸论题谈了自己的看法。关于 2008 年至今的状况，除了论著的数量有所增加之外，我的基本判断一如"习惯法研究综述"中的认识没有大的变化。我认为中国习惯法研究无论在事实描述、理论分析还是制度思考方面都有待进一步地深入推进，在习惯法事实揭示、法治建设背景下的习惯法发展这两方面都需要下大功夫进行持续的努力。我国的习惯法研究仍然需要克服浮躁心态，力戒简单模仿，坚持田野调查，重视实证分析，强调理论指引，秉承文化接续，在法治建设视野下推进习惯法的发展。

我国的习惯法研究需要重视理论思考，就习惯法的概念、历史、功能、特点、种类以及习惯与习惯法、习惯法与社会结构、习惯法与社会文化等进行深入探讨。同时，我们需要思考习惯法学的基本理论问题，就习惯法学的研究意义、研究对象、研究范围等进行全面讨论。通过持续的努力，不断推进习惯法研究水准的提升，凝练我国习惯法研究的品性，推动我国法学的本土化发展。

我国的习惯法研究需要密切注意我国社会发展的趋势，针对国家法治建设进展状况。值得注意的是，2017 年 3 月 15 日第十二届全国人民代表大会第五次会议通过、自 2017 年 10 月 1 日起施行的《中华人民共和国民法总则》第 10 条规定："处理民事纠纷，应当依照法律；法律没有规定的，可以适用习惯，但是不得违背公序良俗。"这明确规定了习惯法的正式法源地位。这就为习惯法研究提出了新的课题。习惯如何成为习惯法、作为事实的习惯与作为规范的习惯法的区别在哪里、法院如何识别习惯法，这些问题都需要认真调查、深入思考。

在习惯法调查和研究中，需要根据调查、表达、传播、接受的新特点，重视运用摄影、摄像等多媒体方式记录习惯法现象，通过真实、生动、具体的图片、视频表达当代中国的习惯法，以具体的细节说服人、感染人，同时加强对影视习惯法学的探索和思考，并从纪录片拍摄、影视人类学等中汲取有益的经验。

同时，中国习惯法的调查、研究，也需要重视对相关规约、族谱、契约、处理决定书、礼单等有关习惯法的文书的搜集、整理，需要重视有关习惯法的物件的搜集、保存，使中国习惯法呈现真实、生动的状态。

在本书修订版中，我增加了"代序：探寻秩序维持中的中国因素——我的习惯法研究过程和体会"，回顾了至 2007 年时我的习惯法研究的过程，谈了一些习惯法研究的认识和体会，也反思了个人习惯法研究中的不足。近十年过去了，我的基本态度依然没有改变，认识方面则有了一些新的、更进一步的想法。我认为当代中国仍然处于习惯法时代，习惯法在民众社会生活中的意义大于国家制定法，习惯法在分配社会资源、维持社会秩序、保障民众利益方面具有十分重要的作用。

我认为，中国习惯法研究需要从规范、人物、案件诸方面进行探索。在我国农村，习惯法的当代传承主要为村规民约，我近年来关注当今乡村的村规民约状况，思考村规民约对固有习惯法的传承和弘扬，以进一步拓展习惯法规范的认识，思考习惯法与法治国家、法治社会建设的关系。在我看来，乡土法杰为中国习惯法的传承者、解释者、主要创造者，在习惯法的承继和内生方面起着关键的作用，于是我开始了对乡土法杰的访问和思考。在田野调查中，我也特别关注习惯法方面的案件尤其是典型的、有影响性的案件。

近些年，我的习惯法研究主要以广西壮族自治区金秀瑶族自治县、浙江省慈溪市、贵州省黔东南苗族侗族自治州锦屏县等三地为田野调查点。我自 2004 年就到广西壮族自治区金秀瑶族自治县进行习惯法调查，2015 年 12 月将十年的调查和思考集为《习惯法的当代传承与弘扬——来自广西金秀的田野考察报告》由中国人民大学出版社出版。这部作品接续本书，可谓对本书讨论当代中国习惯法不足的一个补充，对中华人民共和国成立以后特别是近三十年的习惯法进行了专门探讨。自 2006 年开始，我在东部沿海地区的浙江省慈溪市蒋村进行习惯法调查，已经发表了捐会习惯法、订婚习惯法、互助习惯法等方面的作品。从 2015 年起，我到贵州省黔东南苗族侗族自治州锦屏县主要就村规民约进行调查，发表了村规民约与生态保护和绿色发展、村规民约与社会治安维护、通过村规民约保障人权等方面的作品。

自 2011 年开始，我主编了《习惯法论丛》共八辑，其中包括了专题性的《当代中国民事习惯法》（法律出版社 2011 年版）、《当代中国少数民族习惯法》（法律出版社 2011 年版）、《当代中国婚姻家庭习惯法》（法律出版社 2012 年版）、《当代中国分家析产习惯法》（中国政法大学出版社 2014 年版）、《当代中国的刑事习惯法》（中国政法大学出版社 2016 年版）等作品，也包括了《当代中国的社会规范和社会秩序——身边的法》（法律出版社 2012 年版)、《当代中国的非国家法》(中国政法大学出版社 2015 年版) 等综合性的作品，还出版了《当代中国法律对习惯的认可研究》(高其才等著，法律出版社 2013 年版) 等研究性作品。今后将每年选择、确定一个习惯法方面主题并集文编辑出版。

从 2013 年起，我主编并由中国政法大学出版社出版了《乡土法杰》丛书共七辑，其中包括六部人物作品和一部研究性作品《乡土法杰研究》(高其才等著，2015 年)。六部人物作品分别为《桂瑶头人盘振武》(高其才著，2013 年)、《洞庭乡人何培金》(高其才、何心著，2013 年)、《浙中村夫王玉龙》(高其才、王凯著，2013 年)、《陇原乡老马伊德勒斯》(高其才、马敬著，2014 年)、《滇东好人张荣德》(卢燕著，2014 年)、《鄂东族老刘克龙》(高其才、刘舟祺著，2017 年)。在发现合适人选的基础上，今后将不断撰写、出版《乡土法杰》丛书文集。

为存原貌，第三版在内容方面变化不大。我仅仅增加了"代序：习惯法中国"，表达我近些年的一些思考。另外，在附录二中增加了"奋战屯村规民约（2016）"，使之与前三个规约相连接而有连续性、整体性。

为更直观地了解中国习惯法，我补充了二十张 2005 年至 2007 年在田野调查时拍摄的习惯法方面的照片。这些照片的地域涉及浙江、江苏、福建、湖北、广东、广西、四川、云南、贵州、河北、山西、甘肃、青海、西藏等，类型涉及宗族习惯法、村落习惯法、行业习惯法、宗教寺院习惯法、少数民族习惯法等，内容涉及公共生活习惯法、物权习惯法、债权习惯法、婚姻习惯法、互助习惯法、社会交往习惯法、保障和纠纷解决习惯法等。

同时，我进行了文字方面的编校工作，统一了格式，订正了错漏，规范了引注，尽可能符合目前的要求。

虽然我尽力校改，但是由于能力、认识所限，本书肯定还存在错误之处，希望读者诸君批评指正。

社会科学文献出版社的刘骁军编审热心支持学术发展，为本书的出版费心尽力、精心编辑，我为与这样一位有见识的编辑合作而深感荣幸。

清华大学法学院博士生王丽惠帮助翻译了英文摘要、目录，我向她的劳动付出表示感谢。

近两年，我的生活发生了重大的变化，增加了不少的人生经历。我有愤怒、有后悔、有伤感、有迷茫、有感慨、有自醒，对生命的意义、为人的准则、处事的方式有了更多的体悟，对自己也有了更清晰的认识。阿根廷的豪尔赫·路易斯·博尔赫斯（Jorge Luis Borges，1899 年 8 月 24 日—1986 年 6 月 14 日）的诗歌《你不是别人》颇合我的心境，特录之，并与读者诸君共析。

你不是别人

博尔赫斯

你怯懦地祈助的
别人的著作救不了你
你不是别人，此刻你正身处
自己的脚步编织起的迷宫的中心之地
耶稣或者苏格拉底
所经历的磨难救不了你
就连日暮时分在花园里圆寂的
佛法无边的悉达多也于你无益
你手写的文字，口出的言辞
都像尘埃一般一文不值
命运之神没有怜悯之心
上帝的长夜没有尽期
你的肉体只是时光，不停流逝的时光
你不过是每一个孤独的瞬息

高其才

2017 年 8 月 22 日于樛然斋

《当代中国习惯法的承继和变迁》导言*

一

我的习惯法调查、研究有一个从历史到现实、从边缘到中心、从少数民族到汉族、从宏观到微观、从静态到动态、从乡村到城市的过程。

本书即为我从发展、变化的视角对经济社会较为发达的我国东部地区一个自然村的当今习惯法的探讨。

本书探讨的习惯法为一个自然村的习惯法、微观区域的习惯法、当代时段的习惯法、汉族地区的习惯法、东部地区的习惯法、经济较发达地区的习惯法、承继中变迁的习惯法、动态的习惯法。

本书的主题为当代中国习惯法的承继和变迁，探讨习惯法的全面性承继、扩展性变迁，从保障村民生活秩序的角度理解习惯法。

需要指出的是，对习惯法可从国家法意义上的习惯法和非国家法意义上的习惯法两个角度进行理解。本书所指的习惯法为非国家法意义上的习惯法，是指独立于国家制定法之外，依据某种社会权威和社会组织，具有一定的强制性的行为规范的总和。[1]

---

* 高其才：《当代中国习惯法的承继和变迁——以浙东蒋村为对象》，中国政法大学出版社 2022 年版。

〔1〕 高其才：《中国习惯法论》（第 3 版），社会科学文献出版社 2018 年版，第 3 页。

二

　　专以我国村寨为单位的习惯法研究并不多见，有一些研究涉及村寨习惯法特别是少数民族村寨习惯法。如云南大学在 21 世纪初组织的云南民族村寨调查、中国民族村寨调查中就涉及习惯法的内容，如高发元主编的《云南民族村寨调查：彝族——峨山双江镇高平村》（云南大学出版社 2001 年版）的第六章为"习惯法"，内容包括禁忌、事务的处理、村规民约等；高发元主编的《云南民族村寨调查：基诺族——景洪基诺山基诺乡》（云南大学出版社 2001 年版）第七章"法律"第一、二部分的内容为"1950 年以前的传统习惯法""1950 年以来习惯法的发展演变"；刘锋、龙耀宏主编的《中国民族村寨调查：侗族——贵州黎平县九龙村调查》（云南大学出版社 2004 年版）第七章为"习惯法"，内容包括侗族、族规、寨老等，在第五章、第八章风俗习惯等部分也涉及习惯法的内容；张跃、周大鸣主编的《中国民族村寨调查丛书：黎族——海南五指山福关村调查》（云南大学出版社 2004 年版）第七章为"法律"，内容包括禁忌、习惯法（习惯法及其特点、习惯法的内容、习惯法的形成、习惯法的执行）、村规民约、纠纷与纠纷的解决，在第六章"婚姻家庭"、第十章"风俗习惯"等部分也涉及习惯法的内容。

　　在专门著作方面，值得注意的是尚海涛的《当代中国乡村社会中的习惯法——基于 H 村的调研》（厦门大学出版社 2014 年版）一书。该书主要探讨了当代乡村社会中的非物质文化遗产、传统知识和习惯法、当代乡村房屋买卖习惯法及其民间惩罚机制、当代乡村雇佣习惯法及其关系笼络机制、当代乡村习惯法的历史变迁及其变迁机制，从而考察当代中国乡村社会中习惯法的具体样态。作者认为当代乡村社会中的习惯法并没有消亡或被弃置不用，而是仍在乡村社会中起着规范乡民行为，维护社会秩序和调解矛盾纠纷的作用；不是所有的乡村都要城市化，也并非所有的乡村都要迈向城市的法治模式，乡村社会的法治有其自己的生存逻辑、发展道路和良好愿景。由此，变迁的习惯法将持续存在于变迁的乡村社会之中。该书对乡村社会中习惯法的讨论不够全面。

　　关于习惯法承继和变迁的调查、研究有不少成果，如董向芸的《边境少数民族纠纷调解中习惯法适用逻辑变迁——以中缅边境佤族 YH 村的纠纷调解过程为例》[《湖北民族学院学报（哲学社会科学版）》2019 年第 5 期]、余浩然的《向外而生：土家族习惯法的当代变迁和转型——基于建始县白云村的调查》（《中国农村研究》2018 年第 2 期）、陈光斌等人的《新时代依法治国背景下的民族习惯法功能增效研究——以贵州锦屏县华寨村为样本》（《湖北第二师范学院学报》2018 年第 3 期）、冯海涛的《毛南族习惯法及其变迁——以贵州惠水县高镇镇交椅村为例》（《贵州民族研究》2017 年第 8 期）、周相卿等《洛香村侗族习惯法田野调查民族志》（《甘肃政法学院学报》2016 年第 2 期）、文永辉的《水族习惯法及其变迁——以贵州省三都水族自治县塘党寨为例》（《民族研究》2006 年第 4 期）、鄂崇荣的《关于土族习惯法及其变迁的调查与分析——以互助县大庄村为例》[《青海民族大学学报（社会科学版）》2005 年第 1 期] 等。这些文章描述了村寨中习惯法的现状、变迁，探讨了变迁的原因。然而专门以一个村寨为对象全面进行习惯法的当代承继和变迁调查和研究的著作我尚没有发现。

三

本书以蒋村为田野调查对象。选择蒋村进行当代习惯法调查和研究主要考虑蒋村的特点和调查的方便性。

蒋村地处浙东，所在的县级市为全国百强县。蒋村村民的收入主要来自非农产业。蒋村习惯法具有我国经济社会较发达的汉族地区习惯法的特质。

蒋村 2001 年前为一个独立的生产大队、村民委员会，之后与邻村合为一个村民委员会。[1]现有 10 个村民小组，近 400 户，户籍人口 1000 来人，流动人口近千人。蒋村现有耕地面积 630 亩左右。全村集中聚居在近 0.6 平方公里的区域内。

蒋村地处平原，地势平坦，南部地势略高于北部。蒋村所在的镇为家电之镇、花卉之乡。蒋村农业形成了以花卉、丝瓜络、蔬菜为主，以多种经济作物和水产养殖为辅的农业生产结构；工业形成了家用电器、金属制品、电

---

〔1〕 蒋村所在的乡 1991 年时全乡面积为 10.51 平方公里，耕地 9338 亩，8 个行政村、14 个自然村，3540 户，11 379 人；工业总产值 2776 万元，农业总产值 573 万元；收益分配总计 913 万元，人均 821 元。参见慈溪市地方志编纂委员会编：《慈溪县志》，浙江人民出版社 1992 年版，第 62~63 页。

子仪表三大支柱产业。蒋村的民营经济比较发达，村民普遍有较高的收入。

蒋村清朝时属鸣峰乡，1912 年属永义（yì）乡；1935 年建乡后，蒋村与附近的两村为溪湾乡五保；1947 年与附近的两村为溪燕乡五保；1950 年与附近的两村为溪湾乡一村；1956 年为山海乡海雁一社；1958 年为胜利人民公社二营七连；1959 年为溪湾管理区蒋村大队；1962 年为溪湾公社蒋村大队；1969 年为溪湾公社红卫大队；1983 年为溪湾乡蒋村；1989 年为溪湾镇蒋村；2001 年与邻村合为海村。[1] 因之，蒋村当今的习惯法既有与农耕生活相适应的固有习惯法，也有与工业、商业活动相关的新兴习惯法规范；既有乡村习惯法的内容，也有城乡一体化发展中形成的习惯法。蒋村习惯法也受到了市场经济下流动因素的某种影响。

以蒋村为对象，可以管中窥豹，了解我国经济社会较为发达的东部地区农村习惯法的现实状况和发展变化，理解城乡一体化发展过程中乡村习惯法的变迁状况，探讨习惯法的生活形塑和生活保障方面的意义，思考当代中国习惯法的未来功能和社会价值。

本书探讨的蒋村习惯法为 1949 年中华人民共和国成立以后蒋村区域范围内的习惯法，[2] 讨论对象为蒋村区域范围内具体规制蒋村户籍人口和流动人口的行为规范。

四

我比较熟悉蒋村。我关注蒋村的习惯法已有 20 多年了。从 2008 年开始，我有意识地对蒋村习惯法进行专门调查，每年进行若干次时间不等的田野观察和访问。我主要运用事件观察法，并辅以日常性观察、无主题访谈等方法，突出事件意义，注重实例搜集，理解生活样貌，探析社会依法运转。

以调查材料为基础，我先后就订婚习惯法、婚姻成立习惯法、捐会（纠会）习惯法、义务夜巡队规约等撰写了有关蒋村习惯法的文章，对蒋村习惯法的当代承继、变迁中的蒋村习惯法进行了初步思考。

---

〔1〕 2020 年 3 月，海村被浙江省乡村振兴领导小组办公室认定为 2019 年度浙江省善治示范村。2021 年 9 月，溪湾镇入选"2021 年全国千强镇"。

〔2〕 1949 年 5 月 24 日，蒋村所在的县解放。参见慈溪市地方志编纂委员会编：《慈溪市志（1988-2011）》（上册），浙江人民出版社 2015 年版，第 2 页。

　　我对蒋村习惯法的调查和思考，主要想回答东部经济社会较发达地区有没有习惯法和固有习惯法在当代的全面性承继和扩张性变迁这两个问题，思考当代习惯法与民众生活秩序的关系，进一步拓展我在习惯法领域的调查和思考，为当代中国的法治建设提供事实材料和客观探析。

　　在许多人的观念中，习惯法仅仅存在于我国偏远的少数民族地区，当今的东部乡村地区没有什么习惯法的存在。事实告诉我们，蒋村不仅有固有的习惯法，也有适应时代特点而内生的、扩展的习惯法；在国家法制不太健全的时代，蒋村存在习惯法，在当今建设有中国特色的社会主义法治的新时代，蒋村全面承继的习惯法仍在发挥积极功能。习惯法始终为蒋村村民生活的有机组成部分，是蒋村社会秩序的主要规范来源。

　　改革开放以来，我国的农村发生了较大的变化，村民的生产方式、生活方式和思维方式有了不同程度的改变，乡村的治理规范和治理秩序也随之有所变化。理解蒋村习惯法，掌握习惯法的样态，关注习惯法的变迁，这对于分析当代中国习惯法的变迁规律、理解我国乡村法治的发展、思考我国乡村的社会治理是非常关键的。

五

　　根据我的观察，在日常的生产、生活中，蒋村村民的行为除了受到国家法律、政策规范之外，还有地方习惯法进行调整。习惯法包括国家法意义上的习惯法和非国家法意义上的习惯法，本书所指的"习惯法"为非国家法意义上的习惯法。在社会实践中，蒋村逐渐形成了公共事务习惯法、民事习惯法、违法行为处罚习惯法、纠纷解决习惯法等，具体调整村民的村内外、家庭内外等方面的人与人关系，保障村民正常的人际往来，维护乡村社会秩序。这些习惯法在当今所全面承继，维持村民的日常生活，满足基本需要。

　　当今蒋村的习惯法既有村民委员会这一村民自治组织制订的村民自治章程、村规民约，也有村商会、和谐促进会、义务夜防队等社会组织的规约；既有土地习惯法、相邻关系习惯法、起屋习惯法等民事物权习惯法，也有捐会习惯法、债权债务习惯法等民事债权习惯法，还有商事习惯法；婚姻方面既有订婚习惯法，也有结婚习惯法，还有同居习惯法；家庭方面既有分家习惯法，也有赡养习惯法；社会往来方面有互助习惯法、人情往来习惯法；有丧葬习惯法，有祭祀习惯法，有"问仙"规范；生活保障方面，有社会治安习惯法，也有损害赔偿习惯法，还有纠纷解决习惯法、调解习惯法。

地处浙东，蒋村从总体上具有"雅而好礼"的地域品格，[1]村民普遍敬鬼神而远之，重交往尚礼仪，讲人情厚关系，好客气讲面子，因之习惯法的内生形成、承继清晰、内容丰富、规范明确、效力严格。[2]

蒋村成村较晚，历史不长，村民均为移民而来，[3]没有巨族豪户，因此村风民风具有多样性、开放性、包容性的特点。这使蒋村习惯法具有多样性、发展性的特点，随着时代和社会的变化而不断发生演变，在全面承继的基础上通过扩张性变迁满足村民的生活需要。

由于村落内宗族团体、信仰组织、公益社团较为缺乏，蒋村习惯法主要围绕家庭的生活、生产事务展开，习惯法的基本单位为家、户，家、户等承担习惯法责任，习惯法的主体主要为团体，蒋村的个人也是习惯法的主体但

---

〔1〕 周时奋：《宁波老俗》，宁波出版社 2008 年版，第 8 页。清代光绪《慈溪县志》称："风俗淳朴，贤士辈出，敦尚礼义，羞于浮邪，朋友以诚信相孚，乡党之间蔼然和气，其士子往往以德业淬厉，底于成才，重于利人而轻利己。"转引自慈溪市地方志编纂委员会编：《慈溪县志》，浙江人民出版社 1992 年版，第 948 页。光绪《余姚县志》也称："其民，庞浑朴茂，敦尚行实，谨祭祀，畏刑辟，力本重农，好学笃志，尊师择友，弦诵之声相闻。"参见徐泉华点校，余姚市史志办公室编：《光绪余姚县志》（简明点校本），线装书局 2019 年版，第 69 页。

〔2〕 蒋村习惯法为村民在生活、生产中自然形成，所谓"一乡之俗天下之积也"。参见（明）姚宗文纂，慈溪市地方志办公室整理：《天启慈溪县志》（影印本），浙江古籍出版社 2017 年版，卷一"风俗"，第 10 页。

〔3〕 蒋村所在的区域特色文化以围垦文化、移民文化、青瓷文化、慈孝文化为代表。参见慈溪市地方志编纂委员会编：《慈溪市志（1988-2011）》（上册），浙江人民出版社 2015 年版，第 9 页。蒋村地处杭州湾南岸海涂淤涨成陆区。距今约 2500 年，蒋村所在的地区全境已形成南丘北海、中部为滨海平原的地貌格局；这一地区的滩涂属于淤涨型滩涂，自宋代以来已修建 11 道海塘，中华人民共和国成立前海岸线平均每年向外推移 25 米，之后则达到 50 米~100 米。参见冯利华、鲍毅新：《慈溪市海岸变迁与滩涂围垦》，载《地理与地理信息科学》2006 年第 6 期。1952 年~1987 年，慈溪筑横塘长92. 94 千米，直塘长 47. 83 千米，围涂 10 833 公顷。1988 年后，累计新筑横、直标准海塘长 104. 71千米，围涂 17 294 公顷，实际可利用土地 13 222 公顷。参见慈溪市农业志编纂委员会编：《慈溪市农业志（1988—2008）》，上海辞书出版社 2014 年版，第 29 页。蒋村所在的地区海涂围垦的历史较久。中华人民共和国成立后持续围垦的三大原因为人口的急剧增加、经济发展的迫切需要以及自然灾害的频繁发生，充分利用现有面积广阔的海涂资源，持续进行海涂围垦成为发展的必然选择。在海塘的修复与兴建过程中，党的领导、广大群众的支持参与、围垦技术的提高等因素都促使围垦区逐步扩大。围垦的主要效益包括经济效益、社会效益、生态效益等。在海涂围垦中逐渐形成"艰苦奋斗、吃苦耐劳，兼容并蓄，勇于开拓，精工细作、能商善贾"的精神品质，是推动这一地区社会经济发展的精神动力。参见王丁国：《建国后慈溪海涂围垦研究》，宁波大学 2009 年硕士学位论文。

是居于次要地位。

六

《周易·乾·文言》曰"与时偕行"。发展、变化是社会的主旋律,没有绝对静止不变的时代,也不存在没有变化的习惯法。就蒋村的实践观察,习惯法是一直处在变迁中的。蒋村的习惯法就在这样不断变化与不断稳定的动态平衡之中发展。

习惯法变迁的表现形态是多种多样的、呈现非常多元的样态。有的习惯法规范被扬弃、消解而自然消亡;有的习惯法规范的内容有改变、程序有简化;有的习惯法规范得到承继,在新的时代仍然发挥其独特功能;有的习惯法规范适应新的需要而被新创,出现了全新的内容。

习惯法变迁的方式有全部消解、部分消解、部分改变、全部改变、部分传承、全部传承、完全新生等。这种变迁主要为调整对象的扩大、规范内容的增多、具体效力的强化、个别规定的无效。习惯法的变迁既涉及实体内容,也包含程序内容。

就习惯法变迁的原因而言,既有习惯法本身的因素所致,也有国家法治建设推进的影响,更有社会的经济、政治、文化等方面变化所致。[1]习惯法由于不能满足村民的需要而被扬弃,国家法律替代习惯法规范民众的行为,生活方式的变化促使新的习惯法规范的产生。这既可能是基于村民的意愿,也可能由于外来力量的加入和强化,还与社会条件的变化有关。推进习惯法变迁的力量是复杂的、混合的。

当今蒋村习惯法的变迁总体上为一种扩张性的变迁,即在全面承继的基础上,适应社会新的变化,针对村民生产、生活的需要,而内生性地新生、

---

〔1〕 沿海发达地区的农村在改革开放后较迅速地富裕起来。社会的急剧变迁,使当地农民的各类价值观发生了深刻的变化,传统的价值观和现代价值观交织并存,呈现出多元化的发展趋势。有学者以蒋村所在的市为例,通过问卷调查、实地访谈、文献查阅等方法,对当地农民的生产观、政治观、教育观和消费观进行了调查分析。调查表明,生产观念上,市场意识占据主导,但传统思想依然束缚农民的行为;政治观念上,民主意识开始觉醒,但是呈现出不完整性和不完善性;教育观念上,对子女教育重视度提高,但对教育价值的认识存在误区;消费观念上,健康、时尚消费成为趋势,但落后,甚至畸形的消费观念依然存在。参见邵佳:《沿海发达县域农民价值观现状调研——以浙江省慈溪市为例》,载《中共宁波市委党校学报》2010年第2期。

转变和消解。

七

通过田野调查，我认为当代蒋村习惯法呈现全面性承继和扩展性变迁的特质，目的仍在保障村民生活需要、维持村落社群秩序。

当代蒋村习惯法的全面性承继体现为对固有习惯法的整体性继受、对传统习惯法的齐全性吸纳、对以往习惯法的完整性弘扬。当代蒋村的习惯法基本上脱胎于传统规范，与固有习惯法一脉相承，表现在基本精神承自固有习惯法，主要原则源自固有习惯法，具体规范来自固有习惯法，实施保障出自固有习惯法。当代蒋村的习惯法虽然扬弃了固有习惯法的某些内容，固有习惯法的某些内容也由于时代的变化而失去调整对象，但总体上为固有习惯法的现代形态，从生成机制、作用原理到规范要求都承袭固有习惯法。

当代蒋村习惯法的扩展性变迁体现在习惯法的新生和延展。扩展性变迁是针对乡村实践出现的新的社会行为、社会关系而有新的习惯法的出现。扩展性变迁主要为调整对象的扩大、调整范围的增加、调整方式的丰富。相比消解，当代蒋村习惯法更多表现为增长。扩展性变迁为一种内生性变迁，是一种适应性变迁、增长性变迁。扩展性变迁非为根本性变化，仅为表面性变化；扩展性变迁非为整体性变化，仅为部分性变化；扩展性变迁非为结构性变化，仅为散杂性变化。

习惯法的全面性承继和扩展性变迁，使当代蒋村的习惯法呈现旧与新的叠加、固有与新生的混合、传统与现代的交融、历史与现实的联结，表现出丰富的、复杂的形态。

当代蒋村习惯法仍以保障村民的生活秩序为目的。生活秩序为社会秩序、国家秩序、地方秩序的一个组成部分，是村民物质生活、精神生活等的正常性、有序性、连续性、前后一致性。习惯法保障的生活秩序是以村民日常生存、生活、发展为核心的惯常状态，是一种具体的具有在地性特征的乡村民间秩序。习惯法保障的生活秩序是以家庭为核心、调整家庭内外关系而型构的秩序。习惯法保障的村民生活秩序是有烟火味、人间气的社群秩序。[1]

八

2020 年 12 月中共中央印发的《法治社会建设实施纲要（2020－2025
年）》强调法治社会是构筑法治国家的基础，法治社会建设是实现国家治理
体系和治理能力现代化的重要组成部分。《法治社会建设实施纲要（2020－
2025 年）》的第三部分为"健全社会领域制度规范"，其中"（九）促进社
会规范建设"明确提出："充分发挥社会规范在协调社会关系、约束社会行
为、维护社会秩序等方面的积极作用。加强居民公约、村规民约、行业规章、
社会组织章程等社会规范建设，推动社会成员自我约束、自我管理、自我规
范。深化行风建设，规范行业行为。加强对社会规范制订和实施情况的监督，
制订自律性社会规范的示范文本，使社会规范制订和实施符合法治原则和
精神。"

在法治国家、法治政府、法治社会一体建设的当代中国，秉承历史传统
的蒋村习惯法应能顺应社会发展的趋势，合上乡村社会前行的节拍，适应城
市化发展的趋势，[2]在国家强化依法治理的环境中发挥其独特的功能，满足
村民对规范和秩序的需要，达至安全、富裕、幸福的生活状态。

具有自生性、内生性、开放性、柔展性特点的蒋村习惯法，可以服务法
治国家建设的需要，推进蒋村地区法治社会的形成。习惯法在协调蒋村社会
关系、约束蒋村村民行为、维护蒋村社会秩序方面的作用更将长期延续。蒋
村习惯法在健全乡村治理体系、推进乡村全面振兴和城乡一体化发展、实现

---

〔1〕 习惯法为乡村记忆的一部分。乡村记忆是村落历史变迁的见证，是延续乡土文化的中介，
具有构筑乡土社会、展现乡村文化的重要价值，与"记住乡愁、留住乡情"密切相关。参见洪泽文
等：《乡村记忆工程建设的问题与对策——以浙江省慈溪市乡村记忆工程为例》，载《浙江档案》2017
年第 11 期。

〔2〕 蒋村所在的县级市正经历城市化的发展进程，呈现城乡一体化的样态。地方政府治理调整
是影响城市化发展的重要因素，而城市化进程也是影响地方政府治理变迁不可或缺的条件。以蒋村所
在的市为对象的一项研究表明，城市化进程中的地方政府治理转型受制于一系列现实因素，具体表现
为四大类别，即资源禀赋结构、产业结构与资本有机构成、地理地貌等现实因素；地方经济社会发展
趋势及其定位等未来发展趋势因素；全球化、国家层面的政策安排、跨区域制度可衔接性等宏观条件；
社会异质性程度、公众作为市场主体与利益主体地位的确立，作为参与治理的社会主体地位的确立等
微观要素。参见冯涛：《城市化进程中的地方政府治理转型》，浙江大学 2011 年博士学位论文。

共同富裕方面具有积极意义。

九

当代的蒋村习惯法为一种活法，是一种实际发生效力的社会规范，本书试图努力描述出这一现实场景和具体样貌。为此，本书有对某一领域习惯法如土地习惯法、相邻关系习惯法、债权债务习惯法、商事习惯法、丧葬习惯法、治安习惯法、纠纷解决习惯法等较为全面的总结；有对某一专项习惯法如村规民约、起屋习惯法、捐会习惯法、同居习惯法、分家习惯法、赡养习惯法、人情往来习惯法、损害赔偿习惯法等较为具体的描述；有对某一事件如义务夜防队、一起宅基地转让事件、一起民间借贷纠纷、一起订婚事例、一起结婚事例、一起绝户财产处理、一起相邻纠纷的解决等所涉习惯法的较为深入的展现；有对某一现象如和谐促进会、商会、集体性活动、邹达康家的协议、阿翔的"弟兄家"、婚姻现象、日常生活中的迷信、"问仙"、赌博、谩骂等相关习惯法的较为细致的探讨。本书既有整体性的讨论，也有个案性的探讨。我想通过本书揭示蒋村村民生活中习惯法的整体图景。

本书关注习惯法与蒋村村民生活的具体关系，试图理解习惯法在蒋村村民生活中的真实意义。除了村规民约、和谐促进会规约、商会规约等少数规范与蒋村村民的生活关联不大外，本书探讨的习惯法与蒋村村民日常的生老病死、衣食住行、吃喝玩乐有着十分紧密的关系。这些习惯法调整村民的财产所有、金钱往来，规范村民的起屋盖房、相邻关系，关涉村民的订婚结婚、分家养老，处理村民的丧葬祭祀、崇拜迷信，协调村民的互帮互助、人情往来，解决村民的矛盾纠纷、损害赔偿，保障村民的生产秩序、日常生活。当今的蒋村习惯法以蒋村村民的家产、生计、生存、交往、发展为核心，面向村民的具体欲望和生活需要，实际规范着村民的日常行为，调整着村民之间的社会关系，影响着村民的相互交往，促进了村民的富足生活，维护了蒋村的和谐秩序。蒋村习惯法遵循常理、适应常性、符合常情、体现常识。本书描述的当代蒋村习惯法为蒋村村民身边的法，因而极富烟火性，饱含人情味，嵌有亲切性，内蕴社群性。

十

由于蒋村是我熟悉的地方，较为理解蒋村的社会状况和风土人情，因而我进入蒋村进行田野调查较为方便。蒋村的方言属吴语区太湖片明州（甬江）小片，我听、说都没有问题，与蒋村村民可以直接交流，不需要借助转译，语言方面没有障碍。蒋村的许多朋友都给予了我大力的支持，提供了各方面的帮助。不过，由于受报道人和各种社会关系的影响，我的调查多少受到一些限制，这在一定程度上影响了资料的客观性。

受制于具体条件，我没有在蒋村进行长时间的观察、调查，这在一定程度上影响到本书资料的完整性和丰富性，对理解和把握当今的蒋村习惯法有某种阻碍。

作为一个个例，蒋村的代表性、典型性也是可以进一步讨论的；由蒋村而得出的一些判断、观点是否具有普遍性、有多大的普遍性，这也是一个需要更深入思考的论题。

略感遗憾的是，本书对蒋村区域范围内流动人口有关蒋村习惯法的遵循及其转换性接受和规避问题没有进行全面的讨论。在蒋村，有不少来自广西、贵州、江西、安徽等浙江省外和丽水等浙江省内的流动人口，时间长的已有十几二十年。他们在蒋村做工谋生、成家立业、结婚生子，成为蒋村的新村民、新蒋村人。他们对变迁中的蒋村习惯法应该有自己的感受，也或多或少对蒋村习惯法的承继和变迁发挥着作用，这一领域今后需要重点关注。

需要说明的是，按照学术惯例，为尊重田野调查对象，本书中的主要地名、绝大部分人名进行了化名处理。

《当代中国习惯法的承继和变迁》后记

　　本书为我继《中国习惯法论》《中国少数民族习惯法研究》《瑶族习惯法》《习惯法的当代传承与弘扬——来自广西金秀的田野考察报告》《村规民约传承固有习惯法研究——以广西金秀瑶族为对象》《生活中的法——当代中国习惯法素描》之后的第七本习惯法方面的专著。

　　我的习惯法调查和研究得到了学界和社会的一定肯定，如我的《中国习惯法论》（第三版）法文版、英文版分别入选 2020 年和 2021 年国家社会科学基金中华学术外译项目。

　　我对习惯法数十年的关注、调查和思考，主要在于尊重世俗生活，对普通人的生活世界有着浓厚的兴趣，试图通过习惯法感受和理解每个平淡生命的喜怒哀乐，体会和表达缓慢的时光过程中普通人日常生活的规范和秩序，感知和认识民众生活关系中的活法，理解社会结合中的行动逻辑，探讨中国社会的法统和规范承继、文化传承。

　　我们不能无视真实的习惯法世界。个体用各种方式在形成、运用、说明和改变习惯法以实现自己的生命价值。有同情心、懂分寸感、有合作意识、求需要满足、从常识出发而遵循习惯法的人们有其自身的反思能力。

　　习惯法世界给了我多样性的感知。充满烟火味的世界是一个杂乱而正常的理性状态，每个生命都在不断地追求自己的自由。每一个人所生活的世界既是独一无二的世界，又为一个生存共同体和精神共同体。我们需要认同多元价值，对单一价值保持警惕和反思。

　　按照我的基本认识，沿袭我的以往做法，本书立足于田野调查，以一个村落为对象，以事实描述为主要追求，突出对我国经济社会较为发达地区习惯法的全面讨论，揭示习惯法对满足民众生活需要的意义，探析习惯法的当代承继和变迁，理解习惯法在当今社会的文化意义，思考现代法治建设中习惯法的治理价值。

蒋村为浙东的一个村落。我比较熟悉蒋村，至今还有一定的人际资源。这些因素令之成为我的一个合适的习惯法调查点。

从 2008 年 11 月 21 日调查捐会开始，我专门到蒋村进行习惯法的调查已逾 13 年了。具体的田野调查时间为：2008 年 11 月 21 日—28 日、2008 年 12 月 26 日—29 日、2010 年 10 月 19 日—24 日、2010 年 11 月 9 日—14 日、2011 年 3 月 4 日—7 日、2011 年 6 月 20—21 日、2012 年 5 月 4 日—6 日、2015 年 2 月 15 日—26 日、2015 年 5 月 20 日—25 日、2015 年 6 月 20 日—28 日、2015 年 10 月 16 日—19 日、2015 年 11 月 19 日—22 日、2016 年 2 月 1 日—15 日、2016 年 5 月 22 日—25 日、2016 年 6 月 23 日—28 日、2017 年 1 月 15 日—19 日、2017 年 4 月 2 日—6 日、2017 年 11 月 8 日—11 日、2018 年 2 月 4 日—6 日、2018 年 2 月 14 日—21 日、2019 年 2 月 11 日—16 日、2019 年 4 月 3 日—6 日、2019 年 6 月 21 日—25 日、2019 年 11 月 27 日—30 日、2020 年 1 月 24 日—26 日、2021 年 1 月 10 日—14 日、2021 年 4 月 1 日—6 日、2021 年 5 月 30 日—6 月 1 日、2022 年 1 月 20 日—24 日、2022 年 4 月 2 日—5 日。同时，我还通过微信、电话等方式了解有关蒋村习惯法方面的事项。

这些年在蒋村进行的田野调查，我主要进行习惯法事件的参与式观察、针对习惯法观念的深度访谈、相关习惯法文件的广泛搜集，以尽可能全面的了解当今蒋村习惯法现状和变化。

在田野调查过程中，我得到了海村村民委员会的大力支持。许多蒋村村民和其他人士热情支持我的调查，为调查提供各种形式的帮助。特别是孙爱法、高丽萍、陈大裕、王岳云、岑建锋、周卫军、茹优君、项建强、岑松岳、蒋长华、孙才国、董国平、岑尧水、周卫耀、岑建达、王志国、陈趣联、余巨平等配合调查、介绍情况、提供有关材料，我向他们表达我的谢意。本书是我和他们共同努力、合作完成的成果。

本书大致按照公共生活习惯法、民事习惯法、保障和纠纷解决习惯法这样几部分进行呈现。通过对某一领域、某一现象、某一事件等习惯法的讨论，对蒋村的习惯法规范、习惯法行为、习惯法观念等进行全面的描述和探究。同时，为更清楚地了解蒋村习惯法，我将 16 件文件收入正文后的附录。为便于查阅，附了 9 件规范的索引、64 件文书的索引、81 件事例的索引。

需要说明的是，遵循学术惯例，本书中涉及的地名、人名大多做了化名处理；某些事例的内容在不影响基本事实的情况下做了一些变更处理。敬请理解。

本书中的一些篇章曾在刊物和集刊上发表，如《当代中国捐会习惯法与关系》载《现代法学》2010 年第 1 期（合作）、《传承与变异：浙江慈溪蒋村的订婚习惯法》载《法制与社会发展》2012 年第 3 期（合作）、《浙东农村的分家习惯法》载高其才主编的《当代中国分家析产习惯法》（中国政法大学出版社 2014 年版）、《义务夜防队规约与社会治安维护》载《湘潭大学学报（哲学社会科学版）》2017 年第 1 期、《规随时变的丧葬习惯法》载高其才主编的《变迁中的当代中国习惯法》（中国政法大学出版社 2017 年版）、《维系中国人有脸面生活的习惯法》载《法治现代化研究》2021 年第 3 期。感谢章育良社长、方乐教授等的肯定和支持。

我的调查和本书的出版得到了清华大学和清华大学法学院的资助。本书为《习惯法论丛》第 14 辑，为清华大学自主科研计划领军人才支持专项（W04）"变迁中的当代中国习惯法"（课题编号：2019THZWLJ02）的最终成果。

由于田野调查的时间有限，加之本人的观察、分析能力的局限，本书可能存在诸多不足，欢迎交流与批评、指正。

在书稿补充、修改的后期，2022 年 2 月 22 日俄罗斯和乌克兰发生了战争。我天天关注战局情况，阅看各种资讯，思考法、规则、民众生活、人权、国家主权、战争与和平、中国的发展等，反思自己的判断和观点。我感到文明社会中有良知的人应当尊重每一位人、每一个组织、每一个国家，承认其独立的、平等的、自由的主体地位。在这个意义上，可能更能够理解蒋村习惯法这样由民众创制和遵行的习惯法的价值和功能，更能思考社会生活中的习惯法与人性、人道、人权之间的关系。

而从 2022 年 3 月开始的上海新冠病毒疫情防控在坚持动态清零总方针下，实施了"全域静态管理、全员检测筛查、全面流调排查"以及"应检尽检、应隔尽隔、应收尽收、应治尽治"的措施，呈现出的种种状况令进行书稿修改中的我更关注人的生存意义、需要满足与社会结合、民间互助，思考社会生活中的习惯法与常识、常情、常理之间的关系，思索现代大都市中习惯法的意义和作用，探究当代中国法治建设中国家与社会、政府与市场的关系。

从某种意义上看，本书可谓蒋村习惯法乃至蒋村的一种当代史叙述。而我调查、写作和修改的这一阶段，我想也应该是在见证历史！

1994 年吴念真导演的电影《多桑》中由文夏作词的闽南语插曲《流浪之歌》的歌词，表达了生命的痛感，那种难以言尽、弥漫和笼罩于心头的悲伤给我留下了深刻的印象。我录之于下，与读者诸君同思。

流浪之歌

船也袂倒返来	日落黄昏时
去处也无定的	阮要叨位去
拖磨的阮身命	有时在山野
为何来流目屎	为何会悲哀
放弃的阮故乡	总是也无惜
流浪来再流浪	风雨吹满身
啼哭也不返来	青春彼当时
目屎若会流落	叫阮要如何
路若行有东西	人生有光彩
虽然日头在天	不时照过来
春天彼紧过去	秋天就要来
可怜的阮青春	悲哀的命运

高其才

2022 年 1 月 9 日于京西樛然斋

2022 年 4 月 25 日补充

《村规民约传承固有习惯法研究》 导论 *

一

2014 年 10 月 23 日，中国共产党第十八届中央委员会第四次全体会议通过了《关于全面推进依法治国若干重大问题的决定》，明确提出"增强全民法治观念，推进法治社会建设"的目标，强调"推进多层次多领域依法治理"，要求"发挥市民公约、乡规民约、行业规章、团体章程等社会规范在社会治理中的积极作用"。

2018 年 1 月 2 日，中共中央、国务院《关于实施乡村振兴战略的意见》指出，坚持自治为基，加强农村群众性自治组织建设，健全和创新村党组织领导的充满活力的村民自治机制；强调"发挥自治章程、村规民约的积极作用"。

这表明，在实施乡村振兴战略的当代中国，需要重视村规民约在法治国家、法治社会建设中的地位，发挥村规民约在乡村社会治理中的积极作用

村规民约是村民通过民主讨论方式议定的行为规范，通常涉及公共事务和公益事业的办理、社会治安维护等方面，是村民进行民主决策、民主管理、民主监督的重要体现，是农村基层民主的重要方式。《中华人民共和国村民委员会组织法》第 27 条第 1 款规定："村民会议可以制定和修改村民自治章程、村规民约，并报乡、民族乡、镇的人民政府备案。"[1]村规民约、乡规民约是

---

* 高其才：《村规民约传承固有习惯法研究——以广西金秀瑶族为对象》，湘潭大学出版社 2018 年版。

〔1〕 卞利认为，乡规民约是指在某一特定乡村地域范围内，按照当地的风土民情和社会经济与文化习惯，由一定组织、一定人群共同商议制定的某一共同地域组织或人群在一定时间内共同遵守的自我管理、自我服务、自我约束的共同规则或约定。参见卞利：《明清徽州村规民约和国家法之间的冲突与整合》，载《华中师范大学学报（人文社会科学版）》2006 年第 1 期。

乡村社会治权的体现。[1]

从一定意义上认识，村规民约为非国家法意义上的习惯法。习惯法可从国家法意义上和非国家法意义上进行认识。从非国家法意义上理解习惯法，习惯法为独立于国家制定法之外，依据某种社会权威和社会组织，具有一定的强制性的行为规范的总和。[2]在当代乡村地区，我国的村规民约传承了固有习惯法的许多规范，村规民约承继、吸纳了固有习惯法的某些精神、原则、权利义务、处理方式，成为乡村社会进行村民自治的重要规范。

广西壮族自治区金秀瑶族自治县即为村规民约传承固有习惯法的典型地区。

一

金秀瑶族自治县地处广西中部偏东的大瑶山区，成立于 1952 年 5 月 28 日，是全国最早成立的瑶族自治县。全县总面积 2518 平方公里，耕地面积 21.57 万亩，辖 3 镇 7 乡 77 个村民委，4 个社区，总人口 15.46 万人，少数民族人口占全县总人口的 78.5%，其中瑶族占 34.4%。瑶族中有盘瑶、茶山瑶、花蓝瑶、山子瑶、坳瑶五个支系，是世界瑶族支系最多的县份和瑶族主要聚居县之一。全县山区面积 2080 平方公里，占总面积的 80%。森林覆盖率 87.34%，是广西保护得最好、面积最大的水源林区，是国家级珠江流域防护林源头示范县、国家级自然保护区、国家级森林公园、中国八角之乡。同时，金秀也是国家级贫困县。金秀瑶族历史较为悠久，明初瑶族即来居住，并逐渐扩展。

20 世纪 50 年代前，我国的部分瑶族地区处于封建社会阶段，有些瑶族地区还保留有浓厚的原始公社制残余，[3]金秀瑶区没有建立统一、有效的政权组织，瑶人以大分散、小集中的居住方式生存和发展，通过自治、主要依靠习惯法维系民族的繁衍，广西金秀瑶族的俗语"瑶还瑶，朝还朝"正是这种状况的真实写照。

---

〔1〕 张静：《乡规民约体现的村庄治权》，载《北大法律评论》1999 年第 1 期。

〔2〕 参见高其才：《中国习惯法论》（修订版），中国法制出版社 2008 年版，第 3 页。

〔3〕 参见林耀华主编：《民族学通论》，中央民族大学出版社 2003 年版，第 261 页。

金秀瑶族在历史上主要通过习惯法进行自治，因而形成了内容丰富、拘束力强的习惯法。[1]在长期的生产、生活中，金秀瑶族形成、创制了石牌类型的习惯法。

石牌类型的习惯法是石牌制下的行为规范。石牌制是广西大瑶山瑶族民众为求生存发展和社会安定有序而建立的、具有自卫自治性质的社会组织和法制度。石牌类型的习惯法是金秀大瑶山瑶族把有关维持生产活动、保障社会秩序和治安的原则，制成若干具体规条，经过参加石牌组织的各村居民户主的集会，和全场一致通过的程序，然后或是用文字把它记录下来加以公布，或是用口头传播开去，使全体居民共同遵守的一种特殊性的"约法"。这种"约法"由当地群众所公认的自然领袖——石牌头人为主要的执行者。石牌类型的习惯法对内保护农村生产和维持社会秩序，对外团结各个族系一致抵御强暴的积极作用。[2]

在长期的社会发展过程中，金秀瑶族形成了内容全面、效力明显的石牌类型的习惯法，内容包括社会组织与头领习惯法、所有权习惯法、债权习惯法、婚姻习惯法、家庭及继承习惯法、丧葬宗教信仰及社会交往习惯法、生产及分配习惯法、刑事习惯法、纠纷解决习惯法等。这些习惯法的许多规范保留、传承到了当代社会。

目前为止，金秀瑶族自治县发现了瑶族习惯法的石碑三十三块，[3]也有学者认为金秀瑶族习惯法的石牌律和料话有四十五块。[4]

2006年，"瑶族石牌习俗"被金秀瑶族自治县列入自治县级非物质文化遗产保护名录。按照2007年1月4日广西壮族自治区人民政府《关于公布第一批自治区级非物质文化遗产名录的通知》（桂政发〔2007〕1号），广西已列入自治区级的非物质文化遗产名录共有58个项目，金秀瑶族自治县"瑶族石牌习俗"为第58项，属民间知识类。

中华人民共和国成立以后不久，受瑶族固有习惯法的影响，广西金秀大

〔1〕 详可参见高其才：《中国少数民族习惯法研究》，清华大学出版社2003年版，第42~44页。

〔2〕 广西壮族自治区编辑组编：《广西瑶族社会历史调查》（第1册），广西民族出版社1984年版，第31页。

〔3〕 姚舜安：《大瑶山"石牌律"的考察与研究》，载广西民族研究所编：《瑶族研究论文集》，广西人民出版社1992年版，第215页。

〔4〕 莫金山：《瑶族石牌制》，广西民族出版社2000年版，第15页。

瑶山各族代表大会于 1951 年 8 月沿用传统石牌习惯法的形式，议订了《大瑶山团结公约》，促进了社会的稳定和生产的发展。此后尤其是 1988 年 6 月 1 日《村民委员会组织法（试行）》实施以来，金秀各村屯积极依法实行村民自治，并在议订村规民约时广泛吸纳固有习惯法的良善内容，传承优秀传统民族文化。

金秀有着参照固有习惯法议定村规民约的传统。如 1982 年 3 月 28 日全村群众大会通过、1982 年 4 月 1 日起生效的六巷乡《六巷村村规民约》第 18 条规定："不准扰乱社会秩序，不准搞嫖、赌，不准挑拨离间，不准唆使他人闹事，不准乱打骂他人，不准弄虚作假，违者罚米 40 斤、酒 40 斤、肉 40 斤给众人吃。"这"罚米 40 斤、酒 40 斤、肉 40 斤"的处罚方式明显为固有习惯法的体现。

1987 年 11 月，第六届全国人大常委会第二十三次会议通过了《村民委员会组织法（试行）》，规定了试行村民自治的基本原则及具体实施办法，村民自治制度开始正式实施。金秀瑶族传统的石牌制具有原始民主的性质，为一种社会自治的形式。因此，在实施村民自治特别是在制定村规民约时，金秀瑶族自治县县、乡两级政府及其工作部门引导总结、吸收固有石牌制的良善内容，传承习惯法规范，弘扬良善习惯法。

据此，1990 年 6 月 30 日，在县、乡有关部门的支持、帮助下，长垌乡六架屯正式召开村民大会选举石牌头人，参照固有习惯法通过了《金秀瑶族自治县长垌乡六架村石牌》，由此拉开了金秀全面议定村规民约的大幕。《金秀瑶族自治县长垌乡六架村石牌》在序言中强调"为了发扬民族优良传统"；第 5 条更明确提出"按照民族习惯"："按照民族习惯，凡与本民族结婚的男女青年，不准高收费，不准买卖婚姻，不准超过 500 元（包括女方到男方或男方到女方家都如此），与其他民族结婚也限额在 1500 元以下，如有超过，将其超额收归村处理。"由此可见村规民约与固有习惯法的关系十分密切。

之后，各行政村、自然村纷纷借鉴石牌制的形式、吸纳固有习惯法的内容，议订本村屯的村规民约。这对发扬村民民主、保障村民权益、维护村屯秩序起了重要的作用。如 1991 年正月初一金秀镇六段屯举行了立新石牌仪式，先开会由苏开妙宣布了新石牌的内容，鸣放鞭炮后就标志着石牌条规《六段村石碑条约》生效。依照传统规范，当天由生产队出钱，杀了一头猪，购买了酒等物品，共花费 700 多元，各家代表吃一餐石牌酒，表示村众要一体遵守新石牌；喝了这餐酒，谁犯就绝不容忍。当天还按照传统举行了喝鸡血酒仪式。苏开妙等石牌委员会成员按照历史传统喝鸡血酒，以示完成这个监督新石牌的任务。

总体而言，金秀瑶族自治县各村屯重视村规民约的议订，村规民约的议订、实施深受传统石牌制的影响，大量吸纳了固有习惯法规范，承继了自治传统，维护了社会秩序，促进了乡村发展。

三

学界关于金秀地区的村规民约传承固有习惯法的直接研究的成果不多，多为有关金秀瑶族固有习惯法的研究，也有一些关于金秀村规民约的研究。

关于石牌习惯法与村规民约的关系，在《广西金秀瑶族石牌习惯法之违法规制探析——广西世居少数民族习惯法研究之二》（《广西民族研究》2010年第4期）中，李远龙、李照宇认为石牌习惯法在改革开放中迎来了生机，在村规民约（也有称石牌公约）中继续着瑶族习惯法文化的传承。当代违法规制内容主要体现在改革开放以来出现的一系列村规民约中。在他们看来，历史上，石牌习惯法在金秀瑶族社区中发挥着不可磨灭的作用，其违法规制对推动社区经济发展、维护社区生产生活秩序、保障社区公共安全、维持自然生态平衡等方面都起过积极的作用。现在，石牌习惯法又以村规民约为新的表现形式、进行习惯法文化传承，给予违法规制以新的生命力，促其充分发挥辅助作用，与国家法一起共同维护金秀瑶区生产生活新秩序，打造和谐稳定新社区。二学者强调石牌习惯法又以村规民约为新的表现形式进行习惯法文化传承，这是有说服力的，但是缺乏深入的展开。

关于新石牌的特点、新石牌与村规民约的关系，以金秀镇六段村为对象，周世中、刘琳在《金秀瑶族自治县金秀镇六段村石牌调查——黔桂瑶族侗族习惯法系列调研之二》（《经济与社会发展》2006年第9期）一文中指出，尽管各屯的石牌组织已经名存实亡，但新石牌在调整村民的社会关系中仍然起着重要的作用。新石牌主要是维护本屯的社会治安秩序；对违反者的惩治方式比较单一，主要适用罚款和请全屯人吃饭即吃石牌饭的方式进行处罚；奖惩分明。他们认为新中国成立后，大瑶山的许多村委都制定了村规民约以实现自治管理，六段村村委也不例外。有的村规民约带有石牌制度的性质，是民间的；有的村规民约则具有官方特色，是由村委主持制定的。六段村村委的村规民约属于后者。村规民约的实际效力要比石牌大。石牌的约束力趋势逐渐减弱，而村规民约的约束力则逐渐凸显。他们区分了传统石牌与新石牌，区分了石牌与村规民约，区分了带有石牌制度的村规民约与具有官方特色的村规民约，不过对于新石牌与村规民约关系没有做出符合实际的分析。

在石牌制的变迁方面，广西民族大学中国少数民族史专业 2005 级黄华燕在硕士学位论文《从石牌制到村民自治——六巷花蓝瑶石牌制的嬗变》（导师玉时阶）中指出，新石牌是继承瑶族古老的石牌制而出现的；改革开放以后，六巷花蓝瑶石牌制在与异文化的碰撞、经济的发展过程中发生了巨大的变迁，先后出现了石牌公约、与国家制定法相结合的村规民约；这些变迁是由多种原因造成的，如异质民族文化的影响、城市文明的影响、年轻一代观念的更新等；在民族法制的构建过程中，作为"小传统"的花蓝瑶石牌制应该扮演积极的本土法治资源的角色，并与包括民族法制在内的国家制定法形成一定的互动，为建设新农村社区做出应有的贡献。这篇论文以六巷花蓝瑶石牌制为个案，讨论较为深入，但是没有过多地分析石牌制如何发展到村规民约。

郝国强、钟少云则讨论了石牌与村规民约功能的差异。他们在《从石牌律到村规民约：大瑶山无字石牌探析》[《广西民族大学学报（哲学社会科学版）》2014 年第 1 期] 一文中提出无字石牌是瑶族石牌制的雏形；随着时代的发展，无字石牌发展成为有文字的"石牌律"，并衍生出内容全面的习惯法。该文通过对金秀瑶族自治县罗香乡琼伍村龙军屯无字石牌的实地考察，以历史人类学的视角描述无字石牌的产生时间、内容、形成过程及历史职能等，分析无字石牌演变过程中的发展特征及功能变迁。该文指出由无字石牌发展而来的村规民约，其功能早已与过去防御外敌、处理民事纠纷、保护人身财产等完全自治的职能截然不同，取而代之的则是生态保护、禁止狩猎等与国家法相契合的专项职能。他们分析了石牌与村规民约功能的不同，但是认为两者的职能截然不同的观点则缺乏事实基础。

关于广西瑶族的村规民约，广西师范大学 2014 级法律硕士薛新新在《论广西瑶族村规民约——以金秀、恭城瑶族自治县为例》（导师谭万霞）的学位论文中对广西金秀瑶族自治县、恭城瑶族自治县村规民约进行了重点研究，对搜集到的瑶族村规民约的内容进行综合性分析，从村规民约的基本概况入手，分析出村规民约的特点、功能，然后发现民族地区村规民约存在的问题，从而提出完善村规民约的途径，以期未来村规民约能更加完善，更好的服务新农村建设，构建和谐稳定的乡村秩序。论文分析了村规民约对习惯法的承继，提出广西瑶族村规民约的民族特色浓郁这一特点。论文主要讨论村规民约，没有涉及村规民约对固有习惯法的传承问题。

对金秀的村规民约用功最多的当属出生在金秀的广西民族大学教授莫金山，他编著的《金秀瑶族村规民约》（民族出版社 2012 年版）对金秀瑶族的村规民约进行了全面的探讨。该书上篇为"金秀瑶族村规民约研究"，内容涉及金秀瑶族自治县及其新时期瑶族村规民约概况、研究新时期瑶族村规民约的学术价值、金秀瑶族村规民约产生的背景和原因、金秀瑶族村规民约发展阶段分析、金秀瑶族村规民约的内容和特点、金秀瑶族村规民约与传统石牌律及国家法律的异同、金秀瑶族村规民约存在的问题、金秀瑶族村规民约的作用、金秀瑶族村规民约的命运、金秀瑶族村规民约案例等。该书下篇为"金秀瑶族村规民约选编"，以乡为单位，收录了从 1981 年 1 月 13 日到 2007 年 3 月 24 日期间金秀瑶族的大量村规民约。不过，该书仅仅分析了金秀瑶族村规民约与传统石牌律的异同，对当今金秀瑶族村规民约与固有习惯法的关系没有进一步展开讨论。

因此，我们需要在现有研究基础上，通过广泛的田野调查，对金秀的村规民约传承瑶族固有习惯法进行全面的研究，探讨村规民约在习惯法传承方面的积极功能，发挥村规民约在民族文化传承、乡村振兴战略实施中的重要作用。

四

在当代金秀瑶区，村规民约全面受到固有习惯法的影响，村规民约既传承了固有习惯法的基本原则、主要精神，也传承了固有习惯法的许多规范；村规民约既传承了固有习惯法的议订程序，也传承了固有习惯法的保障机制；村规民约既传承了固有习惯法的实体规范，也传承了固有习惯法的程序规范。村民有浓郁的习惯法观念、习惯法意识，日常行为也受到习惯法影响的村规民约的具体调整。从一片片议订村规民约的区域、从一个个村规民约调整的社会关系领域、从一个个具体村规民约文本、从一件件违反村规民约案件的处理都表明了这一点。

金秀的村规民约受到固有习惯法的影响肇始于 1951 年 8 月订立的《大瑶山团结公约》。《大瑶山团结公约》虽非为完全的村规民约，但是具有村规民约的性质和样态。瑶族固有习惯法的基本原则、议订程序、许多规范在《大瑶山团结公约》订立中得到了全面的体现，《大瑶山团结公约》的议订过程、基本精神充分表现了瑶族石牌制和固有习惯法的积极价值。

罗香乡琼伍村龙军屯从无字石牌到村规民约的发展表明了村规民约与传统石牌制和固有习惯法的内在联系。龙军屯现存两块无字石牌，为金秀瑶族石牌制的最早表现形态。根据口头传承无字石牌的"十不准"规范，调整龙军屯的社会关系，维护地方的社会秩序。龙军屯传承石牌制传统，承继无字石牌规范，积极议订村规民约，实行村民自治，产生了积极的社会影响。

六巷乡各瑶族村屯从一片区域的角度为我们展示了村规民约传承固有习惯法的具体形态。中华人民共和国成立以前，六巷地区主要按照瑶族固有石牌习惯法调整社会关系，维持社会秩序。中华人民共和国成立以后，固有习惯法一直以各种形式产生影响。六巷乡各村屯从 1982 年 12 月开始议定村规民约。村规民约的议定与瑶族习惯法有着内在的联系，瑶族固有的习惯法是六巷各屯村规民约议定的基础。固有的瑶族习惯法对村规民约议定的目的、原则、具体程序、修订完善等具有直接的影响。六巷村规民约的内容基本承继了固有习惯法的规范，村规民约保护财产、禁止偷盗；保护森林、禁止乱砍；保护妇女、禁止奸辱；保护生产，爱护牲畜；保护公共财产；维护社会秩序；调整公共事务。为了保障村规民约的遵守，村规民约具体规定了公开检讨、公开认错、退还原物、没收工具和产品、赔偿损失、罚款、罚"三"等违反义务性规范的处罚方式，[1]这些处罚方式大多借鉴自瑶族固有的习惯法。在村规民约的实施方面，六巷的村规民约大多规定了村规民约的实施主体如执约小组；鼓励、奖励揭发、检举违约行为，禁止对揭发、检举人进行报复。这些都继承了固有习惯法的规范。

议订村规民约、开展清洁乡村活动体现了固有习惯法在当代乡村社会治理中的价值。为改善广西全区乡村群众生活生产条件、创造良好人居环境，广西壮族自治区党委办公厅、自治区政府办公厅下发通知，决定从 2013 年 4

---

〔1〕 罚"三"为罚米、罚酒、罚肉请全村人吃一餐的违约责任方式，通常称为"吃石牌饭"或罚教育餐。

月到 2014 年 12 月在全区开展"美丽广西·清洁乡村"活动。清洁乡村是以清洁家园、清洁水源、清洁田园为主要任务，活动要求达到清洁环境、美化乡村、培育新风、造福群众四个目标。作为广西组成部分的金秀瑶族自治县也按照自治区的统一安排开展"美丽金秀·清洁乡村"活动。在活动开展过程中，金秀瑶族自治县承继传统瑶族石牌制的精神，按照民主原则，通过议订村规民约方式使乡村清洁工作规范化、制度化，改善了乡村人居环境。

作为民间组织的龙军屯自然保护与发展协会重视规章制度的建设，这反映了传统石牌制的现实影响。为保护环境、促进经济社会的发展，在中国自然保护区可持续发展试验示范项目扶持下，2007 年 12 月罗香乡琼伍村龙军屯成立了自然保护与发展协会，具体实施扶贫项目。受到传统的无字石牌规范的影响，龙军屯自然保护与发展协会注重规范管理、依规运行，先后议定了《龙军屯协会共管章程》《基金的管理和具体工作实施方案》《监督小组的职责》等内容全面的规约，规范自然保护与发展协会的运行。

共和村新村屯则给我们提供了 1999 年实施的吸纳了固有习惯法规范的村规民约在 2016 年仍然生效的案例。金秀镇共和村新村屯 1999 年 10 月 27 日议订、通过的《共和新村村规民约》传承了固有习惯法的禁止偷盗以及处理不正当男女关系、乱传假话、乱打人、故意放火烧山等行为的规范，也吸纳了支付挂红费、奖励检举人、违反村规民约者须支付误工费、对违反村规民约者罚款、请全村民众吃一餐即罚教育餐等固有习惯法的违约责任方式。2016 年 11 月 26 日新村屯依据 1999 年 10 月 27 日议订、通过的《共和新村村规民约》对一起乱嫖问妇女案进行了处理，要求违约人向受害者支付挂红费、向参加开会的村民支付误工费以及买猪肉、鸭、米、菜、酒等给全屯村众吃一餐，违约人及时接受了处理。这维护了村规民约的效力，维持了村屯的社会秩序。这也表明了吸纳了固有习惯法规范的村规民约的极强生命力。

村规民约传承固有习惯法的最新例子当属奋战屯 2015 年的村规民约。受传统瑶族石牌制和固有习惯法的影响，金秀镇六拉村奋战屯在以往村规民约的基础上，针对村寨实际情况，经过村民的多次商量，于 2015 年 12 月议订通过了村规民约，并在 2016 年 6 月仿照传统石牌制将村规民约刻石立碑，以示共同遵守。

总体而言，根据各村寨的实际情况，金秀的村规民约传承固有习惯法的具体方式多种多样，既表现为吸纳固有习惯法规范，也表现为承继固有习惯法的精神；既表现为扬弃不适合现代社会的固有习惯法条规，也表现为对固有习惯法内容的某些改良；既表现为固有习惯法的仿照，也表现为对固有习惯法的发展。

五

从某个角度认识，村规民约也为非国家法的习惯法的一种。因此，村规民约传承固有习惯法是习惯法的传承和弘扬，是固有习惯法依然规范社会关系、影响民众行为的表现。这表明固有习惯法是一种"活法"，继续在乡村地区发挥着效力；也体现了固有习惯法在当代中国农村地区的新生和发展。作为一种行为规范，固有习惯法并不仅仅属于过去，而以村规民约形式表征其存在，在当今中国社会发挥作用。

村规民约传承固有习惯法反映了习惯法规范的历史连续性和时代承继性。法规范来源于生活，又服务于生活；前人从生活中总结而成的法规范既为某一时代的产物，也会自然地影响之后的时代。长期形成的固有习惯法有其契合社会生活条件的因素。时代可能会改变某些法规范，创新某些法规范的权利义务和责任形态，但是延续法规范特别是固有习惯法观念当属主旋律。村民的固有习惯法观念、习惯法意识当长期影响其日常行为。

村规民约传承固有习惯法，这是对优秀民族文化和良善习惯规范的尊重和肯定，是历史连续性的具体表现，也是文明延展和接续的重要方式。石牌制、习惯法是金秀瑶胞在长期的生产、生活中内生形成的，是实践的产物，满足了村民的个人利益需要和社会存在需要。这种影响不会因为时代变迁、经济发展、文化进步而完全消失。

在实施乡村振兴战略时，需要充分总结村规民约传承固有习惯法的实践，深入挖掘农耕文化蕴含的优秀思想观念、人文精神、行为规范，充分发挥其在凝聚人心、教化群众、淳化民风、维护秩序中的重要作用；推进诚信建设，强化村民的社会责任意识、规则意识、集体意识、主人翁意识；深入挖掘乡村熟人社会蕴含的固有习惯法规范，结合时代要求进行创新，强化道德教化作用，引导农民向上向善、重义守信、互帮互助、孝老爱亲、勤俭持家；传承发展提升包括固有习惯法在内的农村优秀传统文化，在保护传承的基础上，创造性转化、创新性发展，不断赋予时代内涵、丰富表现形式，从而培育文明乡风、良好家风、淳朴民风，不断提高乡村社会文明程度，加快推进乡村治理体系和治理能力现代化，实现产业兴旺、生态宜居、乡风文明、治理有效、生活富裕的总要求。

由于国家法治建设的不断推进、依法治国的日渐深入，政府对村规民约议订和实施的指导力度的加大，金秀的村规民约在传承固有习惯法方面有逐渐减弱的趋势，村规民约对优秀民族文化的承继和弘扬有所弱化。这是一个令人非常担忧的现象，需要正视并认真予以面对。在国家一体法律秩序建设过程中，如何珍惜和保护民族习惯法，通过村规民约等适当方式予以传承，发挥吸纳了良善习惯法的村规民约的积极作用，这既是一个复杂的理论问题，更是一个现实的实践问题，需要学界、社会的认真对待。

《村规民约传承固有习惯法研究》后记

本书为我以广西金秀瑶族习惯法为对象的又一部作品。

自 2004 年 4 月 20 日初次来到金秀地区以来，我基本上每年都来金秀进行田野调查，金秀已经成为我最主要的田野调查点之一。我期待通过在金秀的持续田野调查，认识习惯法的现实功能，理解习惯法的变迁状况，思考习惯法的未来发展，以推进当代中国的法治建设。

本书以金秀瑶族地区为对象专门探讨当今的村规民约对固有习惯法的传承，从规范延续、观念影响、文化弘扬角度探讨村规民约在乡村社会治理中的积极功能。

为完成本书，我于 2017 年 5 月 31—6 月 6 日、2018 年 3 月 14 日—9 日、2018 年 7 月 16 日—18 日专门到金秀进行调查，广泛走访村寨，认真搜集资料，深入访问村民，全面了解实例，使本书探讨的主题有更全面的对象、有更扎实的基础。

为较直观地了解村规民约对固有习惯法的传承情况，我选择了 14 张图片放在正文之前。正文后附了五份从 1983 年 3 月至 2012 年 7 月间的村规民约，以更清楚地理解当今金秀地区的村规民约对瑶族固有习惯法的传承状况。

在近两年的金秀调查期间，得到三角乡三角村民委员会、三角乡甲江村民委员会、三角乡甲江村民委员会郎傍村民小组、金秀镇金田村民委员会六仁村民小组等单位的大力配合，得到了盘振武、盘老三、陈飞、赵进宏、庞贵兴、庞福金、庞贵仁、赵天甫、周伟平等的帮助和支持。谨向这些组织和个人表示我的感谢。

本书为由我担任首席专家的研究阐释党的十九大精神国家社科基金专项课题"健全自治、法治、德治相结合的乡村治理体系研究"（批准号：18VSJ064）和由我主持的清华大学自主科研计划文科专项 W04-文化传承研究专项"全面推进依法治国进程中的村规民约研究"（项目批准号：2015THZWWH01）的阶段性成果。感谢全国哲学社会科学规划办和清华大学的研究资助。

作为《南方主要少数民族乡规民约与社会治理研究丛书》之一，本书的写作、出版得到了湘潭大学出版社的大力支持，章育良社长一直关心丛书的进展情况，黄琼编辑在前期申报、中期联络、后期编辑方面费心甚多。感谢他们的辛勤劳动。

我的妻子沈玉慧参与了部分田野调查。我把本书献给她。希望我们生活安康、日子顺心！

由于调查时间、认识能力等的限制，特别是理论思考的有限，本书难免存在不足甚至错误之处，敬请诸君提出意见以便改进、完善。

高其才

2018 年 7 月 31 日于京西 505 室

《生活中的法》导言[*]

一

习惯法是人类最早的法，习惯法为最古老的法律渊源。习惯法可从国家法意义与非国家法意义两方面进行认识。我国学界一般认为，国家法意义上的习惯法是国家特定机关对社会上已经存在的规范上升为法律规范，赋予其法律效力，从而使其得到国家强制力的保障；习惯法来自习惯，但与其有本质的不同，习惯法属于国家法的范畴，习惯则为一般的社会规范。

非国家法意义上的习惯法则与此不同。立基于国家——社会的两分理论，非国家法意义上的习惯法是从法社会学、法人类学角度进行认识，按照多元主义的法概念展开讨论，强调从功能角度理解法、把握法。我认为习惯法是独立于国家制定法，依据某种社会权威和社会组织，具有一定强制性的行为规范的总和。[1]

非国家法意义上的习惯法与国家法意义上的习惯法既有联系又有区别。非国家法意义上的习惯法为国家法意义上习惯法的基础，国家法意义上的习惯法来源于非国家法意义上的习惯法，国家法意义上的习惯法是国家有权机关对非国家法意义上的习惯法的认可。同时，国家法意义上的习惯法为国家法律的组成部分，具有国家强制性；而非国家法意义上的习惯法则不具有国家法性质，没有国家强制力予以保障。

秉承现实主义立场，从功能主义角度进行分析，非国家法意义上的习惯法承担着与国家法律同样的功能，发挥着调整社会关系、维护社会秩序、补

---

[*] 高其才：《生活中的法——当代中国习惯法素描》，清华大学出版社 2021 年版。

[1] 参见高其才：《中国习惯法论》（第 3 版），社会科学文献出版社 2018 年版，第 3 页。

充国家法律、推进法律发展、全面维风导俗、传承民族文化等作用。

非国家法意义上的习惯法具有生成的内生性、内容的广泛性、效力的严格性、对象的具体性、灵活的回应性等特点。非国家法意义上的习惯法与民众的日常生活息息相关，散发出浓郁的烟火味，呈现了具体生活中法的身边色彩、亲近特色。非国家法意义上的习惯法是地方文化、地方知识的体现，为特定区域和特定群体成员的共同需要、共同心理、共同观念的反映，呈现出地方文化和传统的特质，表现了人类的某些特性。

二

中国历史上一直存在习惯法，既存在国家法意义上的习惯法，也存在非国家法意义上的习惯法。不过在当代中国，制定法成为最主要的法律渊源，国家法意义上的习惯法成为补充的、次要的法律渊源。如2020年5月28日第十三届全国人民代表大会第三次会议通过、自2021年1月1日起施行的《民法典》第10条明确规定："处理民事纠纷，应当依照法律；法律没有规定的，可以适用习惯，但是不得违背公序良俗。"

由于制定法具有封闭、僵硬、滞后的局限性，习惯法等的存在便有了特殊的意义。在当代中国建设现代法治过程中，探讨建设开放性和包容性的法律渊源结构、重视非国家法意义上的习惯法就极为必要。

法的生命力来自符合社会需要，法的权威性来自深厚的实践基础，法的科学性来自尊重客观规律。当代中国的法治建设应当立足于中国社会、文化和固有法传统。我国的国家立法需要坚持从中国国情和社会实际出发，应当从各地区实际情况出发、尊重历史上形成的法传统，需要考虑不同民族、地区的具体法规范，进一步吸纳和认可非国家法意义上的习惯法。我国的法律执行、法律适用需要正视非国家法意义上的习惯法的客观存在，适当参照非国家法意义上的习惯法，发挥非国家法意义上的习惯法的积极功能。

尊重非国家法意义上的习惯法，这是弘扬中国优秀法文化、传承中华文化、延续中华文明的客观要求。法文化既包括国家层面的法文化，也包括非国家法意义上的习惯法等社会层面的法文化。非国家法意义上的习惯法是我国民众在长期的生产、生活实践中积累的法智慧、法认知，为中华法文化的重要内容。正视非国家法意义上的习惯法，是接续和弘扬中国法文化的必然要求。

中国法学的发展需要具有中国意识，利用中国资源，解决中国问题。讨论当代中国的非国家法意义上的习惯法，对于进一步推进中国法治研究、拓宽法学研究领域、丰富法学理论、提升本土法学水准有一定的理论意义。将非国家法意义上的习惯法作为一个独立的对象予以研究，于繁荣我国法学研究、提升习惯法研究水准、促进法学的自主性发展亦颇为必要。

三

本书是从非国家法意义上的习惯法意义角度探讨习惯法。除了特别说明以外，本书中使用的"习惯法"一词专指非国家法意义上的习惯法。

习惯法来自生活，为民众生活中内在产生、形成的规范，并具体规范民众的社会行为和社会关系。我认为需要从生活实践来发现法，理解法的内容和具体规范，认识习惯法的正当性来源，把握习惯法的功能和价值。

本书主要对生活中的习惯法进行事实描述。本书以我在广西、浙江、贵州、甘肃、湖北、湖南等地的田野调查为基础，通过个案形式，对当代中国的村老习惯法、选举习惯法、群聚习惯法、祭社习惯法、宗族习惯法、护林习惯法、交往习惯法、互助习惯法、物权习惯法、交易习惯法、订婚习惯法、结婚习惯法、分家习惯法、丧葬习惯法、挂红习惯法、调解习惯法等进行了具体的展述，较为全面地展示了当代中国的群体生活习惯法、民事生活习惯法、纠纷解决和秩序维护习惯法。[1]

我秉持发现客观事实、总结现有存在的态度探讨习惯法。在我看来，认真梳理事实为探讨现代中国法治建设中习惯法的前提。在现阶段的习惯法研究方面，我反对过度的解释，价值问题须在了解基本事实、把握具体细节的基础上进行讨论，制度安排和完善更需要以明了习惯法事实为前提。

我以田野调查为本书材料的基本获取方法，意在表达习惯法的客观性、真实性、现实性和具体性。习惯法是民众生活中的规范，为"活法"，规范着

---

〔1〕 习惯法可以从不同角度进行分类，如乡村习惯法与城市习惯法；固有习惯法与新生习惯法；汉族习惯法、瑶族习惯法、苗族习惯法等；农业习惯法、畜牧业习惯法、手工业习惯法、商业习惯法等；民事习惯法、刑事习惯法、纠纷解决习惯法等；宗族习惯法、村落习惯法、社团习惯法等。

民众的日常行为，存在于生老病死、婚丧嫁娶、你来我往的实际生活中，因而田野调查为发现习惯法最主要的方法。在田野调查时，我参与、观察了各种习惯法活动，访问了众多熟习习惯法的人士，见识了不少习惯法方面的实物，搜集了许多习惯法方面的文书。本书的这些第一手习惯法事例从一定程度上反映了当代中国丰富多彩的习惯法样态，以素描的方式呈现出当代中国纷繁复杂的习惯法世界。

在本书中，我主要通过生活中的具体个案实例来分析习惯法的一般规范，期望由具体到抽象，由个别到一般，通过个案把握习惯法的全貌。对每个个案调查的内容可以相当广泛和深入，有利于深入地了解习惯法的外部表现和内在特点，并且更加直接地深入理解习惯法在社会中的真实意义和具体功能。当然，个案分析有其局限性，需要注意其推论的一般性、总体性的具体情境。由于当代中国社会的多样性和复杂性，本书无论在对象的广泛性还是对象的典型性或是对象的代表性方面，客观上都存在可讨论之处。特别需要说明的是，本书各章均为选取一个微观对象对习惯法进行较宏观的讨论，显然存在能否涵盖这一领域的所有习惯法现象和习惯法规范的问题、可否表达当代中国的全部习惯法问题。客观而言，这仅仅展示了当代中国习惯法的梗概，肯定无法完全呈现当代中国习惯法整体的、丰富的样貌。

同时，限于丛书宗旨，本书没有对当代中国习惯法的功能、特点、变迁等方面进行探讨，也没有涉及当代中国习惯法与国家制定法的关系、当代中国习惯法在现代法治建设中的地位等论题。

需要指出的是，有的习惯法规范涉及固有的迷信等内容，需要全面、客观地进行理解和认识。

除了少数篇章以外，全书大多数章节都配发了一定数量的照片，尽可能做到图文并茂，使习惯法的呈现更加直观和清晰，令读者具有现场感，使本书更有说服力和可读性。

《生活中的法》后记

我的习惯法调查、研究，早期主要是关注历史上的习惯法，回答"中国有没有习惯法"。而近些年主要探讨当代中国的习惯法，着力于对 1949 年以来的习惯法进行田野调查和揭示，以回答"当代中国有没有习惯法"。

为此，我在广西金秀、浙江慈溪、贵州锦屏等地进行田野调查，以个案为对象，全面了解习惯法的当今表现，分析习惯法的现实功能，探讨习惯法的实际效力，讨论习惯法对民众生活的意义和行为的影响，力图对当代中国社会生活中的习惯法进行详实的展现，以引起学界和社会对当代中国习惯法的正视和重视，使当代中国的法治建设具有更坚实的本土基础，使当代中国的社会秩序具有更妥切的规范来源。

为体现我在当代中国习惯法方面的一些努力、表达我对当代中国习惯法的一些思考，从 2011 年开始，我主编了《习惯法论丛》，基本上以每年一辑、每辑一专题的形式连续出版。至今已经出版了《当代中国民事习惯法》《当代中国少数民族习惯法》《当代中国婚姻家庭习惯法》《当代中国的社会规范和社会秩序——身边的法》《当代中国法律对习惯的认可研究》《当代中国分家析产习惯法》《当代中国的非国家法》《当代中国的刑事习惯法》《变迁中的当代中国习惯法》《当代中国的习惯法世界》《当代中国纠纷解决习惯法》等十一辑。

同时，从 2009 年秋季学期开始一直到 2015 年秋季学期，我在清华大学面向全体本科生连续六年开设了全校人文素质课《中国习惯法导论》，用 16 学时的课堂时间向理工、经管、医学、美术等专业的大二、大三的学生介绍当代中国习惯法，并鼓励他们进行有关习惯法现象的田野调查，效果令人满意。

我还应徐中起教授的邀请，在 2008 年秋季学期和 2009 年秋季学期，两次为中央民族大学法学院民族法学方向的博士生讲授《习惯法导论》，在 40 学时的课堂时间里分别与十七位、十位博士生交流我关于习惯法特别是当代中国习惯法的认识。这增进了我对当代中国习惯法的深入思考。

正因为有这样一些科研、教学工作做基础，2017 年 11 月清华大学出版社的梁斐编辑邀请我加入"清华通识读本"丛书的作者队伍时，我就非常乐意地答应承担本书的写作任务。

为完成本书，我于 2018 年 3 月 16 日—17 日、2018 年 7 月 17 日—18 日、2018 年 9 月 22 日、2019 年 8 月 26 日—9 月 1 日等专门去广西金秀、贵州锦屏等地进行了田野调查，尽可能地补充最新的习惯法材料。感谢蒋贵华、李正安、邓有亮、李强锋、庞贵赵、庞福金、庞贵兴、周伟平、王奎、盘振武、盘茂华、刘克龙、何培金、马永祥、易遵华等在我多年调查中的支持和帮助。

需要说明的是，根据学术惯例，本书中的人名和部分地名基本做了化名处理。照片也征得了当事人的授权。

初稿经过出版社的多轮审读，各位审读人提出了不少的修改建议。我认真考虑了这些建议，删除了神判习惯法、刑事习惯法两章，并做了一些其他的修改，在出版要求和我的想法之间尽力保持平衡。

本书有部分篇章系在我原来调查的资料基础上撰写的，马敬、何心、刘舟祺曾经参加了部分调查，感谢他们的陪同和合作。

感谢清华大学出版社梁斐编辑的约请。她出色编校呈现出的敬业精神，给我留下了深刻的印象。

由于当代中国习惯法是一个十分复杂的体系，加之本人的能力有限，本书难免存在不足，敬请读者批评指正。

最后，回顾我的习惯法调查和研究之路，我要感谢太太（曾祖母）、祖父母、父母高嘉根阮秀娣的养育之恩和妹妹高丽萍妹夫孙爱法、弟弟高其年弟媳陈惠惠的亲人之爱，感谢王贵康、叶宏星、龚似云、施英波、杨仁宗、俞荣根、黎国智、明国辉、李龙、张晋藩、郭道晖、李步云等老师对我的教诲和帮助，感谢刘德朝、黄楚芳、李汉昌、武乾、夏勇、龚家炎、司垣苏、胡志强、黄炎勋、王清雅、姜亚春、李小香、刘玉岐等友人的关心和支持，感谢家人沈玉慧的关爱和陪伴。

高其才

2018 年 12 月 6 日冬夜于京北

2019 年 9 月 10 日改于樛然斋，时从教 35 年

2020 年 9 月 9 日定稿

《礼失野求：礼法的民间样态与
传承》绪论 *

中华法系是礼法法系，中华法系的特色与精义在于"礼法体系"，"律令"生于"礼法"，合于"礼法"，"礼法"统摄"律令"。[1]

中国固有社会的礼法从外延上说包括三个部分：一是礼典；二是律典，即律令法，如汉唐明清各律及其令、格、式、例等系；三是习惯法、习俗、礼俗之类。[2]

礼为中国固有社会主要的法规范，"礼从宜，使从俗"。"夫礼者，所以定亲疏，决嫌疑，别异同，明是非也……道德仁义，非礼不成；教训习俗，非礼不备；分争辩讼，非礼不决；君臣上下，父子兄弟，非礼不定；宦学事师，非礼不亲；班朝治军、莅官行法，非礼威严不行；祷祠祭祀，供给鬼神，非礼不诚不庄。是以君子恭敬撙节退让以明礼。"[3]而作为中华"礼法体制"

---

* 高其才：《礼失野求：礼法的民间样态与传承》，孔学堂书局 2017 年版。

〔1〕 俞荣根：《在谨守中变通 在整理中创新——编撰〈法律理论分典〉的二三事》，载徐永康、高珣主编：中国儒学与法律文化研究会 2012 年学术年会论文集：《儒学与法律价值观》，第 317 页。

〔2〕 马小红认为，中国传统法是礼与法的共同体，一百年来法律史研究的最大失误是过于强调礼与法的对立和矛盾，把礼排斥于法律体系之外，以至于研究对象失去了真实性而不知。参见马小红：《礼与法：法的历史连接》，北京大学出版社 2004 年版，自序第 4 页、正文第 66 页。她认为礼的主要内容就是阐述中国传统法的价值追求，兼有神权法、自然法、习惯法的特点，在整个法律体系中，礼规定一些基本原则，有类似宪法的作用。参见马小红：《礼与法：法的历史连接》，北京大学出版社 2004 年版，自序第 4 页、正文第 77~81 页。杜文忠认为作为中国古代法主导文化的儒家有社会本位主义而不是国家本位主义的倾向，在"天下"治理的问题上，其最终目的在于"一同于俗"而不是"一同于法"，故历代王朝世王朝大多以风俗而论法议治，"法俗"遂为中国古代王朝法制的基本属性，"法俗"包含了俗、礼、律、例这些要素，它们共同成为中华法系的构成形式。参见杜文忠：《法律与法俗——对法的民俗学解释》，人民出版社 2013 年版。

〔3〕 《礼记·曲礼上》。

或"礼法法系"重要组成部分的习惯法，[1]为礼法的民间样态与传承。这些习惯法规范历史悠久，种类多样，规范全面，作用广泛。它包括宗法族规、村落规约、行会规范、行业习惯、寺院戒律、帮规会规、民族习惯等。这些习惯法规范为非国家法规范，内生于中国民间社会，在日常的生产、生活过程中逐渐生成、发展。这些习惯法规范或深或浅受到中华礼教观念的指导和影响，或多或少地体现了礼教的基本精神。这些习惯法规范调整乡土社会关系、满足民众生活需要、维护固有社会秩序、传承中华礼教文化，在中国固有社会的延续、发展中起着重要的作用。

生活是法的唯一来源，习惯法规范作用于世俗社会的基层，民间社会为法规范和文化发展的重要源泉。习惯法规范具有持续性、坚韧性，作为一种文化它具有深远的影响。《汉书·艺文志》载："仲尼有言，'礼失而求诸野'，谓都邑失礼则于外野求之。""衣冠简朴古风存"。随着中国固有社会的变迁，中国固有社会的律典部分现已失去了正式效力，而民间的习惯法规范却仍然在相当范围发挥着一定的作用、或隐或现地影响着现今民众的行为。[2]

在当今社会，"礼失求诸野"仍然具有借鉴意义。2014 年 10 月 23 日中国共产党第十八届中央委员会第四次全体会议通过的《关于全面推进依法治国若干重大问题的决定》提出全面推进依法治国的总目标是建设中国特色社会主义法治体系，建设社会主义法治国家，坚持法治国家、法治政府、法治社会一体建设。《关于全面推进依法治国若干重大问题的决定》明确提出推进多层次多领域依法治理；坚持系统治理、依法治理、综合治理、源头治理，提高社会治理法治化水平；深入开展多层次多形式法治创建活动，深化基层组织和部门、行业依法治理，支持各类社会主体自我约束、自我管理；发挥市民公约、乡规民约、行业规章、团体章程等社会规范在社会治理中的积极作用。这表明，我国的现代法治建设既重视法治国家建设，也重视法治社会建

---

〔1〕 本从非国家法意义上理解习惯法，习惯法为独立于国家制定法之外，依据某种社会权威和社会组织，具有一定的强制性的行为规范的总和。参见高其才：《中国习惯法论》（修订版），中国法制出版社 2008 年版，第 3 页。

〔2〕 如毛泽东明确指出："无论哪一县，封建的家族组织十分普遍，一姓一村或几村，非有一个长时间，阶级分化不能完成，家族主义不能战胜。"参见《毛泽东选集》，人民出版社 1991 年版，第 71 页。

设，注重乡规民约、村规民约等社会规范在社会治理中的积极作用，重视对中国固有规范的总结和继承。

在这样的背景下，总结和弘扬中国固有社会良善的村落规约等礼法规范就具有现实意义，对于我国法治社会建设、现代法治建设有着积极的价值。

《民法典编纂与民事习惯研究》导言 *

—

2014 年 10 月 23 日，中国共产党第十八届中央委员会第四次全体会议通过的《关于全面推进依法治国若干重大问题的决定》中明确提出"加强市场法律制度建设，编纂民法典"。经过几年的努力，2017 年 3 月 15 日第十二届全国人民代表大会第五次会议通过了《民法总则》，并自 2017 年 10 月 1 日起施行。我国民法典的编纂由此迈出重要的一步。

我国的民法典将由总则编和各分编组成，分编目前考虑分为物权编、合同编、侵权责任编、婚姻家庭编和继承编等。编纂工作按照"两步走"的思路进行：第一步，编纂民法典总则编，即提请本次会议审议的民法总则草案；第二步，编纂民法典各分编，拟于 2018 年整体提请全国人大常委会审议，经全国人大常委会分阶段审议后，争取于 2020 年将民法典各分编一并提请全国人民代表大会会议审议通过，从而形成统一的民法典。[1]

我国的民法典编纂既要有世界眼光，善于学习外国的立法经验，借鉴人类法治文明成果，坚持立法的引领和推动作用；更应该承继中华民族传统美德，弘扬公序良俗，坚定文化自信，深入挖掘和传承包括中华法律文化在内的中华优秀传统文化的时代价值，[2]使我国的民法典体现鲜明的民族性。中共中央政治局常委、全国人大常委会时任委员长张德江 2016 年 10 月 10 日在

---

* 高其才：《民法典编纂与民事习惯研究》，中国政法大学出版社 2017 年版。

〔1〕 参见李建国：《关于〈中华人民共和国民法总则（草案）〉的说明——2017 年 3 月 8 日在第十二届全国人民代表大会第五次会议上》，载《人民日报》2017 年 3 月 9 日。

〔2〕 参见李建国：《关于〈中华人民共和国民法总则（草案）〉的说明——2017 年 3 月 8 日在第十二届全国人民代表大会第五次会议上》，载《人民日报》2017 年 3 月 9 日。

京主持召开民法总则草案座谈会时强调，编纂民法典、制定民法总则，要在体现国家性质、突出中国特色上下功夫；要遵循和把握立法规律，以实践需求指引立法方向，在符合中国国情、突出实践特色上下功夫。张德江指出，要弘扬社会主义核心价值观，汲取中华传统文化精华，让民法典扎根于中国的社会土壤，体现中华民族的"精气神"。[1]

因此，我们在民法典编纂过程中应当十分重视民事习惯的吸纳、认可。这既由民法的性质和特点所决定，也与我国社会的特点和法制发展相关联。

二

民法具有生活法、社会法、文化法、本土法、民众法的特质，民法规范来源于民众的生产、生活实践，而民事习惯为其主要的表现形式。

从某种意义上认识，民法为文化法，它是我国民众在长期的生产、生活实践中形成、累积的行为规范。民事习惯为内生规范，具有文化特性。习惯承载着中华民族的集体记忆、地方的共同经验，是我国民众的生活智慧的集中体现。我们不能低估传统的力量，民法典编纂需要接续传统、承续传统、弘扬传统。我国以往较为重视成文法建设、重视法典、重视移植，这主要是受到激进的现代化变革思潮的影响，然而制定出来的法律内生性不足，与我国传统的关联性不大甚至脱节，因而实施效果不佳。民法典编纂需要避免这种状况，需要在借鉴外国经验的基础上眼睛向内，从本土、文化、传统出发，以继受为基础，考虑中国人和当代中国社会的特点，重视内生规范的总结、地方习惯的提炼，尊重民事习惯，以调整民事关系。

民法具有浓郁的生活法特质，民法典编纂是为生活立法、为民众立法，因此须建立在尊重生活的基础上，理解中国人的生活方式，保障中国人的民事权益。当代中国社会事实上广泛存在着民事习惯，编纂民法典时需要眼睛向下，实事求是、尊重客观社会生活，从生活中发现民事习惯规范，进行认真细致的分析、吸纳。

民众是最好的立法者，为民事习惯的创生者。他们通过俗成与约定方式

---

〔1〕 王比学：《张德江主持民法总则草案座谈会强调：切实担当起编纂民法典的历史使命》，载《人民日报》2016 年 10 月 11 日。

创生民事习惯，规范民事行为。我们应当更全面、更理性地认识当代中国的习惯，在民法典编纂过程中肯定民众的创造力，尊重民众创制的习惯规范。编纂民法典时应当承认和肯定习惯，赋予良善的、优秀的、有积极功能的、富有生命力的习惯以国家法律的地位。

当然，由于社会经济的发展、政治结构的强化、国家法律的深入、交往的频繁和扩大，民事习惯产生了一定的变化。在当代中国社会，民事习惯的地位与作用已不可与往昔同日而语。但是，作为一种社会的天然安排和内生秩序，民事习惯不可能消灭；民事习惯是在长期的社会发展中形成的，其生命力是顽强的，其影响力不可能在短时间内消除；民事行为、地方语言、民族意识的客观存在为民事习惯提供了载体。因此，民事习惯在当代中国社会仍然有重要作用，发挥着一定的影响。传统文化和习惯对我国民众的影响较深，每个人从一出生就受到本地习惯的强烈熏陶、感染和教育，在意识、观念上打上深深的烙印。人们的衣食住行、婚丧嫁娶，无不遵守本民族、本区域、本群体的民事习惯。同时，随着社会的发展，我国社会又在不断形成新的民事习惯，民众不断在日常的行为中逐渐内生出新的民事行为规范，以调整新出现的社会关系，满足生活中的规则需要。

三

当代中国的法律渊源主要为以宪法为核心的各种制定法，包括宪法、法律、行政法规、地方性法规、规章、特别行政区的法律、国际条约和国际惯例等，习惯法等也为当代中国的法律渊源。就我国现有法律而言，宪法、法律（狭义）、[1]行政法规、地方性法规、民族自治地方的自治条例和单行条例、部门规章、地方政府规章都对习惯进行了认可，在一定程度上表明了对习惯的承认，反映了立法对我国传统的承续、对民事生活的尊重，反映出立法对社会规范的某种肯定。

我国法律、法规对习惯的规定主要包括四种方式：①采取授权性条款认可习惯。该种方式主要用于处理尊重中外民族风俗习惯、在民族地区变通执

---

〔1〕 狭义上的法律，仅指全国人大及其常委会制定的规范性法律文件。参见高其才：《法理学》（第3版），清华大学出版社2015年版，第84页。

行国家法律法规和政策等问题。例如 1997 年《刑法》第 90 条规定："民族自治地方不能全部适用本法规定的，可以由自治区或者省的人民代表大会根据当地民族的政治、经济、文化的特点和本法规定的基本原则，制定变通或者补充的规定，报请全国人民代表大会常务委员会批准施行。"②采取概括条款（一般条款）处置习惯。该种方式主要用于处理民事行为遵循公序良俗等问题。例如 1986 年的《民法通则》第 7 条规定："民事活动应当尊重社会公德，不得损害社会公共利益，破坏国家经济计划，扰乱社会经济秩序。"③采取概括条款处理辖区内原有习惯的效力问题。例如《香港特别行政区基本法》第 8 条规定："香港原有法律，即普通法、衡平法、条例、附属立法和习惯法，除同本法相抵触或经香港特别行政区的立法机关作出修改者外，予以保留。"④采取具体条款（特指式立法）处置民间习惯。该种方式主要用于处置民事习惯与国法之间的关系协调问题。例如 1993 年制定的《消费者权益保护法》第 14 条规定："消费者在购买、使用商品和接受服务时，享有其人格尊严、民族风俗习惯得到尊重的权利。"〔1〕

　　我国现有法律法规对民事习惯的规定包括具体规范与概括规范两类。在具体规范方面，我国法律主要对物权习惯、商事习惯、婚姻家庭习惯、继承习惯、丧葬习惯等民事习惯进行了规定。如四川省《阿坝藏族羌族自治州施行〈中华人民共和国继承法〉的变通规定》（1989 年）第 4 条第 2 款规定："继承开始后，按照法定继承办理；有遗嘱的，按照遗嘱继承或者遗赠办理；有遗赠扶养协议的，按照协议办理；没有遗嘱、遗赠和扶养协议的，经继承人协商同意，也可以按照少数民族习惯继承。"在概括规范方面，我国法律通过规定"当地习惯""民族习惯""生活习惯""宗教习惯""国际惯例"等规定了民事习惯。如《物权法》第 85 条就规定："法律、法规对处理相邻关系有规定的，依照其规定；法律、法规没有规定的，可以按照当地习惯。"

　　就现有法律法规规章考察，我国法律、法规对民事习惯的认可缺乏系统性、体系性的安排，宪法、法律（狭义）、行政法规、地方性法规、部门规章、地方政府规章都对民事习惯有认可但是缺乏内在一致性，基本上各自为战，较为分散、零星、混乱。这些法律法规规章的制定机关的认识、态度极大地影响了对民事习惯的认可，由于认识差异而在立法时随意性比较大，对

---

〔1〕　高其才：《当代中国法律对习惯的认可》，载《政法论丛》2014 年第 1 期，第 28 页。

民事习惯的规范不一、表达各异。

就我国现有法律法规规章对民事习惯的认可而言，法规认可较多而法律（狭义）认可较少，自治条例和单行条例认可习惯较多，地方政府规章和部门规章认可习惯较多，这显示下位法对民事习惯的认可较多。这表明我国需要提高对民事习惯认可的层级，增加上位法对民事习惯的肯定。

在司法实践中，我国法院为了解决纠纷、处理争端，较为广泛地通过各种方式运用习惯，肯定习惯法的价值、肯定民事习惯的意义。

不过，从我国法院的审判实践来看，法院运用习惯尚属于经验性、个别性、零散性状况；从裁判文书看，法官对习惯法的认识、对习惯的运用差异较大；法院主要在民事案件的调解过程中运用习惯，根据习惯直接判决的不多，法官更多地倾向于将习惯作为一种事实而非法律。这反映出法院、法官在习惯还是习惯法的认识方面并不一致，需要认真总结、探讨。

同时，法院在如何运用习惯、识别习惯方面也各不相同。在纠纷解决过程中，由当事人提出还是由法官提出运用习惯，各地法院的做法各有不同。法官如何查明习惯的具体含义、法官是否对运用习惯负有释明义务以及释明义务的具体内容，这些方面也存在不同的理解，因而法官的实际行为也各异。

民法典编纂必须坚持从生活出发的原则，立足中国社会实际，符合中国国情，为此民法典编纂需要调查社会生活中的民事习惯、总结司法判例中的民事习惯、探寻人民调解中的民事习惯、梳理既有立法中的民事习惯，以使编纂的民法典尊重民事习惯、吸纳良善的民事习惯、认可合理的民事习惯，为编纂科学的民法典提供坚实的基础。

2017年3月15日第十二届全国人民代表大会第五次会议通过了《民法总则》，并自2017年10月1日起施行。《民法总则》的通过和即将实施表明我国民法典的编纂由此迈出重要的一步。总结《民法总则》中关于习惯的规范，对于理解《民法总则》、思考民法典编纂中有关习惯的科学安排具有积极意义。

特别值得注意的是，《民法总则》第10条明确规定："处理民事纠纷，应当依照法律；法律没有规定的，可以适用习惯，但是不得违背公序良俗。"《民法总则》对习惯进行了直接的认可规定，确认了习惯法的正式法源地位。《民法总则》对习惯进行了隐含规定、吸纳规定，体现了对我国民事生活内生规范的尊重。同时，《民法总则》在有关习惯方面还存在空漏状况，需要在编纂民法典、整体完成民法典时予以弥补和完善。

在民法典分则编制定和民法典整体编纂时，需要认真总结现有民事法律关于习惯的规定，总结司法解释中有关习惯的规定，总结学界有关民事习惯的论著，更需要认真进行民事习惯调查。

四

当前我国正在进行民法典编纂工作，如何科学地编纂民法典、使制定的民法典成为一部体例科学、结构严谨、规范合理、具有中国特色、体现时代精神的民法典，这是一项非常具有挑战性的任务。为此需要进行扎扎实实的艰苦努力，进行民事习惯调查即为其中的主要内容之一。

为编纂民法典进行的民事习惯调查，应该遵循尊重、客观、科学、全面、重点的原则，围绕民法典编纂的主要目标、关键问题展开。

全面开展为编纂民法典进行的民事习惯调查，需要由全国人民代表大会常务委员会专门通过相关决定、作为民事习惯调查的法律依据，使这一调查具有合法性和有效性。

为保障为编纂民法典进行的民事习惯调查的顺利进行，全国需要成立民事习惯调查机构，组织、协调民事习惯调查。建议由全国人大常委会法工委牵头成立"全国民事习惯调查委员会"为民事习惯调查的全国负责机构，总体安排民事习惯调查事宜。各省级、市级、县级行政区域成立相应的民事习惯调查委员会负责本行政区域的民事习惯调查工作，具体组织实施调查，了解和上报本行政区域民事习惯情况。

为保障质量，为编纂民法典进行的民事习惯调查宜采用多种调查方式，以全面地了解、掌握全国各地民事习惯情况。民事习惯调查方案设计要科学、问卷设计要合理、调查要快速、分析要透彻、为民法典编纂提供建议要及时。

为编纂民法典进行的民事习惯调查，内容应当全面，以现实民事习惯为主，适当进行历史上的民事习惯调查。民事习惯调查宜分问卷调查内容和访问调查内容，由全国民事习惯调查委员会分别统一规定。民事习惯调查的内容应当详细、全面，既包括自然人、法人、非法人组织、民事权利、民事法律行为、代理、民事责任、时效、期间计算等总则部分的民事习惯，也包括物权习惯、债权习惯、婚姻家庭分家析产养老习惯、侵权及其处理习惯等。

为编纂民法典进行民事习惯调查的资料应当及时上报，各地的民事习惯调查委员会在将民事习惯调查资料进行汇总和上报的同时，需要尽快对民事习惯调查资料进行整理，通过网络等各种形式向社会提供有关民事习惯调查信息，并完成民事习惯调查分析，为民法典编纂提供参考材料和具体建议。

《乡土法学探索——高其才自选集》后记[*]

在我的计划中，本没有编选这部自选集的想法。2015 年为清华大学法学院复建二十周年，法学院决定资助出版"清华法学院教师自选文集"。我自 1997 年 7 月调来法学院，至今已有 17 个年头了，经历了清华大学法学院复建 20 年中的大部分时间，为复建以来在清华法学院任职时间较长的专职教师之一，于理于情应该参与，于是按照要求报名提供书稿，因而有了本书。

至 2015 年，我在高等学校担任教师已有 30 年。编选这一文集也是对我参加工作 30 年、从教 30 年的一个纪念。

本文集所选文章为我成为高校法学教师之后所作；文章绝大部分已经公开发表，少量为未刊之作；文章主要为我个人独立作品，有几篇为以我为主的合作作品，已分别说明，并征得了合作者的同意。

文集共分四部分，第一部分主要为有关法理学、法社会学方面的思考之文；第二部分主要为法、法治方面的探讨之作；第三部分为关于国家司法的思索之文；第四部分为对国家法意义上的习惯法和非国家法意义上的习惯法的探究之作。这一分类并不一定合适、准确，仅仅大致表达了我的认识。

文集中的文章基本记载了我的学术历程，反映了我的学术兴趣，体现了我的学术水准。书名为《乡土法学探索》，是基于我的总体学术活动和主要学术追求。我一直关注中国问题，注重对我国社会实际法规范和现实法秩序的描述和思考，主要对边缘性但具有实际规范功能的我国习惯法、农村法、民族法进行调查、分析和思考，这些法具有浓郁的乡土法特质。我以为，我的学术努力都是围绕着乡土法学而进行的，我是在探索乡土法学中走过这 30 年的。

---

[*] 高其才：《乡土法学探索——高其才自选集》，法律出版社 2015 年版。

感谢发表这些文章的刊物、文集和责任编辑。感谢培养我走上学术之路的老师，感谢这 30 年学术道路上的友人、合作者。

自 1985 年 9 月离开西南政法学院参加工作以来，已近 30 年了。回顾这 30 年，算算写了一些文字，但真正令自己满意的文章并不多，想想颇令人汗颜也有些沮丧。现在整理这一文集，既诚惶诚恐，亦敝帚自珍，心情极为复杂。

宋代李清照有"小重山·春到长门春草青"词，颇能表达我此刻的心境，特录之与读者诸君共咏。

小重山·春到长门春草青

春到长门春草青。

江梅些子破，未开匀。

碧云笼碾玉成尘。

留晓梦，

惊破一瓯春。

花影压重门。

疏帘铺淡月，好黄昏。

二年三度负东君。

归来也，

著意过今春。

高其才

2014 年 9 月 18 日于樛然斋

《习惯法的当代传承与弘扬——来自
广西金秀的田野考察报告》导言*

我写作这本书的目的是要告诉读者诸君：非国家法意义上的习惯法是鲜活的、充满生命活力的，我们中国社会的日常生活中普遍存在习惯法；习惯法为我们中华文化的组成部分，中国人的生命中浸融着浓厚的习惯法意识、行为方面普遍受到习惯法规范的约束。

—

习惯法可从国家法与非国家法两个角度进行认识。一般认为，国家法意义上的习惯法是指国家认可和由国家强制力保证实施的习惯。这一理解为法的一元论观点的产物。

我秉持法的多元主义观点，从非国家法意义上探讨习惯法。我认为，习惯法是独立于国家制定法之外，依据某种社会权威和社会组织，具有一定的强制性的行为规范的总和。习惯法既有自然形成即俗成的，也有特定社会组织成员议定即约定的；它可以是不成文的，也可以是成文的；习惯法主要依靠口头、行为进行传播、继承。非国家法意义上的习惯法具有内生性，是民众生活中的活法。从某种角度理解，非国家法意义上习惯法为具有社会意义的习惯。有些非国家法意义上的习惯法也可能为国家所认可而成为国家法意义上的习惯法，但就整体而言，非国家法意义上的习惯法是独立存在并发挥功能的。

＊《习惯法的当代传承与弘扬——来自广西金秀的田野考察报告》列入 2013 年度国家社会科学基金后期资助项目，于 2015 年 12 月由中国人民大学出版社出版。

在长期的社会发展过程中，广西金秀瑶族形成了内容全面、效力明显的石牌制习惯法，内容包括社会组织与头领习惯法、所有权习惯法、债权习惯法、婚姻习惯法、家庭及继承习惯法、丧葬宗教信仰及社会交往习惯法、生产及分配习惯法、刑事习惯法、纠纷解决习惯法等。这些习惯法的许多规范传承、保留到了当代社会。

二

1958 年，牟宗三、徐复观、张君劢、唐君毅在香港联名发表了《为中国文化敬告世界人士宣言——我们对中国学术研究及中国文化与世界文化前途之共同认识》，在这一宣言中，他们强调：中国与世界人士研究中国学术文化者，须肯定承认中国文化之活的生命之存在；中国之历史文化，亦是继续不断的一活的客观的精神生命之表现。对这一看法我深以为然。

二十多年的调查、研究经历告诉我，习惯法是中国文化之重要的一部分，习惯法是无数代的中国人以其生活实践、生命心血所形成，其精神生命是活的，其表现形式是活的，其现实效力是活的。习惯法是中国社会活的规范，实际影响着中国人的具体行为。在我看来，虽然当代中国不断重视制定法，制定法的数量逐渐增加，效力也有所提高，但就总体而言，当代中国仍然处于习惯法时代。

在我的习惯法的研究中，一直有人问我：现在是制定法时代了，习惯法还有吗？中国还存在习惯法吗？你研究的都是历史上的习惯法，这还有现实意义吗？

我以往的习惯法研究主要是想回答"中国有习惯法吗"这一问题，最近的研究则转向回应"当代中国有习惯法吗"这一问题。本书是这一转变的成果之一，以后我将继续沿着这一方向前行。

在研究初期，我的习惯法研究是整理习惯法，但是这种整理不是属于整理国故，并不仅仅是将历史上的习惯法进行系统整理，其对象并非为历史上的已经死亡了的习惯法。我认为习惯法需要清理，在清理、总结的基础上才能进行进一步的正确对待和制度安排。要了解现实的习惯法，须以历史上的习惯法为起点。我们必须正视历史，肯定中国历史、文化和精神的深刻影响。梁启超曾指出：凡一独立国家，其学问皆有独立之可能与必要。陈寅恪也认为：其真能于思想上自成系统，有所创获者，必须一方面吸收输入外来之学说，一方面不忘本来民族之地位。此两种相反而适相成之态度，乃道教之真精神，新儒家之旧途径，而二千年吾民族与他民族思想接触史之所昭示者也。在徐复观看来，思想是要在有价值的古典中孕育启发出来，并且要在时代的气氛中开花结果。

由历史而现实、由过去而今天，我的调查、研究习惯法，正是表明"今日还有真实存在于此历史文化大流之中的有血有肉的人，正在努力使此客观的精神生命之表现，继续发展下去，因而对之亦发生一些同情和敬意"（牟宗三、徐复观、张君劢、唐君毅语），我愿意为此而不断努力。张君劢先生所说，以死后复活之新生命，增益其所本无；以死后复活之新生命，光辉其所固有。这是我在习惯法的调查、研究中一直追寻的目标。

为此，我以世界文化为背景，以中国社会的当前处境为基础，以广西金秀瑶族地区为对象，认识习惯法的现实状况和具体境遇，探讨习惯法的现代传承和弘扬，思考中国习惯法现代发展之路。

三

本书以广西壮族自治区金秀瑶族自治县为对象，主要是从非国家法意义上探讨习惯法当代传承与弘扬。在本书的调查、研究中，我努力坚持、追求以下诸点：

1. 以典型地区为样本。本书的习惯法调查、研究选择广西壮族自治区金秀瑶族自治县为样本。金秀瑶族自治县地处广西中部偏东的大瑶山区，成立于1952年5月28日，是全国最早成立的瑶族自治县。全县总面积2518平方公里，耕地面积21.57万亩，辖3镇7乡77个村民委，4个社区，总人口15.46万人，少数民族人口占全县总人口的78.5%，其中瑶族占34.4%。瑶族中有盘瑶、茶山瑶、花蓝瑶、山子瑶、坳瑶五个支系，是世界瑶族支系最多的县份和瑶族主要聚居县之一。全县山区面积2080平方公里，占总面积的80%。森林覆盖率87.34%，是广西保护得最好、面积最大的水源林区，是国家级珠江流域防护林源头示范县、国家级自然保护区、国家级森林公园、中国八角之乡。同时，金秀也是国家级贫困县。金秀瑶族历史较为悠久，明初*瑶族即来居住*。历史上的金秀瑶族习惯法早自1935年起由费孝通、王同惠等进行了调查，之后调查者一直不断，研究资料比较丰富。作为实证研究样本，金秀瑶族的习惯法较具特色，保留较为完整，现实传存状况比较理想，具有研究对象的典型性，也有一定的代表性。

2. 以当代时段为视域。本书关于习惯法的调查、研究，在时间上限定为"当代"，即 1949 年以来一直至今的时段。本书探讨的是现今的习惯法，特别以 1978 年改革开放以来三十多年的习惯法状况为重点。我关注固有习惯法的现代传承，讨论传统习惯法的当代发展，探讨新习惯法的产生过程。我在本书中展示的是活的习惯法，是存在于金秀瑶族地区民众当今日常生活中的习惯法，突出现实性。

3. 以个案活动为对象。本书的调查、讨论主要以金秀瑶族的各种习惯法活动为主要对象，如"做社"、互助建房、"众节"、打茅标、结婚、丧葬、度戒、立石牌、"泼粪""挂红""烧香赌咒"等活动。我尽可能通过多种方式获取金秀的各种习惯法方面的活动消息，想方设法及时到达活动现场，亲身参加具体的习惯法活动，观察个案活动的整个过程，访问个案事件的当事人和旁观者，通过具体个案思考瑶族习惯法的当代意义。

本书希望提供一些质朴的、粗犷的、鲜活的、矿石般的习惯法原料，客观展示习惯法的现实状态，全面表现瑶族习惯法的运行轨迹。在本书的调查、研究中，我始终坚持"我在现场"的追求，进入研究对象的语境中，从内在视角进行思考，再跳出来进行外在视角的客观反思，实现"从外向内看和从内向外看、从上往下看和从下往上看"的结合，分析习惯法的现实价值。

4. 以连续观察为基础。本书的材料基本来自 2004 年以来我在广西壮族自治区金秀瑶族自治县的实地田野调查。从 2004 年 4 月开始，除 2005 年以外我每年都到金秀瑶族地区进行调查，已经连续进行了十年；每年进行少则 1 次、多则 7 次的调查；每次调查时间少则 3 天、多则 15 天。这十年中，我的足迹到了金秀县的金秀镇、六巷乡、长垌乡、桐木镇、头排镇、三角乡、忠良乡、罗香乡、大樟乡、三江乡等所有 3 个镇、7 个乡，不少村寨如六巷下古陈更是多次到达。

在金秀地区进行较为长期、连续的观察、调查中，我逐渐进入了金秀，不断加深了对金秀历史、社会、文化的理解，日益增进了与金秀民众的感情。在这十年中，我由一个外人而变为了金秀的一员，我对金秀的山山水水由陌生而热爱。我对金秀的习惯法由好奇、生疏而渐渐熟悉、亲切。我努力理解金秀习惯法生存的社会土壤，感受金秀民众的习惯法情怀。

5. 以全面描述为重点。本书的个案研究、实证研究主要采用参与式观察调查方法，立足于客观描述金秀瑶族习惯法的全貌，试图完整再现习惯法规范发挥效力的社会场景。以客观现实为基点，我探讨公共生活和社区管理中的习惯法，分析村规民约中的固有习惯法因素，描述民事活动中的具体习惯法规范，展现村民日常行为、相互往来中的习惯法，讨论纠纷解决中习惯法的运用，探究国家机构对习惯法的态度和应对。本书追求全面性，全方位地揭示个体从生到死、群体从家庭到村寨、社会从生产到生活的习惯法。

6. 以理论分析为目标。本书在当代瑶族习惯法调查、研究基础上进行理论创新，从现代法治、市场经济、现代化、文化等方面对瑶族习惯法进行理论分析，对西方强势话语下的法治在中国社会的处境进行反思，跳出"西方发展一元模式"理论定势，探索具有中国历史渊源、固有文化特点和适应现代农村社会治理的法律制度，寻求固有法资源的现代价值，从习惯法角度思考中国法治发展独特之路的可能性，建设法治的中国模式。瑶族习惯法在当代社会仍然具有广泛的影响，在中国法治建设中应当重视当代瑶族习惯法的积极功能，在国家法律发展中广泛吸纳瑶族习惯法的内容，实现瑶族习惯法与国家法制的融合发展。不过，本书在理论分析方面仍较为薄弱。

7. 以形成范例为追求。本书期望为我国的习惯法现实传承和当代弘扬的调查、研究提供一个范本，在基本立场、调查方法、研究对象、分析工具、基本资料、主要观点等方面提供我的经验、我的蓝本、我的思考、我的心得，供学界同人进一步调查、研究参考和批评。

习惯法为主要的乡土规范，为乡土法学的核心研究对象。调查、研究当代中国的习惯法对拓宽法学视野、提升本土法学水准有一定的理论意义。本书在研究思路、整体框架、材料获取、基本判断等方面有独特之处。

四

我在金秀的习惯法调查基本形式为个人独立进行，没有与地方政府等共同合作，为纯民间方式的调查、研究。这样做的好处在于能够避免合作方的干预和影响，自由决定研究主题、独立进行材料判断，尽可能地掌握客观情况；不利之处是调查条件比较艰苦，获得官方材料较为困难。有时我也通过朋友等个人资源以得到地方有关部门的配合。就习惯法调查、研究而言，我更愿意倡导这种更符合学术规律的方式。

当然，在调查、研究过程中，我也遇到了许多困难。金秀瑶族的支系较多，各地瑶族习惯法的内容、现实影响不尽一致，整体把握比较困难；有关当代瑶族习惯法的调查较少，既有研究比较薄弱，可供参考的资料较为有限；我不是瑶族，不懂瑶族的语言，与瑶胞特别是年长的老人交流存在障碍；没有连续几个月驻在调查点，因而全面理解习惯法现象还有一定的困难，也不易为调查者所真正接纳。这些不足在不同程度上影响了我对金秀地区习惯法的整体把握，也肯定会对本书的学术目标的实现产生某种影响。

同时，在当代中国习惯法体系中，瑶族习惯法的典型性和代表性也需要认真探讨。这是需要清醒认识和认真反思并努力克服的。

五

本书以广西壮族自治区金秀瑶族自治县为调查对象，全面探讨习惯法的现实表现和当代传承。全书分为上篇"传承篇"、中篇"弘扬篇"、下篇"吸纳篇"等三篇。

上篇"传承篇"包括《保留至今的物权习惯法——六巷"打茅标"考察报告》《沿袭传统的借贷习惯法——以六巷乡六巷村门头屯为对象》《延续至今的交换习惯法》《鸾凰相舞：传承至今的婚姻习惯法——以六巷乡六巷村上古陈屯覃振官与盘和珍婚姻缔结为考察对象》《金秀瑶族男女平等的分家析产习惯法》《市场经济条件下的瑶族互助习惯法——金秀六巷帮家屯互助建房考察》《承袭古风的公共事务习惯法——以六巷下古陈为对象》《怀念与安慰：全面保留的丧葬习惯法——以六巷乡六巷村泗水屯为例》《基本传留的山子瑶度戒习惯法——以2013年10月20—22日长垌乡滴水村田盘屯李继存度戒为考察对象》《泼粪阻止建房与传统习惯法——以大樟乡三古村快围屯的一起名誉侵权案为对象》《挂红习惯法的现代运用——金秀镇共和村田坪屯一起婚外男女关系纠纷的处理》《当今瑶山的神判习惯法——以金秀六巷泗水一起烧香赌咒堵路纠纷为考察对象》等文，分析传统习惯法的当代状况。

上篇着重展示当代社会民事关系、社会交往、纠纷解决中的习惯法，揭示固有习惯法的现代传承。

　　中篇"弘扬篇"包括《村规民约中的瑶族习惯法——以六巷乡为考察对象》《金秀瑶族第一块新石牌——长垌六架石牌的议订和完善》《发扬传统：1991年金秀镇六段屯的新立石牌》《重续石牌习惯法传统——2004年门头村的新立石牌》等文，主要探讨传统习惯法通过村规民约、新石牌等形式的弘扬。

　　《传承至今的山子瑶村老制度——以六巷帮家屯为考察对象》《帮家的"众节"习惯法——以2009年二月初一六巷帮家屯"众节"为考察对象》《现代化进程中的瑶族习惯法——以三角乡甲江村郎庞屯"做社"为对象》《当今民间庙宇的运作习惯法——以罗香龙军老山盘皇庙为对象》《作为非物质文化遗产保护的金秀瑶族石牌制保护》等文，对当代村老制、"众节"习惯法、"做社"习惯法的现今弘扬和瑶族石牌制保护进行了分析。

　　中篇着重展示当代社会公共生活、群体关系中的习惯法，描述习惯法的当今形态和现代生命力。

　　下篇"吸纳篇"包括《瑶族固有习惯法的现代价值——以〈大瑶山团结公约〉的议订为考察对象》《金秀瑶族自治县自治立法与习惯法的吸纳、弘扬》《国家审判机关对习惯法的尊重》《人民法院对当代瑶族习惯法的认可——以一起返还罚款纠纷案的审理为考察对象》《瑶族习惯法在人民调解中的运用——以一起相邻排水纠纷的调解为例》《人民调解员如何对待瑶族习惯法——一起误砍林木赔偿纠纷调解过程实录》《农村社区建设与瑶族习惯法——以金秀镇和平村林香屯为考察对象》等文，讨论了习惯法的现代意义和价值。

　　下篇着重展示地方国家权力机关、司法机关、行政机关等对习惯法的肯定、认可、运用，探讨国家对习惯法的现实态度。

　　结语从地方政府、民间力量、乡土法杰、教化培育等方面讨论了习惯法的当代传承与弘扬，并进行了简略的总结与思考

　　附录一"国家司法对习惯法的限制、否定"，有助于全面理解当代中国国家法与习惯法的关系。

　　附录二"金秀十年田野调查杂记"，作为背景性材料附入。

　　索引包括"习惯法规范""习惯法事例""习惯法文书"等三部分，以助检索。

　　正文前所附20张与习惯法有关的照片，较为直观地展示了当代习惯法的某些样貌。

需要说明的是，根据社会学的惯例，为保护当事人的隐私和尊重访谈对象，本书中的绝大部分人名和少数地名进行了化名处理，特此说明。

由于各章的成文时间不一，前后跨度较大，因而在统计数据等方面全书并不一致，敬请理解。

六

本书完成以后，我在广西金秀瑶族地区的习惯法调查、研究将告一段落，但是今后我仍然会关注金秀瑶族习惯法的发展，也会争取尽可能每年到金秀进行调查，写作、发表有关金秀瑶族习惯法的作品。在习惯法调查、研究方面，下一阶段我将主要在经济较为发达的浙东农村地区进行我的调查、思考。

《论语》有云："君子欲讷于言而敏于行。"诚是斯言。

《习惯法的当代传承与弘扬——来自广西金秀的田野考察报告》后记

本书是我有关习惯法研究和瑶族法研究的最新成果。

我的习惯法研究主要成果有《中国习惯法论》（初版，湖南出版社 1995 年版；修订版中国法制出版社 2008 年版）、《中国少数民族习惯法研究》（清华大学出版社 2003 年版）、《瑶族习惯法》（清华大学出版社 2008 年版）、《习惯在民事审判中的运用——江苏省姜堰市人民法院的实践》（两主编之一，人民法院出版社 2008 年版）等。我主编的《习惯法论丛》已经出版了《当代中国民事习惯法》（法律出版社 2011 年版）、《当代中国少数民族习惯法》（法律出版社 2011 年版）、《当代中国婚姻家庭习惯法》（法律出版社 2012 年版）、《当代中国的社会规范和社会秩序——身边的法》（法律出版社 2012 年版）、《当代中国法律对习惯的认可研究》（法律出版社 2013 年版）等。这些论著对推进我国的习惯法研究产生了积极的影响。

这几年，我的瑶族法研究方面已经出版了《瑶族习惯法》（清华大学出版社 2008 年版）、《国家政权对瑶族的法律治理研究》（中国政法大学出版社 2011 年版）、《瑶族经济社会发展的法律问题研究》（合著，第一作者，中央民族大学出版社 2008 年版）、《桂瑶头人盘振武》（中国政法大学出版社 2013 年版）等。这些作品内容涉及瑶族习惯法、国家政权对瑶族的法律调整、瑶族经济社会发展中的法律问题、瑶族乡土法人物，时间横跨古代、近代和当代。我的瑶族法研究也算小成规模。

本书是我将习惯法的研究视野转到当代中国的成果之一。本书主要以广西壮族自治区金秀瑶族自治县为田野调查和实证研究对象，从某一瑶族地区来对习惯法的现实表现和当代传承进行较为全面的描述、探讨和分析。

本书主要建立在我的田野调查基础之上。从 2004 年开始，我就到广西壮族自治区金秀瑶族自治县进行了 23 次调查，具体实地调查时间为：2004 年 4 月 20 日—4 月 25 日、2006 年 12 月 12 日—12 月 22 日、2006 年 12 月 28 日—2007 年 1 月 2 日、2007 年 11 月 28 日—12 月 2 日、2007 年 12 月 20 日—12 月 28 日、2008 年 9 月 26 日—10 月 6 日、2008 年 10 月 29 日—11 月 3 日、2009 年 1 月 8 日—1 月 15 日、2009 年 1 月 19 日—1 月 24 日、2009 年 2 月 22 日—2 月 28 日、2009 年 5 月 3 日—5 月 5 日、2009 年 6 月 3 日—6 月 5 日、2009 年 11 月 20 日—11 月 26 日、2009 年 12 月 26 日—2010 年 1 月 10 日、2010 年 8 月 20 日—25 日、2011 年 8 月 8 日—8 月 16 日、2012 年 9 月 11 日—9 月 16 日、2012 年 10 月 24 日—10 月 28 日、2013 年 5 月 30 日—6 月 3 日、2013 年 10 月 18 日—10 月 23 日、2014 年 9 月 24 日—9 月 29 日、2014 年 11 月 5 日—11 月 10 日、2014 年 12 月 4 日—12 月 8 日等。虽然由于条件所限，没有进行长时间的连续调查。不过，在这些调查中，我仍然有诸多所得。在田野调查时，我参与、观察了各种习惯法活动，访问了众多熟习习惯法的人士，见识了不少习惯法方面的实物，搜集了许多习惯法方面的文书。金秀的调查生活虽然较为辛苦，但是心情是愉快的、经历是难忘的、收获是丰富的。

通过金秀这十年的调查，我更加认识到习惯法的旺盛生命力，体会到传统规范的现实拘束力，增进了对中国社会秩序维持机制的理解。这十年中，我也时时感受到浓浓的情意，那真诚的笑容、无私的帮助永远温暖着我前行。

本书为来自田野的习惯法考察报告。我秉持发现客观事实、总结现有存在的态度探讨习惯法。在我看来，认真梳理事实为探讨现代中国法治建设中习惯法的前提。在现阶段的习惯法研究方面，我反对过度解释，价值问题须在了解全部事实、把握具体细节的基础上进行讨论，制度安排和完善更需要明了事实。

唐代诗人贾岛《剑客》诗云："十年磨一剑，霜刃未曾试。今日把示君，谁为不平事？"我在金秀的习惯法调查前后算起来有十年时间了，虽然这十年没有把全部精力都用在这上面，因而谈不上十年磨一剑，但是这为我这十年中最重视的事情却是无疑的。我非常珍视本书，虽然还有不少不足和遗憾。

在金秀调查时，我得到了金秀瑶族自治县各界人士的热情支持、配合，特别是盘振武、庞贵甫、蒋贵青、蓝振光、盘义勇、盘敏强、盘日辉、蓝扶布、胡汉光、胡敬才、赵金财、李高峰、苏立平、苏孟军、庞贵府、苏国英、陈飞、冯成贵、李志安、邓家红、苏现廷、苏德富、李广文、李东风、赵能钊、王世超、徐琼、韦娟、赵东渐、相金德、胡明、韦永瑜、黄通德、文建春、陆志忠、梁雪松、李新光等人惠助良多。没有他们和许许多多没有列名的人士的理解、支持和帮助，本书的调查、研究就不可能完成。在某种意义上，金秀瑶胞才是本书的真正作者。周伟平、李远龙、陆进强、戴志远夫妇等为我在金秀的调查也提供了一些帮助。谨向所有给予我帮助的人士表示我诚挚的谢意。

在这些年的调查中，我得到金秀镇六拉村村民委员会、六巷乡六巷村村民委员会、金秀镇司法所、六巷乡人民政府、金秀瑶族自治县司法局、金秀瑶族自治县人民法院等单位、团体的协助、支持，谨致谢意。

本书的部分内容在一些学术期刊和文集上已经发表，如《现代化进程中的瑶族"做社"活动——以广西金秀郎庞为例》发表在《民族研究》2007年第2期；《人民调解员如何对待瑶族习惯法——广西金秀一起误砍林木赔偿纠纷调解过程实录》发表在《云南大学学报（法学版）》2010年第5期；《尊重与吸纳：民族自治地方立法中的固有习惯法——以〈大瑶山团结公约〉的订立为考察对象》发表在《清华法学》2012年第2期；《传承和弘扬：瑶族习惯法在人民调解中的运用——以广西金秀一起相邻排水纠纷的调解为例》发表在《北京航空航天大学学报（社会科学版）》2012年第2期；《瑶族习惯法在人民调解中的运用——以广西金秀一起相邻排水纠纷的调解为例》，收入张永和主编的《社会中的法理》2010年第1卷（法律出版社2010年版）、《人民法院对当代瑶族习惯法的认可——一起返还罚款纠纷案的审理为考察对象》，收入张文显、黄文艺主编的《法理论丛》第5卷（法律出版社2011年版）。感谢这些期刊和编辑对我的研究的肯定和支持。

另外，《传承至今的瑶族神判习惯法——以广西金秀六巷泗水一起烧香赌咒堵路纠纷为考察对象》，收入我主编的《当代中国少数民族习惯法》（法律出版社2011年版）；《当今瑶族的婚姻习惯法——广西金秀六巷古陈三代四人自身婚姻经历的讲述》，收入我主编的《当代中国婚姻家庭习惯法》（法律出版社2012年版）。

需要说明的是，有的文章是与罗昶教授合作发表的。《瑶族村规民约的内容与固有习惯法——以广西金秀六巷为考察对象》[《云南大学学报（法学版）》2008年第5期]、《村规民约的实施与固有习惯法——以广西壮族自治区金秀县六巷乡为考察对象》（《现代法学》2008年第6期）两文是由我和罗昶共同调查和讨论、并由罗昶单独署名发表的，这次蒙她允许将有关文章作为第十三章收入本书中。《市场经济条件下的瑶族互助习惯法——以广西金秀六巷帮家屯互助建房为考察对象》（《比较法研究》2008 年第 6 期）与《现代法治建设中的帮家"众节"习惯法——以 2009 年二月初一广西金秀帮家"众节"为考察对象》（《政治与法律》2010 年第 2 期）发表时署名为罗昶、高其才；《尊重与吸纳：民族自治地方立法中的固有习惯法——以〈大瑶山团结公约〉的订立为考察对象》文发表在《清华法学》2012 年第 2 期时署名为高其才、罗昶。这三文蒙她允许收入本书中。

我撰著的与金秀地区习惯法相关的作品还有《桂瑶头人盘振武》（《乡土法杰》丛书 1，中国政法大学出版社 2013 年版）、《瑶族石牌习俗传承人蓝扶布》（载高其才：《跬步集——五十自述》，中国政法大学出版社 2014 年版）、《陈飞印象》（载高其才：《在乡村路上——四乡人印象四村行》，中国政法大学出版社 2012 年版）、《广西金秀长峒六架行》（载高其才：《在乡村路上——四乡人印象四村行》，中国政法大学出版社 2012 年版）等。有兴趣的读者可以一并阅读。

本书为由我负责的 2013 年度国家社会科学基金后期资助项目"习惯法的当代传承与弘扬"（批准号 13FFX019）的最终研究成果。在前期查时，也得到了 2010 年度教育部人文社会科学研究规划基金项目一般项目"习惯法的当代传承和现代价值——以广西金秀瑶族为考察对象"（项目批准号 10YJA820021）和 2011 年清华大学自主科研计划课题 Z04 中国重大社会经济文化问题研究专项《瑶族习惯法与法治现代化关系研究》（项目编号 20111081094）的资助。感谢全国哲学社会科学规划办公室、教育部、清华大学的研究资助。在申请国家社会科学基金后期资助项目时，郭道晖教授、王晨光教授给予了积极的推荐；在申请清华大学自主科研计划课题时，施天涛教授、张明楷教授、汤欣副教授给予了大力的支持。我向他们表示真诚的感谢。

张哲、周伟等承担了一些调查材料的录入等事务，我也向他们表示感谢。

由于时间、能力等因素的制约，本书离自己原来的设想还有不少距离，感觉是在匆匆忙忙中完成的，不少部分还比较粗糙，尚需要作进一步的分析、探讨。由于文章是陆续写成的，某些数据为当时的材料，可能有些陈旧，这次没有全部替换，特此说明。敬请读者诸君对本书的不足提出批评、指正。

由庄奴作词、汤尼作曲、邓丽君原唱的电影《原乡人》的插曲《原乡人》中有这样的词句：

> 我张开一双翅膀，
> 背驮着一个希望，
> 飞过那陌生的城池，
> 去到我向往的地方，
> 在旷野中我嗅到芬芳，
> 从泥土里我摄取营养，
> 为了吐丝蚕儿要吃桑叶，
> 为了播种花儿要开放，
> 我走过丛林山岗，
> 也走过白雪茫茫，
> 看到了山川的风貌，
> 也听到大地在成长。

每每听到这一歌，我的心都情不自禁为之颤抖。我向往那样一种意境，也不由自主地回忆起往日的田野调查时光。我的心在中国的乡野，我的学术生命来自大地和泥土。我愿意继续走在乡土路上。

高其才

2014 年 12 月 25 日暖阳下

《当代中国的刑事习惯法》前言[*]

作为古老的社会规范，刑事习惯法在中国社会一直存在、长期存在。如唐朝樊绰所著的记载南诏史事的史书《蛮书》就记载了云南地区刑事习惯法对通奸者的处罚："嫁娶之夕，私夫悉来相送。既嫁，有犯男子，格杀无罪，妇人亦死。或有强家富室，责盗财赎命者，则迁徙丽水瘴地，终弃之张，不得再合。"

刑事习惯法的内容丰富，包括认定条件、处罚程序、责任形式、例外处理等规范，涉及侵犯财产、人身等个体、群体利益行为的处理，包括违反公共利益的行为、侵犯人身权利的行为、侵犯财产的行为等，主要为有关偷盗行为、奸淫行为、危害社会秩序行为等的认定、处罚和执行规范。我国少数民族地区的刑事习惯法规范更为全面、完整。

刑事习惯法包括实体规范和程序规范两方面，为复合性规范，具有混合性、共生性、整体性的特点。刑事习惯法既涉及具体权利义务的规定，也涉及程序安排、实施环节等规范。刑事习惯法的处罚方式有罚款等财产罚、"喊寨"等精神罚、殴打等身体罚等，往往多种方式混合并罚。刑事习惯法广泛使用罚款这一处罚方式；由于缺乏条件，通常没有自由刑；根据受害对象具体情况的不同，刑事习惯法的具体处罚和实施而有所不同。

在生成方式上，刑事习惯法具有内生性。刑事习惯法的立法者、创法者并非某一特定的国家机关，而是处于特定社会时空中的民众。刑事习惯法的生成是自生自发于日常社会生活之中，受到生产条件、生活状态、历史传统等的影响，在生产、生活过程中"俗成"而生。在某种状况下，刑事习惯法也有"约定"即一定范围的社区民众有意识地议定而生的，但这一生法方式

---

[*] 高其才主编：《当代中国的刑事习惯法》，中国政法大学出版社 2016 年版。

为次要方式。刑事习惯法表征着民众的自发性、创造性。

刑事习惯法涉及秩序维护与自由保障问题。刑事习惯法具有突出的秩序维持价值，在处罚违法行为、维护社会秩序、保障民众权益、维护社区安宁、实现社会控制方面具有明显作用。刑事习惯法也可能侵害个人自由、损害个体人格。

刑事习惯法具有处罚、威慑、教育、预防等广泛的功能。在维护传统道德观念、传承固有文化方面也有一定的意义。

作为一种地方性知识，刑事习惯法具有一定的地域色彩。刑事习惯法对本管辖地区内的成员具有有效性，其效力范围仅及于一定的村落、地区或民族。由于生产方式、生活方式的各异，以及地理环境、气候状况、人口数量、经济发展等的有别，各地刑事习惯法的规范内涵、执行方式等各有特点。刑事习惯法涉及地方特殊与国家统一问题，关系到规范的本土性与统一性问题。

从刑事习惯法角度，就侵害的法益而言，不仅仅为直接当事人的财产权、人身权，也侵犯了整个社区的安宁权、安全权，因此侵害的法益为复合法益。故社区成员共同参与处罚、追究责任，恢复社会秩序。刑事习惯法的实效来源于乡民的团结和自觉参与。刑事习惯法具有团体本位特点，表现出某种程度的民主色彩。

相比于国家刑法的注重形式理性，刑事习惯法更具有实质理性的特点。刑事习惯法内容较简单，规范较粗糙，含义较模糊，主要着眼于已经发生行为的处罚和解决，更突出结果的合理性和公平性，因而凸显实质理性的色彩。刑事习惯法在可预测性和确定性方面有其自身的不足。

刑事习惯法涉及私与公、群体与政府、社会与国家的关系问题。刑事习惯法关系到行为由民众还是国家来进行定性、由民众还是国家来进行处理、社会自治还是国家管治问题，关系到社会与国家的分工、分权的治理边界问题。刑事习惯法体现了社区、群体、社会维护自身权益的要求和力量，表现出一定程度的与政府、国家的分权和对抗色彩。刑事习惯法在保障社区民众的私权、限制国家的刑罚权、促进社会与国家的互动与平衡方面具有一定的意义。

刑事习惯法在我国现实生活中具有普遍的表现，呈现很强的社会效力，有着深厚的社会文化心理和现实条件。刑事习惯法因民众存在着共同的法利益、分享着共同的法感情、拥有着固有的法思维而有着牢固的现实基础，难以被国家法律以强制的方式直接取代或消解。

在民众的日常生活中，国家法律意义上的刑事生活和刑法解决占有一定的地位；同时，他们往往遵循惯性对许多行为更倾向于按照刑事习惯法进行处理，或自忍，或调解，或责罚，或个体处理或群体处理，进行各种形式的私力救济。民众多浸染在刑事习惯法的世界中。

刑事习惯法与我国《刑法》《治安管理处罚法》等国家法律、法规的关系较为复杂。在处罚范围方面，刑事习惯法与国家法律既有相同之处，又有相异之处。如偷盗、抢劫、纵火、强奸、杀人等行为均为刑事习惯法和国家法律所不容；而有些行为如通奸行为，国家法律不以为罪，而在刑事习惯法中可能为违法行为；刑事习惯法中不以其为违法行为的，国家法律中为违法犯罪行为，如有的少数民族地区的早婚现象可能触犯国家《刑法》中的奸淫幼女罪；地方习惯法中"打小偷"是乡民义务，而在国家法律中可能成为侵害人身类违法犯罪行为。在处罚方式方面，刑事习惯法与国家法律也可能存在抵触之处。刑事习惯法多适用人格尊严罚、名誉罚，这可能触犯国家法律。此外，刑事习惯法还能在一定程度上起着弥补国家刑事制定法的功能，为国家刑事制定法的发展和完善提供基础。

习惯法非为当代中国刑事法律的正式法律渊源。根据罪刑法定主义，制定法为当代中国刑事法律唯一的正式法律渊源，这意味着排斥或者禁止习惯法在刑法领域内的适用。学界也普遍承认习惯法作为我国刑法的非正式法源，在构成要件符合性、违法性和有责性的判断中可以起到解释作用，在量刑环节可以排除或减轻行为人刑事责任，进而有助于发挥刑法的法益保护和人权保障机能。

不过，需要注意的是，我国《刑法》第 90 条规定："民族自治地方不能全部适用本法规定的，可以由自治区或者省的人民代表大会根据当地民族的政治、经济、文化的特点和本法规定的基本原则，制定变通或者补充的规定，报请全国人民代表大会常务委员会批准施行。"这表明民族自治地方的省级人民代表大会根据当地民族的政治、经济、文化的特点和刑法典的基本原则制定的变通或补充规定，也可谓刑法的正式法律渊源，但这种规定只在特定地域适用，没有普遍效力。

从某种角度上认识，刑事习惯法争夺国家的刑事案件管辖空间，对国家刑罚权及刑事司法权的专属性产生挑战，对国家刑事司法公信力产生某些影响，干扰国家刑事司法活动。不过，从法律的社会效果出发，我国的行政机关、司法机关在实践中较为重视刑事习惯法，通过"被害人过错""社会民愤""危害后果"等角度参照刑事习惯法的某些内容。从有利于保障被告人人权方面考量，法官应更积极考虑、参照刑事习惯法的有关规范，宜以刑事习惯法上之正当性来排除行为之实质违法性。在国家刑事和解制度、刑事被害人国家补偿制度社区矫正制度等的建立和完善过程中，刑事习惯法的某些理念、规范具有一定的借鉴意义。从节约司法成本角度，刑事习惯法也能够提供一定的经验。

当代中国的刑事习惯法呈现某种变迁的趋势。在依法治国、全面推进社会主义法治建设的背景下，刑事习惯法的地位有一定的下降，刑事习惯法的功能有一定的限缩。不过，刑事习惯法新的规范也有一定的出现、生长。总体而言，刑事习惯法在中国社会将长期存在，在法治国家、法治社会建设中发挥其作用。我们需要尊重刑事习惯法的客观存在，把握刑事习惯法的基本内容，分析刑事习惯法的具体功能，吸纳与扬弃并重，利用与排斥共举。

《当代中国城市习惯法》导言*

在我看来，习惯法可从国家法范畴和非国家法范畴两方面进行理解。非国家法意义上的习惯法，是独立于国家制定法之外，依据某种社会权威和社会组织，具有一定的强制性的行为规范。[1]本书讨论的当代中国城市习惯法为非国家法意义上的习惯法。

当代中国城市习惯法为1949年新中国成立以后的城市习惯法，为中国大陆地区的城市习惯法。

城市习惯法或者称都市习惯法是与乡村习惯法相对而言的，泛指随着城市的形成、发展而出现的习惯法，是在城市地区存在和发挥作用的习惯法，是规范城市市民行为和城市社会组织的行为规范。城市习惯法与工业、服务业等经济形态相关联。本书讨论的城市习惯法不包含小城镇的习惯法。

城市习惯法为较晚形成的习惯法。城市为"城"与"市"的合成词，晚于村、乡的出现。在古代，"城"主要是为了防卫，并且用城墙等围起来的地域。《管子·度地》说"内为之城，外为之廓"。"市"则是指进行交易的场所，"日中为市"。按照《辞源》的解释，城市为人口密集、工商业发达的地方。根据《城市规划基本术语标准》，非农牧业，以二、三级产业人口为主要居民时，就称为城市。在我国，包括按国家行政建制设立的直辖市、市、县级市。按照社会学，城市被定义为具有某些特征的、在地理上有界的社会组织形式。真正意义上的城市是工商业发展的产物。城市的出现，是人类走向成熟和文明的标志，也是人类群居生活的高级形式。城市具有行政、经济、文化、交通等多方面的功能。城市是具有自然、社会、经济特征的地域综合

---

* 高其才主编：《当代中国城市习惯法》，中国政法大学出版社2020年版。

〔1〕 高其才：《中国习惯法论》（第3版），社会科学文献出版社2018年版，第3页。

体，兼具生产、生活、文化等多重功能，与乡村互促互进、共生共存，共同构成人类活动的主要空间。城市社区的各种制度规范以及习惯即习惯法相互配合，以维持城市生活的协调进行。

城市习惯法的形成是工商业发展的结果，并随着工商业的不断发展而日渐丰富、完善。城市习惯法的形成遵循内生机理，为满足城市工商业发展和城市市民生活需要而生长、创制。城市习惯法主要由内生而形成，也有部分为有意识制订而产生。

由于城市中社会组织的多元，城市习惯法的创制主体非常丰富，包括政府机构、基层群众自治性组织、企业、学校等非营利性社会团体等。

政府机构包括立法机关、司法机关、行政机关、党群组织等。这些国家机关、政府机构、社会组织制订的内部人、财、物及其工作制度属于城市习惯法范畴。

城市基层群众自治性组织在我国为居民委员会。居民委员会是依法自我管理、自我教育、自我服务的群众性自治组织，并实行民主选举、民主决策与民主监督。我国《城市居民委员会组织法》规定，居民会议由居民委员会召集和主持，讨论制定居民公约；居民公约由居民委员会监督执行；居民应当遵守居民会议的决议和居民公约；居民公约的内容不得与宪法、法律、法规和国家的政策相抵触。居民会议的决议和居民公约即属城市习惯法之列。

企业为城市的主要团体。为保障日常的生产、经营活动，企业制订了章程、制度、标准、办法、守则等，作为企业员工的行为规范和准则。这些企业规范为重要的城市习惯法。

城市中有大量的政治、宗教、科技、文化、艺术、慈善事业等非营利性的社会团体，这些协会、学会、基金会、志愿者组织等社会团体的章程、规章制度等构成了城市习惯法的主要部分。

城市有大中小学等教育组织，这些学校制订的章程、规定等规范也为城市习惯法。学校章程的内容包括总则、职责和任务、学生和教职工、管理和机构等，为主要的学校规范。学校还制订了有关教职工、学生的规章制度。

城市习惯法既有不成文的习惯、惯例，也通过成文的规范性文件予以表达。城市习惯法的表现形式多种多样，包括公约、决议、章程、制度、办法、守则、规定、规范、规则、规约、须知等。具体如《四川省成都市高新区合作街道清江社区 68 号大院居民管理规约》《贵州省遵义市遵义县乌江镇乌江社区关于整治滥办酒席滥吃酒席的居规民约》《云南省地震局机关国内公务接待管理办法》《共青团吉林省四平市委机关保密工作制度》《重庆大学艺术学院党委会议制度及议事规则》《浙江省玉环市中医院人事管理制度》《上海迪士尼乐园游客须知》《山东鲁能积成电子股份有限公司薪酬制度》《中国移动通信集团河南有限公司员工违纪违规处分条例（试行）》《中国法学会法理学研究会章程》《海南省海口市旅行社协会章程》《中国发展研究基金会章程》《宁夏回族自治区吴忠中寺礼拜大殿管理规定》等。

城市习惯法全面调整城市各类主体的行为，涉及城市社会的各方面社会关系。如学校方面的规章制度包括教师的工作制度，如办公制度、学习制度、会议制度、课堂教学常规、请假制度、考勤制度、制定教学计划制度、集体备课制度、教师上课制度、教师听课制度、作业布置及批改制度、教学质量监控制度、调课和代课制度等；学生的学习制度，包括学生考勤和请假制度、学籍管理制度、招生制度、课务管理制度、课堂教学常规、一日礼仪、学生安全教育规定、安全教育公约等；财会制度，包括财产管理制度、领借物品制度、财务制度等；校园管理制度，包括安全防范制度、安全工作措施、消防安全管理制度、食堂安全卫生制度、非用工人员管理制度、绿化管理制度、校舍维修管理和检查制度、禁烟制度等；奖惩制度，包括文明班级条件、先进班集体条件、文明学生条件、三好生条件、各类积极分子条件、优秀班主任条件、全勤和加班奖、教育达标奖条件、学生违纪处分规定等。

如企业规范的内容涉及员工守则、薪酬制度、考勤制度、岗位规范、形象规范、言语规范、社交规范、商业秘密、安全卫生环境、上网规范、人际关系、奖惩制度等。同时，企业还涉及许多商事习惯、交易惯例等城市习惯法。

通常而言，城市习惯法内容丰富，包括组织与人员习惯法、民事活动习惯法、商事活动习惯法、社会交往习惯法、秩序维持习惯法、纠纷解决习惯法等方面。

城市习惯法一般由制订的组织依其权威保障实施，有的还有专门的执行、监督机构，如企业的监察部、廉政部、舞弊风险管理部门等。

当然，城市习惯法主要依靠成员的自觉遵守而得以实施。成员对习惯法基本精神的认同，成员对习惯法作用的接受，成员对习惯法对自身利益保障的肯定，这些都影响着城市市民对城市习惯法的接纳和遵行。

违反城市习惯法的责任根据具体组织、规范而有差异，通常包括教育、通报批评、做出检讨、警告、严重警告、经济处罚、记过、记大过、降等、降级、留组织察看、解除关系、劝退、辞退、撤职、开除等，也可能包括某种形式的不与往来等隔绝方式。这些行使城市习惯法规定的权利不当或违反城市习惯法规定的义务的责任承担方式为财产、精神等方面的具体不利后果。违反城市习惯法的责任承担主体有自然人也有组织。

基于城市社会主体的繁杂、往来的繁多、关系的繁复，城市习惯法呈现出多样性、开放性、自治性、客观性的特点。

相比乡村社会组织、社会关系的简单、稳定，城市习惯法创制主体多样、内容多元，表现出多样性的特点。

城市一直是创新的来源、新创意的诞生地，也是人类创造力的旺盛所在。因此相比乡村的封闭性，城市习惯法体现出活跃的状态，具有不断调整新的社会关系而有开放性的特质。

城市习惯法是城市社会组织、社会团体自我治理、自我服务的规范，重在内部管理，具有自治色彩。

城市主要为陌生人的世界，城市习惯法相应地具有客观性的特质，更强调按照规范平等地调整社会关系，受主观情感的影响相对少一些。

随着城市的发展，城市习惯法也随之不断丰富、完善和发展。这既表现在类型的增加、内容的扩张，也表现在实施的强化、效力的增强。

随着城市由工业社会向工商社会、金融社会、网络社会的不断发展，城市习惯法不断增加新的内容，推进城市和整个社会的发展。

人工智能等的发展给城市社会提出了新的发展机遇，也给城市秩序提出了新的挑战，需要新的城市习惯法予以及时规范和调整。

当代中国城市习惯法与我国法律的关系十分复杂。有的城市习惯法为国家法律所许可，予以一定的认可或授权；有的城市习惯法与国家法律相一致，精神、规范不与国家法律相冲突；有的城市习惯法补充国家法律，弥补国家法律调整的空白和局限；有的城市习惯法与国家法律不一致，与国家法律相矛盾。

应当正确处理城市习惯法与国家法律的关系，把握城市习惯法与国家法律相同与差异的方面，给予城市习惯法应有的地位和适当的作用空间，发挥城市习惯法的积极功能。

探讨当代中国城市习惯法，对于我们了解当代中国城市的社会治理、认识城市社会秩序的维系、发展城市的基层民主、激发城市的社会活力、促进社会多元发展、建设法治社会法治国家、推进经济社会文化发展具有重要意义。

思考城市习惯法对于发挥城市中的社会组织在法治社会建设中的主体作用具有积极意义。2014 年 10 月 23 日中国共产党第十八届中央委员会第四次全体会议通过的《关于全面推进依法治国若干重大问题的决定》指出完善和发展基层民主制度，依法推进基层民主和行业自律，实行自我管理、自我服务、自我教育、自我监督；推进多层次多领域依法治理，深入开展多层次多形式法治创建活动，深化基层组织和部门、行业依法治理，支持各类社会主体自我约束、自我管理；发挥市民公约、乡规民约、行业规章、团体章程等社会规范在社会治理中的积极作用；发挥人民团体和社会组织在法治社会建设中的积极作用；支持行业协会商会类社会组织发挥行业自律和专业服务功能；发挥社会组织对其成员的行为导引、规则约束、权益维护作用。可见行业协会商会等城市社会组织、市民公约行业规章团体章程等城市习惯法在城市的依法治理中具有基础性地位。这就给城市习惯法研究提出了鲜明的现实需要和时代价值。

探讨城市习惯法对于推进城市社会的发展具有积极意义。城市的多元社会的形成和市民社会的成熟有赖城市习惯法的规范和推进。国家法律如何对待城市社会组织的自治规约等习惯法，关系到国家与社会关系的合理界定和协调，需要进行深入探讨。

城市习惯法为一个较新的研究领域，以往学界的关注不多，研究较为薄弱。本书对当代中国城市习惯法的探讨也是初步的，是一个全新的开始，有待在深入进行田野调查的基础上，进一步进行理论思考。

《走向乡村善治：乡村治理体系研究》后记*

2018 年，我作为首席专家承担了研究阐释党的十九大精神国家社科基金专项课题"健全自治、法治、德治相结合的乡村治理体系研究"，批准号为 18VSJ064，资助金额为 60 万元，研究起止日期为 2018 年 2 月至 2019 年 12 月。我们于 2019 年 12 月 26 日按期报送了结项申请，经审核于 2020 年 12 月 15 日准予结项，证书号为 2020 VJ021。这一课题的调查、研究工作顺利完成。

由于我一直从事乡村习惯法的调查、研究，近些年又较多地关注村规民约。因此在 2017 年研究阐释党的十九大精神国家社科基金专项课题招标开始时，我注意到有乡村治理方面的课题，与我原来的兴趣点较为接近，乡村治理也非常值得思考，于是在与陈寒非、高成军、池建华等进行商量之后开始准备申报材料，并于 2017 年 11 月 26 日报送了投标申请书。

2018 年 3 月 1 日国家哲学社会科学规划办公室下发了立项通知书。由此，课题组即着手开始课题研究。在经费正式到账后，课题组于 2018 年 7 月 6 日在清华大学法学院召开了课题开题会，清华大学文科处、法学院领导出席了开题会，有关专家学者和课题组成员参加了开题报告会。课题组理清了课题研究思路，制定了具体的研究计划，进行了课题研究任务的分工，使课题的研究有序展开、循序渐进。

在课题研究过程中，课题组广泛搜集和整理了有关乡村治理的国家法律法规规章、地方性法规规章、国家政策、党的规范性文件、民间习惯法、村规民约、典型事例案例等，在此基础上对我国乡村治理的现状、乡村治理存在问题、乡村治理的进一步发展等问题，进行了分析和思考。

为做好课题研究工作，课题组十分重视田野调查。我们从 2018 年 6 月至

---

* 高其才等：《走向乡村善治：乡村治理体系研究》，中国政法大学出版社 2021 年版。

2019 年 11 月，先后进行了 30 多次田野调查。如 2019 年 3 月 11 日至 14 日，高其才、陈寒非、池建华、李亚冬到河南省信阳市平桥区赫堂村、光山县大苏山管理区敖洼村、蓝天茶业、晏河乡帅洼村、诚信公司、文殊乡东岳村、砖桥镇桦昌生态园、凉亭乡马山岭茶园、白雀园镇、孙铁铺镇江湾村、寨河镇杜岗村等地进行调查，与中共光山县政法委员会、光山县信访局、司法局、公安局、民政局、人民法院、人民检察院等进行座谈。2018 年 7 月 14 日至 15 日，高其才、高成军、马敬到甘肃省兰州市安宁区桃林村进行调查。2018 年 8 月 15 日至 16 日，高其才、陈寒非到青海省西宁市城中区总寨镇新庄村、塘马坊村，湟中区拦隆口镇卡阳村进行调查。2019 年 8 月 27 日至 30 日，池建华、李亚冬到安徽省投集团、金寨县古碑镇水坪村、宋河村进行调查。2018 年 8 月 13 日至 14 日，陈寒非到青海省海东市乐都区碾伯镇八里桥村、西岗村、高庙镇寺磨庄村、脱贫攻坚指挥部、区人民法院、汉庄人民法庭进行调查。2019 年 1 月 17 日至 20 日，池建华到浙江省桐乡市高桥街道越丰村、屠甸镇荣星村梧桐街道杨家门社区进行调查。2019 年 4 月 1 日至 4 日，池建华到浙江省象山县墙头镇溪里方村、方家岙村，鹤浦镇小百丈村，石浦镇小湾村、沙塘湾村，茅洋乡花墙村，丹西街道北门村，象山农村产权交易服务中心，西周镇夏叶村、土下村，宁海县跃龙街道北山股份经济合作社，宁海县乡村治理培训中心，宁海县力洋乡海头村进行调查。2019 年 8 月 17 日-8 月 23 日，池建华到四川省昭觉县日哈乡觉呷村、四开乡梭梭拉打村、昭觉县脱贫攻坚指挥部进行调查。2019 年 10 月 18 日，池建华到北京市顺义区龙湾屯镇柳庄户村，通州区西集镇儒林村进行调查。2019 年 10 月 19 日，池建华到北京市延庆区刘斌堡乡下虎叫村、大庄科乡铁炉村进行调查。2019 年 12 月 16 日—12 月 19 日，池建华到浙江省台州市温岭市大溪镇桃夏村、流庆村、沈岙村进行调查。

　　我本人于 2018 年 6 月 19 日至 20 日，到湖北省京山市孙桥镇沙岭村、罗店镇马岭村进行调查；于 2018 年 7 月 19 日至 22 日，到广西壮族自治区金秀县金秀镇六仁村进行调查；于 2018 年 7 月 23 日至 25 日，到吉林省延边朝鲜族自治州和龙市东城镇光东村、西城镇金达莱村、头道镇龙门村、崇善镇上天村进行调查；于 2018 年 11 月 4 日，到贵州省锦屏县河口乡文斗村进行调查；于 2018 年 11 月 24 日，到湖北省利川市东城街道长堰村、交椅台村、杨柳村进行调查；于 2018 年 12 月 17 日，到江西省赣州市寻乌县人民法院、寻乌县镇太湖新村、南桥镇金桥村、留车人民法庭、留车镇庄干村进行调查；

于 2018 年 12 月 19 日，到江西省赣州市寻乌县吉潭镇圳下村、澄江人民法庭、澄江镇周田村；会昌县周田人民法庭、站塘乡官村村进行调查；于 2018 年 12 月 19 日，到江西省赣州市瑞金市叶坪人民法庭进行调查；于 2018 年 12 月 24 日，到山东省泰安市宁阳县人民法院、泗店人民法庭、东疏镇刘茂村、东疏镇胡茂村、东疏镇耿庄村进行调查；于 2018 年 12 月 25 日，到山东省泰安市宁阳县葛石人民法庭、葛石镇刘庄村进行调查；于 2019 年 1 月 15 日，到北京市石景山区北明软件公司进行调查；于 2019 年 1 月 21 日至 22 日，到广东省广州市增城区增江街道大浦围村、石滩镇水龙村、石滩镇下围村进行调查；于 2019 年 4 月 3 日至 5 日，到浙江省慈溪市附海镇海晏庙村进行调查；于 2019 年 4 月 21 日，到江苏省徐州市贾汪区耿集镇、贾汪区潘安湖街道办事处马庄村进行调查；于 2019 年 5 月 23 日，到云南省澄江市龙街街道立昌社区进行调查；于 2019 年 7 月 10 日，到贵州省贵阳市花溪区高坡乡云顶村进行调查；于 2019 年 7 月 12 日，到贵州省毕节市黔西市杜鹃街道大兴社区、黔西市人民法院、人民检察院、司法局进行调查；于 2019 年 7 月 13 日，到贵州省安顺市平坝区乐平镇塘约村进行调查；于 2019 年 7 月 21 日至 22 日，到宁夏回族自治区吴忠市农业农村局、红寺堡区农业农村局、利通区高闸镇高闸村、朱闸村、波浪渠村、杨渠村、红寺堡区新庄集乡杨柳村进行调查；于 2019 年 8 月 4 日至 9 日，到江西省赣州市寻乌县人民法院、澄江镇凌富村、丹溪乡岑峰村、菖蒲乡五丰村进行调查；于 2019 年 9 月 20 日，到陕西省西安市长安区东大街道大寺新村进行调查；于 2019 年 11 月 29 日，到浙江省慈溪市附海镇海晏庙村进行调查。

我们到村组、乡镇政府、县人民政府、县人民法院等处广泛搜集乡村治理方面的材料，实地观察乡村治理的具体状况，与村组干部、村民、政府官员等进行深入的访谈，全面了解各地乡村治理的实践，深化了我们对乡村治理体系的认识。

在课题研究过程中，课题组于 2018 年 9 月 12 日、2018 年 11 月 28 日、2019 年 1 月 6 日、2019 年 6 月 17 日、2019 年 10 月 8 日举行课题组会议，确定调查重点和研究思路，交流课题调查和研究进展情况，分享调查和研究心得，讨论相关文章初稿，进一步落实研究计划，不断推进课题研究。

在近一年半的时间里，我集中精力和时间，各位成员也高度重视课题研究，全力投入时间和精力承担课题研究任务，严格按照研究计划进行课题研究，保障了课题调查和研究任务的顺利完成。

课题组的不少成果以专题形式在刊物发表，如以"实施乡村振兴战略专题"在《学术交流》2018年第11期、第12期发表了四篇论文；以"法社会学视域中乡村治理体系的多元建构"专题在《甘肃政法学院学报》2019年第3期发表了四篇论文；以"基层治理研究"专题在《贵州大学学报（社会科学版）》2019年第3期、2019年第4期分别发表了三篇论文；以"社会治理法"专题在《上海政法学院学报》2019年第5期发表了三篇论文。我们的一些成果还发表在《光明日报》《法学杂志》《政法论丛》《广西民族研究》《中国农业大学学报》《法治现代化研究》《农业经济问题》《西部法学评论》《西昌学院学报（社会科学版）》《人大法律评论》等报刊。这些专题研究成果在学术界引起了较为广泛的关注。

课题组的一些成果被转载、摘载，如高其才、池建华发表在《学术交流》2018年第11期的论文《改革开放40年来中国特色乡村治理体制：历程·特质·展望》，被中国人民大学复印报刊资料《中国政治》等全文转载。陈寒非发表在《学术交流》2018年第11期的论文《乡村治理中多元规范的冲突与整合》被《高等学校文科学术文摘》2019年第1期转摘。

课题研究过程中还培育出3项国家社科基金课题，分别是陈寒非主持的国家社科基金青年项目"乡村振兴战略下乡贤治村问题的法律对策研究"（18CFX006）、池建华主持的国家社科基金青年项目"乡规民约在健全乡村治理新体系中的功能研究"（19CFX015）、王丽惠主持的国家社科基金青年项目"乡治体系变迁中的村规民约实施机制与困境应对研究"（19CFX014）。课题的阶段性研究成果分别荣获了第十三届中国法学青年论坛"新枫桥经验与社会治理创新"主题征文一等奖（2018年）、第十三届"中国法学家论坛征文奖"优秀奖（2018年）、中国农业农村法治研究会一等奖（2019年）、中华司法研究会民族法制文化研究专业委员会2019年学术年会一等奖（2019年）、第五届法治社会·长江（国际）论坛优秀奖（2019年）等奖励。这超过了预期目标，我们对此较为满意和欣慰。

本书为这一课题研究的最终成果，集纳了我们关于乡村治理的主要思考，个别章节为我们课题组成员前期的研究心得。我们认为走向乡村善治的核心在于建构科学的、完善的、协调的乡村治理体系，而乡村治理体系主要包括"谁来治理""依何治理"以及"如何治理"三个方面，其中"谁来治理"指向主体维度、"依何治理"指向规范维度、"如何治理"指向运行维度。因此，本书除导论外，主要由上篇"多种主体合作共治"、中篇"多元规范优化合治"、下篇"多重环节系统融治"构成。全书包括导论、正文四十章、附录三篇，作者如下：

高其才：导论、各篇导言、第一章、第二章、第三章、第四章、第六章、第七章、第八章、第九章、第十章、第十三章、第十五章、第十六章、第十七章、第二十四章、第二十七章（与陈寒非合作）、第二十八章、第二十九章、第三十章、第三十一章、第三十二章、第三十三章、第三十四章、第三十六章、第三十八章、第三十九章、附录3（与陈寒非合作）。

池建华：第五章、第十八章、第十九章、第二十二章、第二十五章、第二十六章、第三十五章、附录2。

王丽惠：第十一章、第四十章。

陈寒非：第十二章、第二十一章、第二十七章（与高其才合作）、附录3（与高其才合作）。

李亚冬：第二十章、第二十三章、第三十七章、附录1。

高成军：第十四章。

全书由我最后修改、定稿。池建华、高成军阅看了部分初稿，提出了一些修改意见。作为第一作者，全书由我负责。

本书阐释了乡村治理体系的理论内涵，描述了乡村治理的现实运行场景，系统总结了各地乡村的治理实践，合理构建了乡村治理体系的制度安排。本书意在打通乡村治理体系中主体、规范及运行相互阻隔的状态，实现乡村治理各要素融合发展，为乡村善治提供理论思考和对策建议。

按照学术惯例，本书中的一些地名、人名进行了化名处理。敬请诸位读者理解。

由于实际研究时间仅为一年半，影响了田野调查的广度和思考的深入；由于乡村治理体系为一个复杂的实践，特别是欠缺有深度的研究，可供参考的材料较为有限；由于课题组成员能力和水平的局限，因此本书存在总结提炼不够、理论分析较弱等不足，需要在以后的研究中进一步深入思考，也期待方家的批评指正。

本书为《乡土法学文丛》的第一本，我们期望以此为开端，较集中地展示我们在乡土法学方面的思考和探索。

从课题申请、课题调查、文稿撰写、论文发表到本书出版，我们得到了许多人的关心、支持和帮助，他们给予的温暖激励着我们前行。

作为课题首席专家和本书第一作者，我特别要向下列机构和个人表达敬意：

感谢何海波教授、聂鑫教授、蒋传光教授在课题申报阶段的大力支持，感谢陈寒非、高成军、池建华、李亚冬、吕川在课题申报阶段付出的辛勤劳动。

感谢梁上上教授、崔国斌副教授对本课题研究的关心和支持。

陈寒非、池建华、高成军、李亚冬、王丽惠、吕川、马敬、魏小强、任志军等各位课题组成员积极参加课题调查，踊跃参与讨论，认真撰写文稿；沈玉慧等积极参与课题调查。我向他们的支持、努力和合作表示由衷的谢意。本书凝聚了我们全体课题组成员的心血，是我们共同努力的结果。

本书的完成需要感谢诸多机构和个人在课题调查期间给予的关心和帮助。特别要感谢河南省光山县人民政府、河南省光山县司法局、吉林省和龙市人民政府、江西省寻乌县人民法院、宁夏回族自治区吴忠市农业农村局、贵州省锦屏县启蒙镇人民政府、锦屏县茅坪镇上寨长生会等机构对我们课题调查的支持。感谢孔凡文、忻思忠、魏明超、陈垣、张立、张翀、郭庆东、黄贤青、王奎、王亨相、杨培群、邓文炳、陆显彬、刘光环、吴化元、蔡恩恒、杨从书、庞贵赵、邹宇平、吕纲翔、徐俊、潘伯尘、刘慧鹏、罗国红、张磊、宿方瑞等朋友在田野调查中给予的理解、配合和各种帮助。

感谢车丕照教授、史玉成教授、孙培福教授、王明雯教授、方乐教授、刘宇琼编审、徐雨衡主任、杜娟主任、汤月仙主任、王琎博士、王勤美博士、罗柳宁编审、李广德博士等编辑朋友对我们课题组成果的充分肯定。他们认真地审阅和中肯的意见、建议进一步完善了我们的有关认识。

中国政法大学出版社一直以来都十分支持我们的学术研究。丁春晖主任为本书的出版付出了辛勤的劳动，他支持学术发展的情怀令我十分感动。

本书的出版意味着这一课题的完成，但我们对乡村治理的关注和思考并不会终结。期待我们有更多乡村治理、乡土法学领域作品的面世，进一步表达我们对中国问题的学术关怀，为推进乡村治理能力和治理体系的现代化做出我们的努力，为法学的中国化、为乡民的幸福、乡村社会的发展做出我们的贡献。

高其才

2020 年 12 月 27 日于京西明理楼

《通过村规民约的乡村社会治理》后记[*]

　　本书是我有关锦屏苗侗地区村规民约调查和思考的初步作品。

　　近些年，我到锦屏苗侗地区进行了八次田野调查，具体为：2015 年 10 月 1 日河口乡文斗村，10 月 2 日隆里乡隆里村，10 月 4 日彦洞乡瑶白村；2016 年 2 月 20 日彦洞乡瑶白村、黄门村，2 月 21 日隆里乡华寨村，2 月 22 日隆里乡隆里村；2016 年 6 月 20 日隆里乡隆里村，隆里乡华寨村；2016 年 7 月 18 日—21 日彦洞乡黄门村，7 月 21 日—23 日河口乡文斗村；2016 年 9 月 30 日茅坪镇上寨村，10 月 3 日—4 日平秋镇魁胆村和平翁村，10 月 5 日平秋镇石引村；2017 年 8 月 25 日启蒙镇边沙村，8 月 26 日彦洞乡瑶白村、黄门村，8 月 27 日平秋镇石引村、魁胆村，8 月 28 日平略镇永宁村、平鳌村，8 月 29 日茅坪镇上寨村；2017 年 11 月 18 日—20 日河口乡文斗村，11 月 21 日大同乡彰山村、敦寨镇雷屯村和亮司村，11 月 22 日彦洞乡黄门村、平秋镇石引村；2018 年 5 月 26 日平略镇平鳌村。

　　在调查时，我主要围绕村规民约向村党支部、村民委员会、村民小组的干部和村民做了全面了解、深入交流，也与乡镇干部、驻村的县乡干部等进行了讨论。同时，我也与锦屏县人民法院、锦屏县民政局、锦屏县档案局等单位的有关人士进行了广泛的交流。

　　田野调查期间，我实地感受锦屏苗侗地区村规民约内生的地理环境，了解古代约规内容与传承情况，全面搜集村规民约文本，认真查阅村规民约相关案件，广泛访问村组干部和村民，就村规民约与乡土秩序维护进行全面的调查和思考。虽然由于时间等因素的限制，调查的村寨不够广泛，调查也有

---

　　* 高其才：《通过村规民约的乡村社会治理——当代锦屏苗侗地区村规民约功能研究》，湘潭大学出版社 2018 年版。

待深入，但是调查的成果仍然让我欣喜。搜集的村规民约文本、了解的村规民约案件令我深深地感觉到村规民约在锦屏苗侗地区乡村社会治理的实际效力、现实活力和真实魅力。

贵州省、黔东南苗族侗族自治州、锦屏县的许多朋友为调查提供了各种帮助，特别是朱玉、潘玉凤、刘明波、石崇村、范烈梅、龙木秀、王明相、王泽梅、王奎、吴厚良、吴厚言、王光俊、彭泽良、石玉锡、吴云、龙本坤、赵光明、易遵华、姜秀全、滚明焰、龙桂庭、王亨相、龙运朝、王必久、王远河、杨从书、蔡恩恒、吴化松、刘光环、陆显斌、吴化元、杨培荣、龙安平、邓文炳、欧祝愿、吴桦佛、李建海等朋友的支持尤大，衷心感谢他们的理解和帮助。王奎局长多次陪同调查，尤为辛苦。

中南财经政法大学法学院武乾教授、首都经贸大学法学院陈寒非讲师和清华大学法学院博士生池建华、马敬、吕川、王丽惠参加了部分调查，感谢他们的参与和田野调查感受的分享。

本书为由我担任首席专家的研究阐释党的十九大精神国家社科基金专项课题"健全自治、法治、德治相结合的乡村治理体系研究"（批准号18VSJ064）和由我主持的清华大学自主科研计划文科专项 W04-文化传承研究专项"全面推进依法治国进程中的村规民约研究"（项目批准号2015THZWWH01）的阶段性成果。感谢全国哲学社会科学规划办和清华大学的研究资助。

本书的部分内容已经在《法学杂志》《南京社会科学》《学术交流》《人权》等刊物发表，感谢刘宇琼编审、朱末易研究员、马长山教授、朱力宇教授、叶传星教授等的肯定。

本书也是落实清华大学法学院与锦屏县人民政府于2016年6月20日签订的"锦屏文书抢救保护和研究利用合作协议书"的成果之一。村规民约为当代锦屏文书的组成部分，期望本书的出版能够推进锦屏文书研究领域的进一步拓展，使锦屏文书在当代社会发挥积极的价值。

作为《南方主要少数民族乡规民约与社会治理研究丛书》之一，本书的写作、出版得到了湘潭大学出版社的大力支持，章育良社长一直关心"丛书"的进展情况，黄琼编辑在前期申报、中期联络、后期编辑方面费心甚多。感谢他们的辛勤劳动。

由于调查时间、认识能力等的限制，本书难免存在不足甚至错误之处，敬请读者诸君提出以便改进。

高其才

2018 年 7 月 31 日于京西樛然斋

《南方少数民族村规民约汇编》后记[*]

  《南方主要少数民族乡规民约与社会治理研究丛书》编委会于 2016 年 7 月 1 日至 3 日召开第一次会议时，就确定了资料编的安排，并落实了汇编者，基本确定了汇编原则和完稿时间。之后由于原承担老师另有事情、难以如常完成，就由我接手汇编工作。在征求池建华的意见、得到他的支持后，最终确定由我们两人一起完成本汇编。

  此后，我们就通过各种方式搜集南方主要少数民族地区的村规民约。2019 年 12 月 7 日，我们进行了专门讨论，根据《南方主要少数民族乡规民约与社会治理研究丛书》的宗旨形成了汇编的共识，进行了分工，确定在寒假期间完成汇编工作。

  2020 年 1 月湖北省武汉市等地区发生新型冠状病毒感染的肺炎疫情后，我们搞好自身防护，闭门在家，在关心疫情防控的同时利用这一时间进行汇编，完成了这一工作。

  在具体分工方面，我主要承担苗族地区、彝族地区、侗族地区、瑶族地区、畲族地区的村规民约的汇编，其他南方少数民族地区的村规民约主要由池建华汇编。我们相互提供有关资料，不时就汇编中的一些问题进行讨论。全书由我最后统一阅看、定稿。

  本汇编共收录壮族、苗族、彝族、土家族、侗族、布依族、瑶族、白族、哈尼族、黎族、傣族、畲族、傈僳族、仡佬族、拉祜族、佤族、水族、纳西族、羌族、仫佬族、景颇族、布朗族、毛南族、普米族、阿昌族、怒族、京族、基诺族、德昂族、门巴族、独龙族、高山族、珞巴族等 33 个南方少数民

---

  * 高其才、池建华编：《南方少数民族村规民约汇编》（上卷、中卷、下卷），湘潭大学出版社 2020 年版。

族的村规民约共 521 件。上卷收录壮族、苗族、彝族、土家族、侗族、布依族等地区的村规民约，下卷收录瑶族、白族、哈尼族、黎族、傣族、畲族、傈僳族、仡佬族、拉祜族、佤族、水族、纳西族、羌族、仫佬族、景颇族、布朗族、毛南族、普米族、阿昌族、怒族、京族、基诺族、德昂族、门巴族、独龙族、高山族、珞巴族等地区的村规民约。

从时间看，本汇编收录的村规民约最早的为 1961 年 7 月 21 日的《贵州省黔南布依族苗族自治州都匀市凯口镇公元一九六一年七月二十一日起平心（新）大队岩脚寨对小偷处理规定》（布依族地区村规民约 20），最近的为 2020 年 2 月 10 日的《广西壮族自治区河池市天峨县六排镇纳洞村防控疫情"七个一律"临时村规民约》（壮族地区村规民约 10）。

从内容看，本汇编收录的村规民约大部分为综合性的村规民约，也有防火、治安、计划生育、移风易俗、农业生产、义务教育等专门性的村规民约，如侗族地区《贵州省黔东南苗族侗族自治州锦屏县彦洞乡瑶白村防火公约》（侗族地区村规民约 4，2011 年 3 月 20 日）、《广西壮族自治区金秀瑶族自治县罗香乡罗运村罗运屯治安民约》（瑶族地区村规民约 46，2010 年农历 3 月 15 日）、《贵州省黔南布依族苗族自治州荔波县佳荣镇大土村农业生产管理公约》（苗族地区村规民约 23，2006 年 12 月 1 日）等。

从主体看，本汇编收录的村规民约大部分为村民委员会制订的村规民约，也有由村民小组、自然村、屯、生产队等制订的村规民约，如《广西壮族自治区金秀瑶族自治县三角公社三角大队双河生产队林木生产责任制实施办法及护林公约》（瑶族地区村规民约 12，1983 年 3 月 29 日）。个别的村规民约以中心村为主体制订，如《贵州省黔东南苗族侗族自治州锦屏县平秋镇魁胆中心村村规民约》（侗族地区村规民约 18，2014 年 4 月 11 日）。个别的以乡人民政府的名义制订，如《广东省清远市连南瑶族自治县新寨乡人民政府乡规民约》（瑶族地区村规民约 49，1984 年 7 月 6 日）还有个别农改居但实仍为农村地区的村规民约，如《四川省凉山彝族自治州越西县普雄镇普雄社区居民公约》（彝族地区村规民约 51，2017 年 3 月 30 日）。

从传承看，本汇编收录的村规民约有不少与南方少数民族地区固有习惯法有明显联系，如《广西壮族自治区金秀瑶族自治县长垌乡六架村石牌》（瑶族地区村规民约 31，1983 年农历正月初三）即仿照金秀瑶族石牌习惯法而制订，《贵州省黔东南苗族侗族自治州从江县洛香镇洛香村中寨公约》（侗族地区村规民约 40，2012 年农历 1 月 15 日）为按照固有侗族固有习惯法款约以"第一款、第二款"形式进行表达。

从表达看，本汇编收录的村规民约基本上用汉字表示，但有个别用汉字和少数民族文字双语表达，如《四川省凉山彝族自治州越西县依洛地坝乡依吉村村规民约》（彝族地区村规民约 47，2017 年 3 月 30 日）；也有用地方方言表达的，如《云南省红河哈尼族彝族自治州开远市乐白道街道办事处红石岩村村规民约》（彝族地区村规民约 56，2017 年）。

我们相信本汇编较为全面地展现了南方少数民族地区村规民约的样貌，为认识南方少数民族地区村规民约在乡村社会治理中的积极作用、理解少数民族地区村规民约的文化传承和规范传承、把握村规民约的现实变迁和未来发展提供原始材料。

本汇编收录的村规民约主要由我们两位编者搜集和《南方主要少数民族乡规民约与社会治理研究丛书》的其他作者提供，部分由学界和民族地区的朋友提供，少量来自公开出版和刊发的著作、发表的论文和网络。感谢这些文著的作者。感谢提供村规民约的广西、贵州等南方少数民族地区的各位村组干部、村民、乡镇干部。感谢《南方主要少数民族乡规民约与社会治理研究丛书》的胡兴东、郭亮、王丽惠、陈寒非等各位作者。特别要感谢李剑、黄元姗、蓝法勤、卢燕、颜恺、罗云亮、刘坤强、蓝晓芳、杨雪莲等朋友的大力支持。

湘潭大学出版社的黄琼编辑在享受初为人母的喜悦和辛苦抚育女儿的同时精心编校，保证了本汇编的高质量面世。我们感谢她的敬业！

本汇编为 2019 年度国家社科基金青年项目"乡规民约在健全乡村治理新体系中的功能研究"（批准号：19CFX015）和 2019 年度国家社科基金青年项目"'乡治'体系变迁中的村规民约实施机制与困境应对研究"（批准号：19CFX014）的阶段性成果，为第四批青海省"高端创新人才千人计划"领军人才（柔性引进，青海民族大学）项目的成果。

由于我们的能力有限，也没有太多时间和精力进行专门的搜集，且受字数的限制，本汇编所收入的南方少数民族地区村规民约可能没有满足读者的期待，存在一些不足和局限，敬请批评指正。

落笔至此，我望着窗外夕阳西下时几无行人的上地街面，心中感到忧虑与惆怅。中国社会多灾多难，自然之力与社会之制交织形成了非常的庚子年

（鼠年）春节假期。这一时期，人性良恶毕露，人情冷暖尽现，人间甘苦自知，令人感慨万千。我对于未来的心情，恰如宋朝的贺铸在《青玉案》词中所云"一川烟草，满城风絮，梅子黄时雨"般。

高其才
2020 年元月 30 日于京城
2020 年 5 月 6 日再记

《法理学（第四版）》后记[*]

本书第三版出版以来，我国新制定实施了《民法典》等法律，学术界也发表、出版了不少新的作品。为此，需要对本书进行修订，以适应法律、法学和社会的变化，更好的满足读者的需要。

第三版出版以来，不少学生在阅读后向我表达了对本教材肯定的意思，令我十分欣慰。特别是一些素不相识的同学，对本书予以推荐，对著者的努力给予认可。如一个网名为"嫣然爆笑"的同学，2016年10月在腾讯网的"兴趣部落"发了《法学教科书，就看这一本——法学精品教材推荐（书目版）》一文，"在近几年的空余时间里，笔者经过在图书馆和网络上的多番勘察、仔细对比，得到以下一些法学教材书目"，推荐的内容标准为：①首要关注该教科书的体系设计：一般情况下不选取依据法条顺序编写的教科书，而是选取经过原理化的、体系不会随着现行法的修改而改变的教科书。②其次关注其信息量：既然只看一本，那么该教科书中所蕴含的信息量应当足以和多本教科书不相上下，如此才能减少阅读成本。③再次关注其形式：一本优秀的教科书应当用多种形式激发初学者的兴趣，如图表、案例、拓展等，而非始终严肃地使用"法言法语"。④最后关注其语言表达：是否严谨、是否流畅、是否生动。作者标准为：教科书的作者原则上是中国大陆地区学者，选择的唯一标准在于其作品质量，而非地位名声；个人独著。其中的"十六、法理学：从以上领域抽象出来的主题"推荐了两本教材：一为本书："【传统中寻求个性】高其才《法理学》（第3版，清华大学出版社2015年版）"，另一为"【思维引导模式】刘星《法理学导论》（修订版，中国法制出版社

＊ 高其才：《法理学》，清华大学出版社 2021 年版。

2016 年版）"。[1]这是学生的一家之言，不过我珍视这种民间的评价。

自第三版出版以后，我就一直为修订做准备，随时增添相关材料。本次修订，除了改正文字方面的错讹外，我增写了第十六章第六节"监察执法"，补充、更正了一下表述，替换了一些阅读、分析材料，增加了一些进一步阅读的文献，校正了有关法律条文。希望本版能够跟上我国社会和法治建设发展的步伐，反映最新的学术理念，并尽可能体现我的学术努力和内心追求。不过，限于能力和水平，本次修订仍为小的修改，没有做大规模的改动。原来想增加人名、书名、概念等索引，也考虑许久而暂时舍去。

在修订过程中，我看了当当网上购买本书第三版读者从 2015 年 10 月 16 日到 2020 年 7 月 28 日的所有留言，我也看了京东网上购买本书第三版读者从 2015 年 9 月 26 日到 2020 年 8 月 25 日的所有留言，感谢诸位购买者的购买。特别为网名为 m＊＊＊3、他山之人、hmsy0320、发＊＊＊牛、失眠者随笔等的理解而欣慰。对有的读者提出的字体、包装等方面存在的问题，我也与出版社进行了沟通，希望尽可能满足读者诸君的需要。期待读者进一步提出意见和建议，使本书能够不断完善。

本版由清华大学出版社的朱玉霞女士担任责任编辑，我感谢她的认真编校。

在阅读过程中，许多学生通过各种方式指出了本书存在的错漏。特别是中国政法大学学生白冉冉和李能娜、清华大学学生郭鹏、刘圣洁和高成军等，详细指出了书中的问题和可改进之处，我向她（他）们表示我的谢意。感谢何海波教授对我询问的及时回复。

本书第三版出版以来，我的个人生活发生了不小的变化，其间的经历一言难尽、甘苦自知。当年写作第三版后记的情景历历在目，而今五年过去，岁月流逝、身体变老、心态有异。我铭记亲友的关心、感恩生活的磨炼，仍会坦然面对、努力前行。我想心中有希望，生活总有意味！

西晋文学家、书法家陆机［公元 261 年—303 年，字士衡，吴郡（今江苏苏州）人］著有《文赋》，其中的"课虚无以责有，叩寂寞以求音。函绵邈于尺素，吐滂沛乎寸心。言恢之而弥广，思按之而逾深。播芳蕤之馥馥，

---

[1] 参见嫣然爆笑：《法学教科书，就看这一本——法学精品教材推荐（书目版）》，载 https：//www.sohu.com/a/201332911_ 650779，最后访问日期：2020 年 7 月 16 日访问。

发青条之森森。粲风飞而焱竖，郁云起乎翰林”令我感慨良多。“课虚无以责有，叩寂寞以求音”的境界令人神往，我特录之，与读者诸君共勉。

高其才

2020 年 9 月 22 日于燕郊

2020 年 11 月 27 日傍晚明 505 室再记

《法理学（第五版）》后记*

本次的修订新版主要是由于 2023 年 3 月 13 日第十四届全国人民代表大会第一次会议通过了《关于修改〈中华人民共和国立法法〉的决定》，对《立法法》进行第二次修改。这次修改旨在进一步健全立法体制机制，规范立法活动，为提高立法质量和效率、加快形成完备的法律规范体系、建设中国特色社会主义法治体系、在法治轨道上全面建设社会主义现代化国家提供有力制度支撑。这次修改涉及立法的指导思想和原则、合宪性审查相关要求、立法决策与改革决策相衔接相统一的制度机制、全国人大及其常委会的立法权限立法程序和工作机制、监察体制改革补充相关内容、地方性法规规章的权限和程序、备案审查制度等。基此，本书的"法律制定""法律渊源""法律体系""法律解释"等部分内容就进行了相应的修改。

同时，我将第二十章改名为"法律方法"，新增了"法律方法"一节，将"法律漏洞填补"单立为一节；将第十七章的"法律发现""法律思维"两节放入第二十章。此外，我还补充了一些最新的研究成果，介绍了一些新的实践动向，替换了部分材料，改正了发现的错漏，以使本书能够适应新的社会、法治发展，并体现我国法学和法理学的进展。

欧阳沁认真阅读了本书第四版，提出了详细的意见和建议；周钦等指出了书中的某些错误。洪汪橙等对本书给予了充分的肯定。特向他们表示我的谢意。

《法理学》从 2007 年的第一版到今天 2023 年的第五版，16 年的时间说长也不短，说短也不长。从我 1985 年参加工作、从事法理学教学工作至今则有 38 年。这期间我们国家和全球诸国发生了许多变化，有些现象是前所未有的。

---

* 高其才：《法理学》，由清华大学出版社 2024 年版。

身处其中，我有诸多的感慨，却又似无从言说，只能静观其变。

苏联（俄罗斯）作家维克托·彼得罗维奇·阿斯塔菲耶夫（Виктор Петрович Астафьев，1924 年 5 月—2001 年 11 月），生于西伯利亚克拉斯诺雅尔斯克州奥夫相卡村一个农民家庭。他的母亲早逝，先由祖母抚养，后来进了孤儿院。他参加过卫国战争，1951 年开始发表作品。在几次故乡之行后他写了《鱼王》（1972—1975 年获 1978 年苏联国家奖）。《鱼王》结尾《我找不到回答》，我特录于此与读者诸君共思。

我的故乡西伯利亚已经变了模样。一切在流动，一切在变化——这是古老的哲理名言。过去是这样。现在是这样。将来还是这样。造化有时、万物有期，时代包容着天底下万般差异：这是诞生的时代，也是死亡的时代；这是播种的时代，也是挖出播种物的时代；这是杀伤的时代，也是医治的时代；这是毁坏的时代，也是建设的时代；这是哭泣的时代，也是欢笑的时代；这是呻吟的时代，也是振奋的时代；这是胡乱抛掷的时代，也是精心收集的时代；这是拥抱的时代，也是回避拥抱的时代；这是寻获的时代，也是丧失的时代；这是珍藏的时代，也是挥霍的时代；这是撕毁的时代，也是缝合的时代；这是沉默的时代，也是呼喊的时代；这是爱的时代，也是恨的时代；这是战争的时代，也是和平的时代。我究竟在寻求什么呢？我为什么痛苦？由于什么原因？为了什么目的？我找不到回答。

高其才

2023 年 3 月 22 日于榺然斋，白天晴间多云伴有沙尘暴

《原野识法——法社会学田野调查方法札记》后记 *

　　本书是我进行法社会学田野调查四十一年的经历、经验和思考的一个总结。

　　这四十一年，我先后在重庆、湖北、广西金秀、江苏姜堰、河北固安、贵州锦屏、浙江慈溪、广东惠州、江西寻乌等地进行了城市赌博、农村法制、习惯法、基层司法、乡村治理等法社会学主题的田野调查。自然地，进行田野调查的时间长了、次数多了、经历丰富了，感受也就复杂了。我就在《法社会学导论》课堂上与本科生、硕士生、博士生进行分享和讨论。多次之后我便有了整理成集的想法。

　　于是，我从 2017 年 8 月开始整理原有的文章，并在得空时陆续撰写新文。2022 年 4 月 2 日开始集中进行撰写和修改。经过一年多的努力，本书基本告成。

　　本书包括"走向田野""融入田野""发现田野""回馈田野""体悟田野"等部分，以田野调查中的实际事例为基础，采取札记、散论形式，分别从法社会学田野调查的进入方法、现场调查方法、田野调查材料获取方法、田野调查关系处理方法及田野调查思考等方面进行较全面的探讨。本书集中记录了我进行法社会学田野调查方法的经验、心得、体会、遗憾、教训和思考，是自己四十一年田野调查方法运用实践的全面体现，意为年轻的法社会学田野调查学者和大学生、研究生提供指引、借鉴和启发，以推进我国的法社会学田野调查，引起对我国本土的法社会学田野调查方法的重视。

　　我国的法社会学田野调查，除了遵循社会学田野调查方法、西方法社会学田野调查方法之外，还有与我国的历史、社会、文化、国情、政治、法制等相适应的一些较为特别的方法。我对此有所体会和展现、表达，但理解和

---

　　* 高其才：《原野识法———法社会学田野调查方法札记》，中国政法大学出版社 2024 年版。

总结还远远不够，值得更全面、更深入地探究。

除了在第五部分，本书主体部分为个案形式的讨论，在法社会学田野调查方法的系统性、整体性探讨方面还较为薄弱，有待进一步的思考和深化。

由于本书主要以我个人的田野调查实践为基础而成，显然存在采用的调查方法有限、调查方法理解得不够到位等局限。加之我没有受过系统的调查方法训练，纯为自己自学并在调查实践中琢磨，这样本书就可能存在个人性色彩过强、主观性样态明显、感性表达有余而理论深度不够等不足。

需要说明的是，按照学术惯例，本书中有的地名、人名进行了化名处理。

本书的完成，首先需要感谢田野调查时为我提供各种支持和帮助的各单位和诸位朋友，特别是盘振武、王奎、李箫、徐俊、孙爱法、高丽萍等助力尤多，我珍惜与他们相处的时光。

我的法社会学田野调查主要为个人独自进行，但也有一些合作进行的项目，如与郑永流、马协华、刘茂林共同在湖北进行了农民法律意识和农村法律发展方面的调查，与周伟平、姜振业、黄宇宁、赵彩凤、左炬共同在河北固安进行了基层人民法院和派出人民法庭方面的调查，与孔凡文、张宏扬在江苏姜堰进行了习惯法的司法适用和司法运用调查，与池建华、陈寒非、李亚冬、王丽惠、高成军共同进行了乡村治理体系方面的调查，与池建华、张华共同在广东惠州进行了村居法治建设方面的调查，与张华、李明道共同在广东惠州大亚湾进行了本土社会规范方面的调查。我感谢这些合作者，合作调查丰富了我的调查经历，也令我多侧面体会和思考法社会学田野调查方法。

本书的形成与《法社会学导论》课程有密切关系。诸多同学课堂上和课外与我就法社会学田野调查方法进行了广泛交流，我做了一定的回应，并引发我更系统的思考。本书可谓教学互动、教学相长的结果。期待本书就法社会学田野调查方法的讨论能够解答年轻学子的一些困惑，引导他们坚定地走向田野，激发他们积极投身法社会学田野调查实践。

在本书写作过程中，陆俊材、刘伟、高成军、张华、张雪林、李亚冬、王丹等提出了一些建议，张华、池建华提供了部分照片。陈峥嵘与我就田野调查实践进行了交流。我向他们表达我的谢意。

本书中的一些篇章曾以各种形式面世，如《传承与弘扬：法人类学的金秀瑶山实践》，载《湖北民族大学学报（哲学社会科学版）》2021年第2期；《法社会学田野现场观察的思考》，载《北华大学学报（社会科学版）》2023

年第 3 期；《捐或不捐》，收入宋颖、陈进国主编的《鹤鸣九皋：民俗学人的村落故事》（商务印书馆 2017 年版）；《大美在野——金秀大瑶山习惯法调查》，收入吴大华主编的《法律人类学论丛》（第 4 辑）（社会科学文献出版社 2016 年版）；《一个人与一条村规民约》，收入我主编的《当代中国村规民约》（中国政法大学出版社 2021 年版）。感谢李远龙教授、郭峰编辑、车菲菲编辑、宋颖博士、吴大华教授、尹训祥博士的肯定。

中国政法大学出版社一直支持我们的田野调查作品的出版，第五编辑部主任丁春晖精心编校，保证了作品的学术质量。我向他和他的团队致以我的敬意和谢意。

南宋的陆象山曾说："今天下之学者，唯有两途：一途朴实，一途议论。"［《宋元学案·卷五十八象山学案》（黄宗羲原本黄百家纂辑全祖望修定）］何谓"朴实"之学、何谓"朴实"学者，可能有不同的理解。我以为法社会学之学、法社会学田野调查之学、法社会学田野调查方法之学大抵可属"朴实"之学，运用田野调查方法进行法社会学田野调查者可谓"朴实"学者。身处旷野，脚踏实地，淳朴诚实，质朴笃实，求真务实，这始终是法社会学田野调查者朴实的追求，也是法社会学田野调查的魅力之所在。我愿为此继续努力！

回首四十一年的田野调查时光，宋代诗人宋祁《杨秘校秋怀·其一》中的"抚物喟然叹，流光忽已驰"句不时浮现在我的脑海中，令人感慨不已。我特将全诗录后，与读者诸君共赏。

上天分四序，素秋独可悲。
商风劲危条，寒露鲜繁蕤。
依依燕去巢，嘒嘒蝉抱枝。

抚物喟然叹，流光忽已驰。
危衿恧新壮，华领移故缁。
愿君策高足，无后功名时。

高其才
2023 年 6 月 15 日于京西

陈寒非著《清代的男风、性与司法》序[*]

最近这几年，我一直在思考当代中国社会的社会结构、社会规范、社会秩序问题，而理解此问题自然又须联系中国固有社会，在把握中国固有社会特质的基础上，由历史而现实、由过去而今日地进行系统、整体的认识。理解中国固有社会，我们可以经由社会学家费孝通的《乡土中国》路径进行思索，也可以梁漱溟的乡村建设理论为线索指引深入的思考；我们可以沿着历史学家钱穆的思路进一步探讨，也可以政治家毛泽东对中国社会的分析为范本予以全面的观察和反思；海外学者费正清的视角也给我们有益的启示。这些各异的思考角度和观点给予我不同的启发。而陈寒非博士的这本《清代的男风、性与司法》则从清代法律对男风处置的角度为我认识中国固有社会进而思考当代中国社会提供了又一样本。

在中国固有社会晚期的清代，广泛存在着男风现象，按照清人李渔的说法："如今世上的人，一百个之中，九十九个有这件毛病。"[1]在礼教严肃、律例严苛下何以会存续这一社会现象？寒非博士在这一专著中即试图回答这一问题。他从社会阶层构成与社会秩序角度进行分析，指出由于经济发展导致清代社会阶层和地区之间的不平衡发展以及人口增长所带来的压力，因而出现社会贫富分化的加剧，产生了大量以失业农民为主体的游民阶层，游民/流民、贱民与倡优大量产生；同时，社会财富向个别经济中心高度集中，导致经济发达区域社会风气的"奢靡"，娱乐主义与纵欲主义盛行。这些因素加上其他如梨园业之兴盛、京昆戏剧之特质以及士人与乐伎之间的亲密性而形成

---

* 本文为陈寒非著《清代的男风、性与司法》（上海三联书店 2016 年版）一书的"序"。

〔1〕李渔：《无声戏·鬼输钱活人还赌债》，载《李渔全集》（第 8 卷），浙江古籍出版社 1992
年版，第 157 页。

清代男风之盛。"男风"这一明显违反礼教的异常性行为，实有其深层的社会环境、社会结构、社会经济、社会文化的原因，需要从社会整体角度进行系统探析。

面对这一现象，包括礼教规范、法律规范等在内的清代社会规范对如鸡奸罪之类的同性性犯罪予以严格禁止。就法律层面而言，清代的立法进一步严苛化，如恶徒伙众强抢良人子弟鸡奸，为首者可"斩立决"。同时，清代的立法进一步精细化，在作为主要正式渊源的律例之中予以明确规定，且依据主从、服制、良贱等不同的因素定罪量刑。大体而言，清代有关男风的律例的基本模式为"照光棍例""照擅杀罪人律"以及"良贱有别"。但是，具体、详细、峻苛的法律并没有遏制男风的存延。从69个有关清代男风的司法案例来看，比照"光棍例"处置男风案中的首犯，实际上是以打击和控制流民为目标，是试图通过司法将流民重新纳入到国家控制体系的一种尝试，反映了清代官府的社会控制努力；而"良贱有别"则因社会阶层、社会地位和社会身份的不同，所采取的处罚措施也不一致，故清朝贵族、士大夫阶层的狎优蓄伶行为并不受到法律的严惩，反而变相受到法律的纵容。从"良贱问题"上可以看出，清代律法对特权和良贱秩序的维护，实际上体现出社会身份的不平等。司法在处理男风案时表现出一定的严苛和宽容并存的矛盾性，且司法官吏在审判过程中也会受到诸如政策、教化、治安、个人偏好和认识等因素的影响，司法官吏无法真正贯彻落实法律对男风行为的规范，司法判决的结果并未达到实际的抑制效果，这加剧了以《大清律例》为核心的法律控制体系的松弛。这表明，中国固有社会的法律规范与社会秩序之间存在着一定的疏离状态，发展至在清代法律对社会的控制已呈现不可逆转的失控态势。一个朝代的命运由此已见端倪。

寒非博士的描述、分析，由男风现象而展示了清代社会的真实场景、世相百态，展现了清代民众感性与理性交织甚至有点野性又具有某种活力的生活状况，令我对清代乃至中国固有社会的社会结构、社会规范、社会秩序有了新的认识。从男风现象的法律对待中，呈现了清代社会结构的紧与松、社会规范的名与实、社会秩序的表与里、社会控制的强与弱，反映出中国固有社会的分离性、柔韧性、矛盾性、复杂性特点。立法与司法、法律与社会、国家与个人、社会与文化的制度安排与实际运行都体现着中国式的混合、杂融、迷散、错位特质。英国学者科特威尔曾经指出："通过法研究社会学，同时在社会中研究法律。"〔1〕从寒非博士的这一作品中，我能够深切地感受到法社会学这一做法的意义。

寒非博士为我的博士生，他勤奋好学、功底扎实、视野开阔；我们交流分享，教学相长，相处愉悦。他的博士论文以 1949—1957 年的中华人民共和国的法律实践为对象专就法律与身体问题进行探讨，有许多独到的见解。这本著作延续他的这一思考轨迹，从更具体的论题、更微观的视角分析法律与身体问题，体现了他的学术追求和社会理想。我曾经阅读过此文的初稿，现书已经作了进一步的充实，材料更为详实，论证更加有力。在本书出版之际，寒非希望我作一序，我乐意为之，在再次通读全书后聊缀数语权充作序与寒非博士讨论并求教于读者诸君。

高其才

2016 年 1 月 8 日于京西穆然斋

---

〔1〕 ［英］罗杰·科特威尔：《法律社会学导论》，潘大松等译，华夏出版社 1989 年版，第 7 页。

牛玉兵著《农村基层治理法治化问题研究》序 *

　　乡村是指城市建成区以外具有自然、社会、经济特征和生产、生活、生态、文化等多重功能的地域综合体，包括乡镇和村庄等。乡村在保障农产品供给和粮食安全、保护生态环境、传承发展中华优秀传统文化等方面具有重要的功能。

　　乡村治理是我国国家治理、社会治理、基层治理的重要组成部分，是发展农业、稳定农村、保护农民权利、维护乡村秩序、推进乡村发展的保障。当代中国的乡村治理是在总结中国固有社会治理实践的基础上形成、发展、完善的，经历了从政策管理式到依法自治式，再到自治、法治、德治"三治"结合式发展的历程。[1]在这一过程中，中共中央于1958年8月29日颁布的《关于在农村建立人民公社问题的决议》形成了"政社合一"的乡村治理模式。1982年《中华人民共和国宪法》确立了基层群众性自治制度，村民自治成为"政社分设"后的乡村治理模式。1987年11月24日第六届全国人民代表大会常务委员会第二十三次会议通过并于1988年6月1日起试行的《中华人民共和国村民委员会组织法（试行）》为村民依法自治提供了直接的法律保障。该法明确规定农村村民实行自治，由村民群众依法办理群众自己的事

---

　　* 本文为牛玉兵著《农村基层治理法治化问题研究———以"法治中国"为视角》（中国政法大学出版社 2020 年版）一书的"序"。

　　〔1〕 对中国固有的乡村社会，有的论者指为"吏民社会"，参见秦晖：《传统中华帝国的乡村基层控制：汉唐间的乡村组织》，载黄宗智主编：《中国乡村研究》（第 1 辑），商务印书馆 2003 年版，第 2~39 页；有的论者指为"官督绅办"社会，参见项继权：《中国乡村治理的层级及其变迁——兼论当前乡村体制的改革》，载《开放时代》2008 年第 3 期，第 77~87 页。关于当代中国农村制度变迁，可参见陈锡文等：《中国农村制度变迁 60 年》，人民出版社 2009 年版。关于改革开放 40 年来中国特色乡村治理体制，详可参见高其才、池建华：《改革开放 40 年来中国特色乡村治理体制：历程·特质·展望》，载《学术交流》2018 年第 11 期，第 64~76 页。

情；村民委员会是村民自我管理、自我教育、自我服务的基层群众性自治组织，办理本村的公共事务和公益事业，调解民间纠纷，协助维护社会治安，向人民政府反映村民的意见、要求和提出建议。2017 年 10 月党的十九大报告提出了"加强农村基层基础工作，健全自治、法治、德治相结合的乡村治理体系"。

在依法治国、建设社会主义法治国家的当代中国，如何理解新时代下的乡村治理、农村治理，如何认识自治、法治、德治相结合的乡村社会治理体系，这是一项非常复杂的论题，需要进行深入、持续的调查和思考。在我看来，牛玉兵副教授的《农村基层治理法治化问题研究——以"法治中国"为视角》一书即为这一领域认真思考的一个样本，值得学界和关注乡村治理各方面人士的重视。

通读本书全稿，我认为其有着视角独特、视野广阔、视点出新的特点，体现了玉兵副教授的学术旨趣和社会责任。

（1）视角独特。玉兵副教授对农村基层治理的思考是从法治、"法治中国"的角度进行的。在他看来，农村基层治理法治化为社会治理历史规律的内在驱动，是社会变革与转型发展的现实需要，也是社会发展未来愿景的目标限定。而"法治中国"与国家治理现代化的目标紧密契合，成为国家治理现代化的必然走向。"法治中国"与农村基层治理法治化有着内在的逻辑关联："法治中国"提供农村基层治理法治化的基本语境；"法治中国"限定农村基层治理法治化的实践场域；农村基层治理法治化是"法治中国"建设的基础维度。这一视角契合当代中国乡村治理发展的实际状况和我国法治建设的进程，体现了乡村治理的未来发展方向，具有一定的前沿性。

（2）视野广阔。在本书中，玉兵副教授梳理了我国农村基层治理的历史演进，对古代中国、近代中国、现代中国的农村基层治理进行了分析；他既思考农村治理法治化的逻辑机理，也进行农村治理法治化的实践考察；他既关注农村治理法治化的发展进路，也探索农村治理法治化的目标图景。从历史到现实，从实然到理想，从理论到实践，玉兵副教授的观察、思考和探索都显示了他对乡村治理法治化的宏观思维、整体把握、全面探究，通过广泛关注、注重联系、一般抽象而提出自己的见解，这是颇值肯定的。

（3）视点出新。在一定的田野调查和长期的认真思考基础上，玉兵副教授在本书中提出了许多有启发性的新观点、新看法，如从法治国家、法治政府、法治社会角度，将"法治中国"视野下农村基层治理法治化的理论命题做了法治国家与农村基层治理法治化的主体架构、法治政府与农村基层治理法治化的客体指向、法治社会与农村基层治理法治化的目标依归的界定；从法治普适主义与特殊主义有机结合的发展模式、权力主导与自然演进的共同推动的发展动力、多主体法治化互动趋向初步形成的主体关系、国家法律与民间规范的冲突与共生的规范依据、从简约治理向复杂治理迈进的系统特性、非均衡性的区域特征等方面概括了农村基层治理法治化的主要特征；"法治中国"视野下农村基层治理法治化的新时代目标包括提升农村基层治理能力与促进治理体制法治化发展、形塑自治法治德治相结合的农村基层治理体系、建构农村基层共建共治共享的社会治理格局等方面。

由此，我以为玉兵副教授的这一新著已经触及了当代中国乡村治理法治化需要面对的内涵、价值、动力、路径、融合、发展、差异等难题，为我们思考当代中国乡村治理的制度完善和实践推进、当代中国乡村治理的法治建构和具体实施提出了更需要破解和达成共识的论题。

（1）乡村治理法治化的内涵问题。从一般意义上理解，当代中国乡村治理法治化的目标为建立健全党委领导、政府负责、民主协商、社会协同、公众参与、法治保障、科技支撑的现代乡村社会治理体制和自治、法治、德治相结合的乡村社会治理体系，建设充满活力、和谐有序的善治乡村。但就具体而言，乡村治理法治化需要清晰界定自治、法治、德治的地位及其补充、衔接等相互关系，认真厘清农村基层群众性自治制度与法治的关系，思考乡村治理法治化的国家意涵和乡村治理法治化的社会意涵。在我看来，乡村治理法治化存在着立基于法治社会层面还是立基于法治国家层面、强调依法自治还是以法治消解自治的不同认识。

（2）乡村治理法治化的价值问题。总体而言，乡村治理法治化是为了保障和改善农村民生、促进农村和谐稳定，增强广大村民的获得感、幸福感、安全感，解决村民日益增长的美好生活需要和不平衡不充分发展之间的矛盾。这就体现了乡村治理法治化的秩序、平等、自由、效率等价值目标，其中秩序与自由这两方面尤为突出。治理不是管制，法治并非限制，但是在实际的乡村治理法治化制度安排和实践推进中，秩序与自由何者更为核心追求就可能存在分歧。在某些情况下，可能存在维护乡村社会稳定与保障村民自由权益、实现国家管控与激发乡村活力哪一个更为关键的问题，这同样需要进行深入的分析。

（3）乡村治理法治化的发展问题。当代中国的乡村面临实现由传统社会向现代社会的转变，乡村治理面临转型社会治理与常态社会治理双重治理问题，且转型社会治理更为突出。乡村治理需要由传统治理向现代治理的发展，实现治理体系和治理能力的现代化。同时，乡村治理法治化需要面对缩小城乡差别、促进城乡的双向流动和一体化发展、实现国家均衡发展并适应数字社会来临的发展格局。因而当代中国的乡村治理法治化涉及村民发展、村庄和村民小组发展、乡村发展、城乡一体发展等诸多发展任务，关涉主体发展、区域发展、产业发展、国家发展；涉及乡村的常态发展和超常态发展议题，关涉传统发展方式、现代发展方式和智能治理方式、数字治理方式。显然，这种层叠的发展状态给当代中国的乡村治理法治化提出了严峻的挑战。

（4）乡村治理法治化的动力问题。当代中国的乡村治理法治化更多地呈现出国家主导、党政推动的上层力量驱动型特点，具有党委领导、政府负责、社会协同、公众参与、法治保障的治理制度特色，体现了顶层设计、集中资源、统筹实施的治理安排。不过，由于乡村治理的复杂性，乡村治理法治化需要尊重村民的主体地位，强化村民的主人翁意识，提高村民主动参与乡村治理的积极性，调动乡村力量的全力投入。乡村治理法治化必须上下联动、官民协同、通力合作、共同参与、共同建设、达致共享共治。乡村治理法治化应当以完善乡村民主、增进乡村民主为核心，进一步健全农村基层民主选举、民主决策、民主管理、民主监督机制，增强村民的自我管理、自我教育、自我服务能力。

（5）乡村治理法治化的路径问题。当代中国的乡村治理奠基于中国传统，生长于具体国情，立足于乡村实际，服务于广大村民。乡村治理法治化需要借鉴、移植域外的一些观念、制度、方式，但更需要尊重当代中国乡村治理的自然演变，以内生为主要路径，努力实现内外两类路径的圆融。乡村治理法治化应当为一种本土化的治理模式，具有浓郁的中国特色、鲜明的地方特点、显著的时代特征。乡村治理法治化需要尊重我国村民的心理，满足村民、乡村、农业的需要，推动农业全面升级、农村全面进步、农民全面发展，实现农业强、农村美、农民富。

（6）乡村治理法治化的融合问题。当代中国乡村治理法治化需要注重外来治理力量、治理规范、治理方式与固有治理力量、治理规范、治理方式的深度、整体、有机地融合，整合优化多种治理资源、治理规范、治理方式，和融一体实施乡村治理。国家法律、党的政策、政府规范、村规民约、地方习惯等相辅相成，合力推进乡村治理。乡村治理法治化要发挥内部型主体与外部型主体在乡村治理中各自的积极性、能动性。内生规范与外来规则、村规民约与国家法律紧密配合、相互补充，共同调整、规范乡村各项事务。

（7）乡村治理法治化的差异问题。由于历史、地理、社会、经济、文化诸因素的影响，当代中国的乡村治理呈现出多种多样的形态。如何认识乡村治理法治化的差异问题、如何恰当处理乡村治理法治化的统一性与多元性、一般性与特殊性、共同性与个案性、一致性与地方性、多样性与独特性等关系，这不仅是一个理论问题，更是棘手的实践课题。乡村治理法治化的基本要求为何，存在较高标准否，如何对待较低状态，这极不容易回答。由于地理、经济、文化等差异，乡村治理法治化是否存在不同的区域样态、民族样态；乡村治理法治化的什么方面容许存在差异、什么方面可以具有特色、什么方面能够进行首创，这也有待长期的实践和深入的总结。

为此，我以为进一步思考并回答这些问题有待做更深入、更符合中国国情的探索。我们需要对当代中国的乡村治理进行更全面、持续的田野调查，实际观察乡村治理的运作，具体掌握乡村治理的状态，详细了解乡村治理的发展，全面总结乡村治理的经验，深刻理解乡村治理的内涵。实践出真知，高手在民间。在尊重乡村治理、汲取乡民智慧的基础上，通过微观宏观的结合、个案整体的融贯、区域一般的兼顾，从诸村组乡村治理的形态中提升出共同特性，从各地区乡村治理的实践中总结出普遍规律，以进一步推进乡村治理的法治化。同时，我们也需要进一步思考当代中国法治建设的实践意义，明晰中国特色社会主义法治的具体内涵，探讨当代中国乡村治理法治化的客观困难，形成当代中国乡村治理法治化的基本共识。通过乡村治理法治化使乡村成为利益共同体、观念共同体、规范共同体、命运共同体。我相信这是值得玉兵副教授和我们下一步共同努力的课题。

高其才

2020 年 11 月 12 日于明理楼

李可等著《习惯法：从文本到实践》代序[*]

我探讨习惯法一开始主要是从法人类学、法社会学的角度进行的，重点调查和分析非国家法范畴的习惯法。之后，我也逐渐拓展范围，开始关注国家法范畴的习惯法，全面梳理国家制定法对习惯法的明文认可，关注国家法院对习惯法的具体适用，以更全面和整体地认识习惯法，理解习惯法在当代中国法治建设中的意义。

在我看来，经过几十年的不断探索，基于社会立场的非国家法范畴习惯法的调查、研究无论从总体到具体、从历史到现实、从族别到地区、从实体到程序、从民事到处罚，都取得了较为丰富的成果，呈现了非国家法范畴习惯法的实际活力，探究了非国家法范畴习惯法的现实功能，反映了非国家法范畴习惯法的规范意义，也展示了非国家法范畴习惯法的文化价值。非国家法范畴习惯法的调查、研究为我们初步提供了固有中国社会和当今中国社会生活中形态丰富、内容具体、效力严格的生活中的法。

相比而言，学界对国家法范畴习惯法的探讨较为薄弱，法律界对国家法范畴习惯法的立法认可和司法适用更不普遍。究其原因，我想可能与以下因素有一定关系：

一是认识分歧。何为习惯法、何为国家法范畴的习惯法、当代中国存在国家法范畴的习惯法吗，学界对这些问题的回答至今并不一致，没有达成基本共识。不少学者认为当代中国的正式法源中并不包括习惯法，习惯仅为当代中国的非正式法源、间接法源。这种看法显然会影响对习惯法、对国家法范畴习惯法的关注和重视。

※ 本文为李可等著《习惯法：从文本到实践》（人民出版社 2022 年版）一书的"代序"。

　　二是识别困难。国家法范畴的习惯法具体如何进行认定和识别，何为作为"法律"的习惯法、何为作为"事实"的习惯，国法意义上的习惯法与一般社会规范意义上的习惯的区别在哪，学界和法律实务界对这些问题进行了初步的探讨，然以个别经验性讨论为主，具体的识别标准和识别程序尚不明确，也不统一。

　　三是内容模糊。从法规范角度把握，国家法范畴习惯法存在具体权利义务模糊的特点。国家法范畴习惯法的具体规范需要通过详细举证、严格论证、深入阐述、全面衡量而得以确认。这需要深厚的社会阅历，对地方的历史传统、风俗习惯等有深刻的了解。同时，也需要有扎实的法学功底，系统地理解法与社会关系，准确地平衡立法与司法关系，思考民众创法与国家造法的关系。

　　缘是之故，我欣喜地读到李可、江钦辉等著的《习惯法：从文本到实践》书稿，为李可教授等著者专题探讨国家法范畴习惯法、努力拓展习惯法研究范围、不断提升习惯法研究水准的学术探索而赞许。

　　在我看来，《习惯法：从文本到实践》具有视角独特、内容全面、观点鲜明、实证方法这样几方面特点：

　　（1）视角独特。基于国家立场，《习惯法：从文本到实践》从国家立法、司法角度集中讨论习惯法。全书立基于国家法治建设，从国家法律制定、国家法律认可、国家法律适用等方面探索国家法体系中的习惯法文本条款、习惯法实践场景，思考从国家立法到国家司法的习惯法转换机制，较为全面地讨论法治国家建设中的习惯法。

　　（2）内容全面。《习惯法：从文本到实践》共六章，分别专题探讨"立法文本中的习惯法""法源体系中的习惯法""习惯法：从立法到司法的转换机制""司法运用中的习惯法""习惯法司法适用的规则""习惯法司法适用的理论反思"等主题。这些内容分析了国家如何对待习惯法、国家法体系中的习惯法从何而来、国家法体系中的习惯法有何功能等论题，较为系统地展示了国家法体系中习惯法的具体样貌。

　　（3）观点鲜明。就《习惯法：从文本到实践》全书而言，著者提出了不少有启发性的观点，如"'习惯''惯例''公序良俗''社会公共利益''公共利益''社会公德''道德风尚''商业道德''当地民族和当地情况'等用语承载习惯规则""提高国家立法中的公民参与度"和"提高地方立法中的公民参与度""习惯本身蕴含的文化价值在未来发展的路径上最终将由司法来传承"等。这些是著者独立思考的结果，值得我们读者重视。

（4）实证方法。除了语义分析，《习惯法：从文本到实践》突出运用实证分析方法。如第一章以现行民法通则、民法总则、婚姻法、继承法、收养法、物权法、合同法、保险法、专利法、商标法、侵权责任法、公司法、合伙企业法、海商法、票据法和民事诉讼法等 16 部法律为例，对习惯在民商事法律中的法源列举情形等进行实证研究，试图总结习惯在现行民商法中的分布规律及其法律规范功能特征，并进而试图分析此种分布及功能状况形成的原因。又如第四章"司法运用中的习惯法"，以民族自治地区的法院为观察对象，对"习惯"司法运用的现状进行了考察，展示了民事习惯在法院调解中运用的案例、民事习惯在法院判决中运用的案例、民事习惯在法院委托诉讼调解点调解中运用的案例。

不过，从更理想的角度，我以为《习惯法：从文本到实践》书稿还较为粗糙，期待在进一步研究时做更精细的思考。如基本概念似需更为一致，究竟是"习惯法"还是"习惯"有待细致区分并不能统一使用；"习惯法的司法适用"还是"习惯法的司法运用"？这需要更严格的界定和表述。又如逻辑结构尚可更为内在一致，如第五章"习惯法司法适用的规则"部分在讨论了"习惯"司法运行的一般规则、"习惯"司法适用的程序规则后讨论"习惯"在家事裁判中的规范化适用、"习惯"在 HS 族彩礼返还案中的适用规则，前后两部分一为总体讨论一为具体讨论，是否还有更恰当的安排。

确实，国家法体系中的习惯法论题非常复杂，涉及国家法源、国家法范畴习惯法的法理基础、国家法范畴习惯法与社会规范范畴习惯的联系与差异、国家法范畴习惯法的来源、国家认可习惯法的程序和效力、国家法范畴习惯法的行为规范功能和纠纷解决功能、国家法范畴习惯法司法适用的条件和程序等。这些可能不是《习惯法：从文本到实践》一本书所能够完全探讨清楚的，需要本书著者和其他同仁继续努力。我期待着李可教授和合作者有更多这一领域的力作面世。

高其才

2021 年 10 月 29 日于明理楼樛然斋

附　录

法社会学中国化研究的理论自觉

——兼评高其才教授的《法社会学》*

任帅军

[摘要] 法社会学存在"中国化"问题。作为高其才教授的一部法社会学著作,《法社会学》通过实证研究探讨了中国社会的法律实践和理论问题。其关注到法社会学中国化的意义并对之进行了努力,体现了中国法社会学学者进行法社会学中国化研究的理论自觉。通过进一步研究就能够继续回答法社会学中国化这一问题:中国法社会学发展方向是法社会学中国化,法社会学中国化的主题是法社会学本土化。只有深化法社会学本土化研究,才能探索出中国自己的司法改革路径。

对中国法社会学进行学术研究的一个重要方面是,通过研究,熟悉法社会学的学科特性,运用法社会学的研究范式,探析国家法律的运作状况,知晓非国家法在社会生活中的意义,逐步推进中国特色社会主义法治国家的建设。高其才教授的《法社会学》在"依法治国,建设社会主义法治国家"的特定时代背景下,通过研究中国社会场景的法律问题,为中国法社会学与西方法社会学的平等对话进行了知识生产上的反省与理论自觉。

目前国内学者普遍认为,中国的学术研究要想取得与西方学界平等对话的地位,首先必须拥有能合理解释本国社会实践的学术理论。对于法社会学研究尤其如此。从 20 世纪初叶的清末变法修律开始,经过译介作品、田野调查、发表心得,法社会学在中国得到不断发展。要想取得与西方法社会学界平等对话的地位,中国的法社会学理论就必须能够合理解释本国的法律实践和社会实践。这就要求法社会学研究认识中国的问题,理解中国社会的特点,

---

* 本文原载《青岛科技大学学报(社会科学版)》2014 年第 2 期,第 108~114 页。

建构和发展中国的法社会学学说。高教授的《法社会学》通过记录中国法制现状的事实，分析中国社会的现象，理解中国社会的秩序，研究中国法律状况的特质，解释中国民众的法律生活，提出中国法律发展的路径，从而实现法社会学从"在中国"到"中国化"的发展。这种理论自觉既是中国法社会学学者学术自信的表达，更是法社会学中国化理论自觉的体现。通过对《法社会学》的分析能使我们深入思考中国法社会学发展的方向，明晰法社会学中国化的主题，提升法社会学中国化研究的学术品质，不断推进中国的司法改革。

一、中国法社会学发展方向：法社会学中国化

鸦片战争爆发以后，迫于内忧外患的压力，清末政府进行了变法修律，随之大量的西方思潮与理论涌入中国，法社会学亦在此时进入中国人的视野，并在近现代中国的学术界和法律实务部门有着越来越广泛的影响。通过译介西方法学著作、深入研究西方法律思想等多种途径，中国近现代知识分子看到了西方的法治文明和改革中国传统法制的路径，为救亡图存和民族振兴寻找适合中国的发展道路。在这一历史进程中，西方法社会学家的思想对中国近现代知识分子产生了巨大影响。高教授在"西方法社会学的思想"一章中集中介绍了埃利希、庞德、马克思和韦伯的法社会学思想。学界一般认为1913年奥地利法学家埃利希的《法律社会学基本原理》的出版标志着法社会学的诞生，该书反映了法学家试图借用社会学的理论和方法来研究法律，拓展了法学研究的视野和领域。随后法社会学在西方蓬勃发展起来。美国当代法社会学家庞德在《通过法律的社会控制》等著作中，提出法律是一种"社会工程"或"社会控制"工具的学说，他的学说对20世纪中叶中国司法制度改革和法律教育产生了重大影响。马克思认为"法律应当以社会为基础。法律应该是社会共同的、由一定物质生产方式所产生的利益和需要的表现"。[1]在马克思学说的影响和马克思主义的指导下，中国特色社会主义法律体系已经形成。德国思想家韦伯认为一定的统治类型是建立在一定的法律类型基础之上的。他建构了四种法律类型：形式非理性法、实质非理性法、实质合理

---

〔1〕《马克思恩格斯全集》（第6卷），人民出版社1961年版，第292页。

性法和形式合理性法。[1]这些西方法社会学学说在近代中国开始被引入，改革开放后有效推进了中国法社会学的快速发展。

然而中国学术界对学术知识的生产往往依赖西方的理论、方法及其研究范式，忽视对中国场景下中国问题的研究。其中的一个突出问题就是，中国由传统人治国家向法治国家转型的过程中，以西方法治为蓝本的国家制定法在应然层面具有法律地位上的最高效力，而在实然层面中国传统的习惯法或民间法却具有实际上的最高法律约束力。这就凸显了国家制定法与民间习惯法的冲突问题。高教授在"农村纠纷现状、成因及解决模式""国家制定法与农村习惯法的关系""当代中国物权习惯法"等章中集中进行了相关方面的研究，并在"传承与变异：浙江慈溪蒋村的订婚习惯法"一章中以案例形式进行了法社会学上的实证研究。这表明他已经注意到，中国社会中的法律现象、法律问题深深根植于中国的民族精神和民族传统，因而中国法社会学研究要与中国固有文化整体结合，"将中国社会文化特征及民族性纳入法社会学里，使法社会学具有中国历史、文化意义。"[2]

根据《婚姻法》的相关规定，结婚必须符合实质要件和形式要件。[3]而在浙江慈溪蒋村，传统上婚姻成立包括看人、"吃茶"即定情、"过书"即订婚、"好日"即结婚、回门等环节。由于时代的变迁，现今习惯法要求的婚姻成立仅包括订婚和结婚两方面程序。也就是说按照习惯法，蒋村的订婚为婚姻成立的必要程序，是婚姻有效的前提。没有经过订婚程序的婚姻为瑕疵婚姻，往往受到社会成员的普遍否定性评价，婚姻当事人及其家人就会被村民另眼相看。在蒋村，订婚包括：①相识与媒人规范。在蒋村，习惯法重视媒人的地位和功能，即使在双方直接认识的情况下，也要求男女双方分别请有介绍人。根据介绍人方菊花（文中人名均为化名）的访谈录（2010 年 11 月 13 日），介绍人参与了订婚的主要过程，见证了彩礼聘金的往来给送："订婚

---

〔1〕 ［德］马克斯·韦伯：《经济与社会》（下卷），林荣远译，商务印书馆1997年版，第138~162页。

〔2〕 高其才：《法社会学》，北京师范大学出版社2013年版，代序2。

〔3〕 结婚的实质要件包括：①结婚必须双方完全自愿，不许任何一方对他方加以强迫或任何第三方加以干涉；②结婚年龄，男不得早于22周岁，女不得早于20周岁；③双方不是直系血亲或三代以内旁系血亲；④未患有医学上认为不应当结婚的疾病；⑤双方均无重婚行为。结婚的形式要件是指双方必须进行婚姻注册登记。

的铜钿（钱）拿过来，介绍人经手，牵牵线，拿拿铜钿，介绍人就起这个作用的。"[1]②订婚程序规范。包括择时："结婚日子是男方权利，男方日子拣来，征求我们的这边意见。订婚日子也是男方说的，他们拣了来说的。"（洪启财访谈录，2010 年 11 月 13 日）；[2]订婚："今天过书（订婚），原来是叫大辈（长辈）吃饭。这里老传统，老的传下来的。吃饭过书，都叫大辈的。拿出见面钱，等于讲第一次来，大辈第一次见嘛。以前很少见面，第一次见嘛。"（夏会芬访谈录，2010 年 11 月 13 日）；[3]向女方送日子帖与舅帖："帖子在的话就不是说说的，就这个意思；结婚就不是说说的了，有帖子嘛；舅帖就是请阿舅来，结婚嘛请阿舅来。"（戚周奶奶访谈录，2010 年 11 月 3 日）；[4]彩礼："发聘，双方家长没（有）商量的，一般是按照风俗来，这个村坊发多少就按这个来，钞票有呢多发点，没底的，一定的。订婚前，我们双方没商量过，双方大人没见面商量的，没见过。发聘过来后看女家实力的，你实力有呢，儿子、女儿一样的，实力没有就陪（嫁）勿起，没底的。"（戚长富访谈录，2010 年 11 月 13 日）。[5]

通过对蒋村结婚习惯法的考察可以发现，现今蒋村基本遵循传统习惯法的规范。这就告诉我们，中国历史上形成的习惯法在现代法治建设过程中有其固有价值，并不一定会随着时代的变迁而被遗弃。法社会学研究要把中国的法律问题置于中国社会的经济、历史、文化之上，思考中国人的法生活方式。由此可见，中国法社会学的研究要选择法社会学中国化这一研究路径。法社会学只有关注中国的社会习惯和文化传统，才能更好地面对当前社会出现的种种问题。在此基础上，法社会学研究者要使用中国的语言和概念来揭示和解释中国社会与文化变迁、规范变化，以及与中国文化特质之间连续和变迁的程度。这样才能有效回答中国法社会学发展的过程中，涉及对法社会学追问的一系列问题：法社会学在中国与欧美等西方国家有什么不同？以美国等西方社会为主的法社会学理论与方法是否适合中国？中国法社会学的发展是沿着西方的发展路径走，还是走出一条适合自己的道路？中国法社会学

---

[1] 高其才：《法社会学》，北京师范大学出版社 2013 年版，第 255 页。
[2] 高其才：《法社会学》，北京师范大学出版社 2013 年版，第 256 页。
[3] 高其才：《法社会学》，北京师范大学出版社 2013 年版，第 260 页。
[4] 高其才：《法社会学》，北京师范大学出版社 2013 年版，第 262 页。
[5] 高其才：《法社会学》，北京师范大学出版社 2013 年版，第 264 页。

怎样走才能对世界法学贡献自己的智慧？

经过多年实证研究，中国法社会学界逐渐认识到，法社会学中国化是中国法学对世界法学的贡献。在鸦片战争爆发以后的中国近代社会，许多思想家和法学家都专注于中国的法律与社会关系的探究，出现了不少法社会学方面的作品。严复提出立法要考虑社会现实，不违背"人情物理"，执法应与教育、生计等社会措施相结合，以便达到最佳的社会效果。他还翻译出版了法国孟德斯鸠的《法意》（今译《论法的精神》），该书把法作为一种社会现象，从法与社会的关系中探讨法和法律制度、法律组织，分析法现象的社会根源，被公认为是法社会学研究范式的萌芽。这一时期瞿同祖的《中国法律与中国社会》是有关中国的法与社会的论著中具有拓荒意义的著作。他在该书中明确指出，"法律是社会产物，是社会制度之一，是社会规范之一"，因此"它反映某一时期、某一社会的社会结构"。[1]这是很典型的法社会学观点。在《社会法律学》一书中，张知本认为，"法律为人类共同生活之规范，其目的，当然以调和全体人类之利益为主，若扬此而抑彼，即已反乎法律之社会目的。其基于此种目的而从事于法律之研究者，即社会法律学是也"。[2]在当时的条件下能对法社会学有如此深刻的认识是难能可贵的。当代中国法社会学研究伴随着改革开放的全方位展开，传统法学难以适应社会实践的挑战，法学要为社会改革、开放服务，就必须从理论到研究方法上有一个全面的突破。法社会学注重对法律与社会之间的相互关系进行动态与静态、现状与历史的分析，有利于克服传统法学研究的诸多缺陷，使法律的拟制和修订更加适应变动着的实际生活并得到合理有效的实施，因而中国学界对法社会学研究日益重视。这体现了中国法社会学界同仁的理论自觉。法社会学界的"理论自觉"主张肇始于费孝通先生晚年提出的"文化自觉"理论，之后中国学界的学术研究领域一直都在探索和思考中国化的"理论自觉"。高教授通过研究中国社会的法律问题，思考法社会学的中国化、建设中国法社会学，体现了他对中国法治现状的反思与自觉。这种理论自觉不仅标志着这一学科的成熟，更是站在当下中国把中国的法治建设放在世界场景中思考的一种尝试。因为法社会学中国化可以而且应当从法社会学在世界法学发展这一更开

〔1〕 瞿同祖：《瞿同祖法学论著集》，中国政法大学出版社 1998 年版，第 1 页。
〔2〕 张知本：《社会法律学》，上海法学编译社 1931 年版。

阔的场景来加以研究。而法社会学中国化本身就是建设世界场景中的中国法学的一个重要组成部分。因此中国法社会学的发展立足于中国社会，解决中国问题，确立中国法社会学的独特内涵，从而为世界法学的发展提供中国人的智慧和贡献。

二、法社会学中国化的主题：法社会学本土化

20 世纪上半叶至今，法社会学中国化研究之所以能取得令人瞩目的发展，与中国法社会学学者坚持不懈地进行本土化研究的努力分不开。可以说，法社会学中国化研究的主题就是法社会学本土化。具体说来，在法社会学中国化的发展阶段，法社会学本土化研究作为一场有组织的群体性学术活动，其诸多原因及其表现形态主要有：

1. 中国自古就有的丰富的法与社会思想，为当代中国法社会学本土化研究提供了悠久的文化传统与可资借鉴的经验。高教授在"中国法社会学的发展"一章中从四个方面论述了中国古代的法与社会思想。[1]在立法与社会需要方面，中国古代立法注重与本土实际相结合，以"因时制宜"立法、"更新而趋于时"立法作为主流的立法指导思想，强调立法与社会实际的适应性、一致性，体现了浓厚的现实主义、功利主义色彩；在法的社会作用方面，包括礼、律、例等在内的法在社会生活中发挥着重要作用，并且礼的作用远较律的作用重要，对中国古代社会产生了深远影响。例如顾炎武主张从基层乡里入手，实行"月旦"评议人物，协助司法官吏办案，补刑罚之不足，充分发挥法的效果；在犯罪的社会原因方面，中国古代不少思想家和政治家都重视从本土社会的角度探讨违法犯罪原因，政治腐败、官府压迫、生活贫困、财富分化、教化不力、风俗恶变等社会现象都与犯罪有着直接或间接的联系。他们从社会中寻找犯罪根源并为解决问题创造条件的思想对当今社会无疑具有重要价值；在良吏执法方面，主张由"良吏"来适用和执行法，保障法在社会中发挥作用。白居易更是将吏治与法治相提并论，进而实现"治人"与"治法"的统一。

2. 中国法社会学学者对法社会学本土化研究的大力倡导。当代中国法社会学本土化研究伴随着法律现代化与法律本土化的争议出场。主张法律现代

---

〔1〕 高其才：《法社会学》，北京师范大学出版社 2013 年版，第 64~70 页。

化的学者坚持中国法律的出路是以西方法律为"蓝本"的现代化，否认中国传统社会中具有可资借鉴的法律资源。面对这样一种对西方法律不加质疑和反思的现状，苏力的《法治及其本土资源》提出了质疑。他认为"寻求本土资源，注重本国的传统"，不仅要"从历史中寻找，特别是要从历史典籍规章中去寻找"，"更重要的是从社会生活中的各种非正式法律制度中去寻找"，"当代人的社会实践中已经形成或正在萌芽发展的各种非正式的制度是更重要的本土资源"。[1]这样中国法社会学学者对中国法治建设的研究进路就摆脱了简单地移植西方法律制度并抽象地分析论证具体法律制度所承载的诸多价值这样一种研究进路，而是主张通过对中国社会现实进行实证研究来重新认识中国法治建设的反思性研究。梁治平、李瑜青、谢晖、郭星华、陈柏峰等一大批学者都采用了这一研究进路。他们在全面了解和批判地吸收西方法学成果的基础上，对中国法治建设现状做了大量的实证调查研究，分别从中国法律文化建设、传统儒学对法治文化的构造价值、民间法、法社会学理论本土化、乡村司法等领域对法社会学本土化研究进行了探索，从而形成了法律多元理论视野中的法社会学本土化研究，有效地促进了中国法社会学本土化研究不断地从中国社会经验上升到中国法治理论。

3. 当代中国法学正由面向立法的法学转向司法的法学，因此法社会学本土化研究更具特殊意义。从法社会学的视野来看，立法强调通过制定一个新规则来调整社会关系，分配社会利益和社会资源从而改变社会状况。然而近几年来我国立法速度过快、数量过多，超过了社会需求和支付能力，导致立法效益欠佳。因此不能为完备法制而盲目立法，必须从社会生活客观要求出发，考虑中国传统文化的影响与现代工业文明的冲突，重视立法的本土化。同时要看到，法律规则的最终权威要落实到司法实践中运用法律规则所保障的社会利益上。司法是法运作、条文的法、法典法与社会生活实际相结合的关键，是法社会学研究的核心内容。这是因为司法是法制向日常社会生活渗透的基本形式，与社会生活关联最紧、接触最广、影响最大，因而成为法发挥功能、法运作的基本环节。同时还因为司法是解决社会矛盾纠纷的权威性评判，是保护人权、尊严，实现社会正义和恢复社会秩序的最后一道防线。因此司法承担着适用法律的社会功能。法社会学学者都非常重视对司法实践

---

[1] 苏力：《法治及其本土资源》，中国政法大学出版社 1996 年版，第 14 页。

活动的社会实证研究。例如陈柏峰就长期对中国广大农村的司法实况和具体乡村司法机制进行社会实证调查和经验研究，并在此基础上从宏观上和结构上思考乡村司法，进而提出了当前中国乡村司法的"双二元结构"形态（基层法官的司法有着法治化和治理化两种形态，乡村干部的司法则是治理化形态），[1]从而为我们认识和把握当下中国乡村司法现状提供了相关的经验材料和理论分析。

4. 随着对本土社会调查研究的拓展和深化，中国法社会学本土化研究的主题逐渐聚焦。高教授认为以下研究主题应该特别强调：①深入探讨中国乡土、基层和民众，找寻维持中国社会秩序的脉络和因素；②经济变迁中社会结构、文化变迁、社会分化及社会政策和社会治理、社会权威的探讨；③中国社会阶层化及城乡之间社会流动的观念、功能问题；④社会变迁中家庭结构和价值的持续、改变及相关的妇女地位、劳动力和法律调整问题；⑤过渡社会中的道德、规范变迁以及社会制度的转变和重组；⑥以中国社会为对象，系统地整理其发展历史以发掘其中深刻影响中国发展的特有历史、结构和规范；⑦中国社会转型期间产生的特有的人口、就业、教育、犯罪等社会问题与社会控制。[2]这表明中国法社会学学者在对法社会学进行本土化研究的过程中已经注意到中国社会、中国文化中特有的传统、概念、现象、题材或问题。通过研究中国固有的一些与社会秩序、社会规范、社会权威等有关的社会现象和社会实践，法社会学学者才能在正确认识和重建中国社会秩序的复杂过程中为建设社会主义法治国家贡献自己的智慧。

由此可见，中国法社会学学者是在法社会学本土化的研究中思考和解决中国法治建设过程中的各类问题的。法社会学本土化研究重视与法律现象相关的社会秩序、社会权威、社会关系、传统观念和行为习惯，思考民间法和制定法的沟通、对话与对接，关注法的实际运行、实际效力和现实效果，探求法的本土化资源对建设社会主义法治国家的意义，这就给中国法学研究带来了一种新的研究范式，提供了一种新的学术视野，提升了法社会学研究的本土品位。更进一步来看，法社会学本土化作为一种研究范式，是中国法社会学学者在长期反思国家制定法与民间习惯法、现代法律文化与传统法律文

---

〔1〕 陈柏峰：《乡村司法》，陕西人民出版社2012年版，第274页。
〔2〕 高其才：《法社会学》，北京师范大学出版社2013年版，代序3。

化、西方法律文化与本土法律文化的关系等一系列问题的基础上，思考与回应中国应当如何构建自己的法律体系这一问题。当代中国的法律体系是一种混合型法律体系，既包括从西方移植的外来法律文化，也包括继承传统的本土法律文化。这样中国法社会学学者就特别关注中国的本土法律文化是如何应对从西方移植而来的法律文化，中国的本土法律文化在社会现实当中又是怎样影响法律的运作。中国法社会学的本土化研究重视中国的传统法律文化，重视中国本土法律文化资源的开发与应用，集中体现了中国特色社会主义法律体系的特色。这是在建设社会主义法治国家的时代要求和历史进程中，正确地理解和把握法律与经济、政治、文化、社会之间的互动关系，立足于中国现实国情的一种自觉的理论研究。

三、深化法社会学本土化研究，探索中国司法改革的路径

法社会学本土化研究构建具有本土特色的法社会学理论和方法，是为了更加客观、如实地反映本土社会，从社会生活的诸多领域增进法社会学对中国社会的认识，提高法社会学在中国的应用水平，拓展法社会学在中国的应用范围，发挥法社会学的社会功能，从而有效推进中国法社会学的本土化进程。然而在法社会学本土化研究中，法社会学研究的工具理性较为突出。其在研究定位上一直带有一种刻意追求经验研究的风格，而对理论问题即理论原创和理论建构关注不够。这一问题反映到法社会学研究的学科队伍培养和学科建设上表现出了明显的重应用、轻理论的现象，造成了只重视所谓的经验研究，结果导致诸如此类的经验研究和应用研究大多只停留在简单运用社会调查统计技术进行描述性分析和说明的层次上，在理论和思想上都难以得到提升。例如，在法社会学本土化研究中，"很多学者往往拿中国经验中的某一案例去验证西方的某一理论，其结果只是论证了西方理论的正确性，可以说，这样的研究对于中国的理论创新意义不大"。[1]同时，这表明当前中国的法社会学研究在一定程度上还依赖西方的思想理论和话语体系。我们知道，人文社会科学中的理论大师无不以其原创性的思想和理论闻名于世，这就需要中国法社会学学者进行原创性的努力，自觉地从自身的法律传统和社会实

---

[1] 郭星华、秦红增：《从中国经验走向中国理论：法社会学（法人类学）再思考》，载《广西民族大学学报（哲学社会科学版）》2012年第5期，第51~55页。

践中发掘法治的本土资源，紧密结合中国的具体国情，深化法社会学的本土化研究。只有这样中国法社会学学者才能走出理论不自信的状况，通过本土化研究建构自己的话语、范畴和经验逻辑，并以之解释中国社会现状和建构自己的理论，展现中国法社会学学者的理论自觉和学术自信。

高教授在"村组企业工人法律意识分析""32 个优秀人民法庭的具体状况与实际运作"以及"中国律师执业中的关系因素"等章中，通过运用实证分析的经验研究方法，分别对村组企业工人的法律意识、32 个优秀人民法庭的具体情况和中国律师执业的关系因素进行了问卷和访谈调查，并对之进行了深入的理论分析。这样他的实证研究就没有停留在简单运用社会调查统计技术进行描述性分析的层次上，而是运用法社会学或社会学的相关理论对当下中国的法律现象和法律问题进行解读并提出了自己的理论观点，这就增进了法社会学对中国现实社会的认识，有效拓展了法社会学在中国的应用范围，提供了中国法社会学本土化研究的范例。以"中国律师执业中的关系因素"为例，我们从中可以一窥他是如何深化法社会学的本土化研究的。

在律师接案与关系的分析中，高教授引用一位律师所述：律师接案需要关系。这是法律对律师这一职业的限定导致的，法律规定律师不能以他的专长来印制名片或做广告宣传，如"房地产律师""刑事律师""知识产权律师"等。那么，律师只有经过朋友、同学、以前代理过的当事人的宣传等关系将他的专长、职业水准等有关信息发布出去，才能收到合适的当事人找他代理。所以说，不需要关系的律师已经饿死，已经失业。[1]这说明关系是律师个人的重要社会资源，并在很大程度上影响其接案时的决策能力和社会行动。那么对影响律师接案的关系因素进行分析就能理解其接案过程中的社会行动。通过调查发现律师接案主要通过业缘关系、学缘关系、地缘关系和血缘关系等途径。而业缘关系具有最重要的作用，朋友对于律师接受案件、争取案源最重要。并且对于中国律师而言，关系是基础，能力为根本。有位中级人民法院的法官就认为，一个律师的关系越大，他接的案件越多，这是存在于社会的不正常的一方面，但这仅是现象问题，例如这位律师没有深厚的法律常识，没有责任心，他所设计的这种社会关系，即使存在，也是暂时的，

---

〔1〕 高其才：《法社会学》，北京师范大学出版社 2013 年版，第 198 页。

随着法律建设的不断深化，这种现象迟早会被消灭。[1]

在律师办理案件与关系的分析中，高教授引用一位律师所述：律师办理案件在目前的现实中，也离不开关系。如果没有关系，或关系一般，那么律师在办理案件中，常常会碰到许多问题。如收取证据的过程和一些手续会有部门及相关的人员不给你办理，或不及时给予办理。甚至在庭审中，法官对你的态度冷、横、硬，甚至不让你陈述，或是限制陈述的时间，或是有理、合法的辩护不予以采纳。关系在办理案件中，既有着打开方便之门的作用，又是打赢官司的基础，甚至是保障。[2]由此可见与律师接案相比，关系在律师办案中的作用更为突出。通过调查发现关系在律师办案中的作用表现在：便于证据收集和采用、有利沟通、获得信息、方便工作、判决倾斜等。相应地，律师办案中主要涉及与法官、检察官、当事人、证人等的关系。同时应当看到关系在律师办案中的积极影响与消极影响、正面作用与负面作用是共生共存的。一位中级人民法院研究室的副主任就认为，如果律师在办理案件时总是想方设法依靠关系向公诉人、法官讲情，甚至送礼请吃，那么必然引起司法不公，这样后果是非常严重的。律师办理案件时要依法行使职责而不是过多地依靠关系，当然律师有好的人际关系和崇高的人格修养，在其办理案件时会带来较大的便利，工作效率和结果也会让人满意。[3]

《律师法》第3条规定：律师执业必须遵守宪法和法律，恪守律师职业道德和执业纪律。律师执业必须以事实为依据，以法律为准绳。那么在律师实际执业时到底依据正式的法律还是非正式的关系？律师应如何处理国家法律与关系这两者之间的关系？高教授引用一位律师的回答表达其对中国律师执业中的关系因素的基本判断：提供高水平的专业法律服务是我执业追求的目标。因此在处理依靠法律还是关系的问题上，本人认为在处理各种社会关系上必须在法律的范围内进行，依法执业是律师的生命，动用关系是服务，是为更好地实现律师执业。[4]这表明关系在中国虽没有正式地位，却有着事实意义和实际拘束力。当关系已经成为中国社会的非正式规则时，作为个人的律师极难抗拒这种关系规则的束缚。同时应当看到，随着社会的发展，法律

---

〔1〕 高其才：《法社会学》，北京师范大学出版社2013年版，第197页。

〔2〕 高其才：《法社会学》，北京师范大学出版社2013年版，第200页。

〔3〕 高其才：《法社会学》，北京师范大学出版社2013年版，第207页。

〔4〕 高其才：《法社会学》，北京师范大学出版社2013年版，第215页。

制度和律师执业规范的逐渐完善，民众对司法公正寄予了越来越高的期望，对各种影响司法公正的问题更为关注，因此关系在律师执业中的作用空间越来越有限。

从正式规则与非正式规则的角度，分析中国律师执业中的关系问题，就会发现关系作为社会生活中客观存在的规则，不仅体现在观念上，而且体现在社会结构中。因此社会秩序的保持不仅依赖法律制度，还要依靠人际关系的习俗和传统。高教授指出对于律师执业而言，"正确处理这种关系，不仅有利于提高律师执业效率，保障审判活动的正常进行，有利于保障律师依法执业，更有利于保护当事人的合法权益，维护司法公正"。[1]这样就涉及另一个重要问题—当代中国的法律适用和司法改革。

法律适用是法律实施的重要环节。高教授认为深化法社会学本土化研究应关注当代中国法律适用的平衡性，因为"当代中国法律适用的平衡性表现得更为明显和突出，更体现了当代中国司法的特质"。[2]通过对当代中国司法实践的法社会学思考，他认为当代中国法律适用的平衡性主要表现在：①法律适用目标的平衡，②法律适用内容的平衡，③法律适用依据的平衡，④法律适用角色的平衡，[3]⑤法律适用技术的平衡，⑥法律适用权限的平衡，⑦法律适用保障的平衡。通过实证研究发现在法律适用中讲求平衡有其积极意义，其符合中国社会发展阶段和政治、经济法律状况，与民众的意识相适应，有利于全面、彻底地解决纠纷，提高裁判的社会接受性。因此中国的司法改革不能完全照搬西方模式理想化地进行。这就需要在司法改革的方案设计和具体实施中，尽量将政治问题在法治的框架内进行处理，将社会要求转化为法律内容，平衡法院的专门职能与社会功能。

在法律适用中需要注意以下几方面，并通过相应的司法改革进行规范和不断完善：①适当行使释明权。法官在当事人的诉讼请求、陈述意见或证据不明确、不充分或不适当时，依法对当事人进行发问、提醒、启发或要求其做出解释说明或补充修正。②合理进行调解。诉讼调解能让当事人充分行使对自身权益的处分权，减少当事人的对抗性。因此法官要在观念上强化调解

---

〔1〕 高其才：《法社会学》，北京师范大学出版社 2013 年版，第 213 页。

〔2〕 高其才：《法社会学》，北京师范大学出版社 2013 年版，第 151 页。

〔3〕 高其才：《法社会学》，北京师范大学出版社 2013 年版，第 135~151 页。

意识，最大限度地追求案结事了。③尽量一次性解决纠纷。法官在选择纠纷的处理方式时，应尽可能消除导致再次诉讼而浪费社会资源的各种诱因，减少二次争讼、次生争讼，形成良好的审判预期。④重视判决书的制作。判决书应把法律适用、事实认定与判决之间的关系清楚全面地反映出来，让当事人通过阅读判决书能够分辨胜诉的理由和败诉的原因。⑤加强判决的可执行性。法官在判决时要充分考虑执行的问题，将调解与判决、审判与执行结合起来，最大限度解决执行难的问题。[1]

从法律评价的角度分析法律适用和相应的司法改革，[2]就能从更加开阔的视野思考当代中国法律适用和司法改革问题。狭义的法律评价包括法院行使审判权和检察院行使检察权的过程中适用法律的评价活动。高教授从法院的专门职能与社会功能的平衡性来谈法院的司法改革，确保法律适用达到法律效果与社会效果、维护司法公正与保障当事人合法权益的统一。从法律评价的文化方面对高教授这一观点进行呼应，笔者认为重视法院文化建设可以为有效推进司法改革提供良好的文化氛围。中国当前的法院内部司法改革大都围绕建设"学习型法院"展开。"学习型法院"的主要任务是通过法院文化建设，提高法官的司法理念和法律学识，提升法官平衡国家利益、社会利益与个人利益的法律适用技术水平。通过法院文化建设为法官提升法律适用能力提供了良好的社会和文化环境。

从检察院行使检察权的过程中适用法律评价来看，重视检察院文化建设也可为有效推进司法改革提供良好的文化氛围。检察院对职务犯罪侦查、公诉、侦查监督、监所监察、控告申诉等行使检察权也是司法活动的重要组成部分。检察院文化建设为检察院完善司法职能、提升检察官法律适用能力及其社会公信力提供了一个良好的社会和文化环境。通过检察院文化建设，有助于增强检察官对法治理念的认同，在检察工作中达成共识，提升检察官的法律学识水平和综合素质，从而为完善检察院的法律检察制度及其法律监督

---

〔1〕 高其才：《法社会学》，北京师范大学出版社 2013 年版，第 153~154 页。

〔2〕 学界目前从广义和狭义两个角度理解法律评价，反映了法律评价认识上不同的理论关怀。广义的法律评价是社会主体对法律规范及司法活动进行的评价，不同于狭义的法律评价即司法机关适用法律的评价活动。关于法律评价笔者已进行了一定的研究，如《法治社会中法律逻辑的哲学思考》[《上海政法学院学报（法治论丛）》2013 年第 2 期]、《法治时代的法律评价》[《广西大学学报（哲学社会科学版）》2013 年第 5 期]、《法律评价活动与法治文化的关联性》[《西安电子科技大学学报（社会科学版）》2013 年第 6 期]、《论法律评价的机制、逻辑和矛盾》（《学术交流》2013 年第 8 期）。

职能，深化和促进检察院内部的司法改革提供良好的社会和文化环境。

通过上述分析我们发现，高教授通过法社会学的调查和研究，认真观察和思考中国的法律现象和法律问题，着力探讨中国社会的秩序和规范，寻求和理解客观的实际法状况，总结中国法律制度的特质，为法社会学中国化坚持不懈地努力着。这体现了中国法社会学学者对法社会学中国化的不断反思和理论自觉，又体现了中国法社会学学者对"中国问题"的问题意识及其学术追求和学术志向。这表明法社会学中国化是法社会学这门学科发展的必然，也是学科和学者走向成熟的标志。

多元视野下的法文化研究

——兼评《中国少数民族习惯法研究》*

陈小华　田　艳

摘要： 中国固有法体系实际上包含了国家制定法和习惯法两部分。高其才先生的《中国少数民族习惯法研究》一书在中国少数民族习惯法研究方面堪称一本具有开创性的力作。与其他研究少数民族习惯法的著作相比，该书在学术思想、主要材料选取、体系、研究方法等方面都有重大创新，但也有值得商榷的地方。如缺乏对中国少数民族习惯法进行动态的研究；对一些最新的调查材料关注不够；作者只对掌握的材料进行了描述，缺少相关的分析，具体的研究方法方面缺少田野调查等。

关键词： 少数民族习惯法；学术思想；研究方法

从 20 世纪 80 年代中后期以来，出于对国家法在法律实践中的失灵现象的担忧和不满，一些学者开始了对现实中在中国少数民族地区"活法"——民族习惯法问题的关注，并不断提出应该加强对这一注重实际法律效果的"现实行动中法"的研究。正如高其才先生在《中国少数民族习惯法研究》[1]一书的导论中所指出的那样，中国固有法体系实际上包含了国家制定法和习惯法两部分。研究中国少数民族习惯法，探讨中国少数民族社会生活中的各种习惯法，对于拓宽法学研究领域、丰富法学理论、深化法学研究，正确处理现代化发展中的固有法文化是有一定意义的。高其才先生的这本书在中国少数民族习

---

　* 本文原载《西南边疆民族研究》第 9 辑，中央民族大学出版社 2015 年版，第 126～132 页。教育部人文社会科学研究项目"法律文化遗产的抢救与保护"（08JA20031）阶段性成果；云南省 2007—2008 年度哲学社科规划课题"基于地方性知识的云南少数民族生态习惯法研究"；云南大学"211 工程"三期"中国西南民族及其与东南亚的族群关系"课题阶段性成果。

　〔1〕　高其才：《中国少数民族习惯法研究》，清华大学出版社 2003 年版。

惯法研究方面是一本具有开创性的力作，本文试图对该书作一系统性的评介，并在此基础上提出一些相关思考。

一、《中国少数民族习惯法研究》简析

（一）学术思想源流

我们注意到，高其才先生曾于 1995 年 4 月出版了他的另外一本专著《中国习惯法论》。在该书中，他对中国的宗族习惯法、村落习惯法、行会习惯法、行业习惯法、宗教寺院习惯法、秘密社会习惯法以及中国少数民族习惯法做了深入、系统的阐述，尤其对中国少数民族习惯法更是不惜笔墨施以重彩。这首先是对以往法学研究的一个反思，以往法学研究只注意汉民族法、世俗法、中央法，[1]对民族法、地域法基本上未予注意。[2]而中国法学要走向成熟，以自信的步伐迈向新的时期，我们除了要广泛继承、借鉴外国的文明和智慧外，更应脚踏实地，立足中国国情，以中国社会生活中的法为主要对象进行研究。以前的一些关于习惯法研究的著作，比如《中国家族法研究》《羌族习惯法》《寻根理枝——藏族部落习惯法通论》《清代宗族法研究》等，都是对某一方面或具体某一民族的习惯法采用人类学的研究方法做了详细的描述，使读者对该特定社会生活领域各等，都是对某一个方面涉及的习惯法都有一个完整的认识和系统的把握。而高先生的《中国习惯法论》则从总体上对中国的习惯法做了理论上的分析，这在习惯法研究方面具有开创性，同时体现了作者深厚的法史学的学术功底。

高先生的这本《中国少数民族习惯法研究》在秉承前书风格的基础上又有长足的进展。在该书中，作者首先从历史角度追溯了中国少数民族习惯法的产生、发展及演变的历史进程，相当于少数民族习惯法的纵向分析；接着从社会组织（关系）、头领（头领的产生、职权、报酬等社会关系）、婚姻（关系）、家庭（关系）、继承（关系）、丧葬（关系）、宗教信仰（因宗教信仰而产生的社会关系）、社会交往（关系）、生产（关系）、分配（关系）、所有权（关系）、债权（关系）、纠纷解决等方面对当前中国少数民族习惯法进行了详细的描述，即对中国少数民族习惯法的横向分析。在纵向分析与横向

---

〔1〕 徐中起：《民族法研究的理论意义》，载《思想战线》1994 年第 4 期。
〔2〕 高其才：《中国习惯法论》，湖南出版社 1995 年版，第 18 页。

分析的基础上，作者从中总结出了中国少数民族习惯法的性质、特征、功能和现实表现。

该书是第一本从宏观上、总体上系统总结中国少数民族习惯法的专著，在该领域的研究中具有创性的学术价值。正如作者自己所指出的一样，当代中国正处于社会转型期，从传统社会向现代社会的过渡是一个观念冲突、利益分化而又充满活力的过程。原有的法规范不能适应调处新的社会关系的要求，以及稳定的法与变化的社会现实之间形成矛盾。这就要求我们不能只研究法规范、法规则、围绕法典、法条进行学术探讨，而更应关注法在社会生活中的实际运行、重视中国社会与法的相互关系的分析。

当前，对中国少数民族习惯法的研究通常是对所研究的内容做静态、客观、全面的描述，这种描述着重于对各民族的习惯法进行归纳和梳理。很明显，这种归纳和整理缺乏对中国少数民族习惯法进行动态的研究。从整体上看，对现代化进程中中国少数民族习惯法的变迁问题关注不够。

我们认为，作者所阐述的主要是 20 世纪 50、60 年代的中国少数民族习惯法，这些习惯法虽然仍起着不可忽视的借鉴作用，但毕竟已经成为历史。在目前的全球化背景下，中国少数民族习惯法究竟发生了哪些变化，哪些习惯法已经消失了，哪些习惯法仍然保留，是否又产生了新的习惯法？在现实的中国少数民族社会生活中，国家法与习惯法到底如何共同发挥作用进而调适着当地的社会关系？中国少数民族习惯法的未来发展趋势如何？对于上述这些急需解决的问题，作者关注得比较少。

尽管在该书中，作者谈到了大瑶山团结公约、乡规民约，活跃的家支，赔命价的现实表现，流传至今的阿肖婚、达婚、伙婚、护林组的警标，等等；但我们认为，这些现实表现确实体现了中国少数民族习惯法对当前民族地区社会生活的深远影响，一定意义上可以认为是目前仍然保留的习惯法，体现了中国少数民族习惯法强大的生命力，但是并没有解决我们前面提出的问题。

（二）主要材料选取

任何一本学术专著，都离不开系统的材料支撑，它是思想和创作的源泉。在《中国少数民族习惯法研究》这本书中，我们可以看出，作者所运用的材料不仅包括马恩原著、西方经典的法理学译丛，也包括了许多习惯法研究方面的原始材料。在该书中，作者使用的材料主要包括如下一些种类：

（1）经典作家原著。包括马克思的《第六届莱茵省议会的辩论》（第三篇论文），载《马克思恩格斯全集》第一卷；《政治经济学批判导言》，载《马克思恩格斯选集》第二卷（上）；恩格斯《家庭、私有制和国家的起源》；恩格斯的《论住宅问题》等。

（2）国家民族事务委员会组织编写的"民族问题五种丛书"。其中包括《中国少数民族》《中国少数民族简史丛书》《中国少数民族语言简史丛书》《中国少数民族自治地方概况丛书》《中国少数民族社会历史调查资料丛书》。

（3）有关人类学研究方面的著述（包括民俗研究的经典专著、人类学研究方面的专著等）。俞荣根的《羌族习惯法》、徐晓光等的《苗族习惯法的遗留传承及其现代转型研究》、邓敏文、吴浩的《没有国王的王国——侗款研究》、摩尔根的《古代社会》等。

（4）法理学研究方面的专著。亚里士多德的《政治学》、孟德斯鸠的《论法的精神》、黑格尔的《法哲学原理》、千叶正士的《法律多元》等。

（5）法律史方面的专著等。张晋藩的《中国法制通史》《中华法制文明的演进》《中国法律的传统与近代转型》，梁治平的《清代习惯法：社会与国家》，朱勇的《清代宗族法研究》，蒲坚的《中国古代行政立法》，徐晓光的《藏族法制史研究》等。

我们认为，《中国少数民族习惯法研究》是中国少数民族习惯法典的"编纂"。法典编纂是指对属于某一类的或某一法律部门的全部规范性法律文件进行整理、加工，并在此基础上编制成新的系统化的法律文件的立法活动。法典编纂是一项重要的立法活动。它不仅限于对规范性文件进行外部加工，而主要在于对已有的规范性法律文件进行审查、补充、修改或在此基础上重新制定，从而形成较系统的新的规范性法律文件。[1]在该书中，我们看到，作者同样进行了"编纂"，将已有的中国少数民族习惯法的调查材料按习惯法的内容重新进行了分类，并根据作者的需要进行了适当的取舍，这本身是对已有的中国少数民族习惯法的审查并重新分类，同样是一种"编纂"，只是因为中国少数民族习惯法之所以被称为习惯法，缘于其在国家法之外运行，因而不能称其为一项立法活动。

但需要指出的是，作者运用的主要是"民族问题五种丛书"中记载的材料，这些材料主要是在 20 世纪 50 年代特定的历史条件下所做的调查，记录

---

〔1〕 卓泽渊：《法理学》，法律出版社 2004 年版，第 348 页。

的习惯法主要是当时的习惯法。这些习惯法开创了我国进行大规模少数民族调查的先河，是我们开展民族工作的重要依据，是我们目前进行中国少数民族习惯法研究的基础材料。然而，近半个世纪过去了，各少数民族在经济、社会、政治、文化等各个方面均发生了巨大的变化，我们认为，作者对一些最新的调查材料关注不够，没能把那些借鉴其他学科的、展示当前少数民族社会生活图景的研究成果加以充分利用。

（三）文章结构体系

从整体上看，《中国少数民族习惯法研究》首先从历史角度追溯了中国少数民族习惯法的产生、发展及演变的历史进程，然后对当前中国少数民族习惯法内容进行了详细的描述，最后从中总结出了中国少数民族习惯法的性质、特征、功能和现实表现。这基本属于"总—分—总"结构。

在述及每一个方面的习惯法时，作者都首先对该部分的习惯法做一个总的概括性的介绍，然后详细列举了相关的各个少数民族在该方面的具体习惯法，基本上属于"总—分"结构。例如，在谈到"生产及分配习惯法"时，首先介绍了目前民族学界得到广泛认可的对中国少数民族的社会文化类型的分类，接下来相对应地把中国少数民族的生产及分配习惯法分成农业生产、狩猎组织与生产、猎获物分配、渔业组织、生产与渔产品分配、采集等几方面分别加以介绍。关于猎获物分配的习惯法中，作者分别列举了赫哲族的分配方式、鄂伦春族的分配方式、达斡尔族的分配方式和土家族的分配方式。

该书注意将历史分析与田野调查材料相结合，尤以历史分析为重，目的在于描述中国少数民族习惯法的实际情况，把握现代化进程中中国少数民族习惯法的发展趋势，探讨中国少数民族社会的控制手段，实属该领域的力作。

二、对少数民族习惯法研究方法的讨论

从以上的分析中，我们可以看出，《中国少数民族习惯法研究》一书是中国少数民族习惯法典的"编纂"。既然是对中国少数民族习惯法典的"编纂"，那么作者所采用的研究方法就主要是法学的规范分析的研究方法，即把习惯法按照法学的分类方法做了一个大致的分类，然后在此基础上展开讨论。然而，这种单一的研究方法必然存在着一些不完美之处。以下，笔者本着实事求是的原则，基于对《中国少数民族习惯法研究》的分析，反思少数民族习惯法的研究方法问题，提出一些不太成熟的观点与作者商榷。

（一）应强调田野调查

民族法研究的不仅仅是原始社会的"法"，它还要研究从原始社会到现在的演进，以期向人们更清楚地展现法的发展过程这一历史链条的每一个环节。从研究范围看，除了研究包括禁忌、习俗、成文法以及它们的文化背景外，更重要的方面，它还要研究具有中国特色的民族区域自治制度，以及研究中国法律在少数民族地区的实施。这三个方面的研究构成了民族法研究的主要内容，表明了民族法的研究范围……还表明了它不仅有理论意义，而且有实践意义。[1]

作为一本专门研究中国少数民族习惯法的专著，我们从《中国少数民族习惯法研究》看不到作者进行田野调查的迹象。虽然作者在导论中强调"在方法上注意将史料分析与田野调查相结合，尤以史料分析为重，主要依据各种少数民族社会历史调查资料进行论述"，[2]但严格说来，这不能称作田野调查的方法，只能称作利用他人的田野调查材料进行分析，即利用第二手资料进行分析，而不是第一手资料。科学的田野调查以参与观察为重要标志。马林诺夫斯基首倡参与观察法，即主张一个文化人类学家应在所调查地区长期居留，学习当地语言，完全投入当地人民社会生活中去，才能深入了解当地的文化。[3]我们必须认识到，习惯法文化是当地文化的重要内容之一，因此，对习惯法的田野调查仍然应当采用参与观察法。而此后的一些关于少数民族习惯法的著述则注意到了研究方法方面的创新，将田野调查作为少数民族习惯法研究领域最主要的研究方法加以利用，如徐中起等主编《少数民族习惯法研究》，海乃拉莫等著《凉山彝族习惯法案例集成》，张济民主编《青海藏区部落习惯法资料集》，李鸣著《碉楼与议话坪：羌族习惯法的田野调查》，高其才著《瑶族习惯法》，邵泽春著《贵州少数民族习惯法研究》，吕志祥著《藏族习惯法：传统与转型》，徐晓光、文新宇著《法律多元视角下的苗族习惯法与国家法——来自黔东南苗族地区的田野调查》，徐晓光著《苗族习惯法的遗留传承及其现代转型研究》[4]等。

---

〔1〕 徐中起、张锡盛、张晓辉主编：《少数民族习惯法研究》，云南大学出版社 1998 年版，第 5 页。

〔2〕 高其才：《中国少数民族习惯法研究》，清华大学出版社 2003 年版，第 17 页。

〔3〕 汪宁生：《文化人类学调查——正确认识社会的方法》，文物出版社 2002 年版，第 4 页。

〔4〕 徐晓光、文新宇：《法律多元视角下的苗族习惯法与国家法——来自黔东南苗族地区的田野调查》，贵州民族版社 2006 年版；徐晓光：《苗族习惯法的遗留传承及其现代转型研究》，贵州人民出版社 2005 年版。

试举一例。羌族没有本族文字，其习惯法资源在口耳相传的历史变迁过程中已逐渐濒于流失，俞荣根先生主编的《羌族习惯法》一书的研究采用了田野调查的方法，对此加以大力挖掘、收集和整理，及时抢救了羌族习惯法这一宝贵的文化资源，并进一步将这一资源归纳整理，选编出版，为更多学者进行研究提供了丰富的第一手资料，也使自己的研究建立在坚实可靠的调查材料基础之上。1994 年 7 月、8 月间，俞荣根教授率调查队一行 13 人深入到川西北羌区进行实地调研，专访了 1 府（阿坝藏族羌族自治州首府马尔康）、4 县（理县、汶川县、茂县、北川县）、6 个羌族乡、33 个羌村、41 个羌寨，取得图文资料数千万字，以及原始碑刻、契约、口碑资料 40 余万字，结合历史文献，经多年钻研使其书充满了科学求实的严谨的治学精神。

任何一个研究者的精力都是有限的，我们并非认识不到第二手材料的重要性，只是在《中国少数民族习惯法研究》中，没有体现出对参与观察法的运用，必然使这本对中国少数民族习惯法进行研究的专著在方法上缺少说服力。我们所倡导的是将通过参与观察法得来的资料与第二手资料相结合，互相补充，共同展示中国少数民族习惯法的全貌。

（二）对具体材料宜进行整体相关分析

任何社会生活本身都是个整体，其中的各个部分有机地结合在一起，相互制约、相互作用、相互配合，也因而相得益彰。中国少数民族的社会生活就更是如此，作为中国少数民族社会生活的体现之一的中国少数民族习惯法也是如此。然而，《中国少数民族习惯法研究》一书并没有把其所列举的各类中国少数民族习惯法进行对比分析，没有找出其中的内在联系，这不得不说是该书的一大缺憾。试举一例加以说明。

在该书第二章第一节中谈到了景颇族的山官制，大致可分为两种类型：一种为"贡沙"，一种为"贡龙"。"贡沙"制度在实际上有两种不同的形态：一种是山官握有实际的较大的权力，是辖区内最高政治首领。有世袭的山官和严格的幼子继承制，山官享有最高的尊敬……依照习惯法拥有广泛的职能和权力…另一种为山官采世袭制，但幼子继承已不严格。"贡龙"制度与"贡沙"制度则有根本的区别，从习惯法角度认识，其主要特点是：没有实行世袭且具有特权的山官。[1]在谈到财产继承习惯法时，景颇族实行的是幼子继

---

〔1〕 高其才：《中国少数民族习惯法研究》，清华大学出版社 2003 年版，第 49~50 页。

承制，幼子守家者，继承父母的一切财产，兄长们一般是结婚后即分出居住，仅分得一些生活用具。如财产多时，则兄长各分一份，将多的一份及留给父母的一份传给幼子。如财产很少，则全部留给幼子。幼子的地位比诸子要高……[1]那么，在景颇族的社会生活中，从身份继承（山官的继承）到财产继承为什么都实行幼子继承制呢?

仔细分析，不难发现其中的缘由。这与景颇族的婚姻习惯法中的"不落夫家"的习惯法有关。"不落夫家"的习惯法（也叫"坐家"）在中国许多少数民族中都存在，如壮族、水族、布依族、哈尼族、黎族、怒族、侗族等，而且具有多样性。[2]景颇族也不例外。"坐家"的程序一般如下：①坐家的开始：一般是举行结婚仪式后第4天回门，回门时有一定仪式。②决定坐家期长短的因素有二，一是受孕的快慢，二是结婚年龄的大小，故此坐家期长短不一。③坐家期间回夫家的规定：有的一年只在二月洗青菜、四月栽秧、八月打谷时回去3次，另外男家如有婚丧大事派人来接后也回去，每次住几天、十几天不等。④新妇在娘家的活动：坐家时的少妇在娘家照样可以参加游方（苗族），并主要制作背带、鞋、帽以供生育子女所需。⑤坐家结束的仪式：坐家结束后，由新娘的母亲携带鸡、鸭、酒、糯米等到女婿家中举行一种织布仪式，以结束坐家。[3]试想，正因为有"坐家"的规定，所以在景颇族的家庭中，很难保证家中的长子是父亲亲生的，一般人都不愿意让自己的财产（或身份和财产一同）由不是自己血统的后代来继承，而幼子则基本可以确定是父亲亲生的，加之一般说来，幼子与父母共同生活的时间更长一些，因而景颇族等许多少数民族都选择幼子继承制。可见，有了这样的文化语境分析，就能对其继承制有更好的理解。

三、对少数民族习惯法研究的反思

（一）关于研究立场

对于少数民族习惯法的研究立场和态度，不同的学者由于学科背景不同、

---

[1] 高其才：《中国少数民族习惯法研究》，清华大学出版社2003年版，第88页。

[2] 宋兆麟：《共夫制与共妻制》，上海三联书店1990年版，第95~101页，转引自高其才《中国少数民族习惯法研究》，清华大学出版社2003年版，第70页。

[3] 主要参考苗族坐家的相关规定，参见高其才《中国少数民族习惯法研究》，清华大学出版社2003年版，第70~71页。

研究目的以及所依据资料的不同，所以得出了不同结论。

有人认为，部落习惯法是适应封建农奴制社会阶级斗争和生产方式的需要而产生的，根本不能适应今天民族地区社会主义的经济关系、生产、交换和分配本身的需要。消除习惯法影响的方法有如下几种：第一，把经济发展放在一切工作的首位；第二，大力发展民族文化教育事业；第三，制定切实可行的、科学有效的实施措施和计划。最终使广大群众摈弃束缚他们的思想、行为观念、旧思想、旧制度，成为具有现代法律意识的社会主义文明公民。[1]也有人认为，"民族习惯法作为启蒙、培养少数民族群众法律意识和法治观念的传统手段，在维护广西少数民族地区的社会生产、生活秩序中仍然具有不可替代的作用"。[2]

高其才先生则主张，正确对待少数民族习惯法就是既要看到少数民族习惯法积极的一面，又要看到其消极的一面。他认为少数民族习惯法的积极作用主要体现为具有浓厚的集体主义色彩、注重维护社会公共秩序以及鼓励团结友爱、互帮互助等。消极作用主要体现在：具有封闭、排外倾向；族内族外双重标准；对个人重视不足；绝对的平均主义；倾向于保障传统的生产方式，轻视乃至鄙视商业以及因循守旧、墨守成规等。[3]

也有学者反对这种将习惯法作好与坏、原始与现代、精华与糟粕的划分，认为如果以这种二分法去评价少数民族习惯法，可能会犯过于简单化的错误。主张在法律多元的框架下研究少数民族习惯法，努力探讨国家法制与少数民族习惯法相互协调和良性互动的可能性。提出在发展国家法律制度的同时，应当给予少数民族习惯法一定的作用空间。[4]

我们认为，对少数民族习惯法应持一种理性的态度。试以具体案例来进一步说明：

朱苏力教授在青海的偏远山区调查时记录了这样一个案例：高原地区因为紫外线强而使妇女的生育能力受到很大的影响，妇女受孕比较困难，所以

〔1〕 贾晞儒：《试论习惯法复旧的社会根由及对策》，载《青海社会科学》2002 年第 2 期。

〔2〕 龙春松：《调适民族习惯法，为民族地区经济建设服务》，载《广西民族研究》2002 年第 2 期。

〔3〕 高其才：《中国少数民族习惯法研究》，清华大学出版社 2003 年版，第 284~288 页。

〔4〕 周星：《习惯法与少数民族社会》，载《云南民族学院学报（哲学社会科学版）》2000 年第 1 期；《民俗、习惯法与法制》，载乔健、李沛良、马戎主编：《社会科学的应用与中国现代化》，北京大学出版社 1999 年版。

当地有这样一个"规矩",女孩到了十三四岁就在自家的帐篷旁边另外搭建一个帐篷独自居住,其他的男子就可以与其同居,如果哪个女孩因此怀孕,就会有许多男子上门提亲。这在其他地区简直难以想象,根据我国刑法,这些男子犯了"强奸幼女罪",应该受到刑事处罚,但是青海当地的法院知道类似的事情,却没有因此而追究过任何人的刑事责任。[1]这是为什么呢?很明显,基于当地特殊的地理环境和气候条件,如果不尊重当地的这些习惯法,甚至当地的社会都难以为继;退一步讲,为什么会产生这样的习惯法?同样是基于上述原因。

所以,我们认为,目前的少数民族地区的社会同样是一个多元的社会,各种不同的社会规范交织在一起,共同实现对少数民族地区社会的多元控制。少数民族习惯法本身是不断变化的,它对社会所起的作用也是不断变化的,同时又应该分清,在具体的社会控制中(或具体的事件),少数民族的习惯法与其他哪些规范在共同发生着作用,究竟是什么规范对事件起了决定性作用。因此,不能简单地对少数民族习惯法进行分类,而是"应当给予少数民族习惯法一定的作用空间"。

(二)关于具体的研究实践

1. 还需要更多的贴近现实的法律实证性研究

就当前的少数民族习惯法研究而言,大多数研究还只是停留在对民族习惯法相关资料的整理和收集阶段上。在这其中又以对少数民族习惯法的基本内容、基本功能的描述和功能叙述为主,以实证调查为基础的民族习惯法应用性研究还有待进一步提升;民族习惯法规范的实证分析和对民族习惯法的理论反思和体系构建的著作和文章所占的比例仍然偏少,学术质量上也不是很高。

检验一项理论或著述是不是真正意义上的学术研究成果,更多的还是要看法律实践中能不能站得住脚。在老一辈和中青年一代民族习惯法研究者的不断继续努力下,相信贴近少数民族地区具体法律实践问题实际的学术成果会比以前更多,民族习惯法的"活法"的实际价值和功用将得到更进一步的彰显和提高。

---

[1] 该材料选自朱苏力教授 2002 年 10 月 8 日在云南大学科学馆所做的报告。

2. 对少数民族习惯法研究资料的基础性整理工作仍需加强

就现有已整理出版的民族习惯法研究使用的基础性资料来说，这项工作是非常有意义的，如果现在不抓紧时间，投入必要的人力和物力来进行少数民族习惯法资料的整理和抢救工作，可想而知，再过些年恐怕留下的可能只会是无法挽回时的扼腕叹息了。这项工作不是已经做得很好了，恰恰是做得很不够，还需要加强的一项重要工作。

中国当下的民族习惯法不能说没有问题，也不能说只是个别的一些枝节性问题，一个学科在发展的过程中出现这样和那样的问题是再正常不过的了，这也是一个学科在发展过程中必然要克服的正常现象。现在也更多地需要针对现存的一些突出问题，加强对民族习惯法上的理论反思深度，只有这样才会更好地促进少数民族习惯法对国家法治建设进程的更有作用力的参与和理论支撑。

3. 不同民族习惯法之间的比较研究急需进行

现有的族别习惯法研究对一些较大和较重要的民族习惯法的研究近年来的科研成果还是很多的，但与之相比对其他一些较小民族的习惯法研究还是寥寥而已，有的较小民族习惯法的研究至今仍然无人问津，不能不说是学术界研究的一大憾事；开展不同民族习惯法之间的比较研究，相信这项工作将来的发展前景是比较广阔的，不同民族的习惯法也是在相互间的交往和取长补短过程中不断发展的，如果只是孤立地研究几个民族习惯法，相互之间没有比较和理论上的切磋，这显然是与中华民族"多元一体"的实际不符的。

乡土司法：解决农村纠纷的便捷路径[*]

张　微

《乡土司法——社会变迁中的杨村人民法庭实证分析》课题以我国北方某省杨村人民法庭为个案进行研究。调研组从法庭概况、法庭法官、法庭运作三方面对杨村人民法庭进行了详细调查、分析，涉及人民法庭的内部结构、自身运行、外部关系和整体特点，该课题被评为国家社科基金课题优秀项目。

一、填补学术界人民法庭研究空白

人民法庭是基层人民法院的派出机构，直接面对基层社会进行案件审理和纠纷解决。人民法庭的工作与党和国家改革发展稳定的大局息息相关，与农村社会的稳定和谐密切相关。

中国的农村社会和社会治理发生了明显的变化，利益呈现多元化、观念表现多样性、发展出现不平衡，法律的资源分配、冲突解决、秩序维持功能日益突出，农民的法律诉求增多，农村基层司法和人民法庭的地位不断提高、社会功能逐渐扩大。课题组敏锐关注这一社会变化，分析农村社会纠纷和秩序维持的特点，探寻社会变迁进程中人民法庭相对稳定的因素和发展趋势，思考中国社会基层司法改革和制度完善之路，为社会主义新农村建设和民生的改善作出贡献。

"中国的问题仍然主要是农村问题，作为基层人民法院的派出机构，人民法庭与普通民众距离最近，直接影响着普通百姓的生产、生活。法律与社会现实之间错综复杂的关系，往往在人民法庭有更为直接、生动、鲜明的反映和体现。对当代中国的法治发展最具有理论意义的、最具有挑战性的一系列

* 原载《中国社会科学报》2010 年 4 月 29 日。

问题在基层司法和人民法庭表现最为突出和显著。而我国学者的研究大部分集中在规范性层面且以现代都市法律生活为背景，少有触及对普通民众生活影响甚大的农村基层司法和人民法庭领域。"高其才说，这个课题直面人民法庭的实际运作，通过实证研究把握现代化发展和现代法治建设对中国人民法庭的具体影响，从而填补了人民法庭实证研究的空白。

课题组成员认为，从世界法学发展看，法学正在由面向立法的法学向面向司法的法学转变，法律的实施和社会作用、社会效果有赖于司法、法官的具体运作，司法、法官对于法律权威的实现至关重要。现代法学更强调规范的实际运行和社会表现，中国法学应当顺应法学发展的这一趋势，重视中国的文化传统和社会实际状况，寻求固有法资源的现代价值，探讨中国语境下的现代司法的转向及其难题，并对西方强势话语下的现代司法在中国基层社会的处境进行反思。

人民法庭的性质为"乡土司法"

随着国家推进"有规划的变迁"，社会的变化、市场经济的导向和民主政治在杨村的推行使农民的角色发生了一些变化，乡民之间形成纠纷后，单纯依靠习惯、习俗进行解决的情况在逐渐减少。乡民的法律意识和权利意识在逐渐增强，权利观念有了生长的基点。课题组在基于对杨村人民法庭和全国32个先进人民法庭进行实证研究的基础上，将人民法庭的司法定性为乡土司法

高其才介绍，从杨村人民法庭的司法看，它具有自己鲜明的特点，不完全同于正式制度层面所要求的状态。面对以现代化为趋向的司法改革的强势话语和制度要求，它采取了一种"形式主义"策略，表现了一种"或附合或创新或隐退或反抗"的态度。在司法过程开始的立案环节上，杨村人民法庭的法官为了应对乡民的现实需求和自身利益的需要，尽量规避制度的约束，采取一些变通的方式。在司法过程中，在调查取证方面，法官采取的是一种"主动为常态，被动为例外"的策略；在事实认定过程中，采取实用的经验方法，偏爱言词证据，并依据自身经验对案件事实进行"加工"；在法律适用方面，法官反复权衡法律、司法解释以及民间习惯法，小心谨慎地选择适用，务求"法律效果与社会效果"以及"情、理、法"的统一；在结案方式方面，形成"调解为主，判决为辅"的格局；在庭审方式上，法官选取"法官

+庭下"为中心的模式。在司法过程的结束环节，法官需要谨慎处理当事人上诉、上访；在执行方面，为了应对"执行难"的问题，法官摸索出一些实用的举措。杨村人民法庭在司法过程中除了审判以外还要承担诸多其他任务。在司法过程中，法官对待程序的原则是"实体为重，程序为次"，把程序作为解决问题的手段。

杨村人民法庭司法过程有三个特征。第一，在司法主体方面，司法主体的类型是非职业化、大众化的法官；在司法主体的原则方面，法官的原则是"重实体，重结果，轻程序，轻过程"，以解决问题为依规，以落实规则为次要；在司法主体的手段方面，法官倚重的是自己积累的司法经验；在司法主体的角色方面，法官须同时扮演"为民做主、为中心工作服务、为己谋利"三种角色。第二，从司法的对象看，主要针对的是农村基层一般乡民之间的"家长里短"式的传统型纠纷。第三，从司法的功能看，法官既要运用便民的原则来解决纠纷，又要以务实的方式来维护稳定，还要以得力的手段来树立和维护法律和政府的权威。

由杨村人民法庭所处的农村社会特点和人民法庭的具体功能所决定，人民法庭的司法定性为乡土司法，即是指由转型期乡土社会中非职业化、大众化的法官，应对乡民的现实需求，在自身的有限的法律知识结构和丰富的社会经验基础上，在长时间解决乡土社会"家长里短"式传统型纠纷的司法活动中，自发地摸索、总结而形成的一套针对性和实用性较强的包括理念、心理、行为以及技术在内的司法形态。

乡土司法是由大众化的法官在转型期乡土社会背景下，在充分考虑并认同乡民的实际心理和需求的前提下，依靠自身的经验智慧，摸索总结出来的一条方便的解决纠纷的路径，具有较强的针对性和实用性。

《中国习惯法论》经典在哪里[*]

徐小芳

一、习惯法研究"从边缘到中心"的历史见证

在今日法学界"法律多元主义"已然达成共识的大背景下，"习惯""习惯法""民间法"等词渐渐从法律边缘走进法律学者研究的视野，近年来更是掀起了一股"习惯法""民间法"研究热潮。但当我们身处热点中，除了立足当下，展望未来外，对于过去习惯法研究的回顾亦是必不可少的，而《中国习惯法论》就是这样一本极佳的回顾过往习惯法研究的书籍。这本书无论是从作者本人的研究历程、书籍的成书年代，还是版本次序的更迭来看，皆客观记载着中国习惯法研究的变化过程，可以说是"习惯法"从边缘走向热潮的历史见证。其一，作者初创该书时，"习惯法"研究还是法学空白阶段，处于法学边缘地位。作者从法社会学研习，转向具体中国习惯法研究，在其看来尽管势单力薄，却也希望能为中国法学寻找新的出路，为中国习惯法研究工作奠定良好的开端。其二，从书籍成书年代来看，该书初版成于1995年，这一时期以"习惯法"为书名的仅此一例。该书初版一段时间后，学界开始注重对"中国习惯法"的研究，才后续有了我们所熟识的《清代习惯法：

———————————————

* 徐小芳，华中科技大学法学院博士研究生。本文原载微信公众号：《法律人类学世界》，2023-11-19 08：07发表于上海。最后访问日期：2023年11月19日。本文为2023年11月19日晚19：00—21：30举行的"法律人类学云端读书会"之"阅读中国法律人类学"第6期《中国习惯法论》领读人徐小芳的报告的第一部分"缘何再读此书"部分。这次通过腾讯研讨会形式举行的读书会，领读人为徐小芳，与谈人为中国人民大学博士生李浩源、兰州大学硕士生赖源水、河南师范大学本科生张欣然，主持人为湖南师范大学硕士生王宁，参加人有上海外国语大学王伟臣和庄驰原、湖南师范大学刘顺峰等110位老师和学生。题目称《中国习惯法论》为"经典"，这是作者的一家之言，我持保留意见。《中国习惯法论》离"经典"太远。

社会与国家》《瑶族习惯法》《乡土秩序与民间法律：羌族习惯法探析》《侗族习惯法研究》《畲族习惯法研究》《凉山彝族习惯法研究》《壮族习惯法研究》等。其三，从该书第三版自序中，我们可以看到，作者的习惯法理论从最初的摸索日益走向成熟，这也是"中国习惯法"发展的一个侧面印证。作者从一开始的"中国习惯法"的泛化理解，到后期探寻"秩序维持中的中国因素"，再到最后2018年终版形成"习惯法中国"的判断。

二、"习惯法"方法论的指导与类型化的了解

任何一类学科的研究都离不开方法论的指导，"习惯法"亦如是。作为"习惯法"研究者，阅读该书是十分必要的。因为本书中作者提炼出了习惯法研究的初步范式，即采取文献分析、访问调查、功能分析、规范分析等方法，结合法人类学、法社会学研究方式发现真正的中国问题，寻找中国非国家场域法文化的内涵与路径。且该书在史料搜集上，也告知着读者不能囿于单一史料，除正史资料、官方文献、典章制度外，党政文献、地方档案、碑刻、族谱、契约文书、方志、笔记文集、小说戏曲、口碑资料等，都可成为思考中国习惯法、中国秩序的资料。此外，在习惯法评价与研究过程中要警惕自觉与不自觉的欧洲中心、西方中心世界观以及避免贵族化视角。

该书除方法论指导外，还有提供了对"中国习惯法"类型化分析之模型，以书中"中国村落习惯法"为例，作者根据时代、地域、村落的组成形式、内容、成文与否等方面，分别将"中国村落习惯法"类型为周代村落习惯法、宋代村落习惯法、明代村落习惯法、清代村落习惯法、近代村落习惯法、民国时期村落习惯法等；安徽村落习惯法、湖南村落习惯法、台湾村落习惯法等；血缘村落习惯法、地缘村落习惯法；综合性村落习惯法、单项性村落习惯法；成文村落习惯法、不成文村落习惯法……书中还有诸多例子是对习惯法的类型化划分，在此就不一一罗列。

三、了解中国习惯法的重要途径

除清末民初大型的民商事习惯调查外，该书汇集了中国宗族、村落、行会、行业、宗教寺院、秘密社会、少数民族等多方位的习惯法史料，尤其是少数民族部分，涵盖了壮族、苗族、瑶族、侗族、傣族、毛南族等近20个民族习惯。楠君曾言高其才的这本《中国习惯法论》是对中国社会"活法"的

一次重要探寻，认为这本书视角独特、观点新颖、对习惯法内容的挖掘较为全面。楠君希望读者特别注意的是，著者对中国少数民族习惯法的讨论，这一讨论从少数民族习惯法的产生发展演变及禁忌、图腾崇拜的关系，阐述了少数民族习惯法的原始民主性性质和民族性、地域性等特征。魏鸣则指出这本书是对中国固有法研究的新开拓，指出著者当时选择中国习惯法这一法学领域的空白点进行专门研究，提出关于"习惯法"的新界定，是非常重要的。且在魏鸣看来，著作大胆尝试借用法社会学及法人类学的研究方式，在本书中自始至终贯穿了实证研究的方法，在学术方法上也是一种独特的创新。是以，要想全面认识中国历史上的习惯法演变，《中国习惯法论》是"习惯法"研究者无法避开的读本。

遥远的石牌头人

——《桂瑶头人盘振武》读书笔记*

王树莉

在本科期间，我有辅修法学，但也存在着一种迷茫的心理：上过许多的法学课，感到自己无论如何也无法成为"法学家"，而只能成为"法条学家"；对法的了解仅限于课本和法条，却无法深究其中奥义，不知道真实的世界里"法"是什么样子的，更不用说如何搭建从理论到实践的桥梁。

在暑假期间看了《秋菊打官司》这部电影，里面所体现的各个不同环境下的人的法理念让我感到新奇，由此产生了探索的欲望，于是选择了高老师的《桂瑶头人盘振武》这本书。读过之后，感觉自己对一些现象只看到表面而囿于理论知识的缺乏无法深思，于是又读了苏力老师的《送法下乡——中国基层司法制度研究》，希望可以两相结合，对《桂瑶头人盘振武》这本书有一个更深层次的认识和思考。其中有错漏、不足之处，还请老师批评指正。

一、黯淡的石牌

"石牌"是书中所描述的最为核心的制度体现，"金秀瑶山历史上一直实行石牌制，民众通过带有原始民主性质的石牌、按照习惯法进行自我管理"[1]。

石牌是一种习惯法的体现。习惯法是"独立于国家制定法之外，依据某种社会权威和社会组织，具有一定强制性的行为规范的总和"[2]。在瑶族生活文化的语境下，它是"把有关维持生产活动、保障社会秩序和治安的原则，

---

* 本文为清华大学法学院法律硕士 2022 级学生王树莉 2022—2023 年秋季学期选修《法理学》的课程作业。

　[1]　高其才：《桂瑶头人盘振武》，中国政法大学出版社 2013 年版，第 3 页。

　[2]　高其才：《法理学》，清华大学出版社 2021 年版，第 80 页。

经过参加石牌组织的居民户主的集会和全场一致通过的程序，或是用文字把它记录下来加以公布，或是用口头方式传开去，使全体居民共同遵守的一种特殊性的'约法'"。这让我想起《十二铜表法》，同样是将一定的制度规范刻在某坚硬物体上，起到公开和昭示效力的作用（我认为相较于书写于某柔软平面，镌刻于坚硬物体上的法，尤其是石碑这样的介质，会更有效力，可能是源自一种象征意义），二者虽效力不同，但是方式上却有异曲同工之妙。

在下古陈村，石牌发生了很多的变化，从这些变化中可以看出社会以及各种价值的位阶的变动。曾经，石牌具有类似于法律（尤其是刑法）的作用，内容少，且主要是和一些犯罪相关，并且在当时那个没有"人权"一说的时代，它的强制力的对象可以是人身，强制的手段在目前的观念来看有些令人咋舌，比如因为偷牛、乱搞男女关系而被处死。而现在，小小的石牌显然无法承载愈发复杂的社会生活变迁。新石牌名为"村规民约"，格式完整，涵盖的内容从偷窃类的不正当行为、破坏秩序类的不正当行为，到道德上的不正当行为、经济上甚至环保上的不正当行为，都包括在内。惩罚的手段更加温和，以罚款罚物为主，哪怕是道德上的不正当行为惩罚方式也是罚款罚物。[1]我认为这体现了：

第一，现代经济发展对传统农耕社会在观念上的影响。《送法下乡——中国基层司法制度研究》中，在一起给付赡养费的案件中，法官提出了用实物进行支付，而当事人最后同意用货币进行支付，苏老师认为这是由于市场经济的发展使货币在中国农村社会中的流通增加，争议双方愿意以这种更规则化同时交易费用更低的支付方式来解决纠纷。[2]经济发展让一般等价物的观念深入人心，标准更加细化，我认为用这个原理去分析村规民约中"元"这一具体货币单位出现次数非常多的现象也是可行的。另一方面，现代社会经济的发展使各种新的情况大量出现，笼统的规定已经无法解决多层次的问题。在这一点上，村规民约相较于传统石牌的内容的发展，和现代社会法律线条越来越细、分支越来越多类似。曾经的违法行为尚可以笼统归为"人身""经济"两类，要么是杀伤，要么是偷抢；而现在出现了偷鱼、毒鱼等新的侵害村集体和他人利益的形式。人们心中自然有"罪刑相适应"的观念，在制定

---

〔1〕 高其才：《桂瑶头人盘振武》，中国政法大学出版社 2013 年版，第 85~88 页。
〔2〕 苏力：《送法下乡——中国基层司法制度研究》，北京大学出版社 2011 年版，第 142 页。

村规民约时就会层次更多、内容更为复杂。

第二，法的价值的位阶的变化。"法律价值是作为主体的人对作为客体的法律的需要和主体对客体的判断标准，是法律作为客体对主体——人的意义，是法律作为客体对人的需要的满足"[1]。曾经，至少在盘振武所说的根据石牌而将人处决的时代，秩序价值可能是被奉为最高位阶的。一个人被处决是因为犯罪，此罪在现代眼光看来并不至死，但是因为破坏了集体秩序（如乱搞男女关系破坏了道德秩序）而被沉塘，是非常正当的行为。或者说，这种维护秩序的行为甚至是"正义"的，因为符合当时的人们对于价值判断的标准，即道德败坏是难以被宽恕的最大不正义之一。我认为将秩序放在如此高的位置，原因之一是农耕社会的特质，即传统的小农经济是很脆弱的，规模小、抗风险能力低，需要一套稳定的秩序来保障生产发展，也只有在稳定的秩序下才能够生存，所以破坏秩序的行为是罪大恶极的，因为其威胁到了小农发展的基础。现代的农村当然也需要秩序，不过对于秩序的依赖性已经没有那么强了，因为人们有更多谋生的方式，和外界的交流沟通性大大增强。原因之二是现代法律对于传统观念的冲击，即个人权力的边界在哪里。生命是一个人最至高无上的权利，非经严格的法律程序是绝对不能剥夺的。可能在传统观念里，当一个人的权力足够大，哪怕不是皇权而是一个村的最高权力者，也可以决定一个人的生死。当社会不断文明和进步，这种传统观念逐渐消亡，村规民约中的惩罚方式也更加温和了，将村规民约作为一种"法"来分析的时候，才逐渐符合现代的法的价值位阶。

另外，新石牌的发展也很好地体现了制定法和习惯法的关系，以及习惯法相较于制定法的弱点和优势。

在二者关系方面，"习惯法和国家制定法在法的目标和功能、法的内容、解决纠纷等方面具有一些内在的共同性"[2]，并且，习惯法受到了制定法的指导和束缚。新石牌相较于曾经的石牌，增加了大量"集体"有关的内容，和我国的农村农业政策有关，体现了制定法对习惯法的影响和指导；删除了大量野蛮的、惩罚方式伤害生命健康的内容，因为现代刑法严格禁止伤害他人的生命，石牌头人不再具有生杀大权，体现了制定法对习惯法的束缚。同

---

[1] 高其才：《法理学》，清华大学出版社 2021 年版，第 177 页。

[2] 高其才：《法理学》，清华大学出版社 2021 年版，第 82 页。

时，二者也存在一些矛盾。比如，在盘振武处理的案件中，有一部分是将盗窃等刑事案件"私了"，体现了以和为贵的意识，但是和刑事案件公诉的规定有所冲突。

书中盘振武的一段话，给了我很大启发，涉及一个十分现实的、敏感的问题。盘振武认为村规民约在当地比法律的作用还要大，并如此表述自己对法律的看法："现在的法律呢，是一些专家研究出来，是在人大会上通过，我认为这个有一点形式主义。"[1]例如，有些代表根本不懂普通话，只是举手同意。而新石牌为代表的村规民约，是经过充分的讨论、广泛地参与形成的，并且有旧石牌的理论和实践基础，更容易被认识和接受，同时也符合当地的情况。相比之下，村规民约具有更为广泛的群众基础，并且是法律的良好补充。不过，就像城邦的直接民主制无法适用于更大规模的国家，这种所有人一同参与村规民约制定的方法注定只能适用于村落。

不同于制定法以国家强制力为保障，习惯法往往是以道德和社会压力为保障的。书中提到，如果某一家在其他家有工要做时不去帮忙，那么其他人也不会帮这一家做事，这就是一种社会压力；别人都去帮忙，他如果不去，就会有惭愧的感觉，这就是道德压力。我认为这在传统农村社会中是有优势的，但是不适用于现代社会的原因也在于此。农村社会是一个不流动的社会，"乡土社会在地方性的限制下成了生于斯、死于斯的社会"[2]，在此社会中人和人是熟悉的、信赖的、相互帮扶的，村和村之间孤立、隔膜，所以被这个小圈子排斥意味着失去集体的信任和保护，是一件悲惨的事，社会压力的现实影响极大。而"现代法律在很大程度上主要适用于城市社会、工商社会、陌生人社会；由于经济的社会的和文化的原因，在世界各国，现代法律及相关制度都很难进入农业社会、熟人社会或很难在这样的社会环境中有效运作。"[3]而现代社会的流动性太强了，即便是楼上楼下的邻居也有可能从不来往，被工作集体排斥则换个工作，被住所集体排斥则换个住所，来自熟人的社会压力迅速变小。而道德感又是很个人化的，没有社会压力，道德感可能只是心头转瞬而逝的一丝不适，而无法真正限制一个人的逾矩行为。

---

〔1〕 高其才：《桂瑶头人盘振武》，中国政法大学出版社 2013 年版，第 97 页。

〔2〕 费孝通：《乡土中国》，北京大学出版社 1998 年版，第 9 页。

〔3〕 苏力：《送法下乡——中国基层司法制度研究》，北京大学出版社 2011 年版，第 6 页。

最后，我将其称之为"黯淡"的石牌，是从三个角度而言的。

其一，随着经济和科技的发展以及城市化进程，农村的流动性增强，和外界的沟通增多，石牌逐渐失去了效力。可以从两个方面进行分析：一是，原来的朴素的价值观念受到冲击。我认为石牌产生效力的基础是人们的共同认可，随着新事物、新关系涌入村庄，人们思维观念出现多元化的趋向，原来那一套道德价值模式可能并不会受人信服了。比如，做了错事如偷盗、出轨后，需要给全村摆宴席、送东西，这曾经被视为理所当然的事。而我认为，自己做错了事与他人何干？为何我犯错之后让他人获益？这样的观念出现的人多了，石牌也就渐渐失去了效力。二是，教化权力的逐渐丧失，让石牌约束的人越来越少。"教化权力的扩大到成人之间的关系必须得假定个稳定的文化。稳定的文化传统是（教化权力）有效的保证"〔1〕，在传统的农村社会里，石牌背后的文化基础是稳定的，道德观念、价值观念也是稳定的。出生在村里的人，从小到大便共享一套行为和思想逻辑，这套逻辑也是石牌存在的基础。当这种稳固的文化环境被外力打破，人们无法形成共识，石牌也就不再具有之前的作用了。

其二，随着国家权力不断向农村渗透，这种石牌效力的可疑性越来越强。我认为，曾经的石牌和石牌头人具有如此大的效力，"天高皇帝远"占了很大的原因。传统的封建王朝的权力边界是有限的，当皇权的毛细血管延伸到指尖，就需要借助当地的乡老来发挥作用。而现代国家的体制足以解决这个问题，在基层单位也有行政机关和党的机构在发挥作用，虽然不可能面面俱到、细致入微，但是足以垄断权力的合法性。这也可以部分解释为何盘振武在村中的威信有所下降：如果在过去，他可能是乡老的角色，人们信服于他和他有权威是一个互为因果的关系；而现在他不是"官"，人们对他的崇敬也就不复从前。

其三，石牌的推行需要石牌头人。法的有限性的体现之一就是"人的因素的影响"〔2〕。通过书中的种种案例我们可以看到，石牌在具体施行时，很多时候都是由盘振武来行使"自由裁量权"。"徒善不足以为政，徒法不足以自行"，如果没有石牌头人来妥善地推行村规民约、监督其实行，很快村规民

---

〔1〕 费孝通：《乡土中国》，北京大学出版社 1998 年版，第 67 页。

〔2〕 高其才：《法理学》，清华大学出版社 2021 年版，第 174 页。

约便变为一纸空文。这符合我一贯的观点：法的存在是为了约束人们的恶（无论是大恶还是小恶、行为恶还是道德恶），人类有多么多的法，就说明人作为一个群体有多么大的不自觉，而指望不自觉的人去自觉守法，是不可能的。但是，石牌头人也处于不断地"失落"状态，我将在下一部分详细分析。

二、失落的头人

之所以用"失落"去形容盘振武，有两个原因：其一是"头人"作为一种代代相传的权力标志，正在逐渐没落。头人的权力和威信在逐渐衰减，下一代头人也可能不再出现。其二是盘振武本人也意识到了这种没落，尽管他看起来并不承认，实际上其心中已经知晓。

要分析他的失落，要先分析他的辉煌，即要成为"头人"需要什么样的条件，以及他的权力是如何在多种因素的综合作用下得到巩固的。好比大厦之宏伟须支柱之坚固，当一根根支柱被撤去，整座大厦也就会轰然倒塌。

首先，头人的权力和政府的权力之间有重叠，二者之间是互相支持的关系。一方面，政府治理的施展对地方的本土权力是有依赖性的；另一方面，本土权力在当前语境下又借政府权力加以确证。

本土权力在各地都有不同的载体，在本书中，这种本土权力的载体是"石牌头人"，在其他地方可能是村干部，等等。当今的国家制度虽然已经很完整，官方权力的触角伸向国家的每个角落，但是从制度设计到解决现实问题之间，还需要具体问题具体分析，而这种能够处理好各具特色的复杂的问题的能力，依托于"地方性知识"。"这个知识载体……不必定是村干部。……独特生活环境确实使他/她拥有许多可能令外来权力行使者想行使权力必须予以重视的具体知识，……他/她的在场代表了与国家正式法律权力不同的另一种结构性权力/知识，支撑着国家权力和法律在乡土中国的运转。"[1]盘振武恰好充当了这一角色。在书中我们可以看到，盘振武可以说是村中最了解国家法律的人，同时对村中成员的脾性、村里沿袭的传统都十分了解。在此前提下，他时而充当证人，时而充当调解员，时而充当法官，时而充当律师，一方面客观上起到了普法的作用，另一方面又在末端解决了许多问题，稳定了社会秩序，为基层治理减轻了负担。在这个层次上说，国家权力需要盘振武。盘振

---

〔1〕 苏力：《送法下乡——中国基层司法制度研究》，北京大学出版社 2011 年版，第 35 页。

武也认识到了这一点，所以他才会说"派出所那个所长，知道我在那里，说武哥也在那里，这个事情应该行了，应该没有事了"。[1]同时，本土权力也需要国家权力的支持。盘振武认为，"因为政府干预，他有一个行政命令。比方说，他如果换一个领导来了，他看不惯就干预你了，你就做不了"。[2]这只体现出了政府对本土权力的约束，不够全面。盘振武的威信很大一部分来自"能办好事"，这就意味着和相关的"领导"处好关系。这也从侧面体现了本土权力以国家权力为凭借的方面。

当国家权力对本土权力的依赖性下降，不再那么需要"头人"的时候，本土权力的威信下降也就无可避免了。在传统农业社会中，皇权的触角到村落时会遇到壁垒（这种壁垒的形成可能是由于当地特殊的地理环境，可能是由于特殊的文化，也可能是由于村落内固有权力的势力等），在这个"国家权力的边缘地带"[3]，需要一个通晓当地风土民情的并且有话语权的人帮助皇权下渗，此时国家权力是依赖本土权力的。但当前的中国，这一点发生了很大变化。农村不再是一座座孤岛，农村人口可以向各个地方流动，思维也不再固化和单一。并且，"今天的司法下乡是为了保证或促使国家权力，包括法律的力量，向农村有效渗透和控制"。[4]统一的法制的施行，使得村中人可以直接接触到国家权力，而不必须以本土权力为媒介。当人们在市场经济的冲击中形成了新的秩序，并且在法律知识的增加中掌握了自行解决问题的方法后，也就不再需要自然形成的"石牌头人"了，国家任命的干部足以帮助国家实现权力的下沉。

其次，成为头人对于个人的要求是极其严苛的，这不仅是一种名誉，更是一种责任。并且，由于头人是自然产生的，他也会因为威信丧失而自然被推翻。要成为头人，在性格上需要外向、会来事、左右逢源，和哪一方哪一派都可以搞好关系，否则在中国这个人情社会里是无法把事情办好的，自然也就无法树立威信；在金钱上需要有一定的财力支持，为村民办事的时候往往需要往里面搭钱，还不一定能要得回来，如果没有财力支持，领导视察、人情来往都将成为一纸空谈；头人需要对乡里足够了解，了解乡里的历史传

---

〔1〕 高其才：《桂瑶头人盘振武》，中国政法大学出版社 2013 年版，第 145 页。

〔2〕 高其才：《桂瑶头人盘振武》，中国政法大学出版社 2013 年版，第 60~61 页。

〔3〕 苏力：《送法下乡——中国基层司法制度研究》，北京大学出版社 2011 年版，第 28 页。

〔4〕 苏力：《送法下乡——中国基层司法制度研究》，北京大学出版社 2011 年版，第 27 页。

统、文化习俗，了解村中每家每户的具体情况、关系好恶，否则无法做到"具体问题具体分析"，灵活处理纠纷；需要跟得上时代发展，认得清时代形势，在知识水平、视野见识等方面有过人之处，不能故步自封，否则处理不好各方关系，无法带领乡亲们进步发展；还需要一些乐善好施、热心公益、大公无私之心，既愿意揽事又愿意办事，若处处想着捞好处，很快便会招致村民的反感，是做不长久的……

可以发现，做本土权力的代表需要极高的综合素质，还需要满足复杂的客观条件。在传统的农业社会里，这样人物还是比较容易培育的：若父辈是头人等本土权力的代表，可在耳濡目染下学会迎来送往，在家族的支持下达到财力标准，在日常了解各家情况，在相对较好的家庭条件下获得超过他人的信息资源……但是在不稳定性增大的农村，很难再出现这样的人物，即便是有，也很难不怀有私心，愿意放弃用这些特质挣大钱的机会来做一个"石牌头人"。这是可以理解的，市场经济提供了许多实现个人价值的路径，也让个人发展的欲望变得强大。我想，已经没有几个年轻人愿意守在故土乡村。况且，留在农村意味着，相较于外面的世界，接触的信息流较少，是无法处理日渐复杂的纠纷的。

最后，我认为盘振武作为头人权力的衰落，也有一定自身的原因。虽然盘振武曾说过自己并不愿意当"石牌头人"，可实际上他对于这种权力并不排斥，甚至是比较享受的。在他的叙述中，我们可以感受到他对自己的赞许，以及对村民对自己服从的满意，最直接的表现是他很喜欢别人叫他"瑶王"这一带着尊敬的称谓。随着时代快速发展，盘振武的年龄也在增大，办事逐渐力不从心也是必然的，但盘振武很明显还沉浸于往日的荣耀中，这才会有别人对他"说多做少"的评价。对权力产生欲望是非常正常的一件事，因为拥有权力往往意味着拥有更大程度的自由，包括控制别人的自由，但是当一个人把这种权力欲表现出来的时候，若不能和这种野心完全匹配，就会遭到一定程度的反噬。但从另一方面，村民的这种评价也让我感到了一些寒意，毕竟，"人们看自己的智慧时是从近旁看的，而看他人的智慧时是从远处看的"[1]，要求别人去做事总是比自己去做要简单得多。

---

[1] [英]霍布斯：《利维坦》，黎思复、黎廷弼译，商务印书馆1985年版，第93页。

三、呼唤头人

在文章的最后，我想解释一下为何用"遥远"来形容石牌头人。

首先，是因为遥远对我而言是一种客观感受。我们从小便在学校中念书，心安理得享受着父母的供养和国家提供的最好的教育资源，对世界的观察非常有限，我反思起来，自己对于身边之外的世界的了解仅限于网络，而我往往仅在这有限了解的基础上便侃侃而谈。在读这本书的时候，我无数次被惊讶到，因为我从未想过有这样的规则、这样的问题和这样的解决方式存在。仿佛我们只是共享着同一套语言体系，而生活环境、思维模式、处事原则竟是如此不同。我突然发现，可能我们这一代人对于更广阔的世界的探索方式是如此狭隘，只剩下影视、期刊、书本和老师的讲授。

石牌头人离我们很遥远，并且越来越远。正如在此文章最开始所说的，我们这一代的法学生，到现在为止几乎不了解真实的法学世界。我们是外人眼中的"高才生"，但是对现实社会的一无所知却总让我自愧不已。"我们"是绝大部分年轻一代的学生们。我从中国政法大学到清华大学，认识许多法学生，但却没有一个人愿意去贴近这样的生活。我们最多只愿意多看看几本书、几篇论文，以窥得此世界的一角，满足一下自己的探索欲，便又将视线转到五光十色的都市生活中了。从城市里来的学生无法也不愿研究这些"土里土气"的事，从农村中来的学生也有自由追求"高雅"的生活。

当然，人各有志，没有理由去指责任何一个人，况且我也只能愧疚地承认，自己也只是俗世中的普通人。我只是非常遗憾，能够并且愿意去了解盘振武的人是如此之少，并且是如此的越来越少；盘振武离我们的视线是如此之远，并且是如此的越来越远。就像我读余华新作《文城》的时候的感想：社会阶层如今是如此明晰，能写出的人没有写作的基础，有经历的人没有能力写出；当余华不再写的时候，还有谁能并且愿意写出这样的文字呢？这个比喻或许不恰当，但是这种一个世界在我远处，而我却因为种种原因无法靠近它的感觉让我想要叹息。

其次，是我感到这种文化的颜色本身在逐渐变淡。它不仅离学生、学者越来越远，而且离当前的世界也越来越远。盘振武是一个颇具传奇色彩的人物，他热心、善良又很懂人情世故，他诚恳、仗义又有些骄傲自负，他会在村规民约中写明"严禁不正当的男女关系"，又在述说自己复杂混乱的情事时沾沾自喜，他努力跟上时代的脚步，又对世事的变迁颇有些洞见。这样的时代和人物，这样的"头人"，在当今的社会会越来越少，尤其是在农村逐渐"空心"的背景之下，石牌头人已经不会也没有必要再产生了。每个时代都有独特的人、物、事，时移世易本不需要有什么伤感，但当这种文化被人感知到曾是如此鲜活地存在过之后，就很难用一种冷静的视角去看待。

《桂瑶头人盘振武》属于"乡土法杰"系列，这个"法"更多偏向于习惯法，是地方的规则和秩序，和国家的法律规定还是有很大区别，这种对于"法"的掌握是来自于多个方面的，这种法也在各个方面对制定法起到了补充作用。随着未来法治建设越来越完善，可以想见的是，极富地方特色的习惯法会越来越少；还能否在乡土中出现"法杰"甚至都要打个问号。

2022 年 10 月 3 日 于第五教室楼

精读高其才独著《法理学》*

陈 建

我手头上拿的是第二版，去年八月份第一次印刷。可我"精读"的是第一版，好在再次翻阅后发现变化不大，主要内容并无改动，更换的是作者引入的案例材料——采自社会焦点，使其更加接近时下的生活。就像在"法律与科学技术"一章，引入了腾讯和360的大战来说明问题，我想再有第三版的话，应该放入的就是"方韩大战"了。

今次的"精读"，细致到了注释。

谈谈这本书作为教材宏观上给人的感觉。总是在对比中才能发现区别，进而感受到特色。于此书之前，我本科教材是张文显先生主编的国家统编教材《法理学》，中规中矩，各位编者都是法理学界的知名学者，可说集各家之所长，由此也决定了这本教材的特点是没有个性，但是很有普适性。之后粗读了已逝沈宗灵先生主编的《法理学》，老一辈学者的著述总是带着浓厚的政治色彩，典型的论述总是"马克思主义法学认为……"服务于政治，今日学人读来，一定程度上会觉得和现代法治处于背道而驰的境地。其后又读了一本德国法理学教材，伯恩·魏德士的《法理学》，编写体例还是和国内教材很相似的，不同的是这一本少谈"法的本体论"，而多谈"法的运行"，各种论述也几无差异。我对此的理解是，我们本来就是"舶来法治"，所以看回人家，自然不觉陌生。而我现在正读的是劳埃德的《法理学》，尚未读完，但从体例编排来说，他明显不同于上述教材，他注重的是各家思想的介绍，略带评论。颇类似于国内教材的"西方法律思想史"的编写手法。

---

* 原载法律博客"陈建的江湖"：《精读高其才独著〈法理学〉》，载 http：//jawer.fyfz.cn/art/1048309.htm，最后访问日期：2012年5月3日。作者2009年进入郑州大学法学院学习。此文的摘要以《一个本科生眼中的法理学教材》为题，发表在《检察日报》2012年5月17日。

于此基础上，高其才先生独著的《法理学》，有着目前教材难能可贵的个性。没那么"政治"，但又不那么"传统"，也不"仿外"，能读出是作者自己法理学的理解，"随心所欲不逾矩"，这样形容这本书应该能收到"异曲同工"效果。

"随心所欲"，这本书中，作者在理论性最强的法学科中引入案例，用案例阐述法理，也可算"理论与实践"相结合，是一特色。行文没有一般教材那种"套话"，读得出用的是"自己的语言"，此为特色二。阐述法理问题，有明显的古今中外的引述，注释做得更是细致，一些问题点到为止，但都在注释给出深究的"后路"，引人思考，此为特色三。作为一本法理学教材，去政治化，不是必须以"马克思主义法学认为"或者"我们社会主义"等作结，符合对于现代法治的常识性理解，有着开放性和包容性，由此显出对自由和正义的追求。此为特色四。

"不逾矩"，虽然有上述"随心所欲"，但这毕竟是一本教材，并没有打破传统的编排。法律的一般理论、法律价值理论和法律演进理论以及法律运行理论、法律与社会理论的前后安排，由法律本体论谈法律是什么，进而由于法律的存在给社会以及公众带来的影响讨论法律的价值，于价值层面，谈论法律是什么。然后是法律发生论，即法的历史、起源、发展等等，纵向层面认识法律是什么。其后是法律关联论，谈论法律与其他社会规范、社会现象的关系，于比较中进一步认识法律是什么。最后，谈论法律的运行，其作为社会规范的一种实施、实效等问题，由此也彰显出法律的价值和法律的发展需要。在教材编排规矩之外，作者也并没有完全摒弃马克思主义法学，毕竟其作为众多学说的一种。只不过在谈到马克思主义法学和党和国家的政策等问题时，作者更用一种中立的论述。法律还是法律。

当然，上述对这本教材颇多赞美之词，主要不是吹捧，而是在读到的教材中，这一本有着难得的新鲜感。行文流畅，注释透露的信息量又非常之大，在有一定法理学阅读基础之后，看这本教材，有融会贯通之功。做学生的，能找到本写得好的"教科书"真是太难了，而当你读过好读的之后，再看别的烂的，很难接受。

我个人认为，法学教材，培养法律人，必须独立，至少中立，我们只谈法律，倾心法治。在这一点上，独著的教材无疑能做得更好，这是无可争议的事情。

法理学课程总结[*]

张静怡

　　我在清华法学院学习的第一学期即将结束，四个多月的时光如白驹过隙。从郁郁葱葱的盛夏，到北风吹星的严冬，我迈出了法学学习之旅的第一小步，虽充满期待但步履蹒跚。即使在今日，对于学生来说，期末考试已经全部结束，但回首过去一个学期的书卷时光，仍觉战战兢兢、如履薄冰，但又觉灯塔初建、大海孤舟。学生在感动中写下此篇总结，也在反思中寻求一点进步。

　　法理学这门课是我们法律硕士的必修课，也是安排在第一学期的重头戏。法理学是法律教育的基础课程、核心课程。我在这门课中获益匪浅，也感触良多。知识层面的学习和掌握毋庸多言，走进研究生的课堂，对基本概念和一般原理的掌握成为学生的自觉和自律，习惯了以往教师照本宣科式的讲授，高老师对课前预习的重视以及在课堂上对同学们思路的引导难能可贵，也使我耳目一新，既感于老师深厚的理论功底，也感于老师对教学的认真。基础不牢地动山摇。尤其是对于我这个本科并非学习法学的学生来说，根基未稳谈何建造广厦。那些在课程大纲中一个一个犹如珍珠般的法学名词，被半学期的穿针引线织造成了还算像样的项链。不仅如此，还对我其他学科的学习起到了很大的助力作用，当从法理学的一般中窥探具体，我的思路变得开阔而清晰。这不仅是概念的理解，更是法律思维的养成，也是一个法律人区别于普通人的灵光之处。从看山是山看水是水，到看山还是山看水还是水，我还有很长的路要走。

　　"业精于勤荒于嬉，行成于思毁于随。"高老师特别注意对我们思考意识

　　* 本文为清华大学法学院法律硕士 2018 级 1 班学生张静怡 2018—2019 年秋季学期选修《法理学》课程后所作期末报告中的部分内容。

和能力的培养，这也是我过去学习中极为欠缺的一部分，火花很多但深思甚少，灵机一动很多但潜心钻研甚少，如此一来不仅无知而且自满，实在应该警惕。如果说思考是输入和输出的桥梁，那么大量的输入是十分必要的，阅读本是一件十分孤单的事情，但与古往今来的智者交流拨云见日、与同学们私底下的辩论妙趣横生，却让人并不孤独。我这学期最大的遗憾和懊悔就是未能广泛阅读，书卷尚冷，心中有何底气热血报国。说起阅读，我印象最深刻的是高老师在课堂上对《乡土中国》的领读与分析，这本在文科课堂上被反复提及的书，被老师给予了平视的目光，我想这种不唯书不唯上的态度是学术进步的基石。从远古到现在，名著如繁星、大家如江河，我们在研读那些未被碾成泥的思想文物的时候，应在尊重的基础上思考，在学习的心态外反问。老师给我们推荐了很多厚厚薄薄的书，在学习的道路上，迈出的任何一步都只是一小步，但每一步都算数。

最后，使我深受触动的是老师的家国情怀。在我的印象中，这四个字从未出现在法理学的课堂上，但我还是很想说这个词。学习自然科学的人知道"科学没有国界，但科学家有祖国"。但在我看来，不仅法学家有祖国，法学也有祖国。时至今日我们讨论法学理论学派，出现的仍是一个个拗口的外国人名。但社会科学生于一方水土，长于桃李春风，也必将滋于沃野江湖。外生型的法治发展、特殊的历史背景、复杂的社会风貌、难解的人伦世界使得中国的法理学不得不回应社会，甚至融入社会。老师在课堂上对除了实定法之外的其他社会规范的分析给我们一个更高的站位、也使我们将目光穿梭于更为广袤的中国土地。脚踏实地进行法治建设，我们需要思考的还有很多很多。

我想用王国维先生的那广为人知的三层境界作结。法理学的进阶之路，"独上高楼望断天涯路"是一种愿意，虽孤仍顾；"衣带渐宽终不悔，为伊消得人憔悴"是一种执意，虽艰仍坚；"蓦然回首，那人却在灯火阑珊处"是一种诗意，柳暗花明是景，山重水复也是景。

"同读一本经典书"：高其才老师领读
《乡土中国》[*]

潘香军记录

导语

习近平总书记强调，教师不能只做传授书本知识的教书匠，而要成为塑造学生品格、品行、品位的"大先生"。新时代研究生教育发展背景下，导师既要做显性知识的传播者，更承担着通过与学生之间的多维互动，积极传递包括个人生活、职业选择、价值引领等各个方面的隐性知识。

清华大学法学院研究生分会即以教师节为契机，发起"同读一本经典书"活动，通过共同阅读经典书籍，交流心得感想，构建良好的导学互动场景与平台，进一步营造导学共进的良好氛围。活动第二期（2023 年 10 月 11 日下午 3 点，法律图书馆楼 506 室），我们有幸邀请到清华大学法学院教授、博士生导师高其才老师与大家分享交流！

嘉宾介绍

高其才，清华大学法学院教授。主要研究方向为中国基层司法、习惯法和乡村治理。

领读书籍介绍

《乡土中国》是社会学大家费孝通先生的代表性著作，是学界公认的中国乡土社会传统文化和社会结构理论研究的重要作品，涉及乡土社会人文环境、传统社会结构、权力分配、道德体系、法礼、血缘地缘等各方面，用通俗、

---

* 原载微信公众号"清研学术"，2023-10-18 19：56 发表于北京。

简洁的语言对中国的基层社会的主要特征进行了概述和分析，全面展现了中国传统基层社会的面貌。

嘉宾分享

1. 选择《乡土中国》的理由

高其才老师首先跟大家解读了"师生同读一本书"活动的意义，希望主要能够以和同学们讨论交流的方式、以一种轻松活跃的氛围展开这次读书活动，并通过与同学们一起解读《乡土中国》这本书，来谈谈关于当代学生读书的三大问题：如何选书？如何读书？如何写书？

现场分享

2. 怎么选？

有两种具体的方式。第一，结合课程学习、专业学习、论文写作进行选取。在上课过程中，教师推荐的教材、专门性的著作、论文以及影视作品等都能增进我们对某一主题的理解。第二，通过媒介的推荐选择。例如，刊登书评的杂志、刊物、报纸中的书籍推荐，同学朋友的推荐以及其他自媒体推荐的书目。

现场分享

3. 怎么读？

每个人阅读习惯有所不同，有的人习惯先看前言和后记，有的人喜欢先读目录，形成一个框架性认识，有的人会先读书评。书籍的前言、序言和后记既是保持完整性的要求，又是作者与读者的交流和对话。其中包含着问题意识的缘起、问题的展开、问题的界定、问题的分析、得出的结论以及正文中没有交代清楚的补充性话语，具有浓厚的人情味。具体可以分为：

（1）单本式阅读和系统式阅读；

（2）了解式阅读、涉猎式阅读和研究式阅读；

（3）接受式阅读和批判式、反思性阅读。

4. 怎么写？

最后，高其才老师与同学们交流了自己关于如何写书的方法，第一种是读书心得、与书中碰撞的思想火花；第二种是写书评；第三种是研究著作，比如针对《乡土中国》中费孝通的法治观通过自己的思考进行解读与论述；第四种是经典作品的衍生与续写/新写，为同学们提供了全面的写作思路。

交流互动

高其才老师深刻而独到的解读让同学们收获颇丰，大家也纷纷提出了自己的问题，高其才老师为大家一一答疑解惑。

Q1：目前看的论文比如刑法、民法等比较主流的都是法教义学方面的研究，而您之前的研究或者比较流行的说法都是实证的研究，按理来说法教义学需要从实证出发，但是从目前的文章看法教义学研究的圈子是比较封闭的，离实证比较远，您如何看待这种现象呢？

A1：关于这个问题我想从以下角度出发，第一个就是任何事物都有理想的状态，比如法律应该体现公平、正义、人类的道德情怀等哲学层面的东西；第二个就是理想是现实的照明灯，表现为法律的规范，在实在法层面，这种法律其实就是法解释学、法教义学研究的对象；法的第三层面为法社会学探讨的，实有法。对法教义学和法的实证的关注点有不同侧重，而我们现在对法教义学和法社会学的讨论都是处于初级阶段，这也是大家未来需要努力的方向。

Q2：老师前面有提到《乡土中国》一些概念不清晰的问题，而西方有概念主义和经验主义的论战，从经验主义角度来说这也是合理的，可以是大家的共识。那在我们实际研究中有些共识性的概念是不是不需要过多地去解释呢？

A2：这个需要看作者是与谁对话。对于学者这种群体，可能会对逻辑性、完整性、概念的清晰度会比较看重，而对于一些社会人士，可能只关注对生活的实用性，且不同风格的读者群体也是需要具体分析的。

现场提问　　　　　　　　　　　　　师生合影

供稿 ｜ 法学院研究生分会

清研学术介绍

"清研学术"由清华大学研究生会运营，面向清华大学全体研究生基础课程学习、科研入门基础技能和学术个性化需求，致力于打造一站式科研学术支持平台。

清研学术整合大量研究生常用学术资源。每周发布校内学术讲座与实验资讯，帮助同学及时获得学术信息；定期发布学术干货，科普软件使用、PPT制作、学位论文排版、重点期刊检索等研究生常用学术技能。

清研学术定期推出形式多元、内容丰富的学术讲座活动。"学术人生"讲座活动邀请知名专家学者分享科研工作心得。"学术之路"讲座活动涵盖课业知识、工具技能、综合素质、发展规划等多个方面，力图帮助研究生同学切实提升学业成绩和科研技能。

清研学术下设学术之路工作室。目前，工作室组建了一支包括清华大学特等奖学金、国家奖学金和"学术新秀"获得者在内的讲师队伍，为研究生提供在线答疑和定制化的咨询服务。工作室讲师的服务可以在"水木汇"的"清研学术"小程序上进行预约。

附：

2023 年 10 月 11 日 15：00-17：00，研究生会学术部在法律图书馆 506 举办了"同读一本经典书"活动，邀请清华大学法学院教授、博士生导师高其才教授与大家同读《乡土中国》，以下为本次活动的文字记录。[1]

高其才教授：非常高兴有机会与大家一起读书。经典书籍总是常读常新。本次我们选取《乡土中国》一书，主要从三个方面与大家共同交流。一是如何选书，即平时应该读什么书；二是如何读书，如何在读的时候更好地理解作品，实现与作者的互动；三是如何写书，解决读完书后如何表达和写作的问题。

一、怎么选？

读什么书、如何选择书目、怎么选？这是第一个需要考虑的问题。

在选书的时候，有两种具体的方式。第一，结合课程学习、专业学习、论文写作进行选取。在上课过程中，教师推荐的教材、专门性的著作、论文以及影视作品等都能增进我们对某一主题的理解。第二，通过媒介的推荐进行选择。例如，刊登书评的杂志、刊物、报纸中的书籍推荐、同学朋友的推

---

〔1〕 记录人为清华大学法学院 2023 级博士研究生潘香军。

荐以及其他自媒体推荐的书目，都可以成为选择的来源。

由此，便形成了读书的两种典型形态：一种是根据需要进行阅读。这种阅读的目的主要是为了满足学习、工作、生活的需求，例如法官为了提高判决说理的水平而阅读相关专业书籍；另一种则是根据兴趣进行阅读。当读者对某一特定主题产生兴趣，可以以此为主线不断深挖和拓展。例如，对于近期的巴以冲突问题，新闻中仅仅会概括一个初步的事实情况，读者可以继续追溯到先前的中东战争以及以战争为主题的一系列作品。

每一个专业都有一些基本的、入门的、必读的作品，例如媒体创意专业需要了解传播学、社会心理学的知识，而法学也需要阅读经典的作品，因为制度的建立本身依赖经典的理论，尤其是在当下法治建设过程中，更需要阅读经典书籍，探讨核心问题，达成社会共识。

选书可能会存在两种极端的倾向：一是选择的书籍仅仅是教材2.0版本，这是当下学生存在的一个普遍现象；二是读书的紧迫性不强，效果不佳。不少同学甚至对基本的人文社会科学书籍毫无涉猎。目前，大部分学生展现出的是学生的状态，而非读者的状态。我们应当在读书的过程中形成自己的读书习惯，养成自己的读书品位，呈现自己的读者状态。

此外，我们应当是读电子书还是读纸质书？当代还出现了一种新的读书形式——听书。以往的听书针对的是不识字的人，是让他们接受知识普及和文化浸润的工具。以浙江慈溪为例，早年农民一边使用土质工具进行纺织，一边在生产队的操场听说书先生说书，以口耳相传的方式接受知识熏陶，这也是中国古代戏曲发达的原因之一。现代社会中，听书成了识字但没有时间阅读的人吸收知识的渠道。

养成读书习惯应当尽量读纸质书籍，电子书可以作为阅读的补充。电子书有其自身的优势，价格便宜，易于复制，效率较高。但是电子书的缺点在于无法前后对照。因此，对于经典的作品，应当纸质书和电子书兼备，不应完全依赖于电子书。

与此同时，一个月应当至少去一次实体书店，了解最新的作品，拓展书目的来源，拓宽自己的视野，狭隘的眼界会影响思维的方式和今后的发展。尤其是在日新月异的时代里，我们很难想象五年以后的时代变革，大量的工作会被AI取代，想拥有核心竞争力，必须要有开阔的视野。

总的来看，选书应当注意两个方面，一是要抓住基础和经典作品；二是眼界要开阔，多渠道、多维度地选择，不能思想封闭、墨守成规、画地为牢。选书亦要有挑战性、批判性和反思性。

二、怎么读？

怎么读？可能因人而异。每个人的阅读习惯有所不同，有的人习惯先看前言和后记；有的人喜欢先读目录，形成一个框架性认识；有的人会先读书评。书籍的前言、序言和后记既是作品保持完整性的要求，又是作者与读者的交流和对话。其中可能会包含问题意识的缘起、问题的展开、问题的界定、问题的分析、得出的结论以及正文中没有交代清楚的补充性话语，具有浓厚的人情味。我个人认为读书的具体方法可以分为三个层面。

1. 单本式阅读和系统式阅读

在我们日常的读书中，一般会以单本书阅读为主，但系统性阅读是必不可少的。系统式阅读既包括从作者出发，阅读该作者的一系列书籍，体悟作者的研究主题和历程，又包括从问题出发，以某一主题串联起一系列书目。

在《乡土中国》的后记中，作者表达了自己这部作品的写作缘由，提到了第一期实地的社区研究中形成了《花篮瑶社会组织》《禄村农田》，以及第二期的社会结构分析中的《生育制度》，循着这一脉络阅读上述作品有助于我们形成对费孝通先生学术生涯系统全面的理解。

全面的、详细的、专题式的阅读分为四个层次：读书、读人、读心、读时代。在系统式阅读后，我们可以追问为何费孝通走上了这么一条学术道路，并探究其心路历程，真正走入他的内心，理解他隐晦表达的意思，最终通过费孝通读中国的时代变迁，理解那个时代，感悟人类社会。

《乡土中国》的后记是以作者的身份叙事，但它的再版序言已经完全超越了作者的身份。从再版序言中，我们能读到他年轻时期的探索精神，了解他所认为的教师的使命，看到他带头向新的领域进军的身影，从那些勇敢的讨论和积极的引导中明白他的学术野心和人生抱负。他在序言中明确了问题意识，提出作为中国基层社会的乡土社会究竟是什么样的社会这一问题，并用全书的内容作了回答。对于一本写于1947年的书是否还有再版的价值，他也提出了自己的见解。本书不仅是于费老个人而言的意义，更多的是对于社会和时代的价值。它是一本反映解放前夕学者思考的书籍，是那个时代的年轻人在知识领域里探索的范本，具有代表性意义。更进一步，他将本书与自己先前的作品进行比较，强调了《乡土中国》讨论的重点及其现实意义。

作为读书人，我们应该完成三种目标。第一，读懂一本书。无论是专业性还是生活性的书籍，如《乡土中国》，都应当读透弄懂。第二，读透一个人。可以读透费孝通，也可以是其他人。例如，在阅读周作人的作品时，能感受到作品中的生活味儿和烟火气，它没有过于强烈的社会关怀和政治包袱，而是反映日常普通人生活。但如此热爱生活的人更应该拥有高尚的情操、刚正的气概和不屈的风骨，为何会在历史的长河中成为一个汉奸的角色。他曾经为自己辩护道：我这样的文化人坐这个位置上，能够比那些不学无术的人为文化事业多作一些贡献。这值得我们深思。因此，我们应当深刻理解人的复杂性。第三，读深一个现象。读书还需要把某一个具体现象读得深入，这可以与我们专业的学习结合。通过《乡土中国》读深中国社会的法与秩序。以法学为例，人为什么会贪污、法律怎么关注占便宜等都是十分有趣的现象。我们应当不断聚焦于一个现象，深入地思考。

2. 了解式阅读（涉猎式阅读）和研究式阅读

这两种阅读方式与我们的学习生活息息相关。我们往往先是进行了解式阅读，进行知识层面的丰富。阅读《乡土中国》可以增加我们对 20 世纪 40 年代知识分子对中国基层社会认知的了解。但是，我们也需要研究式的阅读，通过阅读找到研究的主题、研究的材料。以《费孝通晚年谈话录》为例，这本书中既包含张冠生先生跟随费孝通时记录的费老言行，也涵盖了一些谈话资料。书中曾经提到张冠生先生与费老去山东调查的具体情况，费老说："接下来我们这次去山东，我心里有几个题目，第一个实地了解山东的东部、中部、西部经济和社会发展上的不平衡，找找缩小差距、协调发展的办法。再一个，跳出山东看问题，根据山东的发展现状和趋势看到本世纪末下个世纪初的整个国家发展"。书中还提到乡镇企业经营与发展研讨会、中原经济协作区、中西经济大走廊等问题。这些都是研究费孝通先生的为人和为学的珍贵素材，对理解、研究《乡土中国》也有意义。

3. 接受式阅读和批判式阅读（反思性阅读）

大部分的阅读都是接受式的，因为我们缺乏反思和批判的能力，但我们必须努力在接受式阅读中形成批判的意识。对于作品的批判可以从以下几个角度展开：其一，最基本、最浅显的是一些排版印刷的错误；其二，知识性错误；其三，进一步地，我们对作者的判断、观点进行反思乃至批判。例如，在《乡土中国》的文字下乡一章中，作者提到"等到传真的技术发达之后，是否还用得到文字是很成问题的"，这一观点值得数字化时代的我们进行反思。知识点错误。比如，本书中有许多论证材料，在无讼一章中列举了长子与次子间的冲突、奸夫淫妇的矛盾等案例，我们可以反思这些材料的论证力度。再比如，再版序言中提到了本书的标题"乡土中国"，但同时还提及了"乡土社会""中国基层社会""中国社会""中国乡村社会"等不同的概念，然而作者并没有对这些概念进行专门的界定，概念的运用缺乏同一性。此外，从框架结构来看，全书没有严格的主题划分，不够体系化，如此我们便实现了从表面性的反思到内涵性的批判。我们可以接受式阅读，但也需要批判性、反思性地阅读，看到作品的局限性。

三、怎么写

阅读作品时还需要进行写。读完后的写作不仅是自我表达的过程，亦是与作者对话的过程。怎么写是阅读非常重要的环节。写作可以分为四种类型：

第一，写札记、心得、体会。

第二，写书评。例如，通过阅读《乡土中国》以及相关作品，形成费孝通乡村问题研究综述，这种写作方式更加正式，具有一定的学理性。

第三，写研究著作。可以专门针对费孝通的观点进行梳理和研究，例如研究费孝通的法治观。作为一个社会学家，费孝通并没有系统地接受法学的教育。然而在无讼一章中，他对于什么是法律、法律的作用、法律的实施、中国法律的传统、西方法治思想都有自己的认知。在无讼中，他提出了中国法治建设的五个条件：一是立法，制定若干法律条文；二是需要相应的机构，即设立若干法庭；三是法律需要应用实施；四是思想观念的变化；五是社会结构和社会整体的配套改革。这样你就可以写"费孝通的法治观"等。

第四，续写乃至新写。苏力老师的《送法下乡》、贺雪峰老师的《新乡土中国》都是对《乡土中国》的续写和对话。诸如此类，我们还可以提出习惯法中国、网络中国、判例中国等主题。经典的书籍可以让读者从一句话中写出一系列作品，孟德斯鸠在其巨作《论法的精神》中指出，气候影响人们的体格、性格和道德，而新兴的气候法学便可以从中汲取思想。《乡土中国》同样可以给我们诸多的写作启发。

交流环节

交流环节中，两位同学提出了自己的疑问，高其才教授进行了细致的解答。

问题1：如何看待法教义学的封闭性？

回答：认识一个现象可以从三个角度把握。其一，理想的场景。法应该体现正义、公平、人类的道德情怀，从法哲学层面认识法；其二，现实的场景。理想是我们头顶的星空，当下的我们仍需脚踏实地，理想体现为制定法的规范和法典化的形态，是人们能够客观感知到的。法教义学强调严格依法办事，强调法定，认为恶法亦法，法教义学使法律真正成为法律，而不仅仅是一种观念。其三，法还会对人们生活、实际行为产生影响。将理想尽可能地转化为现实的法律规范和法律条文时，依然是一种静态的法，是书本上的法。我们还需要关注活法，关注法律在生活中的运行状态。当然，真正的法学方法就是法解释学和法教义学，是严格的法定主义，它强调稳定性，需要实现体系的自洽。但是中国的权威来源、规范产生、秩序维持都有自己内在的逻辑，西方舶来的法治思维和法治理念也有其自身的社会基础，二者之间的差距非常之大。不论是法哲学、法教义学还是法社会学，都有其存在的价值，不过目前我们的研究都处于初级阶段，需要新一代青年学者不断努力，长期坚持。

问题2：经验主义者认为，具体的概念并不矛盾，对于心中有共识的概念，我们是否还需要不断地去解释？

回答：这个问题需要看具体的语境，换言之，我们要看作者想跟谁进行对话。《乡土中国》主要是和学生对话，是课程讲稿的汇集和修改，因此没有纠缠于具体的概念，而是关注事实。但是一部作品的体系性、完整性、理论性和严谨性需要考虑。此外，每个学者的研究风格不同。实证研究、事实深描并不是所有人都能够接受，每一种研究都会存在批评的声音。因此，在学术研究尚处于初级阶段的当下，研究者更需要在各种复杂多元的状况中，寻找到自己的研究兴趣和擅长领域，并持之以恒地努力。

大美在野 · 带你领略最具烟火味的"法"*

叶林东

相信每位小研都曾被律政剧里面戴着假发、犹如正义化身的辩护人吸引，也曾为庭审中律师对于法条的信手拈来所折服。但是，你曾否听过习惯法这三个字呢？

作为依据某种社会权威和社会组织、具有一定强制性的行为规范的总和，习惯法有其独立于国家制定法之外的特性。2019 年 11 月 7 日，习惯法做客微沙龙。在法学院高其才教授的分享中，20 余位同学一起领略了一个不一样的法学。

嘉宾信息

高其才，1964 年 9 月生，清华大学法学院教授、博士生导师，现任中国法学会法理学研究会常务理事、中国法学会农业与农村法制研究会副会长、中国农业经济法研究会副会长、中国人类学民族学研究会法律人类学专业委员会副主任委员。主讲法理学，主要作品有《法理学》《中国习惯法论》《中国少数民族习惯法研究》等。

01 研究的经历，习惯法的前世今生

首先，高老师以自己研究习惯法的经历为线索，总结了自己的学术经历，并表示一个心路的重新思忆能够使自己更清醒地认识自己走过的路，对同学们也可能会有一定的参考作用。

高老师对习惯法的思考是从梳理、整理历史文献开始的，因此高老师最初主要是在了解历史上的习惯法规范及其社会功能。之后，高老师意识到少

---

* 原载"名师微沙龙"，"清华大学小研在线"，https://mp.weixin.qq.com/s/Rnb-QuqU2d16r7D8kV Zq1g，最后访问日期：2022 年 8 月 7 日。

数民族习惯法是中国习惯法体系的重要组成部分，它对当今的少数民族地区仍有重大影响。怀着对瑶族的兴趣以及对个案研究的重要性的认识，高老师选择了瑶族习惯法进行进一步分析，多次进行瑶族地区调查，取得了《瑶族习惯法初探》等成果，并意识到研究中华法系、探讨中华法制文明的现代意义，不能缺少对少数民族习惯法的关注，否则就无法揭示中国法制发展的全貌与发展规律。近年来高老师比较多地注意当代中国的习惯法，在汉族东部经济发达地区的习惯法、乡土法杰、村规民约、国家法范畴的习惯法等方面进行了研究，在当代中国习惯法研究中高老师注重调查习惯法的现实形态、分析习惯法的当代传承和变迁、思考现代化进程中习惯法的命运和习惯法的现代自生机制。

总结高老师对习惯法的研究经历，就是从历史到现实，从少数民族到汉族，从边远地区到东部地区，从规范到人，从非国家法范围的习惯法到国家法范围的习惯法。

高老师语录：

习惯法研究宜怀有简单、朴素的社会责任感。学术研究是可能解决生存、功利等实际问题的，但那不是学术研究的起点，而是学术研究的副产品。习惯法的思考、研究，需要开拓、进取的精神，我们需要尽可能避免心浮气躁、率性而为。在社会转型期，需要冷静观察、顺势而行。"淡泊明志""无欲则刚""宁静致远"这些古训于今仍有指导意义。"临烟波浩渺，迎长风扑面"自真风流。

高老师与同学们漫谈习惯法

02 研究的体会，习惯法的别样精彩

研究习惯法多年，高老师认为习惯法处于一种持续并不断发展的状态。研究习惯法的过程中，了解事实、理解事实是价值分析、制度完善的基础，习惯法具有内生性，它来源于生活，体现了人的生活方式。面对过去，历史与现实一脉相承，不管是作为规范、观念、生活方式的习惯法，还是作为法统、文化的习惯法，都是传统的接续、文化的传扬；面对当下和未来，工业化、城市化、全球化、网络化还有市场经济都深刻地影响了习惯法，在全球化和法治建设的背景下认识习惯法，是对法律继承和法律移植的新思考，亦是对法治建设的新思考。

高老师语录：

即使中国进入制定法高度发达完备的时代，习惯法仍然会是一种极为重要的行为规范，习惯法与法治的高度发展并不相冲突和矛盾。随着经济的发展和工业化进展、城市化推进，习惯法在中国并不会就此消亡，而是会以新的形式继续发展演化，未来中国的法治建设不会、也不可能离开习惯法。

高老师与同学们交流习惯法

03 研究的思考，习惯法的大千世界

我国法学界长期以来普遍认为，法只出自国家，只与阶级社会、国家紧密相连，对于非国家法范畴的习惯法到底是不是法，高老师认为这个涉及对法的概念问题、要素问题的认识，并表示在他看来，对法应作广义的理解，凡是为了维护社会秩序、进行社会管理，而依据某种社会权威和社会组织、具有一定强制性的行为规范，均属于法范畴体系之列，包括国家制定法和各种习惯法。在介绍习惯法的形成、功能、作用之后，高老师表示他认为习惯法具有内生性、适应性，习惯法以其生动、具体的独特形式在实际生活中弥补了国家制定法宏观、抽象下的一些空白，习惯法能够适应特定群体的需要，起到一种缓冲作用，这也正是其生命力的显现。

高老师语录：

从某种意义上讲，习惯法的稳定性与其最基本的据守点——人性有关，因为习惯法与人性密切联系，而人性是亘古不变的主题，所以人性不变，习惯法亦不变。习惯法具有原生性，是中国社会固有的规则，它既涉及文化问题，也涉及生存问题。

同学们积极发言

04 研究的问题，习惯法的未来

习惯法的研究过程中会涉及田野调查，而田野调查的时间、方法、能力，都会是研究过程中需要思考的问题。高老师认为，对此要客观认识到自身的优劣，不能夸大价值，要做到自信而不自负。研究习惯法，要保持一种理性的立场和态度，进而更好地思考习惯法研究对于法治建设的价值、对于当代中国法学的价值，进一步拓展研究的领域。在高老师看来，习惯法基本理论、城市生活中的习惯法、互联网社会背景下的习惯法都是可以进一步研究的领域。

高老师认为，研究习惯法需要保持基本立场，那就是一种尊重事实的态度，尊重生活、民众、法统的态度。正如肖冲同学所说："高老师能把一个特殊领域的研究持续三十年，是一件令人敬佩的事情。沉下心来做一些自己喜欢的事情，自然会开花结果。另外，我明白了，读懂生活就读懂了法，而习惯法又是最有'烟火气'的法，无疑我还需要努力学习，更好地阅读生活这本大书。"曾在基层工作锻炼的段三山同学对于习惯法深有感触："参加此次微沙龙，通过高老师的分享与交流，我再一次感受到了习惯法的魅力。联系以前在派出所和信访中心工作的经历，以及近期推行的枫桥经验模式，我意识到民间的习惯在当事人纠纷的调解过程中发挥着重大的作用。当下社会强调纠纷的多元化解决以及矛盾的就地调解，我认为制定法也应当汲取习惯法的合理内容、吸纳习惯法的积极因素，使得我们国家的法更加有人文情怀、更加贴近人民的生活，从而更好地发挥法应有的作用。"在代晓雷同学看来，参与高老师的微沙龙除了增进自己对于习惯法的了解，更让自己收获了一种求知的态度："高老师精彩的分享，让我对中国习惯法的演进、争议、发展等问题有了总体性的看法，激发了我对自己身边的习惯法素材的探索兴趣；而且，高老师对自己三十年研究过程的分享，也让我看到一个法律学者对自己专业历久弥新的热爱、持之以恒的坚定和客观求实的严谨，这些非常值得我学习。"

高老师语录：

法是调整人与人之间的关系的规范，习惯法、法社会学为什么会有意思，因为它是有生命力的学科，虽然生活会有变化、法学研究会有变化，民间的很多纠纷关系也让人烦恼，但是习惯法研究的核心就是为了让人们生活更加美好。"大美在野""礼失求诸野"，人们的生活有烟火味，习惯法也有烟火味，更有人情味，这也正是习惯法研究的生命力所在。

文字 | 叶林东

排版 | 安孟瑶

道之所存·师之所存：高其才老师的难忘师恩[*]

杨长志　于小琴

第六期·明理求道

浓情九月，桃李芬芳；春风化雨，明理而行

2022 年 9 月 22 日，清华大学法学院研团有幸邀请到高其才老师参与"明理求道"系列师生交流活动。本次活动的主题为"我和我的老师"。在交流中，高其才老师像一位慈祥可爱的说书人，将自己求学拜师的经历娓娓道来；又像一位同学们的忘年交，与同学们讨论了心中笃定的人生大道。

见天地·见自己

师说："好好学习，出去见更大的世界"

高老师说："人的一生中会受到很多教育，包括家庭教育、学校教育、社会教育。"而正是学校教育给他带来很大影响。高老师来自浙江省慈溪市的农村，当时农村教育落后，小学初中都在三个小村合办的联民学校，幸运的是学校有上海等地来的知识青年担任师资。知青老师们传授的知识为高老师打下了较为扎实的基础；知青老师们的教导开阔了高老师的眼界胸怀。高老师回忆起 10 岁时第一次去上海的情景，这是他第一次去上海，他看见了两层楼

* 本文原载微信公众号"明理研讯"，最后访问日期：2022 年 10 月 6 日。

的船，看见了许许多多新奇的事物，令他新奇不已。知青老师鼓励他："要好好学习，出去见更大的世界。"

于是，理想的种子种在了一个农村娃娃的心田。在老师们的谆谆教诲之下，高老师17岁那年考上西南政法学院，四年后，21岁的他来到中南政法学院做大学老师。

高老师与同学们亲切交流

高老师深情地说："老师都是如此渴望学生们能凝结一切力量求学，往上走；师恩难忘，没有老师的教导我走不了这么远。"

青青子衿·悠悠我心

师说："没有老师就没有我现在的一切"

在高老师的理念中，老师有三个类型：

一种是课程老师，他们往往在传授知识上对学生进行帮助；一种是思想导师，他们在思维观念上对学生进行启发，对学生以后从事的事业产生深远影响；还有一种是人生导师，他们通过言传身教，对学生的人生观、价值观等方面给予引导。而他所有幸遇到的三类老师都对自己襄助良多。

高老师温情脉脉地回忆起一桩桩小事：从初中老师在书卷上留下的一道充满热切期盼的标记；到高中时学习结束后老师暖心准备的一碗甜津津的"糖拌西红柿"；再到大学老师在假期慷慨地借空置的房子给高老师暂用。高老师认为，自己与老师的交往不仅是知识的补充过程，老师们不经意表现出来的品德智慧、思维逻辑、为人处世的态度方法更是令人印象深刻，没有老师就没有自己现在的一切。

三千桃李·十万栋梁

师说："老师总是喜欢学生的"

在与高老师的交流中，有的同学可以讲出现在从小学、初中、高中、大学等各个阶段老师的来往，有的同学说联系老师不多；有的同学觉得与老师们存在距离感。

对此，高老师说："要主动与老师多接触。有的学生顾虑老师很忙，不好意思打扰，但老师总是喜欢学生的，只要有时间老师总是热忱欢迎与同学们交流的。接触的时候要注意方式方法，可以了解一下老师的新发表文章，准备一些话题；用写 E-mail 的方式附上自己的手机号码，方便老师安排时间。要通过课下接触来了解老师的学术思想、老师的人格和老师人生的心得体会，进而全面地了解老师，与老师成为生活中的朋友。"高老师不乏谦逊地说："除了我以外，法学院老师都很优秀，大家都一定会不虚此行。"老师还说："要和以前的老师保持联络，通过各种方式向老师求教。要成为一个感恩的人：人生的第一笔收入全数交给父母，虽然不多，感谢父母；第二笔收入要给印象深刻的老师送些小礼物，表达自己的心意；寒暑假去看看中小学的启蒙老师，虽然人生的旅途越行越远，但我们始终可以从他们那里学到知识、受到点拨。"他认为师生关系是淳厚的情义关系，不主要是利益关系、工具关系。

高老师建议大家在每一个求学阶段都要与至少一位老师保持终身的联系；与至少一位同学保持亲密联络。原因很简单：这都是人生中最值得珍惜的情感。

高老师给同学们赠书附语

公道大明·泱泱法理

师说：阅读 思考 判断 交流

作为法学院法理学教师，高老师热切回应了大家求教的法理学学习方法的问题，给出了如下建议：

【常反思】反思以前的观点与判断，要有批判性思维，要跟过去接受的学习思考模式、能力培养策略决裂，因为过去很多东西不是自己独立判断出来的，而是别人灌输的。

【打基础】要让自己多观察，看现象。广泛地收集信息，用多角度思考哪些是主要现象、关键现象、趋向性现象。随着观察与思索的过程踏踏实实读书，为自己以后的人生路打下坚实基础。

【做判断】要广泛阅读有影响力的经典作品。前事不忘，后事之师，经典著作往往解决了当时人们对新现象的思考并为其指明了道路，要判断这些对当今的我们有无启发。

高老师与同学们合影留念

【多交流】要建立读书会，多交流。读书与交流的范围要广——关于民

主、关于法治、关于自由、关于平等、关于秩序、关于中国人的古往今来等
等。同学之间的交流碰撞要及时写下来，这过程往往会产生思想的火花与真
理的绚烂，足以受益终身。

　　萧萧梧叶送寒声
　　江上秋风动客情

　　交流会渐入尾声
　　高老师怜爱地在赠送给同学们的书上写上
　　"沉潜"二字
　　饱含殷殷嘱托与拳拳真情
　　刘慈欣在小说《乡村教师》中写道：
　　"在这个种群的每个角落都分布着一定数量的个体
　　这种个体充当了两代生命之间知识传递的媒介
　　他们叫教师"

　　至此
　　本次"明理求道"师生交流活动取得了圆满成功
　　但在这片雄浑壮阔、浪漫多情的土地上
　　师生情谊自古不绝
　　且鹏程万里
　　来日方长

清华大学法学院研团

文稿｜杨长志　于小琴

图片｜向　镇　赵润卓

编辑｜杨长志

审核｜鲁晓晓　罗雅如

高其才：齐心协力，共创未来[*]

——清华大学法学院明理院史记录

时间：2019 年 2 月 28 日 10 时至 11 时
地点：明理楼 505 室
采访及稿件整理人：尹子玉、乞雨宁

1. 问：您从 1997 年开始在清华大学法律系、法学院工作，在当时是什么原因吸引您选择了复建的清华法律系呢?

高： 我原来的工作是在武汉，现在叫中南财经政法大学，原来是中南政法学院，那个时候因为我本身老家也不是武汉的，在湖北工作了 12 年，总感觉不太适应武汉气候，冬天特别冷，夏天特别热。另外一个原因就是，在一个地方工作长了以后也想是不是变一下。因为当时我爱人是在北大读博士，她正要毕业，毕业有一个重新选择的机会，我们就想是不是到北京。所以当时就联系了几家。联系到清华的时候，当时因为确实刚刚复建人可能也比较少，所以有了这样一个机会，也就是说有些偶然性。

当然怎么选择来清华，主要可能考虑几点：一个原因是清华学校比较大，但是当时可能主要还是工科，理科也刚刚在复建过程中。但毕竟它在全国的影响力很大，所以这一点可能还是很重要的一个吸引因素。第二个原因，法律系因为刚复建，人比较少，所以可能感觉人际关系各方面会比较简单一点。因为原来学校里面没有多少自己的人，基本上都是新来的，这样的话大家可能比较好相处一点。第三个原因，就是新的一个开始，可能会有一种新的气

---

* 本文载申卫星主编、陈新宇和杨同宇执行主编的《清听法缘：清华大学法学院院史访谈录》(九州出版社 2020 年版)，第 146~154 页。

象，教学也好，科研也好，或许有一种新的状态，个人的发展可能是不是相对也会更宽松一点。所以主要是这样几个因素。

当时选择北京，因为毕竟北京有它的一些特点。但是选择清华呢，当时也有顾虑，因为也有了解清华的人劝我。由于学校很有传统，在发展过程中，她有她自己的一些特质，这些特质可能是两方面的，有一些可能是很优秀的、很好的方面，也有一些可能在某种角度来说不是特别好的。比如说1952年院系调整以后，文学院法学院都调整到北大去了，后来发展成为一个多学科的工科型学校以后，工程教学形成的一些特点，可能对于我们这种社会科学的不一定是完全有利的。但是我想反正主要是自己做自己的事情，学校的环境仅仅是一个方面。而从总体上来说，它总是要恢复成综合性大学，所以长期办工科形成的一些特点，不一定会具体影响到我们每个老师自己的教学科研。所以虽然也有一些顾虑，但是总体上综合平衡以后，还是做了这个选择。

另外还有一个很大的因素，我当时来的时候我们有一个通讯录，我当时排在所有教职工第13位，我前面就是马俊驹老师、曹南屏老师，我们差不多同时来的。崔建远老师当时已经来了，崔建远老师的正式加入，对我应该说还是影响很大的。我觉得崔老师能够来的话，应该可以相信他的判断。所以这对我最后下决心，还是有一定的影响。

2. 问：刚复建时清华法律系给您的整体印象是怎样的，如教学、科研、育人情况，等等？

高：我记得我是1997年7月份先把家搬过来了，12月份最后把手续办过来的。7月份来了以后，8月底第一次开会，当时法律系还在主楼上面，现在已经炸掉重建了。那个地方当时是外面有一间比较大一点的房间，旁边有两间比较小一点的，然后在这其中的一间里开会，当时就有老师说人都坐不下了。在那里的时间很短，后来就到三教去了。当时感觉人不多，真正的老师，像我之前的是老师身份的有黄新华老师、张铭新老师，然后半个是王振民老师。当时他算半个老师，因为当时他还是博士生。"两个半"老师后面调进来的有于安老师，施天涛老师是毕业过来的，然后是崔建远老师。他们这几个人是老师身份的，就算起来六个老师。后来我前面又是马俊驹老师和曹南屏老师，这样的话，我前面就八个老师。还有五个行政人员。我原来有一张最早的13个人的教职工名单。当时感觉地方比较小，学生也比较少。

因为 1997 年的时候，我们招的都从其他院系转来读双学位的学生，当时他们那一拨都刚刚转过来。研究生当时也才几个。所以那时候教职工人比较少，学生也比较少，地方也比较小。当时没有老师的办公室，只有一个开会的会议室，办公、会议就都在这里。当时我们系主任还是王叔文，研究宪法学的。很多课都还是请社科院法学所的老师来上的。后来 1999 年明理楼盖好，后面来的老师就比较多了。所以对于刚复建的时候，整体印象就是人少，老师少、学生少。

第二个大家心比较齐，因为大家都不论怎么样要逐渐地把法学学科做上去。大家来到一个新的地方，那么当然也都有一些思想准备，所以人心比较齐。条件当然相对来说是比较差一点，但是大家总体上来说，对未来发展还是很有信心的。科研方面总的来说，大家按照自己的来做。当时因为学生少，所以跟学生的关系也比较紧密。第一批学生是本科从其他院系转过来的 3 字班，后面我们又转了一个是法 5，法 3、法 5 都是本科双学位。法 9 是招收的第一批专业本科生，当时还不是全国招，只在个别省份招。当时事务性的工作大家都是一起做的，没有分内分外一说，包括积极地联系各个地方的老师介绍情况，因为当时还是要引进人嘛。当时是朝气蓬勃的，大家都到了新的单位希望有个新的开始。

3. 问：您见证了清华法律系、法学院的复建与发展，对于清华法学院这 20 年来在教学、科研、育人等方面的发展情况，您有什么评价？

高：整体来说，清华法学院能从两个半人、两间房发展到现在有主要几点原因：

第一，法学院发展第一靠人，当时的书记在引进人上来说，做了不少工作，并取得了不小成绩。有了师资以后，进行学生的招收、培养、科研就有了基础。我觉得关键来说还是老师队伍比较整齐，当时的老师都是国内国外调回来的，老师个体的素质，对于教学的热爱、科研的投入，不论年纪大的、已经成名的，还是年轻的，在教学科研方面都很投入。其他大学有些老师兼职做律师的可能比较多，我们这方面比较少，还是以教书育人为主。像其他院系有些非常好的老师，但老师自己志趣差异比较大。我们这边还是比较整齐，都把教书搞研究放在唯一的位置，老师们来了之后都比较兢兢业业，老师队伍很好。

第二点，我们对本科生比较重视。很多学校人多，不一定是资深老师来教本科生，我们因为老师人少，不上本科生课就没人上。当然有时候也在聊这种做法的效果怎么样，现在也不好说。但是至少没有一个国内的法律院系本科生的师资能够有这样一个状况的。我们学院对本科生、对教学都重视，赢得了学术声誉。

第三点，学院还强调国际化。我们很多老师都是双博士，还招收海外的LLM，应该说我们是国内最早的，影响也是蛮好的。国际化是我们比较突出的方面。

这里面有一个关系，院系的发展与老师个体的发展相辅相成，学术能力不断增强，产出不断增加，但整体上集体和个体之间还是相辅相成的。我们在国内评估里有些评估比较低，因为传统的教育部学科评估，有重点学科、基地等因素。我们在这方面，因为时间短，历史不长，刚开始还比较困难，后来通过各种努力，相对来说好了一点，也不算很吃亏。

刚开始讨论过要建一个什么样的法学系，要不要有特色？比如强调工科相关啊、知识产权啊科技法学啊这些。后来逐渐觉得还是要入主流，和老牌法学院对话，要进行法学整体的学科发展，同时还要有特色。其实会发现这个特色很难说，比如说农业院校，它要办法学院是不是搞农业法治建设？其实很多时候也不一定是。当然有些民族院校，它的法学院可能偏重民族法治方面。总体上来说，从工科院校发展成综合院校，我们的法学系发展还是比较成功的，比如上海交大、浙江大学，也是由工科院校发展的，还是受到了清华法学院发展的一定影响的。

所以这里面其实是蛮复杂的，有些东西也不是三言两语讲得清楚，但是总体上来说，大家整体团结、齐心，大家来自四面八方，形成共识，就是我们要把这个事情做好；集体做好之后，对个人发展也有利。如果说印象比较深的，还是人心比较齐，后来人多了常规化了。早期阶段两个因素很关键：民主、团结。第一大家团结，没有小算盘；第二大家有事都商量，制度氛围很好，关键还是人，发展方向也对。核心是人，制度民主，氛围团结，方向全面入主流。

还有我们的楼，也是很好的条件支撑，当时国内还没有一个院系可以单独有这样一个楼。有了楼，大家就会觉得清华法学院很有朝气，总体来说还是比较愉快的。

4. 问：您作为研究法理学、法社会学的专家，有什么研究心得可以和同学们分享一下吗？

高：治学经验谈不上。第一个是兴趣，是喜欢。喜欢就是跟自己的经历、自己的一些思考和认识有关系。比如说我们现在搞法治建设，到底怎么建？这是一个我们现在很纠结的问题，我们的纠结和历史上变法修律时沈家本、张之洞的纠结其实都是一样的。我们的道统要不要承继下来，我们的道统怎么样才能够有生命力，能够继续使我们的老百姓幸福，使国家强盛、天下太平，这些东西其实是核心性的问题，只不过大家不断地在试错，你方唱罢我登场。

我觉得我们现在搞法治建设，很重要的一件事是要把事实搞清楚。我自己从大学读书的时候开始接触到西方的社会法学派。我觉得可能既要从国家角度，还要从社会角度进行多元认识，这样是不是能够更全面一点？以前人家认为我们制度太落后，太不人道。我们先人道起来，先从文本上改变，我们选择以德日为模板是因为法典翻译快，有个便宜、功利的想法，不是说从真正的生活需要出发，从而造成现在这个状况。所以我自己个人的学术兴趣点就是能不能把事实描述清楚。描述清楚事实以后，后面比如说人家愿意在这个基础上，进行一个价值考量、制度安排。我总觉得我们现在的制度相对来说确实缺乏一个本土基础，包括现在民法典的编纂。因为它确实来说很多东西没太考虑生活的状况，也没考虑文化的状况，总是要通过法律来改变或者说引导固有的一种行为模式。立意是不错，但是它有一个契合性问题，所以我觉得可能各个方面的研究都有价值，比如说法文本的研究、法哲学方向的研究等。只有一个多样性的研究，才能够把中国的复杂性解释得更清楚。我们过去总是想一个简单的逻辑，其实很明显做不到。我们同学在中国学法学，不知道学了那么多年什么感觉？我是越来越悲观，因为太难了，就是说你很多立意是挺好的，但是实际上来说效果很成问题。另外大家知道我们的法律跟政治意识形态的关系，可能也有很多需要进一步探讨。我觉得我们学法学，一定要强调法学不是让人过得更难受的法律，法学应该是为人谋幸福。所以对法学它的宗旨和目的，要有一个自己的认识。否则的话会越学越痛苦。

第二，我觉得学法学确实比较有挑战性。因为社会生活中，任何新的一种事件，可能都会反映到大家对规则的重新的认识或者说讨论方面。所以你会不断地接触到新事物，不断地感受到社会发展的一种脉动。一般我觉得除了新闻记者，法学界可能是比较会感知社会状况的。很多人觉得法律好像是保守的、滞后的。其实不然。特别是在现在这样的社会状态下，"变"应该还是一个主流性问题。所以在这种状况下，保持敏感性，保持对生活的关注和热爱，对于法学学习来说，应该说意义还是很大的。你不能只理解文本，你想我是 1981 年上大学的，那时候学的主要法律是刑法、刑诉法等，这是当时有了法典的，其他很多都没有。现在这些法典都有很大的变化了。所以对法条我们要保持一个所谓的严格法定主义，对于这种文本、这种规范法典的讨论，是一个基本功。但是我觉得也要看到社会发展的状况，因为现在我们这个社会还不能说是一个完全稳定、成熟的社会，社会关系变化很大。即使在西方社会，这个挑战性也非常明显。就像最近这一两年很热的人工智能，是科技发展引起的，它可能对于原来的法律观念有很大的革命性、颠覆性的挑战。所以如果你学法学是非常呆板、机械、静态地学，没有学到这个东西的精髓，没有关注到生活的话就可能学不好。

第三要多读经典。因为经典里面涉及对人性、对于人和群体之间、人和社会之间以及我们对国家的这样一些基本的思考模式。所以你掌握这些经典，再保持一种对人类的爱、对人类自由的关注，可能这样才能够适应社会的发展，甚至引领社会的发展。

我们经常说中国法学是"火锅式"的，既有我们固有的东西，也有外国传来的一些东西，而且外国的东西又分两类，德日的多一点，同时也有苏联传过来的一些影响。"火锅"到底怎么样，能不能产出一个新的东西来，大家都很迷茫。法典要站在中国的大地上，为中国老百姓的自由和幸福服务。所以，我们现在学法学既有意思，也有意义，同时也很有意味。总体来说需要每个同学在学习过程中好好思考。

5. 问：请您谈一谈对清华大学法学院的展望

高：我个人觉得，坏的话坏不到哪去了，发展得更好也很难。第一，老师少、历史短。有人说最高人民检察院检察长是我们清华的，但这些都不是我们培养的，只是一些以前的清华毕业生做了法律相关工作。我们老师的数量还是少的，我们影响力的形成需要时间。我们有自己的天然局限和不足。会退步到什么程度呢，也不会，但是说进步到第一第二呢，也不现实。而且我们现在可能最大的问题是年轻人的进入问题。随着学校人事制度改革，我们的编制、长聘岗位是有限的，而且我们远远超过了刚开始学校给我们的名额。所以在这样的状况下，我们从2015年后这几年都没进人了。现在逐渐开始有老师要退休了，怎么样再吸引一批有竞争力的年轻老师来充实法学院的师资队伍，这是现在最大的一个问题。但是看起来不是太乐观。因为一是我们的编制有限，这是一个技术上的问题。二是我们现在这种所谓的竞争考核的制度其实对有些年轻人来说可能有时候也不太好接受，所以他们就到其他院系去了。这样的话清华法学院怎么保持现在这样一个发展势头？我认为不能说是危机，但至少是没有近忧，也有远虑。

第二，我刚才也强调，关键在人，制度要民主，然后环境要团结，有相对的条件的支撑。现在来讲人多了以后，要注意管理成本，或者说民主的方面，比如说资源多了以后，人的名利心可能会逐渐滋长，有些人可能有他自己的小算盘。所以，现在这种状况像朝代更迭一样，开始的时候、中期的时候，然后不知道有没有衰落，毕竟也有这一种可能性。像我们刚开始来的时候，做社会性的工作、行政性的杂务，大家不计条件的，都说工作总要有人做。但现在恐怕大家有时候不一定做，或者即使做的话，也不一定那么兴高采烈、心甘情愿。现在人事制度改革后至少从科研产出方面来说，还是很明显地逼着老师工作，特别是短聘转长聘制度对于年轻老师来讲压力还是比较大的。拼不上，可能就要走人。

话说回来，评估机制也有缺陷，它的指标体系是量化的东西。所以目前在学界和民间感觉清华法学院还是得到大家认可的，但是从官方数字上来说，肯定不可能太好看。因为跟政法院校比，我们人太少了，就连北大、人大法学院也都一百来人。所以应该说我们法学院，最关键的可能还是要抓住核心，核心是人的问题。如果以后每年至少能够有几个有竞争力的青年学者加入的话会好，否则随着这些年老的、学有成就的、很有声望的老师的退休，可能会有问题出现。现在的制度从年龄规定上来说比较一刀切。因为你不一刀切，不腾出这个位置来，后面就没有指标，就没法进人。所以法学院需要考虑如何使这些老的老师来继续发挥余热。但是从制度上来说比较难。清华大学有自己的制度，但是法学院作为一个二级学院，怎么样在清华大学这个框架之内能够继续发展，这还要根据自己的特点来进行。

另外还有资源问题，比如说现在我们有两个楼，养楼的钱等经费条件的支撑怎么办？其实捐款募集也不太容易，怎么样创造好的教学科研条件，为学生发展提供好的一个基础？物质条件也是一个问题，能够发展成这样已经是很不错了，也很不容易，但是要继续发展可能更不容易。

采访对象简介

高其才，教授，博士生导师。1985 年于重庆西南政法学院（现西南政法大学）获法学学士学位，1993 年于武汉大学获法学硕士学位，2002 年于中国政法大学获法学博士学位。曾在武汉中南政法学院法律系工作。1997 年 12 月至今，在清华大学法律系、法学院工作。兼任中国法学会法理学研究会常务理事，中国法学会农业与农村法制研究会副会长，中国农业经济法研究会副会长，中国人类学民族学研究会法律人类学专业委员会副主任委员，清华大学法学院习惯法研究中心主任。出版著作、教材、文集数十本，发表论文百余篇。

中国法学家访谈录：高其才 *

陈 艳

"可能他们也有好多年没有见到学生了，因而把所有的爱都倾注进去，师生关系很醇厚……有时候听听他们的经历，与他们聊聊天，观察他们的为人处世之道，都是很有帮助的，可以说很多影响是潜移默化的。"

记者（以下简称"记"）： 在读大学之前，您已经工作了吗？

高其才（以下简称"高"）： 没有。我是 1964 年出生的，高考时属于应届生。我们当时小学五年半，初高中各上两年，是恢复高中以后第一届参加高考的，结果我第一次高考差了一分，所以又复读了一年，1981 年考上了西南政法大学。

记： 差一分真是太可惜了！

高： 刚刚恢复高考时，周围很少有同学直接考上的，复读的很多。

记： 您对三年"大跃进"以及"四清运动"有点印象吗？

高： 只是后来听说的。我应该说是属于三年困难时期后期出生的，基本上都没有什么印象了。

记： 您在文革期间应该还在上中学吧，"文革"对您的课业是否造成一定冲击呢？

高： 课业没受到什么影响。其他方面的影响倒是有，比如那些上海来的下乡知青，由于他们做农活不行，于是大队让他们做学校老师，这对我们是个新气象，教学质量有很大提升。另外，"文革"后期"批林批孔"，要求我

---

　　* 本文载何勤华主编的《中国法学家访谈录》（第 9 卷），北京大学出版社 2014 年版，第 97～106 页。

们写大字报，每个人必须写一张，大家就挖空心思去写，我正是在这个时候接触《三字经》的，像"人之初，性本善"之类都觉得挺好的，以前没看过。

记：您是如何看待"文化大革命"的？

高：让我感到幸运的是，我们这批人没怎么因"文革"耽误了学业，像前面一级初中毕业的，没赶上正规的高中，上的都是公社里办的类似现代的职业中专，可以说是培养赤脚医生的，叫作红医班，所以他们考大学就比较困难了。等我们初中毕业时，就有正规高中了，所以说这个机会非常好。

记：听到恢复高考的消息，您是怎么想的呢？

高：当时信息不像现在这么流通，大家可以有意识地去安排自己的人生，对于将来究竟如何也不清楚。毕竟我们是农村子弟，家庭有没有条件供读书是个问题，很多人基本上读完书回来都要种地，或许有些人上了高中以后就会想要去改变身份，所谓"穿皮鞋还是穿草鞋"嘛。那个时候大学、中专的概念不似现今那么泾渭分明，哪怕进一个中专也是很好的出路，一方面是念书的地方离得比较近，花的时间又短，能很快出来赚钱贴补家用，回报家庭；另一方面是中专的职业也不错，毕业后能分配到工作，且属于国家干部，所以中专对农村孩子的吸引力更大些。

记：您当时报的专业就是法律吗？

高：是的。当时我们中学里有个政治老师，杨仁宗老师，他是西南政法学院毕业的，读的是政治专业。那年我们浙江是先出分数再报学校和专业的，他就跟我们说，西南政法很好。我们其实也不太懂填报志愿的事，所以就听他的报了西政，应该说这是比较偶然的选择。

记：您那时候考虑过华东政法学院吗？毕竟华政离浙江更近些嘛。

高：西南政法当时是教育部的重点学校，分数比较高，所以我考虑的是先选重点学校，故与上海就失之交臂了。

记：在您四年大学学习中，您感觉印象最深的是哪位教师呢？

高：我们81级没有系，叫作法律专业，一共有12个班，有一个总班委，类似于现在的学生会，我是分管学习的副总班长。应该说西南政法对学习的要求比较严格，所以每门课程在每个学期都要开一次座谈会，教研室的老师都会来参加。我和老师的接触便多起来，与他们感情都很深。可能他们也有好多年没有见到学生了，因而把所有的爱都倾注进去，师生关系很淳厚。我印象较深的有俞荣根老师、黎国智老师、杨景凡老师、卢云老师，还有像教务处长朱守真，有时候听听他们的经历，与他们聊聊天，观察他们的为人处世之道，都是很有帮助的，可以说很多影响是潜移默化的。

宠辱不惊，闲看庭前花开花落

记：您初进西南政法时觉得学校方方面面的条件如何呢？

高：我们去的时候已经好一点了，房子在盖，不过下雨要穿雨鞋才能进去，条件比较简陋。好在师资力量很有保证，虽然"文革"的时候有些被派到基层去办案，有些做其他工作去了，但队伍没有散，尖子被保留，编制也都在，所以后来恢复也比较快，不像很多学校是一边找老师，一边找学生，两者同时成长的过程，于是显得准备状况很不足。院系调整时，把原来一些国民党时期法律院校的老师都集中起来了，像法制史的王锡三老师、诉讼法的张警老师都是很资深的；另外还有一批我党培养的老师或是政法干部转过来的，眼界都很开阔，对教学的理解很独到。我觉得西南政法大学有今天这样的影响力和当年的招生数量是分不开的。

记：在您的同学中，您最为佩服的是哪位同学呢？

高：记忆中同学们都很淳朴，一到晚上七点钟左右，寝室都熄灯了，基本上全到自习室上自习，十点以后灯才陆陆续续亮起来。现在回过头来想想，仿佛也没学什么东西，大多是老师编的一些内部讲义，不似如今可以通过网络等多媒体途径获得信息和知识。而且那时候也没什么娱乐，偶尔会到附近看看电影，直到快毕业时才出现舞会。总体来说社会风气很简单，没什么诱惑。我印象较深的同学很多啦，有一位总班长老党员刘德朝在河南省公安厅工作，他考上时年龄较大，读书前当过兵，经历相对来说比我们丰富得多，所以我在生活、学习上跟他聊得比较多。

"近一两百年，中国文化经过无数的花样翻新的动荡之后，变得越发支离破碎，盲动中我们没有区别地砸碎了原有秩序，匆忙里我们不加理解与分别地捡来外域文明的精神、理论及制度框架，胡乱地拼凑了今天的文化百衲衣。"

记：您现在所从事的这个专业，其兴趣是从什么时候产生的呢？

高：兴趣的产生应该说比较早吧。曾经上过一门课——现代西方法律哲学，让我了解了马克思主义法学之外的学说，要知道当时我们对于法律更强调其专政的一面，是一种统治工具，所以那门课使我得到更多启发。再有，我因为跟老师接触较多，所以经常和他们交流对一些问题的看法。有一年寒假我搞了个社会调查，内容是关于重庆市的赌博和卖淫嫖娼状况，之后写了两份报告，交给了学报《法学期刊》的主编黎国智老师，他看了后觉得蛮有意思，为了鼓励年轻人，就同意发表。但考虑到党中央当时对卖淫嫖娼问题比较敏感，因为之前已宣称清除毒瘤了，可能不太愿意承认现实，所以只发表了赌博那篇。我越发感到，通过观察了解社会的情况，把事实描述出来，挺有趣味的，还能得到肯定，于是逐渐对法社会学产生了兴趣。

记：您为什么想到要从事现在这个专业的教学和研究呢？

高：其实我毕业的时候还是包分配的，有人劝我去实务部门，毕竟做过学生干部，发展应该会不错。但我觉得自己对教学和研究更感兴趣，由于之前有过初步尝试，且得到了肯定，无疑给了我很大的信心。当时做马克思主义法学、注释法学的比较普遍，而做我这块的人很少。我觉得前者和中国社会实际状况有些距离，因此我更侧重探讨法和社会之间的相互联系，这些年陆陆续续以20世纪50、60年代少数民族社会历史调查为基础，研究了少数民族习惯法，研究了瑶族习惯法。可以说，法社会学还在寻找自己生长点的过程中。此外，尽管我们国家立法成绩斐然，但法律有效性仍存在一些问题，所以另一方面我也作司法研究。中国现在可能处于比较尴尬的时期，在古今、中西之间的夹缝中生存。先辈创造的文明，中华法系的辉煌和影响，我们皆望尘莫及，大有今不如昔的意味。甚至有人提到新中国成立以后法学研究有一段封闭期，学术传统连接不上，于是认为如今的研究赶不上程树德的时代，这些观点值得我们思考；而面对西方强大的物质文明和政治治理，我们也没有信心。领事裁判权的出现迫使国民认清了世界形势——世界已经进入交流的时代，这种交流绝非汉唐时期那种单向输出型的，而是帝国臣服式、侵略式的交流，我们没有能力延缓这种交流，人家也绝不同意，于是民族自尊心严重受挫。在这种情况下，打开国门向西方学习乃至移植和借鉴成为主流是可以理解的，正所谓师夷之长以制夷。但经过一百多年，慢慢冷静下来会发现，如何使制度发挥其效，如何解决中国自己的问题，并不是简单的移植和借鉴可以解决的，我们对中国的问题需要探寻多种方式来解决。就我个人而言，我非常看重对客观状态、具体事实的了解，如果对中国的事实了解不清楚，是无法作进一步的研究的。各人有各人的兴趣和偏好，有人专门研究西方，有人专门研究中国，有人专门对两者进行比较研究，但基础性研究是主要任务。有人说"西方的今天是中国的明天"，当然也不能说这种判断完全没有根据。现在西方的理论和实践具有强势，但是不是一定要走西方的法治道路，西学是不是一定就是法学的主流，这些或许都是需要反思的，究竟应当如何以最小的成本和代价来换取普罗大众幸福的生活？每个人的学术生命都是有限的，我希望能倾注更多的心力来关注中国。

记：您对所从事的专业，有什么基本的学术观点呢？

高：首先是中国传统文化的一种独特内涵。传统是人类自我创造的长期文化积淀，任何文明圈都未曾割断过与传统的联系，而中国可能是世界上进入近现代时期时传统所占比例最大，横亘时间与空间最大的文明圈，传统之于我们的意味更深，无论我们近现代人怎样砸孔庙、破"四旧"，使传统在一个整体形式上被摧毁，其心理深层的意识却仍然没有也不可能有根本性改变。即使这种改变是存在的，实在也不是值得庆贺的，近一两百年，中国文化经过无数的花样翻新的动荡之后，变得越发支离破碎，盲动中我们没有区别地砸碎了原有秩序，匆忙里我们不加理解与分别地捡来外域文明的精神、理论及制度框架，胡乱地拼凑了今天的文化百衲衣，而在那些未经变革、冲刷过或冲刷力量不太强的社会基层和广袤农村、少数民族地区，传统依然故我地存在着，并发挥着惯性的效力。所以对于任何社会治理的规则认识和讨论必须放到中国语境中，放到具体的社会场景中去。

其次，社会利益的多元化成为趋势。固有社会更多的是一个二元式的社会，宣称的和实际的社会、表达的和实样的社会都是有差距的。现在如果从二元角度来看待问题就会有偏差。我们已经进入了一个利益要求多元，治理方式多元以及相应规则多元的时代，应该要从多元角度来认识中国、认识法律。

第三，非国家法的意义。无论是在法官还是民众的心目中，国家法都不是唯一的，在实际纠纷解决和矛盾冲突的协调中，国家法之外的东西占据更多，特别是习惯法持久地支配、影响着普通百姓的行为与观念。古代强调情理法合一，强调天理、人情、国法、家规四个渊源的等级，更符合社会整体逻辑。西学东渐后，中国的国家制定法得到了加强，并逐渐在形式上取得绝对优势。当今本属于自治的乡规民约被国家法任意改造，变成一些完全不考虑效果的文字，则其本身将变得没有效果。因而我们不能忽略习惯法在民间的力量，如何从既存的大量零散的习惯法的内容、运作中汲取合理因素，寻找多途径的既符合社会发展趋势又契合社会现实生活的法的调整途径，同时也使国家制定法真正发挥效力，是刻下迫切之任务。

再有，我们过去总是讲 1949 年到 1961 年是"无法无天"的时期，我曾经看过一个县法院的诉讼档案和文书档案，那时候党的政策比法还要"法"，用西方的眼光看这当然不是法，但抛开概念，中国其实有自己的"法"，你不能说它是无法无天。

记：在您的专业中，出现过什么大的争论吗？您的观点如何？

高：很难说那些争论是学术上的争论，比如法治人治的问题、阶级性社会性的问题等，我认为这些都不完全是纯粹学术层面上的争论，而是长期以来政治运动、政治观念导致的对这些问题的非学术化争论。简单来说，有很多问题根本不具备争论的条件。比如同寝室的同学对某个问题争论不休，最后发现原来两个人对概念的理解都不一样，那还有什么好争的？各人认识不同，你叫它这个，我称它那个，与其争论还不如详详细细地告诉别人我现在所称的东西是如何如何的一样东西，无谓的争论只会耽误了正事，中国学术的发展需要一个沉淀期。坦白说，作为一个学者的基本条件是值得商榷的。事实上，我觉得自己先天不足、后天失调。因为从小接受的教育并不正规，特别是国学的素养和 20 世纪 20、30 年代的学者是不能相提并论的。而即便上了大学，做了老师，学术环境也始终处于不断变化中，有政治上的因素，也有经济上的因素，为了适应变化的形势而不停给自身充电，简直有点像赶鸭子上架。我们缺乏严谨的治学，良好的条件以及高尚的目标。这是个平民的时代，不可能有大师，不可能有英雄。我们也许算得上是过渡时期的过渡人物，承上启下，能做的就是努力积聚我们的传统，为后人做些铺路石的工作。

"当下社会多元化还只是雏形和萌芽,尚未发展成熟。我们不可能期望在短时期内有很大的变化,但肯定是在逐渐改善的。"

记:在各种法学研究方法中,您最欣赏哪一种呢?

田野调查

高:我对法学方法也没做过详细研究,就我个人而言,我对实证分析和田野调查更感兴趣。人的一生应该尽量丰富一点,做老师也不能成天在房间里待着,那样算不上完整,所以我希望能有更多不同的体验,到田野去,到农村去,到大山去,接触各种各样的人,丰富对社会的认识,如此所获的知识和感悟就不会太单调太乏味太偏狭。其实我也没有受过田野调查的系统训练,可以说是半路出家,看看别人怎么弄,自己跟着学就渐渐有了些心得体会。顺便说一句,通过这些调查得来的所谓客观事实可能也是打了折扣的,毕竟是自己主观选择后的客观事实,是否具有价值中立性存在问题,当然这是科学研究中的永恒话题。

记:您作这些调查时是一个人还是带着自己学生一同前往呢?

高:以前都是自己去的,考虑到他们不太能理解这种调查的前因后果,诸如采取何种方式,如何甄别调查材料等这样的问题都要和他们说很久的,所以自己去更方便些。当然,为了培养人,有时候会带学生去,在旁指导。

记:您认为法学界的中青年学者现在浮躁吗?

高:只能说各有各的压力吧。现在的学术评价标准不是很宽容,比如说要求必须发表多少数量的文章,量化管理可能有其意义,但究竟有多大价值,还是个问题。此外,学生、老师、学校之间互相不尊重,互相不信任,这可能和社会发展阶段有关，需要经过一个时期以后才能逐渐达成共识。但我总感觉，校长不能仅仅从管理者角度来处事，而必须从教育家的角度来看待问题。教育是长时期的，十年树木百年树人，校长才任几年，才做多少事情呢？

记：您认为一种良好的学术环境，应该是怎么样的一种状态？

高：从大方面而言，政治要稳定，社会要开明，懂得尊重老师。本来职业没有贵贱之分，但有些职业对社会的延续有影响，所以对于传道授业解惑者要怀有敬意。当然，老师也要像老师，绝对不能心思不在课堂上，比如经济学老师整天和利益集团瓜田李下，法学老师和当事人拉拉扯扯。既然选择了这个职业，就一定要有敬业精神。社会也要提供适当的条件，保证教学和科研。也许此处的投入和产出不太容易衡量，你能说读二十本书的就一定比读一本书的收获大吗？这个无法量化，内在矛盾和困难重重。我觉得很多因素还是在于制度的设计，制度对财富的安排和分配，制度对权利的救济等等。当下社会多元化还只是雏形和萌芽，尚未发展成熟。我们不可能期望在短时期内有很大的变化，但肯定是在逐渐改善的。将来学术研究的资助多元化了，资助将不仅仅是来自官方，可能来自民间，且没有很多附加条件。有人喜欢研究某个问题，有人又能资助，这样更能保证学术的客观性、科学性和长远影响力，形成一种良性循环的学术环境。

记：您认为现在中青年学者是多发表成果好呢，还是少发表好？

高：发表成果多还是少，我觉得不能一概而论。一般而言，当然多发表好一些，问题是数量不是标准，学术活动不是纯粹的体力劳动，关键是看具体作品的质量，以质量立世。我是主张"一本书主义"的，特别是第一本书尤其重要。

记：您的专业中，还有哪些发展空间，或者说还有哪些需要开拓的新的领域？

高：中国的法学到处都有富矿，但要坚持下去，扎根下去并不容易。撇开学术研究，例如在实务领域，中国的法律服务进出口数量就绝不平衡，比如一个大公司要到非洲去发展，寻求的肯定是外国的法律服务。像坦桑尼亚、墨西哥等国家的法律，我们国内就鲜有人研究，你说一个人倘研究了十年的墨西哥法律，肯定能填补空白。我觉得我们的学者在研究问题时不够全面、不够具体、不够深入，在这一点上应该借鉴日本学者的治学精神，人家一辈子就研究这一小块领域。很可能一年做几件事的还不及几年做一件事的。目下正处于基础重建时期，选一个以小见大、有学术生长力的点可能有点难度，但要寻一个空白点是不难的。

记：您能为我们法科学子推荐一些优秀的阅读书目吗？

高：我个人觉得费孝通的《乡土中国》不错。值得好好琢磨。虽然很薄，但引发我们思考的东西很多，比如引导我们对中国固有社会的认识，对传统社会的规范和秩序的认识，这些都是很有启发的。

记：最后，能否请您给我们年轻学子提几点希望？

高：现在的学生对自己的人生都有很多规划，但做什么事情都不太用心，不愿意下死力，下大死力。我有时候就跟我的硕士生、博士生说，你们现在不用心不尽力，难道到六十岁才用心尽力？另外，为人处世也好，做学问也好，都不太注重细节。你们找工作的时候就会发现，用人单位其实很关注一个人的修养如何、家教如何，如果没有平时的严格训练，细节方面会表现得让人感到遗憾。

还有些同学的历史观存在问题。我们现在究竟处于一个什么时期？我们考虑的问题是什么时代的问题？我们如何面向未来？我常跟他们说，你们的历史观还不如没有受过高等教育的人。凡事都有来龙去脉，凡事都要把握各个环节，凡事都要以发展眼光来看。倘没有正确的历史观，或许现在还能过得去，但一二十年以后就要被时代淘汰。将来的变化只会越来越大，越来越快，求学期间没有做好充分的准备，很可能会被社会抛弃，无法与社会同步，更不用说引领社会发展。

法源自然，理自习惯——高其才[*]

张东杰等

一句话寄语：沉潜

质朴，淳厚，诚恳，平易。眼睛炯炯有神，看尽人生冷暖，把玩世事变幻。经历那么多，依旧骨头硬，心肠软。大嘴如鸦，纵说古今奇观，怀真情，讲真话。有书生情结，追求庙堂之高和江湖之远。对学生劣根性深恶痛绝，常发乎情，止乎礼仪。骨子里国粹国骂，生活中却充满情调。视个性与尊严为生活之本和生活之乐。无哗众取宠之意，有实事求是之心。关键是一个"真"字。

今日，走近高其才老师，聆听他的故事。

问：老师，您来到清华的时候，法学院还是百废待兴。和我们分享一下，在法学院复建过程中，您难忘的经历以及感受吧。

答：当时面对的质疑很多："法律也是科学？""清华有法学吗？"……一切都需要重新开始，没有现成的可供参考。一开始，学校要求先从大的方面把学科体系构建起来。相较世界领袖型大学的各种学科齐备，自己连最基本的学科都没有，怎么和别人同一个平台上竞争和较量？

当然很多事情都得慢慢来，不可能一下子就形成现在这种格局。依当时的条件，还不可能有很大的选择性和主动性。法学院一步一个脚印，从主楼的狭仄空间，到今日庄重的法学院，从"两个半人"到十三个人，再到如今六十多位老师，形成了我们清华法学院的独有特色——小而精。一所工科性学校，人文学科总是处于边缘状态，不太被重视。如何求得自身发展，就得

---

* 本文为 2014 年 3 月 26 日访谈录整理而成，采访者为清华大学法学院硕士生张东杰、张涵、赵爽、韦一鸣、王建军。"评"为访问者所写。

巧妙地争取与周旋。当时很多老师都倾尽了大量心血。如今有人已经作古，有人已经退休，有人已经调走，有人仍然坚持，更有新人加入，和一级一级来此求学的同学一起，在一点一滴的努力中，才有了今天的局面。

评：高老师坦言为清华这一北京高校所吸引，他强调当时清华大学对法学院复建以及发展法学的重视，吸引了很多老师的加入。有维持生计的需要，但更有学者的赤子之心和良知坚守。看重治学环境，在这个平台上较为自由地开拓学术疆域。

清华法学院复建之时，正值法学热又一波兴起，传统法学院竞相扩张规模，新的法律系不断开办。坚持"小而精"办学模式的清华法学院独树一帜。清华法学院更重要的贡献，是"创造了一个在当代中国问题多多的社会环境和教育体制下，如何新建或重建法学院的模式"；而这个模式正被更多大学有效复制。有什么样的法学院，就有什么样的法院。所以，体制转型应该从法学教育改革开始。如果新型法学院不能发挥引领作用，反倒被同化了，那么我们建设法治国家的构想就会永远只是构想而已。

问：在清华大学通往世界一流大学的道路上，人文社会学科的作用是雪中送炭还是锦上添花？

答：单纯的工科思维，有时视野就不太宽广和开放。难道一个水利系的老师，就不面向未来？拿南水北调来说，它不仅是一个工程那么简单，难道不考虑整个社会发展、生态平衡？难道不考虑对工程对社会的影响？思考不能太机械化、太技术性。任何一个东西，都得全面衡量。由于社会发展阶段限制，过去我们对工科看得太重太深，一定程度上影响了现在的发展。

总的来说，人文社会学科现在在清华大学还是补充型的。当有一天人们提起清华，不仅是因为它的材料学、建筑学、电子学，也包括她的人文社会学科时，我们就真正成为一所综合大学了。我觉得法学院一直在融入，在努力形成学校一种新的文化氛围。这非常不容易，任重道远，但意义重大。

评：清华大学，因为有着太过厚重的历史和强烈的政治意味，始终浮印着政治文化的轮廓。以这个既有轮廓去正视自己已为工科院校多年的沉疴。从庚子赔款的留学潮到对本土文化的一厢情愿，到新中国的改造以及对其定位的认识，以至于对"重新认识自己"这个过程的戒慎恐惧，所有的建设者和开拓者们都在孜孜不倦地寻找一条不落窠臼的新路。

许多其他社会要花几百年去消化的大变，我们短短几十年里急速地经历，从独裁到民主，从贫穷到富裕，还有因为太多太过急速而照顾不及的方方面面……我们对时代的变动、历史的推演有着切身的敏感。我们要建立世界一流大学，如只按西方规则办事，就永远没有主动。纵使取得了巨大成就，但不见得别人就瞧得上，因为这样我们永远是没有创新的、没有态度的。不能老是跟在别人后面，丧失自己的独立品格。越是民族的就越具有世界意义，要让我们的学科建设根植在自己的传统之中。法学院等人文社会学科的复建，就是在寻求我们自身的发展规律和特点。

问：您着重研究习惯法和农村法状况，对传统的、民族的东西很重视，也很希望自己所做的研究是对这个国家、对这个社会是有价值的，这充满了人文关怀。那您坚持数十年如一日地做这些研究，意义是什么？

答：我认为中国现在的法学处于过渡时期：从接续传统到开启新路、从"政治挂帅"转为"依法治国"。法治的建设是一个过程，我们的学问研究也是一个过程。之前，有些研究的水准不高，方法也需检讨，成果和结论经不起仔细的推敲。我认为，学术研究最重要的就是把家底弄清楚、事实弄清楚。我们中国社会目前的法律状况、规范状况、秩序状况是什么样。我们现在还不太清楚老百姓究竟是怎样过日子、民众按照什么规范进行生活。为真正建立一个有学术引领性、一个可以和世界一流法学院对话的中国法学院，首先应该把中国的规范事实搞清楚，再在这一基础上进行价值分析和制度安排。我的调查研究，就是要告诉你，除了《新闻联播》里的法治、《人民日报》上的法治、教科书上的法治、法条上的法治，还有生活中的法治。相较书本上应然的法，我更关注实然的法、实有的法。我希望同学们更真实地了解中国社会、中国法。你们也学过很多外国的法律，会发现与我们社会的差距很大。中国社会的法现实有它的历史性、传承性、阶段性、文化性，不可能完全按照外国的理论进行解释。

有人说我们是传统文化的哀民。但什么是衰亡、什么是新生、什么是有意义的呢？关键是从哪个角度来讨论。我们要找到一个规律性的发展，自然界、法，均要顺势而为。做研究时，看看心中是否装着整个天地，如果只是单纯地研究，就事论事，意义肯定很局限，但若能关照到人的心灵、人的欲望，关注整个人与自然的发展趋势，那就很有意义。对中国法也应该秉持这样的态度进行认识，要真切地感受其生命活力。

评：近百年来，中国人自觉不自觉地用西方的思维方式来看待我们的传统文化，这使很多人心中的传统文化已经失去了本来的面貌。怀揣珠宝，却沿街乞讨。我们在西方的阴影下，已经生活了很久，但现在的我们是否有足够的知识和智慧去抗拒这个巨大的阴影？对于现行价值观的重新检阅、反省，应该是建立民族自尊的第一步。

问：您一直强调，做学生就应该尽到做学生的本分。那您认为现在的我们与您做学生时相比，最缺乏的但也应该是最珍贵的品质是什么？您认为一个好学生的标准是什么？

答：心无旁骛，人贵专一。现在的同学不太敬业，做事太浮躁，"快餐式"思想影响太大，总觉得随便改一改就可以，没有"活在当下，心在现在"。学生的任务就是学习。我总感觉现在的学生不像学生，应该扪心自问，来清华到底是为了什么?！工具化倾向越发严重，就是利用教育制度、利用清华，把它当作一个消费品。你们应该是"捧着一颗心来，不带半根草去"。学习是个良心活，成绩不是唯一的目的。要做的就是让自己满意，不要让此刻所为成为将来路上的绊脚石。抓住这一段时间，有计划、有安排、有保障、有心境地阅读、思考，好好读书。

一个合格的清华学生，应该是"有穿透力"的，为未来而活。教育的功用就在于给我们戴上一副眼镜，使我们看得远些、更远些。需要锻炼判断力，平时看不出问题来的地方，现在看出毛病来了，这就有些达到目的了。若是依旧对事事满意、处处着力，现在没问题，以后可就有问题了。

评：成功有万千法门，我们进了一道窄门，走了一条慢路，下的是笨功夫。在机巧花样翻新、捷径奇货可居的世态里，年轻人应甘行此道。不炮制应景文章，不博取一时浮名，坐得"冷板凳"。有点情怀，有点敬畏，不对付事儿。这么走很难走得快，姿势也一定不漂亮。但这种人才是社会的脊梁，能负重前行的脊梁。让这样的人不吃亏、得实惠，事业才有希望。有句话说得好，好东西是聪明人下笨功夫做出来的。小到个人人生，大到家国天下，都需要"好东西"，让我们一起下点笨功夫吧。

问：老师可以和我们分享一下您的"法律梦"吗？

答：我这个人是最不会做梦的。

我认为我的研究是比较有生命力的，能感受到法的脉动和张力，不像一本厚厚的法律教科书这么干巴巴的。面对生活，你会有非常火热的感觉，可能不整齐、很嘈杂，但它真实存在、生动具体。非得范天下之不一而归于一，这多难。我的研究虽然边缘化，但至少是展示真正规范我们生活的东西。中国现在的法治建设，有两种规范、两种价值系统，怎么融合，这是需要思考的。我们先进行事实判断，在此基础上，进行价值判断。哪些要扬弃、要改造、要弘扬，再来进行制度安排。不从心底认同，制度很难得以落实。

现在的法律面临很多挑战。我只是尽自己所能，提供一些事实，让大家对这个社会的规范、秩序运行，有一个大致了解。我把事实这头"大象"摆在这里，在此基础上，有人摸象腿，有人看肚子，有人观象牙，结合起来就有了完整的大象形象。法毕竟是一个很繁杂的研究，不同的人研究的部分虽然抽象分散，但是综合起来，给出自己的理解，不断整合改进，我们就一定能够建立一个完整的法世界。

评：背负大地，面朝青天。对人和事怀着极大的热情，热情使他的思想如连根拔起的野草，草根上黏沾湿润的泥土。拥有知识分子的独立，独立后有选择、有欢喜、有研究、有发现，还能传播，人生至乐。或许老师的很多文章，既不能为生民立命、为万世开太平，也不能教人如何"游山、玩水、看花、钓鱼、探海、品茗"，享受人生的艺术。但是这些文字和思索体现了我们时代的某种焦虑、表现了我们学人的某种责任。焦虑，意味着面对问题追索而不可得的一种苦闷，苦闷促动思考和书写，书写成为一种邀请，邀请有同样焦虑的读者共同追索，这便是一种担当、一种责任。

后 记

我是 1964 年生人，2024 年 9 月我满 60 岁。本书为年届六十的我的自我回顾和纪念，属于自我小结的性质和意味。

这些文章大多为 2014 年以后所写，记录自己的所行所为、所思。少数文章为 2023 年、2024 年时特为本文集所作。

一如《野行集——与法有缘三十年》《跬步集——五十自述》，本书仍包括"杂忆""怀念""行走""思索""心迹"等部分。"杂忆"部分为过往生活中人情、事件的记载四篇；"怀念"部分为追思六位老师、朋友的文章；"行走"部分为 2014 年至 2023 年间的调查日记、行记十六篇；"思索"部分为我的八篇发言、讨论、闲想；"心迹"部分为我主编和联合主编丛书的总序三篇，我独著、主编和共同汇编作品的代序、导论、导言、后记二十一篇，我为友人作品所写的三篇序言。另有附录十三篇，为我的作品的书评、学生上我课的一些感受、对我的一些访问录等。这些可从一个侧面反映我这六十年的人生轨迹，特别是近十年的所作所为。

原拟在"思索"部分放入一些其他篇章，但经过慎重考虑后放弃了这一设想。我现在越来越没有想法了，即使有点想法似也不太合时宜。

收入本书的一些篇目，已经在报刊发表和收入文集中出版。感谢何勤华教授、蒋安杰编审的支持。感谢陈寒非博士、牛玉兵教授、李可教授邀请作序。感谢书评和读书笔记作者任帅军、陈小华、田艳、张微、徐小芳、陈建、王树莉；感谢课程总结者张静怡；感谢读书活动组织者和记录整理者叶林东、潘香军、张欣然；感谢访问录整理者杨长志、于小琴、尹子玉、乞雨宁、陈艳、张东杰等。

高成军、池建华阅读了本书的一些篇章，提出了修改建议；张华、李明道参与了一些文稿的讨论。特向他们表示感谢。

文集中的一些人名、地名进行了化名处理，特此说明。

六十年一路行来，有许多难忘的事，有诸多位令我倍感温暖的人。特别要感谢曾祖母、祖父母和父母亲高嘉根、阮秀娣的养育之恩；感谢妹妹妹夫和弟弟弟媳的关心；感谢王贵康、叶宏星、施英波、杨仁宗、俞荣根、黎国智、李龙、张晋藩等老师的教诲；感谢龚家炎、袁唐寅、刘德朝、夏勇、黄楚芳、李汉昌、李箫、王光、黄自力、林秀芹、周东北等友人的帮助；感谢妻子沈玉慧的相伴。

北宋苏轼有《定风波》词，我每读一遍都有些许新的感觉。特录于下，与读者诸君共诵。

定　风　波

苏　轼

三月七日沙湖道中遇雨。雨具先去，同行皆狼狈，余独不觉。

已而遂晴，故作此。

莫听穿林打叶声，

何妨吟啸且徐行。

竹杖芒鞋轻胜马，谁怕？

一蓑烟雨任平生。

料峭春风吹酒醒，

微冷，山头斜照却相迎。

回首向来萧瑟处，归去，

也无风雨也无晴。

高其才

2024 年 2 月 12 日初记于中山岐江畔

2024 年 4 月 9 日改定于北京樗然斋